律师故事

李少昆◎著

中国文史出版社

图书在版编目（CIP）数据

律师故事 / 李少昆著 . -- 北京 ：中国文史出版社，
2024.12.--（实力榜·中国当代作家长篇小说文库）.
ISBN 978-7-5205-5128-1

Ⅰ.I247.5

中国国家版本馆 CIP 数据核字第 20254PV336 号

责任编辑：全秋生

出版发行：中国文史出版社

地　　址：北京市海淀区西八里庄路 69 号　　　邮编：100142

电　　话：010-81136602　　　81136603　　　81136606（发行部）

传　　真：010-81136655

印　　装：廊坊市海涛印刷有限公司

经　　销：全国新华书店

开　　本：787 毫米×1092 毫米　　　1/16

印　　张：20.75

字　　数：320 千字

版　　次：2025 年 2 月北京第 1 版

印　　次：2025 年 2 月第 1 次印刷

定　　价：68.00 元

目 录

CONTENTS

第一章　余情未了

张沧文和韩小霞听林洁说她曾为了搭救张沧文委身陈卓雄，不禁目瞪口呆，而林洁已转身离去。张沧文看着韩小霞，不知如何启口，韩小霞微笑着没说什么。此时，电话响了起来，张沧文心中暗喜，这电话来得及时，恰好借机避开尴尬的场面。

让他意想不到的是，电话是余灵打来的，说是好久不见，想找他聊聊天。张沧文说："好呀，我在舍得茶馆，一会发个位置给你，你过来吧！"韩小霞笑着问："有美女找你呀？"张沧文说："是大美女，我以前的梦中情人，已经嫁人了！"韩小霞说："现在不是梦中情人吗？嫁了人才是梦中呀，如果不嫁人，那就追求，变成现实的情人！呵呵，我见过没有呀？比林洁姐姐漂亮吗？"

张沧文想了想，韩小霞似乎跟余灵没有过交集，但又确定不了，便说："你应该没见过，等会就见到了，你认一认呗。"韩小霞做出一个调皮的表情，轻声说："待会我也见呀？不会打扰二位吗？"张沧文笑着说："认识一下，多个朋友很好呀！顺其自然，我们要说悄悄话你避开一下不就得了？都许久没见，恐怕也没悄悄话说了！"

俩人说着说着，余灵已经到了茶馆，两个女人一照面，不禁呆了，没想到两个人长得还有几分相像，只是韩小霞高挑一些，余灵圆润一些，成熟一些。两个人异口同声地说："我们在哪见过！"俩人没站在一起时，张沧文没有察觉，这时见了也暗自称奇，说："你们会不会在梦中见过吧？千万不要怀疑你们是亲姐妹哈！我以一个精明人的身份告诉你们，你们不是失散多年或自幼分离的姐妹，哈哈！"

余灵瞪了他一眼，说："一点都不懂浪漫！你就不能哄哄我们，说我们像亲姐妹？"韩小霞呵呵笑了起来，说："余灵姐，他刚才还浪漫得很，说你是他的梦中情人呢！对了，我叫韩小霞，你就叫我小霞，是帮眼前的这个张律师和李劲伟律师看茶馆的！"余灵说："小霞谦虚了！这个张沧文，人不咋地，却不知从哪修来的艳福，居然能找到如此脱俗的女友！"她因和韩小霞相像，夸赞韩小霞外貌等于在自夸，因而用了"脱俗"一词。

韩小霞听了很是受用，说："灵姐过誉了！你是我见过的最具高贵气质的女神了，难怪这位张先生牵肠挂肚的，我不是他女友，嘻嘻，你先和他聊聊，我去楼下招呼一下客人。"说完，虽然有些不舍，还是故作轻松地下楼去了。张沧文目送她下楼，没有作声。

余灵靠近了些，问道："我婚礼那天，为什么没去？是跟我老死不相往来了吗？"张沧文低声说："不是的，我就是怕控制不了自己，所以才没去的，现在补上祝福，祝你们婚姻美满，白头偕老！"余灵哼了一声，说："什么美不美满的，碰上你这木头，一点都不解风情！你是律师，帮忙打个官司，把我这婚离了，我要和你结婚！"

张沧文心头一热，差点就跳起来，把余灵拥入怀中，管它天翻地覆、风起云涌，先与心爱的人儿表白一番再说！可毕竟是经历过沧桑的人，见过世面，还是控制住了冲动，淡淡地说："可爱的妹子，你想多了，之前不是说过吗，或许最爱你的人是我，但适合在一起的人不是我，世界总是如此，有些人有缘无分，有些人有分无缘！"

余灵水灵灵的眼睛望着他，眼睛里充满了泪花，轻声说："什么缘啊分啊，好，你是律师，请你分析分析，你说的话理由是什么，证据在哪里？"张沧文心里一酸，以前多少个日夜，甚至是忙到不可开交的日子，心心所念的不就希望有一天能实现这一梦想吗？怎么能够实现的时候，反而要退却呢？张沧文在心里狠狠把自己骂了一通，倒了一杯茶喝下，借以提提神清醒清醒，然后看着余灵，柔声说道："这几年来，发生了什么事，你是很清楚的，你看看我，心里有人，直白地说，心里有余灵，却跟林洁生活在一起，林洁受不了我，喜新厌旧了，自己却要强人所难，争风吃醋，甚至不惜为此不顾一切，放弃了事业，付出了代价。不管别人有无不足之处，我就不该好好反省吗？我对得起谁呢？对得起你？对得起林洁？我觉得我的灵魂应该去接受拷问，我的情感不配得到安放；说句不好听的话，我就是个卑鄙的人，龌龊的人！"

余灵听了，眼泪哗哗往下滴，用手抹了抹，泪眼晶莹望着他，说："你又何苦呢，想得那么多，把自己整得那么累！咱们就不能简单一点，听从心灵的召唤，如果你喜欢我的话，我们就在一起，以后都不分离！"张沧文摇了摇头，说："之前说过，最喜欢你的人是我，但适合你的人不是我，人生难免有些遗憾，再说了，你不是已经结婚了吗？"

余灵深情地望着他，既感温馨，又觉无奈，说："其实，说是结婚了，也不算结婚，我只要跟他说一声，婚姻就解除了。你说我对你如何？为了你，婚姻都当儿戏了，你这个顽固不化的人，如果我是一团火，一定把你给融化了！说吧，咱们以后还见面吗？"张沧文说："能不见就不见，随缘吧。"

余灵靠近张沧文，啪的一声打了他一个耳光，张沧文愣了一下，笑着把另外一边脸凑了过去，余灵轻轻地拍了一下。这时刚好韩小霞上楼来，余灵赶紧把手收回，脸红了起来，韩小霞看着她笑了笑，说："姐，我是来看一下你们，顺便加些茶水的，不影响你执行家法吧？"

余灵和张沧文听了，都忍不住笑了起来，余灵指着韩小霞，问："你有没有欺负我妹？"张沧文说："你们这么快就称姐道妹了，我哪敢欺负人呢，再说了，你们这些漂亮的妹妹，哪个是软柿子好捏呢？"余灵说："你别顾左右而言他，说，对小霞有没有好感，能不能一起生活？"韩小霞没料到她突然问这个，也好奇地看着张沧文，想听听他怎么应对这一灵魂拷问。

张沧文看着余灵，淡淡地说："你就别开我们玩笑了，我和小霞是因为茶馆聚在一起的，我们更像是合作伙伴，我是什么人，有什么样的心思，别人不知道，你还不知道吗？"余灵微微点了点头，又问韩小霞："妹，那你说说，你对他印象如何？"

韩小霞想了想，她与张沧文之间，倒像是两个同病相怜的人，两个人都受过伤，都无法向人倾诉，见到了对方，似乎都产生了心平气和的感觉。当下，对着余灵的发问，她只能淡淡地说："他是我的朋友，又像我哥哥。"余灵如释重负，说："那就好！我原来还担心你们是情人，而我成了障碍，既然都把话说开了，沧文，你可记住了，不管我们见不见，你要是和小霞妹妹好了，成为情人或者夫妻了，我会来找你的，我会再打你两耳光，因为你辜负了我，也辜负了自己！"张沧文下意识地摸了一下稍微发烫的那边脸，没料到余灵会冷不防地来介入他和韩小霞的交往，想想她也是因为在乎自己，情意难得，于是信誓旦旦地说："我听从余灵，遵从余灵！"

余灵开心地笑了笑，韩小霞瞪了张沧文一眼，心里暗骂这真是个傻瓜，人家都结婚了，犯得着为了她捆绑自己的手脚吗？余灵似乎看透了她的心事，说："小霞妹妹，我以后能经常来看你吗？"韩小霞说："咱们一见如故，你真的要多来，至于张律师嘛，来不来都不要紧。"张沧文说："是，你们多联络多走动，我就算了，特别是余灵，以后没啥要紧事，咱们就别见面了！"

余灵没料到他会当着别人的面说这种话，当下又气又恨，大声说："好呀！以后没什么事，我不会找你的！我先走了！"说完，头也不回地走了，眼睛里含着泪花。

韩小霞说："你这又何必呢？还不追上去哄哄她？"张沧文强忍着不让自己掉泪，轻声地说："让她去吧，这样对大家都好，至少，对她是好的！"

一晃过了十年，张沧文再次听到余灵的声音。

这一天，张沧文刚好在舍得茶馆跟李劲伟讨论案件，余灵打来电话，语气很平静，说她有位亲戚因涉嫌强奸被抓了，想请他去当辩护律师，问他有没有时间。张沧文说："你亲戚的事，说什么有没有时间？就怕能力有限，帮不上什么忙！"余灵说："别跟我说这话，我信得过你，我表哥叫罗威，他那被抓的儿子尚未成年，你尽快过去云港市吧！"张沧文多年没听过她的声音，显得有些激动，说："好的，明天一早我就过去！"

刚好韩小霞也在场，笑着问："啥事那么急，明天就要过去？"张沧文说："余灵的事，她表哥的小孩被抓了！"又转头对李劲伟说，"我办强奸案没什么经验，这案子又不能不管，我先去了解情况，回头需要你帮忙的，千万别推！"李劲伟哈哈笑了起来，说："你的事就是我的事，说什么推不推的！"

韩小霞说："这么多年了，人家好不容易有事找到，一定要办得漂亮！张律师加油，两位律师加油！"李劲伟笑了笑，说："你哪能知道做律师的苦衷？合不合适，好不好办，作为职业，我们都是要办案的，犯案的人有些很卑鄙无耻的，但不是我们要考究的。我们考究的是事实和证据，不是人品，哈哈！"韩小霞点点头，说，"这些我知道的，听你们聊案子都听了十几年了，都能给你们当助理了，理论我都学会了：这个社会需要这种职业，站在当事人的立场，义无反顾地替他们辩护，才能达到平衡，维护正义！"张沧文听了，深以为然，拍了拍她的肩膀，没说什么。

次日，张沧文一早开车出门，一小时的车程就到了云港市，找了一家酒店落脚，然后约罗威见面。

罗威很快就到了，一见面就握紧他的手，使劲地抖动几下，像是火灾中见到消防员，说："张律师，您一定要帮我，一定要救罗奇！"张沧文点点头，示意他坐下，说："别着急，你先把情况介绍一下。"

罗威点燃了一根香烟，缓缓地说："在我们元朗村，元宵节是个盛大的节日，村里到处都有戏曲表演，还有猜灯谜、财神爷出巡等活动，比春节还热闹！那几天我在城里，家里只剩下罗奇和他爷爷奶奶，罗奇约了几个狐朋狗友一起出去玩，其中有个年纪较大的姓陈，不记得叫啥名字，我们叫他小马；当天晚上，他们两男两女跑去县城喝酒唱歌，然后去开了房，睡到半夜又跑回元朗村海边赏月！"

趁着罗威弹烟灰的空当，张沧文说："等等，跨度有点大，没说到焦点问题，你先说说他们去开房发生了什么事？"罗威说："罗奇跟一个叫陈可的女孩睡一间房，小马跟一个叫张妮妹的睡一间房。"

罗威又点燃了一根烟，似乎怕自己讲得不清楚，他花了些时间，整理了一下思绪，慢慢地讲了起来："去开房是小马提议的，他是四个人中唯一的成年人，二十五岁上下，罗奇和陈可的那间房在三楼，小马的在五楼；罗奇说他和陈可发生过关系，他们刚刚完事，小马就来敲门，然后他们就一起走了。"张沧文问："你儿子强奸了陈可？"罗威连连摆手，说："不是、不是，他们是你情我愿的！陈可跟我儿子又不是第一次了，他们以男女朋友相称，以前也开过房，听说还是那女孩拉着我儿子去的！"

张沧文"哦"了一声，问："是陈可去登记房间的吗？有没有这方面的证据？"罗威说："我说不清，听说陈可的母亲郑萍知道这事后，是想揍我儿子的，被陈可制止了。"张沧文笑了笑，说："看来陈可对你儿子挺好的，你儿子长得很帅吧？多大年纪了？"罗威不假思索地说："十四岁五个多月。"张沧文很替他可惜，说："要是不到十四周岁，即便真的构成强奸，也无须负刑事责任！"罗威连连称是，一副万分惋惜的神情，过了一会，他压低声音说道："不瞒您说，当年登记的时候，还是少算了一岁的。"张沧文"哦"了一声，没接着说年龄的事，转而问道："后来如何？"

罗威端起茶水，咕噜咕噜一口气喝完，把茶杯轻轻放回茶几，说："半夜回到元朗村，几个小孩去了海边，说是要看日出，海边原来有个棚子，是人家开大排档用过的；几个人挤在棚子里，也不知是睡觉还是看日出，到日出时，几个人都困得不行，刚好小马家在后山坡上有间旧屋，小马就建议去旧屋睡觉。去到那里，几个小孩又没了睡意，玩要起来，听说还去买了肉菜在上面烧烤。"张沧文看着罗威稍显尴尬的表情，脸上露出笑容，说："看来在这间旧屋，还有事情发生？"

罗威摇了摇头，又叹了叹气，尴尬地说："是的，这些小孩就是胡闹！到了下午，不知怎么回事，罗奇和张妮妹一起走到里屋，张妮妹把罗奇推倒在床，罗奇翻过身又把她压在下面，试图去脱她的裤子；张妮妹不乐意了，双脚乱踹，结果罗奇下身被踹了一脚，痛得受不了，起身退到床尾，自己拉下裤子端详伤口，张妮妹走了过去，叫他把手拿开，冷不防地低头就咬了他一口！罗奇惨叫一声，躺到床上打滚，休息了好一会，才一瘸一拐地走出房门，下山回家。"张沧文听到这里，忍不住笑了起来，说："小孩子太调皮了！但目前还构不成强奸罪。有些细节我还是要问问，张妮妹不是跟着小马的吗？"罗威毫不掩饰对小马的厌恶，愤愤地说："跑回家睡觉，养精蓄锐去了，他晚上还要出动呢！"

张沧文很纳闷，问："晚上还出动？"罗威苦笑了一下，说："是的，晚上的戏唱得比白天还大出呢！话说罗奇下山回家，为的是和我一起去城里，我因为有事提前出门了；他回到家打电话给我的时候，我的车刚好开出了几公里，本来回去接他也就几分钟的事，可我看不惯他吊儿郎当的样子，就跟他说已经走远了，让他明天自己坐公交车进城。唉，我当时要是回去接他，可能也不会搞出这么大的事！"罗威手抱着头，陷入沉思，过了许久才抬起头，眼睛有点红肿，后悔得眼泪都掉下来了。

过了一会，他才恢复了平静，一边找理由安慰自己，一边说："也没什么，这回不出点事，难保以后不出大事。那天罗奇没搭到我的车，索性躺到床上去，不一会就睡着了，毕竟是一天一夜没合眼了；睡到迷迷糊糊的时候，电话响了，小马打给他的，说有事找他。他刚穿上衣服，脸都来不及洗，小马就骑着摩托车到了门口，一个劲地按喇叭；罗奇走到门口，小马示意他上车，没等他开口问，就说要上山去找人。"罗威说到这里，停下来给张沧文加茶，自己也解解渴。

张沧文一直聚精会神地听着，见他停了下来，便说："你儿子跟小马走得很近，似乎很听他的话，算不算他的马仔啊？哈哈！"罗威说："马仔说不上，但确实走得太近！听说小马当过兵，后来被开除了，去年刚回老家，回头我问一下他叫什么名字。"张沧文笑了笑，问："对了，他们去山上找人，找的是陈可和张妮妹吗？"

罗威喝了口茶，继续讲述当晚发生的事情：罗奇以为小马要去找张妮妹，就问他昨晚不是刚待过吗，小马这才支支吾吾地说要去找陈可。俩人去到旧屋时已是十一点多，屋里亮着灯，陈可睡外屋，张妮妹睡里屋，睡得死沉，张妮妹还时不时打鼾；小马让罗奇去把陈可叫醒，自己在门口等着。

罗奇走到陈可身边，轻轻叫了几声，见没反应，就跑到洗手盆边，用手捧了几滴水，蹑手蹑脚走到陈可旁边，往她脸上洒去。冬天的水冰冷冰冷的，一下就把陈可泼醒了，她睁开眼睛猛地坐了起来，罗奇"嘘"了一声，示意她别叫，然后把她拉下床往外走。

到了外面，小马连声招呼他们上车，陈可打着哈欠，问这么晚了去哪呀，不去了吧；罗奇说没玩够，再去玩一玩，边说边拉着陈可上了车，自己坐到后面，搂着陈可。小马载着他们，风驰电掣，很快就到了他家门口，还不忘提醒他们动作轻一点，屋里有人睡觉。

那是一栋新建的三层高的楼房，小马告诉他们，这是村里最豪华的房子。进了二楼的卧室，小马去洗澡，罗奇和陈可就爬到床上，风风火火地抱在一起。小马洗完澡出来，见陈可躺在被子里，光着肩膀，就掀开被子往里钻，陈可用力把他往外推，还踢了一脚，叫他滚开，小马见形势不对，就退到一边，拿了部平板电脑玩了起来。罗奇侧着身，头朝墙壁躺着，没理会他们，不一会就睡了过去，还打起了呼噜。

第二天一大早，罗奇被小马摇醒，说是要去吃早餐；罗奇擦了擦眼睛，抬头看了看，没见到陈可，问道：陈可呢？小马告诉他陈可在洗手间洗漱，罗奇问他有没有和陈可发生什么，小马笑了笑，啥也没说。

罗威讲到这里，喘了口气，点了根烟猛抽起来。张沧文问道："就这样吗？"他点点头。张沧文又问："这些事你听谁讲的？"罗威吹出了一串烟圈，说："听罗奇说的，报案当天小马就被抓了，那天罗奇刚好去城里找我，警察没找到他，第二天公安局打电话给我，我带他去投案的！"

张沧文"哦"了一声，没说什么，心想："照刚才这么个说法，构不构成犯罪还是个问题呢！"罗威迫不及待地问："张律师，过程就这样，您看严不严重？我该怎么办？"张沧文伸出手掌示意他别急，问道："被害人是怎么报案的？"罗威回答："报的是强奸案，公安局立的也是强奸案。"张沧文略作思考，说："张妮妹那单不严重，毕竟没发生关系，倒是有些担心陈可那单，要知道，一般的强奸判三年以上十年以下，构成轮奸那可是十年以上。当然，未成年人会减轻处罚。"

罗威脸色变得煞白，嘴巴抖动了好一会才说出话来："不会吧？陈可跟罗奇关系不错，以前他们去开过房，陈可的妈妈也知道他们的事！"张沧文理解罗威的焦虑情绪，他尽可能地面带微笑，说："我们现在要做的，就是先全面地了解情况，然后对症下药。"忽然想起一件重要的事，又问："两个女孩几岁了？"罗威说："陈可跟罗奇差不多大，张妮妹还不到十四岁。"张沧文大感意外，说："不到十四岁算幼女，牵涉到幼女问题会严重些。这样，咱们先按部就班进行吧！"

张沧文让罗威签了委托书，以便去看守所会见罗奇，并向公安机关了解案情，又让罗威抓紧时间去找陈可和张妮妹的家属，一是多了解情况，二是看能否取得被害人家属的谅解，一旦取得谅解，就算构成犯罪，量刑可以从轻。临走前，罗威问："我老婆和小马的父亲都说想见见律师，下回可以叫上他们吗？"张沧文说："当然可以！小马如果有律师可一起叫上。我有个同事，精通办理刑事案，业内传说他只要提出十个问题，必定把案件的来龙去脉搞得一清二楚！我下回叫上他，咱们好好分析分析！"罗威紧紧握着他的手，连声道谢。

送走了罗威，张沧文在床上躺了一会，不知怎么的，脑海里不断闪现出余灵，想起以前与她待过的每个片段，又是欣喜又是心酸。十年了，两个人近在咫尺，她居然面也不见，电话也不打，不知道这些年过得如何？如果这次不是因为罗威的事，她会不会一直都不联系？他想起余灵的表哥严立颖就在云港市，随即给他打了电话，想约他见见面，令他意想不到的是，严立颖告诉他余灵也在，约他中午在酒店对面的咖啡厅见面。严立颖原在基层检察院工作，因办案能力出众，屡办大案，得以不断升迁，后被调到云港市纪委。张沧文跟他多年不见，只是偶尔在同学那里听到一些关于他的信息，他纳闷的是，余灵怎么会在这时候来找他？

时间快到中午，张沧文整理了服装，把头发梳理了几遍，皮鞋擦了又擦，直到调好的手机闹钟响了，才出发去对面的咖啡厅。不一会，严立颖就到了，余灵跟在后面，岁月似乎没在他们身上留下什么印记，俩人还是以前的旧模样。

张沧文和严立颖互搭了一下肩膀，当是行了见面礼，和余灵相视一笑，满满的亲切感。张沧文说："咱们三个，上一回聚在一起，距今已有十年了，岁月如梭呀！立颖瘦了些，看起来结实多了！"严立颖哈哈大笑，说："没有肚腩了！许久不见，没想到我这么微妙的变化还是被你看出来了！"张沧文也跟着大笑起来，说："这变化不算微妙，现在健壮了许多，都快判若两人了！"严立颖说："最近跑了很多地方，整个人精神了许多！"

余灵俏丽的脸上露出天真的笑容，说："你们别光顾着说话，赶紧坐下，民以食为天，咱们中午看来是喝咖啡送饭啰，我记得上一回是吃客家菜吧？"张沧文的记忆一下回到了从前，说："是的，那是我吃过最香的客家菜。以前没什么咖啡厅，现在满街都是，整得不喝杯咖啡都跟不上时尚了，呵呵！"余灵边点咖啡边对他说："你什么时候跟得上时尚？一向都很老土，嘻嘻！"张沧文觉得很亲切，微笑着说："在你这洋气的大小姐面前，我当然土气得很，还没问你，缘何跑到这里来？"余灵答道："我过来看看我两位表哥，难道还跑来看你呀？"

严立颖笑着说："你要见他也不用跑这边来吧，老实交代，你们是不是经常见面？见多了可就不正常啰！"余灵调皮地看着他表哥，问："见多了有何不正常呢？"严立颖反问："你们还真的经常见呀？"余灵不作声，转头望着张沧文，张沧文忙说："没有，不过我倒希望经常见面呢，可惜没有，哈哈！"

张沧文不想让他继续这个话题，转而问他："检察院的工作好干呢，还是现在的工作？"严立颖毫不犹豫地说："我更喜欢眼下这份工作，你不知道，当年接到调动通知，我都喜极而泣了！"张沧文盯着他，说："读书的时候，你志向高远，经过这么多年，你还是那么热心，还是那么执着，真是佩服呀！"严立颖没有避开他的目光，反盯着他，说："是的，每次碰到'打虎拍蝇'的任务，我还真是热血沸腾，组织给了我报效的机会，我当尽职尽责，呕心沥血，去办好每件事！"

张沧文露出一丝笑容，由衷地说："我佩服的就是你这种人，忠诚，能干，如果倒退十年，我都想从头开始，争取成为你的手下，做一个高尚的人！"严立颖也露出了微笑，说："每个人都有自己的信念，有自己的道路，有自己的经历，你我虽然没成为同事，但你做的事一样是有益于社会。老同学要奉劝你几句：不管办什么事，都不能跨越红线，要做个正直的律师！"

余灵听到这里，拍了拍他的肩膀，说："表哥，今天不是开会，也不是在讲课，你可别欺负你老同学哈！"张沧文见余灵替他说话，很是高兴，说："你表哥说得对，这些年我也一直在思考，律师虽然是自由职业，但也是法律共同体的组成部分，办案不能只考虑经济效益，更要考虑社会效益，考虑普及法治，促进社会的公平正义！我想过了，律师的座右铭当是专业，正义！"严立颖鼓了鼓掌，说："看来觉悟蛮高的，人嘛，除了追求物质，也要追求精神富裕，否则就容易走入误区。我对当前的物质生活是很满足了，人需要的也不多，不就三餐一宿嘛！"

咖啡散发出迷人的香味，余灵使劲嗅了嗅，说："物质生活是基础，请大表哥先喝杯咖啡，再进一步探讨精神生活！"张沧文附和道："是的，咱们还是先喝咖啡吧！"他深知这位同窗心口如一的秉性，心里暗暗佩服他的风骨，在这浮躁的物欲横流的当今社会，他始终坚持信念追求正义，的确难能可贵。

严立颖一口气喝完一杯咖啡，余灵端起壶子替他续上，说："你就不是经常喝咖啡的人，喝咖啡跟喝红酒一样，需要品一品，而你把它当白开水喝了！"严立颖说："表妹，不是我没品位，平常的确很忙！今天还好，不用加班，不然想跟你喝喝白开水都不行了。对了，外甥女最近怎样？"张沧文一直憋着没问余灵的家庭状况，听严立颖问起，赶紧竖起耳朵，唯恐漏过她所说的每句话。

提到女儿，余灵神采飞扬，说起话来节奏明快了许多："她还好，越来越懂事了，不过学习上还没衔接好，需要各种各样的辅导。"严立颖问："你自己辅导还是找校外培训机构？"余灵说："校外辅导是必需的，各个学科，各种兴趣班，回到家时，家长还得各种辅导，作业没做好老师也会通报给家长，这些年下来，我都可以去教书了！"张沧文有些吃惊，说："这些年你该不会围着小孩转，连朋友都不联系了吧？恕我还没小孩，记得我们读书那会，父母都是把我们放养的，没有管过学习的事，更没有什么培训机构！"

严立颖对他的话深表赞同，说："是啊，那时候哪有什么机构培训、家长辅导，咱们不也学得好好的，我想呀，现在的培训机构商业气息太浓，手法大同小异，一年级的学生让学二年级的知识，二年级的学生让学三年级的知识，照此类推，实际上也就是让学生提前学了些东西，他们就赚取了巨额的利润。"张沧文说："大家本来在同一起跑线上，你把起跑线前移一百米，大家也还是在同一起跑线上呀，只不过前移一百米的过程，加大了家庭的负担，散播了焦虑，造成很多社会问题，本人认为纯属画蛇添足！"

余灵冲着他们笑了笑，说："你们说得有道理，问题是大家都争先恐后的，难道你能不争那一百步？明知有些事情对小孩是拔苗助长，却不得不为之。算了，我是俗人，就随波逐流吧！"严立颖摇了摇头，表示反对，说："发现问题还是要反馈的，反馈的人多了，说不定哪天就能改变了！"张沧文说："赞成立颖的意见，不过，咱们这会先吃饭吧，以后希望大家能经常聚聚，不要一别又要好多年才见面！"

严立颖笑着说："我和你经常见面可以，你们俩可不行，会出问题的！"张沧文没听懂他的弦外之音，问："出什么问题？"严立颖故意逗他，说："还要我明说吗？余灵可是结了婚的人，你们要防止旧情复发！"余灵呵呵笑了起来，说："表哥，你管得太宽了吧？我还真想和沧文多见见面呢，可是你不知道，我们都十年没见过了！对了，我点了套餐，我催他们快点上哈！"

这时张沧文的电话响了起来，余灵笑着说："女朋友找你了吧？"张沧文接通电话，对方是个女的，说："我是文慧，文律师，还记得吧，我们在处理中成广场纠纷的时候见过面！"张沧文听到这里，已经知道是谁，说："记得，大名鼎鼎的文律师！"（详见拙著《南漂律师》）

文慧说："你最近是不是接了个强奸案？有个嫌疑人的家属找到了我，我这两天过南方，找你聊聊！"张沧文说："真是巧呀，我今天刚好在云港办这单案子，我们回头联系，可以吗？"文慧说："哦，我最近也要去云港市，那边我很熟悉，有啥困难可以找我哈！"张沧文很少听到有人主动帮忙的，心里有些感动，说："好啊，谢谢！回头电话联系！"文慧说："好呀！"随后挂断了电话。

严立颖见他打完电话，问："是北京的那位文律师吗？"张沧文说："是呀，你认识？"严立颖笑了一下，说："名气大得很哪！"张沧文听他话里有话又不愿往下说，也就岔开了话题，两个人回顾了一会儿校园的快乐时光，套餐也就送上来了。

一见点的都是鳗鱼饭，严立颖皱了皱眉头，说："余灵，你太偏心了，就知道照顾别人的口味！"余灵朝他嘟着嘴，说："表哥，别那么小气，小时候吃东西我都就着你的口味，这次沧文是客人，咱将就他一回！"严立颖点点头，说："算你乖巧，会说话。"张沧文装出一副不高兴的样子，说："我怎么成客人了？不会是没别的套餐吧，怎么点了三个一样的？余灵怎么知道我爱吃？"

余灵微笑着说："认识你这么久，总还知道你的口味的，以前和你一起吃过，该不会忘了吧？"张沧文没想到这么久的事她还记得，心窝里顿觉暖暖的，不自禁地发起呆来。

严立颖看在眼里，干咳了两声，问道："今后有什么打算？"张沧文愣了愣，说："我还能有什么打算，不就是当律师，办案子么。"严立颖哈哈大笑，说："说得这么可怜兮兮的，记得你说的'专业''正义'！为社会做一些有意义的事！"张沧文平静地说："人的能力有高低之分，所处的位置也不同，我能力微薄，本本分分干好工作就是对社会作奉献。仁兄你身居要职，关乎国家社稷的事请多多操劳！"严立颖拍了拍他的肩膀，说："你是个热心的人，以后多联系。好了，该吃饭了，呵呵！"

吃完饭张沧文回到酒店，从公文包拿出一大沓文件，半躺在床上看了起来，脑海里却不断浮现出以前与余灵相处时的片段。

第二章　有缘相遇

当天夜晚，在香港旺角的花园街上，几个民间艺人正在表演节目，有演唱英文歌曲的，有跳民族舞蹈的，有拉奏小提琴的，有表演魔术的，中西交融，各有精彩。文南和章华恰好路过此处，见许多人围观，还伴有阵阵的喝彩声，好奇心起，便也跟着凑了上去。文南二十多岁，是名律师文慧的儿子，两年前来香港读书；章华的父亲章之程在云港市工作，与文慧熟识。两个人同龄，加之自小认识，又同时到香港读书，所以交往特别密切，除了上课，两个人几乎形影不离。

大家正看得兴趣盎然，变魔术的那人深吸了一口气，忽然往外喷出了一团火焰，前面的一个女孩尖叫一声，后退了两步，转过头，秀发从两个人面前拂过。两个人目睹那女孩略显慌张的脸容，不禁同时倒抽一口冷气，"哇"了一声，真不信世上有如此美艳之女子。那女孩马上意识到是幻术，缓过神来，瞟了两个人一眼，又转回头去观看表演了。

文南和章华默默地对望了许久，同时露出了调皮的微笑，文南问："你也喜欢她吗？那怎么办？"章华说："还能怎么办？公平竞争呗！"文南说："好，那谁要电话号码？"章华说："老规矩，剪刀、石头、布，谁赢了谁去。"于是两个人比画了起来，文南胜出。

两个人去到那女孩面前，文南说："你好，想跟你认识一下，能给个电话号码吗？"那女孩看了看他俩，冷冰冰地说："我不想认识你们。"文南有些着急，忙说，"你也是从内地过来的吧？咱们说不定是老乡呢！我来自北京，他是云港市人，我们在香港大学念书，学的是法律，想认识一下！"没等他说完，那女孩说："好了，明白了！今天没带手机，号码我自己都没记住，周六晚上八点在那间红茶馆见！"她边说边指着不远处的一栋建筑物。

文南和章华喜出望外，连连点头称好。两人离开人群，走到一僻静处，文南说："我还以为没戏唱了，没想到峰回路转，虽然大家都读法律的，但还是我能说会道吧？"章华说："你说到地名时，她眼睛一亮，说不定真是你或我的老乡。"文南拍拍他的肩膀说："你小子真有一手，观察得细致入微，这点我可比不上你！"章华说："今天周四，后天晚上才能见面，这两天可怎么打发？"文南说："看来你已经中毒不浅！我妈明天过来，我刚好陪陪她，你要不要一起吃饭？"章华说："我明天去南丫岛上发发呆吧，替我向伯母问好！"

第二天，文南按照和母亲的约定一早去口岸接她，到了中环酒店，安置好行李，文慧说："我们到楼下喝咖啡吧！昨天在深圳忙了一天，今天又起得早，还真有点乏，这几年养成习惯了，睡不着的时候喝杯红酒，困乏时喝杯咖啡。"文南说："妈，知道我这几年为什么总让您住中环酒店吗？就是因为一楼的西餐厅咖啡好喝，红酒美味！"文静笑了笑，露出两个酒窝，说："知道你孝顺了！脸上都是灰，去洗个脸，我们下楼去！"文南笑着站了起来。

西餐厅的咖啡是现磨的，文慧一口气喝了几杯，顿觉神清气爽，说："你很快就毕业了，有什么打算没有？"文南说："我听妈妈的。"文慧面露笑容说："不单是听我的，你长大了，该有自己的主张了。"文南不想过多地谈论自己，主动岔开话题，说："章华让我替他问候您，他本来要过来，临时有事去了南丫岛。"文慧说："跟女孩子拍拖去了吧？对了，你们都老大不小了，有没有看上眼的姑娘，有的话要主动些，付诸行动哟！"

文南想起昨天那女孩，心想：心仪的倒是有，可惜连人家姓甚名谁都不知道，章华也在虎视眈眈，还不知道女孩是否已有心上人，想说都无从说起！文慧见他若有所思的样子，便问："有喜欢的人啦？不好意思说？"文南赶忙摇摇头，说："还没，有的话肯定找老妈当参谋！"文慧笑着说："我儿子英俊潇洒，不愁没有姑娘喜欢！"文南说："那是！"

文南喝着咖啡，忽然想到什么，问："您不是专程从北京赶过来看儿子的吧？"文慧说："看儿子是重中之重，另外还有个案子要办，约了张沧文见面。"文南第一次听到"张沧文"这名字，问："张沧文是什么人？"文慧说："是个律师。"文南很是纳闷，问："你干吗见律师？"文慧说："那个案子他也是辩护律师，交流一下；另外呢，好久没见了，看看有什么可以合作的。"

见文南一头雾水的样子，文慧笑了笑，说："你是不理解妈妈说的合作吧？

嘻嘻，没错，妈妈在律师界，那是大名鼎鼎，当年律师界流传'南房北刑'，其中，'北刑'指的就是我，说的是我在刑事辩护上造诣极深，哈哈！你们都学法律，章华已经通过法律职业资格考试，取得律师执业证还需要实习，他爸妈想让我当他的实习指导老师，我常在北京，哪有时间精力呢？所以，有机会的话我想让张沧文来当，在律师这一行，他算是很有天赋的。本来我还有个徒弟李卫庄可用，遗憾的是，他犯过事，执业证书被吊销了，此生不能再当律师。"说到这里，文慧忍不住连连叹气。文南问道："您之前和张沧文打过交道？"文慧说："当然啰，但关系不算太好。"想起以前曾算计过他，也不知道他还记不记仇，不禁百感交集。

文南不以为意地说："见着了聊聊呗，真不行的话，咱们还有别的人选呢！妈妈找人帮忙，好多人会引以为荣的！"想起约那女孩的事，担心时间上有冲突，又说，"明晚八点我约了朋友在旺角的一家红茶馆聚会，别的时间没安排，你上哪我都陪着你！"文慧说："中午先休息，下午上邮轮去玩玩！"

文南陪着母亲在邮轮上过了一宿，第二天下午才回到中环酒店。吃过晚饭，文南约上章华，急匆匆地赶到那女孩所指的红茶馆。八点钟还没到，红茶馆里已经座无虚席，两个人在靠窗的一雅座里找到了那女孩。那女孩看上去不到二十岁，皮肤白皙，一副冰清玉洁的容貌，像是古代画像里的美女。

见两个人小心翼翼地坐下，那女孩朗声说："一回生两回熟，不用那么拘束，我叫李若寒！"文南心想："这真是名如其人，要是叫'若冰''如冰'什么的，那就更贴切了！"正想开口，章华说："好名字，不介意我们叫你若寒吧？我叫章华，他叫文南。"

李若寒望着章华，说："如果我没记错的话，你是云港市的吧？"说完望着章华。章华急忙点点头，说："没错！"李若寒幽幽地说："我祖籍是江苏的，但我自小在云港居住。"文南说："云港市有山有海，我也很喜欢！"李若寒说："是啊，父辈不容易，背井离乡，四处打工，好不容易才有了个落脚之地，而我还能出来读书，真是幸运！"

此时，茶馆开始播放歌星陈慧娴的歌曲《红茶馆》，听到"红茶馆，情深我款款，怎么你在望窗畔，枉我一心与你一起，做你一半，你的生命另一半"时，李若寒深情地望着窗外，一副陶醉的神情。等到歌曲播完，李若寒缓过神来，目光转移到他们身上，说："失态了！我经常到这间红茶馆，是因为我特别喜欢《红茶馆》这首歌，有一次，我还在这里听了陈慧娴的现场演唱，那曲调，那歌词，是那么的富有感染力，每次都让我为之动容，每次听着听着，眼泪都忍不住掉下来，心里百感交集。"文南和章华也深受歌曲的感染，看到李若寒那楚楚动人的模样，不禁有些神情恍惚，文南轻声说："这就是音乐的魅力，你以后来这里可以叫上我们，我们就住附近。"章华大声说："是啊，我们离这不远，可方便了！"

李若寒心想："这两个人倒是一片好心，不过他们如何能理解我的心境？"当下柔声说："我经常往返内地和香港，一两周才过来一次，碰巧的话你们就过来呗，一起听听音乐、喝喝茶。"文南见她比之前温和了许多，心里高兴，说："那太好了，留个电话吧，方便以后联系！"

三个人互留了电话，李若寒说："我的电话有时会关机，打不通的话发微信，我看到了会回复的。"章华刚要问为什么，转念一想，她经常往返两地，有时关机也是正常的吧！

过了一会，文南问："你是在这边念书呢，还是工作？"李若寒说："念书，不过不像你们，你们是正规军，我是打游击的，三天打鱼两天晒网，呵呵！这间茶馆每二十分钟播放一次歌曲，我们既能聊天，又能品味红茶馆的风韵，真是挺好的！"文南听出她是不想谈太多私人话题，便也不再追问。

三个人又聊了一会，约好了下个周六还在红茶馆见面，李若寒起身先走，留下他俩发了好一阵子呆。

文慧在香港逗留了一天，第二天返回深圳，第一时间拨打了张沧文的电话。张沧文说："我还在云港，回去再联系你！"文慧说："那我下午到云港，刚好聊一下那个案子，到时见！"

与文慧通完电话，张沧文打了电话给李劲伟，让他马上赶到云港，商讨案情。张沧文接着约了罗威见面。李劲伟到达酒店后，张沧文把了解到的案情跟他介绍了一下，紧接着罗威跟妻子詹思丽也到了。詹思丽和罗威一样，长了一张朴实的脸，一看就是那种不会撒谎的人。张沧文郑重介绍了李劲伟，说："这是我上回所说的李律师，经验丰富，能力卓越！"李劲伟谦逊了几句，罗威上前紧紧地握着他的手，连声道谢。

刚坐下，罗威就急匆匆地说："昨晚找了熟人，带我们去了陈可家，陈可的爸爸陈一丁、妈妈郑阿琼都在，他们的态度都很好，说是本来不想报案，硬被人拉去的，我跟他们聊了聊，我的妈呀，情况可不太妙，没罗奇说得那么轻巧！"张沧文没觉得意外，问："你有没有直接跟陈可对话？"

天气本就炎热，空调刚开不久，尚未吹干他额头上的汗珠，罗威擦了擦汗，说：

"有啊，本来小姑娘委屈地流着泪，啥都不想说，她妈妈劝说了许久，陈可才断断续续地说，一进卧室，罗奇和小马一个抓手，一个抓脚，硬是把她衣服给脱了！对了，小马的名字叫马勇明，他父亲老马刚才给我打了电话，说等会过来！"

李劲伟有些细节没搞清，问："你说两个人一个抓手，一个抓脚，谁抓手？谁拉脚？"罗威用手抹了抹额头的汗珠，说："大的抓手，小的拉脚！罗奇说一进卧室马勇明就去洗澡，他和陈可就嘿咻起来，昨晚我问陈可，马勇明出来的时候她和罗奇在干吗，她说什么都没干，坐在床上说话，那问题就来了，马勇明出来前罗奇和陈可什么都没干，那他们整事的时候，马勇明是在场的哟！"

张沧文见他有些偏离主题，说："马勇明是不是在场看他们整事不重要，重要的是他到底有没和陈可整事？"罗威点了点头，说："我问过陈可，她说有，她和罗奇完事之后，马勇明就想钻进被窝，被她踢了两下，退到一边玩电脑，一直没睡，到了半夜，罗奇困了，呼呼睡大觉，马勇明就霸王硬上弓！"

张沧文听到这里，思考了一会，对李劲伟说："你看问题是不是很严重？按照陈可的说法，马勇明和罗奇先后与她发生了关系，而且还有强迫的嫌疑，可能构成轮奸啦！"詹思丽眼眶一下子红了，紧张到说话都有些结巴："是啊，她们报的就是轮奸案呀！"李劲伟微笑着说："不用紧张！我们现在听到的，未必是事实，打官司打的是证据，没有证据支持的就不是事实，按照陈可的说法，她跟罗奇是愿意的，而马勇明跟她发生关系时，罗奇在睡觉，未必不知情，罗奇和马勇明没有合谋。"

张沧文点点头，说："有道理，没有合谋又不知情，应该不构成轮奸！"詹思丽的脸色缓和了些，罗威点了根烟，猛吸了几口，说："不好意思，呛到你们了吧？"李劲伟笑着说："没事，抽雪茄的我们也碰到过。"罗威说："我是紧张过头了，呵呵！那天我跟陈一丁和郑阿琼说，俩小孩本来是在谈朋友，这么一搞，罗奇要在牢里待很久了，夫妻俩表示同情，也很后悔报案，说需要他们怎么谅解，怎么配合都行，他们也不想罗奇有事，毕竟两个小孩是有感情的。"

张沧文笑了笑，说："看来小女孩对你儿子还不错，说不定以后还能发展呢！"罗威也忍不住笑出声来，说："我还真是打了感情牌，说让两小孩处对象呀。"李劲伟说："那你让陈可去撤案呀，就说她当时和罗奇发生关系是自愿的，马勇明怎么样咱们不管，反正罗奇后来睡着了，什么都不知道。"

罗威叹了叹气，说："我是这么暗示过，郑阿琼为此还打了电话，打电话的时候离我较远，具体说什么我听不到，打完电话跟我说咨询了律师，那样不行的，等下把我儿子弄出来了，她女儿又进去了！"李劲伟嗤笑一声，说："谁说你儿子出来了，她女儿又得进去？律师一般不会说这种话的，陈可要改口的只是她对事情的看法，客观事实没变，我向你保证她不用进去！"

罗威拍了一下大腿，说："好！能保证他们女儿不用进去，我就能让他们去撤案！"詹思丽这会情绪已经稳定下来，说起话来也顺畅了："小女孩听说罗奇在坐牢，不知道什么时候才出来，还掉了眼泪，说她不晓得要抓罗奇，原来以为就抓马勇明！我问她之前都跟罗奇开过房，这次怎么说得不一样，她说以前都是两个人，心甘情愿的，这次有马勇明在场，还要做这种事，所以不愿意。"张沧文听完，称赞了她："你问得好！真有第三人在场，她不愿意那很正常。按照罗奇的说法，他们是在马勇明去洗手间洗澡的期间整事的，马勇明不在他们旁边，而按照陈可的说法，马勇明不仅在场，还帮忙按手按脚的，关于这个环节，谁说的是真的呢？"

罗威犹豫着，没出声，李劲伟说："按一般的逻辑，陈可说的可信度较高，因为罗奇和马勇明的社会阅历更丰富，他们为了逃避责任，说谎的可能较高；陈可呢，明显是感到委屈的，还哭得稀里哗啦的，嫁祸别人的可能性不大。不过，如果他们去撤案了，谁说谎都不重要了。"罗威点点头，表示认可李劲伟的分析，问道："李律师，如果他们愿意的话，要怎么去撤案呢？"李劲伟答："这个简单，你让陈可和她父母去趟公安局，当面要求撤案，同时准备一份书面的材料，让他们签上名交给办案机关。"

罗威点点头，张沧文问李劲伟："你看我们要不要尽快去会见罗奇？"李劲伟想了想，说："不急，过阵子再去，我们在这里了解的，比他知道的还全面，回头再去公安机关了解些情况。对了，罗奇进看守所前你们交代过什么没有？"罗威摇摇头，詹思丽说："就问了些情况，别的我们又不懂，也不知道该嘱咐什么。"刚说到这，门铃响了起来，罗威说："应该是老马到了，我告诉过他房号。"说完起身去开门。

门一开，老马和文慧一前一后走了进来，一照面老马就握紧张沧文的手，说："幸会，幸会！"刚要介绍文慧，张沧文说："文律师我认识，我们刚通过电话呢，能请到文律师是你的荣幸，文律师可是律师界的泰斗呀！"文慧呵呵笑了起来，说："咱们是老熟人，别那么抬举我，今天是奔着你来的。"李劲伟也跟她打了招呼："幸会，幸会！久闻大名，请多关照，这世界太小了！"文慧笑着说："人生何处不相逢，老马的一个战友是我的朋友，关系太近推脱不了，咯咯！"

　　张沧文听她这么一说，才知道老马当过兵，暗地里打量了他一番，发现他长着一副马脸，小眼睛，身上没有当过兵的痕迹，倒散发出商人的精明，心想："这还真巧，既姓马，又一副马脸，叫老马那是再合适不过！"老马这时做了自我介绍："我叫马辉，长着一副马脸，大家都叫我老马！"众人听了，都忍不住笑了起来。

　　待大家笑完，文慧说："我们言归正传。根据我了解到的信息，公安机关对马勇明立了两个案，一个是对张妮妹的强奸案，一个是轮奸案；对罗奇也是立了两个案，一个是强奸未遂案，对象是张妮妹，本来想定性为猥亵罪，但因为罗奇不满十六周岁，猥亵罪不能追究刑事责任，于是定为强奸未遂；另外一个就是和马勇明的轮奸案。据说，轮奸案的证据存在不足，警方的立场摇摆不定，马勇明承认和张妮妹发生过关系，但否认和陈可发生过关系。咱们今天要交流探讨的，主要是轮奸案！我个人的目标，就是把轮奸罪给推翻掉！"李劲伟点点头，说："赞成文律师的意见！我想知道，在现场勘查中，警察去马家搜查过，有没有找到什么证据？"

　　老马眨着小眼睛，说："没找着。最近焦虑得很，你们看我儿子的事有多严重？"文慧一如既往地干练，说："根据现有的信息，他跟张妮妹发生过性关系，这是事实，张妮妹告他强奸，他自己也承认，如果再加上一些旁证，强奸罪势必构成；陈可那一单，小马没认，如果没有别的有力的证据证明，很难认定。"老马问："那得判几年？"文慧笑了笑，说："我们等到探讨完了再来下结论！"

　　老马点点头，李劲伟问他："小马到底有没有与陈可发生过关系？"老马迟疑了一下，说："这点我还真确定不了，警察上门抓人的时候，我没在家，儿子被抓后，你也知道，我见不着他的，所以没机会跟他交流，但我想应该是有的，哪有香喷喷的面包到了嘴边不咬一口的？"张沧文听他这么调侃儿子，忍不住笑了起来，问："据你所知，警方在你家找没找到啥证据？"老马小眼睛转了几圈，说："据我所知，在卧室里找到两个避孕套，没拆过的，不能算什么证据吧？另外，据我所知，警方把内裤送去作 DNA 检测，没检测到精液。"张沧文笑了笑，说："看来还真是证据不足！"

　　老马干咳了几声，问："如果两个人都和陈可整事，构不构成轮奸？"李劲伟问："你是说同时还是先后？"老马说："同时的还用说吗？我说的当然是先后。"李劲伟面露微笑，说："就算是同时的，也未必构成轮奸啊，前提是大家都是自愿的；先后整事情况也很复杂，除了看是否采取强迫手段，还要看两个人有没同谋，不能一概而论！"老马望了文慧一眼，文慧点点头，说："法律问题都是很复杂的。"

老马显得有些困惑，说："也太复杂了！我以为两个人都整事就构成了，当我没问哈！"李劲伟心想：他这么郑重其事地问，又说当时没问，该不会知道什么情况吧，比如，确定他儿子是与陈可发生过的？于是不动声色地问："你儿子被抓那天，你有没有在现场？"老马说："没有，我要在现场的话，我还能让他们带走我儿子吗？"

罗威朝他"哼"了一声，说："你以为你是谁啊？还不让带走，警察跟你有亲戚啊？"老马知道自己牛皮吹大了，有些不好意思，呵呵笑了一下，说："带走是肯定的，但至少我可以多了解些情况吧。"张沧文整理了一下思路，说："你们刚才探讨的都很重要，小马是否与陈可发生过关系是个焦点问题，如果没有的话，根本不存在轮奸的问题，如果发生过的话，那得搞清楚是否有强迫，如果发生过又存在强迫，那得搞清楚他和罗奇有没事先商量过。"

趁着大伙还在沉默，罗威低声对老马说："你儿子和张妮妹那一单，虽然他承认了，但你要搞清楚是不是自愿的。据我了解，张妮妹不单纯，没有母亲，父亲整天游手好闲，没太搭理她，说不定她喜欢你儿子风流倜傥，自己勾引他的？"罗威本想刺激老马，没想到老马不仅没有生气，反而大笑起来，说："你说得对，有这种可能！我本来就纳闷，儿子英俊帅气，怎么会去找一个满面青春痘的，谁勾引谁，还真不好说！再说了，他们一起去酒吧唱歌喝酒，一起去开了房，你说会是犯罪吗？"文慧沉着脸，对老马说："不要诋毁受害的女孩子，自己家的孩子有错，首先要教育好！"老马不敢顶嘴，回应道："文律师说得在理！"

张沧文问道："你和张妮妹家以前认识吗？有没有什么恩怨？"老马说："我原来不认识他家的人，这次出了事，才知道她爸叫张大松，你说能有什么仇恨？"罗威看了他一眼，又故意调侃他："没有仇恨，说不定人家惦记着你这大财主，准备谋财呢！"老马横了他一眼，却掩饰不住得意的神情，说："你是说使用美人计？就我那加工厂，在村里嘚瑟一下还行，走出外乡，那还不得见笑人？你这玩笑开得不切实际，不切实际！"

李劲伟受到启发，问："有没有可能这样，张妮妹本来是心甘情愿和小马他们玩的，只是后来被大人发现了，她父亲除了气愤，另外还滋生了一些不良的动机，譬如，想要点赔偿？"老马一拍大腿，大声说："没错！根据我了解的情况，张妮妹以前交过男朋友，而且用类似的方法敲过别人的钱，我试图去找那男的，还没找到！"老马说着说着激动起来，猛地站起身，说："这就对啦！你们想想，几个小孩，一起玩一起吃一起睡，到最后分手的时候都还高高兴兴的，期待下一回，又哪来那么多强呀奸呀之类的东西？明摆着是大人在找碴，以为报了案，我们就怕了，就会花钱消灾，拿钱去砸他们，取得他们的谅解，哼哼哼，想得挺美的！"

文慧见他情绪激动，一盆冷水猛泼下去，说："你们可别忘了，小马哥是二十几岁的成年人，张妮妹未满十四岁，还是幼女！要知道，幼女是特别受保护的，只要你明知是幼女，发生了关系便构成犯罪。据我判断，小马这一单是构成犯罪的，关键是看轮奸构不构成。"李劲伟附和道："我同意文律师的看法！"

老马对文慧是百分百信服的，听到这里沉寂下来，想着自己的心事。詹思丽一直静静地听着，见大家一时间沉默不语，就泡了几杯茶，递给大家，问道："张律师，你看接下来该怎么办？拘留很久了，是不是要逮捕了？"张沧文喝了一口茶，缓缓地说："侦查机关一定报检察院批捕，这是毫无疑问的，我是在想，因为罗奇是未成年人，如果证据不很确凿的话，我们可以申请不批捕，把羁押变更为取保候审？"张沧文说完望向李劲伟，征求他的意见。

李劲伟站起来，一边踱步一边说："取保候审的可能性是有的，如果我们能把陈可家属的撤案申请送到侦查部门，又能取得张妮妹家属的谅解，可行性会更高些。"詹思丽面露喜色，问："是不是有了这两样，我儿子就能出来了？"没等律师回答，老马抢先说："我看不行！你们不知道，主管此案的张检察官是张大松那边的人！"张沧文马上加以反驳："检察官哪有分这边那边的，忠于事实和法律是他们的准则！都什么年代了，思想还停滞在旧时代！"罗威笑了笑，说："先听他信口开河一番！"

老马拍着胸脯，信誓旦旦地说："别人告诉过我，张检就是张大松的宗亲，要知道在乡下，宗亲的影响力是很大的，一群有血缘关系的人，凑在一起，群策群力，有时候是能办成事的！张大松将这件事报给了乡里的宗亲理事会，理事会一号召，哪位宗亲不帮忙，就好像得罪了整个家族。所以，张大松找张检帮忙的话，他很难推掉，一定会帮的！"文慧对他的观点不以为然，但耐心地听他把话说完，说："新时代下，大家办案都是以事实为依据，以法律为准绳，没有谁偏帮谁的问题！社会上谁没有亲戚、朋友甚至宗亲什么的，但谁都不能因为这种关系左右案件的公正办理！"李劲伟深以为然，对文慧竖起大拇指，说："我完全赞同文律师的看法！找关系、办人情案已经是旧时代的事了，在当下的法治环境下，我们律师对不公正的地方也会据理力争，发挥律师的作用，让当事人的合法权益得到保护！"

文慧和李劲伟第一次见面，听他赞扬自己，不由得心花怒放，笑着说："李律师说得没错，我们律师的责任，就是当你受到不公平待遇时，律师要帮你扳回来！"罗威情不自禁地鼓起掌来，大声说："佩服！几位律师都是一身正气，真正为当事人着想，其实我们家长也就是干着急，好多我们没有想到的，律师都已经替我们想到了。罗奇的事情，陈可一家人都答应过谅解，回头我们按照你们的安排进行，他们会配合的；至于张妮妹那边，虽然是不好处理，但我们历经艰辛，终于取得他们的谅解！"

老马听了，很是吃惊，问道："你是怎么做到的？天哪，那可是个很难对付的主呀！"张沧文也有些意外，没想到罗威这么快就取得了谅解，说："真不简单，怎么做到的说来听听！"

罗威忍不住有些得意，表面却装得若无其事，说："也没什么，还不是赔礼道歉的事。我先是托朋友跟张大松表示歉意，希望得到谅解，他的意思很明确，事情已经发生了，谅解没问题，但按照社会上的规矩，赔偿是免不了的，我问起数额，他说要找人商量商量，我心想他不知要找多少人商量，人一多七嘴八舌的，不知啥时候才有结果。

听人家说，那家伙真是个混蛋，整天不务正业，穷困潦倒得很，对女儿不管不理，女儿经常在外面跟男生混在一起，有一次不知出了什么问题，估计也是男女之间的事，对方赔了一笔赔偿金了事，有人都怀疑他们父女是'碰瓷'专业户了！我倒是不相信张大松有那么坏，本来是找朋友作为中间人，后来我亲自上门了，张大松看起来挺客气的，也不是蛮不讲理的人，念叨着老马带了两瓶酒两条烟上门来被撵了出去，说他不谅解马勇明，都是成年人了还干这种事，不值得原谅。"

老马听到这里，忍不住插嘴："打住！那家伙的意思，是不是我带的东西太寒酸了？"詹思丽看了他一眼，说："那也不算寒酸呀，那得好几千块钱是不？"老马呵呵笑了笑说："你没听你老公说之前的赔了好几万吗？张大松那么大的胃口，几千块哪会放在眼里吗，那不显得寒酸吗？"

罗威摇摇头，说："他倒是没说寒酸，我看他对女儿的感情还是挺深的，不像传说中的不管不顾，他说下来想给她找所合适的学校，让她去好好读书，不要整天无所事事，游手好闲；我看沟通还比较顺畅，就直接表明来意，希望他出具一份谅解书，要多少赔偿直说。他朝我比了个八的手势，我说八万元太多了，我给不起，并随即做了个要走的姿态；他随即拦住了我，说有事好商量，要不由我开价。我狠了狠心，直接砍掉一半，说我最多能给四万元，多了就给不起了，并做出一副无可奈何的姿态。没想到的是，他竟然爽快地答应了！"

老马听到这里，拍了拍罗威的肩膀，说："兄弟，你八成上当了！人家跟你比个八，可能是说八千元，你当成是八万元了！"罗威愣了愣，说："为儿子干的事，四万元也值了！"说完从口袋里掏出一张皱巴巴的纸，说："嗯，就是这么一张宝贝！"边说边把纸张抹平，递给张沧文。

张沧文接过一看，上面写着："兹有罗奇和张妮妹因年少无知，做了一些超出常规的事情，现因罗奇的家长登门道歉并做适当慰问，张妮妹及其监护人张大松均已谅解罗奇。如该事件由司法部门处理，张妮妹及监护人均建议不追究罗奇的责任。"正文下面，有张妮妹和张大松的签名和日期，并印上手指模。张沧文微微一笑，说道："不痛不痒，措辞含蓄，挺专业的嘛！"詹思丽说："说不定他也请了律师！照目前的情况，我儿子能取保出来吗？"

张沧文自己心里没底，看了看李劲伟和文慧，想要听听他们的意见。李劲伟明白他的意思，说："家属都已经谅解了，罗奇是未成年人，行为不太恶劣，检察院是可以不批准逮捕的，但也存在一个大障碍，在陈可的案件中，马勇明和罗奇是嫌疑犯，为了最大限度地保证他们不串供，不妨碍案件的侦查，司法机关会采取比较稳健的做法，将罗奇继续羁押！"文慧点点头，表示赞同李劲伟的看法，说："检察院批准逮捕的理由是很充分的，因为罗奇涉及的不只是和张妮妹的纠葛，还有一桩是陈可报的案，在侦查没结束前，我敢肯定取保不了。"

老马挥了挥手，表示取不取保无所谓，说："人都已经关进去了，最重要的是解决问题，先出来了，搞不好又进去了，那又有什么意思？"刚说到这，他的手机响了起来；接听之后，老马哈哈大笑，手舞足蹈，说："好消息！好消息！"詹思丽问："什么好消息？是不是你儿子出来啦？"老马拉长了马脸，说："要是出来我直接放鞭炮了！鉴定结果出来了，张妮妹和陈可的衣物没有检测到有用的东西！"罗威问："什么是有用的东西？"老马说："就是没有提取到我儿子跟陈可整事的证据！"

罗威转过头问："如果没有证据证明马勇明和陈可那啥，是不是罪名就不成立了？"李劲伟说："目前只有陈可指证马勇明，马勇明予以否认，如果没有其他证据的话，要定马勇明强奸是很难的，只有受害人指证没有其他证据的叫孤证，法院一般不会据此定罪。"詹思丽接着问："那就是说，马勇明不构成强奸，我儿子也不构成轮奸了？"

未等律师们开口，老马抢先说："那是肯定的！都只有一个人了，怎么叫轮奸？不过，你家儿子毕竟是干了，小心定个强奸！"罗威听了，面色凝重，问："可以这样定吗？"张沧文安慰他说："理论上是成立的，不构成轮奸不等于不构成强奸，但你不必那么紧张。"

罗威点点头，说："您这么说我就明白了，看来这是个连环套呀，解开张妮妹那个，不一定解得开陈可这个，前有狼后有虎，不得不瞻前顾后呀！"张沧文说："这也是文律师和李律师提到的不会取保候审的理由，对于侦查机关来讲，有人报案，有一定的事实，肯定是要进一步侦查的，至于能不能定罪量刑，要等侦查完毕，看证据是否充足。如果检察院以防止串供的理由拒绝取保候审的申请，无懈可击！"

罗威点点头，说："我明白了，陈可愿意撤案，张妮妹表示谅解，但并不意味着罗奇马上就能出来！"李劲伟点点头，说："是这样的，但不会太久。"詹思丽焦急地问："那要关多久？"

没等李劲伟回答，老马拉长了马脸，说："我得再去找陈一丁，问一问他，他女儿长得有多漂亮，为什么非说我儿子跟她整事？"罗威瞪了他一眼，说："这跟漂不漂亮有什么关系？我儿子还跟她是男女朋友关系呢，开始不也说是强奸？"李劲伟笑了笑，说："都是小孩子，未必懂那么多！情况基本清楚了，刚才詹思丽问起关多久，我一下子回答不上，我们还是先请文律师做总结吧！"

文慧一直很认真地听着，听李劲伟这么一说，不再谦让，当即缓缓地说："先说一说程序上的问题，我认为两个孩子都会走完整个程序，直到开庭判决，也就是说，我们不用把时间和精力花费在取保候审上，那没必要，也不现实，咱们只需跟进并催促整个进度即可。实体方面，我认为小马会定强奸罪，因为有一点咱们绕不过去，那就是张妮妹尚未成年，即使她看起来很成熟，或者看起来是自愿的，法官仍会判决小马承担责任；小罗呢，大概率会定个强奸未遂。至于轮奸案，综合目前的证据，以及家属在取得谅解方面的努力，我认为侦查机关会因为证据的不足撤销立案。刑期方面，根据案件的实际情况及现有的法律规定，结合我本人的办案经验，我给两位孩子做一个初步的量刑，当然，结果的取得还有赖于我们律师的努力，小马被判三至四年，小罗被判一年左右！"文慧讲完，长舒了一口气，仿佛刚完成了一个案件的宣判。

张沧文和李劲伟对望了一下，眼神里充满了对文慧的敬佩之情，李劲伟说："太精妙了！文律师真是名不虚传，案子还没侦查，您已做了判决，而且有理有据，令人信服！"文慧难掩得意之情，笑着说："为了达到目的，我们还要提供专业法律意见，充分发挥律师的作用，不然的话，变数还是蛮大的！"

罗威夫妇和老马眉开眼笑，对文慧推演的结果相当满意，老马笑眯眯着眼说："小孩不懂事，理当吃点苦头吸取教训，如能减轻到如此程度，也算是他们的造化！"詹思丽自从儿子出事之后，一直都是忧心忡忡，愁眉苦脸的，此时也忍不住心花怒放，笑容满面，说："真是他们的造化！几位律师功德无量，好人有好报！"

几个人又聊了一会，确定了下来各自要做的事，临走前，文慧握着张沧文的手，说："改天我们再好好聊聊，聊聊老朋友，聊聊有趣的案件，有个侄子想找个实习导师，说不定还要麻烦你！"张沧文说："客气，客气！不急的话，等忙完这阵子，好好向您请教！"文慧又对李劲伟说："今天有缘相见，以后多聚聚！我和张律师是老朋友了，同行之间应多交流，多沟通！"李劲伟毕恭毕敬地说道："一定，一定！多向您请教！"

第三章　倾诉心声

与众人分开后，张沧文想起要把案件的情况跟余灵通报一声，便拨打了她的电话，把情况大致讲了一下，最后自己做了评估："顺利的话，走完整个司法程序，也就是历经侦查、起诉、审判后，人就可以出来了！"余灵静静地听完，柔声说："有心了，对小孩来讲，我们要允许他们犯错，但也要帮助他们认识错误，改正错误。当然了，吃点苦头是难免的，这样才能长记性！对了，你这几天有空吗？"张沧文说："这几天都不用开庭。"余灵说："太好了！我想出去走走，你陪我去可以吗？"

"可以呀！"张沧文颇感意外但又喜不自禁，毫不犹豫地答应了，想起很久前有一次余灵打电话约他出去玩，他没去，因此留下了许多遗憾；这一次，不管怎样，都要出去走走的。余灵问："你不问去哪？"张沧文笑着说："跟你走就是了，怕你卖了我不成？"余灵说："好！入冬了，你收拾些厚衣服，去到省外的话可以用用，我明天去接你！"

次日，余灵开着一部SUV汽车接上了张沧文，一口气开了三百多公里，张沧文怕影响她开车，一路没怎么说话，看着下了高速，刚想问用不用接替她开车，余灵已经先开口："你来开会车，很快就到我外婆乡下了！"张沧文跟她调换了座位，说："你闭目养会神，连开三小时了。"余灵笑了笑，说："我不累！我还想看看沿路的风景呢，很久没欣赏过田园风光了！"

张沧文照着导航，开上了一条只有单车道的乡间小路，心里一直嘀咕：这要碰上有车开过来，可怎么会车？放眼车窗外，真是一幅迷人的乡村景象：远处是种满树木的小山丘，郁郁葱葱；近处是水稻和玉米相间，黄绿交错，高低起伏有序，靠着马路边的，是一株株迎风招展的向日葵，像是在向路人挥手致意，那金黄色的葵花上，隐约可见蜜蜂在采蜜，确实令人心旷神怡！余灵忍不住喊起来："哇，太美了！那一片好像是茶树，喂，停一停，这向日葵好大，我要去采摘！"张沧文依言停下，问："会不会堵到别人的路？"余灵说："不会，这是单向道，对面不会有车过来，傻瓜！"

张沧文这才放心下来，熄了火，和余灵一起下了车，走到余灵看中的向日葵前，余灵伸了伸手，够不着葵花，便说："我不够高，你来摘！"张沧文伸手刚触摸到葵花，忽然，有只蜜蜂"嗡"的一声，直奔他脸上冲了过来，张沧文情急之下缩手一拍，"啪"的一声，蜜蜂被他拍死在自己脸上，只是用力过猛，脸上红肿了一片。余灵凑过来一看，呵呵大笑，说："不妙，蜜蜂的针嵌在脸上了，针扎的地方有点肿！"刚要帮他把针屑弄掉，忽然想起什么，说："赶紧先回车上去，要是蜇你的是蜂王，那就麻烦了，很快群蜂就围攻过来了！"

张沧文一听，不由得紧张起来，顾不上脸上疼痛，捂着脸和余灵跑回车上，关紧了车门，余灵还是呵呵地笑，说："没事，很快就到我外婆家了，让她帮你处理一下就好！可惜了，我的向日葵！"

余灵的外婆就住在单行道的一边，门口有个宽阔的晒谷场，足够停上几部汽车，晒谷场的后面，盖有三间瓦房，张沧文刚把车停好，就见中间的房屋里走出一位阿婆，七八十岁的样子，身板直挺，步伐矫健，两个人刚下车，阿婆已迎了上来，对着余灵说："好久没见你，可想你了！"余灵眼眶一下红了，忍住了眼泪，说："外婆，我也想您！对了，您先帮他消消毒！"指着张沧文说，"这是我朋友，文哥，被蜜蜂蜇了！"又对张沧文说，"我外婆姓苏，你就叫她苏阿婆吧。"

苏阿婆看了一下张沧文的脸，把他们引进房间，取出酒精帮他消了毒，又用热毛巾敷了脸，说："没啥事，余灵这丫头小时候也被蜇过，后来留下了一点疤痕，你年纪大些，留下的疤痕可能会大些。"张沧文望着余灵，说："原来你小时候被蜇过，该不会跟我一样，是去采向日葵吧？"余灵做了个鬼脸，说："你猜得很准！你的经历跟我一样，纯属盗版！"张沧文假装愤怒地指着她，说："你，你，你，故意陷害我！"

余灵咯咯直笑，说："别你你你了，走吧，跟我烧土窑去，用无比美味的番薯补偿你！"苏阿婆闻言，说："那我帮你们备些番薯！"余灵说："不用了，外婆，我去您地里自己挖，您别心疼哈！"苏阿婆说："好，好，你自己去挖，有本事把外婆的番薯挖光，呵呵！"

余灵带着张沧文走了好几百米山坡路，到了一片番薯地里，说："我教你怎么挖番薯，然后你负责挖，我负责去边上砌个土窑，找些干树枝。"张沧文不知道土窑怎么烧，于是点点头。余灵弯下腰，抓着番薯藤，用力往上一拉，拉出了两个饭碗大小的番薯，说："你就依样画葫芦吧，记住，如果把藤拉断了，就用手刨刨土，土质很疏松的，刨开土就能弄到番薯了！"张沧文点点头，问："挖几个番薯？"余灵想了一下，说："就十个吧，十全十美的，好兆头。我们肯定是吃不完的，但吃不了可以兜着走！"

余灵走到番薯地外围，挑了一片较为平整的原地，砌起了土窑。此时正值入冬，园地上的土块很多，周边也遍布树木的枯枝，正是烧土窑的黄金时节。砌土窑难度最大的在于砌门，相当于灶台的灶门，烧柴火用的，一旦砌得不够结实，被树枝勾到容易导致整个土窑坍塌。余灵很久没烧过土窑，为了保险起见，她四处搜寻，找了两块方形的红砖，作为土窑的窑门，大大加强了整个土窑的稳固性。

砌好了土窑，余灵在周边捡了些枯枝，正准备点火烧窑，张沧文抱着一筐番薯走了过来，满手都是泥土，可见还是动手挖过番薯的。张沧文第一次看到这种塔形的矮小土窑，土块之间还留了许多空隙，忍不住问道："这土窑砌得不够扎实吧，咋留了这么多缺口？"余灵得意地笑了笑，说："这你就不懂了吧！在土窑里烧火，留着洞孔是通风用的，就像灶台，得有烟囱才能烧火做饭呀！"张沧文恍然大悟，说："明白了，我给你打下手，你有事吩咐我做就是了！"

余灵点了火，有些树枝干枯得不够彻底，烧火的时候发出了噼里啪啦的声音，好在火烧得够旺，就算是绿树枝也即刻燃烧了起来，烧了一阵子，土块变成黑色，慢慢地又变成了红色。余灵半跪着，用一根树枝不断地拨弄燃烧着的树枝，让树枝充分燃烧，眼见土块已烧得通红，对着正在一旁观赏风景的张沧文喊道："快点过来！挖个小坑，我要把多余的残渣弄到坑里去。"张沧文依言挖了个小坑，余灵又说："在土窑旁准备一堆土，等我们把番薯放进土窑里，把滚烫的土块砸碎覆盖在番薯上，外面堆上泥土，热气就不会外泄了。"

张沧文到这会儿才完全了解烧土窑的整个流程，连挖带捧地把泥土准备好，只见余灵站起身，拍掉手上的污泥，说："很快就到尾声了，这把火烧完我们就开始放番薯了，赶紧拍照，拍这红红火火的土窑，发到朋友圈嘚瑟嘚瑟！"没等张沧文反应过来，她已经掏出手机拍了几张照，发到了朋友圈，还添加了文字：儿时的梦想。

发了朋友圈，余灵兴致勃勃地看着别人的点赞和评论，忽然看到了表哥的评论，不禁咯咯大笑，说："我表哥还挺内行的，说我用红砖砌灶门不够专业！"张沧文一脸茫然，问："严立颖也会烧土窑？他说的是什么意思？"余灵说："他小时候经常跟我玩，当然会啰，他的意思是我不敢用土块砌门，而是选择了难度较小的红砖，回避倾倒的风险，所以说不够专业！"张沧文似懂非懂，问："说得在理吗？"

余灵没有回答他，说："把番薯移近些，我们准备下窑！"只见她把窑里尚未烧完的枝木弄出来，推进小坑里，用土埋了，说是防止烫伤，又用土块把灶门堵紧，把塔顶上的几块土夹开，露出了一个空阔的窑洞，然后把张沧文递过来的番薯小心翼翼地放进去，都快把手伸到窑里了，说是避免摔坏番薯。等把十个番薯都放进去，余灵把烧红的土块推倒，覆盖在番薯上面，然后叫张沧文一齐动手，用石头把土块轻轻敲碎，确保番薯被滚烫的碎土完全覆盖，然后迅速地把原来堆在地上的泥土盖在上面，堆成了一个小土堆。眼见大功告成，余灵愉悦地站了起来，扭了扭腰肢，放松放松许久没动有些僵硬的脖子，说："半小时后咱们就可以享受到香喷喷的番薯了！知道吗，在番薯的所有做法中，烧土窑是最好吃的，没有之一！"

张沧文本来对最好吃的说法不以为然，等到把番薯从土里刨出来，剥开皮送进嘴里的时候，他才彻底信服了。一层像结了老茧似的，又香又有嚼头，里面的又甜又嫩，那叫人间极品！余灵笑嘻嘻地说："我没骗你吧？"张沧文忍不住竖起大拇指，说："这是我吃过的最好吃的番薯，我会嘴馋的，咱们以后常来哈！"余灵笑着说："好呀！我这次休完年假，恐怕要一两年后才有长假了，你啥时候有空都可以到外婆家来！"张沧文听完心情大好，说："好呀，你外婆身体这么好，必定长命百岁，咱们大把机会来这里！余小姐，我们下面的行程怎么安排？"

余灵拿出手机，查了查地图，说："北京已经下过几场雪，咱们就不去了，先往西北走，去内蒙古看看冰雪，再往东往南回程，去的时候不参观景点，就在路上看看风景，找酒店歇歇脚，赶路为主！"张沧文看着余灵那专注的表情，心里面涌出阵阵暖意，既然已经答应了她，也不在乎去哪，走哪条路线，"嗯"了一声，说："你安排吧，我听你的！"

两个人在高速公路轮流开车，累了就下高速去酒店住宿，顺便在酒店的四周找些地方转转，然后再进入高速公路奔驰，好在公路四通八达，连接成网，加上导航指引，没跑冤枉路。走了三天三夜，看到了赤峰市的路标，余灵说："这是内蒙古最大的城市，是金庸笔下乔峰大侠来过的地方，这地方我熟，先带你去看看吧！"张沧文开心地说："好呀，没想到这天寒地冻、偏远陌生的地方，还能配备一个大美女导游，真乃三生有幸也！"余灵被他这么一捧，高兴得哈哈大笑，说："我来过好多次了，这里历史悠久，名胜古迹很多，先带你去乌兰布统草原开开眼界，那里有个古战场，当年康熙大帝教训女婿噶尔丹的草原大战，就是在那里进行的！"张沧文听到历史故事，顿时来了兴致，说："赶紧去！"

余灵设置好导航，一下高速发现公路上已经结了冰，这才想起已经彻底远离了南方的草青树绿，进入了北方的冰天雪地，不自禁拍了拍自己的脑门，说："搞错了，我还想着山清水绿，风吹草低见牛羊呢，恐怕是白茫茫百里雪原了！"张沧文笑了笑，说："我也是，脑筋没转过来，还停留在三天前。不管怎样，咱们都去看看，就算没有草原，也要去看看古迹！"

冰雪地面容易打滑，余灵小心翼翼地开着车，通过漫长的冰雪道路，开始进入乌兰布统草原景区，景象忽然大变，两排近乎干枯的树上，披满了银光闪闪的雪片，似乎刚下过一场漫天大雪，穿过这片充满生机的树林，眼前豁然开朗，不远处，一望无际的大雪原，万马奔腾，来回驰骋，演绎着另一种风格的草原大战。余灵兴奋得差点从车上蹦下来，说："太美了，这应该是剧组在拍大片，我倒是忘记了，这地上不长草了，披上一层厚厚的雪，更显示出生命的活力和世界的纯洁！"张沧文放眼望去，只见五颜六色的战马呼啸狂奔，后面扬起了一片片白雪，场面甚是壮观，遥望马背上的骑士那飒飒英姿，不禁有点神往，说道："我一直都以为草原大战的背景都是绿色的，想想，如果战斗发生在冬天，那就是一片银白色的背景，只是厮杀过后，雪白的上面，会染上红色的斑驳。对了，你骑过马么？"

余灵正被眼前的雄壮场景所折服，没理会张沧文的感慨，听到他问话，答道："骑过，但骑得不好，马跑起来时不懂控制，有时被颠簸得浑身酸痛，屁股发疼！"张沧文忍不住笑了起来，说："那今天就别去骑马了，天寒地冻的，摔了会很疼的！"余灵说："言之有理！等来年风吹草低见牛羊时，咱们穿着短袖，再来领略康熙大帝草原大战的韵味！"

两个人依依不舍地掉头开往市区，经过一个郊野公园时，余灵开了进去，在里面绕了两圈，指点着几个白色的小山峰，说："知道赤峰的来由吗？你现在看到的这些雪白的山峰，冰雪融化之后，都是红色的，赤峰就是因为这些红色的山峰而得名！"张沧文啧啧称奇，说："这会我万没想到，这些山峰会是红色的，你说乔峰来过这里，又是什么来由？你胡诌的吧？"余灵调皮地笑了笑，说："我咋就胡诌了？金庸先生笔下的乔帮主，出身是契丹的贵族，而当年契丹人建立的辽国，都城便在赤峰境内，按此推算，乔大英雄不应到过这里吗？嘻嘻！"

张沧文点了点头，说："照你的说法，是该来过，没想到你挺博学的！"余灵说："现在才知道，会不会太晚了？"见张沧文低头沉思，又笑着说，"走，我带你去附近村里转转，看看人们是怎么捕鱼的？"张沧文问："捕鱼？是游戏吗？"余灵拧了一下他的耳朵，说："看你，傻里傻气的！什么游戏，是真的捕鱼，运气好的话，你还能尝尝鲜呢！"

张沧文想不出冰天雪地的如何捕鱼，满腹狐疑地跟着余灵，走到一处村庄附近，看到一大群人围成一圈，有人还大声吆喝着。余灵说："那就是了！"他们走近一看，人群中间有几个壮汉正用锄头在铲开冰层。张沧文一下子明白过来，这地方原来是池塘或者小河，鱼儿被冻结在冰里，把冰敲开，鱼就露出来了，而且活蹦乱跳。

几个壮汉锄开二三十厘米的冰层，只听到好多人大声叫好，一下捞上来十几条鱼儿，有个壮汉对着旁边的伙伴大声说了几句话，张沧文没听懂，余灵说："那是蒙古语，应该是叫他去生火烤鱼。"果然，那个被吩咐干活的小伙子在人群外围堆了几根木柴，点起火来，另外两个人用铁盆子装了鱼，到了火堆旁，用些特制的铁叉子叉上鱼，放在火上烤了起来。余灵一边摇头一边微笑，说："这比我们烧窑落后多了！你要不要尝尝鲜？他们很大方的，谁都可以吃，而且认为是一种礼遇和祝福，祝愿大家年年有'鱼'！"

张沧文摇摇头，低声说："无功不受禄，我就不吃了，倒是有些感想，想要表达出来，等会离开，我吟首诗给你听听。"余灵说："那我们现在就走！"两个人怕打扰了众人的兴致，蹑手蹑脚地走开，直到确定与他们互不干扰，余灵说："没想到张律师还会作诗，请吧，我洗耳恭听！"张沧文有些不好意思，说："我就是看到捕鱼的情景，想起了人的际遇，抒发一下而已，诗名就叫《际遇》吧：寒冬大地雪飘飘，村夫挥锄冰窟间。笑叹人生似鱼儿，瞬间冰火两重天。"张沧文念完，偷偷瞧了余灵一眼，只见她低头思索，似乎很有感触，过了一会才抬起头，鼓鼓掌，说："太好了，我听了都有点伤感了，人何尝不是这样，今天还好好的，明天就不知道是不是冰火两重天了。"说着说着，眼眶红了起来。张沧文不知她想起什么伤感的事，赶紧岔开话题，说："咱们得赶紧找家餐馆吃饭，找家宾馆落脚，天快黑了！"

当晚，张沧文在自己房间待着，正想着去哪找杯茶喝的时候，余灵敲门进来了，笑呵呵的，手上还拿着文房四宝，说："把你白天的大作书写下来，签上大名送给我。"张沧文有些受宠若惊，说："不必如此隆重吧，我就胡诌几句，再说了，那韵押得不好，就几句白话而已！"余灵用温柔的眼神望着他，说："你说的我不赞同，古人作诗，也就即兴而作，哪有那么多讲究，押不押韵的，那是后世的评论家自作主张罢了！在我看来，所谓的'七绝'，就是四句都是七个字就行了，你看，'李白乘舟将欲行，忽闻岸上踏歌声'，这多随意，多自然呀，哪有后人的那么多讲究？"张沧文听完，也觉得在理，不知道这丫头哪来的理论，听起来也能自圆其说，当下不再推却，拿起毛笔蘸了墨题写了《际遇》。余灵看了看，又赞叹不已，说："谢谢了！我请你去喝杯热茶吧！"张沧文微笑着说："正合我意。"

余灵把张沧文的墨宝拿回自己的房间，又过去叫上张沧文，在离酒店几百米的地方找到一家茶馆。茶馆里没找着广东的单枞茶，就要了一道云南的普洱茶，老板说有十多年的年份，从他经营茶楼开始存放的，张沧文试了试，的确是好茶，又香又醇，心绪即刻变好，接连劝茶。余灵喝了，却皱了皱眉头，说："这茶对你来说很醇，对我来说还有点苦，因为我们对茶的体验有差别，就像对爱情的理解，你是理想主义的，而我是现实主义的，我佩服你的才华，感激你的欣赏，但对你的认知却极为鄙视！"张沧文没被她这么批过，脸涨得通红，但觉她讲得在理，又不知道自己错在哪里，于是平静地看着她，等她往下说。

余灵叹了叹气，柔声说："你就当我喝茶喝醉了。其实不能怪你，我也是这些年才领悟到的。当年，你若真心爱我，除了表达出来，你该有所担当，用你的才华与努力，面对现实，脚踏实地地工作，去追求我们幸福的生活；而你选择了逃避，理由居然是因为我的身世较好，你自觉寒酸怕配不上我。你也不想想，我若不喜欢你，你就是腰缠万贯，或是权势熏天又如何？我若是喜欢你，那必定是喜欢真实的你，不是虚拟的你，你一无所有，或是从零开始又如何？我爸是官员或是富豪又如何？我家境再好又如何？能庇护我一辈子吗？我自食其力不了吗？人生真需要那么多荣华富贵、功成名就那些个虚幻的东西吗？"余灵说到后面，声音变得低沉，语气愈发坚决，像是冷静地在评述别人的故事。张沧文却听得脸上发红，浑身发热，还有满脑的懊悔与惭愧，这些话要是许多年前听到，命运或许因此不同，瞬间冰火两重天。

余灵见他一副神色沉重的样子，柔声问道："听起来不顺耳？生气了吗？"张沧文凝望着她，说："听君一席话，胜读十年书！我的确是个伪君子，可惜没人及时点醒，唉！"余灵听他骂起自己，于心不忍，说："年少时总轻狂，其实最可怕的是不懂得如何去爱，因为不懂，因为虚荣，我选择了一个互不相爱的人，一起生活了十多年，而你倒是洒脱，逍遥快活，啥都不误。我不是怪你，我说的是一个事实，或许你也是空虚的，但起码你轻松，没那么累，所以，你算是幸福的。"

张沧文许久没触碰到自己的感情世界，没想到多年不见，竟是余灵来揭开这感情的伤疤，人最难面对的，就是自己深藏起来的内心世界。既然敞开了心扉，也就不再伪装，他坦然说道："你说得没错，我是不累，但实质上很空虚，我既没轰轰烈烈的爱，也没真真实实、平平淡淡的爱，活在自私的世界里，再没真情的碰撞，有的只是低俗、平庸和懦弱！"说着说着，他感觉像是去到了另一个世界。

余灵很顾及他的情绪，帮他加了茶，沉默了好一会，微笑着说："其实我今天应该请你喝酒的，而不是喝茶，不过许多年来，我已经喝过无数次闷酒，发现靠酒精麻醉和刺激是低劣的！还是喝茶好，大家清醒着，还能够畅所欲言，这是多么美好的事呀！这次能够结伴而行，这是多么美好的事呀！如果不是你的诗句撩起了我的伤感，或许我不会跟你聊起这么伤神的话题，我们快乐地玩耍就好了！"张沧文喝了杯茶，精神了许多，说："多年前我认为爱上你，却只会当逃兵，这些年来，也不知道自己喜欢什么不喜欢什么，浑浑噩噩的，对了，这些年你的生活过得如何？"余灵深情地看着他，柔声说："你终于从火星回到地球，问起这些鸡毛蒜皮的事，接地气了，你不是一直都不想了解别人，也不想别人了解吗？呵呵，这些年来，我一直跟杨毅一起生活呀。"

张沧文这才知道她先生叫杨毅，以前只知道是经营手机的，好像生意做得挺大的，既然聊起了，张沧文想不如聊个明白，于是又问："杨毅生意做得不错吧？他对你怎么样？你们相处得好吗？"余灵淡淡地说："生意做得不错，对我也还好，可惜对很多人都好，我和他和平相处，他没有家暴，我也没有。"张沧文听了，觉得怪怪的，似乎哪里不对，便问："说得太简单了吧？我的逻辑分析能力算不错的，也没听出主要内容来呀，呵呵。"

余灵淡淡一笑，说："好呀，既然你关心我，小女子就好好说道说道。你知道的，杨毅靠死缠烂打感动了我，当时我想，既然得不到我爱的，那就找个爱我的，恰好他的示爱行为符合我的预期，可在一起生活后，我逐渐发现他是博爱的，跟我结婚后，他还保持着与其他女人的交往，且在不断变化、更新中，原来只是怀疑，偶尔找他吵闹，他都巧言解释并信誓旦旦，让我相信他不会这么做，一直到怀孕期间，我才发现了真凭实据，可是已经来不及了，为了小孩，我没有断然离婚，只是提出了问题，让他选择怎么做。他当场向我下跪认错，并即刻删除了所有联系方式，表示不再与其他女性来往，更重要的是，他表示他是爱我的，只是因为某种因素没与她们彻底切割，希望我给个机会改正。

我选择原谅了他，毕竟他是孩子的亲爸，再说了，人非圣人谁能无错？接下来一段时间，我能感受到他的悔改，对我和小孩很是关怀，平常也不去应酬，每次打电话、发信息都当着我的面，让我确信他没搞什么小动作，时间一长，我对他的信任感逐渐回升，一家三口也过了一段稳定、和谐的生活。小孩上学不久的一个周末，他在家里睡午觉，小孩去他房间玩，不知道咋整的，拿了一部手机到客厅。

我一看不是杨毅平常使用的手机，一种不祥之兆涌上心头，我心想，完了，肯定有大戏上演了。打开一看，里面都是各个会所、夜总会从业人员的微信、电话号码，还有一些带有消费场面的照片、视频，原来他这几年并没消停，只是手法更加隐蔽，对我更加保密而已。我耐着性子在客厅等了一个多钟头，他从房间里出来，紧张兮兮地找手机，一看在我手上，他近乎崩溃了，问我是不是看过了，我含着眼泪点了点头，他手抱头蹲了下去，嘴里念叨着：我真该死，真该死！"

余灵说到这里，情绪有些波动，停下来喝了一口茶，问道："听烦了吧？这是个人渣吧？"张沧文的怜惜之情被激发出来，破口大骂杨毅："真是个人渣！猪狗不如！一点都不知道怜香惜玉，如花似玉的老婆摆在眼前，还到处去拈花惹草，真是可恶至极！"猛然想起杨毅是她老公，赶紧说："太不礼貌了，不好意思，我是气昏头了。谢谢你能跟我讲这些隐私的事，那我就打破砂锅问到底，接下去如何？"

余灵把一杯茶都喝完，脸色缓和下来，说："奇怪，这会的茶不苦了，变甘了。他蹲下那会，我真想扇他两个耳光，然后大骂一声滚蛋，可还是忍住了，毕竟夫妻一场，他也的确对我好过，我用异常冷静的语气告诉他，大家都是成年人了，先搬出去住几天冷静冷静，然后再看怎么处理，反正我是接受不了家里红旗不倒外面彩旗飘飘，现在已然不是三妻四妾的年代。他知道我在气头上，说什么都是多余的，低着头离开了。我忍不住号啕大哭，这么多年的信念，自以为被爱的信念，一下被彻底摧毁了！第一次发现的时候自己选择原谅他，在认为原谅他是正确的时候，又一次被彻底摧毁了！这个杨毅，是个彻头彻尾的自私家伙，他只爱自己，并没爱过别人，他只有背叛，没有一丝一毫的忠诚，这是个不懂爱不值得爱甚至不值得被他爱的家伙！我决意和他分离，哪怕是证明了自己有多么的失败！

三天后他回了趟家，说是要和我好好谈谈，人憔悴了许多；我说没什么好谈的，看看他对小孩和财产有什么意见，协议一下大家就好聚好散，毕竟大家有着共同的孩子，也没必要搞到老死不相往来。他说一切都是他的错，不奢望我能原谅，但他还是进行了深刻的反思，首先是脑子里根深蒂固的封建残余思想，认为男人外面有女人不是什么大不了的事，其次是受社会不良习气的影响，逐渐地丧失了廉耻心和忠诚度，接受了多玩才有本事的错误观点，再有就是自己的兽性作怪，热衷并满足于生理上的刺激，与自然界的动物没什么本质区别；但是，他并没有移情别恋，他一直都是爱我的，寻欢作乐其实也不多，并经常心怀愧疚，也想早日改正。我听了哈哈大笑，说你的反省足够深刻，你的态度也足够诚恳，可我已经厌倦了，我不想那样生活，我也不需要有你在场的生活。他见我态度坚决，不再辩驳，连声认错，并连扇自己几个耳光，说都是他的错，说着说着还掉下了眼泪。"

说到这里，余灵又停了下来，像是疲累了需要歇息。张沧文投去又爱又怜的眼光，说："见不得男人落泪吧？你因此心软了吧？"余灵发现一下子又喝光了，替自己加了茶，说："没想到多年过去，讲起这些事还是那么心痛，让你笑话了，还好是喝茶，要是喝酒的话真就醉了。好多年了，这些事我从来都没跟别人提起，今天是怎么了，跟你说了这么多！"张沧文举起杯，轻轻地碰了一下她的杯，说："不管怎么说，咱们都是好朋友，甚至可以说是知己，我愿意倾听你的一切，告诉我，后来如何？"

余灵轻叹了一口气，说："当时我见他哗哗掉泪，冷静了下来，换了另外一种语气，说其实好色、自私都是人的本性，只是每个人控制的程度不同而已，可能咱们是缘分已尽，或者是三观不合，应该分开而已。他说他明白自己不可原谅，不值得饶恕，可他还有两件事心有不甘，一是从没有全心全意地对我，想要弥补一下这种缺陷，不然的话他会抱憾终生；二是孩子是无辜的，不管如何，有个完整的家庭对孩子很重要。我很想告诉他，他根本就不懂得什么叫爱，根本就不懂我，可想到孩子，我忍住了，孩子是母亲的心头肉，也是母亲最大的弱点，他说得没错，纵然有错，都是大人的错，孩子是无知的，也是无辜的；或许，为了给孩子一个良好的环境，我应该尝试新的方式。

我问他有何解决方法，他让我最后给一次机会，让他一心一意地爱我，全心全意地对我，如果做不到，我随时可以离婚。我坦诚地告诉他，现在不是你会不会去拈花惹草、是不是全心全意对我的问题，而是我已经心死了，没信念了，不再在乎你爱或不爱了，两个人就算在一起也什么都不是了；他说都生活了这么多年了，感情还是有的，他不忠诚的只是肉体，灵魂未曾背叛，如果他做好了我还不满意，他毫无怨言，两个人在一起也是对小孩负责任。

我知道和他不在同一频道，很难交流，既然他把主动权都给了我，就替孩子暂时保留个父亲在身边吧。我告诉他可以居住在一屋，但分开房间，互不干涉互不打扰，谈事只谈孩子的事，至于两个人有没有感情，或是感情能不能恢复，能不能恢复如初，这些都是缘分的事，不要去纠结，当务之急先演好父母亲的角色。他可能不大情愿，但还是同意了，于是我们继续着表面的和睦相处，在亲戚、朋友、邻居面前维持着一团和气，维持着幸福一家子，而实际上我始终和他保持着必要的距离，保持着近而不亲的状态，他呢，倒是各种示好，各种殷勤，各种表现，各种痛改前非，各种洗心革面，可你要知道，对于一个女人来讲，确切地说，对于像我这样的女人来讲，对一个不缺三餐一宿的人来说，感觉没了，信念没了，信任没了，心已不在了，我还图啥呢？"

余灵说着说着，已然泪流满面，张沧文连忙递上纸巾，余灵边擦眼睛边说："失态了，好久没流过泪了，会不会觉得我矫情？明明就是过日子，非得分清爱情和感情！"张沧文摇摇头，轻声说："没有，我认为你是对的，人生在世，除了真情，还有什么是珍贵的呢！这几年一切都正常了吧？杨先生没再欺负你吧？上回听你说过，小孩挺懂事、好学的，对吗？"余灵摇了摇头，又点了点头，说："孩子还算懂事，本来约你游玩，大家无忧无虑、开开心心的，不问过去，不管未来，没想到还是回忆起伤心的往事。我去年跟他离婚了，因为孩子长大了，慢慢地就明白事理了。"

张沧文被这突然的反转吓了一跳，"啊"了一声，说："怎么我一点信息都没有？这么说来，杨先生还是旧习难改？"余灵逐渐恢复了平静，轻声说："既是如此，又非如此。自那以后，杨毅基本上做到无懈可击，对我也好，对孩子也好，他都倾注了许多时间和精力，不过，或许是应了那句俗语，哪有不偷腥的猫，他还是偶尔去干啥。你是不是想问我怎么发现的？我家有个保险柜，里面放了一些现金，数额我是清楚的，不知从哪一年开始，现金都会不定期地少个好几百，他的银行卡和微信里从不缺钱，拿现金干啥呢？我已经拒绝和他同床，也不去揭穿，不去质问了；我甚至不定期地往保险柜存放现金，又不定期地取出现金，让他确信我没去留意现金的数额，到了后来，我甚至成功地把自己也弄糊涂了，不知自己放了多少，又取了多少。呵呵，这叫'难得糊涂'吧！"说完，余灵露出了一丝笑容，是苦笑还是嘲笑还是释怀的笑，恐怕只有她自己知道了。

张沧文做梦也没想到在她身上发生了这么凄美的往事，他想，如果当年自己不是那样子的话，这一切都会不同；马上又意识到一切都没有如果。他忍不住拍了自己一巴掌。余灵看到了，呵呵笑了起来，说："你太爱惜自己了吧，拍得这么轻！我知道你在想什么，其实世事没得假设，一切都是最好的安排。就像现在这样，我也觉得挺好的，生活让我成长，让我成熟，让我能够窥视自己的心，还有，让我还能与我的好朋友，在这偏远的城市，寒冷的夜晚，深夜对饮，共诉衷肠！人生的美好，未必非要飞黄腾达，鹏程万里，功成名就；小女子的淡然从容，笑对风云，坚定自信，不也是一道怡人的风景么！"张沧文鼓了鼓掌，竖起两个大拇指，说："小女子真乃奇女子也，让我脑洞大开，眼界大开！明天你带我去玩，我请你喝酒，看看你喝多了是啥样子。"

余灵又恢复了调皮的样子，笑着说："我喝多了，脾气大得很，记不记得和韩小霞一起的那天，我不许你跟她好，那次就是被杨毅气坏了，自己又喝了酒，对不起哈，失态了，让你丢脸了！这么多年了，那话不作数的，你喜欢就跟她好，跟她结婚生子，不要呆头呆脑的！"张沧文涨红了脸，说："不是的，我跟她没到那程度，不关你那句话的事哈，不关事的。"余灵温柔地说："好了，跟你说着玩的，明天带你去游览辽国的上京遗址，让你领略草原都城的雄伟壮观！"

第四章　谈古论今

当夜，张沧文辗转反侧难以入眠，直到天亮才迷迷糊糊睡着，睡到正香的时候，被余灵的敲门声吵醒。两个人驱车到了巴林左旗的上京遗址，却只看到一片白茫茫的空旷场地，中间有些凹凸不平，想必是挖掘的现场被冰雪覆盖所致。两个人在边上发现了一块石碑，把碑上的冰雪擦去，露出大大的"辽上京遗"碑文。余灵兴奋不已，说："看吧，这纵横几千米、空旷无比的都城！遥想一下，在一千多年前，这里多么地雄壮，多么地繁华！"张沧文也被眼前的壮阔和沧桑所震撼，时间的长河，历史的巨轮，把多少壮丽往事、美好篇章掩埋在这片苍茫大地上，闭上眼想象一番，不自禁地心潮澎湃。

余灵指着远处稍微凸起的小坡，调皮地笑了笑，说："那里肯定就是乔峰大侠和阿紫姑娘住过的地方！在这片土地上，不知发生过多少惊天动地的爱情故事，呵呵！"张沧文一开始不知道她在说谁，想了一会才醒悟过来，她是在说金庸先生《天龙八部》里面的人物故事，多少文人墨客曾写下这片土地上的恩爱情仇、沧桑变幻！想起一千多年的历史，应该会有许多文物、古玩，问道："这地方的古玩市场应该很发达吧？"余灵说："那是，以前这些地方好多盗墓的，好多仿制的，古玩是到处飞，如果不识货，那都不能碰的，别说是古玩，好多玉石也是真假难辨，好坏难分的。对了，这边有种石头很出名的，叫鸡血石，为什么叫鸡血石呢，因为石头红得很，像泼上鸡血一样。这石头稀罕得很，珍贵得很，堪称宝石，我带你去看看吧，咱们现在是在巴林左旗，鸡血石的原产地就在巴林右旗，别以为一左一右挨得很近哈，这边开车过去，还得两个多钟呢！"张沧文对这些稀奇古怪的东西兴趣很浓，听余灵这么说，连声说好。

余灵带张沧文去到一个鸡血石集市，集市里大大小小的奇石馆有几十家，有卖原石的，也有卖雕刻好的饰品，形状千奇百怪，手工精巧细致，而更多的是替人刻制印章。张沧文溜了一圈，发现雕刻印章的价格从几百元到几十万元不等，不仅有些眼花缭乱，说道："我们找一家馆看看就行，他们的经营品种和经营模式大同小异，有没有熟悉的？"余灵说："以前看过一家，老板是本地人，我带你找找！"余灵带着他穿梭了几条小巷，终于在一家奇石馆前面停了下来，她叫了一声："老板！"

那老板应了一声，走了出来，余灵一看，说了句"是这一家了"，拉着张沧文走了进去。原来那老板留了一撇胡子，非常好认，余灵就是凭着胡子认出来的。那老板很是热情，脸上堆满笑容，说："姑娘好久没过来了！"转头招呼张沧文说，"我姓胡，又留着胡子，您就叫我老胡吧，先随便看看！"

张沧文听出他话语中带有几分东北口音，问道："余灵说你是本地人？"老胡笑着点点头，说："你们南方人不知道，赤峰原来是属于东北地区的，后来才划进内蒙古，你听到的东北口音夹杂些草原味道，就是本地的口音，没错，哈哈！"张沧文见他随和又健谈，感觉熟络了许多，环顾了馆里的奇石、摆设，说："我看那饭碗大小的鸡血石，价格不菲，少则几万元，多则三五十万元，真有那么值钱吗？你这馆里的货，要算起来不得值几千万元？"

老胡看着余灵，笑了笑，说："余姑娘第一次来的时候，问的是一样的问题，就让余姑娘代为回答吧。"余灵做出当仁不让的样子，说："好的，我来开导开导他！鸡血石是一种珍稀的宝石，越是红得厉害，越是贵重，清朝的乾隆皇帝、嘉庆皇帝，甚至于后来的慈禧，都用鸡血石刻过玉玺，也就是公章，当然了，私章也刻过不少，如果从稀有的程度和珍贵的程度讲，这个价格不算贵，但是，有些东西鱼目混珠、真假难辨，未必值得了这个价钱！"余灵说到这里，瞧了瞧老胡，示意他接着讲下去。

老胡接着说："是的，就像我店里的货色一样，不怕跟你们讲，值不了几千万元，要是有这货值，我早都退休了，呵呵。为啥没这货值呢？并不是说鸡血石不值钱，而是我这货里面很多都是材质一般的。识货的人，才会买贵重的，像老弟这样的，我是不会跟你推介几十万元的石头，因为你不识货，即使是真值这价钱，你也不会要。我做生意是有原则的，什么样的货卖什么样的价！当然，这里的店都这样，很多挂了很高价格的，都是摆门面的。"张沧文算是听明白了，店里有真货、好货，数量更多的是次货、劣货，每个顾客根据自己的常识和需要购买。他忽然想要刻个私章，便问："我想刻个签名章，你看哪个性价比高一点？"

老胡打开柜子下面的一个抽屉，取出一块小巧的四方柱体形的石头，上面布满星星点点的红丝，说："这叫梅花血，跟您刻好了，三千元。"张沧文接过来端详了一下，石头上的血红的确像散开的梅花形状，看了一眼余灵，见她点点头，便说："好的，就这个！"老胡见他俩价都没讲，对自己很是信任，一下子开心起来，话也多了起来："不要小看了这石头，这可是避凶趋吉、转危为安的吉祥物，本来叫'凤血石'的，相传是本地的凤凰，为了百姓的安居乐业、幸福吉祥，与凶恶的鸟狮奋勇对抗、殊死搏斗，最后击败了鸟狮，但自己也受伤流血，流出的血滴在石头上，经千万年的埋藏转化而成，本叫'凤血石'，后世养鸡的农户发现石头的色彩与刚宰杀的鸡血相似，又不知有如此美妙的传说，就起名叫'鸡血石'。不过，叫啥名都好，它就是一吉祥物！"

张沧文听到如此美妙的故事，心情大悦，说："老胡把石头卖成了吉祥物，这价值可就大不一样！"余灵也饶有兴趣地说："是啊，听说是吉祥物，我都想买一块，不过我不刻章，等我想起刻上啥东西，再找你要哈！"老胡高兴得合不拢嘴，连声说好。张沧文见快到饭点了，问："这边有什么特色的餐馆吗？"老胡说："有一家哈达饭馆，挺有草原特色的，也上档次，听说还有献哈达的礼仪，你们可以去看看！"

离开了奇石馆，张沧文问什么叫"献哈达"，要不要去哈达饭馆看看，余灵摆动了几下食指，说："不去！献哈达是草原上最尊贵的礼节，我上回跟着本地人体验过，烦琐得很，到现在都搞不大清楚，更麻烦的是，一餐饭下来，莫名其妙地被敬了许多酒，菜还没吃上几口，已经醉了酒！"张沧文的酒量一般，听说要喝醉，即刻打了退堂鼓，说："既然这么麻烦，咱们就不去了，回城里去吃羊肉如何？这北方草原的，羊肉应当是一流的！"余灵点点头，说："这主意好！吃羊肉，你算是找对带路人了！"张沧文不禁被她逗乐了，说："没想到你还无所不晓啊！"

两个人返回城里，余灵带他去了一家火锅餐馆，刚到门口，张沧文就被"四十三度九"的招牌给吸引了，问道："这是什么意思？"余灵说："指北纬四十三度九，这是横穿赤峰的纬度，据说在这一纬度饲养的羊食用最佳，肉质鲜嫩，味道纯正，在城里有几家连锁店呢！"张沧文说："原来如此，我还以为是白酒的度数呢，连纬度都有研究，看起来这羊肉火锅非常专业，赶紧品尝吧！"

余灵点得最多的是半肥半瘦的羊肉片，肉片切得很薄，火锅的汤料是老板特制的，听说配方轻易不外泄，烫了一片羊肉入口，张沧文赞不绝口："不错！不错！在南方很难吃到这么正宗的肥羊。昨晚说好的，今天你带我玩，我请你喝酒，有这么鲜嫩可口的羊肉，今晚来个一醉方休？"余灵帮他烫了几片羊肉，夹到碗里，说："酒是要喝，醉就算了，年纪大了，经不起折腾。"张沧文显得有些遗憾，说："好吧，都说酒后吐真言，那我们就适量而止吧。"余灵笑了笑，说："什么酒后吐真言，我茶后吐的也是真言呀，在你这，我的那点天真烂漫，那些个鸡毛蒜皮的事，你都一清二楚了，该不是想看我喝醉了，还有啥糗事呀？我倒是有个想法，咱们还是文雅些，今天是农历十五，月圆之日，你这才子是不是得吟诗作对呀！"张沧文瞧了瞧窗外，说："月亮要晚些时候才出来，你不说我还没想到是农历十五呢！咱们开始小酌，等到月亮上来，照射在冰雪上，看冰雪会不会把月光反射到天空，哈哈！"

他们要了一瓶宁城老窖，这也是当地的白酒品牌，两个人把外套、棉袄脱了，喝起酒来。外边虽然寒冷，室内因为开了暖气，比南方还暖和，只穿个单件就够了。余灵的酒量比张沧文要好些，每人喝了二两左右的时候，余灵照常谈笑风生，张沧文说起话来已经有点结巴，恰好这时月光照进窗内，余灵举起酒杯，说："来，干了这一杯，才子开始作诗！"张沧文举起杯，手稍微有些颤抖，但还是一饮而光，说："这会酒意来了，明月也来了，我先把之前中秋节写的《问月》念给你听：安坐沙滩望明月，良宵佳节把酒开。愿抛月饼引玉兔，嫦娥何时入梦来？通俗得很，别笑话我！"余灵一直用鼓励的眼神注视着他，听他念了诗句，马上鼓起掌来，说："好诗！一听就明了情景和意境！不过呢，既然与作者面对面，还是想听听你的诠释！"

张沧文帮余灵满上一杯酒，说："先喝了这杯！"见余灵一口喝完，接着说："那年一个人在外地过中秋，有些寂寞，就带了一瓶酒和一盒月饼到海滩上去赏月，赏着赏着，想象月亮里头玉兔守护着嫦娥，而我想用月饼把玉兔引开，我就可以与嫦娥约会，呵呵！"余灵抿嘴一笑，说："原来是想女孩子了！就不知想的是哪一个？"这沧文说："当时想的是哪位，现在都不好讲了，不过今晚想起这首诗，我倒是把你当嫦娥了。"张沧文借着酒意说了这番话，原本酒精刺激下红通的脸，这会涨得更红了。

余灵听了，呵呵直笑，说："我哪是嫦娥呀？难道你就赏赏月，梦梦嫦娥，没有付诸行动去追求追求？"张沧文说："后来还写了首《追月》，似梦似真，该能折射出我的心态，听好了：举头未见明月悬，狂奔追寻停不住。忽闻天上嫦娥笑，已然不知身何处！这似乎是个梦境，为了追寻明月狂奔，最后迷茫了，连自己身处何处都不知道了。"余灵一边用手机记着他的诗句一边说："还好呀，嫦娥都笑了，说明她知道你在追寻，而你也快要达到目标了。都是月亮，都是嫦娥，今晚呢，有何灵感？来首《望月》？"

张沧文憨笑了一下，说："跟你在一起了，没想起嫦娥，我找不到灵感呀！还有，每年都是中秋佳节了，才想起明月，不如这样，今天就由你来作一首，我负责敬酒和鼓掌！"余灵笑着说："看来，我可能是你心中的嫦娥，跟我在一起，连嫦娥都不想了，嘻嘻！我哪有你的才华呀，倒是想到几句顺口溜，就叫《望月》吧，你听听，剖析剖析：月是十五月，不是中秋月。不是中秋月，月是十五月。"张沧文听了大声叫好，说："你这是五绝，写出苏轼的《观潮》的意境了，富有哲理，不，应该说是超越了，我想想还有什么意境哈，对了，有种怀才不遇的感慨，大家都是农历十五的月亮，都是圆月，凭啥就中秋月独占鳌头，博取了千般宠爱？听了容易把自己套进十五月，感慨自己虽有圆月光辉，却也似平常月亮一般默默无闻，毫不显眼，平淡无奇。你呢，你是出于什么感想而作？"

余灵若有所思，说："我倒是没想到人，我想到的是境况，就像我们，现在坐在一起，可是跟以前坐在一起，心境大不相同；我现在对着明月，涮着羊肉火锅，跟好朋友在一起，以后呢，还有这般美景、美食吗？唉，是有些伤感了，或许，我内心期盼的，是跟我的人生伴侣体验良辰美景，可是，不是所有十五的月亮都叫中秋月。"张沧文听出了她的意境，也是感慨万分，满了两杯酒，自己端起碰了余灵的杯，一饮而尽，酒喝到这会，没再感受到它的辣，只体会到它的香，不禁大声赞道："好酒！好酒！"余灵被他的情绪感染，也是一口喝干，连说："好酒！好酒！好酒！"

余灵看着张沧文，眼神已有些浑浊，透出三分醉意，赶紧帮他倒了一杯热茶解酒，说："以前我醉过许多次，不好受，你也别喝醉了，那样对身体不好，我懒得照顾你，以后我们另外找时间一醉方休！"张沧文本来已有一些迷糊，想着不如就醉倒算了，一醉解千愁，被她那么一说，有如当头棒喝，连忙收敛，不再奔着醉酒而去。

俩人离开的时候，四十三度九也快打烊了。张沧文回到酒店，倒头就睡，醒时已近中午，余灵似乎掌握了他的生物钟，这会过来敲门了。等他洗了脸，余灵说："我昨晚想了两条路线，跟你商量商量，一条是往东走，再折向南边，一条是先往南走，再折向东边；如果先往东，我想去丹东看看，那里有鸭绿江上的断桥，还有虎山长城，世人都知道西北边有长城，不知东边朝鲜边上也有长城，如果先往南走，我想去看看赤水河，追寻红军四渡赤水的足迹。"张沧文打开手机地图，按照她说的线路搜索了一下，忽然想起之前的约定，说："约好的，听你安排呀！"余灵很满意他的回应，说："对呀，我咋忘了呢？我去收拾一下，顺便想一想哈！"

过了大约半小时，余灵提着行李过来，说："咱们先往南走吧，赤水河是条美酒河，你昨晚不是想喝醉吗？那里不只有茅台，还有很多很多的酱香酒，说不定，你能美美地醉一回！"张沧文不知道她是如何考虑，如何做的决定，说出来的理由还是很有诱惑力的，能在酱香酒的王国里醉一回，那是人生一大美事！当下二话没说，收拾了行李就出发。

按照余灵的规划，他们将跟随当年红军的路线四渡赤水，首站为习水县的土城。俩人到了土城渡口，只见对面山麓矗立着一座纪念碑，红色的大字"土城渡口"赫然在目。赤水河名不虚传，河水依然是赤色的，当年就在这不算宽阔的河面上，架起了一座浮桥，红军从此开始了新的征程。余灵看着脚下的小路，浮想联翩，问道："我有些糊涂，对路线不熟，你研究了没？当年一渡赤水是哪个方向？为何要渡过赤水河？"张沧文信心满满地说："研究说不上，查过一些资料，四渡赤水就是在贵州和四川之间往返，赤水河是四川古蔺和贵州习水、怀仁的河界，一渡是由贵州这边往四川古蔺渡过去，土城战役打得太过艰难，红军又面临着被敌军包围的风险，一渡赤水是保存实力、寻机歼敌的不二选择。"

余灵有意逮着他不放，问："是没得选择还是最好的选择？"张沧文想了一下，说："我认为是伟人做出的正确的、明智的选择，当时也有不同的意见，但从后来的发展看，这是唯一正确的选择。资料显示，伟人认为四渡赤水是他军事生涯的得意之笔，至于为何有如此不可思议、匪夷所思的神来之笔，伟人谦虚地说，他只是把'瞒天过海'重复地用了几遍，哈哈！"

余灵向张沧文投去赞许的眼光，说："不错，研究得挺好，甚合我意！你说当年伟人从这渡河的时候，是不是已经策划好要四渡赤水呢？"张沧文说："伟人的眼光、才华，岂是凡人所能猜想得到的？四渡赤水在世界军事史上堪称巅峰之作，很多专家、学者都进行过细致研究，可你这问题，真还没个确定的结论，不过我想，不管是早有谋划，还是临时起意，都是伟人根据战场的形势和敌军的态势做出的最好的安排。咱们过赤水河，去古蔺的太平渡看看，看你能不能获得灵感，找到问题的答案！"

太平古镇建有四渡赤水博物馆，展出了红军长征途中留下的各种珍贵文物，博物馆的后面有条长征街，保留和修缮了当年红军使用过的几十处旧址，余灵和张沧文先是参观了伟人的住处，当看到资料记载伟人在此处住宿近二十天时，余灵忍不住赞叹起来："整个四渡赤水才多长时间，伟人居然在这地方住了这么久，可见这里是枢纽呀，是最最重要的地方！"张沧文深有感触，说："是啊，四渡赤水历时七十二天，红军在古蔺境内转战五十四天，可见太平古镇在四渡赤水中的地位。我更愿意相信，伟人到了这里之后，就想到要利用来回渡河摆脱敌人。"余灵不确定他的观点是否正确，说："有自己的观点就好。你先告诉我，为什么从土城渡过了古蔺，又要再渡去贵州？"

张沧文往不远处指了指，说："咱们先去红军总司令部驻地看看，等会再来探讨这些问题。"总司令部驻地位于长征街靠近赤水河的一端，原是太平古镇上的一座大庙，因此地可俯瞰赤水河和对岸，故将总司令部设置于此。余灵和张沧文俯瞰了赤水河，只见河边立有纪念碑，纪念碑不远处，有一条跨河大桥，桥上车辆穿梭不息。张沧文感慨万分，说："真是难得，咱们有幸能重踏一下伟人的足迹！资料显示，当时敌人在泸州方向布置了重兵，想要往北渡长江不容易，四面八方又有军队包围过来，我想，伟人已经充分了解敌军的动态及意图，而他已经谋划好来回渡河，调动敌军，在运动战中削弱敌军，最重要的是寻找机会摆脱敌军的围追堵截。一渡赤水，多少还有些被动的成分，二渡赤水河，已经是主动出击！"

余灵点了点头，说："我认同你的说法，伟人早就成竹在胸，只是天机不可泄露，有些时候要佯装进攻某些地方，让敌军产生误判；伟人是古今中外最厉害的军事家，敌军哪是他的对手？"张沧文见她认同自己，心境甚佳，说："刚才你问为什么二渡赤水，我认为是寻找战机，充实自身，调动敌军，伺机突破。"余灵用手机查询了相关资料，问："渡过贵州之后的战绩应该很辉煌吧？"张沧文提高了音调，眉飞色舞，说："那是当然了！这是一次主动出击，当时做了周全的谋划，打了遵义战役，取得了长征途中最大的胜利！"

余灵居高临下，拍了几张赤水河的照片，又拉着张沧文在司令部旧址合了影，笑着说："去到第三个渡口，由我来跟你讲解为什么要进行第三次渡河，当然了，讲得不对的还要你来指正！"张沧文没想到她这么快就反客为主，高兴地说："好呀，没什么对不对的，就是聊聊自己的看法而已。"

俯视着赤水河，张沧文忽然想起了美酒，想起了这几天快乐无比的一幕幕景象，说："差点忘了告诉你，我模仿别人的诗词，凑成了一首《烧土窑》送给你：世上琐事何其多，偷闲与君烧土窑。人若有情心不老，人间沧桑是正道。"余灵没想到他还拿烧土窑作诗，心底高兴，鼓了鼓掌，说："谢谢！似乎有点凝重了，呵呵！"张沧文表示认同，说："是的，不过就一首打油诗，你别笑话我就好！"余灵心想我崇拜你还来不及呢，说："你看唐宋的大诗人，哪个不是随兴而作，或才华横溢，或通俗易懂，哪有太多的约束，哪有谁笑话谁的，这段时间你多作几首哈，我喜欢！"

张沧文应了声好，说："你说赤水河又叫美酒河，咱们似乎还没闻到酒香呢！"余灵如数家珍，说："习水有习酒，古蔺有郎酒，这些都是响当当的名酒，只是我们还没去品尝而已，你放心，第三渡口的茅台镇，有着酱香酒的极品茅台酒，到时一定让你喝个痛快！"张沧文"嗯"了一声，说："中国的白酒，法国的葡萄酒，都是世界上闻名遐迩的美酒，有人说白酒是粮食酿造的而红酒是葡萄酿造的，言下之意葡萄酒似乎更胜一筹，我却不以为然，用什么原料那只是各地的情况不一样，中国的白酒有着丰富的文化底蕴，这是法国的葡萄酒无法比拟的，古代涉及酒的诗词无数，比较出名的如'劝君更尽一杯酒，西出阳关无故人''明月几时有，把酒问青天''何时一樽酒，重与细论文''花间一壶酒，独酌无相亲'等等，这些诗词，哪句不美得让人心醉？后面的这两句，更是深藏玄机。"

张沧文说到这里，停顿下来，余灵拍了拍他肩膀，说："你倒是讲呀，有什么玄机？"张沧文笑了笑，说："你看，唐朝著名的诗人李白和杜甫，恋酒都恋到什么程度？杜甫的《春日忆李白》，想着要和李白重新探讨文学、诗词的，还得备上一瓶好酒，大家边喝边聊；李白就更厉害了，在花丛中摆上一壶酒，自斟自饮，独自抒情。据说诗仙没有喝酒的话写不出什么诗，而一旦喝了酒，诗兴大发，时常能吟出传诵千古之作。可见，中国诗词文化和饮酒是割舍不开的，文化赋予了酒以生命力，这是法国的葡萄酒所不具有的内涵！"

余灵笑了笑，说："没想到你对酒还有自己的见解，我以为你只想着嫦娥、月亮呀之类的！"张沧文被她逗笑了，说："我怎么老想着嫦娥呀？哈哈，莫非你成嫦娥了？其实，不久前在广东和几个老朋友喝酒的时候，我还想起贵妃呢，作了一首《酒与诗》：李白无酒不成诗，入醉七步戏贵妃。空有佳酿千百杯，入醉梦乡望贵妃。"余灵笑道："果然不仅有嫦娥，还有贵妃，跟李白同框的贵妃，可是杨贵妃？"

张沧文点了点头，说："我倒不是在想念贵妃，只是感慨朋友奉献了美酒千杯，而我却白白享用了，不像诗仙，喝醉了酒踱了七步就能吟诗把杨贵妃哄得开开心心的，而我们喝醉了酒，顶多就是在睡梦中望一眼贵妃。我是在表达朋友间的深厚友谊，而不是男女之间的感情，当然，对于酒文化与诗词文化的触碰，我还是有所提及的。"余灵做出一副恍然大悟的样子，说："嗯，怪不得你侃侃而谈，宣扬中国白酒的文化沉淀，原来是不久前才大喝了场白酒！"

张沧文摇了摇头，说："不对，不对，那天晚餐喝了白酒，宵夜喝了干邑，都是好酒，可我更偏爱白酒，就是因为中国的传统文化底蕴，希望以后销售白酒的时候，能像老胡卖鸡血石那样，更多地宣扬传统文化，将文化背景作为一大卖点，呵呵！"余灵微笑着说："我们的张律师要改行卖酒了，到时记得叫上我哈！"张沧文拉着她的手，说："好呀，咱们现在就到中国酒都去，见识一下美酒河上的美酒！"

走进茅台镇，空气中弥漫着酒香，每一条路的两边，都是卖酒的商铺，蜿蜒绵长，成千上万，把人带进了一个美妙的酒的世界。赤水河边有很多酿酒厂，茅台是最出名的一个，余灵说："咱们去茅台集团酒店住吧，听说开两间房可以购买两瓶茅台，比市面上的价格便宜许多！"张沧文随声附和。

俩人到了茅台集团酒店，客房早就没有了，服务员告诉他们，酒店的房间须提前预订，临时到场都是订不到的。张沧文问为什么，那服务员笑着说："每个房间可以购买一瓶平价茅台，差价快顶上房费了，很多有渠道的早早就把房间抢订了，把酒买了，房间还可以转给有需要的人！"张沧文和余灵脑洞大开，也不知他讲得对不对，只是茅台镇每天的人流量都很大，各地商人和游客慕名而来，对一般的游客来讲，想要入住是一件很困难的事。俩人退而求其次，入住了一家河滨酒店，挑了高楼层的房间，也是可以看到河景的。

俩人向红军渡口出发时已近黄昏，赤水河反射太阳的余晖，整个茅台镇笼罩在金黄色中，绚丽无比。渡口建有一座红军桥通到对岸，桥上有人穿着红军服装演奏乐器，还有人摆卖一些小纪念品。余灵没分清方向，边走边问："我们现在是走向古蔺吗？"张沧文指着河对岸的纪念塔，说："对呀，纪念塔后边就是古蔺的地界了，我们走的方向，就是当年红军三渡的方向，是打完遵义战役之后，又往古蔺方向渡河。"余灵对许多情况已了然于胸，说："明白的，打了遵义战役，红军大胜，敌军马上调兵遣将，前堵后截，四面包围，想把红军一锅端，伟人肯定预判到，并且早就策划好了线路，三渡赤水河，不仅轻松摆脱了围堵，挫败了敌人的阴谋，同时让红军重返到相对安全的区域，有充足的空间与敌军腾挪，不至于被粘住、围住。"

张沧文竖起大拇指，夸赞了她一番，说："赤水河绵延几百公里，两岸多是崇山峻岭，敌军在这一流域还来不及布置重兵，红军行军神速，神出鬼没，伟人断定，在赤水河两岸博弈，红军是有优势的，三渡赤水河，红军做出往古蔺、叙永方向进发渡长江的态势，敌军误以为真，重新排兵布阵、围追堵截，企图把红军歼灭，没想到伟人想方设法调动敌军，就是为了寻找空隙，跳出包围圈，又怎么可能陷进敌军的包围圈？"余灵点点头，说："明白了，红军的长征就是战略撤退和突围，在撤退中要摆脱、突破敌人的重重包围，四渡赤水的终极目的就是突围！"

两个人说着说着，不知不觉就到了对岸，余灵笑着说："咱们晚上多走几个来回，好好欣赏河景，体验红军渡河的情怀！"张沧文也想和她多走几回，说："听你的！"看到岸边石阶上有人摆了许多酒瓶，又说："咱们去问问，那可能是卖酒的，想不到在酒都，摆在地上卖酒的都有！"

卖酒的是个帅气的小伙子，他倒了两小杯酒，热情地邀请俩人品尝，张沧文接过来，闻了闻，说："很香！"余灵问："什么牌子？"小伙子说："我们这是散装酒，没什么牌子的，小酒厂酿的，性价比超高！"余灵听说是散装的，犹豫着要不要买，张沧文说："没喝过这么香的酒，管它牌不牌子的，先买两瓶晚上喝！"

酒买得不贵，一瓶就一百几十块钱，小伙子还从箱子里拿出了酒盒子装上，说："你们要是觉得好喝，回头可以联系我定制，酒盒上有联系电话。"余灵好奇心起，问："啥叫定制？"小伙子说："定制就是定上一批货，用我们的酒配上你们需要的包装，如果你要大牌子的，我们也可以帮你。"张沧文一听，知道他说的是假冒商标的事，问："那是违法的，我们不搞这些。"小伙子笑着说："违不违法的我不懂，但是现在好潮流这么做，好多老板觉得那款酒口感好，都会定上一批，他们不是去卖，只是平常自己带着喝，有自己的会所最好，为了显示出价值，经常也要求弄多个包装，其实，我们就是卖酒，如果老板不要求另外包装，我们更欢喜！"余灵也听明白了是怎么回事，问道："那市场上假的酒瓶和酒盒子不是很多？"小伙子说："那是肯定的，三六九等的都有，好的酒瓶，听说是景德镇那边的手艺。"张沧文问："你们为啥不坚持做自己的品牌呢？"

小伙子听张沧文这么问，知道他是个外行人，却也颇有耐心，诚恳而又坦率地说："小酒厂的生存模式，也就是提供原料酒供人定制了，茅台镇大大小小的酒厂不下一千家，大体上分三种模式，一是顶部的茅台酒，独领风骚，独步天下，质优价高，供不应求；第二阶层的就是以国台、钓鱼台为代表的二线品牌，奋力挣扎，力争上游，争创自己的品牌，在市场上有一定的份额，有的很滋润，有的在生存线上挣扎；第三阶层就是为数众多的小酒厂，他们没有实力创立自己的品牌，只能是依托头部酒厂，混口饭吃，要么代工，要么冒牌，说实在话，混得不好的，连生存都是问题，大多不讲什么江湖规矩了，就是抓住价差和虚荣心做点小买卖！"张沧文听了，茅塞顿开，没想到隔行如隔山，酿酒的江湖里还有如此高深的学问，心里感念小伙子的坦诚，说道："酒最重要的是好喝，而不是价钱或是牌子，回头跟你定制一批，空白酒盒装着就行，不用什么大牌子了。"小伙子听了很是高兴，连连道谢。

余灵想起了满街的酒铺，问道："这么说，街上卖酒的，卖的也是三种形态的酒啰？"小伙子答道："是的，酒厂都在这镇上，好多酒厂都有直销的门店，如果要代理它们的牌子，难度是很大的，好多客户到了这里，如果要找牌子的酒，直接就找到厂里去了，还用得着去找代理商吗？当然，也有酒厂不直接销售的，产品都下放到代理商那里了。"余灵有些迷糊，说："信息量很大，但我没听明白，能说得明白些不？"小伙子问："你们经常喝酒吗？能喝出是哪个牌子的酒吗？"

余灵看着张沧文，张沧文摇了摇头，说："喝不出来。"小伙子说："那我知道怎么表达了，去酒铺买酒，不要在意牌子，要在意性价比，品一品酒是必须的。"余灵恍然大悟，说："明白了，像我们这种不懂酒的就别到处买酒，否则，买到的酒不一定是那个牌子的酒，对吧？"小伙子笑了笑，没有作答。

张沧文拎着两瓶酒，和小伙子道个别，对余灵说："我们往回走吧，四渡赤水，找家饭馆吃饭喝酒去！最近吃辣的有点多，咱们看看有没有做粤菜的。"俩人沿着红军桥走回渡口，此时太阳已下山，桥上的灯光亮了起来，在灯光下，新增了一个卖甘蔗的摊档，余灵童心未泯，叫道："我要啃甘蔗！"张沧文笑着说："我请你吃，小心磕牙！"说罢，张沧文帮着挑了一根比较粗大的，卖甘蔗的阿姨手脚特利索，三下五除二就把甘蔗削了皮，砍成好几节装在袋子里。

余灵边走边啃着甘蔗，说："现在的小孩真幸福，甘蔗皮都有人帮着削皮，我们小的时候都要连皮一起啃的。"张沧文说："你还说呢，那时皮都要啃多几次，把皮削掉，谁舍得呀！"说完两个人一起哈哈大笑。笑毕，余灵一本正经地说：

"真是近朱者赤近墨者黑,我诗性大发,要吟诗了,请听《啃甘蔗》:幼年未长牙,老了啃不动。最是黄金时,甘甜口中送!"张沧文听了不停鼓掌叫好,说:"你啃甘蔗还啃出哲理来了,人生有些事情的确要及时去做,否则就来不及了,来,我也趁着牙齿好用,啃上一节!"

谈笑之间到了渡口,往前走个百把米,上了个小台阶,左右两边布满了饭馆。饭馆大多是贵州菜,间有部分川菜,把几十家饭馆瞧了个遍,他们才发现了一家标有川菜、湘菜、粤菜的馆子,看起来不是专业做粤菜的,但已经很难得了,于是俩人毫不犹豫地选择了这家饭馆。

看过了菜谱,算得上粤菜的只有三个,一是白灼菜心,二是油炸豆腐,三是对虾,不是鲜活的,是晒干了的对虾。余灵有些啼笑皆非,说:"这也算粤菜,看来广东人在这边开餐馆的太少了!要不,咱们在这里开间餐馆?"张沧文笑着说:"你也不是做生意的料,一会卖酒的,一会开餐馆的,哈哈,我们还是先享用美食了。你别说,对虾应该是正宗广东货,晒的时候就是成双成对晒的,蘸点酱油或芥末,很有味道的!"

他们把三个粤菜都点了,又点了两个四川的凉菜,再加一个湘菜系的剁椒鱼头,余灵说凑成了"六六大顺",张沧文说再加两碗饭、两瓶酒,那就是十全十美了!俩人吃了几口饭,张沧文就迫不及待地打开酒瓶,一股酒香味扑鼻而来,张沧文大声赞道:"这酒真的香!没想到来了茅台镇,未喝茅台胜似茅台!"余灵使劲嗅了嗅,说:"的确是香,看来一瓶寻常的酒,有如此的内涵,也只有在茅台镇才能遇到。我们今晚既要畅饮,也要畅聊,可是,聊什么话题呢?"

张沧文倒满了两杯酒,说:"你我聊天,还要设定话题吗?海阔天空,随心所欲即可!"余灵端起酒杯,说:"来,先干了第一杯,咱们在这英雄的赤水河边,新中国是先烈们抛头颅洒热血创建的,咱们共祝祖国日益富强!"张沧文举杯对碰了一下,一饮而尽,说:"这话我爱听,人之为人,首先要懂得感恩,懂得感恩,首先是感恩祖国,热爱祖国!"余灵说:"不怕你笑话,我改了陆游的《示儿》:梦想实现不是空,皆因领袖心口同。中国称强世界日,举杯畅饮与乃翁!我还抄写了裱好挂在女儿的书房,希望她能够为祖国的复兴而努力!"

张沧文目不转睛地看着她,说:"佩服!很多男子都改不出此等气势!"说完,又帮她满上一杯,说道:"以前只知你漂亮聪明,还不知你如此明理、智慧,有许多人整天嘴里挂着感恩,心里却一直在埋怨,与你相比,他们的境界太低了!"余灵把酒喝了,说:"是的,我很看不起一些人,是社会制度的受益者,却整天都抨击这个，抨击那个，没学会感恩，不懂得热爱！"张沧文频频点头，深表赞同，说："你说要找个话题，那就聊一下感恩，滴水之恩当涌泉相报，这是古训，可是真正做到的有几个人呢？有些人，哪怕是受了别人的恩惠，都没有放在心上，或者是浑然不知，更别说报答了；有些人是将报答挂在口上，可是一点行动都没有；更有甚者，将别人的恩惠看成是天经地义，一旦不再得到，甚至恩将仇报，所以，就感恩这一词语，我想我们应该淡化它，毕竟，这对人的要求是很高的。"

余灵帮张沧文满上一杯酒，笑着说："看来你还是经常思索的人，感恩的确是一项基本的道德水准，却又是很高的道德要求，它考验的是一个人的良心，看你还诸多感慨的，在这方面有什么经历吗？"张沧文接过酒一饮而尽，说："最近这几年，我经常会问问自己，谁给予了我恩惠，我有没有忽略了别人的恩惠，因为我怕自己成为那种不懂得感恩、报恩的人，而这样的人，在生活中常常可以见到。去年感恩节我还作了一首《感恩节》自勉：口有蜜者腹有剑，苦味熏人多良药。感恩无须逢节日，人生何处不欢笑？"余灵说："写得很好，我用通俗的语言叙述一遍：嘴太甜的人经常别有用心，喝起来很苦的药经常可以治病，懂得感恩的人不会等到节日才表示，懂得感恩的人生到处都充满愉悦。不知道这样表达准不准确？"

张沧文斟满两杯酒，说："知我者，余灵也，你将我的意思表达得很清楚，咱们干一杯！我不断地勉励自己，啥时候都要做懂得感恩的人！"两个人对碰了一下，都是一饮而尽，余灵放下酒杯，说："我理解你的心境，你是个善良、厚道的人，可有一点我还要提醒你，不能以自己的标准去要求别人，不能拿别人跟自己对照，否则你会失望的，人性和太阳一样，经常是不能直视的，我倒是有种见解，施恩不图报，不管我们帮过什么人，帮过什么忙，就当是实现自己的人生价值，寻找自己的人生乐趣，不要期望别人报答你，或者提供相应的对价，那样子是做生意，而不是帮忙了！"张沧文把端在嘴边许久的酒杯放到桌面，说："你说的是一种新境界，换种通俗的说法，帮别人就是为了愉悦自己，不是图别人的报答。赞同你的观念！这样就活得简单，活得不累！"

余灵加了两杯酒，说："三杯过去了，不急着喝。人生在世，施恩、报恩是考验着良心，在对待羞辱方面，就更考验人的涵养了，不知你有什么看法？"张沧文说："以前我是个度量较小的人，被人侮辱或羞辱了，或是受到不公平待遇，都是据理力争，睚眦必报，没有半点的宽容之心，没有半点体谅的大度，最近这些年，经历了很多事，见闻了很多事，自己不断修身养性，加强修养，现在对人生荣辱看淡了许多，胸怀宽广了许多，哪怕对着当面羞辱自己的人，也能坦然以对了，还是那句俗话，你被狗咬了一口，难道你要咬回一口？"余灵温情地看着他，说："你变化是挺大的！我记得你以前是受不了半点委屈的，像只公鸡一样，随时张开翅膀准备搏击，嘻嘻！现在已经是荣辱不惊，泰然自若了！其实我何尝不是，这些年，别的人不说，杨毅给我造成的伤害还少吗？他施加给我的耻辱还少吗？一开始我也有咬牙切齿的时候，有睚眦必报的念头，甚至产生过与他两败俱伤的想法，可是转念一想，大家有缘相遇，有缘在一起，人生苦短，又何必你死我活，鱼死网破呢？缘分已尽，大家都看开一点，好聚好散，日后还能相见，打个招呼，毕竟都有着共同的牵挂，有了小孩，不可能不打交道吧？有些事想通了也就看淡了，释怀了，然后你会发现，对其他的一些荣辱，你也都能淡然处之；换个角度，说不定自己也有伤害别人的时候，别人也不见得斤斤计较，不见得反目成仇呀！"张沧文说："是的，人生在世，当严于律己，宽以待人，除了淡然地对待别人的羞辱、欺侮，更不可去侮辱、欺凌别人。"余灵笑了笑，说："欺负别人的事，你我这种善良的人，断然不会去做，你还真别说，在我印象里从没欺负过别人，你呢，有过吗？"

张沧文想了好一会，摇摇头说："还真没有，真是难得，这世界上善良的人那么多，从来没欺负过别人的人是那么多！对了，我有没有欺负过你？"余灵说："不好说，以前的不说，如果有的话也遭报应了，以后不准欺负我就是了！对了，今晚关于恩和辱的话题聊得够深入了，我们来凑一首打油诗总结一下吧，我的两句为：滴水之恩涌泉报，施人于恩不图报。"说完盯着张沧文，等他补上后两句。张沧文略作思索，说："好的，诗名就叫《人生恩辱》：滴水之恩涌泉报，施人于恩不图报。受人羞辱不必报，为己辱人必遭报。"

余灵举起酒杯，说："太好了，咱们这叫两个臭皮匠，凑成一首打油诗，干杯！"俩人碰了杯，又一饮而尽，张沧文拿起对虾，扯开分成两只，剥了皮，递给余灵一只，说："有嚼劲，且营养丰富，你多吃些！"余灵接了过来，送到嘴里嚼了几下，说："很地道的海虾，难得在这还吃得上，咱们喝了四杯，按照十全十美的标准，还差六杯，下面聊个什么话题呢？品德、良心属于主观认识范畴，咱们聊个客观的话题，聊聊兴趣如何？"张沧文说："好呀，这个话题很轻松，兴趣爱好各有不同，不会有什么争议，聊完了快乐地干杯！我当仁不让，先说自己的三个兴趣，第一个是写诗，我喜欢绝句，不喜欢律诗，绝句就四句，比较容易。"

没等张沧文说完，余灵抢着说："这兴趣跟我相同，不过我写得不好，多数都是改编一下，就像改《示儿》一样，我觉得古诗特别精练、简洁，表达的意境深邃，像我们现代的文章，有时候长篇大论的，还不如诗人几句诗表达得完美。我看你挺崇拜李白的，其实我也是，不仅是他的诗，他那佩剑游览无数美丽山河的浪漫情怀，真叫人赞叹不已，咱们去过的地方，不及他的十分之一。我学不到他的旷世才华、出口成诗、放荡不羁，却模仿了他的一个习惯。"张沧文听到这里，哈哈大笑，说："我知道你要说什么习惯，就是写出来的东西就不修改了，对不对？"余灵假装很惊奇，问："你怎么知道？哦，你也是这样的？"张沧文说："其实这不是什么习惯，李白是诗仙，他吟咏出来的都是无与伦比的诗句，而我们呢，兴头来了，写出什么算什么，反正是经不起推敲的，再推敲也就那么点水准，还不如保持着原汁原味，呵呵！"

余灵点了点头，说："言之有理，听你这么说还不完全因为懒惰。说说你的兴趣爱好！"张沧文接着说："我的第二个和第三个兴趣都是运动类的，一个是打球，另一个是爬山。"余灵说："打球我没什么兴趣，也打不好，爬山也算是我的爱好，我的第三个爱好是美食，就是品尝各式各样的美食，当然，我也会学着做，所以，我的烹饪水平也是一流的！来，干了第五杯！"

张沧文喝下第五杯，说："不错，三个爱好咱们就有两个重叠的！这边的山太高太陡，不适合我们，等回到广东，咱们一起去爬爬山！"余灵显露出一副神往的表情，说："爬到山顶，还可以吟诗作对，太美妙了，可惜……"

张沧文感觉到她的神情有些悲伤，忙问："可惜什么？"余灵笑了笑，露出两个可爱的小酒窝，说："可惜我们现在还在贵州赤水河边呀！对了，爬山可以缓一缓，吟诗作对咱们可以试试呀，我先歌颂一下我的偶像，你不要笑话哈！"停顿了一会，她念了起来："《念李白》：做人只留七分醒，酒后言语皆为诗。点化凡间成仙境，千秋万代无人及。"张沧文听了，由衷地叫好，随即进行点评："通俗易懂而又不乏深意，第一句很恰当地写出李白的状态，他的确是长期处在喝酒的状态，连皇帝见他的时候，他都不是完全清醒的；第三句的夸张手法用得好，把李白出口成诗的才华，诗中超脱非凡的意境给体现出来了。我认为你的偶像值得你歌颂，而你歌颂得特别好！"

被张沧文这么一夸，余灵的脸颊有点泛红，高兴地说："我都脸红了，不过很开心，虽然我知道你一定会夸我的。这杯酒我敬你，我自己喝！"说完，不等张沧文回应，自己喝下了一杯。张沧文赶紧也喝了一杯，说："你敬我酒，我哪有不喝的道理？我这六杯下肚，开始有些酒意了，还好这酒杯小，不然早撑不住了。轮到我来一首了吧？我酝酿了好一会，作了首《与君酌》：古时杜康今茅台，佳人相陪酒生辉。举杯畅饮言谈欢，盘中对虾相拥醉。"

余灵拍手叫好，指着盘里的对虾说："你还别说，这对虾还真像醉了酒拥抱着，就怕我这佳人，一会也醉了！"张沧文指着酒瓶，说："咱们是在茅台，这酒可不是茅台酒，沾名钓誉了！"余灵说："我觉得很自然呀，在茅台镇，喝酒不提茅台，那不暴殄天物？别陷进牌子的陷阱，茅台泛指这边的美酒就是了！"张沧文说："好，虽然不算完美，可你也替我做了最好的解释，来，我敬你一杯！"

俩人碰杯喝完，余灵说："赤水河又叫英雄河、美酒河，我看要是没有英雄渡过，这酒也未必有那么大的名气，美酒依托于英雄，还是英雄河的名号响亮！对了，咱们在这赤水河畔，是不是该聊聊红军的英雄事迹？"张沧文说："好呀，咱们上回说到三渡赤水，第四渡在哪渡你知道吗？"余灵说："好像听你说过，等等，你让我想想哈，难不成在对面的渡口往回渡？"

张沧文笑了笑，说："那倒不是，还是在第二个渡口，太平渡口，没想到吧？敌军也意料不到，这就是伟人的伟大之处，这次从古蔺渡回贵州，红军做足迷惑工作，让敌军确信红军是要往另外的方向去渡长江，然后一个出其不意四渡赤水，把敌军又调了个团团转，然后在运动战中歼灭敌军，寻找到突围的机会！"余灵有些不解，问："为什么之前的没找到而这次就找到了呢？"张沧文说："如果上一次找到，历史就改写成三渡赤水了，同样的，如果这次没有谋划好，那历史就可能改写成五渡赤水了。红军就是摆脱了固有的思维，不是一定要在哪里突围，而是哪里有突围的机会、条件，不断地调动敌人，拖垮敌人，在运动战中削弱、消灭敌军，就是为突围创造条件。四渡赤水之后顺利突围，还得借助于某个人的配合，知道是谁吗？"

余灵见张沧文停了下来，满上了酒，说："你别卖关子了，我正洗耳恭听呢！"张沧文说："敌军首领呀！这家伙跑去贵阳坐镇指挥，红军佯攻贵阳，慌乱中的敌军首领把云南的主力调去保护贵阳，红军顺利地进入云南，渡过金沙江，跳出包围圈，把敌军甩开了几天的路程，摆脱了敌军的围追堵截，为四渡赤水这一惊天地泣鬼神的神来之笔画上圆满的句号！"余灵站了起来，举起酒杯，说："咱们连干三杯，敬英雄的红军，敬祖国美丽的山河，中华民族尽快实现伟大复兴！"张沧文也站起身，俩人连干三杯后，说："刚好十杯，十全十美，咱们今天就在英雄河畔，品味旷古的英雄情怀！"

第五章　游山玩水

　　第二天，张沧文睡醒时已近中午，余灵打来电话，跟他说吃完午饭往东出发。张沧文问去哪，余灵说："这次由你来定，你熟悉哪咱们就去哪，想听你讲讲故事，好吗？"张沧文听她说得诚恳，便答应了，说："咱们去杭州，中间在湖南歇歇脚。杭州我去过几次，比较熟悉！"余灵开心地说："好呀！"俩人在酒店的餐厅吃完午饭就出发，第二天到达杭州市。

　　张沧文带着她先到了西湖景区，这是杭州最负盛名的地方，"水光潋滟晴方好，山色空蒙雨亦奇。欲把西湖比西子，淡妆浓抹总相宜"。北宋苏轼的这首诗，美轮美奂，家喻户晓，把西湖的美与古代美人西施作了比较，让西湖千百年来都以柔美、高贵著称于世，多少文人墨客游玩西湖，大多留下诗词作品，更为西湖增添了底蕴和内涵。西湖有三座小岛，最大的是三潭印月，张沧文和余灵到了一处渡口，坐了一艘游船到了岛上，此时虽值冬季，岛上仍是郁郁葱葱，鸟语花香，没有丝毫的萧瑟、凋零的景象。

　　张沧文顾不上观赏美景，径直把余灵带到小岛的一个角落上，那里有一棵超百年的大榕树，树底下有许许多多的小石头，张沧文笑着说："这些都是愿望石，好多人在石头上记下了心愿，或是写上了名字，然后放进石堆里，就图个好玩，留个记忆！"余灵听了好奇心顿起，兴致勃勃地问："那你一定留下了什么石头啰？"张沧文说："我两三个月前来过，是刻了块石头，就不知能不能找到。"余灵说："时间不长，肯定能找着，说说有什么特征，我帮你找！"张沧文说："一块白中带黄的石头，一面刻了个'文'字，一面刻了一首诗，用刻刀刻的，痕迹比较深。"余灵问："你放的时候哪面朝上？"张沧文说："肯定是单个字的朝上，只是随时都可能被后面的石头覆盖或者弄翻。"

俩人开始弯着腰，绕着大榕树，一块一块地查看，生怕错过任何蛛丝马迹，好在苍天不负有心人，花了一个多小时，不用翻到底下的石头，余灵就找到了石头，她兴奋不已，像捡起什么宝贝一样捡起了石头，直接用袖子擦了擦灰尘，然后迫不及待地转过面来看题诗，石头上刻的字清晰可见，诗名为《三顾杭州》：

一回生分两回熟，三回倾情是宋都。

遍尝满城龙井茶，他日邀我来长住。

余灵看罢沉思许久，说："你说的宋都我能理解，指杭州是南宋的都城，龙井茶我也懂，是浙江特有的名茶，最好的产区就在这西湖边，可我不理解的是，谁会邀请你到这里长住呢？你在杭州有啥亲戚朋友？还是红颜知己？"张沧文说："哪有什么红颜知己，我在杭州也没什么亲戚，就是来办过案，要说朋友嘛，也就认识几个当地的律师。"余灵说："那就奇怪了，到底谁邀你来长住呢？"张沧文尴尬地笑了笑，说："其实当时也没想谁邀我，我就是被西湖的美景和龙井的香味所迷醉，又想起那句'直把杭州作汴州'，我想啥时候也迷恋杭州，把他乡当成故乡长住下来了。"

余灵记起他念的是宋代林升所作的《题临安邸》中的一句，轻声朗诵了一遍：

山外青山楼外楼，西湖歌舞几时休？

暖风熏得游人醉，直把杭州作汴州。

张沧文说："后人都知道这首诗是在讽刺南宋的当政者纵情声色，无心进取，贪图享乐，却容易忽略诗歌所描写的杭州山外有山、楼外有楼的美景及西湖温馨美妙的氛围，我当时想到了最后一句，心想哪一天我会不会也想长住杭州，便蹦出了那一句，所以要说谁邀我，那就是杭州城邀我呗，惭愧，惭愧！"余灵恍然大悟，说："你这么一说，我算是明白了，来到西湖，到了这小岛上，我体会到什么叫流连忘返了！"

张沧文笑了笑，说："先是流连忘返，然后就想把杭州作汴州了，你知道杭州为什么会成为南宋的都城吗？从位置上讲，从繁华的程度讲，从各方面的条件讲，当时的南京更适合作都城，好多官员都建议建都六朝古都南京，南宋的爱国诗人陆游也曾多次请求迁都南京，他在《登赏心亭》中写的'孤臣老抱忧时意，欲请迁都涕已流'，就是因为请求迁都南京都老泪纵横了！"余灵说："既然这样，那应该是皇帝喜欢杭州吧？"张沧文点点头，说："是啊，当时的皇帝叫赵构，赵构对杭州情有独钟啊！"余灵催促他道："那你一定知道赵构为什么选择杭州，快点讲来听听！"张沧文说："主要有客观和主观两方面的原因，一是客观因素，当时的南宋王朝属于弱势政权，是逃亡政府，被金国一路追着，跑到长江北岸的扬州，发现安全性不高，于是南渡长江到南京，本想靠着长江天险与金国对峙，可随后金兵又追赶了过来，赵构从南京逃到镇江，又从镇江跑到杭州，从杭州码头出海，泛舟海上，躲避金兵，隔着宽阔的海面，看着岸上的金国铁骑捶胸顿足，无计可施，赵构终于舒了一口气，一种久违的安全感油然而生，不禁仰天大笑，乐极而泣！原来当时的金国陆军独步天下，而海军相当薄弱，甚至还未建制，赵构从这次逃亡中认清了金国的弱点，三十六计逃为上策，但这逃跑的地方也很重要，南京没有入海口，离前线更近，而杭州最大的优势是既有缓冲地带又能直接出海，假设金兵渡过长江，通过重重阻挡攻进杭州，赵构早就在海上的船舰上搭好行宫，看歌舞，喝美酒了！很显然，当时的南宋王朝实力比金国弱许多，赵构认为当未雨绸缪，规划好撤退路线。另外，虽然南京在东南地区的经济、政治、军事地位不可动摇，但杭州在唐朝时期也开始因为海贸而逐渐发展起来，唐代诗人白居易在《忆江南·江南忆》中写道：江南忆，最忆是杭州。山寺月中寻桂子，郡亭枕上看潮头。何日更重游？说明杭州在唐代已小有名气，经大诗人一赞，名气大振，发展到五代十国，吴越国建都杭州。"

余灵听到这里，用手势拦住了他，说："且慢！还有国家建都杭州，我咋没听过？你跟我讲讲！"张沧文说："五代十国时期是唐朝和宋朝之间的动荡时期，吴越国是建都杭州的第一个朝代，为什么选择杭州？因为建立吴越国的钱镠是杭州人，他是在浙江起家的，吴越国也就一个割据政权，当然选择建都杭州，这个钱镠是一个清明、勤勉的君主，他在杭州实行保境安民政策，传说中压着白素贞的雷峰塔，也是他亲自监建，用来供奉佛祖，祈求国泰民安，他推行的政策使杭州得到很大的发展，到后来赵构建都时，杭州已经是很繁华的城市了！"余灵说："许仙和白素贞美好的爱情，竟然引起了法海的嫉妒和反感，没想到雷峰塔竟然是钱镠所建，杭州人杰地灵，还出过这么个人物，钱镠建国选择杭州作为都城，这是必然的，赵构选择杭州，却具有很大的偶然性，你刚才讲到客观因素，主观原因又是什么呢？"张沧文说："主观上的原因就是赵构喜欢杭州这座城市，而他为什么那么喜欢呢，可能你想都想不到，竟是因为西湖和龙井茶，当然了，最重要的是西湖，北宋时期苏轼在杭州做官，写下了许多脍炙人口的诗词，西湖的名气天下皆知，赵构小的时候就已经知道西湖，被金兵追着经过杭州时，他还不忘来西湖看看，一见钟情，已经下定决心要竭尽所能留在这里，至于龙井茶嘛，皇宫一直有地方进贡，他本就爱喝，到了西湖边上，喝到了最佳产区最佳季节的茶叶，当时就醉了，心想人生最大的乐事莫过于在西湖边上，喝着龙井茶，看着歌舞。赵构这个人，是个聪明、有主见的人，所以，当南宋缓过气来，可以过阵安稳日子的时候，赵构便果断选择建都杭州！"

余灵环顾西湖的美景，微笑着说："不愧是上有天堂，下有苏杭，能挑选杭州作为都城的人，看来都是迷上了西湖名胜，住在杭州城里，定当心旷神怡，延年益寿，现在理解你说的'他日邀我来长住'是什么意境了。"张沧文说："史上建都杭州的有这两国，所以杭州得以列入中国十大古都之一，你说起延年益寿，让我想起这两国的君主还有些渊源……"余灵用充满疑惑的眼神望着他，说："不会吧，两个人还有渊源，无亲无故的，又不是同一个时代，能有什么牵连？"

张沧文指着榕树下的那许许多多石头，缓缓地说："说不准钱镠和赵构有生之年也曾登到这岛上，见过这里的石头。有些时候就是那么巧，看似毫不关联的人，甚至连生活的时间都没有交集，但他们却因为某些事紧密地联系在一起，谁曾想到，钱镠和赵构的时代间隔了二百几十年，但钱镠居然对后世的赵构产生了很深远的影响，两个人都挚爱书法和喝龙井茶，当年，在西湖的游船上，奋笔疾书，间中喝上一杯茶，估计是两个人最大的乐趣，说到两个人真正的渊源，还得回到赵构建都杭州这件事上，当时有很多大臣反对，定都后很多大臣主张迁都南京，其中不乏手握重兵的权臣，赵构除了利用自己的权威，不厌其烦地跟大臣讲原因、说道理，还编制了许多民间传说，来佐证建都杭州的正确性，他让宫人编制了父母亲的异梦，其中，他母亲，即显仁皇后韦氏，在怀赵构时，梦见一金甲神人，自称'钱武穆王'，也就是五代十国吴越国的开国君主钱镠，随后就产下赵构，认定赵构是由钱镠投胎而来；其父宋徽宗则梦见钱镠拉住自己的衣服，说：'我好来朝，便留住我，终须还我山河，待叫第九子来！'宋徽宗梦醒，韦氏为其产下第九子赵构。父母的梦都指向了一个含义：赵构乃钱王转世！"

余灵听得入神，见张沧文停顿下来，说："是啊，赵构出生前后，宋徽宗夫妇做过什么梦，世人哪里知道，哪里记得，他们又怎会知道自己的儿子日后会远逃至南方？如果能掐会算，宋徽宗自己也不至于被金国掳掠当了阶下囚，料是那赵构，为了安抚群臣，讨好当地百姓，才编了这些梦，以达成自己的目的！"张沧文说："我一向都这么想，可有件事很是凑巧，赵构和钱镠都活到八十一岁，这在古代算是寿命很长的，在中国几百位皇帝中可以排进长寿版前十名了，赵构一向标榜是钱镠转世，活着的时候未必有人信，可和钱镠活出一样的岁数，在他死后很多人都信了他是钱王转世！"余灵沉思了片刻，说："真是不可思议，史学家也想不到如此凑巧的事，杭州自古就两朝建都，这两位建国者寿命还相同，真是匪夷所思！"张沧文说："杭州在南宋时期，户数有十七万多，人口达到一百多万，成为当时全球唯一一个人口超过百万的城市，不能不说是钱镠和赵构厥功至伟！"余灵点了点头，说："不管他们有多少功过，能让杭州在当时的世界上成为人口最多最繁华的城市，的确该为他们在史书里重重地写下一笔！真希望有一天，我能看到我们的祖国成为全世界最繁华最富强的国家！"

张沧文指着西湖的西北角，问道："知道那是什么地方吧？'三十功名尘与土，八千里路云和月。莫等闲、白了少年头，空悲切。'这首词还记得谁写的不？"余灵调皮地笑了笑，说："这都能考倒我吗？岳王庙谁人不知，谁人不晓？"张沧文说："好，既然知道，我们一会乘船上岸，就带你去庙里逛逛！我之前进去过一次，还是跟我老乡、同学李杰去的，你见过李杰吧？"余灵说："可能见过，但现在想不起人长啥模样。"

张沧文一边带着她往渡口方向走一边说："李杰是个很有才华的人，和我去岳王庙的时候，他还作过一首七绝《寻探花公踪迹》，你先听听：南宋帝都杭州城，游人心醉是西湖。碧血丹心岳庙里，可有探花吟诗处？"余灵问："什么探花公？探花公是谁？跟李杰有什么关系？"张沧文买了船票，两个人上了船，坐在游船的角落里，张沧文继续讲探花公的故事："古代科举制度中，殿试取中的前三名进士，分别称为状元、榜眼、探花，合称三鼎甲，所以，探花是个很荣耀的称谓，既是学识过人，又经常担任要职，李杰诗中所提的探花指的是南宋末年的李宗兴，杭州人，为什么叫探花公，那是李杰对他的尊称。我们那个村李姓有几千人，都是这位探花的后人，而李宗兴为什么会到广东的一个小村庄呢？据说与南宋小朝廷的南逃有关，他是文天祥的挚友，是保护南宋小皇帝南逃的重臣之一，后来归隐于广东海边的小村庄，在那里带着三个儿子隐姓埋名，开枝散叶，留下了几千后代，后代们都尊称其为探花公，李宗兴的祖屋离西湖不远，李杰猜想现在岳庙所处的地方，说不定也曾留下探花公的足迹，所以他发问，岳庙里有没有探花公吟诗作对的地方，实际上表达了他的吊唁之情！"

余灵啧啧称奇，说："南宋朝廷的南逃，造成一次人口大迁移，很多像李宗兴这样的，后来都落脚于广东开枝散叶。"张沧文说："不仅如此，举朝的逃难，使得许多宫廷的文化，也都传播至南方民间，其中最著名的是现在风靡全国的沙县小吃，除了沙县原有的饮食文化外，南宋王朝南逃的第一站为福建，跟随皇室出逃的御厨、宫女，把宫廷的厨艺教给当地的百姓，他们之中的一部分人，散落到民间，主要是沙县一带，把各个时代的烹饪技术都流传了下来，特别是各种宫廷里的小吃，也都因此传承下来，因此，沙县小吃的出名，跟南宋朝廷的出逃密切相关！"余灵听得入神，不经意间船已靠岸。

两个人往西北方向走了二十多分钟，便到了大名鼎鼎的岳王庙。岳王庙有两块横匾最为引人注目，一块是岳飞的草书"还我河山"，这是他一生最为响亮动人的呐喊，也是这一信念，引领了岳飞一生精忠报国，为抵御外侮、收复失地而战斗不息，为此付出了青春乃至生命；第二块匾是叶剑英元帅的题字"心昭天日"，岳飞遇害前在招供纸上写下了"天日昭昭、天日昭昭"八个大字，表露了自己的一片赤心可向上天昭示，不会屈服于当前的威逼利诱。岳王庙从南宋始建，算是风调雨顺，没遭受什么破坏，因为岳飞是抗金英雄，南宋王朝的下一个朝代是元朝，元朝是在灭掉金国之后强大起来的，到灭南宋的时候，岳飞已遇害一百几十年，所以岳飞没跟蒙古军队打过仗，与蒙古政权不处于同一时代，元朝取代南宋，统治者并没有对岳飞的墓园进行破坏，元朝之后的明朝，对岳飞也是推崇备至的。

张沧文和余灵来到岳飞墓前，俯首致敬，表示对英雄的追悼，见到墓道阶下的四个跪像，跪像的背后有副对联：青山有幸埋忠骨；白铁无辜铸佞臣。余灵问道："跪着的四个人，叫啥名字？"张沧文说："这四人是秦桧、王氏、万俟卨、张浚，也就是对联里的'佞臣'，这几个人生前都是位极人臣，享尽荣华富贵，没曾想死后被铸在岳飞墓前，连白铁都受到牵连，大喊无辜，不该跟着他们被人唾骂，呵呵，这对联的拟人手法用得绝妙！"余灵感叹道："唉，早知如此，何必当初，可是这些人又怎么会早知如此呢？人生，又有谁能早知如此呢？"张沧文说："人生没有后悔药，但做人的良知是不能丢的，要做个有良心的人，不去做伤天害理的事。岳飞是为抗金而生的，其英雄的一生，从没放弃过抗金，从没与主和派妥协过，也正是其铮铮铁骨和不可收买，其成了主和派的心腹大患，必欲除之而后快！"

余灵心生感慨，说："岳将军虽然英年早逝，但他的丰功伟绩足以惊天地，泣鬼神，已经达到历史的巅峰！我想请你带我走走南宋末年的逃亡路线，领略一番悲壮的历程，你说可以吗？"张沧文说："可以！不过我们是追寻历史，倒也不必太过悲伤，每一段历史都有自己的色彩，或悲壮，或动人，我们都是行人，只管好好欣赏便是！"两个人走出岳庙，正值日落时分，余灵感叹道："夕阳无限好，只因近黄昏！"张沧文听出她的语气中有些惆怅，只是不明原因，也不好相问，走过两条马路，转角处现出了一条商业街，两边商铺里摆满了茶叶，挤满了试茶的顾客，原来是龙井茶的展销会，每个展位上都有穿着古香古色的女孩在帮顾客斟茶，仿佛梦回了南宋。张茶文一问，展销会已经开了几天，今天是收档的一天，虽然以附近的茶叶为主，但也有全国各地的茶叶，像云南的普洱茶、广东的单枞茶、四川的苦丁茶等，便对余灵说："我们碰到好时机了，可以趁机砍砍价，捡点便宜货！"余灵被他那市侩样逗笑了，说："我倒想看看张大律师是如何杀价的！"

张沧文笑了笑，说："我哪有什么本事，我就想找一两家好好地品品茶，聊聊茶，然后询价，再回个自己觉得合适的价钱，人家要卖就卖，不卖就算了，因为是最后一天，有些商家也会考虑保本甚至亏本卖出，一是能积累客户，二是省了搬运的成本！"余灵笑着点点头，说："说来是有道理，能不能说服别人，那就要靠你的三寸不烂之舌了！"张沧文信誓旦旦地说："放心吧，我连劝说词都想好了，请听《茶展买茶》：跋山涉水来参展，收尾生意难再火。搬来运去多麻烦，不如便宜卖给我！"余灵呵呵大笑，说："油嘴滑舌，你这是趁火打劫呀，要是我卖茶，定不卖给你！"

张沧文假装很不服气，说："你在这看着，我到那边去，看我能不能扛两箱价廉物美的茶叶回来！"余灵说："好呀，如果真是价廉物美的话，见者有分，咱们一人一箱。"张沧文捏了捏她的鼻子，说："你想得美！"余灵笑着说："小气！都还没着落，开张空头支票都不行？"张沧文说："好吧，看我如何价杀四方，抱得好茶归！"朝余灵挥挥手，转身朝别的摊档走去。

余灵就近找了个展位，坐了下来，听一个小姑娘讲述西湖龙井茶的历史、特色，小姑娘还泡了一杯上等的龙井茶给余灵品尝，余灵喝茶前先闻了闻，但觉香气扑鼻而来，沁人心脾，不愧是茶中极品。余灵问道："你们很快就收档了，如果我现在买茶的话，能不能算便宜些？"小姑娘微笑着，露出两个小酒窝，说道："可以打个九折。"余灵假装沉下脸，一副不高兴的样子，说："才打九折？今天卖不完了，你们就要撤场了，搬来搬去的不是很麻烦吗？还不如便宜些，收回成本价就算了，这样顾客会多买一些！"小姑娘的声音很甜美，态度也是好得出奇，一直都是笑容可掬，只听她缓缓地说："我们是附近的茶商，就算是那些远道而来的，他们也不怕搬来运去呀，现在物流那么发达！我们在展会的茶叶价格本来就不高，利润很薄的，就图攒点客源，以后能成为回头客。"余灵说："这太令人失望了！我一个朋友去那边的展位，人家都是卖他白菜价的，你的优惠这么少，那我就不在这买了！"小姑娘说："不要紧的，买不买都不要紧的，遇见了就是缘分，您在这里慢慢品茶，等你的朋友过来，看看他是不是买到价廉物美的茶叶！"余灵听了，觉得怪怪的，难道小姑娘话里有话，便问："你觉得没有可能吗？"小姑娘笑了笑，问："你朋友一般会买什么茶？"余灵说："我猜是普洱茶。"小姑娘说："普洱茶是压制成饼的，价位的差别主要在于茶叶的优劣。普洱茶的价位差别很大，有很高的，也有很低的。"

余灵不禁对小姑娘的直率产生好感，问道："假如，我朋友买到了很实惠的茶叶，你估计是什么情况？"小姑娘微笑着说："我以前也见过买了很便宜茶叶的男人，大致是原价一二折的，也是一男一女，女的长得和你一样好看，问了我为什么这么便宜都买得到，我说为什么可以这么便宜呢，应该是茶叶的档次不高，以茶枝和茶梗为多，茶叶很少，更别说是古树茶叶，当时买的还比较多，那个女的很气愤，让那男的去找回公道，把茶叶退回去。"说到这里，小姑娘停了下来，给余灵泡上了香喷喷的普洱茶。

余灵的好奇心被她激发出来，迫不及待地问："后来呢？茶叶品质到底如何？茶叶退换了没有？"小姑娘微笑着，没有回答她的问题，反问道："你和要买茶的是什么关系？男女朋友？恋人？还是情人？"余灵没想到她会问起这种问题，一时不知如何回答，脸上泛起了红晕。

小姑娘看在眼里，笑着说："我帮你拿个主意，等会你朋友回来，如果真买了便宜的普洱茶，千万不要叫他去换！其实，不管茶质如何，只要存放的时间够长，喝起来都是很香很醇的。"余灵很是纳闷，问："为什么不要退换？"小姑娘说："那一次，那个男人也是不想去退的，想着茶叶也还能喝，不是差到无法下咽的程度，可那女的一个劲地吵着要换，后来那男的拗不过那女的，就去卖茶的展位退换，去了个把小时，不仅把茶叶退换了，还笑容满面地，心情甚是愉悦，带回了展位送给他的两泡广东单枞茶。"

余灵舒了一口气，说："还好，处理得挺愉快的，只是你为何说不要去换？"小姑娘说："第二年，我在展位上又碰见那男的，他不记得我，但我还是认得他，之前的女朋友没有过来，相拥相抱、卿卿我我的换成了展位上的姑娘，我知道，那就是当年卖茶叶给他又退茶叶给他的姑娘，那笔生意虽然没做成，他们的情意是有了长足的发展。所以，那个女的换了茶叶，却也因此把男朋友换给了别人。当然啰，这不是事物的必然结果，但有时候是这样，人想着占点便宜，实际上却被人占了便宜，被人占了便宜呢，有时候该忍受还得忍受，不然会导致更大的损失！"

余灵恍然大悟，明白了小姑娘的意思，说："你年纪轻轻的，却是如此聪明伶俐！"正说到这，只见张沧文抱着几箱普洱茶，气喘吁吁地走了过来，放下茶叶，拍了拍手，得意扬扬地说："不容易啊，凭我三寸不烂之舌，砍到原价的三折！来来来，余灵，你要多少都没问题！"余灵看了看小姑娘，见她调皮地眨眨眼睛，知道她是在提示自己，不要去打击张沧文的自尊心，便笑着对张沧文说："太好了，果然收获不小！看看我身边的这位小姑娘就知道，茶叶展销会是美女如云呀，不知道张律师去的展位有几位大美女？我想去了这么久，除了品茶买茶，一定也结交了靓女，她们才肯给你这么大的优惠吧？"

张沧文脸涨得通红，想起刚才的确面对两个美女，还忍不住想入非非，被余灵点破，不禁有些羞愧，说起话来有些结巴："那个，是有漂亮的，不过，可跟我没啥关系，我就一平淡无奇的，猪八戒！"余灵暗自发笑，这得多么地自惭形秽，才让张律师瞬间消失了自信，说话都吞吞吐吐，她又望了小姑娘一眼，只见她强忍着没有发笑，于是说道："我们张大律师风流倜傥的，咋成猪八戒了？说到猪八戒，我倒是临时起意，作一首绝句：天庭当元帅，凡间为猪哥。至今笑天蓬，胆敢戏嫦娥。"

张沧文一听，拍手叫好，一下忘了自己的窘迫，说："还好，我没戏嫦娥，要不我真成猪八戒了！嫦娥，谁是嫦娥？"转眼望向余灵。余灵笑着说："卖茶的妹子才是嫦娥！不过，你还真是厉害，真把价格讲下来了，换了别的人，肯定是傻傻地挨宰！"张沧文恢复了从容，说："价格是要讲的！"

小姑娘竖起大拇指，赞道："大哥真是厉害，整回这么多价廉物美的茶叶，一会我帮你们搬上车！"张沧文脸露喜色，说："谢谢！我们俩人可以的，刚才我一个人都搬过来了！"小姑娘又转头问："大姐姐，你的那首诗好好听哦，我记住了！"余灵指着她的鼻子说："就数你聪明，哪天再找你好好聊聊，看看你这脑袋里装的是什么，呵呵！"她点了点数，总共五箱茶，说："那我要三箱，这么优惠的茶叶就不跟你客气了！"张沧文脸上露出了胜利的微笑，说："没问题！"

俩人把茶叶搬进后车厢，上了车，张沧文仍念念不忘，问道："我真的像天蓬元帅？那谁是嫦娥？"余灵笑着说："反正嫦娥不是我！会不会，卖茶的小姑娘像嫦娥？呵呵！"张沧文说："如果我是天蓬元帅，那你就是嫦娥，哈哈哈！咱们先找家酒店落脚吧。"余灵在导航上搜索了一下，离西湖六七公里远有家星级酒店，网上的评价不错，酒店还宣传入住的旅客会获得意想不到的喜悦，跟张沧文商量了一下，决定入住这家酒店。

酒店的名字叫"佳缘"，张沧文俩人到前台登记的时候，看到旁边竖了一块招牌：喜结良缘。看来这家酒店名副其实，经常会有摆喜宴的，整个装修风格也显得喜庆、豪华。酒店的服务员听说张沧文俩人要开两间房，很是诧异，就差问你们是钱多还是怎么回事，就算不是夫妻那也是情人什么的呀。等他们开好了房间上了楼，那服务员追了上来，递上了两份请柬，说："今天楼下的喜宴，请你们大驾光临！"怕他们有什么顾虑，又补充说，"真是我们酒店主持的，就是凑个喜庆，二位有事的话随时可以离席的！"张沧文和余灵没有经历这种活动，两个人小声商量了几句，余灵对那服务员说："谢谢！我们倍感荣幸，放好行李就下去参加！"

俩人来到异乡，不知这里的婚宴有没什么不同，怀着浓厚的好奇心，两人换了套正统的服装，兴致勃勃地来到一楼的宴会厅。这是一个面积庞大、装饰豪华的宴会厅，能摆几百桌，中间还有个大舞台。余灵悄声问："咱们用不用准备礼金？"张沧文说："我找个迎宾小姐问一问。"

迎宾小姐把他俩引到标注他们姓名的座位，说今天摆酒的是富豪人家，除了自家的亲朋好友，把今天入住酒店的都请了，不仅不收礼金，听说还有礼物赠送。张沧文问："每一桌都有姓名牌子吗？"迎宾小姐说："是的，婚宴主人为了表示对客人的尊重，对每个应邀而来的贵宾都制作了牌子，让大家不用操心坐哪，可能也为了方便派送礼物。"张沧文说："谢谢！这种只送不收的婚宴让我们大开眼界！"

婚宴开始了，首先是新郎、新娘和双方的家长在一片喜悦声中踏着红地毯登场，场内的几个大屏幕同时播放新郎、新娘从认识到拍拖过程中的精选画面，营造出一种浪漫、温馨的气氛，展示了一对郎才女貌的佳偶形象，舞台上，双方家长先后发言，表达了对来宾们的感谢，对新郎新娘的殷殷期待和美好祝愿，新郎新娘交换了戒指，满怀爱意地发表了爱情感言。整个仪式持续了四十多分钟，大家用一阵阵热烈的掌声表达了对新人的祝福，对爱情的憧憬，对美好生活的渴望，主持人好不容易才喊停了大家的掌声，宣布喜宴接下来的流程，晚宴之后是节目表演及派送礼品。

菜品甚是丰富，依次上了红烧乳猪、刺生龙虾、清蒸红斑、粉丝扇贝，然后是各种炒菜、面条，加上一个"参、鲍、翅、肚"汤，恰好是十样，取"十全十美"之意，食材选的都是优质、高档的，看来这一桌的费用也不少。余灵笑着说："我们今天交的房费，看来还比不上一个人所耗费的食物，你今天是赚翻了，茶叶是价廉物美，住个酒店还送超级美食！"张沧文说："受之有愧，咱们品完美食就撤了吧，再收了别人的礼物，就更加过意不去了！"余灵调皮地说："我偏要等到礼物派送了才走！你想想，人家诚意送礼，你特意不受，反而显得不尊重，再说了，能与张律师一起参加婚礼，这辈子估计也就这一次了。我不管哈，没人在前头走，我是不会先走的！"她估计参加喜宴的人，不领完礼物一般不会走的，而主人一般也会等到节目后期才开始派送礼品，以防客人走得太早冷场。

张沧文听她说得在理，便说："好吧，就听你的，不过饭不能白吃，新郎新娘已开始逐桌敬酒，我得赶在他们到我们这一桌前作一首诗，顺口溜也好，送给他们！"余灵拍手叫好，说："我去帮你找张红纸，等会写在上面送给人家就好！"张沧文说："好的，急忙之间，纸和笔都不好找，纸不用多大，找支钢笔就行！"

余灵很快就找了纸笔过来，张沧文说："你的字写得清秀，而我的太潦草，我念，你来写！诗名《喜宴》。"张沧文刚念完，余灵已经写好，旁边的宾客纷纷鼓掌叫好。余灵心生一念，说："不如大家在上面签名同贺，这样显得更加喜庆、热闹！"大家纷纷叫好，同时把询问的眼神投向张沧文，张沧文眉开眼笑，说："太好了！大家一起祝福，祝愿未来一切都好！"

转眼间新郎新娘过来祝酒，余灵把签满名字的红纸打开，高声说道："有位嘉宾写了一首《喜宴》助乐：郎才女貌喜结缘，张灯结彩齐举杯。祥瑞之气沾满身，祈祷明天会更好。诸多嘉宾在上面签名同贺，祝新郎新娘早生贵子，白头偕老！"说完把诗作卷好递送到新人面前。新娘接过书卷，高兴得热泪盈眶，说"谢谢"时都快泣不成声，新郎则忙着和大家碰杯，脸上洋溢着幸福、陶醉的神情。

等新郎新娘去了下一桌，张沧文悄声对余灵说："表演很快开始了，咱们好好地欣赏节目！"余灵说："好呀，一直看到礼品派发为止！"张沧文说："必须的，余大小姐难得想要份礼物，岂能辜负？放心吧，我估摸着倒数第二个节目就派送礼品了，你猜猜，会是咋样的礼品呢？"余灵还没作答，这时一位礼仪小姐走了过来，提着一个礼品袋。

礼仪小姐彬彬有礼地给大家鞠了个躬，柔声细语地说："我给大家派发主人家的礼品，是一块纯银的雕有龙凤呈祥图案的纪念牌，净重一百克，上面刻有赠送人新郎新娘的名字，请大家务必收下珍藏！"说完就依序给大家派发纪念牌。张沧文轻轻拍了拍自己的脸，说："我这打脸打得太快了！还说是倒数第二个节目，事实是节目开始前就派发了，我真是庸俗！"余灵笑着说："这和庸俗扯不上什么关系，只是思维的方式不同而已，人家早就是这么安排的，而我们误以为是为了留住人气会延后派发礼品。这礼物还挺珍贵的，只是现在，张大律师，还观赏节目不？"

张沧文不假思索，说："那是要看的，咱们难得碰上，这回还能去哪观赏表演？再说了，陪余大小姐看表演，这辈子还不知有没有下次，呵呵！"余灵听他模仿自己的口吻说话，本意是逗自己开心，但听起来却感觉到阵阵的凄凉，于是没再接话。

节目表演如期开始，没想到第一个节目是诗歌朗诵，专业的朗诵团队，专业的诗歌作者，把大家带进了一个感人、浪漫、温馨的诗歌气氛，展现出来的，是高超的艺术水平和高素质的表演风范。张沧文和余灵没想到节目如此出人意料的高水准，听到一半就使劲地鼓起掌来，全场随着响起了如雷般的掌声。第二个节目是乐团演奏，一首外国来的充满浪漫情怀的乐曲，在一群专业的演奏家的演绎下，如糖似蜜，沁人心脾，就算是不懂音乐不懂含义的人，也被带进了音乐的海洋，随着乐曲的演奏荡漾、遨游。第三个节目风格有所切换，是现代风格的歌舞表演，第四个节目是小品，演绎的是一段动人的爱情故事。

张沧文已经被表演所折服，对余灵说："今天性价比最高的不是我买的茶叶，而是你带我来这家酒店，为了表示对你独到眼光的高度赞赏，我决定把茶叶再分你一箱！"余灵听了暗自发笑，心想你还真把那茶叶当宝，不过她也不想伤他的自尊心，便说："我已经比你要得多了，做人不能太贪心。这节目个个精彩，真是精心准备的，没想到婚宴还能配备这么高水准的演出，太赞叹了，我是铁定要跟到结束的了，你可别劝我哦！"

张沧文点点头，说："是的，节目很精彩！我也舍不得走呀！"正说着，有位礼仪小姐走了过来，奉上了一块纪念牌，张沧文轻声说："我已经有了。"礼仪小姐说："这个不一样的，是专门为你制作的，背景是新郎新娘，文字是你的诗作，载明了作者，还请你收下留念！"没等张沧文反应，余灵接下了纪念牌，说："谢谢！"礼仪小姐回了声"谢谢"，轻盈地走开了。

余灵拿在手上端详了一下，做工很是精致，像是一页精心设计的书签，啧啧称赞，随即放了起来，也不问张沧文的意见，说："这个就送给我了，比那茶叶有意义多了，嘻嘻！"张沧文笑了笑，没说什么。俩人继续看起了表演，一直到结束了才回房间休息。

第六章　梦回南宋

　　第二天，俩人在酒店的餐厅吃完了丰盛的自助早餐，按照原来说好的，沿着南宋王朝南逃的路线出发。很快地，他们就进入了福州界内，余灵问："福州发生过什么大事吗？"张沧文想了想，说："福州是发生过大事的，杭州沦陷后，一般大臣掩护皇室出逃，首先便是逃到了福州，在这里宣告成立临时政府，当时称为'南京'，这是相对于杭州而言的，当时朝廷的主要大臣为文天祥、陆秀夫、张世杰等，危急时刻，众大臣看似同仇敌忾、团结一致，其实都是各有各主张，各有各算盘，加上皇帝幼弱，皇室势力单薄，对大臣管束不力，争权夺利的事情自然避免不了，其中政治路线、军事策略冲突较大的是文天祥和张世杰，这也导致本就在风雨中摇摆的政权更加脆弱，不久后就被迫沿海路逃跑。福州嘛，当时没留下太多的痕迹，大城市咱们也见多了，这样吧，我还是带你去乡下，那里满满的都是南宋王朝的痕迹！"

　　余灵听了，笑得很灿烂，问："一定有很多故事吧？我就爱听你讲故事！"张沧文说："有的，不仅有故事，美食也应该有！"余灵兴奋不已，轻轻地抱了他一下，说："接下来的美好生活，就全靠你了！"张沧文被一个女人倚重，幸福感瞬间爆棚，说："放心吧，你想要听的故事，我一定把它讲好！"

　　张沧文一边和余灵聊着，一边开车向广东境内进发，到了两省交界的地方，张沧文说："我带你去看花海田园，感受一下大自然的芬芳！"下了高速，沿着一条乡村公路走了十几分钟，前面豁然开朗，一片空旷的场地上停了许多的小汽车，停了车往前走，一眼望去，展现在面前的是无边无际的油菜花，金黄色的花海带来了视觉上的巨大冲击，海洋、沙漠和草原是地球上面积巨大的自然景观，这里被称之为"花海"，可见花儿面积之大，视觉效果非常震撼。黄色周边是红色的杜鹃花，其规模不亚于贵州省的"百里杜鹃"，沿着花丛中的小道行走，但见蝴蝶成群嬉戏，蜜蜂忙于采蜜，好一幅生机勃勃的闽粤风光画！

余灵贪婪地呼吸着大自然的芳香，张开了双臂，动情地说："好美！真想躺到花瓣上，静静地望着天空，最好，还能喝上一杯美酒，与花儿共醉！"张沧文之前只是闻名，此次亲历花海，不觉被美景所迷醉，在嘴里略作吟诵，对余灵说："你听听我的即兴之作，多多指正，万亩花海红映黄，招蜂引蝶数亿只。好想躺于花丛中，花瓣当床酒伴诗。"余灵听了很开心，说："你这是为我而写的吧？我说想躺下想喝酒的！"张沧文笑着说："在如此美妙绝伦的景色面前，我和你的感觉是一样的，都希望和大自然融为一体，或者，化身为一只蝴蝶或蜜蜂，扑身于鲜花之上，该是多么美好的事呀！"余灵说："你的作诗水平越来越高了，佩服！这万亩花海，咱们能走得完吗？"张沧文说："估计走到天黑都走不到尽头，咱们往前慢跑半小时，然后再往回跑，你看这样行不行？"余灵愉快地点点头。

离开了花海田园，余灵的脑海里还一直浮现着美妙的田园风光，依依不舍地说："啥时候我要住到旁边，每天就到花里跑跑步！"张沧文竖起了大拇指，赞道："你这设想太好了！倘若做到了，保你一生健康，一世愉悦！"余灵笑了笑，说："走吧，好好开车！"

很快就进入了广东境内，张沧文下了高速，沿着海边公路一直开到了柘林码头，说："这是福建从海路进入广东的第一站，南宋皇朝进入广东的第一站，在这里，连带周边的地方，你将领略到不同凡响的逃亡艰辛，或者还有扣人心弦的故事。"余灵说："好呀，这里是你的故乡，吃喝玩乐都由你安排，故事嘛，我知道你会讲得很好的！"

张沧文把车停在码头，指着远处若隐若现的岛屿说："我们现在处于柘林古港，我指的方向就是南澳岛，坐船的话不用一个小时就到，咱们先去岛上转转，再吃餐地道的海鲜。"余灵蹦蹦跳跳的，高兴得像个小孩子，问道："有专门的渡船吗？"张沧文说："这个港口没有渡船，我找艘快艇搭载，咱们随时可以往返。"

张沧文带着余灵到了南澳岛云澳镇澳前村东南海滩，走过一片柔软的沙滩，经过一片奇形怪状的石堆，来到了一口四四方方的古井前，张沧文告诉余灵，这就是有名的"宋井"，它的奇妙之处在于，井口只离大海十数米，经常被海水淹没，但潮退之后，井水依然洁净甘甜，清淡可口，丝毫不受海水浸漫的影响，真的是"出海水而不咸"。

张沧文用水瓢舀了水，和余灵一起品尝了几口，果然是清纯润喉，心情大好，开始滔滔不绝地讲起了故事："宋井的魅力，不仅在于它的奇特，还在于它的传奇故事。公元一二七六年，宋端宗赵昰在福州继位后，蒙古军追杀至福州，大臣们护着年幼的皇帝从海路撤退，海上颠簸劳累，淡水储存不足，当张世杰、陆秀夫等人护着小皇帝进入广东，登上南澳岛时，已是唇焦口燥，饥渴难耐，小皇帝和大臣们向天跪拜祈祷，只求上天恩赐淡水解渴，然后开始挖井，没想到奇迹出现了，井水汹涌而出，居然还是甘甜的淡水！张世杰、陆秀夫感动得泪流满面，直呼天助大宋，大宋气数未尽，当可卷土重来，与蒙古决一高低，驱除外敌！自此，宋井横空出世，经久不竭，任它风吹海水淹，始终保持着淡水的本色！"余灵啧啧称奇，说："这故事太感人了！看来是人们的苦难感动了天地呀，这茫茫大海边，居然挖出淡水井，且经久不坏。你说这本是吉祥之地，南宋的重臣们就没想过在这里安营扎寨，抵御蒙古军吗？"张沧文说："不是没想过，当时文天祥在陆路，海路上主要由张世杰、陆秀夫统帅，当时两个人都来了，也喝过宋井的水，他们也考虑过这问题，可南宋军队超十万，南澳岛的粮食和其他资源支撑不了这么多人，加上岛上纵深不足，易攻难守，只好放弃了，岛上的农业不发达，捕鱼业也不稳定，再说了，让皇室和众大臣天天吃海鲜，估计他们也吃不惯！"

余灵嘻嘻地笑，说："他们不爱吃海鲜，我可是等着吃的哈！"张沧文说："这太简单了！咱们随便找家餐馆，在这海岛上，除了海鲜，难道你还指望吃上牛羊肉？现在就去，一公里半径保准能找着餐馆，吃完了我还得来装上几瓶宋井的水。"

果如张沧文所说，他们走过宋井后面的小亭子，沿着崎岖不平的小路走了几百米，便进入到一个渔村，村里的海鲜餐馆有好几家，餐馆门口都有人吆喝招揽生意。张沧文也不挑剔，找了一家生意好一点的，带着余灵走了进去。餐馆里装有氧气设备的玻璃柜里游动着各色各样的海鲜，有些是他们以前见都没见过的，余灵很是兴奋，问道："咱们这是来到了海洋世界吗？"张沧文笑着说："你是来到美食世界了，看看有啥没吃过的，咱们好好品尝一下！"

余灵自己到柜台看了看，说："我就点传统的老三样：鱼、虾、蟹，什么鱼你来定，再配上新颖的素翅、海葡萄。"张沧文问："不来点酒吗？老板自己浸泡的酒，我看那海马、海龙酒挺不错的，听说能去除疲劳、强身健体。"余灵笑了笑，说："这酒我不太能喝，不过舍命陪君子，就喝点呗！"

张沧文刚下单不久，菜就上来了，先是鱼、虾、蟹，看来海鲜的烹煮较快，大多采用白灼，在开水里烫一烫，把调料备好，就可以开吃了。俩人就着海鲜，小酌了两杯，这时店老板亲自端了两碗翅过来，笑呵呵地说："这就是素翅，店里煮的比外面都要香脆，算是小店一绝！乍一看都以为是鱼翅，实际不是鱼翅胜似鱼翅！"余灵见碗里放了几根香菜，卖相特佳，舀了一勺子品了品，果然是又脆又香，清爽可口，不禁赞不绝口。店老板见客人喜欢，眉开眼笑，说："吃得喜欢的，下次再来！"

张沧文尝了尝，竟也被素翅的色香味俱全所折服，这是一种海里的植物，煮出来的样相酷似鱼翅，因而被渔民称为"素翅"，所含的维生素是鱼翅无法比拟的。余灵和他碰了一小杯，伸直了手往上扬了扬，张沧文顺势站了起来，余灵说："不是让你站起来，是让你上诗！"张沧文说："这就上诗，你当我是李白呀！不过，你放心，在你面前，扮不了李白，'李痴'还是要扮的，李白和'李痴'是两兄弟，合称'白痴'，呵呵！"余灵忍不住笑了起来，说："你别胡诌，坐下，上诗！"

张沧文依言坐下，吟道：寻一家渔村小店，品两杯家乡特饮。邀齐海珍鱼虾蟹，素翅一现耳目新！余灵照例拍拍手，表示赞赏，说："通俗易懂，清新自然！等会还有一道新菜，记得再来一首！"张沧文大声打了个嗝，分不清是吃了东西还是喝了酒，还是装出来的，把余灵的话题给打断了，这时店老板端来了海葡萄，只见一盘碎冰上面，周围整齐地摆放着切得很薄的青瓜片，往内一圈放了菠萝片，中间摆放了几串深绿色的海葡萄，圆形碟子的圆心放了一朵紫色的鲜花点缀，那是陆地葡萄的颜色，这就把海葡萄和陆地的葡萄巧妙地连接起来，店老板笑容可掬地介绍："据说地球上本来都是大海，后来才有了陆地，陆地上的动植物都是源自海里，两位看到的海马、海龙，那是陆地上马和龙的远祖，而咱们这海葡萄呢，个子是小了点，也没那么甜，但是它和陆地的葡萄相比，可贵之处就是种植不用葡萄架子，也不用泥土，在水里就能生长了，吃起来清脆可口，开胃得很！真是不错的，下次叫上朋友一起来哈！"

余灵摘了几颗放嘴里嚼了嚼，酸酸甜甜的，清脆可口，对着店老板竖起大拇指，店老板乐呵呵地干活去了。张沧文伸直了手，往上扬了扬，说："这次，该到你上诗了！"余灵微笑着说："那我就依样画葫芦班门弄斧了，你别笑话我呀！"当即吟了一首：万般生灵源于海，此物贵在没架子。酸甜咸淡不好说，世间百味心内知。

张沧文忍不住拍手叫好，说："好个没架子，把这平凡的植物人格化了，这是一种难能可贵的品质，另外呢，你还把自己的内心世界通过品尝海葡萄表达了出来，是的，人的内心世界深沉、复杂，哪是几句话就说得清楚的？好诗，好诗！"余灵被他这么一夸，高兴地笑了笑，露出两个小酒窝，说来也怪，她只有开心笑的时候，两个小酒窝才特别明显。

俩人还是坐快艇返回了柘林港，张沧文没忘了指指点点，向余灵介绍当年宋端宗进来的路线，还有继续南撤的路线。余灵想象起当年千万艘木船在海上航行的情景，不禁心生神往。俩人上了岸，沿着海边散步，穿过一片防护林，来到了许多巨石相连的地带，巨石下面是汹涌澎湃的海浪，站在巨石上面俯瞰海面，有种惊心动魄、心跳加速的感觉。在巨石较矮的一边，有位渔翁坐在石头上面，手持钓竿正悠闲地钓鱼。

风浪这么大能钓到鱼吗？俩人好奇地走过去，张沧文问道："古代有姜太公钓鱼，说是愿者上钩，你脚底下的风浪这么大，难道也是在玩愿者上钩吗？"渔翁憨厚地笑了笑，说："兄弟你被蒙蔽了，姜太公是钓鱼界的老前辈，可是他钓的是人，不是鱼，真的钓鱼，没有鱼饵是不行的！就像你和这位姑娘，你说要请她吃饭，可口袋里没钱，饭吃得了吗？呵呵！"余灵听出他话里有话，笑着说："这位大哥，你是不是想说没有饵料就钓不到鱼，没有金钱支撑就找不到女朋友？你还没告诉我们，你钓的是鱼，还是人，还是什么？"渔翁笑着说："我钓的是鱼，这里风浪大，上钩的鱼不多，但能钓到大鱼，另外呢，我钓的是情怀，姑娘你可能不知道，这块大岩石叫作'忠臣石'，南宋末年，多少忠臣义士，听说皇帝殉难后，从这岩石上跳下去，以身殉国！多少年了，我在这里钓鱼，也算是表达一种缅怀之情。"

余灵望着张沧文，问道："还有这么一段故事？你咋不跟我讲起？"张沧文说："是有这么一段传说，当年南宋军队在柘林古港驻扎了许久，除了在周边征集粮草补给，也在海岛、陆地寻找能够安营扎寨抵御蒙古军的地方，沿途还要号召当地的军民一起勤王，军队从海上南撤，都要在各个地方留下一些骨干开展工作，加上一些伤病员，当时在柘林港留下的官兵不下几百人，听说陆秀夫背着小皇帝跳海，十多万将士跟着殉国，很多人悲愤交加，走上巨石，对着皇帝溺亡的方向，义无反顾地跳海殉国，着实悲壮！"张沧文讲到这里，那渔翁竟然悄然掉泪，用袖口偷偷地抹掉眼泪。

余灵见两个人脸色沉重，有些魂不守舍的样子，有意岔开话题，说："钓鱼是需要鱼饵，姜太公钓人，那是把自己当饵料了，两位，我作了首打油诗，请点评点评，诗名《钓鱼翁》：海边偶遇钓鱼翁，问起前辈姜太公。笑我轻狂笑我痴，无饵鱼儿怎动衷？"那渔翁一听，心情顿时变得开朗，笑呵呵地说："姑娘文采不错，居然把我写进诗里了，一会我钓到大鱼，煮鱼片粥请你！"看来人的情绪都是有起有落，因悲伤的事而掉泪，可还得学会调节，经历了悲伤，还能学会愉悦地生活，这才是勇敢的人。

张沧文的情绪也被她带到诗作上来，说："这不像你的风格呀，倒像是我的，轻狂，痴情，这分明是年少时的我呀，哈哈！余大小姐，你不如把这首送给我了，假装是我写的！"余灵微笑着说："你想盗版，这可不行呀，这有渔翁作证呢！不过嘛，给你联合署名倒是可以考虑哈！"张沧文忍不住笑了起来，说："还没听说联合写诗的，难道我们要当古往今来的第一个？"余灵说："我不管那么多，要不，你另外写一首来换！"

俩人离开了忠臣石，余灵有事想问，张开口又停了下来，张沧文说："看你欲言又止的，我知道你想说什么。"余灵瞪了他一眼，说："真的？你真能看穿我的心事？我还是自己先说吧，免得你猜错了。之前听你说李氏探花公，他当年是什么状况？"张沧文"嗯"了一声，说："知道你好奇，想知道当年探花李宗兴为何没去忠臣石跳海，回头给你讲讲新故事，你就明白怎么回事了。"余灵拍了拍他的肩膀，说："不错，你还真知道我想什么。"

次日，张沧文一早就来到海边的小宾馆，接上余灵，直奔凤凰山。走了几十公里，到了山脚下，张沧文找人打听后又开了一段盘山公路，到了半山腰，车没办法再往上开，好在还有个空旷的场地可以停车。听当地的人讲，再登六七百级台阶，就可以到达山顶了。

石阶修得很宽，可同时容纳四五个人并排前行，石阶的两旁长满了各式各样的大树，把整条登山道遮挡成了林荫小道，就算是烈日炎炎的夏天，也丝毫感觉不到天气的酷热。南方的冬天，树叶依然翠绿，小鸟在树林中来回飞跃，叽叽喳喳叫个不停。余灵对着路上的花树指指点点，给张沧文介绍各种花树的名称，俩人在登山道往上走，虽然山体陡峭，却体会不到攀登的辛劳，有说有笑的，额头上都见不到汗珠，很快地就到了山顶，山顶上修了个广场，广场上搭了几个遮风挡雨的小亭，小亭里摆放了几张木制的凳子。

张沧文坐了下来，由衷地感叹："这条登山道空气清新，花繁树茂，动静相宜，真想每天都来！"余灵笑着说："你是学了我吧，我想住在花海田园，你不会想着住在山脚下吧？"张沧文抬头望了望天空，望了望不远处连绵不断一片翠绿的山丘，愉悦地感慨道："要是能住在这山顶上，那就更加舒爽了！"

坐了一小会，张沧文带着余灵走到山顶广场的一角，指着一片郁郁葱葱的树林，说："这些都是茶树，品名叫'宋种'，好多都是几百年甚至近千年的树龄，改天我带你从另外一个方向上山，山上有个湖泊叫'天池'，上面有几棵被保护起来的'宋种'树，据说树龄超千年的，摘下的茶叶润喉生津，香味三日不退。"余灵说："听说福建有大红袍茶树也是重点保护的，没想到这里也有古茶树，一听这品名，就知道与南宋有关，有啥传说，快跟我讲讲吧！"张沧文说："当年南宋和众大臣察访至此山脚下，唇焦口燥，山下的百姓摘了山上的茶叶泡水，献与皇上，小皇帝喝了，顿觉生津止渴，神清气爽，遂让众大臣共享，并赐名'宋茶'，后老百姓称之为'宋种'。"

余灵咽了咽口水，说："这会真渴了，咱们是不是也得去品品'宋种'呀！估计人在口渴的时候，更能体会到茶水的芳香。"张沧文拍了下大腿，说："这次怪我，咱们下山去，在山脚下找家茶馆，好好地品一品！"余灵笑了笑，说："怪你什么？难不成还让你在山顶开个茶馆？我也喜欢登山，咱们这几天多去爬爬山哈，还有，我有个主意，咱们这会下山，互不打扰，各自思考，下山前要吟一首，这次将就我，体裁用五言绝句！"

张沧文欣然应允。刚出了登山道，张沧文说："我先献丑了，鸟鸣林荫道，上下若等闲。百登而不厌，只有凤凰山。"余灵说："好！百登不厌，看来以后可以多找你登山，下面听我的《登山乐》：刚过朱樱花，又见金丝竹。君独爱花香，我却怜笋苦。"张沧文拍了拍手，说："很好！只是有些淡淡的哀愁，我不晓得金丝竹的竹笋苦不苦，却能体味到你的怜惜之意，挺好的，抒发了你的情感。"余灵调皮地笑了笑，说："我很喜欢你的《登凤凰山》，这样，咱们做个特别的买卖，你的这一首就送给我了，注意，不是你写给我或是为我而写的意思，而是你这首诗就是我的了，作者变成了我，作为交换，那首《钓鱼翁》送给你了！"张沧文笑着说："没做过这种买卖，不过你高兴就好，我听你的！"余灵高兴得手舞足蹈，说："还有一个附加条件，那就是，一会去茶馆由我买单，不准你抢！"

下午，张沧文和余灵回到了柘林镇，来到了位于西北角的白雀寺，这里是镇上的人们烧香拜佛的地方，一年四季的香火都很旺。刚到寺庙的外围，就看到了香烟缭绕，余灵一脸茫然，问道："你信佛吗？带我来烧香吗？"张沧文故作神秘，说："等会你就知道了！"带着她走上了寺庙的台阶，来到一个蝴蝶形状的石亭旁，指着一副石壁上的题字，说："你读一读！"余灵边看边读了起来："未来世界谁是我，来到世界我是谁？觉醒人凡我知谁，悟辞人凡谁知我？"读完之后又读了一遍，然后问道："没有诗名吗？这挺有禅意的，谁写的呢，像是一位得道高僧？"

张沧文正色说道："赵昰写的。"余灵觉得难以置信，又问："南宋末年那个赵昰？确定吗？"张沧文说："只是传说。"余灵说："你昨天说要讲的故事，跟这有关？"张沧文点点头。余灵说："好吧，那你开始吧！"张沧文说："我们就在亭子里的石凳坐着吧，这故事有点长。"

张沧文望了一眼石壁上的题诗，缓缓讲了起来："李宗兴和文天祥同是南宋宋理宗宝祐四年的科考进士，文天祥是状元，陆秀夫是榜眼，李宗兴是探花，通俗地讲，就是三个人占据了前三名，三人从此结为好友，在很多政治立场、政治见解上，文天祥和李宗兴都有相同之处，文天祥在从政期间和李宗兴保持着密切的联系，很多问题常和他商量，其间也邀过他出山相助，李宗兴都婉言相拒了。

李宗兴是临安人，在当地是大户人家，文才武略都是一流，战争时代的读书人同时修练武艺，为的就是上朝能为官，上马能为将，他虽然殿试落后于文天祥和陆秀夫，但在武艺方面，文天祥和陆秀夫就要逊色许多，剑术和骑术在当代都难寻对手。本来立志报效国家，奈何权臣当道，君主昏庸，所以早早就成家育儿，不想去蹚那浑水，但对国家对形势还是相当关注，与文天祥也偶有见面，常有书信往来。

公元一二七六年，南宋首都临安（今杭州）沦陷，众大臣保护皇室逃往福州，文天祥等人主导、辅助了益王赵昰继位登基，官拜右丞相，但与权臣张世杰政见不同，军事理念不同，张世杰对文天祥又诸多妒忌、排斥甚至不惜加害，因此文天祥的政治、军事才能未得以全面发挥。文天祥和张世杰在军事上的分歧，一是文天祥主张不能一味退却，要以进为退，退中有防，撤退不是目的；而张世杰强调的是避敌锋芒，安全第一，走为上策；二是文天祥不赞同一味地从海路撤退，认为要抵御、对抗蒙古军队，始终还是要以陆地为主，时机成熟了可以建立根据地与蒙古军形成对峙。

文天祥和张世杰都与蒙古军真刀真枪地较量过，深知蒙古陆军的厉害，唯一不同的是文天祥还深知蒙古海军的厉害，在当时说是世界第一都不为过，而张世杰仍然把蒙古海军与金兵的海军相提并论，自以为南宋的海军比蒙古厉害，蒙古只是擅长于马背上作战，所以一向主张从海路退却。文天祥认为张世杰是个自以为是而又顽固不化的人，从海路逃跑，就算是跑到海南岛，最终也难以抗衡蒙古的海军，最终都是死路一条，无奈自己的军队比不上他，各方面的实力比不上他，因而在朝廷的分量也不如他。

文天祥是个深谙兵法而又顾全大局的人，深知与张世杰的矛盾而尽量避免激化矛盾，在无法阻止张世杰海上出逃的计划情况下，文天祥开始了自己的行动，以求拯救那风雨飘摇的朝廷，拯救水深火热之中的黎民百姓。一方面，文天祥继续坚持自己的陆地作战政策，在福建各地招兵买马，充实军队，提高战斗力，寻找战胜敌军的资源和机会，另一方面，他和李宗兴见了面，开始做好海路作战失败的准备。

文天祥约了李宗兴在福州金山寺秘密见面。当天喝的是李宗兴自己携带的西湖龙井茶。文天祥详细分析了当下的形势，宋端宗赵昰与弟弟卫王赵昺处于宋世杰和陆秀夫的保护之下，人身相对安全，换句话讲，皇上被带走，整个朝廷和大部分军队从海上撤退是避免不了的，南宋王朝面临生死存亡的紧急关头了。

李宗兴问：丞相对海上撤退作何预判？文天祥答：海路撤退只是苟延残喘，必定死路一条。李宗兴问：既然如此，丞相位高权重，为何不尽力劝阻？文天祥答：我已极力劝阻，陆秀夫还愿意多听一听，张世杰已断无商量的余地，威胁的话也已放出，说我再横加阻拦、无理取闹的话就让我卸甲归田。此事已没有回旋的余地。李宗兴问：既然回天乏术，丞相已竭尽全力，何不顺其自然、泰然处之？文天祥答：大丈夫明知不可为也要为之，人生自古谁无死，死之前，我们要做有益朝廷的事，做有益百姓的事，如果谋划得当，南宋也未必没有机会，未必亡国。李宗兴问：丞相找我是想要我做什么事？文天祥答：想找你做一件利国利民且非你不可的事。李宗兴问：何事非我不可？我可向丞相推荐人才呀！

文天祥"扑通"一声跪下，说："贤弟你别吓唬我，你这次不答应哥哥，哥哥就跪在这里不起来了！"李宗兴知道他的为人，如果不是有什么重大而又为难的事，他不至于这么严肃，赶紧把他搀起来，说："有什么事请说，我照做就是！"文天祥说："太好了！我替天下苍生谢谢你！"

文天祥和盘托出他的计划，让他招募一支精兵，投奔陆秀夫，然后跟随军队上船南撤，一旦进入广东，说明败局已定，跟陆秀夫说明利害关系，把小皇帝给换出来留在广东，为以后积蓄力量东山再起留下皇室血统。李宗兴听了，马上明白了他的深谋远虑，这也是他们所能做的最好安排了。

李宗兴毅然接受了使命，开始和文天祥研究周密的计划，把所有的细节推敲一遍，为保周全，李宗兴又开始发问：我招多少精兵比较合适？文天祥答：几百人就够了，短时间也招不到太多人，关键是要精悍、忠诚。李宗兴问：我带不带儿子一起？文天祥答：带三个大的去吧，他们都是习武的，能保护皇上，也能跟你互相呼应。李宗兴问：万一陆秀夫不肯合作怎么办？文天祥答：务必跟他讲清是我的命令，他还是会听我的，另外，跟他讲清楚是为了保护皇上，为以后光复、中兴作准备，还有，要让他做好记录，为以后编写历史保存资料。这家伙忠诚正直，有些书呆子气，但应该明白事理，不会不配合的。李宗兴问：张世杰会不会发现？文天祥答：不会的，一个七岁的小孩，啥事都不懂，他从来就不放在眼里，连长相他都不记得了。李宗兴问：要替换的小孩物色好了吗？文天祥答：早就物色好了，一些礼仪都教过，不会穿帮的。李宗兴问：丞相自己怎么打算？文天祥答：我会在福建联络义师，招兵买马，准备粮草，守住城池，如果海路的军队溃败，咱们马上整合军队，交由皇上统帅光复南宋！李宗兴问：丞相估计几时溃败？文天祥答：海路上的军队还有十几万，大多还是善战之师，如果将帅指挥得当，抵挡个五年八年的没有问题，到时皇上接近成年，相信在你的指导下，也会是英明统帅了；不过也有隐患，要是张世杰头脑发热胡乱指挥，那命数就不可预测了！李宗兴问：若海路军队快速溃败，我们当如何应对？文天祥答：谋事在人，成事在天，我们做好我们的事！

李宗兴和文天祥见面之后，马上着手进行准备，带着三个儿子、八百精兵晋见了陆秀夫，两个人是老朋友，陆秀夫很是感动，夸赞他在国家危难时刻，倾尽所能报效朝廷，立即将他引荐给张世杰，又面见了皇上，小皇帝按照大人的吩咐，重新确认了探花的资质，把他安排给陆秀夫当助理，官至三品。

蒙古军攻城掠寨，南宋朝廷从海上撤退，宋端宗赵昰与张世杰、陆秀夫、李宗兴等乘同一艘战船，组成军事指挥中心，皇室家眷安排在另外一条船，李宗兴得以与陆秀夫商议一些事情。蒙古海军一路追赶，南宋朝廷仓皇南撤，基本上不做抵抗，很快就被驱赶出福建，进入了广东境内，到了柘林港。"

张沧文讲到这里停了下来，干咳了几声，余灵问："能继续吗？渴了还是喉咙疼？"张沧文笑着说："没事，就是想喝昨天的'宋种'了！"余灵说："还宋种呢，我去寺里跟你要杯水喝吧！"张沧文问："你还听故事不？"余灵急切地说："肯定了！"张沧文说："这样，你去车上拿茶叶，我去寺里借套火炉、茶具，咱们营造好气氛，边享用好茶边讲故事！"

余灵去车上拿了茶叶，张沧文已经借到了炭火炉，放了木炭，拿着一把小扇子在扇风，炉上放着陶制的水壶，一套小型的瓷制的功夫茶具放在石茶几上，就等着炭火把水烧开，就品到昨天从凤凰山带来的茶叶了。余灵说："木炭烧旺了，不用再煽风了，你继续讲，我来泡茶。"

张沧文继续讲道："来到柘林港，大军进行了休整、补给，为了隐蔽，当时的小行营就设在一座毫不起眼的寺庙里，这座小寺庙就成了整个南宋王朝的指挥枢纽。李宗兴按照和文天祥拟定的计划，开始和陆秀夫沟通。陆秀夫一听很气愤，指责李宗兴大逆不道，等李宗兴把文天祥的分析判断讲清后，他开始冷静下来，答应好好考虑这个计划。

"过了几天，陆秀夫约李宗兴进行了密谈。陆秀夫说：我同意文丞相对形势的判断，这几天我和张世杰探讨了军事形势，他也不乐观，只是主张撤一步看一步，现在的问题是如何说服皇上，说服张世杰，说服皇室家眷，让他们同意小皇帝留在陆地上。李宗兴说：文丞相讲了，这事只能和你商量，一旦让张世杰知道，一切计划都将破产。陆秀夫说：我再想想，你也再想想，文丞相不在，向他请示不了，这可是冒天下之大不韪的事，须慎重再慎重！

"他们按照约定三天后又进行了密谈。陆秀夫说：我试探过张世杰了，他是不会选择在陆上进行抵抗、决战的，看来这一千几百艘战船要跟随着他，直到粮尽水绝，我支持文丞相的计划，你看怎么实施？李宗兴说：之前丞相有过交代，如无万全之策，可私底下与小皇帝商量，以舟车劳顿为理由劝说他留在陆地，然后替他起草一份密诏让他抄写、签名，大意是为抵御蒙古军，光复南宋，令他弟弟赵昺随军南下，他自己留在广东积蓄力量，为了对内不造成恐慌、对外迷惑敌军，令与自己貌似的孩童随部队行动。陆秀夫眉开眼笑，说：这是妙策！这样，我把皇上的亲笔诏书留在手上，另外，以后我把战船上的事迹都记载下来，作为以后举事的资料。

"事情发展得很顺利，小皇帝赵昺听陆秀夫一讲，喜出望外，原来他也是在海上颠簸得怕了，一切都很乐意配合。过了两个多月，千艘战船开走了，赵昺悄悄地留在了小寺庙，李宗兴以断后为理由，带着几百精兵潜伏了下来，为掩人耳目，改装成老百姓，化整为零。

"李宗兴挑了一处偏僻的山脚下，搭了几间屋子，和三个儿子隐居了下来，每天都抽时间去照料赵昺，教他读书、习武。稍为安定之后，派亲信告知了文天祥。"

讲到这里张沧文停了下来，喝了杯余灵泡的茶，指着白雀寺，说："当时赵昺就住在这里面，这寺修了又破，破了又修，一直保存下来。"余灵见他一副深信不疑的表情，问道："这是真的吗？野史编的吧？"张沧文说："有的是代代相传下来的故事，有的是史书记载的，我呢，读了一些记载文天祥的书籍，相信他有这样的智慧，这样的谋略；而李宗兴呢，要么跳海殉国，要么回乡寻亲，可是他都没有，让我选择相信这个故事。你呢，倒是不用纠结，听完了故事，或许你会重新考虑还追不追寻南宋王朝的逃亡路线。"余灵开心地笑了笑，露出两个小酒窝，说："你说得没错，我听的是故事，又不是历史，开心就好！你继续，我还不知道赵昰在这里住多久，石壁上的诗是怎么来的呢！"

张沧文又喝了一杯宋种茶，但觉沁人心脾，接着讲道："文天祥在福建招兵买马，召集天下义师勤王，因其威望和才能，取得不错的进展，在一二七七年那年，和蒙古军打了几仗，互有胜负，南宋军队一度攻占了几个县城，文天祥一面与逃亡朝廷保持密切的联系，一面与李宗兴也常派信使通报消息。文天祥的军事才能相当出色，这也使得他在福建取得一定战绩时，马上就想要扩大战果，在条件尚未具备的情况下率领军队攻打江西，由于力量对比悬殊，不仅没有收复失地，反而损兵折将，被迫召集残部转战于岭南一带。

"南宋朝廷循海路南撤，被蒙古军海路、何路联合追击，疲于奔命，除了沿途短暂的休整和补给，始终没有建立起稳固的根据地，进行有力地反击，加上带着数量巨大的眷属，行动速度及作战力量逐步被削弱。以赵昰名义随军而行的孩童，由于不适应海上的长期颠簸，加上战争和恶劣的自然环境带来的各种惊吓，长期卧病在床，不幸于公元一二七八年六月去世。在张世杰的主导下，赵昰的弟弟卫王赵昺继位，史称宋末帝。

"李宗兴听闻假赵昰身亡，又喜又忧，喜的是赵昰的人身安全大为提高，因为再没人留意赵昰的存在，忧的是南宋朝廷的安危，皇帝年幼，主掌朝政的主要是张世杰，而此人虽然忠诚刚烈，但刚愎自用，自以为是，纸上谈兵，十几万军民的安危、南宋的国运系于此人身上，的确是一大隐患。李宗兴交代三个儿子照料好赵昰，孤身一人冒险前往南岭与文天祥见面。

"见到文天祥时，文天祥也已收到赵昺继位的消息。李宗兴向文天祥表达了自己的忧虑，建议文天祥要入朝辅政。文天祥叹了叹气，说：我有负朝廷的重托，本来是留在陆上光复南宋的，是我太过冒进，我已经上书朝廷，承担过失，请求责罚，同时表明了自己的见解，请求进入朝廷议事，可是被拒绝了，看来张世杰是怕我碍事，想要继续独掌朝政，也罢，咱们只能做好自己的事情了。

"文天祥和李宗兴商议，文天祥带领部队向广东崖山朝廷方向移动，伺机增援朝廷，李宗兴带着赵昰继续潜伏，等待朝廷和文天祥的信息。不幸的是，文天祥在从江西征战至广东的过程中，被蒙古将军张弘范击败，一二七八年十二月于五坡岭（今海丰北部）被俘；南宋朝廷于一二七九年二三月间与蒙古军队展开了崖山海战，结果全军覆没，十万多南宋军民殉国。

"却说那陆秀夫，从柘林港离开之后，即便是长期在海上征战，也不忘把宋端宗和宋末帝的事详细记述，编汇成册，对赵昰留在柘林港为南宋皇室保存血脉一事做了详细的描述。崖山海战期间，陆秀夫已决意背负宋少帝投海，不被蒙古军抓获羞辱，遂将书秘密交与礼部侍郎邓光荐，嘱咐他如果侥幸不死，就把书想办法传出去给文天祥。"

张沧文讲到这里，停了下来，神情变得伤感，似乎在缅怀远古时代那个智慧超群而又无计可施的陆秀夫，最后选择了壮烈蹈海，以死殉国。余灵也听得入神，崖山海战的惨烈她早就听过，十万多军民殉国，没想到在刀光剑影之下，还演绎着许多书生豪情，她递了杯茶给张沧文，待他喝了，见他神情有所缓和，才轻轻地问："那个礼部侍郎活下来了吗？"

张沧文点了点头，说："邓光荐活下来了，他跳海殉国被蒙古军捞起，蒙古将军张弘范对他很是器重，劝他投降，邓光荐宁死不屈，张弘范对他还是以礼相待，将他与文天祥一起押赴大都。

"邓光荐原就是文天祥的属下，得以与文天祥同船，蒙古军因为主帅敬重他们，加上还想劝降他们，所以在船上对他们的管束不算太严，邓光荐不负陆秀夫重托，把密藏在身上的书册交与文天祥，文天祥看了之后，让邓光荐也看了，把内容记在心里，把书扔进海里。

"文天祥告诉邓光荐，这本书一旦泄密，赵昰势必无处逃匿，把书毁了，能保全南宋皇室的血脉。邓光荐问如果举事的时候如何证实赵昰的身份，文天祥说，形势到了现在的地步，南宋军队已覆灭，南宋朝廷已灭亡，你我还被俘于此，对于赵昰和南宋的命运，现在无法预测。

"李宗兴随后获知文天祥被俘与崖山海战南宋战败的消息，一方面继续教导赵昰，另一方面不断派人打探文天祥的消息，伺机营救。可惜，文天祥是元朝最重要的囚犯，守卫特别森严，李宗兴派去的人始终没能得手。元朝皇帝忽必烈劝降了几年都没有成功，失去了耐心，将其杀害。李宗兴和赵昰后来在广东沿海继续抗击蒙古军，但因强弱分明，没办法组织起大规模的抗争运动。

"赵昰年届中年，元朝的统治已相当稳定，赵昰深感光复无望，在寺庙里留下这首诗，然后悄然离开了。"

张沧文讲到这里停了下来，指了指石壁上的题诗，说："那是后人刻到石壁上的。可惜得很，文天祥、宋世杰和陆秀夫被后人称为宋末三杰，这三人不缺气节和胆识，但在军事才能方面，远不如南宋初期的岳飞，这也是南宋被灭的原因之一。"余灵叹了叹气，说："人无完人，像岳飞那样的军事人才，也不知道多久才出一个。"这时，亭子外头的大路上有人在吆喝着卖番薯，余灵站了起来，说："茶喝多了，肚子有点饿，我买几个番薯吃！"

　　番薯的品种不错，余灵连吃了两个，说："要是在土窑里烧，味道就更好了！"张沧文指着东面方向，说"往前走个十几分钟，有一座元朝时期建造的石塔，等会你要不要去看看？"余灵问："元朝的石塔跟你讲的故事有什么联系吗？"张沧文说："没听说有什么联系，不过，登上塔顶，可以看到整个柘林港。"余灵说："那就改天再去吧，说不定可以看日出，这会就在这喝茶，聊天，吃番薯了。"张沧文看她吃番薯的样子像个小孩，煞是可爱，就说："那咱们一边喝茶，一边思考，每人再来一首乡村小诗，日后好作留念！"

　　余灵又剥了一个番薯，说："好呀，我不用思考了，听着：城市套路深，我回到农村。来了有番薯，谈心至黄昏。"张沧文拍手叫好，说："这很应景，你吃着番薯，这会快到黄昏了，我的思路和你接近，好久没烧过乡村的炭火炉了，我就来首《乡村炭火炉》：城里遍布摩天楼，乡村又见炭火炉。万物自有安身处，亮丽风景在路途。"余灵听了，忽然变得伤感，喃喃地说："亮丽风景在路途，也在这里，可惜，可惜，我们不知道还能看到多少风景，摩天楼是城市的象征，看来这炭火炉会是乡村的象征。来，我们把炭火烧旺些！"说完拿起鸡毛扇子扇起火来。

　　张沧文听着，觉得怪怪的，问："听你说话的语气，像是有些不愉悦，是累了吗？"余灵摇摇头，笑了笑，说："没有，就是想着那句'未来世界谁是我，来到世界我是谁'有些感触了，未来世界谁是我，这位曾经的小皇帝感到迷惑了！"

第七章　为伊着迷

　　俩人一直坐到日落才离开石亭，张沧文把她送回海边的小宾馆，余灵说她想歇息歇息，张沧文便自己找朋友叙旧去了。第二天清晨张沧文来敲房门，想带余灵去看日出，余灵打开了门，房里的行李已收拾完毕，轻声说："医院通知我去检查身体，你收拾一下我们就走，下回再来看元朝的石塔，看海上的日出。"张沧文问道："你怎么啦？怎么医院会通知你？"余灵望了他一眼，淡淡地说："我去年出了次车祸，腿骨折了，现在基本恢复，但医院要我去做个复查。"

　　张沧文紧绷着的心松弛了下来，说："原来是这样，那是要复查的，腿骨这东西很重要的，就算好了，也得好好保养！"

　　张沧文直接把余灵送到深圳的医院，然后去了茶馆，刚好李劲伟和韩小霞都在，李劲伟盯了他好一会，说："快半个月没见了，不错呀，红光满面的！"韩小霞笑着说："人家出去浪漫了，气色自然不同啦！"张沧文涨红了脸，说："哪有什么浪漫，就出去走走，啥浪漫都没！"他急于岔开话题，便问李劲伟："最近有啥情况？"李劲伟说："没啥情况，文律师倒是打过电话，说有空一起聊聊，还问起你，我说你到外面去了，等你回来再约。"张沧文说："是的，她是约过我，我都差点忘了，不过快到农历新年了，过年后再约她吧！"

　　转眼间到了元宵节，张沧文想起老家的习俗，在这一天都把新婚的新娘安排到祠堂里亮相，让大家知道谁家的媳妇有多么漂亮，俗称"摆新娘"，一时兴起，写下一首《元宵佳节》："情人相约逛元宵，月儿圆圆照吉祥。问声故乡亲友们，今年谁家摆新娘？"想想自己没有粉丝，只有余灵还读读自己的诗作，有点知音甚少的感觉，于是打了余灵的电话，顺便问下她的腿伤完全康复了没。电话打通了没人接，张沧文发了微信，发了那首诗给她，又问她腿伤状况如何，过了许久还是没回复。一种不祥之兆涌上心头，张沧文又打了电话，一样是没人接听，他又发了信息，还是没有回复。

张沧文一晚没睡好，睡了一会又被噩梦惊醒，好不容易熬到天亮，又强行忍到上班时间，拨打了严立颖的电话，问他余灵的情况。严立颖哽咽着说："她前几天动手术，不幸感染了病毒，没抢救过来，变成了植物人……"张沧文一听，但觉天旋地转，大声问道："怎么会这样？腿伤至于导致这样的后果吗？"严立颖愣了一下，说："什么腿伤？她癌症都中晚期了。"

张沧文恍然大悟，原来年前的旅行，是她最后的旅行，那么地缠绵，那么地舍不得人世间却强颜欢笑，而自己竟毫无察觉，心痛如绞的同时，他在心里不断地骂自己"蠢驴"。他跑去医院，打听到她的病房，远远地看到她躺在床上，病房里有亲属在照看着她。他没有进去，只是悄悄地多看了几眼，默默地离开，心想她要是醒不过来，自己就孤身一人伴着。

在屋里独自待了一个多月，张沧文才走出了房间，先是去了舍得茶馆。韩小霞和李劲伟都在，似乎知道他今天会来，专门在茶馆候着一样。张沧文心里一暖，感觉他俩就像自己的亲人一样。韩小霞见他眼睛有些红肿，心下怜惜，说："人有旦夕祸福，你又何苦这么伤感呢？"李劲伟端详了他一下，也说："是啊，脸都掉了一圈肉，这下该放下忧思，把心思放到现实生活，人就是这样，纵有万般不舍，总有离别的一天！"张沧文露出疲倦的笑容，说："我知道，放心吧，我已经思考了很久了。对了，有电话找我吗？这段时间手机有时忘了充电，有些电话没收到。"李劲伟说："正想跟你说了，文律师打过两次电话，说是强奸案有消息了，让你有空给电话她。"张沧文点点头，说："是该联系她了，年前忘打电话给她了。"

次日上午，张沧文打了文慧的电话，说："文律师，好久没联系，听李劲伟说您找我，有事吗？"文慧说："你在哪？有时间吗？我们见面谈！"

张沧文心想：强奸案的信息在电话里谈也行，不是非得见面谈吧？不如先找个理由推脱算了。便说："我下午过去香港，前几天跟朋友约好的，下回再见面可以吗？"文慧说："刚好，我就在香港，你下午办完事，我们一起喝茶吧！"原来文慧这两天都在香港，张沧文的谎言被堵个正着，自己都不好意思再编造其他理由，于是说："那晚上八点左右一起喝茶吧，地点你来定！"文慧说："好的，晚些时候告诉你地址。"

挂了电话，张沧文想道：看来以后还是撒不得谎，否则要付出代价，或是撒一百个谎来圆。事已至此，就当是去散散心吧！草草吃过午饭，张沧文乘车前往深圳湾口岸，从那儿过了香港。

文慧到香港主要是看望儿子，跟儿子吃了晚饭，问他知不知道哪有喝茶的地方。文南去过旺角的红茶馆，印象深刻，于是推荐给文慧，文慧遂将地址发给了张沧文。八点钟不到，文慧到了红茶馆，张沧文已经在那等着。两个人找了个靠窗的雅座坐下，寒暄了几句，张沧文直截了当地问："文律约我见面，不知有何要紧事？"文慧说："你真直爽，屁股还没坐热，你就这么问，咯咯！不过我喜欢这种性格，强奸案有消息了，检察院的量刑建议已经出来，和我们预测的一样，你的当事人小罗开完庭差不多就可以出来了！"

这算是好消息，张沧文挤出微笑，说："太好了！文律师威武，预测得真准！"文慧问："你还记得李卫庄吗？"张沧文心想："这人陷害我在前，被我算计在后，怎么可能不记得他？"（详见拙著《南漂律师》）便说："当然记得，怎么啦？"

文慧想了想，说："我和李卫庄以前和你发生过不愉快的事，料你早已了然于胸，就不知能否释怀，不管如何，我还是得向你道个歉，时过境迁，我们的思想境界已与往日不可相提并论，新的时代大家要有新的追求才好。"

张沧文安静地听着，文慧接着说："上回我去他公司，说起以前的事，聊起了你，他说以前有些事对不起你，要当面向你表示歉意。"张沧文说："那倒不用，人所处的角度不同，思维的方式也就不同，也没有什么对错之分，就像我们做律师的，通常都会站在自己当事人的角度考虑问题，这跟对方当事人也是对立的，为一方争取权益，有时难免损害到对方的权益，我现在看得开，豁达得很！"

文慧松了一口气，说："很好，你度量很大，人就应该这样，我也经常反思，人最重要的是要有格局，另外，也不用活得那么卑微，对了，李卫庄现在生意做得很大，上回说有件事想找律师，邀请你有空和我一起去商议商议。"张沧文笑了笑，说："抬举我了，有你这位大律师，还需要我去凑热闹吗？我有几斤几两重，心中还是有数的。"文慧说："你也抬举我，贬低自己了，我最近在策划一件事，想成立一家律师调解院，由律师团来评议、调解各种纠纷，让有些问题在调解院就能得以解决，不用走到诉讼的地步。本来想叫调解中心的，后来觉得'律师调解院'比较大气，当然，调解院要有一定的规模，可以从小到大，这需要很多经验丰富的律师。我觉得你是不可多得的人才，有空的时候也帮我谋划谋划这件事，好吗？还有李劲伟，你也跟他说一声，我觉得我们上次一起评判强奸案的经历，就是律师调解院的工作模式！"

张沧文第一次听到律师调解院这个称谓，一下子产生了浓厚的兴趣，说："这倒是件好事，能解决社会上的一些纷争，对社会是有益的，我支持你！"文慧很高兴，眉开眼笑的，说："好，有你的支持，我们可以尝试尝试，李卫庄的公司，我们找个时间去一趟，帮得到他的话，也算是大家的缘分，到了这个年纪，我做事只凭良心，不想去贪图太多，也不想去讨好别人。"张沧文说："好吧，大家朋友一场，希望还能说得上话。"

张沧文站起身准备去洗手间，突然发现相邻雅座坐着一女孩，相貌美艳，正聚精会神地听着音乐，那长相和神态跟余灵年轻的时候很相似，张沧文有些迷离，眼光久久不舍得移开，文慧见状，问："看什么看得那么入神？"张沧文有些不好意思，摇摇手说："没，没什么，有个很漂亮的女孩，忍不住多看了一眼。"不想跟她提起因为与余灵神似，所以才看得入神。

去完洗手间往回走的时候，张沧文发现一男人正往门外走，背影很像一个熟人，但一时想不起是哪个熟人，他疾步前行，想从正面看个究竟，没想到那人比他更快，转眼间已消失在门口。张沧文满腹狐疑地返回座位，文慧问："碰到熟人啦？"张沧文说："好像是，又好像不是。"文慧咯咯大笑，说："你走得飞快，茶馆里个个都看着你，以为你抓小偷呢！"张沧文说："呵呵，失态了。时间不早，我就先回去了！"文慧说："好的，你先回，我还要去看看儿子呢！"张沧文听了，恍然大悟，想道："原来是有个儿子在这边，怪不得对香港这么熟悉！"

文慧忽然想起另外一件事，说："说起儿子，我才想起来，还有件事要拜托你，我儿子是学法律的，他有位同学通过了法考，想在律师事务所实习，我想请你当他的导师，或者你想问我为什么不自己做，你知道的，我常在北京，距离太远，要是我儿子也通过考试，我一样需要你来指导他。拜托了！"张沧文说："这事倒不难，容我考虑考虑，下次答复你。时间不早了，咱们回头见！"

离开的时候，张沧文还不忘多看了那女孩几眼，心想，这人应该和余灵有什么渊源才对呀。

文慧当晚去找了文南，和他聊到很晚，第二天便飞回北京。

母亲一走，文南随即打了电话给章华，约他到太平山顶看日落。太平山是香港岛的最高峰，站在山顶可俯瞰整个香港岛，维多利亚港的妖娆和奢华尽收眼底。

文南和章华找了个凉亭坐下，文南先是晃头晃脑地哼了首什么情歌，然后问：

"咱们都喝过好几次茶了,李若寒你咋看?"

"漂亮,冷艳,迷人。"章华不假思索地说。

"嗯,如果你也喜欢她,那我们怎么办?"文南有些着急。

章华微笑着说:"那没什么呀,公平竞争呗!"

"你就不能让着我吗?难得我这么喜欢一个人!"文南瞪着章华。

章华摇摇头说:"不行,你都不知道,有一天我跑到南丫岛,静静地待了一天,发现自己满脑子想的都是她。你不能剥夺我追求的权利!再说,争的人肯定不只我一个,就算我不跟你争,你也未必就能追得美人归;除非足够出类拔萃,否则很难在众人的围堵中突围!"

文南心想:"章华长得也算帅气,而我除了帅气,还比他高一些,健壮一些,在女孩子面前,我比他更有竞争力,如果哪天要决斗,我也能把他打败!"想到决斗,好奇心起,便问:"如果我俩决斗,你说用剑还是用枪?或是赤手空拳?不过对你不太公平,你也知道,我是跆拳道黑带。"

章华愣了一下,随即笑了起来,说:"你是电视剧看多了吧,都什么年代了,还学普希金啊?我虽不算手无缚鸡之力,但不像你那样练过击剑,另外,我更不会用枪,赤手空拳就更不是你的对手了,所以,不用决斗你就赢了。不过,我崇尚的是一种公平竞争的理念,而不是要发展到以武力解决,这个社会缺乏的就是这种公平、公正的理念,所以才会有各种暴力的出现……"章华话没说完,文南打断了他:"别再吹嘘你那一套了,什么公平,什么正义,这社会说到底还是实力说了算!你这书呆子,迟早得把脑子读坏!"章华被文南抢白了一通,白皙的脸蛋涨得通红,转眼就要发作。

文南见状,拍了拍他的肩膀,说:"别生气!咱们兄弟有什么话不能说的?动手动脚那都是开玩笑的,有本事你也损我几句!"章华听他这么一说,怒气顿消,说:"平常我懒得说你,既然你自己开口找损,我就说你两句,你这人自恃会点武功,胆大妄为,目无法纪,总有一天会闯出大祸来的!"说着说着,忍不住笑了起来,又说,"不过你对我还算不错,够哥们,上回碰到两个小混混打劫,要不是你空手夺白刃,恐怕我得受伤倒地!"

文南被他一赞,扬扬自得,说:"别的不说,仗义这点你是说对了。我把你当兄弟,为你两肋插刀自不必说!"说完收拢了手臂,欣赏起自己的肌肉来。章华笑着说:"知道你肌肉发达,可是别那么自恋好不好?还有,咱们连李若寒有没有男朋友都没摸清楚,就在这里争,是不是幼稚得可笑?"

文南英俊的脸上绽放出坚毅的光芒，凌空打了一拳出去，说："我们兄弟有一点还真像，都是那么地痴情！李若寒有没有男朋友并不重要，没有最好，如有的话我们就来个横刀夺爱，哈哈！反正对你我也不会让，更别说对别人，你想得到她，还得看过不过得了我这一关！"章华说："有些话你不爱听，不过我还得说，我认为还得尊重李若寒的意愿，她要是不喜欢，咋样都是白费！"

没等章华说完，文南不耐烦地说："行了，行了，听你这些理论听到耳朵都长茧了！你真不该去学法律，读个机械专业，弄个工程师修修柴油机得了！"章华笑了笑，说："爱咋说就咋说，不跟你争。"

此时天色已黑，两个人乘缆车下了山，一路无语。

不知不觉间三个人已经见过了好多次。

转眼又到了周六晚上，文南和章华不到八点就到红茶馆，本想去等着李若寒，没想到李若寒已经在雅座里坐着，悠闲地喝着红茶；见到他们，她起身招手示意，脸上绽放出愉悦的神采。

文南见李若寒神采奕奕，与前几次大不相同，不禁发了呆，一下不知该说点什么；章华涨红了脸，痴痴地望着李若寒，像是中了邪。

李若寒莞尔一笑，说："你俩怎么啦？男子汉大丈夫的，怎么变得扭扭捏捏的？"文南跟着笑了一声，说："谁扭捏啦？前几次你都是黑着脸，看你今天心情好，神采飞扬的，有些不习惯。"章华看到她露出的酒窝，心乱神迷："没想到冷若冰霜是那么美，灿烂如花也是那么美！若得此等佳人相伴，人生还有什么缺憾？"

李若寒沉下脸，对着文南说："这样你才习惯对吧？"没等文南回话，自己先笑了起来，说："其实我小时候是很爱笑的，长大之后，不知道从什么时候起，就很少笑了。今天见到你们，不知咋的，心情蛮好的，呵呵！你们快坐呀！"

俩人落座后，章华对李若寒说："看到你笑，阴天都转晴了……"他还想说点什么，文南打断了他："行了，别文绉绉的，我这人坦率，想问下若寒，我们俩都追求你，你接受谁？或者都不接受？"

李若寒骤然听到如此直白的问话，脸色一变，恢复到原先冷若冰霜的神态，淡淡地说："我们不谈这个话题好吗？"文南脸涨得通红，火急火燎地说："为什么？为什么不谈？有啥说啥呗！"

李若寒望着窗外，静静地，像一尊屹立在风雪中的女神。

文南一下子愣住了，不知说什么好，章华见状，赶紧安慰她说："大家都是朋友，文南性格直爽，但他说的也是真心话，你别不高兴哈！"李若寒冷冰冰地说："我没有不高兴，只是不想谈论这个话题。"

文南听了，心想：她该不会是在感情上受到伤害，一朝被蛇咬，十年怕井绳，因而不愿涉足情场吧？不行，我得开导开导她！便说："我不知道你有没男朋友，即使有，那也无所谓啊，介绍给我们认识，大家交个朋友；如果分手了，那也不必耿耿于怀呀！"李若寒默不作声，端起杯品起茶来。此时，茶馆里又播起了《红茶馆》："红茶馆，情深我款款……"

章华听着歌，对着梦幻般的女孩，不禁心神荡漾，顾不得茶馆里其他人有没听到，大声问："北京市和云港市你都知道，对哪个印象深刻些？"他所说的两个地名，其实代表的是他和文南两人。李若寒可没想那么多，不假思索地说："自然是云港市啰。"

章华心想："该不会是因为在云港市生活过，自然而然地就说出来了，对我话里的含义却没听懂？不行，我得更直接点！"便放低音调说："我不敢确定你有没听懂我的问话，我想冒昧地问问，在你接触的人当中，你对哪个印象深刻？"李若寒幽幽地说："有个人跟你同姓，也姓章，印象蛮深刻的。"

章华一阵狂喜，心想这不是一种暗示吗？没想到自己如此地幸运！文南却紧绷着脸，不屑地看着他，又摇摇头，不知是在叹气还是另有所指。章华伸手拍拍他的肩膀，说："兄弟，别这么严肃好不好？缘分注定，该看开的还得看开！"李若寒也说："是啊，有些东西好像是注定的，我们还是不要自寻烦恼，都快活起来吧！"说完冲他俩笑了笑。文南沉着脸，附在章华耳边说："她说是一个姓章的，说的可不是你！"心想，你们说是注定的，我偏就不信！不管姓章的是谁，我不会就这么认输的，这才刚刚开始！

看到李若寒的笑容，文南神情缓和了许多，说："没错！很多东西是注定的，不过，必须回头看才明白，到底什么是注定的！"李若寒见他脸色转好，笑着说："看你，比我还小孩子气，一会阴一会晴的，以后看谁敢做你女朋友！"章华痴痴地望着她，说："你不用替他担心，他可是有名的大帅哥，大把靓女跟着他转呢！"

文南瞪了章华一眼，回过头问李若寒："下周六还到红茶馆来吗？"李若寒说："我明天回云港市，有些事情要办，下周未必过得来。"章华问："办什么事呢？用不用我陪你去？"文南瞟了他一眼，心想：你不就想着自己是云港市人，近水楼台先得月，更容易抱得美人归？

只听李若寒缓缓地对章华说："不必了，没什么大事；再说了，真有什么大事的话，你也帮不上忙。"章华听了不以为然，说："怎么会帮不上忙，你还不知道，我……"

本来想说"我父亲是公职人员"，话到嘴边，想起不该靠卖弄身份去博取好感，也不知能否帮得上忙，便没接着往下讲。李若寒笑着说："你什么你，嘻嘻，等我回来咱们再一起喝茶！"

转眼间二十多天过去了，章华打不通李若寒的电话，发了信息也是石沉大海，忍不住开始担忧；又过了几天，心里烦躁，没跟文南通气，独自返回了云港市。

云港市地处南海之滨，属亚热带海洋性气候，时值夏天，天气甚为炎热。章华到了云港，没有马上回家，而是顶着酷暑到处找茶馆，尤其是红茶馆，希望能打听到李若寒的消息，或是幸运地撞见她。连续找了几天，章华把云港市大大小小一百多家茶馆都找遍了，依然没打探到李若寒的信息，只好先回到家里。

当天是周末，父亲章之程正半躺在沙发上看报纸，看到满头大汗、气喘吁吁的章华，觉得很奇怪，问："你怎么啦，怎么这副狼狈样？回来也不先打招呼？"章华边擦掉额头的汗水边说："原没打算这么快回来的，刚好碰到有事。"章之程问："碰到啥事？"章华不想提起李若寒的事，便说："也没啥事，有个老朋友病了，过来看看他。"章之程问："住院了没？用不用去医院探望？"

章华望着对自己疼爱有加的父亲，内心充满温暖，动情地说："谢谢爸爸关心！小事一桩，您是人民的公仆，还有大大小小的事要忙，就别再挂念我的事啦。"章之程呵呵笑了起来，说："孩子，我可是你的父亲，你能够健康地成长，不断地成熟，便是我和你妈最大的福分！我和你妈就你这么个仔，不挂念你的事，还挂念谁的事呀？"章之程五十多岁，头发已白了过半，他这么一笑，眼角的皱纹露了出来，显得有些苍老。

章华心疼父亲，说："爸，我的事您不用操心，读完大学，我就可以自食其力了，你和妈妈就不用担心我啦。"章之程说："你倒是会替我们着想！记住了，内地的法律要学好，香港的属英美法系，跟大陆法系不同，你已经通过了法考，以后还是回内地发展为好，这边有基础，各方面都比外面舒适。"

章华心想：可怜天下父母心！爸爸妈妈为了我，也是操了大半辈子心了，我可得为自己争气才行。他不想继续谈论这一话题，便问："我妈呢？整个下午还不见人的？"章之程淡淡地说："她中午约了几个朋友吃饭，现在该是在打麻将吧，没到晚上不会回来。"

章华笑着说："妈妈的生活丰富多彩呀！周末打打麻将娱乐一下有益健康，还可预防老年痴呆症呢！爸，您有空也陪妈妈去玩玩呗！"章之程干咳了几声，说："那玩意复杂得很，我玩不来。对了，我晚上有个饭局，可能要喝点酒，你就负责接送我吧！"章华朗声说："愿意效劳！"

章华洗了个澡，进卧室躺了一会，出来时见父亲已经剃了胡子，吹了头发，便说："爸爸，你精神抖擞，一下子年轻了许多！"章之程一听高兴得合不拢嘴，连声说："哪里，哪里，哈哈哈，你挖苦老爸了！"

父子俩边走边说走到停车场，章之程开车，到了城郊结合处的一座院子前停下，说："记住这地方，晚一点我给你电话，就过来接我。"说完下了车，推开虚掩着的大铁门，进去之后又把门关上。

章华坐在车上，铁门打开时没看到人，借着灯光，只见院子里种满了花草，还有一片片菜地，他认出其中有黄色的油菜花，心想：不知是哪位风雅的叔叔，找了这么一处地方请爸爸吃饭？还好，爸爸一向不喜欢张扬，这地方倒是适合他。这么大的院子，开个大型的聚会都够了，不知道爸爸他们是几个人吃饭，少说也得十个八个吧？随即又想：何必作这些多余的猜测，回头直接问父亲不就得了？

忽然想起李若寒，但觉有些无奈，便驱车随意兜了几圈，回到家里等父亲的电话。

章之程进门后，透过铁门的缝隙往外瞧了瞧，见章华把车开走，才大踏步往里边走。院子占地约十亩，四周筑了围墙，围墙里种满了花和树，还有一些蔬菜瓜果，外面的人乍一看，还以为是个农场；穿过几排大树，赫然见到一座三层楼的建筑，外观古色古香，显得奢华而又不俗气。

章之程按了按门铃，有位妙龄少女开了门，见了来人，转过头对着里屋喊道："姐，是章先生来了！"里面那女人应了一声"哦"，迎了出来。章之程搂着她的肩膀，说："若寒，几天没来看你，可想死我了！"边说边搂着她往楼上走。

原来，那女子正是李若寒，章华在云港找了几天没找着的李若寒！

上了二楼，章之程猛地抱紧李若寒，嘴巴往她唇上吻去。李若寒用手挡了挡，淡淡地说："你每次都这样，真让人受不了！我父亲的事怎么样啦？"章之程笑嘻嘻地说："没问题！我已经找人在办了，难道你还信不过我吗？"李若寒心想：你的能量那么大，如若真心办事，我哪有信不过你的道理。便说："你这么说我就放心了，可别辜负了我对你的一片心意。”章之程说：“那是肯定的！”说完抱起她，往卧室走去。

俩人在床上缠绵了许久，章之程先穿好衣服下了楼。那少女正在一楼客厅看电视，见到他忙站了起来，说：“章先生，您想吃点什么，我去煮！”章之程说：“伍燕，你继续看你的电视，晚饭我来动手！”伍燕连连摆手，说：“那不行！姐姐会骂我的！”

章之程笑着说：“她怎么会骂你？我亲自下厨，她高兴都来不及呢！”说完不由分说走进厨房，穿上一条围裙，从冰箱里拿出肉菜开始捣鼓起来。

不到一个钟，章之程整好了四菜一汤，伍燕帮忙端到饭桌上，李若寒已经冲完凉下了楼。伍燕招呼他们吃饭，自己跑到一边待着，章之程叫道：“伍燕，你也过来一起吃吧！”伍燕应道：“我还不饿，你们先吃。”李若寒说：“章先生叫你过来，你就过来吧！”伍燕说：“哦！”走回了饭桌边。

吃完饭，伍燕进厨房洗刷碗筷，章之程在李若寒耳边说：“晚上家里还去客人，我就先回去了。”李若寒问：“用不用我送你？”章之程说：“不用，我找个司机过来就行！”说完拨打了章华的电话，说：“你过来接我吧！”章华在电话那头说：“好的！”

过了好一会，章华开车到了门口，打了章之程的电话。章之程起身要走，李若寒说：“我送你出去吧！”章之程点了点头，挽着她的手臂往外走。走到了铁门边，他一边把门打开一边说：“你回去吧，车就在外面等。”李若寒本想跟司机打个招呼，听他这么说，也就挥挥手往回走了。

章华在铁门外等着，没把车熄火，车灯也一直开着，听到铁门“哐”一声打开，父亲走了出来，旁边似乎还有个身影，一闪而过。等父亲上了车，他问：“刚才是不是还有一个人？”章之程说：“是啊，有个朋友送我到门口。”章华又问：“这院子看起来很深，今天应该很多人聚会吧？”章之程犹豫了一会，说：“院子是很深，不过人不多，一开始有七八个，吃饭时就三四个人。”说完不禁想道：这小子问这么多，该不会是发现了什么吧？

章华没再往下问。他本来也不关心这些，只是觉得不找些事问问，就显得对父亲漠不关心。正准备把车开走，忽然发现父亲的裤链没拉上，原想提醒一下，话到嘴边又缩了回去，心想：该不会是上洗手间的时候忘记拉上了吧？但愿他很快能察觉，要是让妈妈撞见，免不了要胡乱猜测！

章华一边开车，一边想着父亲回家碰到母亲的情形，暗自替他捏了一把汗，不知不觉地就到家了，幸好，母亲姚倩打麻将还没回来，章华和父亲在客厅喝了一会茶，便各自回房间歇息。

当晚，章华在床上辗转反侧，一直想着李若寒的事，快到天亮才睡着，晌午时分才起床。

走到客厅，发现母亲已经准备好了午饭；父亲不在，想必是上班去了。

姚倩见章华眼睛有点肿，心疼地说："怕你没睡好，早餐没叫你吃，许久没回家了，床铺生疏啦？"她知道儿子遇到生疏的床就睡不好，所以这么问。章华笑了笑，说："哪有的事，妈！家里的床都生疏，那还了得？太久没喝浓茶，昨晚喝了很多，很晚才睡着。"他不想让母亲知道是因为一个女孩，随便找了个理由搪塞。

姚倩见儿子笑了，便也眉开眼笑，说："昨晚是跟你爸喝的茶吧？你喝了睡不着，他倒好，我回来的时候他已经酣睡过去，鼾声如雷，我还以为他是喝了酒呢！"章华问："您啥时候回的？我怎么也不知道？"姚倩有些不好意思地说："大概是两三点钟。"顿了一下，接着说："我怕吵醒你爸，蹑手蹑脚的，你怎么会知道？不过我也不知道你回来，早上才听你爸说起；要知道你回来，我昨晚就回家做饭了，呵呵！"

章华心想：这么多年来妈妈都是这么疼我，一如既往地把我当小孩子来宠，我可不能被宠得一点男子气概都没有！于是挺了挺胸，说："妈，儿子已经长大了，懂得照顾自己。"姚倩说："乖宝贝，妈知道你长大了，可在妈心里，你永远都是孩子，呵呵呵！聊这些干吗？咱们先好好吃饭吧，有你爱吃的猪肚煲鸡！"

本来肚子就饿，听说有自己爱吃的菜，章华的肚子"咕噜咕噜"响了几声，忍不住笑了起来，说："民以食为天，妈，咱们开吃吧！"

快吃完饭时，章华听到房间的手机在响，以为是李若寒打来的，飞一般跑回房间，生怕电话被挂断。拿起手机一看，马上大失所望：原来是文南打来的。章华接通了电话，有气无力地说："啥事？"文南大声问："李若寒呢？你把她弄到哪去了？"章华看了一眼母亲，用平静的语调说："我也不知道，我在云港，正和我妈一起吃饭呢！"文南说："你蒙人吧？"

章华被文南这么追问，倍感烦恼，当着母亲的面又不能说得太过火。姚倩见儿子拿着电话不出声，便问："谁呀？"章华说："是文南。"姚倩说："原来是他，电话给我，我跟他说几句！"

章华把电话递了过去，姚倩说："是文南啊，我是你姚阿姨，你还在香港吧？过来云港玩玩吧！我刚在数落章华，为什么不把你叫来呢！"文南听到姚倩的声音，才相信章华没有骗他，便说："阿姨您好，你别数落他，他叫过我，我刚好有事，没跟他一起走。"

姚倩换成一副很不高兴的语气，说："有什么事比来看看阿姨还重要吗？再说了，就算有事，今天也该办完了吧？快点过来吧，三四个钟头就可以到了！回头我打电话给你妈，把她也叫过来，阿姨做东，咱俩家人去吃海鲜！你可别告诉我香港不缺海鲜，我知道不缺，但云港这边别有特色，咱们到海边去，你可以跟渔民买原料，然后找海上木屋的师傅加工。坐在海上的木屋吃海鲜，就像是在辽阔的草原上喝鲜奶，感觉是相当的好！如果你有女朋友，可以带过来，一是给阿姨认识认识，二是让她也享用一下这海鲜盛宴！"

文南耐心地听她把话说完，本想找个理由拒绝的，听她说起带女朋友的事，心念一动：我还真得去一趟，如果章华真是带着李若寒回家，姚阿姨一定会让她一块去的！便说："阿姨既然这么说，我不去那就是我的不对了！女朋友呢，我还没有，不过我看看哪位女同学有兴趣，可以带她去开开眼界！"姚倩说："呵呵，你就跟阿姨打马虎眼吧！那就这么定了，马上过来吧！"说完挂断了电话。

章华还不知道母亲这么能说会道，竖起大拇指，赞道："妈，您的口才啥时候变得这么好？都可以去当演讲家了！"姚倩听了喜上眉梢，笑呵呵地说："妈在报社干了这么多年编辑，你以为都是混的？妈还有很多本事，你这当儿子的不知道呢！"想起还要约文慧，急忙拿出电话打了起来。文慧很快就接了电话。

姚倩说："文大律师，在哪忙活呢？有多久没过云港来啦？"文慧咯咯笑了起来，说："姚大编辑，我在北京呢，是有很久没见你了，要不你到北京来看姐姐？"

文慧和姚倩的爱人都在政界，她们已相识多年，加上文南和章华的关系，俩人常有走动。文慧比姚倩大几天，经常自称"姐姐"。

姚倩一听她又自称姐姐，笑了起来，说："你就别倚老卖老了，咱们同年同月出生的，虽然我虚长几天，但你保养得好，咱们站在一起，任谁都说我是你姐姐，呵呵！上回你找我去香港，我因为接待朋友，走不开身，你可千万别记在心上哦！这次你一定要来，不然的话会后悔终身的！"文慧用夸张的语调说："是吗？这么说我非去不可啰！不过我还是想知道，不去的话为什么后悔终身？"姚倩说:"文南要过来!"

文慧"咯咯"笑了起来,说:"知我者,姚倩也。我准备一下,马上过去!"挂了电话,心想:顺便把张沧文约过去,和他好好聊聊,反正深圳到云港就一小时车程。

第二天,文南到了云港市。他没带香港的女同学,所以没急着去见姚倩,而是寻思着去哪里找个女伴。本来没有女伴也没什么,不知怎么的,文南就是想带个女友出现在姚倩面前。

正在苦恼之中,恰好自小玩到大的伙伴杨之东打电话过来,文南像是找到了救兵,一接电话就说:"别的事先不说,能不能帮我在云港市找个女孩子,最好是还在念书的。"杨之东浪笑了几声,问:"干什么?泡妞啊?"文南说:"我看你是想到天边去了!有个阿姨请吃饭,到时我妈也去,我答应带个女同学的,什么意思都没有,就是吃吃饭聊聊天。"杨之东问:"就这么简单?"文南说:"就这么简单!"杨之东说:"那好办,就在云港市找个大学生呗。你等着,联系好了找你!"

过了几分钟,杨之东打来电话,说:"搞定了,那女生叫董芝,她一会在云港理工学院门口等你,你过去见一见吧!"文南说:"好的!对了,急着弄自己的事,忘了问你找我有啥事啦。"杨之东说:"没啥大事,回头再说,先去办你的事吧!"说完挂了电话。

文南本想问他怎么接头的,没料到他挂电话挂得那么快,心想:也不跟我描述一下相貌,或是给个电话号码,去到那里认错人了怎么办?算了,先去看看吧,天气炎热,估计也没什么人那么无聊,没事站在校门口暴晒。

文南乘坐出租车到了理工学院门口,刚下车就看见不远处站着一位女生,穿着校服,正在东张西望。文南走近一看不禁大失所望:眼前的女生身材又肥又大,脸蛋本也标致,可惜长满了横肉。他停下了脚步,心想:如果带着她去,别说姚阿姨,恐怕连我妈都要数落我了。唉,希望这个人等的不是我吧!一会问清楚了,如果真是她的话,就自己跟她吃个饭,不带她去!这个杨之东,搞的什么鬼?

那女生见文南靠近,笑了起来,露出一口洁白的牙齿,问:"请问你找人吗?我是董芝……"文南一听,心凉了半截,说:"嗯,我请你吃饭!"那女生摆摆手,笑着说,"你没听我说完,我不是董芝,我是董芝的室友,她临时被老师叫去谈话了，又不知道你电话，就让我帮她在这等你。"文南长吁了一口气，说："哦，那真辛苦你了！"心想：还好不是她，就不知她的室友又是什么个状况？

那女生打量着文南，说："你好帅哦！可惜不是来找我，嘻嘻，我叫刘思思，你说要请我吃饭吗？"文南说："是啊，我们去吃饭，那个董芝啥时有空？"刘思思说："她过多个把钟头就来了，要不我们去学校里的西餐厅等她？"文南看了她一眼，犹豫了好一阵，问："西餐厅环境怎么样？"刘思思说："很好的哪，走吧！"说完牵起他的手就走。文南挣脱她的手，说："你在前面走吧。"

西餐厅坐落在人工湖畔，环境幽雅，有许多留学生正在用餐。俩人找了个靠窗的座位，文南让刘思思先点了东西，自己要了咖啡和牛扒，漫不经心地吃了起来，心里想：近朱者赤，近墨者黑，这话不会应验在她们这对宿友身上吧？董芝到底长啥样呢？

刘思思低着头，很快就把两盘东西一扫而光，擦干净嘴巴，抬头看到文南一副索然无味的样子，便问："你吃得也太斯文了吧？"文南说："我不饿。"刘思思笑了笑，说："我知道自己为什么会发胖了，原来我老觉得饿，而且一吃就吃很多！"文南说："我还想能像你一样呢。"刘思思说："你就别取笑我了！告诉你哈，我虽然身材粗糙，但感情细腻，充满浪漫情怀，你迟早会发现的！"看了一下时间，又说，"我发个短信，看董芝忙完了没，免得你魂不守舍的，嘻嘻！"

没一会董芝就复了信，说很快就过来。刘思思活跃得很，不断找话题和文南聊；文南有些心不在焉，刘思思怕他无聊，不断变换话题，他只是有一句没一句地搭理一下，等着董芝到来。

忽然，刘思思站了起来，高兴地说："她来了！"边说边对着门口挥手。不一会，一位白衣飘飘的女孩就到了面前，文南一见，大喜过望，大声叫道："李若寒！李若寒！你怎么到这来了？"那女孩笑着瞪大了眼，没有说话。刘思思说："她是董芝，什么寒不寒的，撞邪了吧？"

文南还真怕自己撞邪，揉了揉眼睛，重新审视了董芝一番，这才发现她外貌虽然酷似李若寒，但显得稚嫩一些，阳光一些，不似李若寒那么冷冰冰的。

文南心想：世上怎么会有这么相像的人？难道她们是孪生姐妹？便说："我有个朋友长得跟董芝一模一样，忍不住就叫出声来了，你叫董芝？有姐妹吗？"董芝摇摇头，说："我哪有姐妹？你认错人了吧？"文南说："李若寒你认识吗？"董芝又摇摇头。刘思思笑着说："帅哥，我来告诉你吧，每个人在世上都会有两个长得很像的人，说不定哪一天你会碰到第二个！我见过许多追女孩子的，用的都是这一招，太老土了吧？"

　　文南听她们那么一说，虽然疑团已消，但仍然觉得奇怪，料想她们是孪生姐妹，只是她不知道而已，便说："什么时候让你们见见面，就知道我不是在开玩笑，到时惊叹的人就不是我了！我叫文南，北京人，是杨之东的朋友，他介绍我来找董芝的。"说完，他双眼瞪着刘思思。刘思思明白他的意思，识趣地说："董芝，你托付的事我已经办完了，我先走，你们慢慢聊！"说完，不等董芝说声再见，急匆匆地走了。

　　董芝坐到文南的对面，说："朋友让我来帮忙，说吧，我能帮你什么呢？"文南说："有个阿姨请我吃饭，我妈也会到场，阿姨让我带个女伴给她瞧瞧，我随口说会带个女同学，结果没人可带，只得求助朋友……"他神情恍惚，不小心又把董芝当成李若寒，一下子忘了怎么说下去。

　　董芝问："是要我充当你吃饭的女伴吗？以什么身份呢，女同学还是女朋友？"

　　文南竭力让自己冷静了下来，想道：如果带上董芝，万一李若寒出现的话，说不定会出现姐妹相认的震撼场面，不如先缓一缓，等情况明朗了再让董芝现身。便笑着说："想让你充当女同学，不过我见你这么漂亮，反而犹豫起来。"董芝问："这话什么意思？"文南说："哈哈，本来只是吃顿饭，但你貌若天仙，她们一定会认为你是我的女朋友，这样会影响到你的生活，所以我改变主意，不带你去了。"

　　董芝说："有这么复杂吗？这些我不懂，你看着办。"文南想了一会，说："不管怎样，我们今天认识了，就是缘分，以后要把我当朋友哦，留个电话！"董芝微笑着说："好呀！"

　　留了电话后，文南说："我先走了，如果需要你帮忙再找你。"董芝说："好啊，那我先回宿舍了。"文南听说她要走，心里有些不舍，说："那么急干吗？你的咖啡还没喝完呢，现在又是晚饭时间，吃了再走吧？"董芝笑着点点头，说："好的，听你的。"

第八章　真假难辨

晚上，文南到了姚倩家，姚倩像接待儿子那样，笑呵呵地把他迎进客厅，又带他看了客房，说："明天你妈妈就到了，到时再一起住酒店去。"文南没见着章华，便问："章华出去啦？等会回家吗？"姚倩说："他当司机去了，一会就回。"文南说："太好了，他开着车，正好陪我看看夜景！"

打了电话，章华很快就回，听文南说要兜风，问道："想去哪？"文南说："云港不是有条海滨长廊吗？就去那吧！"章华笑着说："那可是一条情侣走廊，咱俩去合适吗？"文南说："有本事你就叫上李若寒呗！"章华叹了口气，说："我没那本事，到现在都不知她去哪了！"文南大声说："别啰唆了！开车吧！"章华没再说话，驾车驶往海滨长廊。

当晚海风习习，长廊上煞是凉快，果如章华所言，许多情侣来来往往，或是牵手或是搂腰，亲密得很。

章华笑着说："咱们可别走得太近，免得别人误会，哈哈！"文南边走边脱上衣，说："虽然不热，我还是想脱衣服。"章华说："你那是内心燥热，要不我陪你跑跑步吧！"文南把上衣往肩上一甩，说："好啊，跑一跑，出身臭汗！我今天见到一个女孩子，很像李若寒。"

章华一听，眼睛亮了起来，问："确定是她吗？看清楚了没？"文南见他着急的样子，确信他没见到李若寒，想道：我要不要把董芝的事告诉他呢？还是算了，如果讲了实情，他势必想见她，因为谁都难以相信世上有如此相像的人！于是便说："没看清，就觉得侧影好像。"

章华听完大失所望，问："你怎么不追上去看看？"文南说："我追了，但没追上，她很快就上了车！"章华叹了口气，说："太可惜了！说不定那真的是李若寒，唉，算了，先跑步吧！"

两人并排跑了起来，一直跑到汗流浃背、气喘吁吁才停了下来。回到家里，两个人睡在同一房间，一夜无话。

次日下午，文慧到了云港，顺便打了电话给张沧文，让他有空过来。张沧文问："什么事？"文慧说："过来吧，电话里讲不清楚的。"张沧文说："我就在云港，办完事找你。"文慧笑骂道："在云港怎么不早说？"张沧文笑了笑，说："你也没问我呀，我最近经常过来，哈哈！"

文慧跟张沧文通完电话，去了姚倩家，姚倩等人早就在客厅等着，文南上前亲切地叫了声"妈"，轻轻地拥抱一下，退了开来；姚倩上去紧紧地拥抱着，像是多年未见的闺蜜，又似出生入死的兄弟久别重逢，还一边拍着文慧的后背，笑着说："我家老章忙活去了，让我替问好！咱们姐妹好几年没见了，甭提有多想你了！"文慧也咯咯大笑，说："这些个男人啊，个个都那么忙，心里面装的只有国而没有家了！今天咱姐妹，还有他们两兄弟，好好乐上一乐，不管那些个爷们了！"

四人寒暄了一番，驱车前往澳湾码头，码头中间搭了几个小帐篷，帐篷下面摆放着各式各样的海鲜，斑鱼、螃蟹、扇贝、龙虾等，活蹦乱跳，应有尽有。姚倩对文慧说："你常在北京，没见这么多海鲜吧？咱们挑好了，乘船去海中间的渔排，让那些大厨们替我们烹煮！"文慧说："好啊，一人挑两三样就够吃了！"说完，自己先挽起袖子，蹲下身子挑选海鲜。

很快地，四人拼凑了十几样海鲜，海鲜档的老板帮他们搬到一艘快艇上，快艇风驰电掣，很快就到了小海岛旁的渔排上。那渔排就像船上的甲板，长有十多米，宽有六七米，顶上拉着帐篷，可以遮风挡雨，甲板上摆着一张大方桌和许多凳子，厨房设在相邻的甲板上，此时海风阵阵，令人感到格外的清爽。

姚倩显得格外的兴奋，问文南："怎么样？这比香港好吧？"文南竖起大拇指说："阿姨真是会挑地方！在香港找不到这种地方，吃海鲜都在酒楼，哪有这么原生态？"文慧也说："是啊，在海上吃海鲜，在北京可办不到，咯咯！"

姚倩看了看文南和章华，说："就是有点遗憾，文南，你不是要带女伴来的吗？"文南微笑着说："我那女同学刚好有事来不了，倒是章华，没理由不带人来的呀！"章华有些脸红，心里又想起李若寒，说："我倒是很想带个人来，可还没找到！"

姚倩就坐在他身边，拍着他的肩膀说："儿子，不急，香港那边找不到，咱就回云港来找，云港有的是年轻、貌美、聪颖的姑娘！"章华听了，不禁苦笑起来，心想：妈您倒是说得对，香港没找着，我就跑到云港来找她了。唉，天下美女多的是，我心里怎么只有李若寒？还没开口，只听文南说："阿姨，您说得太在理了，云港的女孩子多的是，再说，现在世界变小了，各地往来也频繁了，说不定在香港喜欢上的，她跑到云港来了，或者是在云港喜欢上了，她跑到香港去了，呵呵！"

文慧坐在文南身边，她伸手摸了摸他的额头，说："儿子，你没发烧吧？我怎么听不懂你的话，什么从香港到云港，从云港到香港，是话里有话呢，还是想象力太丰富啦？"姚倩"呵呵"笑了起来，说："姐姐，你放心吧，他没糊涂，现在的小伙子，精灵得很，他的意思是说，不管是香港还是云港，反正是能找到称心如意的女朋友。"文慧说："你终于主动叫姐姐了，早该如此了，这显得多亲热呀！"姚倩又笑了起来，露出两个酒窝，说："我想清楚了，人家双胞胎还有分姐妹的，何况咱们？以后我就甜甜地多叫几声姐姐，呵呵！"

四个人谈笑风生间，服务生已经端上海鲜；他们边吃边聊，饭桌上很快堆满了虾和蟹的壳以及鱼的刺。这一餐，从上午十一点多一直吃到下午两点多，才把买来的海鲜吃完。几个人正要离开，文慧的电话响了起来，接完电话，她问章华："你在香港学的法律属英美法系，虽然在内地通过了法考，但还要加强大陆法系的学习，到律师所实习也需要指导老师。"章华说："好呀，文阿姨愿意教我，正求之不得！"

姚倩插话说："是啊，你文阿姨可是大名鼎鼎的律师呢，你有福了！"文慧摆摆手说："我虽然小有虚名，但长期在北京，不太方便，这次替章华找了个很不错的老师，叫张沧文，实践经验丰富的律师，重要的是，他长期在广东，随时可以指导你。"

章华重复了声"张沧文"，问："他跟文阿姨比起来怎么样？"文慧说："不能这么比，他有他的长处。"文南问："这是不是有点像武学上的高手，有的擅长太极拳，有的擅长少林腿？"

文慧听儿子这么问，笑而不答，姚倩说："你刚才接了电话，已经约了他来云港吗？"文慧点了点头，说："他本来就在云港，走吧，反正下午有空，到外面玩又太热，一起去茶馆见见他吧！"

张沧文在云莱茶馆等了许久，有些不耐烦，正想打电话催问，文慧一行就到了。就座后，文慧作了介绍，文南见张沧文三十几岁的样子，其貌不扬，心想：就凭你，还能得到我妈的赏识，抬举你了吧？章华倒是对他很有好感，说："张律师好！听文阿姨介绍过你，知道你是律师界的翘楚，我是在香港学的法律，一见面就领略到法律人的气场，还请多多指导！"文南哈哈大笑，说："还气场呢！是不是跟武侠小说里面的侠客一样，还有什么内功修为呀？"

　　文慧瞪了他一眼，说："你看武侠小说看得走火入魔了吧？章华说的气场，指的是一个人的气质、特性，什么乱七八糟的内功？"姚倩说："姐姐，文南说得也没错，我看文南就有侠客的气质！我们这些编辑做得久的，都很憧憬古代那些路见不平拔刀相助的侠士。"张沧文本来也喜欢看武侠小说，听他们开口闭口什么内功呀、侠客、侠士的，当下来了兴致，说："哈哈，看来我们今天挑错地方了，应该去到华山，来场华山论剑！"

　　文慧知道他愿意见面，应该是答应她的请求，便直截了当地说："张律师，上次跟你提起指导章华的事，你考虑好了吧？章华是我侄子，虽然不是亲侄子，但胜似亲侄子！毕业后多数要回内地工作，今天他也来了，希望你不要推辞了！"姚倩也帮着劝说："是啊，张律师，我儿子聪明好学，但如果缺乏指导，那也是事倍功半的！你就多抽点时间指导指导他，拜托了！"张沧文不再推辞，说："好吧，承蒙你们信任，我就恭敬不如从命了！"

　　见张沧文这么爽快，文慧高兴地说："太好了！章华赶紧过来敬茶，这事就这么定了！"章华毕恭毕敬地向张沧文敬茶，姚倩也跟着敬茶，文慧又说："张律师，等会我们还要私聊哈，接着聊上次在香港红茶馆那个话题。"一听到红茶馆，两个年轻人的神经一下绷紧了，文南装出撒娇的样子问："妈，什么话题？"章华也问："什么红茶馆？"

　　张沧文知道文慧指的是什么，看两个年轻人紧张，觉得奇怪，故意顾此而言其他："奇怪，云港这边怎么没有专门的红茶馆？我看过好几家茶馆，那都是大杂烩，什么绿茶、红茶、花茶、普洱，应有尽有，看似面面俱到，其实反而缺乏特色和情调。"姚倩不知道文慧所说的话题指的是什么，心想：这俩人还有私密话题，看来联系挺密切的，我可不能问太多。便说："看来张律师是雅致之人，钟情红茶馆，回头我找朋友投资开一家，到时你给章华辅导，或是与文律师聊天，就有个好场所了！"

　　文慧等他们说完，对文南说："上回听你说了那间红茶馆，我和张律师约在那里，谈了些业务，我们准备成立一家律师调解院，这是一项新事物，所以要探讨一些细节。"文南听了，不断点头，章华也跟着点头。

此时的茶馆，正是生意红火的时候，各个包厢、雅座都订满了，有的在下棋，有的在打牌，有的在品茶，有的在聊天，不时还伴有轻音乐；茶馆里不断有人走动，除了服务生，还有一些迟到或早退的客人。张沧文随意巡视了一圈，忽然，发现一个熟悉的身影正在往外面走。这回想起背影有点像严立颖，本想喊一喊，但还是控制住了，心想：回头一定要打个电话问问，上回在香港的茶馆，好像也是这么个背影，不会那么巧吧，我每次都产生幻觉？不行，一定要问问！他掏出电话，一下想起那么多人在场，终于还是忍住了，想着回头再打。

这时，文慧对姚倩说："张律师给章华当导师的事，就这么定了，你一会带他俩先回，今天机会难得，我和张律师再谈谈，他也是个大忙人，神龙见尾不见首的！"姚倩应了声"好"，带着文南和章华先走了。

包厢里只剩他们俩，文慧说："张律师，今天你很给我面子，咱们也算是前嫌尽释了，以后就是好朋友了，你说说，调解院设在哪座城市比较合适呢？"张沧文略作思索，说："这要看设立的着重点在哪，设在北京，影响力无疑是最大的；要是着重经济利益，设在深圳是个不错的选项；要是更着重社会效益，设在云港市，或是别的城市，差别不大。"文慧说："我倾向于设在南方，近年来南方跑多了，觉得南方的气候条件、饮食习惯比较适合我，现在儿子又在南方，我都想迁居过来了，所以呀，北京可能不考虑了。人员方面呢，你有何看法？"

张沧文喝了几口刚泡好的茉莉花茶，舔了舔嘴唇，说："人员要视业务的情况而定，主要突出经验和解决问题的能力，一开始有三四个人就够了，我们是一种松散型的组合，可以根据情况的发展随时扩展人员。"文慧点点头，说："是的，调解院有别于律师所，更有别于法院和仲裁院，我们接触的不仅是法律问题，更是社会综合问题，可能会涉及官司，又可能不用打官司就解决问题，可能接受委托去办事，也可能就动动嘴皮子，让当事人自己去处理，你说说，在业务范围这一块，咱们该如何定义？"张沧文说："根据你的描述，还有我自己的想法，调解院更像是社会综合问题建议及处理中心，解决的方法不限于诉讼，调解院要更着重于社会效益，而不是一味地追求经济效益。可以先尝试一下，碰到什么问题再探讨。"

文慧对张沧文说的表示认可，喝了几口茶，盯着他看了好一会，张沧文望了她一眼，问："怎么啦？我早上洗过脸的。"文慧笑了笑，说："一直都没注意，其实你长得挺帅的！"张沧文忽然感受到她眼里的妩媚，心里不禁打了个冷战，想道：一直只关注她的光环，倒是忽略了她的娇媚了，如果再年轻个十岁二十岁的，那可是美人一个。想到美人，脑海里浮现了余灵的一颦一笑，心里有些酸楚，淡淡地说道："谢谢，你年轻的时候，肯定是个大美女！"

又聊多了一会，文慧先回姚倩家去了，张沧文马上拨通了严立颖的电话，说："刚才看到一个背影，有点像你，可能是想念你了，呵呵，在哪？我在云莱茶馆，有空聊会么？"严立颖说："哈哈，我都没出门，你怎么看到我的背影？这会不用上班，我过去找你聊聊。"

严立颖很快就到了，他把包厢的门关上了门，说："老同学有什么事？"张沧文说："最近出现幻觉，总以为见到熟人，一次在香港，一次在这，背影像你，想想自己是不是犯了啥事，被人跟踪了？"严立颖说："你是侦探剧看多了吧？现在都是大数据时代，就算你有事，谁还用跟踪这么落后的手段呀？"张沧文说："也是，看来是心魔作怪！"严立颖说："你有什么心魔？"

张沧文不自禁地想到余灵，问："余灵怎么会突然变成那样？"严立颖苦笑着摇摇头，说："她原来就癌症中晚期，也不算突然吧，只是没想到手术的时候会感染病毒，这病毒凶狠得很，专门攻击人身脆弱的部位，染上了高烧不退，对有基础病的人说是很危险的，容易引发并发症，造成不可估量的后果！"张沧文叹了叹气，说："要是我知道她是癌症，当日我就该陪她进医院，或者，如果去别的医院，可能也不至于染上那该死的病毒！"

严立颖拍拍他的肩膀，说："好了，你不用自责了，不关你的事，我妹没告诉你病情，我想自有她的原因，她不想在你面前成为一个被同情的人，她想在你心里永远保持一个美好的形象，每个人都有自己的思想，咱们不说这些了！"

俩人沉默了许久。严立颖的电话响了起来，是他同事打的，严立颖让他过来茶馆。不一会，一位四五十岁的男子走进包厢，那男子留着平头，身材魁梧，目光炯炯有神，一副不苟言笑的表情。严立颖简单地介绍：这是同事方生。张沧文跟他打了个招呼。

严立颖对方生说："下午我们去趟开发区，这会还早，一起聊聊天，这是我同学张沧文律师。"方生朝张沧文点点头，说："大名早有耳闻，幸会！"张沧文在脑海里搜寻了几遍，没发现有跟方生交集的痕迹，当下默不作声。严立颖似乎猜到他的心思，笑了笑，给自己加了茶，慢条斯理地喝了几口，说："你和方生没见过面，但方生可能在某个故事听说过你，这样吧，我来讲个故事：以前有个大财主，腰缠万贯，交游广阔，专门帮人处理各种纠纷，并收取好处费；收人钱财，替人消灾，财主自然要去巴结达官贵人，打点好方方面面的关系。不巧的是，财主为人谨慎，记性不好，又唯恐吃亏，事无巨细都要记在本子上，涉及钱财，上至金银财宝，下至几斗米，哪买的买了多少钱送到哪去都记得清清楚楚，多年累积下来，他给人送钱物的账本记了好几本，涉及的人物达到几百人。"

张沧文听出他的寓意，打断了他，说："这个故事我听过！"严立颖看着他，问："你听过这故事？细节清楚吗？"语气平淡无奇，似乎对他听过这故事也并不觉得惊奇。张沧文心想：你绕了几个圈，不就是要讲陈卓雄的故事（详见拙著《南漂律师》）吗？这些个事，我可早就知道了。不过，既然你不明说，我也学你兜兜圈子！想到这里，他也慢吞吞地给自己加了茶，慢条斯理地喝了几口，慢悠悠地说："财主最后被官府抓了，是不是？他的账本会不会也被扣押了？"

严立颖装出很惊讶的样子，说："看来你真是听过这个故事！那你想想，如果他的账本真被扣押的话，得牵涉到多少人呀！"张沧文暗叫了一声：果然没错，说的是他！张沧文当年发现陈卓雄的习惯后很不理解，后来没再碰到他，慢慢地就淡忘了，猛地想起曾受陈卓雄之托给别人送过两瓶白酒，该不会也被记在账本上吧？他不动声色地问："那财主都是亲自送的吗？是的话岂不是忙坏了？"严立颖平静地说："财主是个小心谨慎的人，除了一次例外，都是自己送的。"

张沧文抑制着内心的不安，淡淡地说："他既然是这么一种性格，那一次例外，帮他送的人肯定跟他很亲密啰！不知道那一次送的是什么东西？"严立颖说："两瓶白酒。"张沧文不急反笑，问："那一定是很名贵的酒吧？"

严立颖也笑了笑，说："这你就猜错了！那只是两瓶很普通的白酒，在市面上连中档都算不上。也真是好笑，财主送出的东西，就是这两瓶酒最没价值，而他居然把通过谁转送的也记上，我猜他是觉得价值太低，拿不出手，才特地找人代送！"张沧文听了，心想：原来是最不值钱的东西，怪不得没人找我去问话。天哪，这以后还得谨慎点，千万别不明不白地踩雷！这位老同学，婆婆妈妈的，想必是要解开我的心结，解除我的心魔，难道，我的心魔居然源自两瓶酒？源自自己太敏感？根据陈卓雄的账本顺藤摸瓜，估计会有人被调查、问话，最近跟文慧要合作，我得未雨绸缪，免得行差踏错！想到这里，他说："刚才的故事里，有没有一个叫文慧的角色？没别的意思，我和她有些业务合作，人品问题非常关键。"

严立颖替他加了茶，说："有些故事，可不能讲得太通透，在这个故事里，没有姓文的角色。"说完，他凝望着窗外，不远处有座小山，山上长满树木，郁郁葱葱的一片。

跟严立颖分开后，张沧文心情轻松了许多，希望不再产生幻觉，总是看到熟悉的背影，感觉自己被跟踪。人只有经历过不舒服，才会感受到身心愉悦是多么幸福的事。

张沧文住的酒店离茶馆就一千米左右的距离，顺着大路走，前面十字路口右转就到了。刚走到十字路口处，看到两位女孩由左边走来，张沧文忍不住多看了一眼，那两人一个较胖，一个身材适中，面容靓丽，似乎在哪里见过。

擦身而过的时候，张沧文猛地想起似乎就是在香港红茶馆见过的那个姑娘！他不假思索地转身，跟在那两个女孩后面，边走边想：人生何处不相逢？没想到在香港见过一面，在这里还能再碰到，我得确定一下是不是她，还有，想办法了解一下她认不认得余灵！边走边嘲笑自己，难道因为她长得像余灵？

此时正是傍晚时分，路上行人很多，那两个女孩根本没注意到有人跟着，一边说说笑笑一边往前走。张沧文不疾不徐地跟着，转眼已走过几条马路，不禁又想：我傻乎乎地跟着她们干吗？又不是追女孩子，还是回去吧！心里这么想着，脚下却没停下来，心想跟着就跟着吧，就当是好奇，这人大概率和余灵有渊源，再说，一个陌生人，这么短的时间在两座城市都碰到，难道不是一件很有趣味的事？

两个女孩中胖的是刘思思，另外一个是董芝，她们结伴出去逛街，这会正返回学校。张沧文跟着她们穿过几条马路，等她们放慢脚步时，已经到了云港理工学院大门口，两个女孩突然停了下来，转过头来，张沧文吃了一惊，以为她们发现了他，也跟着停了下来，不料刘思思却是在跟他后面的人打招呼："杨之东，你怎么到我们学校来了？也不先打个招呼？"

张沧文回头看那杨之东，一个二十几岁的小伙子，相貌平平，长得很是粗壮。只听他笑呵呵地说："又不找你，干吗跟你打招呼？"刘思思说："难不成来找我宿友？"说完看着董芝笑。

张沧文听出两个女孩是这学校的学生，心想知道她们住在学校就好，以后真的要找人也找得到，没必要跟着进去，便趁着人多，不动声色地从一旁走掉。

杨之东不认得张沧文，根本就没意识到从身边走过的人是跟着她俩来的，笑着对俩人说："我请你们去文山湖西餐厅吃东西，不知赏不赏脸？"刘思思欢呼雀跃，鼓掌叫好；董芝犹豫了一会，点了点头。

走进校园，沿着右侧的一条小径走到尽头，便是文山湖，适逢雨季，湖水快漫上了湖堤。西餐厅就在湖畔，三个人刚进去，刘思思就说："上回文南也是在这里请我吃饭！那家伙真帅！"言语间充满了自豪感，似乎是被他认为很帅的人捧着、追求着。杨之东说："你算了吧，那天让你去陪文南，你连吭都不敢吭一声！"

原来，杨之东和刘思思是远房亲戚，刘思思有时管他叫"表哥"，有时直呼其名；文南找他帮忙找个女伴，他就打了电话给刘思思，刘思思说自己最近体态发胖，不太合适，但她可以找宿友董芝帮忙。那天刘思思之所以要和文南先碰面，也是想看看文南的样貌，见文南长得英俊无比，虽心生好感，但自惭形秽，料想别人看不上自己，也只能请出董芝帮忙。

刘思思听了杨之东一席话，呵呵大笑，说："表哥，你还不了解我吗？我虽然是面容姣好，性格开朗，奈何脂肪倍增，体态偏肥，总不能让你在朋友面前丢了面子。"说到这里，停了下来，指着董芝，说："这是我跟你提到的董芝，那可是沉鱼落雁的大美女！"杨之东的目光随着她的手指转向董芝，然后停留在董芝身上，不断地点头，说："是，是！文南见到她，准是满意！"

董芝被他盯得不好意思，脸涨得绯红，轻声说："你们都抬举我了，其实我……"没等她说完，刘思思就冲着杨之东喊道："喂，你别老盯着她呀！弄得人家多不好意思！说不定就成为你好朋友的女朋友了，还不放尊重些？"

杨之东被她这么一说，有点不好意思，讪讪地说："这人长得漂亮，就不许人家多看几眼啦？再说了，多看几眼那是欣赏，怎么变成不尊重了？呵呵，那个董芝，你别见怪，我就是狗改不了吃屎的！不对，不对，是爱美之心人皆有之！"董芝听了忍俊不禁，笑了起来；刘思思更是呵呵大笑，边笑边说："你这检讨可真够深刻的！大家都是朋友，不必太过拘束！"

窗外湖水荡漾，屋内笑声朗朗，西餐厅里很多人都把眼光投向他们。杨之东不予理会，继续与刘思思有说有笑；董芝时而也跟着笑一笑，已经不似起初那么拘谨。三个人各自点了套餐，老板特意吩咐厨房加快；等到他们开始用餐时，餐厅里终于迎来了片刻的清静。

饭后，趁着董芝去洗手间的空隙，杨之东对刘思思说："董芝对文南有没有好感？妹子，哥跟你说实话，文南年纪比我小，跟我是玩伴，他家庭条件好，我正想通过他找条门路发展，不曾想他先开口找我要女友。我猜他应该会喜欢董芝的，如果两个人有缘分的话，那咱们可算是他们的媒介，功德无量，以后找他帮忙，可就是手到擒来，九拿十稳了！"刘思思说："哥，是十拿九稳。"杨之东手一挥，大大咧咧地说："管它是几拿几稳，反正就那意思，我书读得比你少，你就别嘲笑我了！"

刘思思拍了拍他的肩膀，笑了笑，说："你这人很坦率，这点很可取，我喜欢！董芝是那种含蓄的人，看起来很单纯，实际上城府很深，有些事你不问她不说，问了她也不说，所以要说她对文南的印象，我可真是还把握不准。不过，你放心，这事既然对你这么重要，我会尽力撮合的！"杨之东说："妹子，那也不单是我的事，你想想，你毕业后的就业，以后的前程，不也可以捆绑在一起吗？"

刘思思又圆又大的眼睛骨碌碌地转了几圈，说："我还没想那么远，还是先想你的事吧！谁叫咱们是远亲呢，有什么事不帮你，我帮谁呀？"杨之东刚赞了她句"真会说话"，董芝走了过来，两个人马上换了个话题。

刘思思见董芝闷闷不乐，揣测她是刚接了令她不快的电话，便问："看你眼眶有点红，脸色有点黑，出啥事啦？"董芝挤出了一丝笑容，说："没事，刚接了个电话，我妈妈身体不舒服，今天没下床。"刘思思问："是不是被你家哥哥给气的呀？"董芝轻轻地摇摇头，说："不是的，我妈的身体一直就不好，疑难杂症很多，都不知该从哪里治起！"

杨之东终于找到开口的机会，说："那你赶紧回家看看你妈，别的事咱们以后再聊！"董芝点了点头，跟刘思思打了个招呼，回家看母亲去了。

董芝一家住在云港市的老城区，房子已经建了二十几年，小区里的树木长得很高，董芝家在五楼，伸手都能摘到树叶。董芝回到家时已是晚上八九点钟，开门进屋后见到哥哥汤敏成在客厅看电视，母亲董玉在卧室休息，却不见父亲汤凯，便问："哥，爸呢？"汤敏成看了她一眼，说："我哪知道？他去哪会告诉我吗？"

董芝没搭话，走进母亲的卧室，还没开口说话，母亲已经坐了起来，问："你爸呢？"因为卧床的时间太长，声音显得很虚弱。董芝怜惜母亲，柔声说："我就知道你会问这个。刚才问过哥了，他也不知道，我是接到他的电话，从学校赶回来看你的，你身体咋样？是不是很不舒服？"

董玉叹了口气，说："我的身体你又不是不知道，毛病一大堆，治这边又痛那边，顾此失彼，总之是不好对付！今天就是一直头晕，吃了药又躺了很久，还是不见好转。"董芝问："要不要找医生看看？"董玉说："都这么晚了，哪还有医生看？"董芝说："有啊，医院都设有急诊的，啥时候去看都行。"

董玉又叹了口气，说："算了，看了也是没用的，什么时候头想晕它就晕了。这两天都没见到你爸，原来以为病倒了他会回来，让敏成给他打电话又发信息，结果还是没回来，哎，他这是怎么了，回家就一声不吭，给我脸色看，要不就不回家，这是要搞什么呀？"董芝听了，有些哭笑不得，心想：都是五十多岁的人了，没事折腾什么呀，还闹得像耍脾气似的。虽是那么想，不过还是安慰她说："爸爸可能是外面有事，您也不用急，回头我给他打电话。"董玉说："我看是外面有人！这么把年纪了还能有什么事？"董芝差点就笑出声来，说："妈，你都说他一把年纪了，那还能有什么人？"董玉摆摆手，重新躺下床，低声说："你还小，很多事都不知道，知道了也不懂。你给我记好了，以后找男人真要特别留神，别给人骗了，否则后悔都来不及了！"

董芝生怕她一提起就念叨个没完，赶紧说："妈，你先好好休息，好好养病，其他的事改天再说。我出去跟敏成哥聊几句，要是不太晚的话，我还是回学校，明天上完课了再来看你！"见母亲点了点头，她走出了卧室。

汤敏成仍然在客厅看电视，见董芝出来，他把音量调低了些。汤凯和董玉是后来结的婚，汤敏成和董芝兄妹俩没有血缘关系，母亲再婚后董芝也没有改姓，一直跟着母亲姓董。

董芝对这位比自己年龄大许多的兄长颇为敬重，见他调低了电视机音量，猜想他应该有什么话跟自己说，便在他身边的沙发坐下。汤敏成替她泡了一杯绿茶，说："你先喝茶，这集电视剧快播完了，我们等会聊聊！"董芝知道他是电视剧迷，平常一看就不肯停下来，便说："没事，你慢慢看，我口渴得很，急需多灌几杯茶。"

大约过了十几分钟，汤敏成关了电视，说："今天的集数播完了，要到明晚才能接着看了。妹，妈睡着了没？"董芝一直端着茶杯，闻言轻轻放下，走到卧室瞄了一眼，然后又坐回沙发，说："闭着眼睛，应该是睡了。"

汤敏成长了一副娃娃脸，虽然三十几岁了，看起来还像是小伙子。他盯着董芝的眼睛，问："妈妈有没问爸回来了没？"董芝点点头。他又问："你知道爸去哪吗？"董芝摇摇头，问："你不是打过电话给他吗？"

汤敏成掏出烟，点燃后猛抽了几口，才说："我估计是去协助调查了。"董芝知道哥哥每次抽烟，不是有特高兴的事，就是有特烦恼的事，看来这次是碰到什么大麻烦了，便问："你是自己猜测的吧？"汤敏成吐了一口浓烟，说："人家说知子莫若母，我看是知父莫若子，没错，我是猜测的，但应该猜得很准！"见董芝用疑惑的眼神看着他，又说，"我是干什么的？"

董芝说："这我能不知道吗？你原来是警官，后来是法官。"汤敏成说："现在什么都不是了！"

董芝张大了嘴巴，瞪大了眼睛，一时不知道说什么好。

汤敏成微笑着说："我被停职了，现正接受调查。"

董芝简直不相信自己的耳朵，大声说道："不会吧，哥！别的人我不知道，你，我还不清楚吗？当了这么多年差，腰包一直都扁扁的，人家查你什么，查你太廉洁吗？"

汤敏成苦笑了一下，说："收了钱，还不少，十万元。"

董芝还是不信，问："谁送的？为什么送？"

汤敏成又苦笑了一下，说："我要是知道，现在还能待在这里吗？"

董芝联想到他之前说的父亲协助调查的事，马上意识到这事跟父亲有关系，便问："是你爸爸收的钱吧？"她一着急把爸爸都说成了"你爸爸"。

汤敏成笑嘻嘻地望着她，说："我以为漂亮的女孩子都不聪明，看来我妹妹是个例外，没错，就是汤凯收的。"他学着董芝的语调，把"爸爸"直接说成"汤凯"。见董芝一副茫然的样子，他又说，"我跟你讲清楚点吧，免得你瞎猜。在一位律师的账本上，记着他送出的礼物清单和名单，纪检部门进行了核查，我对这种反腐行为那是绝对支持，拍手叫好呀！不曾想到，很快地查到我头上来，说是账本上记着我收受了十万元，我一下就蒙了，扪心自问，我不就一个基层法庭的庭长，哪收受得起这么重的礼物？还好，我洁身自好，身正不怕影子斜，自然是据理力争。调查的人看我态度诚恳，也没为难我，他们回去调查了一番，结果让人大跌眼镜：人家是把钱送给爸爸了！"

董芝觉得匪夷所思，问："他凭什么收钱？能帮别人办事吗？再说了，他收的钱怎么记在你头上了？"

汤敏成重新点燃了一根烟，又猛地吸了几口，沉下脸大声说："妈的，早知是我爸收了钱，我都费事辩解了！"

董芝听他爆了粗口，知他心情烦躁，心下怜惜，说："那不行，你老子收的钱也必须辩解！这事可不是小事，你要证明自己的清白！"

汤敏成说："这解释得清吗？收钱的人是我爸，人家把账记在我头上，那意思就是我是受益人，而且可能帮人家办了什么事。"

董芝好像意识到什么问题，说："你等等，你认识那个律师吗？帮他办了事没？"

汤敏成对着她竖起了拇指，说："你反应很敏捷，问到点上了，调查的人也是这么问的。那个律师我是见过几回，算是认识，可是一点交情都没有；你知道我这人，不太喜欢违法乱纪、自以为是的人，至于替他办事，那就更谈不上了。"

两个人沉默了一会，汤敏成说："我虽然被调查，但我并没怨气，反而是欣慰得很。这种风气，是该整一整了，再不整顿，别说群众不高兴，连当法官的都不高兴了！"董芝说："谁高兴不高兴的我不知道，但你的事一定要处理好，不然我就不高兴。对了，爸爸什么时候能回来？"汤敏成双手一摊，说："哪知道他！哎，这个人啊，不说也罢！"

董芝见他没往下说，忙问："这人怎么啦？"汤敏成往沙发上一靠，说："这个人哪，以后再谈！"

这时天色已晚，记挂着第二天还要上课，董芝跟哥哥解释了一下，返回学校。

第九章　往事如烟

却说张沧文看到董芝和刘思思在和杨之东打招呼，便悄然离开了理工学院，草草吃了点东西，回到了酒店，躺在床上，脑海里不断浮现出那女孩的影像，越发觉得她身上有余灵的影子。

想起好几天没跟韩小霞和李劲伟联系，给她发了信息，问起这几天的情况。等了好一会，没收到韩小霞的回复，便拿出随身携带的茶叶泡了杯茶，想起文慧提起的律师调解院的人选问题，律所的储律师和黄律师也是不错的人选，他拨通了文慧的电话，说很快就离开云港了，明天见面聊聊。

第二天清晨，张沧文还没起床，文慧就打了电话过来，让他到酒店三楼喝早茶。

这是一家海景酒店，从十八楼的房间往外望，能看到海上的船只；酒店的三楼是海鲜酒楼，同时也经营早茶和午茶。张沧文下到三楼，看到文慧和两个小伙子正等着他，餐桌上已摆放着很多点心，给他预留的茶杯里也已盛满了茶。

张沧文认出两个帅气的小伙子是章华和文南，文慧指着她对面的座位叫道："赶紧坐下！"章华站起身替他挪了挪凳子，文南也起身相迎。文慧说："我想了想，还得带他们俩来陪你喝会茶，进一步熟悉一下。"

张沧文没看到姚倩，便问："姚编辑没来吗？"章华说："刚才一起来的，路上被人叫去加班了，让我向你致歉呢！她表示对你愿意当章华的师傅感激不尽！"张沧文说："客气了！"文慧指着文南说："我儿子是后进生，他和章华是好朋友，形影不离，但还没通过法考，迟早，他也会追赶上来的，对不对，文南？"文南瞪了她一眼，调皮地吐吐舌头。

张沧文笑了笑，说："文律师太看得起我了，以后两个年轻人有什么问题，我尽力解答就是；再说了，不还有文大律师吗？"文慧面露微笑，说："小孩子学东西，做父母的教不好，这是我总结出来的经验，章华、文南，再给老师敬茶！"

两个年轻人闻言照做，文慧不顾周边人投射过来的眼光，使劲地鼓掌，指着文南和章华说："今天开始你们两人就要称呼张律师为老师了！"两个人笑着点点头，文慧让他们先回去，说她有事和张沧文谈。

俩人走后，文慧问："有什么事？"张沧文说："关于律师调解院的人选，我想起我们律所还有两个人，储律师和黄律师都是能力很强、经验很丰富的，我想邀请他们参加调解院，不知你意下如何？"文慧点点头，说："好呀，咱们就是要网罗人才，提高调解院的水准！"

文南离开了酒楼，找个理由离开了章华，直奔理工学院而去。他昨晚在床上辗转难眠，脑海里交叉浮现李若寒和董芝的模样，一直揣测着她们是什么关系，酒楼喝早茶时，他也是心神不定，没把心思放在拜师上面。

文南走到学校里的西餐厅，打了电话给董芝，董芝说还有课在上，让他多等一会。文南叫了杯咖啡，边喝边想：任何人见过这两个人，都会认定是孪生姐妹，奇怪的是，董芝对这事一无所知，而李若寒现在又找不到，问都没得问，真是闷死人了！待会董芝过来，一定要想办法弄个一清二楚！他喝咖啡本来是加糖的，心里想着事，连糖都懒得加了，这才发现原味的咖啡其实也很好喝，心想：以后喝咖啡都不必加糖了。

呆坐了半个钟头，董芝终于到了，文南等她坐下，说："又来找你了，不会影响你上课吧？"董芝笑着说："不好意思，让你久等了！找我有事吗？"

此时是上午十点，西餐厅里没什么客人，服务员也离得比较远，不过文南还是压低了声音说："你有个孪生姐妹，你知道吗？"刚才喝咖啡的时候，文南已经考虑过了，对董芝采取单刀直入的策略，这样她不会有撒谎的准备，定能问出真相。

董芝一听，一脸惘然的样子，问："孪生姐妹？你在说什么？"

文南心想：她的表情跟上回提到李若寒时一样，看来的确是不认得李若寒，甚至听都没听过这回事。这世上的奇事真不少，一个模子印出来的人，她竟然一无所知！见她楚楚动人，投射过来的眼神充满了好奇和期待，文南决定告诉她实情，便说："我在香港碰到一个女孩，长得跟你一模一样，任谁见了都会说是孪生姐妹；现在那女孩找不到，所以我特意找你问问。"

董芝的表情转成了惊诧，差点惊叫出来，问："真的有那么像吗？"文南郑重地点点头，说："要分辨得靠表情，单看外貌分不清！"

董芝说："可我就一个哥，还不是亲生的。"文南一听，心里一动，问："你妈跟你爸不是初婚？"董芝点点头。文南说："那就对了，你可能是有姐妹的，只是你妈没告诉你！"

董芝摇摇头，说："不可能！我长这么大了，可没听妈妈提起。"文南也摇摇头，说："你妈没提起，不代表没有呀！"董芝低下头，沉默不语，脸上一副毫不相信的表情。

文南问："你妈妈在哪？我能跟她见面吗？"董芝摇了摇头，说："不行，她最近生病了。"文南关切地问："什么病？严重吗？"董芝见他一副着急的样子，心下感激，说："多谢关心！我妈年龄大了，风湿、关节炎、肠胃不适，很多问题混在一块，都不知道从何治起！"文南心想：自己对医学一窍不通，还是不要胡言乱语为好。便说："那还是找个大医院做个全面检查，那样就可以对症下药了。"

董芝说："我一早就说过了，她从来不听的，说是查了也是白查，还不如自己找点药，调理调理就好了。都卧病在床了还固执得很，不听劝的！"

文南心想，对一个卧病在床的老太太，倒是不宜强求见面。刚要打退堂鼓，不料董芝又说："人有时候要讲缘分的，我跟我妈说一声，看她要不要安排时间见你。"文南喜出望外，说："太好了！"

董芝看了他一眼，问："你对那女孩子动心了吧？你不用回答，看你那火急火燎的样子就知道了！其实我很想知道真相，我会找机会问问的，但我妈可能不会告诉我的，或许要借助你才能从我妈那里得到真相！"

文南被她说中心思，怔怔地不知怎么回答，看着面前酷似李若寒的董芝，不禁有些心猿意马，想道：如果先碰到的是董芝，我会像对李若寒那么入迷吗？如果董芝愿意投怀送抱，我还会对李若寒念念不忘吗？想了许久，没理出个头绪，心想这事想了也是白想，不如不要去想。

转眼到了中午，董芝下午还有课，饭也没吃就回宿舍去了。文南回到章家，姚倩、文慧和章华正准备吃饭，人太少饭桌太大，几个人坐那里显得冷冷清清。姚倩连声招呼文南吃饭，文南没吃几口，对文慧说："妈，下学期我想转到云港理工学院读书！"文慧刚刚喝了一口汤进去，听了这话，打了个大喷嚏，还好饭桌大，人隔得远，不然的话恐怕得喷了别人一脸汤水。她沉着脸，厉声问："为什么？"

文南刚离开董芝，脑海里时不时闪现出她的头像，一时心血来潮，跟母亲说了那番话，此时文慧厉声问起，他既不想承认跟女孩子有关，又不想对母亲撒谎，便淡淡地说："也不为什么，就是想转学。"文慧气得脸色铁青，但一时想不起斥责儿子的理由，沉住气说："这事以后再说。"

姚倩见势头不对，赶紧出来打圆场，笑着说："文南敢情是看上哪个漂亮女孩了！不过，孩子，就算是这样，也不用转校呀，香港离云港这么近，你就当是常来看看我呗！"她一边说一边对着儿子使眼色，示意他出言相劝。

章华对母亲的眼色心领神会，绕了大半个圈走到文南身边，替他加了大半碗鲍鱼参汤，说："伙计，喝多点汤，或许我们还可以开瓶冰镇啤酒！要是分开了，谁来跟我搭配网球双打呀？咱们虽说不是打败天下无敌手，也算是打败校内无敌手了！"文南没接姚倩的话，却瞪了章华一眼，说："那有什么？搭档这东西好找得很，没有我，你可以找人搭档混双，一样能称雄称霸！"

文慧瞪了儿子一眼，没说什么，心想他也是一时兴起，口无遮拦。章华冲着他笑了笑，穿着拖鞋，"啪啪啪"地走到冰箱去取了瓶冰镇啤酒，倒了两大杯，说："还是这东西解暑，有时心浮气躁，喝上几杯就心清气爽了。"文南接过他递过来的酒杯，一饮而尽。

张沧文跟文慧他们分开后，回到酒店歇息。文慧四人吃午饭的时候，他也正在客房里吃午饭，不过没什么白灼海虾鲍鱼汤，只是简单地叫了个外卖：凉瓜炒蛋饭，配送紫菜番茄汤。正当吃得津津有味时，韩小霞打电话过来。

他赶紧放下饭盒，喝了两口蛋花汤润润喉咙，说："发了信息你没回，以为你是忙得不可开交！"电话那头韩小霞"呵呵"地笑，说："不就弄个茶馆吗，哪有那么忙？这两天手机可能内存满了，没收到信息，再说了，没什么特别的事，懒得打电话给你！"

张沧文一听她的声音，但觉温馨无比，一想起余灵，心头感到阵阵的酸痛，他觉得有些话要说清楚，便说："下午我回深圳，去茶馆看看你们！"韩小霞说："你有事就办，咱们都老朋友了，看啥看的，李劲伟下午也不一定在！"不知从什么时候开始，韩小霞说话经常提到李劲伟。张沧文说："知道了，下午回。"说完挂断了电话。

张沧文接着把饭吃完，然后退了房，坐车回到了深圳。深圳的空气质量特别好，原因之一是绿化做得好，道路的两侧都种满了树，年代久远一些的片区，道路两侧的树枝树叶都连接到一起，整条马路变成了林荫大道，在比较宽敞的马路上，中间还会有条绿化隔离带，各种鲜花争芳斗艳，既美化了环境，又净化了空气。

韩小霞的舍得茶馆，坐落在一处僻静的城中村里，原来只是一个卖茶叶的小商铺，后来把二楼也租了下来，扩展成茶馆，虽是地处城中村，但屋里屋外都摆放了许多盆栽，环境倒也优雅。张沧文到茶馆时已近黄昏，正是生意较为清淡的时点，一进门就看见韩小霞正和李劲伟下象棋。李劲伟抬头朝他笑了笑，然后专心致志地下棋，张沧文搬了一张凳子在旁边坐下。

韩小霞瞄了他一眼，调皮地说："老板，你坐一会，下完这盘棋再招呼你哈！"说完又全神贯注地盯着棋盘。张沧文应了一声，瞧了一眼棋盘，只见李劲伟执红棋，正用车在将韩小霞的军，另外还有一马一炮已深入黑棋的腹地，藏了许多厉害的后招。张沧文替韩小霞考虑了许久，觉得很难摆脱困境，看起来大势已去，难以逃脱失败的命运，不禁叹了口气。

韩小霞却是不慌不忙，虽然形势吃紧，但显得很轻松，似乎对胜负不放在心上，或是认为已经稳操胜券，对他说："张律，你别看劲伟平日里嘻嘻哈哈，好像没什么城府，一下起象棋，精得像孙大圣一样！"李劲伟呵呵大笑，说："你直接说精得像只猴子就行了！"张沧文笑着对韩小霞说："没见过他下棋，水平如何不了解，但作为律师，你说他没什么城府那就误解了他。加油！啥时候都别放弃！我帮你们加茶去！"

他下午坐车时就没怎么喝水，此时觉得唇焦口燥，服务员都跑到二楼去了，看着下棋的两个人茶杯也快空，先帮他们把茶加了，自己倒了一大杯咕噜咕噜喝了起来。再次坐到凳子上观棋时，张沧文简直目瞪口呆了：棋盘上的局势已经发生了很大变化，双方的兵力都减少了，但黑棋明显处于游刃有余的局势，红棋别说是要取胜，连守和都有很大的难度。他不禁啧啧称奇，心想：一会没看，形势怎么发生了这么大的变化？到底发生了什么？

李劲伟似乎猜到了他的心思，笑着说："我一不留神，一个马给白吃了。"韩小霞也笑着说："你是有意相让的吧？"张沧文这才明白过来，原来几步棋没看，红棋被黑棋白白干掉一个马，兵力发生改变，这才导致了全线溃败，至于李劲伟为什么在形势大好时失手，是得意忘形呢还是有意相让，那就无从知道了。

红棋陷入苦守，黑棋趁机进逼，弄了一个卒过河，一路挺进，可惜的是，就在胜利在望之时，过河卒被诱杀了。张沧文见双方进入了僵局，估计一时半会还结束不了，便上去二楼转转。

二楼大厅有几个卡座，另外还有几间棋牌室，大厅没有客人，两间棋牌室还有客人在打麻将。候在大厅的服务员见到张沧文，知道他是茶馆的合伙人，纷纷向他点头致敬；张沧文笑着逐一回礼。他在左侧靠窗的卡座上坐了下来，望着窗外的街道，享受一会茶馆所带来的那份悠闲和安详。

过了好一会，张沧文听到韩小霞在叫他，于是下了楼，见俩人已下完棋，正在回顾棋局的精彩之处，便问："胜负如何？"韩小霞说："和局。劲伟让着我！"李劲伟笑了笑，说："哪有的事？咱们就半斤八两呗，耗掉我无数脑细胞，也就是个不分上下！"

韩小霞想起已到吃饭时间，说："我们今晚就在店里吃饭吧，刚好新进了个厨师，顺便试试他的手艺。"张沧文说："好啊，我们三个好久没一起吃饭了，今晚来个秉烛夜谈！"李劲伟说："要不你们两个吃吧，我找人去买蜡烛！"张沧文说："不准开溜哈，你要是先走了，我们这饭就吃不成了！"李劲伟笑了笑，说："那就一起吧！"

当晚，三个人坐了最大的包间，韩小霞吩咐厨师做了四菜一汤，没等上菜，她问："余灵现在变成植物人，也不知道啥时候醒，你有什么打算？"张沧文看着她那俏丽的脸庞，不禁有些心神荡漾，调整好了情绪后说："我等着，看她会不会醒。"韩小霞身体颤抖了一下，眼眶里闪现出泪花，问道："你就不怕是无望的守候？"张沧文知道韩小霞在为他难过，想了一会，说："怕归怕，也只能先等着。"

韩小霞望着李劲伟，说："你看看，沧文多么痴情呀，恋爱都没怎么谈，就愿意为人守候了！"李劲伟说："情到深处是这样的，说不定哪一天，你也愿意为谁守候；说不定哪一天，我也愿意为谁守候呢！"张沧文看着他们两个，说："干脆你们就互相守候吧，都是很好的人！"李劲伟稍微有些脸红，问："有酒吗？"韩小霞说："楼下冰箱里就有一瓶红酒。"张沧文说："我下去拿！我车上还有酒，今晚不醉不归！"

三个人在灯下对饮时，章华、文南和章之程正在云港市伯爵酒吧畅饮啤酒。

原来，文慧吃完午饭后就离开云港市，章华和文南计划第二天返回香港，碰巧章之程傍晚时分就回到家，本来姚倩已经买好菜，正在吩咐厨师做饭，章之程坚持要请他们到外面吃饭，说是这两天都没时间陪儿子和侄子，既然明天要走，说什么也要一起吃餐饭，好好聊聊。姚倩顾念着饭后的牌局，推说身体有点不适，让他们三个爷们出去，没有她在场，可以尽情畅饮一番。

没想到这真激起了章之程的兴致，他特意不开车，一出家门就对他俩说："听说伯爵酒吧的烧烤很好吃，我看咱们也不用吃饭了，直接去那，听听轻音乐，喝点小酒。你们在学校待的时间长了，也该去体会一下别样的氛围了！"章华两个人点头称是，文南心想：章叔叔小瞧我们了，我们都是成年人，夜总会、歌舞厅没少去，什么场面没见过，这种清吧算得了什么？

三个人坐出租车到了伯爵酒吧。进屋之前，章之程拿出一副墨镜戴上，低着头走路，怕被人认出来。他没要包房，三个人在靠近收银台的桌子坐下，章之程把菜谱递给文南，说："你们点些东西吃，不喝高度酒，就喝啤酒吧！"章华酒量本来就不好，喝啤酒正中下怀；文南酒量远胜章华，但在长辈面前，自然也不会有什么意见。

文南翻开菜谱，噼里啪啦点了一大堆：烤玉米、烤馒头、烤鱿鱼……连烤羊排都点上了，冰冻啤酒一来，三个人便畅饮开来。

酒吧的生意不错，八点钟没到就坐满了，进进出出的人也多了起来。章之程他们正吃着喝着，一个穿着时髦的女孩子走了过来，问："可以请我喝杯酒吗？"章之程望着章华，一声不吭。

章华不知道是怎么回事，问道："我们素不相识的，不太方便吧？"那女孩子笑着说："你们看看别桌，都有素不相识的人在一起喝酒呀，我们不是陪侍，不收小费的！"章之程沉下脸说："我们要谈事情，你到别桌去吧！"

那女孩子听了，没说什么就走开了。章之程有点生气，说："听说这里的烧烤好吃，的确是好吃，可怎么弄出些个讨酒喝的？什么个意思，买不起酒喝吗？"文南赶紧安慰他说："叔叔您别生气！这里的消费不高，她们怎么会消费不起？可能是看上帅哥了，呵呵！"章华环顾四周，看到了很多讨酒喝的女孩，说："从穿着打扮上看，这些人经济条件不错，行为举止也不像是没素质的人，说不定呀，这个烧烤酒吧就是个约会的地方，现实约的，网上约的，都到这里来了！"

听两个人这么一说，章之程神色变得轻松些，说："这么个优雅的品味美食的地方，千万不能被弄得太低俗，太乌烟瘴气，不然的话以后可不敢来了！"停顿了一下，脸上露出些许笑容，说，"今天带你们喝酒、听歌，我仿佛也年轻了许多，让你们喝点酒，一是放松下神经，二是希望你们酒后吐真言，能坦诚地跟我谈谈理想、生活以及爱情，哈哈！"

章华没喝多少，但已是满脸通红，他跟父亲平常就不拘谨，此时更是开放，直指着父亲的酒杯，说："爸，你赶紧把酒喝光，我和文南都已经喝了……你酒量那么好，我怎么没遗传到你的基因？才喝了几罐，已经晕乎乎了！"章之程端起酒杯一饮而尽，笑着说："儿子，我的酒量是后天练出来的，基因里本来就没有。酒我已经喝了，告诉我，你们对未来有什么规划？"章华指着文南说："他脸不改色，让他先说！"

文南吃了很多烤肉，这会刚啃完了一块羊排，他拿纸巾擦了擦嘴巴，对着章之程说："叔叔，我没什么大志，我想转到云港来读书，毕业后在这里谋份职业。"章之程听了，不断点头，说："淡泊也是一种志向。"说完转头看着章华。

章华说："我也差不多吧。"章之程听了，本来泛红的脸变成铁青，厉声说："什么叫差不多？你想到云港读书？那可没门！男子汉应当志向远大，要有干一番大事业的决心！"说到这里，忽然意识到短时间内说的话自相矛盾，缓和了一下语气，接着说："当然，也不是说淡泊不好，人有时候就需要淡泊，视各人的具体情况而定。"

文南听了，大大地不以为然，心想：在我这里是淡泊，在章华身上就是鼠目寸光，孩子是不是亲生的，还真有天壤之别！他不知道说什么好，干脆闭口不言，这时章华却打开了话闸门："爸，你常教育我要志向远大，要心怀抱负，这些道理我懂，可理想再怎么崇高，做人还得脚踏实地吧？所以，我一贯的目标就是学一技之长，用专长谋一份职业，自食其力，再谋求进一步的发展。"

章之程给文南和自己加满酒，特意没给章华加，缓缓说道："儿子，你喝得差不多了，可以换成饮料了。你的想法在某种程度上说是对的，爸爸当年走的就是你所说的路；不过，人总是要有奠基石才可能爬得更高，你和文南都是有基础的人，目标要比别人远大，成就要比别人显著！不然的话，我们这辈人的努力就白费了，我们的人生价值就体现不出，你们难道不明白吗？"

章华替自己倒了一杯饮料，借以缓解一下情绪，说："爸，您说的话我们有些理解，有些不太理解。"文南跟章之程碰了一下杯，说："我都理解，但觉得自己不被理解了！"

章之程心想，这么严肃的话题或许只适合单独跟章华谈，于是转换了话题，问："你俩谈女朋友了没？"文南笑嘻嘻地说："我以前谈过，现在没有，而章华正在热恋中！"章之程闻言，笑了起来，问："姑娘长啥样？叫什么名字？"

章华被这么一问，不由想起李若寒的模样，又苦于找不到她，一种悲伤无奈的感觉袭上心头，于是一边加酒一边说："爸爸，我酒量有长进吧？咱们多喝点！你问的那位姑娘，长得那是天姿国色，人见人爱，我和文南都对她心生爱慕。"章之程听出他和文南都喜欢上那姑娘，心想你小子可要争气一些，免得输给文南，嘴上却说："好姑娘自然有很多人追，你们可不能因此伤了和气，要是能成人之美，也是一桩好事！知道吗，章华？"

文南借着些许酒意，笑了起来，说："叔叔客气了！我们知道怎么处理，不会影响到我们之间的友谊。"章之程说："俗话说，兄弟如手足……"说到这里，忽然意识到"女人如衣裳"这话带有污蔑意味，且对着下一辈不应如此粗俗，便改口说："来，喝酒！找个时间，我考察考察那位姑娘！"一边说着，一边举起酒杯。

酒还没喝下去，便有个姑娘走了过来，问："先生，可以坐下喝杯酒吗？"章之程觉得声音很熟，睁大眼睛一看，竟然是伍燕，惊讶地问："伍燕，你怎么跑这来了？"

章之程戴着大墨镜，那叫伍燕的女孩子没认出他来，听到有人直呼名字，不禁有些惊慌，睁大眼睛盯着章之程。

章之程意识到她没认出自己，心里有些懊悔，但也不能装作不认识，于是摘下墨镜，客客气气地说："怎么，你不认识我了？你和李总不是一起去过我办公室吗？"

见是章之程，伍燕大吃一惊，听他话中有话，提到什么李总，猜想他是不想让两个年轻人知道太多，于是来个随机应变，说："是啊，隔得久了，都有些生分了，我今天约了李总过来的，她没空。对了，我去办点事，那什么，你们先聊！"章华说："难得碰到熟人，坐下喝两杯呗！"

文南端详了一下伍燕：扎着马尾，瓜子脸，身材匀称，一副阳光少女的模样。他心生好感，附和着说："是啊，喝两杯再去办事呗！"伍燕连连摆手，一边后退一边说："不了，下回吧！"退到门口，一掉头快步走开了。

章之程看着她的背影直至消失，心想：还好她机灵，没提到李若寒，要不然可不知道怎么圆场了。他重新戴上了大墨镜，干笑了两声，说："怎么回事，坐都不坐一会，难不成怕我在老板面前说她坏话？"

文南说："叔叔，你别在她老板面前提这事，她可能是来见网友的。"章之程哈哈大笑，说："两位帅哥在场，很多见网友的都来见你们了！"

章华没有出声，心里想着：这个烧烤酒吧真是奇妙，时不时地就有靓女过来，什么时候得再来一趟！

次日，章华和文南返回香港。章之程记挂着伍燕的事，没下班就去了李若寒居住的大院。

伍燕和李若寒正在沙发上坐着，像是在商议些什么。伍燕见到他进门，忙笑着迎了上去，说："小燕昨天唐突了，差点给先生难堪，请多海涵！"章之程本想责怪她几句，见她笑脸相迎，又是一副娇媚的形态，心下不忍，便说："没什么。我和你姐有事要说，你到外头转转！"伍燕吐了吐舌头，做出个淘气的样子，说："可别说我坏话哟！"说完到园子里散步去了。

李若寒见伍燕走了出去，连招呼都没打，忙站了起来，问："怎么了？"章之程疾步走过去，想要抱住她，被她一把推开，说："先谈事！"章之程讨了个没趣，改用一只手搂住她的肩膀，说："坐下慢慢说。"李若寒没再推开，她意识到自己不太礼貌，于是温顺地跟他一起坐下，注视着他，等着他说话。

章之程摘下大墨镜，笑呵呵地说："昨天一直戴着，一下成习惯了，呵呵！昨晚我带着两个小伙子去吃烧烤，碰到伍燕了，你知道发生什么了吗？我戴着墨镜，她没认出我，居然跑来问我们要酒喝！"李若寒无动于衷，懒洋洋地问："然后呢？"

章之程很是惊奇，问："你怎么若无其事的样子？你早就知道了吗？"李若寒平静地说："是的，她跟我说过。"章之程说："那你还明知故问，你说她那是干什么？"

李若寒感到很惊讶，问："你不是第一次去伯爵酒吧吧？你不知道那里的经营模式？你不知道伍燕为什么讨酒喝？"章之程摸了摸脑袋，说："我还真不知道呢，你快告诉我！"

李若寒淡淡地说："伯爵酒吧聚集了很多妙龄女郎，她们算是兼职人员，不拿固定的工资，但会逐桌去问请不请喝酒，如果你答应请她们，她们就会坐下陪着喝酒，陪着聊天，不用给小费的。她们会劝你多喝，同时喝掉你很多酒，然后根据你消费的酒钱去向老板提成。"

章之程想起伍燕去之前已经有个女孩问过，当下对李若寒所说深信不疑，不过还是有些疑惑，便问："那些女郎的酒量很好吗？"李若寒说："既然干这一行，酒量自然是要练的，再有，她们会先填饱肚子，有的还会吃些解酒的药，这样就不容易喝醉了。"章之程恍然大悟，说："原来是这样，那这些酒托应该挣不少钱啰？"

李若寒瞪了他一眼，显得有些不高兴，说："你胡说什么？这不是酒托，她们并没有抬高酒价，只是劝人喝多点酒，自己也跟着喝些，而且，还要不断地陪人聊天，逗人开心，这也是一种辛苦的劳动，知道吗？"章之程不想跟她争辩，顺着她的意思说："是的，你说得有道理，但有个话题还是绕不开，伍燕去那干吗？她也是去赚陪喝酒的钱吗？"

李若寒迟疑了一会，说："待会我问问不就知道了？她去挣点钱也不奇怪，毕竟，她帮我干些家务活，也就是跟着我吃住，并没要工资呀！"章之程点点头，说："也是，等会你跟她谈谈，看看她有什么困难，需要我帮点什么，我还有事要办，晚上再过来。"李若寒说："好的。"

章之程走后，李若寒并没有马上找伍燕。她泡了一杯红茶，试图让自己平静下来，可往事还是一幕幕地在脑海里浮现：

一年多前，父亲李彪因为赌博负债累累，不断有人上门追债，正在上大学的李若寒只好辍学打工，挣钱养家。一开始在酒吧当服务员，可是收入还不足以维持父女两人的生活，更别说要还债了，听别人说伯爵酒吧陪酒的收入高，她就去了，可是酒量本来就不好，加上没什么经验，第一天去了就喝了个烂醉，要不是伍燕出手相助，可能就被坏男人带走了。

那天，伍燕把她带回住处，照顾她到第二天，自己没合过眼……李若寒就是这样认识了伍燕，两个人姐妹相称，结伴在伯爵酒吧营生。伍燕虽比她小一岁，但却经常照顾她，不让她受欺负。多的时候一天可以挣千把元，少的时候也有两三百元，李若寒的生活逐渐稳定了下来，偶尔还能替父亲还点债。

她自然是很感激伍燕，伍燕对她的帮助，让她得以在那个圈子立足，更重要的是，让她感到在茫茫人海中，还有人愿意帮她，这在信念上所起的示范作用，比物质上的帮助更能让人刻骨铭心。

在伯爵酒吧待了三个多月，她对生活重新燃烧起希望，可惜好景不长，就在她努力工作的时候，父亲的赌瘾又犯了，而且变本加厉，以前只是跟人家打打牌，或玩玩麻将，后来迷上网络赌博了。一开始，还小心翼翼地，赢点钱就跑，赢了几次后就产生了野心，下注增大，没想到就是那么邪门，一下就被套住了，出现负债后，就想博回来，于是越赌越大，越欠越多，已经是难以自控了。

她挣的钱已经支撑不起父亲的赌债，连延缓追债都无能为力，父亲东拼西借，借不到就连蒙带骗，到后来就借高利贷。开始借高利贷用房子作抵押，很快房子就被变卖了；租了房子住，还谎称房子是自家的，据以向别人借钱，事后没钱还，债主追上门，只得连夜出逃……

到最后实在没东西抵押，李彪就把女儿给押了，借高利贷时，带上女儿的照片给人看，把女儿上班挣钱的地方告诉别人，说自己还不上的话女儿会替他还。有些人见他女儿长得年轻漂亮，相信是个能赚钱的主，把钱借给他。后来李彪还不起钱，那些人就找到伯爵酒吧，弄得她没办法待，只能放弃了这份职业。

李彪欠的钱越来越多，不仅赌博的庄家在追讨，放高利贷的人在追讨，连亲戚朋友都在追讨。李彪东躲西藏，她也跟着东躲西藏，怕被别人发现，顺藤摸瓜找到父亲。追债的人找不到李彪，就去报了警，说他诈骗钱财，公安局立了案，到处抓捕他，他只好四处逃窜。

就在李若寒举目无亲、求助无门的时候，伍燕收留了她。然后，她认识了伍燕的父亲伍廷威，通过伍廷威又认识了章之程。后来，李彪被抓，为了搭救父亲，她只好委身章之程……

李若寒正想得出神，阵阵敲门声把她吵醒，她估计是伍燕回来了，便高声说："门没锁，请进来！"

实木大门"哇"的一声被推开，伍燕走了进来，边走边问："章先生走了吗？"李若寒说："是啊，你在外面没碰到他吗？"

伍燕把抱着的一个大冬瓜放到茶几上，说："没见着，我一直在农场里，今天的通心菜长得不好，我摘了个大冬瓜，晚上整个冬瓜炖鸭汤，再来个腐乳炒冬瓜。"李若寒最爱吃的蔬果就是通心菜和冬瓜，听伍燕那么一说，知道她是照顾自己的口味，心下感激，说："你对我真好！我喜欢吃什么你一直挂在心上，而我对你的关心远远不够，要不是他还提起，我还不知道你去了伯爵酒吧。你去那干吗？缺钱花吗？"

伍燕知道她说的"他"指的是章之程，说："他跟你提起昨晚的事啦？你现在是不用去那，可我偶尔还去，嘻嘻，既有酒喝又能找帅哥聊聊还有钱赚，一举三得的美事！你不知道，昨晚跟他一起的两个小伙子，简直帅呆了！"李若寒听了觉得怪怪的，可是怪在哪儿，一下又说不出来，便说："咱们是好姐妹，有钱一起花，以后别去那儿了，酒喝多了伤身体！"

伍燕干笑了一下，说："是，酒喝多了伤身体。"心里想：当初你为了挣那钱还不一样拼命地喝，现在有人养着了，自然讲究养生了，谁不知道酒喝多了会伤身体？

李若寒不知道她心里在想什么，又说："我刚才还在想以前的事呢，记得第一次喝酒，你帮我顶了许多杯，最后还把我背回家。"

李若寒的话勾起了伍燕的回忆：那天晚上九点多，她去到伯爵酒吧，看到有个女孩在门口的酒桌陪两个男人喝酒，女孩长得靓丽冷艳，一见就叫人难以忘怀，只听她不断地说着"你们多喝点，多喝点……"她在酒吧里绕了一圈，回来时见李若寒已经醉眼迷离，趴在桌子上，嘴里嘟囔着："我喝不下了……"旁边有个男的一直摇着她的胳膊，说："再喝一杯，再喝一杯！"另外一个男的则色眯眯地盯着她的腿部。她看出那两个男人想把她灌醉，然后把她带走图谋不轨，于是快步走了过去，对着那两个人说："这是我姐，她喝多了，我来替她喝吧！"说完把那男人递给李若寒的酒给喝了。两个男人见她这么爽快，长得有几分像李若寒，信以为真，便不再为难李若寒，转而跟她喝了起来。幸好她酒量还行，加上那两个人已经跟李若寒喝了不少，最终还是撤退了。她把李若寒连背带抱地弄回家，把新买的床和被子也让出来，没想到被李若寒吐得到处都是……

伍燕想起李若寒呕吐时自己那心疼新被子的模样，不禁"呵呵"笑出声来，李若寒问："笑什么？"伍燕不想告诉她实情，便说："我是想起你那次呕吐，一副楚楚可怜的样子，忘了拍下来，可能这辈子都见不着了。"

李若寒走过去站在她的背后，用手梳理着她的长发，说："我最幸运的事，就是碰到你这样的朋友。对了，伍廷威现在怎么样了？"伍燕听她问起父亲，警惕了起来，说："他挺好的，一个种地的农民，能混到镇上当个小干部，不知是哪里修来的福分，也是多亏了章先生！"

李若寒对伍廷威有着一种说不出的感觉，不知道该感谢他还是怨恨他，如果没有他，自己认识不了章之程，这会说不定在哪打份工，为了父亲，她可什么都豁出去了。忽然想起在牢里的父亲，不禁眉头紧皱，伍燕知她想起父亲，便问："你爸怎样了？"

李若寒叹了叹气，说："原来欠的高利贷，还了一部分，那些去报案的，都找他们谈过了，原本打算分期还的，可惜，他还是被逮进去了，就在十几天前。"
伍燕说："被逮我知道，你不急匆匆地从香港赶过来吗，我问的是，章先生那边有没什么消息？"

李若寒苦笑了一下，说："他一直安慰我，说要找这个找那个，说很快就能出来，可到现在，还是没什么改变。"伍燕说："别急，或许真是快了，毕竟，章先生在云港，虽然说不上一手遮天、神通广大，但也算有点人脉，他肯动动脑筋，还是能想到办法的！"李若寒走到酒柜前，倒了两杯洋酒，递给伍燕一杯，摇了摇自己手上的一杯，一口喝了个干净。伍燕知道她心情烦闷，跟着她一饮而尽，不再谈论这个话题。

第十章　亲情绵绵

　　次日下午，李若寒去了看守所，给父亲存了些钱，然后在看守所门口找个地方坐着。她想，这样虽然见不到父亲，但能感觉到与父亲的距离缩短了。父亲就在几百米远的地方待着，不知有否想念他的女儿？

　　正发呆时，有个穿着讲究的人走了过来，问："有兴趣聊聊吗？"李若寒以为是来搭讪的，没有理他。那人又问："有亲戚在里边？"李若寒抬头看着他，还是不想搭理他。那人说："我是律师，或许能帮到你！"

　　一听是律师，李若寒才开口："坐下说吧！"她坐的地方有两排石凳，中间隔着一张圆形的石桌，那位律师在她对面坐下。李若寒打量了一下那人：长长的脸，小小的眼睛，有些秃顶。

　　那律师递了一张名片，说："我叫郑泳，希望能替你排忧解难。"李若寒问："你每天都在这里拉生意吗？"郑泳快速地摇摇头，显得很看不起拉生意的，说："我今天来会见当事人，碰巧看到小姐愁容满面，楚楚动人，忍不住上前相问。"

　　李若寒搞不清他说的是不是真的，也懒得去探究，只是冷冷地问道："你怎么帮我？能把我父亲放出来吗？"郑泳没想到她问得这么直接，心理准备不足，一时不知道怎么回答。

　　李若寒站了起来，说："谢谢你的好意！这样吧，我回去考虑一下，需要的话我跟你联系！"说完转身就走，边走边想：我是不是应该请个律师？不行，这还得跟章之程好好商量一下！

　　晚上，李若寒主动约了章之程，俩人一阵狂风骤雨后，她穿上衣服，说："有件事要跟你谈谈。"章之程因为运动剧烈，还在喘着气，说："有事在床上谈嘛。"

李若寒说："还是去楼下客厅谈吧！"说完径自下楼去了。

章之程只好穿上衣服，跟着下楼，李若寒已经泡好了茶，他喝了几口，但觉精神好了许多，笑着问："什么事？"李若寒说："现在的我还能有什么事吗？"

章之程知道她是要谈李彪的事，便说："我现在很后悔，本来可以先解决你爸的债务问题，可一念之差，先解决了我们的问题，这才导致了你爸的问题。"李若寒一下子没反应过来，不知他在说什么，问："什么问题不问题的，到底是什么问题？"

章之程拿出手机，转到计算机模式，边按数字边说："年初朋友借给我几百万元，你爸那时候的债务也就几百万元，本来可以清掉的，可你说要让你爸把账目算清楚些，后来都没还，几百万元置办了这个庄园。你想想，要是当初把债都填了，也没人告他诈骗了。"李若寒听了，懊悔跟愤怒一起涌上心头，大声嚷道："法律我是不懂，可你说找人能办好的，怎么还弄成这样子？你不是说过，很多事只要你肯出面，都是能够摆平的？哪知道搞成今天这个样子！"

章之程受了指责，脸色红一阵青一阵，但他还是控制住了情绪，平静地说："这事是让老伍去弄的，他可能没协调好，你要知道，很多时候，很多事情，我出面也是没用的，现在是新时代，是讲法治的时代，我就一公职人员，哪能我想摆平就摆平，再说了，欠债还钱，也是天经地义的事，谁知道会搞得这么复杂，要不是你，事情或许不会这样！"

李若寒见他一味推卸责任，心情更是烦躁，大声问："要不是我怎么啦？要不是我，爸爸就不会被抓是不是？这庄园你以为我稀罕？是你急着要的……"章之程见她情绪不好，赶紧赔着笑脸，说："过去的就算了，重要的是下来怎么办，怎样才能让你父亲脱离苦海！"

李若寒努力控制了一下情绪，说："现在把钱还了，能不能出来？"

章之程说："你父亲销声匿迹那么久，又承认骗别人的钱去赌，就算把钱都还了，恐怕难逃处罚了。"李若寒眼泪涌了上来，问："请个律师会好些吗？"

章之程心想：找个律师也好，有用没用先不说，但可以分担自己的压力，让她有啥事多去问问律师。便说："案件的金额很大，不请的话法院也会指定律师，不如我们自己先请，你有认识的律师吗？"李若寒说："有律师的电话，人不熟。"

章之程说："律师还是找熟一点的好，这样，我来物色一个吧。"说完拿出电话要打给文慧，忽然想到自己跟李若寒一起，万一自己心虚说话露了馅就不好了，于是把手机放了回去，说："回头我先跟律师沟通好，然后你去找她。"李若寒点了点头。

第二天，章之程打电话给文慧，说："我有个下属的朋友被抓了，想找律师，你有空就给办办，没空的话就给介绍一个！"文慧说："好的，怎么联系？"章之程说："我回头让家属跟你联系。"

挂了电话，文慧心想：这事刚好叫张沧文去办，这段时间他经常跑云港，算是照顾他的业务，相信他会把事情办好的。于是打了电话给张沧文，让他到云港谈案件。

文慧自己没去云港，安排了双方在云莱茶馆见面。张沧文准时到了茶馆，没发现有人在等，打了电话，接电话的是个女的，叫他到二号包厢，进去一看，不禁傻了眼：居然是自己见过的，那个貌美如花的女孩！

张沧文目不转睛地盯着她，那女孩说："您就是张律师吧？我叫李若寒，文律师介绍来的。"张沧文回过神来，说："李若寒，很好听的名字！我是张沧文，我们应该见过。"李若寒想了想，摇摇头，说："我没见过你。"张沧文一急，问："你去过香港，在红茶馆待过吧？还有，你在云港理工学院读书吧？"问完之后，才觉得自己太轻浮了，恐怕会吓到别人。

李若寒神情轻松了许多，说："我是去过好多次红茶馆，你在那里见过我吗？那还真有缘分，可惜对你没什么印象，呵呵！"笑了几声，又说："不过，你说什么云港理工学院，我就没去过了。"张沧文听了，满脸狐疑，心想：不对呀，既然你说去过红茶馆，那自然就是那女孩，上回我明明跟到了学校门口，为什么说没去过？

虽是觉得纳闷，但也没深问，随即把话题转到案子上，说："文律师说你要替父亲请律师，他犯的是啥事？"

李若寒说："我爸赌输了很多钱，欠了很多债，有人报案说他诈骗。"

"金额有多大？"

"可能有三四百万元吧。"

"借钱借成诈骗，这也算是奇葩了！他有没有编造什么虚假的东西或是提供虚假的担保？"

"具体的你进去见我爸你再问问，有些情况我不太了解，您一定要帮我这个忙，我爸都一大把年纪了，总不能一直待在牢里。"李若寒说到这里，声音有点哽咽。

张沧文见状，怜惜之情油然而生，轻轻地拍了拍她的肩膀，说："放心吧，我会尽力而为的，不管怎样，一定要争取到最好的结果！"

办好了委托手续，张沧文离开了茶馆，直奔云港理工学院。方才谈案子的时候，他已经拿定了主意，要解开心中的谜团。

校园内繁花似景，青草茵茵，波光荡漾，树影婀娜，但张沧文顾不上欣赏这些美景，他拿着趁李若寒不备时拍的照片，到处询问，终于有人认出相片里的人，指明了她所住的宿舍。

张沧文的心跳开始加速，他敲了敲门，屋里有人应道："来了！"接着有人把门打开，看到张沧文，原本灿烂的笑容凝结住了，淡淡地问："你找谁呀？"张沧文见是身材稍微发胖的女孩，不禁有些失望，本想把手机上的照片给她看看，问一问是不是住这里，见那女孩戒备心很强的样子，便改变了主意，微笑着说："我找人的，走错地方了，不好意思。"边说边往宿舍里面望去。

宿舍不大，两边放着两张床，中间是一条通道。张沧文没看到里面有别的人，扭头便走，刚出了宿舍楼的大门，猛一抬头，有个女孩迎面走来，他正要张口叫"李若寒"，却见那女孩对他视而不见，似乎压根就不认识他。

张沧文等那女孩从身边走过时，刻意地多瞧了几眼，那女孩还是没跟他打招呼，不过他也是看出来了，这女孩比李若寒显得稚嫩一点，他脑海里闪过"孪生"二字，随即拿出手机拨了李若寒的电话，然后转过身去。

那女孩没有任何接电话的举动，张沧文已经听到电话那头传来李若寒的声音，问："张律师，你找我？"张沧文这才确定了视线内的女孩不是李若寒，一定是孪生姐妹，他心里这么想着，一边转过头往前走，一边对李若寒说："我明天会去见你父亲！"

次日，张沧文一大早就到了看守所，本以为一下子就能见到，不料还有很多预约的，因为看守所的律师会见室数量有限，他只好等到第一批会见的律师出来，差不多十点钟，才得以进去见到李彪。

李彪看上去已有好多天没剃胡子，显得有些苍老，看到张沧文佩戴的律师会见证，很是高兴，说："早就盼着能见律师了,这下可好啦！"张沧文作了自我介绍，然后告诉他受李若寒聘请而来，李彪连连点头，说："我知道，我知道，还就是这丫头，对他没用的父亲好得没话说！"

两个人隔着铁窗，张沧文询问了案件的情况，李彪有问必答，到后来忍不住掉了眼泪，说："都是赌博把我推进深渊，整个人像中了邪似的，人不像人，把女儿给害惨了！"张沧文本来就想问他女儿的事，便说："案情我们先谈到这，我回去消化消化，下回见你再详细展开。"李彪听了这话，知道他不久就再来回见，心里踏实了许多，对他点点头。张沧文又说："有件与案子没什么关系的事要请教你，如果你不方便说的话，千万不要勉强。"李彪说："张律师有话就问，我都这个样子了，还有什么事不方便说的。"

张沧文思考了一会，问："李若寒是你亲生女儿吗？"李彪说："那肯定！"

张沧文说："李若寒还有个孪生姐妹，对吧？"李彪惊讶地望着他，问："你怎么知道？你见过董玉吗？"

"董玉是谁？"

"她是我的前妻，是李若寒和董芝的妈妈。"提到董玉，李彪的情绪激动起来。

张沧文一听，才知道校园里的那女孩叫董芝，想必是跟着她母亲生活，也跟着母亲姓董，见李彪情绪发生变化，便问："你跟董玉是什么时候离的婚？后来还见过面吗？"李彪原本还算斯文，这会却忍不住破口大骂："妈的，别提这臭婆娘了！我要不是拜她所赐，也用不着沦落到如此地步！"张沧文平静地说："一日夫妻百日恩，离了婚也可以是朋友呀，你不能那么责怪人家。"

李彪还是忍不住又骂了一句"他妈的"，往地上吐了口水，然后说："张律师，我本来也是读过圣贤书的人，不该如此粗鲁的，可是男人最受不了的是什么呢？当然是自己的婆娘给自己戴绿帽子，更让人气愤的是，一而再而三地给自己戴绿帽子，最后闹腾到没办法了，只好离婚了，孩子那时还小，李若寒跟我，董芝跟她，硬是把一个好好的家庭，把一对人见人爱的孪生姐妹给拆散了！更可恨的是，离婚的第二天，她就和她相好的结了婚，唉……从那以后，我就开始赌博，我想当赌王，我想赢遍天下，让那寡情薄义的女人后悔终身……可惜的是，我失败了，最后一步一步地走向深渊。"张沧文听了他这席话，已大致明白了事情的始末，一看已快到下班时间，便说："今天只能谈到这里了，下回我们再接着聊。"李彪显得有些不舍，但又无可奈何，说："有时间你多来会见，要知道，在牢里闷死了，拜托了！"张沧文点了点头。

走出看守所，一阵凉风扑面而来，张沧文感受到一种难以言喻的舒爽。看守所建在一座小山前，小山是天然的屏障，山上茂密的树林为周边输送着充足的氧气，出了看守所大门，还有一个园林和一条林荫小道。在这浮尘飞扬的繁华城市，难得有个地方这么幽美，张沧文不舍得马上就走，在林荫小道上来回走了几次，直到李若寒打电话找他。

俩人还是约在了云莱茶馆。一见面，李若寒就迫不及待地问："我爸身体怎么样？会不会受人欺负？"张沧文说："看守所现在都很规范，不会有人欺负人，你爸的状态不错，思维也很活跃。"李若寒又问："那您对案子怎么看？"

张沧文想了一下，说："本来，欠债还钱，并不涉及刑事犯罪，可是他编造了各种理由，提供了虚假担保，逃避别人的追讨，那是可能构成犯罪的。"李若寒脸色沉重，说："他的情况我非常了解，现在的关键是，如果能够筹到钱还债，他能不能出来？"张沧文说："如果有钱还，可以找债权人谈，跟他们达成和解是不会有问题的，至于公安机关能不能撤案，那不好说，但最少能够先取保候审出来吧。"

李若寒眉毛一扬，说："好，别的都是空的，找谁都是白搭，还是要弄到钱来才行！"张沧文心想：这可不是小数目呀，少说也得三四百万元，那可不是想筹就能筹到的，不然的话也不用进去了！要不要把董芝的事告诉她，让她多一个帮手呢？正在犹豫着，李若寒又说，"你有空多去会见我爸，费用我不会少付的。他这么一把年纪，在里面也真够受的，你一定要帮帮他！"说到这里，眼眶有些红了。

张沧文见她含泪欲滴、楚楚可怜的样子，心生怜惜，不想一下子说出董芝的事扰乱她的心境，便说："放心吧，你爸的事我会尽力而为的，还钱的事你尽力就行，毕竟，还钱有还钱的做法，没得还有没得还的做法。"李若寒说："这个我知道！我目前没什么好牵挂的，除了父亲的事。"张沧文被她的一片孝心感动，轻声问道："你的其他亲人呢？"李若寒说："我自小跟父亲相依为命，没有其他亲人，曾经问起爸爸妈妈哪去了，爸爸说她改嫁了，去到哪里都不知道，问起别的他就不说了。"张沧文料想李彪是伤心过度，不愿跟李若寒提起她母亲，不禁暗自叹息：至亲骨肉就在同一座城市，却无缘相认，真是造化弄人！李若寒见张沧文沉思不语，以为他有什么心事，便说："我们今天就先说到这，我有点事要出去办。"

离开了茶馆，李若寒驱车到了章之程办公室附近，打了他的电话，章之程让她在旁边的欧典咖啡厅等，他马上就到。

章之程很快就到了，戴着大墨镜，见着李若寒，赶紧把她带到一处僻静的角落，有些不悦地说："你怎么跑到这边来了？有事在我们那庄园里谈不好吗？"李若寒说："我等不及了，我爸在牢里待着，你说有办法弄出来可一直都没弄，你让我怎么办？"章之程扶了扶墨镜，说："这不也刚进去十几天吗？有些事不能太急，急了就办不好了。"

李若寒脸涨通红，眼睛盯着桌子，上唇咬着下唇，没有出声。服务员过来给他们倒了两杯柠檬水，问他们要喝什么咖啡。章之程摆摆手，让他先走开，然后问李若寒："律师怎么说？"李若寒说："律师说如果能够还钱，跟债务人达成和解，就算撤不了案，也能够先取保候审出来。"章之程沉思了片刻，说："这也算是个办法，这样，我跟廷威打个招呼，你过去跟他商量商量，看有没有解决问题的方法。"李若寒点了点头，脸上露出了一丝微笑。

伍廷威是海田镇的副镇长，海田镇处于云海市的东北部，是云海市的海运中心，拥有两个深水码头，在云海市里占据着很重要的地理位置。李若寒出了市区，开了一个小时左右的车，才到了海田镇，在办公室见到伍廷威的时候，已经是下午四点多钟。伍廷威见到李若寒，笑得合不拢嘴，小眼睛眯成一条缝，张开双臂就想拥抱，李若寒闪开了身。伍廷威见势收回了双臂，笑哈哈地说："侄女，许久不见，你是越来越俏了！"

李若寒笑着说："很早就想来看伍叔叔了，因为去香港念书给耽误了，今天来的时候，我还打了电话叫伍燕一起来，她说有事来不了。"伍廷威说："也不知道她在忙啥，嗯，她看我都不顺眼，从小被惯坏了，有些任性，你多担待。对了，这里是公家地方，我们另外找地去好好聊聊！"边说边整理了一下桌面的文件，拎起公文包，带着李若寒往办公楼外走。

伍廷威把李若寒带到一艘搁浅在海滩上的木制大渔船上，渔船的甲板上撑了几把太阳伞，太阳伞底下摆了许多张木桌子，配置了木凳子，靠近船头的一边还修了个柜台，俨然就是一座露天茶馆。伍廷威引着李若寒坐下，说："这是我朋友开的茶馆，创意是我出的，喝的不是茶，而是景观和空气。"

当天天气晴朗，坐在船上能看到碧海蓝天，还有远处的沙滩和树林，的确是个让人心旷神怡的地方，李若寒不禁赞道："伍叔，你这境界是越来越高了，都讲究起空气和景观了，伍燕说你没上过几年学，我看你这言谈举止越来越有范了，不简单呀！"伍廷威又是笑到眼睛眯成一条缝，说："那也是多亏了章常委呀，他老人家一再嘱咐我要多加学习，提高素养，这不，我是活到老学到老！"

李若寒心想：你年龄不比章之程小，样子更是比他显老，怎么还叫别人老人家，这不太合适吧？李若寒还没出声，伍廷威又说："小时候有人帮我看过相，说我日后肯定会遇上贵人，果然，章常委他老人家就是我的贵人，果然，还真让我遇上了……"李若寒打断他的话，说："你能不能不要开口闭口都叫老人家，人还没那么老吧？"伍廷威愣了一下，马上回过神来，笑嘻嘻地说："对，对，不该说老人家，我原本也就是尊重的意思，忘了你跟他是什么关系了，嘻嘻，马上改正，马上改正！章常委打过电话给我，说你有事要找我，我已经知道了，一定要想办法解决。你爸跟我，那可真不是一般的交情，那可算是交过命的朋友，放心吧，侄女，有福气的人自然会有福报的。"

这时从船舱里走出一个人，伍廷威便没往下说，那人过来跟他说了几句方言，便又回到船舱里去了。

伍廷威见李若寒一脸困惑，便说："那人是这里的服务生，他问我喝什么茶，我要了一壶茉莉花茶。"正说着，那人已经用托盘把茶壶、杯子端了上来，另外还有装满开水的热水瓶和一包瓜子。伍廷威帮她斟了一杯茶，说："这是上等的茉莉花茶，一年前你跟阿燕第一次到我家，我给你泡的就是这茶，你当时赞不绝口，所以今天我还是给你上这道茶。"李若寒尝了一口，说："还是那个味，谢谢伍叔叔！"

伍廷威看着李若寒苹果似的脸蛋，品茶的那种神态，忍不住倒吞了几回口水，心想：这真是一个尤物，要不是碍于章之程，真恨不得上去抱抱她！虽是那么想，面上还是毕恭毕敬地说："章常委打了电话，说你急需三四百万元搭救你父亲，我正在想办法，估计问题不大，你可以放宽心。"李若寒面露喜色，说："那太好了！我先替我爸爸谢谢你！"

伍廷威叹了口气，说："唉，真没想到你父亲会赌成那模样，说起这事，我心里有愧，当时你父亲欠债累累，凭他自己的信用，已经是找不到庄家可以给他赌博账号了，是我经不住他的哀求，同时也是希望他翻本，所以帮他找了庄家。现在想想，要不是我心太软，可能他不会输得那么惨。"李若寒苦笑了一声，说："这事你以前讲过，不怪你，我爸也没怪你，他还一直念着你的好呢！人哪，有时候就是要认命，可能他就那命呗！"

俩人又聊了些往事，不知不觉地就到黄昏了，海边的日落美得让人心醉，西下的太阳就像一个红苹果，似乎唾手可摘，而又遥不可及。伍廷威看了看手表，感叹道："太阳无限好，可惜近黄昏。"李若寒"扑哧"笑了一声，说："伍叔叔，是夕阳。"伍廷威憨笑了一下，说："夕阳也就是太阳嘛！对了，找个地方请你吃饭，有个相当不错的地方叫'海上渔场'，你想想，在海上，还是渔场，那得有多丰富的海鲜哟！"

李若寒看着伍廷威那殷勤的样子，说："不了，我还是回市区去吧，说不定还赶得上和伍燕吃饭呢！"正说到这里，伍廷威的电话响了起来，他接听后笑着说："说到曹操曹操就到，伍燕问你还在不在，她马上就到，晚上一起吃饭，我跟她说我们在这等她。"李若寒本来就希望伍燕一起来，难得她自己赶过来，当下说："那太好了，你们父女团聚，我也可以一饱口福，一举两得！"

不一会伍燕就到了，不等她把凳子坐热，伍廷威就把她们带到"海上渔场"。只见方圆几平方公里的海面上铺满了木板，木板上面搭建了许多木屋，木屋便是吃海鲜的包厢。李若寒从码头下台阶的时候，因为穿着高跟鞋，脚扭了一下，差点摔倒，还好伍廷威扶了她一下。伍燕呵呵大笑，说："到木板上可得小心了，免得掉到海里。"李若寒也笑了笑，问："这木板上怎么还能搭房子？海里面打了桩吗？"伍廷威说："不是打了桩，木板下面绑了许多塑料箱，箱体的浮力大得很，毫不夸张地说，在这木板上开汽车也是没问题的！"

李若寒啧啧称奇，说话间三个人已进到一间木屋，木屋里不仅通了水和电，摆了一张圆形饭桌，电视机和空调、冰箱等电器都应有尽有。伍燕也忍不住啧啧称奇，说："许久没到乡下来，没想到还有这么个好地方。"伍廷威扬扬得意，说："还有很多好东西你不知道的呢，到了城里，你连老爸都不来多看几次了，嫌弃你爸寒酸吧？哼哼……"他本来想说今时不同往日，想想还是忍住了，他知道女儿眼界高，不太看得起自己。

伍燕看了他一眼，说："爸，我没嫌你什么，我只是希望你能做自己，我也喜欢做我自己！"伍廷威对她说的似懂非懂，说："你喜欢咋样就咋样，别忘了我是你亲爹就好。"李若寒怕他俩争吵，笑着说："一会吃饱了再说，总得坐下先吃东西吧？"

伍廷威赔着笑脸说："是的，我先去叫他们准备饭菜。这渔场，龙虾煲粥和鲍鱼煮西红柿是招牌菜，其他的我去看看，随便弄几个就好！"李若寒笑着说："还没吃都快流口水了，就听你安排吧。"伍廷威听了，兴高采烈地点菜去了。点菜的大木棚离木屋有十几米远，木棚下面有很多塑料桶，里面有各式各样的海鲜，伍廷威叫了渔场的经理负责写单，点了好几个菜，然后亲自到木棚后面的厨房去吩咐厨师如何掌握火候。

趁着伍廷威离开的空隙，李若寒左手搭着伍燕的肩膀，说："我们在一起时觉得你很温柔，为什么一见到你父亲就有些变样呢？"伍燕说："可能是我没遗传到他的基因吧，你不知道，他这人阴得很，经常是表面一套，暗地里一套，而我呢，属于比较直爽的那种，看不习惯的我要说，装模作样的我要说，说得别人不高兴了，关系也就处不好了。"李若寒说："我看伍叔叔的脾气挺好的呀，人精明能干，交际又广。"伍燕瞄了她一眼，露出一丝嘲笑，说："姐，你是不知道，本来家丑不可外扬的，可我告诉你吧，你眼睛看到的经常是虚假的东西，对我爸我是太了解了，他最大的本事就是巴结逢迎，你看看他跟你的章之程就知道了，他们在下乡的时候认识，那时候章之程比较落魄，我爸对他并不热乎，到后来见人家当上官了，才开始钻营的，前几年还是个办事员，现在都混上副镇长了，这中间的来龙去脉，你不会不知道吧？"

李若寒松开搭在她肩膀上的手，说："你的意思是他一直接近章之程，然后得到了帮助？"伍燕望着她，似笑非笑，说："你真是纯洁，居然一直都蒙在鼓里，难道你到现在还不知道，你跟章之程在一起，那完全是我爸的功劳？换个说法，我爸正是靠这个取得别人的欢心而得到晋升的。"李若寒感到很惊讶，问："你的意思是说，你爸撮合了我们？"接着，她又摇摇头，说，"这不可能！章之程是因为喜欢我向我表白，而我因为我爸的事，也没有太多的选择，这才跟了他。"

伍燕原本对李若寒是有些妒忌的，听她说了这通话，觉得她是属于很单纯的那类人，妒忌感消失了许多，说："有些事我以为你是知道的，其实你还不知道，我爸原来是想要把我介绍给章之程的，只是他不喜欢，后来你跟着我回家，我爸见你长得貌美如花，才动起你的主意的。"李若寒仿佛受到了很大的刺激，大声说："不会的，不是这样的！"说完不由想起伍廷威第一次见到自己那诡异的眼神，好色之中含有些许遗憾，当时自己有点困惑，按照伍燕的说法，这不正反映了他那种献宝的心态？李若寒还想起第一次跟章之程见面的情景，那次伍廷威在场，的确也是他牵的线。想到这些，她不禁对伍燕的话半信半疑。

伍燕扬起头，笑着说："你心地好，没把人往坏处想，不过你要知道，我是在说我亲生父亲的坏话。"李若寒听她这么说，对她的话增加了两分信任，但忍不住想到她跟她父亲的关系问题，便问："你对你爸没什么怨恨或成见吧？"伍燕说："我对我爸是有过怨恨，那是因为他对我妈的所作所为而起，不过你放心，我现在长大了，对他不怨恨了，更重要的是，我绝对不会因为对一个人有看法而去菲薄他，我只会因为别人做过的事而去评论，或许这就叫就事论事吧！"

李若寒很想知道她父亲跟母亲之间发生了什么纠葛，见她没往下说，正犹豫着要不要出口相问，这时伍廷威回来了。

伍廷威拿了一瓶白酒回来，对着她们晃了晃，说："这可是上等的好酒，用高粱酿造的，据说男人喝了壮阳，女人喝了滋阴，配上上等的海鲜，功效更加明显！"伍燕听了，冷笑一声，说："您这是越来越会说话了！场子混得多了，看来气质也变好了，气质主要靠训练啊！"伍廷威也笑了笑，露出一脸让人捉摸不透的表情，说："十年河东，十年河西，人总会翻身的，不会一辈子都生活在底层，呵呵。"李若寒说："伍叔叔，是三十年河东三十年河西吧？"伍廷威说："现在都提速了，等不了三十年了，十年就够了。"李若寒听了，忍不住笑了起来。

不一会，由大厨师烹煮的海鲜陆续端了上来，伍燕倒了三杯酒，向李若寒使了个眼色。李若寒心领神会，知道她是让伍廷威多喝点酒，便说："伍叔叔，你叫了这么多名贵海鲜，你酒量又好，酒却才这么一瓶，够喝吗？"伍廷威呵呵大笑，说："我的酒量是不错，但喝不了一瓶，哦，对了，我忘了你们也是能喝的，呵呵，是该叫多一瓶，不，是两瓶，一会我就叫他们送来！"伍燕在桌子下面对李若寒竖起大拇指，李若寒冲着她笑了笑，心里想道：碰到伯爵酒吧出来的，伍叔叔今晚可是难逃一劫了。

丰盛的晚餐刚一开始，伍燕就端了杯酒站了起来，说："爸，我先敬你一杯！我这做女儿的不孝顺，很少能有机会跟你一起吃饭、喝酒，这一杯我先喝了！"说完一饮而尽，虽是有意让父亲多喝酒，但这几句话也算是肺腑之言。伍廷威笑得合不拢嘴，说："你这样说话，我爱听，这酒我也得喝。"说完也是一饮而尽。李若寒也端起酒杯，说："伍叔叔，好听话我不会说，本来我已经许久没喝酒了，可是今晚高兴，难得我们三人又坐到一起吃海鲜，来来，这杯酒我得敬你！"伍廷威没等李若寒端到嘴边，自己先"咕噜"一声把酒喝光了，说："您是贵人，这酒该我敬你！"

伍燕和李若寒轮番跟伍廷威碰杯，伍廷威来者不拒，转眼间三个人就喝完了一瓶，这时菜还没上完，伍燕说："有些受不了，咱们还是多吃菜少喝酒，另外两瓶酒就不开了吧？"伍廷威正在兴头上，大声说："不行，不行，继续喝，继续喝！"李若寒听出他说话已经有点结巴，怕他醉得太快，便说："酒是要开，菜也要吃，这不，鲍鱼煮西红柿和龙虾粥还没上呢！"

伍廷威抓起一瓶酒，手有些颤抖，弄了许久才把酒打开，"哐"的一声放在桌上，笑眯眯地说："老板娘说的是，咱们边吃边聊边喝，不急，不急，时间还长着呢！"边说边朝李若寒走去。木屋里摆的是一张可坐十多个人的大圆桌，三个人散开而坐，两人之间的距离也就两三米，伍廷威挪了好一会才到了李若寒跟前，他俯身握住李若寒的手，不停地晃动着，连声说："老板娘，老板娘……"李若寒听他叫起"老板娘"，心里不快，手一下被握住，感觉到树皮般的老茧戳到自己的手指，一时火起，扬起另外的手掌，"啪"的一声，重重地打在伍廷威脸上。

伍廷威挨了一耳光，双手一下松了开来，酒也醒了许多。他一边摸着有些红肿的脸，一边把另外半边脸凑过去，说："你打得对，这边也来一下！"伍燕本来被突如其来的事件弄得不知如何圆场，见父亲这般反应，不禁笑了起来，说："爸爸，你真是欠揍啊？"李若寒也觉得有些不好意思，伸出手轻轻摸了摸他那半边脸，说："对不起，伍叔叔，这酒喝多了，脾气也跟着大了！"伍廷威笑嘻嘻地说："没事，一点都不疼，倒是怜惜你那娇嫩嫩的手，不知打疼了没？"

伍燕瞧着他那色眯眯的眼神，知道他再喝上几杯的话，会有更叫人惊奇的举止，她有心让李若寒明白自己之前说过的话，便说道："是的，喝了酒不怕打，哪怕是一根棒子砸下来，也是一点都不觉得疼。咱们别光顾着说话，赶紧多吃点菜，多喝点酒，难得有今晚这么好的机会，可别辜负了良宵！"李若寒听出她话中有话，心领神会，赶紧端起伍廷威之前打开过的酒，给三个人都加满了，说："燕子说得没错，这等环境加上这等菜色、美酒，可不是经常能有的，伍叔叔，我们今晚最重要的是开心，我说得不对或者做得不对，您可千万别放在心上哈！"伍廷威笑嘻嘻地说："你怎么做我都不觉得过分，嘻嘻，燕子说得对，咱们别辜负了美酒、美食，来，接着喝酒！"说完举起杯，没等她们做出反应，已然喝光。

伍燕了解父亲的酒性，知道他快到了酒后吐真言的阶段，心想：今晚就让你来次无话不说吧！于是，她又帮他加满了酒，说："我讲个关于酒的故事，酒字有三点水旁，据说这三点水不是水，而是三滴血，话说最初酿酒时，酿出来的酒一直没有酒味，酿酒师苦思冥想，想出了个办法，他准备采集三滴血作为酒引，便在路上等着，结果还真让他采到了，这三滴血呢，第一滴是文人的，第二滴是武士的，采第三滴时一直等不到人来，天快黑了，酿酒师都想打道回府了，不料来了个疯子，此时已经没得选择，再不采前面的两滴血都作废了，于是酿酒师连哄带骗，采了第三滴血。这三滴血加入酒中，酒味大增，但却带来了一系列反应，分为三个阶段：开始喝酒时，大家都文质彬彬，互相谦让，像是书生在喝酒；喝到中间，大家豪气冲天，开始大碗喝酒，大声吆喝，大胆吹牛，意见稍有不合还准备大打出手；喝到最后时，大家已经神志不清，有些疯疯癫癫，胡言乱语的有，随处呕吐的有，用鞋子或手机擦嘴的有，或笑或哭的有，连到处拉撒的也有，为什么会这样呢？答案很简单，那就是因为那三滴血，哈哈哈！"讲到这里，伍燕哈哈大笑起来，李若寒也是跟着笑了起来，笑到眼泪都忍不住流出来，伍廷威一副笑脸，却没笑出声来，只是不停地晃动脑袋。

李若寒拿纸巾擦了擦笑出来的眼泪，问："那我们现在是喝到第几滴血了？"伍燕摇摇头说："这个我也不知道，我只知道我们喝得还不够，不然的话怎么连句实话都不说，俗话不是说酒后吐真言吗？"李若寒站起身，端着酒瓶帮他们倒满了酒，笑着说："我的酒量是最差的，只好舍命陪君子了，你们爱咋喝就咋喝！"说完，三个人又碰了一杯。伍燕侧过头问伍廷威："爸，趁着今天，你跟我说说实话，妈是怎么死的？"

伍廷威自己倒了一杯酒喝下，说："我不是告诉过你很多回，你妈知道自己得了癌症，没法救治，为了不连累我们，跳海死了。"李若寒没想到伍燕一下子会提起这么隐私的家事，当下有些犯愁，正想着是不是回避，只听伍燕又说："有些事本来不该问，也不想问，但还是忍不住，那年我才十岁，很多事情都不懂，可是我记得妈妈那无奈、求助的眼神，十多年来我一直梦见这个场景！你敢说，不是你逼死了我妈？"伍廷威伸出一个手掌，手指朝天，说："燕子，我向天发誓，我绝对没有逼死你妈，我跟她感情一直都很好，知道她得了肝癌晚期我心如刀割！泄气的话我可能说过，绝望的表情可能也表露过，可我从来都没放弃她，在经济紧张的时期，一直都没中断过治疗，这个你可以去问，可以去查，我真是没有骗你……"伍燕问："那我妈跳海之前怎么没有留下遗书？那天你干什么去了？"

伍廷威又倒了一杯酒喝下，然后缓缓地说："那天我在单位上班呀，至于你妈为什么没留下遗书，这个我也不知道……"伍燕一脸狐疑的表情，冷笑了一声，打断了她父亲的话，说："好了，你不用再说了，对你说的话，我从来就不知道真假。"伍廷威愤慨地说："我是你父亲，可你却从来都不相信我，告诉你，你父亲虽然没什么本事，但对你一向疼爱有加，从来就没欺骗过你！"伍燕呵呵大笑，说："是吗？从来就没欺骗过我？那好，你现在告诉我，你喜不喜欢那个人？"边说边指着李若寒。

李若寒听着他们父女的对话，隐隐约约地感觉到伍燕有意在逼迫她父亲，此时见她直接把话题转移到自己身上，不禁有些不自在，但也产生了莫大的好奇心，于是把目光投向伍廷威。伍廷威因为喝多酒的原因，头又左右摇摆了几下，过一会才停了下来，望着伍燕，说："我，我喜欢，你知道的。"伍燕用鄙夷的眼光瞪着他，说："哼哼，那你还说什么跟妈妈的感情很好？"伍廷威仿佛受到什么刺激，一下子变得慷慨激昂，说："这样矛盾吗？你母亲都过世多少年了，我就不能喜欢别人吗？再说了，你问问若寒，也问问自己，有多少人见了她，都会喜欢上他，像章之程不就是其中一个？哼哼，我要不是为了那个什么，也不用把若寒介绍给他！"

李若寒被这话吓着了，直瞪着他，心想：这家伙是不是喝多了，一会说喜欢我，一会又说把我介绍给章之程，简直是胡说八道！正想发作，伍燕干咳了几声，然后瞟了她几眼，暗示她不要说话。

伍燕紧接着说："哈哈，算你爽快，终于说了回实话，把若寒介绍给章之程，你也不必遮遮掩掩的，是为了升官发财吧？"伍廷威说："是啊，你不想想，要是我们家不缺钱，当年你妈患病，我用得着那么无奈吗？"他说起话来已经有点结巴，不过声音倒是越来越大，"你刚才说了那什么三滴血，我，我告诉你，我也不知我喝到第几滴，反正不是胡言乱语，若寒我是喜欢，可我有自知之明，我能让她跟我吗？不可能！我就是把她骗上床，她以后也会怪我的，刚好章之程相中了，我就给来个一箭双鸟，呵呵呵！"伍燕纠正他说："是一箭双雕。"李若寒忍俊不禁，笑了笑。

伍廷威机械性地笑了笑，说："雕不也是鸟吗，你别在鸡蛋里挑骨头，我告诉你，做父亲的不是不会想，不是不会替你考虑，要不是你不如别人，章之程没看上你，我早就把你介绍给他了。"伍燕又呵呵大笑起来，说："世界这么大，也就只有你这么个父亲，为了自己的名利，给自己的女儿介绍给别人当情人！而更稀奇的是，你的女儿也愿意，不，确切地说是希望你能够介绍成功，哈哈！为什么不做情人呢？人家有权有势，情人能过无忧无虑的生活，吃香的喝辣的，开名车住花园，还能得到万千宠爱，还有一点，我想让我的父亲整天对着我嬉皮笑脸，求着我替他办事，哈哈！"伍廷威晃着脑袋，说："女儿，你这又何苦呢？爸爸对你不好吗？爸爸就你一个小孩，什么事不是为你着想？"伍燕说："我还不知道你呀，为我着想？说得好听，是为自己着想吧？"说到这里，她望了一下李若寒，眼神里透露出些许幽怨，说："我不如你天生丽质，人见人爱，虽想走条捷径，却未能如愿，但是你放心，我这人坦荡荡，没那么多诡异心肠，我是羡慕你但不会嫉妒你，我把你当好姐妹，你今晚都看到了，我对你比对我父亲好！"

李若寒见她说得诚恳，不惜逼迫父亲来让自己了解真相，心里感动，眼泪差点就掉下来，稍微控制了一下情绪，转头对着伍廷威说："你别以为我会感激你，我也不怕说实话，我和燕子不同，她希望给别人当情人，我一点都不希望，不是为了我父亲，我不致于要过现在这种生活。"伍燕朝她苦笑了一下，摇了摇头，说："难道这就是宿命？想要的得不到，不想要的却找上门来，哈哈，你是为了父亲好受，我却是为了父亲难受，真是造化弄人！"

伍廷威自顾自地又喝了一杯酒，然后指着李若寒，结结巴巴地说："你爸跟我交往了那么久，他的很多事，你，你还不知道呢，想不想，想不想我告诉你？来，来亲我一口，我就跟你说！"伍燕瞪了他一眼，厉声说："有话就说，别老想占别人便宜！"她话刚说完，只见伍廷威身子一软，溜到了桌子下，背靠着凳子，竟然睡了过去，打起了呼噜。李若寒走过去，摇了摇他的身子，说："你还没告诉我呢，快醒醒！"伍燕说："没用的，他得睡很久才醒，想听他讲你爸的事，只能等下一回了。"

李若寒有些失望，伍燕坐在原位招呼她说："过来接着喝酒，等会我找人把他送回家就行。"李若寒闻言，坐回原位，问："都倒了一个了，咱们还喝吗？"伍燕说："我第一天认识你就见到你喝醉了，你说说，咱们交往这么久来，我对你够不够朋友，如果够朋友，咱们今晚就来个一醉方休！"李若寒说："离开伯爵酒吧后，都没这么喝过酒了，你对我是真够朋友，是我的好姐妹！人生难得几回醉，今晚咱们不醉不归！"说完，她帮伍燕加满了酒。

第十一章　难得一醉

第二天，李若寒一觉醒来，发现躺在自己的床上，急忙看了自己的身体，发现身上穿的还是昨天的衣服，稍微定下神来，想起昨晚喝到头晕的时候靠着伍燕，心想一定是伍燕把自己送回来的，找了一会手机，却发现就在枕头边，开了密码锁想要打个电话，发现伍燕清晨就给自己发了短信："昨晚你喝多了，我把你送回来的；我有事出去，你尽管睡到自然醒，呵呵！"李若寒露出了微笑，心想：这跟认识她的时候一样，都是我喝多了，她把我弄回来，看来，她的酒量还是比我好很多。她洗了个澡，把沾满酒气的衣服换掉，看了一下时间，已经快到中午十二点，正想煮碗面条吃，章之程打来电话，说他一会就到，中午一起吃饭。李若寒看了一下日历，才发现不知不觉地就到了星期六。

不一会，章之程就到了，这次他把车开进庭院，停进了主楼的车库，从车里提了好几袋菜，笑呵呵地进了门。李若寒有些惊讶，问："你这是干什么？自己跑去买菜了？"章之程说："是啊，好久没去过菜市场了，我列了个菜单，中午下厨给你做顿好吃的！"李若寒说："你歇会，我找伍燕过来帮忙，你等着吃饭就行！"章之程连连摆手，说："今天别叫伍燕，吃完饭还有事情要办！"李若寒心想：还有啥事，不就两腿间那点事？见他决意自己下厨，也就不再多说什么。

章之程年轻的时候在酒楼干过，练就了一手好厨艺，他经常在李若寒面前开玩笑，说他不去做大厨是浪费人才。李若寒一集电视剧没看完，他已经做好了四菜一汤；四菜一汤是他做菜的标准配置，不管是两个人吃饭还是十个人吃饭，他都是做四菜一汤，不过人数较多时，分量也会随之增加。章之程脱了围裙，摆好了碗筷，招呼李若寒吃饭。李若寒慢悠悠地站起身，拖到那集电视剧播完，才依依不舍地关了电视，走到了饭桌前。章之程对自己做的菜很是欣赏，兴致勃勃地说："听伍廷威说你们昨天喝酒了，今天是周末，咱们也整几杯？"李若寒淡淡地说："不整了，昨晚都喝多了。"章之程贪婪地看着她的脸，笑着说："就是喝多了才要喝，这叫回魂酒。"说完去冰箱拿了一瓶红酒，接着说："喝点红酒，度数没那么高。"

李若寒自从当了他的情人，偶尔一起喝酒，也是在招待客人的场合，从没像今天这样两个人一起小饮，两杯之后，见他有些脸红，忍不住问道："你酒量不是很好吗，怎么这么快就脸红啦？"章之程答道："我喝上两杯就脸红了，不过再喝也就这么红，再说，今天跟你单独喝酒，这心跳加快，不脸红都不行了！"李若寒笑了笑，说："你就嘴贫吧，还不如说你醉了呢！"章之程说："酒不醉人人自醉呀！对了，伍廷威说他昨晚烂醉如泥，那家伙一喝多就口无遮拦，他没说我什么坏话吧？"

李若寒想起伍廷威提到他把自己介绍给章之程的事，心里很是不爽，说："伍廷威说是他把我介绍给你的，你在跟我见面之前已经有所图谋了，对不对？"她一不高兴，直呼伍廷威的名字，连"叔叔"都不称了。

章之程一听伍廷威把这事都说了，心想：那家伙还真是封不住口，看来把什么话都撂给若寒了，我这下可得小心应对，免得把她激怒了。于是小心翼翼地说："那有什么问题吗？如果我没看到真人，只是看了你的照片就喜欢你，不正说明你的魅力有多大吗？"李若寒"哼"了一声，说："但你追我的时候，说是一见面就喜欢我的呀！这本来没什么，你可以说从看到我相片就喜欢我的，你没说，说明你对我不够坦诚，谁知道你有多少事是隐瞒甚至欺骗我的？"章之程柔声说："没这么严重吧？"李若寒厉声说："怎么没这么严重？这可是个态度问题，如果我骗了你一次，你会认为我经常骗你的。"

章之程忍着不与她争辩，轻声说："好了，伍廷威说的话，你也别信太多，那人一喝了酒，连自己亲爹是谁都不知道了。对了，他还说了什么？"李若寒心想：你让我别信他的话，又要问他说过什么，这不有点此地无银三百两吗？又想起伍廷威酒醉之前要讲她父亲的事情，决定试探他一下，便说："他还说起我父亲的事……"

章之程神色有些紧张，见李若寒没往下说，便问："你信吗？"李若寒反问道："你说呢？"章之程叹了叹气，说："其实不想害你爸的，可是你太倔强了。"

李若寒听了这话，犹如五雷轰顶，心跳急剧加快，心想：他这么说是什么意思，难道父亲真是被他们害的？伍廷威昨天晚上要跟我说的就是这事？为了得知事情的真相，她强行控制了情绪，盯着章之程问："我怎么个倔强法啦？"章之程说："如果你当时不是一再拒绝我，老伍也不会弄出这么个馊主意，让你父亲输了那么多钱，逼你在无路可走的情况下迁就我，这么久了你该看出我对你是真心的吧！"

李若寒从他的话语中确定父亲是被害的，但还不知如何被害，便忍着性子说："我知道你对我是真心的，这一年多来我对你何尝不是真心的？伍廷威是跟我说过，不过我还是想听你亲口说说，他是怎么害我父亲的？"章之程说："本来你父亲输到没有庄家愿意让他赌，他也借不到钱继续赌，这时如果没有老伍帮他担保，帮他从庄家那里开到赌博账户，你父亲就无法再赌下去，如果不再赌，后来就不会越输越多了。伍廷威说他了解你，唯有让你们走投无路，你才会心甘情愿地跟着我！"李若寒瞟了他一眼，说："你就那么没自信？你这么个条件摆在这里，有多少女孩想投怀送抱呢，凭你的魅力，你完全可以吸引到我呀！"

章之程听了，心想：当初是有很多女孩投怀送抱，其中不乏长得漂亮的，连伍燕都在暗送秋波，可惜你却是对我爱搭不理的，但凡有法子想，我也不会同意老伍这么个馊主意，都知道迟早会出事，而且弄不好还得替你父亲还债，唉……他长叹了一声，说："事情都已经发生，你也不要责怪别人，你父亲的事我会解决好的；你要知道，如果不是我们帮他顶着，他早就被别人收拾得不知成啥样了！"李若寒问："怎么解决？你说吧！"章之程说："该怎么解决就怎么解决，你不是问过律师了吗，该还给人家多少钱就还多少，先把人弄出来再说！我已经吩咐老伍，回头转钱到你账户，他办完了会通知你的！"

伍廷威醉了一天一夜，接到章之程的电话，被训斥了一顿，然后让他找林明划一笔钱给李若寒。林明是一家金融公司的老板，近几年通过伍廷威认识了章之程，利用章之程的朋友圈，他融到了不少资金，所以对章之程甚是感激。伍廷威找到他，讲明用意时，林明二话没说，往伍廷威提供的账户转了四百万元。随后，伍廷威把钱转给了李若寒。

李若寒立即找到张沧文，告诉他已经准备好还债的钱，张沧文大吃一惊，无论如何都想不到这么短的时间内她能筹集几百万元，但他没多问什么，只是进到看守所见了李彪，跟他核对了欠债的名单和金额，然后和李若寒一起，把钱一一归还，取得了债权人的谅解。

第二天，张沧文带着债权人的谅解书，因为之前已经做了充分的沟通，很快就办好了取保候审的手续，中午前李彪就离开了看守所。

李彪出狱后，李若寒心情轻松了许多，这才想起许久没去香港上课了，于是陪父亲几天，跟章之程打了声招呼，就收拾行李去了香港。一到香港，她就打了电话给文南和章华，约他们在红茶馆见面。

文南和章华接电话的时候没在一起，相互间也不知道李若寒有没有约对方，所以都没通气，凑巧的是，两个人都提前了一个多钟头到达，在红茶馆碰面，两个人同时笑了笑，异口同声地说："我还以为只约了我呢！"

找了个靠窗的位置坐下，章华说："好多天没见，还好吧？"文南说："还好，这段时间在忙转学的事。"章华一脸诧异，问："你真要转去云港啊？叔叔阿姨会同意吗？"文南说："他们本来不同意的，特别是我妈，可我跟他们说与其在香港无心向学，还不如去云港理工大学！他们拗不过我，就答应了，可能也是想我离他们近一点吧！"章华说："云港有什么东西把你迷住了？连我这个好朋友都要舍弃了？"文南哈哈大笑，说："你找到喜欢的女孩，还不是一下就把我舍弃了？再说，我去云港，去的可是你家！"章华一时哑口无言，不知如何反驳他。

此时，《红茶馆》又唱起，如倾诉衷肠般的吟唱，歌声委婉动人，章华不由得心神荡漾，脑海中不断浮现出李若寒的倩影。就在两个人快要望穿双眼时，李若寒穿着一套浅色的连衣裙，翩翩降临在他们眼前。

章华和文南怔怔地望着她，一时间都说不出话来。李若寒在他们对面坐下，说："怎么都变得傻傻的？是不是怪我失踪了？我是碰到麻烦事了，身不由己，一直都脱不开身，直到前几天才算把事情处理完了，如果你们当我是朋友，就不能责怪我哦。"文南问："该不会是被人绑架了吧？电话一直打不通，信息也发送不了。"李若寒说："不是我被绑架，是我爸爸被关进大牢。"

文南和章华同时"哇"了一声，似乎理解了她的行为，不再生她的气。章华问："现在没事啦？你也不早告诉我们，说不定我们能帮上忙！"李若寒笑了笑，说："你们都还是学生，能帮得了什么忙？要说是家里人帮得上，我倒是相信！"文南说："在云港的事，章华他爸肯定帮得上忙，对了，你家在云港，你是不是有个孪生姐妹？"李若寒摇摇头说："没有啊，我哪来的姐妹？"章华说："文南在云港见过一女孩，跟你长得一模一样，呵呵！"

李若寒听了，心想：这是他的幻想吧，我在云港那么久，都没碰到这样的人！

转头问文南："你什么时候去的云港？"文南扳着手指头算了一下，说："大概在两星期前，章华去云港找你，我也跟着去了。"

李若寒见他俩神态都有些疲惫，想必是跟自己有关，心里感动，说："你们有心了，看你们脸蛋都瘦了一圈，都怪我，本来应该给你们信息的！"两个人听了都很开心，但觉这段时间的担忧得到了丰厚的回报。章华笑着说："没什么，我们就是担心你而已，文南很快就要转去云港读书了，下回我们可以在云港聚会！"李若寒感到很惊奇，脸上的表情也变得冷冰，问："为什么要转校？香港这边的学校不好吗？很多人做梦都想来，你怎么能轻易就放弃呢？"

文南想不到李若寒有这么大的反应，一下子也说不清为什么转学，便编了一个冠冕堂皇的理由："毕业后都是要在内地发展的，还不如早些回去，早些适应！"章华也看出李若寒对文南转学的事有些不悦，便笑着说："一处乡村一处好，说不定文南有了什么目标，才下定了决心。好在两地离得近，来往很方便，在哪都差不多。"

李若寒收敛了愁容，强作笑颜，说："是啊，到时我们可以经常碰面呢！"文南欣喜若狂，问："是不是真的？"李若寒说："当然是真的，你要是再碰到我那姐妹，记得告诉我！"

文南本来要告诉她董芝的事，转念一想，自己了解的情况也不全面，这事以后再说不迟，话到嘴边又缩了回去。章华望着李若寒，眼里充满血丝，说："若寒，古话说一日不见如隔三秋，我这半个月没见你，感觉像是过了半世纪，这些天我考虑清楚了，我喜欢你，我要正式追求你，不管你愿不愿意，我都想尝试一下！"话还没说完，李若寒打断了他："我们都是朋友，不要说追不追求的事，谁都不知道以后会怎样，咱们还是珍惜眼前的友谊吧！"

章华表白的时候，文南也在考虑怎么样表达自己的心意，听李若寒那么一说，知道就算像章华那样袒露心声，得到的也会是类似的回应，还不如先静观其变，只见章华涨红了脸，信誓旦旦地说："你怎么想是你的事，我要怎么做是我的事，不管你接不接受，我都要表达我的心声，没错，咱们可以从朋友开始，但希望不要以朋友结束！"文南听到这里，忍不住接过话说："我的想法跟章华相同。"

李若寒脸色也变得通红，柔声说："你们这又是何苦呢？感情的事，还是随缘吧，再说了，你们未必懂我，我也未必了解你们，来日方长，但岁月也无情。"说到这里，给他们加了红茶，然后说，"你们还有学业没完成，我也有我的事要做，咱们今天就不谈这个话题了，听听歌曲，聊点有趣的事！"章华和文南对望了一下，都点了点头，章华说："我们听你的，各自先保留自己的想法，但你要答应，以后手机保持畅通，可以吗？"李若寒想了一会，说："好吧，我想，我可以做得到。"

三个人天南地北地又聊了许久，茶馆快打烊时才离开。

李若寒去香港的第二天，李彪打了电话给张沧文，说是为了感谢他的帮助，请他到家里吃餐饭。

张沧文理解这些进过牢房的人，他们对自己的辩护律师经常心怀感恩之心，因为在他们最迷茫的时候，律师成为他们对外联络的窗口，成为搭救他们的希望，看来李彪也不例外，于是他答应了，中午前到了他家。

李彪的家安在翠薇花园，这是一个旧小区，楼龄已接近三十年，小区里的树木已经长到五六层楼高，花草也是格外茂密，倒是有点森林的韵味。张沧文爬了一会楼梯，毫不费力地就到了三楼李彪家，李彪早就开了门等着，把张沧文迎进屋后，紧紧地握住他的手，说："太谢谢您了，张律师！要不是你，我现在都可能出不来呢！"张沧文说："你千万别这么说，我只是做了点律师应该做的事，你真正要感谢的是你女儿，是她帮你偿还了债务。"李彪松开了紧握张沧文的手，说："在我最彷徨无助的时候，是你第一个出现在我眼前，这就够了，要知道，人有时候需要的是希望，你就是带给我希望的人。若寒的事我清楚，这孩子就是孝顺，为了她父亲什么苦都愿吃，什么罪都愿受，我就怕她为了帮我还债，自己欠上太多债！"边说边招呼张沧文坐到实木沙发上，斟上早就泡好的菊花茶。

张沧文原本就很纳闷，李彪不是那种财大气粗的人，李若寒一个年轻女子哪来的神通，居然一下子就替父亲填补了窟窿？听李彪这么说，心里疑问更大了，便小心翼翼地问："你女儿的钱不是你留给他的吗？"李彪尴尬地笑了笑，说："我要有钱，我就不会进去了，还有，你不知道，像我这样的赌徒，不可能有钱不还的，不然的话，也成不了赌徒了，真正的赌徒，都是要到身无分文的时候，才会赖着赌债不还的。"张沧文听了，觉得他说得有道理，同时心里的疑问更大了，他试探性地问："那该不会是你未来的女婿吧？"

李彪苦笑了一下，说："要真是那样就好了！对你，我也不用隐瞒什么，这笔钱是我女儿问朋友借的，她那朋友有钱，不过是有家室的人。"张沧文原来也设想过这种情形，那就是李若寒做了谁的情妇，钱是通过情夫那边筹来的，听了李彪一番话，心里已确信不疑，便说："别人愿意借的，自然有他的理由，你也不用想太多了，平安和自由，比什么都来得重要！"两个人刚聊到这里，门铃响了起来，李彪说："我还请了一位朋友，顺便认识一下。"边说边去开门。张沧文心想：该不会就是李若寒那位有钱的朋友吧？心里不禁充满了好奇。

不一会，进来了一个年龄和李彪相仿的男人，李彪笑呵呵地搂着他肩膀走着，显得很是亲密。到了沙发跟前，张沧文站了起来，李彪说："你坐着，别客气，这是我多年的朋友伍廷威，在云海，就他最关心我，呵呵！"接着李彪向伍廷威介绍了张沧文，伍廷威凑过去，跟张沧文握了握手，说："我自己没什么文化，所以特别敬重有文化的人，你的大名如雷贯耳，我是早有耳闻啊！"张沧文听了，心里暗笑，心想他这文采卖弄得有些自相矛盾，再说是不是真听说过自己还不一定呢！于是微笑着说："过奖了，我算是个默默无闻的人。"李彪笑着说："你看，张律师是个谦虚的人！好啦，你们接着聊，我去做饭了。"说着边往厨房那边走去。伍廷威扯大嗓门说："那个老李，你慢慢弄哈，自从当了官，我都没下过厨房，以前的好手艺都给忘光了！"李彪应道："你就歇着吧，我别的不会，做饭那可是一流的，年轻时还当过厨子呢！"

张沧文听伍廷威说自己是当官的，好奇心顿起，没想到表面看起来土得掉渣，居然还是个当官的，心想：可别掉了眼镜，弄不好还是市里的领导？当下小心翼翼地问："您主管哪个部门？"伍廷威不屑地看了他一眼，说："哪个部门，一个部门算什么？这么说吧，海田镇归我管，知道海田镇吧？那可是一个很大的镇！"张沧文知道海田镇是云海市的出海口，曾经去那边的海滩玩过，的确是个不小的地方，便说："原来你是海田镇的书记，失敬了！"伍廷威又盯了他一眼，说："你弄错了，我不是书记，连镇长都不是，我是副镇长，不过我跟你说，你可别小瞧我，虽然我不是一把手，但我说话是算数的，就算不算数，那也是很有分量的。"张沧文这下才明白了他的正式职务，笑着说："失敬！看来你在海田镇是个资深官员，或者是学识超人，能力出众！"

张沧文的话让伍廷威听了很受用，他终于露出笑脸，说："你还年轻，有些事不理解，我在海田镇能有如此的地位，原因是比较复杂的，但最重要的是朝中有人，不对，是市里有人，明白吗？"张沧文摇了摇头，伍廷威哈哈大笑，说，"有朝一日你会懂的！"

张沧文往茶壶里加了热水，摇了摇，帮伍廷威倒了杯菊花茶。伍廷威喝了一口，有些夸张地倒吸了口气，说："这菊花真是好，像是高山上采摘的，没想到这老李也学会享受生活了，唉，有一个漂亮的女儿真好，一事无成也能过上好日子呀！"张沧文听得出他在说李彪，但不便细问，便说："你的是儿子吧？参加工作了吧？"伍廷威愣了一下，说："我的也是女儿。"停顿了一会，又说，"不过我倒是不用靠小孩，恰好相反，我是在替小孩创造价值，到我百年之后，伍燕不知要继承我多少东西，呵呵，只可惜，她一向都不知道我的好。"说着说着，他陷入了沉思。

伍廷威的地方口音较浓，张沧文没听清楚"伍燕"一词，问道："什么午夜？"伍廷威提振了一下精神，说："不是午夜，是伍燕，燕子的燕，我女儿的名字。其实，我的燕子长得也挺标致的，只可惜没有飞起来，呵呵，不说这个话题了！"

张沧文从他的片言只语中捕捉到一些信息，那就是李若寒好像是傍上了什么大款，连伍廷威都在妒忌，只能私底下怪自己女儿的运气不好。张沧文不是一个爱打听别人隐私的人，只是这几天的事情让他觉得玄幻，控制不住自己的好奇心，趁着李彪还在厨房忙活，他试探性地问："你和老李应该是生死之交吧？"伍廷威摇了摇头，压低了声音，说："你别听老李乱说，其实我们只交往了一两年，不过，交情倒是挺深的！"

正说到这里，李彪端着菜从厨房走了出来，喊道："马上开饭啰！"伍廷威问："有那么快吗？"李彪笑呵呵地说："我做了两个菜，煲了一锅汤，加上两个凉菜，四菜一汤，哈哈哈！"伍廷威问："有那么好笑吗？"李彪说："四菜一汤，我想起了麻将牌中的'五筒'，忍不住就笑了。"张沧文这才想起五筒的形状像四菜一汤，不禁也微笑了起来，心想这么个事也只有赌徒能扯出来。

李彪把菜和汤都端上餐桌，问道："你们喝什么酒？"伍廷威连连摆手，说："我就不喝了！我喝酒会误事，刚被批评过。"张沧文也说："我酒量不行，平常也少喝。"李彪走进房间拎了两瓶酒过来，说："这酒我一直珍藏在床底下，生怕被偷走，搬了好几次家，一直都不舍得喝，这次想请你们两位贵人，我内心斗争了很久，好吧，我就自己喝了！"说完打开了其中一瓶，闻了闻，说："真香！"伍廷威隐隐闻到酒香，说："给我也闻闻。"说完，不由分说夺过了酒，凑近鼻孔闻了起来。

张沧文本不好酒，此时闻到酒香，又看到伍廷威那嘴馋的样子，不禁也产生了一醉方休的冲动，问道："闻出什么了没？"伍廷威不断地吞口水，说："一等的好酒！酒质好，年份长，还真让人忍不住！算了，算了，我喝完了下午好好睡一觉就是了！"李彪呵呵大笑，说："这就对了，今朝有酒今朝醉！醉了好好睡一觉，又能耽误什么事呢？"伍廷威开始倒酒，给张沧文也倒了一杯，说："张律师经常应酬，酒量应该不错才对，可别辜负了这好酒！"李彪也说："就是，张律师能喝多少就喝多少，我们不劝酒就是。"他怕张沧文酒量不好，伍廷威又要拼命劝酒，先把话说在前头，让张沧文到时有话推托。

张沧文接过酒杯，说："好东西谁都喜欢，我舍命陪君子吧，来，先为这美酒干杯！"说完一饮而干。盛白酒用的是小酒杯，三杯加起来才到一两，张沧文没感觉到酒的浓烈，反而觉得润喉生津，香醇逼人，心想：这酒的确是极品，恐怕喝到醉倒都还想喝。那边伍廷威和李彪也是一口喝光，李彪抢着给大伙加酒，伍廷威对着张沧文竖起大拇指，说："你是爽快人！我本来不喜欢跟文人喝酒的，文绉绉的不习惯，不过你不一样，来，再干一个！"

刚把第二杯酒喝了，李彪又把酒满上，举起杯说："我这辈子没什么朋友，承蒙你们两位看得起我，高不高攀不说，我就把你们当朋友了！好听的话不会说，来，把这杯干了，我们好好吃点菜！"张沧文猜到他是担心自己，心里暗笑：这仁兄倒是个好心人，不过真要拼酒，我也未必输给你们！他跟着把酒喝了，说："菜还没吃就干了三杯，等会酒喝完了，肚子也饱了，那可辜负了老李的好手艺！"伍廷威哈哈大笑，说："我喝酒倒是能喝饱，你恐怕不行吧？"张沧文微笑着说："喝到醉了，呕吐了，也算是饱了吧？"

李彪帮他们盛了汤，说："可别，喝到吐酒，浪费我的饭菜不说，糟蹋了我的美酒，那才叫人心疼！你们赶紧喝碗汤，吃点菜，酒嘛，慢慢品尝。"张沧文没吃早餐，这会也是饿了，趁着李彪在说话，赶紧喝起汤来，李彪煮的是猪肚胡椒汤，不仅入味，还很解饿，一碗汤下去，又吃了好多猪肚，饥饿感片刻消失。三个人一起动了筷子，顷刻间把两个热菜柠檬鱼和凉瓜炒蛋吃了个七七八八。

酒过多巡，三个人的话慢慢多了起来，喝酒也更加豪爽了。伍廷威打了几个酒嗝，大声说："上回跟我女儿，还有你女儿喝酒。"他指着李彪，接着说，"我女儿说酒里含了三滴血，什么文人的血，武士的血，还有疯子的血，他妈的老子每次怎么都喝到疯子的血？"李彪和张沧文同时笑了起来，李彪说："你是说你喝了酒就像疯子吧？"张沧文说："这故事我也听过，说的是喝多了，最后都是疯疯癫癫的状态。"伍廷威说："我这人命苦，老婆死得早，女儿又不孝顺，一把年纪还得自己创业，唉，喝点酒发发牢骚，骂骂别人，说些平常给胆都不敢说的话……就剩这点爱好了！人生在世，没点爱好可不行，烟我抽了呛喉，所以我不抽，只有这酒，想戒都戒不掉。"张沧文听他谈起爱好，心里感慨万分，说："其实你这样也好，爱上这一口，起码你喝起来能够沉醉其中，享受无尽的乐趣，像我就没什么意思，抽烟喝酒还有喝茶，啥都沾一点，可啥都不着迷，就像现在喝酒，酒是喝了，可我并没感受到什么快乐！"李彪摇摇头说："我不这么看，张律师那叫节制，这样的爱好虽不着迷，但能长久，有点像是君子之交淡如水，哪像我，你们说的烟茶酒，我哪样都入迷，而且深受其害！"

伍廷威中等身材，头发稀少，两个眼睛又大又圆，此时咕噜咕噜地转了几圈，问李彪："你怎么深受其害啦？"李彪比伍廷威魁梧许多，说起话来声音也洪亮许多："你看我现在这样子不就清楚了？你看我，滥赌成性，贫穷潦倒，一无是处，还穷讲究，要喝好酒，抽好烟，这不都是各种陋习惹出来的祸？唉，说来脸红，要不是我那女儿疼惜我，现在都不知道是什么下场？"伍廷威听到这里，想起了李若寒，忽然问张沧文："张律师，你说你没有什么爱好，别介意我问问，你好色吗？"

张沧文愣了一下，为了延长思考的时间，他举起酒杯说："酒色酒色，有酒才有色，来，先干了这一杯再说！"见两个人把酒喝了，他也快速把一小杯酒泼进嘴里，说："大家能坐在同张桌子喝酒，那都是缘分，我实话实说，本人要说好色嘛……"李彪有意替张沧文解围，说："这种事就不必说了，但凡正常的男人，谁不好这口？不过，这都是大众化的话题，咱们今天就不多聊了！廷威，你还喝不？不喝我这半瓶就存起来了！"伍廷威说："说什么话呢，你就两瓶酒，还想着要留半瓶？一会喝完了，再给我找两瓶来！"

张沧文听出他的舌头已经有些发硬，说话有些结巴，心想按照此人的风格，迟早会说出一些平常不说的话，自己只需努力顶住，静听其言就行。刚想到这里，只听伍廷威又说："李彪，你把酒加满，自己喝了，我有话跟你说！"李彪说："咱们一起吧！"伍廷威摸了摸半秃的头，指着酒杯，说："赶紧喝了！知道谁搭救你的？好多事情你都只知其一不知其二，想要我告诉你吗？"李彪连连点头，说："喝，我喝，威哥，就算您什么都不说，你让我喝我一定照喝！"

张沧文此时已喝了六七两酒，感觉有些头晕，只得强行控制保持清醒，脸上还不时露出笑容。他不清楚李彪的酒量，不过看他说话开始摇头晃脑的样子，估计也是到了强弩之末。他举着杯子站起来，刚想说陪着李彪喝，圆桌那边李彪已经喝完，他顺势对着伍廷威举杯，说："我酒量有限，伍镇长喝酒靠的是实力，我靠的是毅力，趁着现在还没倒，再敬你一杯，要是一会出丑了，千万别见怪！"伍廷威露出略显机械的笑容，端起杯子，说："好说，好说，你也是爽快之人，酒量不说，酒风是一流的，来，干！"两个人隔着桌子虚碰了一下，迅疾把酒喝了。

李彪起身帮他们夹了些凉菜，问："用不用炒多个菜来送酒？"伍廷威说："菜就不用了，酒管够就行，不要一直藏床底下，你这次能够脱困，多亏遇上贵人！"张沧文听到这话，心想：难不成是伍廷威帮忙解决了资金问题？人不可貌相，说不定他就是李彪的贵人！刚想到这，只听李彪说："你就是我的贵人！酒一定管够！"

伍廷威又指了指李彪的杯子，说："把酒喝光再说！"张沧文摇摇晃晃地站起来，说："这杯酒我陪喝！"李彪端起酒杯，二话不说就把酒喝了，张沧文也跟着喝完，伍廷威鼓了鼓掌，说："好样的，没想到张律师站都站不稳，还能陪着喝酒，的确有个性！我告诉你吧，李彪，你的贵人不是我，也不是张律师，你的贵人是你女儿，还有，还有……"说到这里，他已经有点吐字不清。张沧文脑袋轻轻地晃动着，问："还有，还有谁？"伍廷威指着李彪，说："他，他知道！"李彪反问他："你是说章之程吗？"伍廷威听了，不置可否。

张沧文一听"章之程"的名字，觉得很是耳熟，就是想不起在哪听过，不禁有些烦躁，心想：难道我真的是喝晕了头？这时，伍廷威又忍不住说话了："这个你应该很清楚的，就算你想不到，李若寒也会告诉你呀，不过，你是只知其一，不知其二！"李彪说："女儿什么都没说，我也什么都没问，我知道这事够难为她的了，再问的话怕得惹得她生气。"

张沧文预感到他们会谈些比较隐私的话题，自己横在中间，走也不是，不走呢可能会妨碍别人，再说他也想继续听听，心想那就索性喝多点装醉吧。他拿起酒瓶摇了摇，给自己加满了，说："这酒好像越喝越多了，这样，我快喝到极限了，喝完这一杯，我就先歇了，可以吗？"可能是喝多了的原因，伍廷威的眼睛有些发红，他摇头晃脑地说："不行，不行，大家一醉方休！"李彪赶紧打圆场，说："我也喝多了，要不然咱们干最后一杯，然后喝茶去？"伍廷威摆了摆手，提高嗓门说："我是老大还是你是老大？不行，我说不行就不行！谁要先歇着也行，自己整三杯吧！"

张沧文闻言，好胜之心油然而生，把杯里的酒喝光，又连接倒了两杯，眉头皱都没皱一下，就接连喝了。伍廷威愣了一下，刚脱口叫了声"好"，只见张沧文跌跌撞撞地朝洗手间走去，刚进了洗手间，只听到"啪"的一声，门被用力地合上。李彪和伍廷威面面相觑，李彪说："看来是要呕吐了！"话音刚落，洗手间就传来"呃呃呃"的呕吐声。李彪感觉自己也想呕吐，赶紧按了按肚子，总算强行忍住了。伍廷威说："没想到他还真喝了，比我还爽快，我去扶扶他。"

伍廷威走到洗手间门口，听到马桶的冲水声，然后门被打开，张沧文走了出来，伍廷威问："没事吧？"张沧文强作欢笑，说："没事。"伍廷威闻到张沧文身上散发出来的腥臭味，捏着鼻子说："都不知吐成什么样子，还说没事，来，我扶你！"张沧文感到头发晕，四肢乏力，于是没再拒绝，任由伍廷威搀扶着，慢慢往前挪步。伍廷威脚下也有些不稳，问道："要不要去房间躺一会？"张沧文说："浑身发臭，不去房间了，扶我到沙发上躺一会吧！"

伍廷威把张沧文扶到沙发上，自己已是气喘吁吁，回到饭桌上，见李彪趴在桌子上，赶紧把他摇醒，说："继续喝！我都还没醉，你是主人，怎么能倒？"李彪揉了揉眼睛，说："没倒呢，两瓶都喝完了，还喝吗？我去拿酒！"

不一会，李彪抱了一小坛酒出来，说："这是我自己浸泡的海马酒，用的是上等的米酒和上等的海马，咱们试试吧！"伍廷威说："我现在住海边，这酒我见人泡过，是好玩意！"说完，他开始倒酒，只见酒色有些泛黄，料想是泡了海马的缘故。他瞧了一眼躺在沙发上的张沧文，见他微闭着眼，摇了摇头，说："看来张律师只能闻闻酒香了！"

两个人又喝了几杯，伍廷威用手指头不断敲打桌面，说："老李，你知道吗，你救命的钱可是我经手的，今后有好酒喝可别忘了我哈！"李彪满脸赔笑，因为喝酒，笑容有点僵硬，说："我是听我闺女说过你帮过忙，可说实在话，具体过程我就不清楚了，兄弟对你一向都是感恩戴德的。"伍廷威哈哈大笑，说："够朋友！这么说吧，有人让我去找某某人弄笔钱，然后交给你女儿，你说，该怎么谢我？我还告诉你，当初给你女儿牵线的，也是我，要不是我，你女儿哪傍得上章之程？"

女儿的事是李彪心头挥之不去的痛，此时听伍廷威提起，怒气冲天，手掌往桌子上一拍，大声说道："你以为我稀罕这个？我只想女儿过得好，而不是靠她去博取荣华富贵，那些都是过眼云烟！"张沧文正闭目养神，他们的谈话听得一清二楚，忽然听到"啪"的一声，被吓了一跳，不过仍旧闭上眼装睡。

伍廷威指着李彪，手指头颤抖得厉害，说："你给我喝酒！别说得这么冠冕堂皇哈，看看你，还什么过眼云烟，要没有你女儿，还有她的靠山，你现在还不知道在哪个监狱里蹲着呢！"他停下来想了想，又说，"不过你说得也有些道理，人嘛，就那么几十年光景，不必计较太多。"李彪仰头喝了一杯，说："我有什么讲得不对的，你就当我是喝酒喝多了！"伍廷威转了转脑袋，说："你说这话我不爱听，喝多酒就会讲错话？我就是喝了酒才不会讲错话，很多话平常都不讲的，唯有几杯下肚，真话才会随口而出；平常说假话太累了，唯有喝了酒讲了真话，才有一种洒脱的感觉。兄弟，千万别当我傻，我可不是个糊涂的人，别以为我不知道自己口无遮拦，那是我的乐趣，我就喜欢那种感觉，喜欢无话不说，人生在世，有多少次一吐为快的机会？哈哈哈！"李彪竖起大拇指，说："爽快，廷威兄真是爽快之人！说得是句句在理，我也是无话不说、言无不尽的人，今天我是喝多了，可我还得提醒一句：祸从口出！我是有过体验的，人生的失败，很多时候是因为不懂得保持沉默，再说了，您可是当官的，跟我这平头老百姓还不一样！"伍廷威又举了杯，和李彪一饮而干，说："什么……什么当官的，就，就那回事，我就是混口饭吃，种地的时候也是混口饭吃，唉，人生苦短，不想不知道，一想已经五十几，大半身已经入土，所以，别想太多，别想太多……来，加酒！"

张沧文听到这里，心想：看来这人都有隐私的一面，平常是轻易发现不到的，这两个人看起来大大咧咧的，没想到对人生也是很多感慨呀！想到这里，忽然产生了起身聊天的冲动，只是头还晕得厉害，加之想听听他们的谈话，还是控制住了。

只听伍廷威带着醉意问："李彪，我们认识多久了？"李彪略带迷糊地说："两年左右吧，怎么了？"伍廷威说："是的，我们是通过小孩认识的，你知道我为什么要接近你吗？"李彪说："不是碰到了就一起吃吃饭，喝喝酒吗？难道还有什么目的？"伍廷威说："哈哈哈，这你就不知道了，我告诉你吧，我还真是怀有不可告人的目的，想知道吗？"李彪说："事情都过去了，你爱说就说，不说也算。"伍廷威说："我是奔着你女儿去的！"李彪干笑了几声，说："我还以为是什么不可告人的，你奔着我女儿去，你也没得到什么呀！"伍廷威说："你没明白，我是替我老板去猎艳的，老板没看上我女儿，但看上你女儿，我只好伺机接近你，寻找机会。"

李彪帮他把酒满上，说："这些都是缘分，若寒她怎么选择是她的权利，她认为值得就行，做父亲的也管不了那么多。"伍廷威自个把酒喝了，悠然自得地说："你还是没听明白，为了达到目的，我给你设了多少陷阱，可能你一直认为我在帮你，可我跟你说实话，我帮你是为了让你越陷越深，到你无法自拔的时候，李若寒就没有太多的选择了，哈哈！"李彪听到这里，脸色大变，原本就通红的脸涨得更红了，指着伍廷威吼道："原来……你，你！"伍廷威大声问："我怎么了？"李彪原本已经站了起来，这时又重重地坐下，说："你告诉我这些干啥？其实，我走到今天，跟你下不下套没什么关系，我是嗜赌如命，不管当时你是何种用意，我都是感激你的，到现在也是！"

张沧文听到这里，心头一震，眼皮猛地跳动了几下，心想：没想到他们还有这么多的恩怨情仇，这人也真是的，表面看很单纯，实际上却是互相算计，还好，李彪并不记仇，伍廷威口中的老板应该就是章之程吧，这人为了抱得美人归，还真是不择手段，不计成本，看来是个大人物，名字听起来很熟，可惜还是想不起是谁，下来可得好好留意这人！他怕打断他们的谈话，还是一动不动地躺在那里。

李彪背对着张沧文，丝毫没注意到他的轻微变化，他和伍廷威面对面，转眼间又碰了两杯，趁着伍廷威还没醉倒，问："我女儿现在跟章之程怎么样？"伍廷威半闭着眼，吞吞吐吐地说："好得很，如胶似漆，我现在都得管你女儿叫老板娘……你女儿不只人长得漂亮，身材也好，胸挺臀翘的，真是让人着迷！"说到这里，他往桌子上一趴，竟然昏睡过去。李彪听他调侃女儿，本想回应几句，见他趴倒，叫了几声都没反应，怕他一会摔倒，赶紧连拉带拖地把他弄进卧室，抱到床上。伍廷威转了个身，打起了呼噜，睡死过去。

李彪回到客厅，泡了杯热茶，借以解酒，见张沧文头往里侧着，不想惊动他，轻轻地走到饭桌处，把饭桌上的碗筷瓢盆收进厨房，洗刷干净后拿了一条湿毛巾，把饭桌擦得干干净净，连一颗饭粒都不留，把毛巾丢回厨房，再到客厅的时候，发现张沧文转过身来，睁开了眼睛，忙问："张律师，你怎么醒了？我吵到你了吗？"张沧文坐了起来，摇摇头说："你没吵到我，是我口渴了，想喝点水。"

李彪赶紧帮他也泡了杯茶，说："喝杯热茶，解解酒！"张沧文端着茶去洗手间漱了漱口，回到沙发上，假装问道："伍镇长呢？"李彪指了指卧室的门，说："喝多了，我把他弄进屋，睡死了。"张沧文尴尬地笑了笑，说："真是不好意思，糟蹋了你的好酒，还有好菜！"李彪憨笑了一声，说："我可不这么看，你和老伍都是爽快人，能让你们喝好了，就是我的荣耀！"张沧文对他竖起大拇指，说："还是你厉害，我们两人都倒了，你还若无其事。"李彪往沙发上一靠，说："其实我也快顶不住了，好在我了解这酒的特性，每次干杯之后，我都赶紧多喝几口汤，这才勉强撑到最后！"

张沧文此时已完全酒醒，之前李彪和伍廷威的对话，他是听得清清楚楚，对李若寒背后的故事产生了浓厚的兴趣，心想不如趁这机会多了解些情况，便说："上回你说李若寒还有个孪生姐妹，她们自己知不知道？"李彪摇了摇头，又坐直了身子，说："对了，上回在牢里没时间跟你讲讲我的故事，不知道你还有没有兴趣听？"

张沧文本来还担心他不肯谈论这些话题，没想到他反应如此积极，赶紧说："愿意听，只是怕你提起往事伤感。"李彪说："伤不伤感的，就是那回事了，时间是最好的镇痛剂，我现在都没那么在乎了！张律师当我是朋友，我还想一吐为快呢！"喝了一口茶，接着说，"两姐妹中若寒是姐姐，妹妹本来叫若芝，那叫真可爱呀，邻居跟朋友们都赞不绝口。那时候我在一家公司当财务总监，董玉，就是我前妻，在办一个玩具加工厂，生活虽然不富裕，但也过得充实、滋润；好景不长，小孩不到两岁时，董玉开始跟我争吵，有时是因为鸡毛蒜皮的事，有时候是因为加工厂经营的事，有时候吵得厉害，把孩子都吓哭了！俗话说和气生财，夫妻一吵，她经营的加工厂一落千丈，开始出现亏损，为了支撑下去，她开始跟我要房产证去抵押贷款，我见她情绪不对，就以保障孩子的理由拒绝，并劝她太难经营的话就先关闭了，没想到这下更惹恼了她，大骂我是窝囊废，质问我说两个人的房子，为什么她一点都不能做主？还跟我发了最后通牒：不听她的就离婚……"

李彪原来喝的是茶，说到这里的时候，忍不住又去倒了一杯酒；张沧文估计他是心情烦闷，也没去劝阻。李彪喝了一小口酒，又说："我当年也是年轻气盛，忍受不住她一而再再而三地说要离婚，有一次终于爆发了，在她说不让贷款就离婚的时候，我冷笑了几声，说：那就离吧！她愣了一会，说：这可是你说的哟！当天晚上，她就把离婚协议拟好了，还特地把房产分给了我，小孩呢就一人一个，我想可能大家都在气头上，过阵子就该复婚了，便问：闹真的还是假的？她说：真也好，假也好，大家先签好，去把手续办了，分开冷静冷静！就这样，我们就把婚离了。"张沧文听到这里，忍不住问："就这样真的离啦？你们也没有真到感情破裂的程度吧？"

李彪又喝了一口酒，说："我当时以为她也就是意气用事，大家冷静一阵子，回头再办个复婚手续，这样对大家都有好处，说不定还更珍惜这段婚姻，于是我还留了个心眼，把户口本留在自己手上，以便随时去办手续，谁知道过了不到一个月，她找我问户口本，说是要去办理什么保险金，我也没多想，就把户口本给了她，过了几天，因为小孩的事我要用到户口本，又问她拿了回来，令人意想不到的是，户口本的婚姻登记事项已由'离异'改成了'再婚'……"张沧文大吃一惊，问道："你的意思是说她一个多月又重新登记结婚？"李彪说："是啊，我

150

做梦都不敢相信这是真的，于是我直接找到她，问：'你那是在开玩笑吧？'她冷漠地说：'谁跟你开玩笑了？我跟汤凯结的婚。'没等我开口问，她已经先告诉我了，汤凯是我隔壁班的，跟董玉倒是同班过，我向他们班的另外一个男同学打探，才知道他们班在两个多月前聚会过。我恍然大悟，原来董玉就是因为移情别恋，才对我百般刁难的，更让人难以解恨的是，自己还一厢情愿地等着复婚，对方却已经另有新欢，这像是被人狠狠地在背上捅了一刀……"

张沧文目瞪口呆，说："不会吧，刚离了就结，这也太急了吧？好歹也有个缓冲期呀，这对你也太不尊重了，像是早有预谋一样。"李彪又喝了一口酒，说："是啊，这伤的不仅是我的心，还伤了我的自尊，设想一下，被她这么一折腾，我在原来的圈子还怎么混？人家只会说，我被抛弃了，我被戏弄了！"张沧文说："不是我添油加醋，换成是我，我也忍受不了！我以前有过类似的经历，你的心境我能够理解，一定很想找那个男人报复吧？"

李彪重重地叹了口气，说："的确如此！当时，我认定汤敏成跟我有夺妻之仇，马上找人对他进行调查了解，原来这个人也是离过婚的，还带了个小孩，有一次我在路上把他堵住了，想把他暴打一顿，刚扇了一记耳光，他把我的手架开了，说他跟我无冤无仇，要怪的话就去怪那女人！我想了想，他说得也有道理，便把他放走了，从此没去为难他。"张沧文听得入神，这时也忍不住插嘴说："话虽这么说，料那男人也是纠缠不休的，在这么短的时间内闪电结婚，谁能相信之前没有卿卿我我？"李彪说："是的，董玉还没跟我离婚时，估计已经和他勾搭上了，可我要是跟他纠缠这些，只会显得懦弱。唉，人生无奈之事本就不少，也不在乎多一件了！"说完这话，李彪还是忍不住连连叹气。

张沧文看李彪有些懊丧地低下了头，迟疑了一下，问："你就是因为那样才迷上赌博的吧？"李彪抬了抬头，眼睛里布满血丝，可能是喝了酒的缘故，看上去一片浑浊，他似乎不太情愿地点点头，说："是的，这正是我失败的地方，虽然表面上装得毫不在乎，可我内心是放不下的，作为一个男人，这种打击太致命了，我一开始是喝酒，可还是控制不了，后来开始迷上赌博，说实话，赌博还真是一剂止痛药，当你全身心投入赌局的时候，什么事都忘得干干净净，什么痛苦都抛之脑后，只可惜，痛快是痛快，就是输得越来越惨；输得越惨，就越想赌，结果输得更惨，陷入了恶性循环，最后就变得人不像人，鬼不像鬼了……"张沧文见他被情所伤，以致于走上歧途，想起自己的经历，不禁有种同病相怜的感觉，上前拍了拍他的肩膀，安慰他说："现在不是变好了吗？女儿长大了，你以后的好日子还长着呢！"

李彪苦笑了一声，说："我都五十多岁了，还有多少时光？现在能想的，也就是希望若寒过得好些，什么时候能跟她妹妹团聚。"张沧文问："这么多年你没见过董芝吗？"李彪摇了摇头，说："一开始挺想念她的，但像我这种情形，不可能去她家，到后来，连她们住哪里都不知道了，再说，也没脸面去见人了！"张沧文又问："想让她们姐妹重聚吗？"

李彪听了，喜出望外，问："你能帮这个忙？那真是太好了，若寒的生日快到了，我一直想送个生日礼物给她，如果能让她见到妹妹，那她一定高兴坏了！"说着说着，脸上露出了童真的笑容。张沧文看在眼里，不禁产生了一种恨不能拔刀相助的冲动，于是大声说："放心吧，这事我会放在心上的！"

第十二章　如梦如幻

张沧文离开李彪家的时候，伍廷威还在呼呼大睡，李彪也差不多进入了昏睡状态。次日，张沧文直奔云港市理工学院。他想找到董芝，然后通过她找到董玉。

张沧文凭着记忆，很快就找到董芝的宿舍，幸运的是，董芝一个人待在宿舍，正坐在床沿看书，他直接走到她面前，她抬起头，看着他，眼睛充满着疑惑，但没有一丝惊慌。张沧文反而变得紧张，原本能言善辩的，这会显得有些木讷，好在反应还够快，问道："董玉是你妈吧？"

董芝听他提起母亲的名字，顿时觉得亲切，问道："是啊，你认识她？"张沧文说："嗯，算是老朋友吧，你什么时候回家？我跟你去看看她。"董芝没多想，说："你知道她生病了？我明天没课，现在就可以回家了！"

此时是下午五点多钟，太阳光还有些耀眼，张沧文的车停在校门口，董芝撑了把太阳伞，举高了想把张沧文也进来，张沧文加快了脚步避开了，说："我不晒。"说完，感觉心跳不断加速，几近窒息。上了车，张沧文控制着尽量不跟她说话，尽量不正面去看她，怕的是禁不住美貌的诱惑而想入非非。

到了董玉家，董芝把张沧文直接带到卧室，对董玉说："妈，你朋友来看你了！"董玉原本躺着，闻言撑着床板坐了起来，看到张沧文，觉得面生，正想询问，张沧文赶紧说："我叫张沧文，李彪的朋友，是他让我来看你的。"董玉一听"李彪"的名字，愣了一下，说："哦，请坐，请坐！芝芝，帮叔叔倒杯茶！"董芝应声而去，不一会就端了一杯热茶进来。董玉又说："芝芝，你到外面看一会电视，我跟张叔叔谈点事。"董芝点了点头，怕母亲心情不好怠慢了客人，便笑着对张沧文说:"我妈病了很久,一会如果困了疲了,您就先到外面坐坐!"张沧文说:"好的!"

董芝转身出去,董玉问:"我那女儿还好吧?"张沧文知道她问的是李若寒,说:"挺好的,我最近还见过她。"董玉一听,泪水一下涌了出来,随即从床边拿了纸巾擦干,然后强挤了一丝笑容,说:"这么多年来,我最牵挂的是她,最放不下心的也是她!"

张沧文趁着她擦眼泪的时候端详了一下,五十多岁的样子,岁月虽在脸上刻下了难以磨灭的痕迹,但掩盖不了她靓丽的容貌,张沧文心想:怪不得李若寒姐妹美若天仙,原来是得益于有这么一位妈妈,也难怪李彪在她离开之后,一直念念不忘!张沧文想到入了神,董玉干咳了两声,他才缓过神来,说:"李若寒还不知道她有个姐妹呢!董芝知道吗?"董玉说:"她也不知道。"

张沧文听到外面传来了电视的声音,压低了嗓门,说:"我就长话短说了,李若寒的生日快到了,李彪想让她们姐妹相认,不好意思直接找你,便让我做个中间人,不知道你意下如何?"董玉眼眶又湿润了,说:"我这么多年来最大的愿望就是这个了,谢谢你这个中间人,你是我的恩人!"说完起身坐到床沿,面对着他。

张沧文见她身手甚是敏捷,觉得很奇怪,问:"嫂子,你怎么起来了,你不是还生着病吗?"董玉稍微活动了一会筋骨,说:"我是病了,病得还不算轻,在床上都躺了好几个月了;今个儿见着你,我病好了许多,说不定,你还真能治好我的病。你刚才叫我'嫂子'?"张沧文说:"是的,李彪常叫我老弟,我这不叫你声嫂子?"董玉脸上露出了微笑,说:"听起来真是亲切,好久没听到这叫法了!"

张沧文心想:你先生不会连个称兄道弟的人都没有吧?正想说些什么,董玉接着说:"我的前夫是李彪,这事看来你是再清楚不过了,现在的丈夫叫汤凯,我刚才为啥说好久没听到别人叫嫂子呢,说来好笑,汤凯还真是没什么兄弟朋友。"张沧文点了点头,不知说什么好。董玉似乎找到了倾诉的对象,接着又说,"想必李彪跟你讲过我们的事,当年我为什么那么坚决地离开他,其实到现在他可能是只知其一不知其二。我和汤凯是中学的同学,在学校的时候,我们就偷偷谈起恋爱了,毕业后他出了国,我们失去了联系,直到十八年前的同学会,我们才又见了面,那时候他已经离了婚,我们的爱情死灰复燃,我没能抵挡住诱惑,没能忘却年少时那纯真、青涩的感情,我毅然离开了李彪,和汤凯走到了一起……"

张沧文虽然有强烈的好奇心,但也不想知道别人太多的隐私,便说:"嫂子,这些事不急着说，你身子还没康复……"没等他说完，董玉用手势阻止了他，说，"你既然叫我声嫂子，你就听我说完，我没什么病，就是忧郁造成卧床的，刚才说病能好，那也是你的功劳，你能听我唠叨完，估计我的病就好得七七八八了！"

张沧文默不作声，董玉接着说："其实我不是水性杨花的人，汤凯是我年轻时的一切，离开李彪，是为了去圆我多年的梦想，可我没想到的是，和汤凯相处一两年后，我发现汤凯已经不是年少时的汤凯，已经不是我认识的那个汤凯，他不仅自私、孤僻，还慢慢地变得蛮横、粗暴，变成那种不择手段、唯利是图的人……"说到这里，董玉显得很激动，喘气变得粗重起来，歇了好一会，接着说，"原来是怀着梦想，希望再续情缘，圆我少女情怀，没想到仿佛跌进了冰窖，梦想变成了怎么摆脱困境。我寄希望于汤凯能够改变，可是那么多年过去，无数次地争吵，无数次地决裂，无数次地和好，仍然无法改变一个人，我终于相信了'江山易改本性难移'这句话，后来我是放弃了，想着能过就过，不能过就离，可没想到的是，他一边在外面花天酒地、寻花问柳，一边却以我女儿相要挟，不准我离开他……"

张沧文听李彪提到董玉弃他而去的时候，心里想到的是一个潇洒、快乐的女人形象，没想到见到真人，才知道是这么悲催的下场，听到她说汤凯以她女儿相要挟时，不禁义愤填膺，见她停顿下来，便问："他怎么要挟你？"董玉迟疑了一会，说："他说如果我离开他的话，他就对董芝下手，意思就是非礼，让我们母女抬不起头做人，要是我跟他好好过，他就会善待我和女儿，让我们有个温馨的家庭。"张沧文听到这里，不禁骂道："人渣来的！这种话都说得出口，简直是猪狗不如！"

董玉对他投去赞赏的目光，继续说："这几年来，我一直担惊受怕，希望女儿快点长大，前年她去上大学，我一心盼着她交个男朋友，可她一直没有，这越到解脱的时候，我就越加焦虑，这不，最后就躺下了，不是什么病，是忧心，是压抑……对了，你今年几岁了？交女朋友没有？我看你人挺诚实的，要不，把芝芝介绍给你吧！"张沧文微微一笑，说："我三十几了，跟她不合适。"董玉一本正经地说："你看起来还不到三十，没事的，般配！"张沧文只好笑着说："我是没机会了，我已经有女朋友了。"

董玉显得很失望，说："哦，那真是太可惜了，我这个闺女挺好的，懂事又乖巧，你也再考虑考虑，世事难料，不必吊死在一棵树上！对了，若寒怎么样，找男朋友了吧？"张沧文想起了李若寒和章之程，一下子想不出怎么形容这种关系，便说："我不太清楚，女孩子大多比较含蓄，不会说太多。"董玉点点头，说：

"那也是，跟董芝相比，她是高的矮的，胖的瘦的？"张沧文说："你这两个女儿可真是神奇，这么多年不在一起，长得那是一模一样，连身高胖瘦都难分上下！反正我见到她们，如果不说话，我分辨不出。"想起俩姐妹那天使面孔和魔鬼身材，他的心跳便急剧加快，又想起了一件事，问道："你认识余灵吗？"董玉摇了摇头，说："不认识，男的还是女的？"张沧文说："女的，你女儿跟她有几分神似，所以我顺便问问，等以后我再问一下李彪！"

董玉听到了女儿李若寒的消息，脸上一直挂着幸福的笑容，说："那我就放心了，我魂牵梦绕的，就是这个不在身边的女儿了！对了，介意我过问一下你的职业吗？"张沧文说："我是律师。"董玉说："哦，怪不得精明干练，一脸正气。"刚说到这里，外面响起了门铃声，张沧文说："是汤凯回来了吧？那我就先告辞了！"董玉摇摇头说："他出门去了，这两天不会回来，应该是我儿子汤敏成，他跟前妻生的，你去外面坐会吧，他是法官，跟你算是同行。"张沧文说："不是同行，算是共同体，你休息一下，我到外面坐会。"

张沧文走到客厅，董芝已经开了门，进来的果然是汤敏成，董芝见张沧文站在旁边，赶紧跟她哥哥介绍："他叫张沧文，是妈妈的朋友，来看妈妈的。"汤敏成"哦"了一声，招呼他在沙发坐下，说："我妈最近身体状况很差，正在房间休息呢！"张沧文说："我刚才已经见过了，她说今天好了些，听她说你是法官，幸会！我是律师，大家算是职业共同体吧。"董芝听了，对他投去敬佩的眼光，汤敏成听了，用戒备的眼神打量了一下他，说："我是很尊重律师的专业水准，可我不太认同有些律师的道德水准。"张沧文说："我对法官也是这种观感。"

董芝帮他俩沏了茶，对张沧文说："我哥现在还没复职呢，他被人陷害了，陷害他的人里面就有律师！"汤敏成连忙制止她，说："妹子，在外人面前不要说这些事，再说，这都是些不确定的事。"董芝笑着说："哥，没事的，他是妈的朋友，我敢确定，张律师是个有正义感的人。"张沧文没在意她的赞赏，对她所说的"陷害"倒是颇感兴趣，于是问道："当法官也会被人陷害？怎么个陷害法，能否讲来听听？"

汤敏成不知道张沧文在问谁，没有出声，董芝对着他说："哥，你好久没请我们吃饭了，张律师来看咱妈，现在已到吃饭时间，不如你请吧！"汤敏成不好推脱，便说："行，我叫上妈一起去！"说完走进房间，毕恭毕敬地说："妈，一起出去吃饭吧！"董玉正躺着想事，怕思路被打断，便说："我有点累，想多躺会，你们去吧，回来时帮我带点东西吃就好。张律师是我朋友，别怠慢了人家，他是个好人，有啥事放开说哈！"汤敏成虽然不是董玉所生，但自小跟着她长大，心里早把她当亲妈看待，对她也极为孝顺，当下说道："好吧，那我就帮你打份你爱吃的。"

回到客厅，汤敏成很客气地问张沧文想吃什么，张沧文此时没什么食欲，只是希望多跟他们聊聊，便说："找间幽静点的茶餐厅吧，咱们边聊天边填饱肚子。"董芝说："那就到小区对面的溪西小茶馆吧，环境优美，有饭吃，有茶喝。"

三个人走进溪西小茶馆，张沧文一看那装修格调，赫然便是"汤记茶馆"翻版，想起惨遭横祸的汤华（汤华的事迹详见《南漂律师》），不禁黯然神伤，董芝轻声问："怎么了，张律师？身体不舒服吗？"张沧文摇摇头，说："没什么……"

为了方便谈事，汤敏成特地要了一间包房，待他们坐定后，对张沧文说："丑事本来不想外扬的，我妈既然说可以相信你，你就值得相信。我的事其实不算复杂，手头上有个案件，被告的律师找到我父亲，给了他十万元，让他来说情，后来官司输了，就把这事捅了出来。"董芝看了他一眼，不满地说："哥，你说得太简单了！"然后转头对张沧文说："其实我哥并不知道我爸收了钱，我爸也没跟我哥提起案子的事，直到东窗事发，我们才了解整个过程！"

张沧文听了，大致明白是怎么回事，问道："你爸怎么解释这事？"董芝说："事发后我哥去找他，问他到底怎么回事，他轻描淡写地说，那段时间手头紧，刚好有人送钱，他就先收着花了，本来想问问那案子的，因为看不惯那人自以为是的气焰，便也懒得问了。"张沧文听了，心想：这人可真是奇葩！俗话说，收人钱财替人消灾，他倒好，连说都懒得说！当下也不知说什么好，便笑了笑。

汤敏成摇了摇头，苦笑了一声，说："我对他说，爸，你可把儿子给坑了！没想到他还挺轻松的，说：儿子，你放心，这事我会说清楚的，有什么过错我扛着，我知道你是个好法官，我不会让他们耽误你的前程的。他这话说得大义凛然，倒是让我感动了一番！"张沧文问："那有没人找他去调查？他讲清楚了没有？"汤敏成说："调查过了，只不过两父子之间的事，别人也不会轻易相信的，说不定认为他是在包庇我呢！"董芝说："是啊，张律师，你有经验，找你也是要你给参谋参谋，这事该如何摆脱嫌疑。"

张沧文想找严立颖帮忙，毕竟是纪检系统的事，不过转念一想：自己都不了解真相，如何去说服别人？解铃还须系铃人，这事看来还得落在他父亲头上解决！想通这一层，他问汤敏成："知不知道人家是给了现金，还是转账？"汤敏成说："是转账，这有什么区别吗？"张沧文说："转账意味着有转机呀！亏你还是法官，你不会先查查这笔钱的下落？说不定会找到一些对你有利的线索。"汤敏成一拍大腿，说："是哦！我怎么没想到这个？起码可以证明我没沾过那笔钱吧？"

汤敏成很快就查到，父亲把那笔钱转给一个叫庄丽丽的女人，心里一块石头落了地，心想自己不认识这女人，总能脱得了干系，不过有一疑问又涌进脑海：这女人是谁？父亲怎么会打钱给她？他决定查个水落石出。

通过开立银行账户时所留的资料，汤敏成获悉了她的电话和地址，本想直接上门，又觉得不够礼貌，于是先拨打她的电话预约。电话接通，对方不冷不热地问："谁啊？"汤敏成说："我是汤敏成，想和你见下面。"对方说："我不认识你。"旋即挂掉了电话。

汤敏成又拨了一次，对方接都没接就挂断了。汤敏成哭笑不得，想到若是不报父亲的名号，她是不会待见自己，可若是她和父亲有什么纠葛的话，报上他的名号也没什么用。他决定直接上门，即使见不到人，也好确定地址对不对。

汤敏成叫了部车，很快就找到庄丽丽的住处，令他意想不到的是，她住在别墅区，一栋独立的四层洋楼。按响了门铃，汤敏成这下学乖了，先自报家门，说："我是汤凯的儿子，汤敏成。"门铃里传出一个娇媚的声音，说："你稍等哈，我马上下楼。"

也不知道她是在几楼，是否刚起床需要化妆，汤敏成足足等了一个多小时，耐心被耗费殆尽，正想转身走人的时候，门打开了，一个穿着旗袍和高跟鞋的女人迎了出来，对着他笑了笑，说："不好意思，刚才有幅画没画完，停不了手，让你久等了。"汤敏成抬头一看，只见她盘着头发，细致工整，标准的瓜子脸，一对水汪汪的眼睛像是会说话，本来烦躁不安的情绪，转眼消失无踪，笑着说："没想到你还是个画家，我还以为来得太早，打扰你了！"庄丽丽说："都快到中午了，还说早，午饭你就在这里吃吧。"边说边把他引进了别墅。

一楼是会客厅，墙上挂了形形色色的肖像画，汤敏成认出其中一些是成名的画作，一些显得稚嫩，且以中老年的男人画像为主，估计是庄丽丽所作。庄丽丽见他在观赏画像，笑着说："很多幅是我画的，见笑了，要不要我帮你画一幅呀？"汤敏成对她竖起大拇指，说："厉害，厉害！我最害怕的就是画画，小时候美术课，老师让画画，我都是把纸沾过油，贴在画册上照描的，所以我对画家特别崇拜！"庄丽丽呵呵大笑，说："太有意思了！我小时候也是跟你一样，不会画画，每次有作业的时候都是贴张纸照描，后来被一位美术老师发现，他说我描得很好，但我可以画得更好，于是他开始手把手地教我，我算是有天赋，进步神速。走，上二楼看看我的创作室！"

汤敏成忽然想起自己是来干什么的，忙说："我找你有事，能不能先谈谈？"庄丽丽走上前，柔声说："急什么？走吧，跟我上楼去！"汤敏成浑身像触电似的，不由自主地站起身，跟着她上了楼。

二楼没设房间，整一层布置成创作室，格调与一楼明显不同，墙上一样挂满了画像，但画的都是花花草草，色调以白色、绿色为主，间有些许红色。庄丽丽的画板放在中间，置身其间，仿佛回到了大自然，被花草树木所环抱。

庄丽丽的画板放在画室中间，她指着画板上的肖像问汤敏成："我画得怎么样？"汤敏成一看，吓了一跳，那上面画的居然是他父亲！已经完成了七八成，画得栩栩如生，俨然父亲就站在他面前。

"画得太好了！"他忍不住竖起了大拇指。

庄丽丽听了很是高兴，柔声问道："要不要我帮你画一幅？"汤敏成说："不敢，不敢！我可付不起费用！"

庄丽丽呵呵大笑，说："我都没说要收费，你就说付不起，万一我不收费呢？"汤敏成说："其实，我是想说，我享受不起这待遇！"

庄丽丽走到墙边，不知从哪个抽屉拿出一块石头，说："你看这石头值多少钱？"汤敏成接过手，感觉沉甸甸的，料想这石头的密度很高，边问："这是宝石吗？"

庄丽丽说："这是我一个朋友送的，说是宝石，我还没切开它，不知道是不是宝石。"汤敏成说："你朋友送的，他说是宝石，那肯定就是宝石了，说不定价值连城呢！"

庄丽丽说："你说得没错，我那朋友是个珠宝商，对宝石很有研究，但是，不管这块石头是不是宝石，对没兴趣对人来说，它就是一块石头，就像你，我如果说把它送给你，你未必会要。"汤敏成点点头，说："是的，因为我对石头没什么研究，对宝石也没什么兴趣。"

庄丽丽微微一笑，说："你是个实在人！我画画就是如此，对喜欢的人，我的画犹如无价之宝，有人送宝石，有人送别墅，求我作画；而对不喜欢的人，就像你，我就是免费帮你画，你也未必稀罕！"汤敏成以为她在抱怨自己，心里不安，忙说："我不是不稀罕，您别误会，我是……我是觉得自己还没到那层次，找你作画的，非富即贵，我哪敢劳烦您大驾？"忽然想起自己的父亲也是客户之一，不禁有点心凉，心想父亲不知送了多少东西给这女人，但那十万元肯定是打水漂了！在这美丽的女画家面前，十万元可能连半边脸都画不了。

沉默了一会，汤敏成忍不住问："你跟我爸很熟吗？"庄丽丽点点头，说："是的！"汤敏成问："那你知道我今天为什么找你吗？"

庄丽丽笑了笑，说："其实你一来，我就知道所为何事了，是那十万元的事吧？哈哈，你爸给我打了十万元，我问他钱从哪来的，他支支吾吾不肯说，后来经不住我的追问，才说是从别人那里套过来的。我说'你利用你儿子的身份套钱，那不是害了你儿子？'他说顾不了那么多了！"

汤敏成苦笑一声，说："连儿子都不顾，那他的灵魂里只有你了！"他以为这么说会激怒庄丽丽，没想到她不怒反笑，说："哈哈，你说对了，他的心里满满的都是我，要不是这样，我才不会帮他画像呢！你看我像缺十万元的人吗？告诉你吧，钱是他硬要转过来的，我跟他是多年的朋友，我差一点就成了你后妈！"

汤敏成说："那不敢当，那不敢当！"说完自己觉得好笑，是说她不敢当自己后妈呢，还是说父亲当不了她丈夫？庄丽丽也不理解，追问道："什么不敢当？是你不敢当我继子，还是我不敢当你后妈？"汤敏成赶紧说："不是的，不是的，我的意思是我爸配不起你！"

庄丽丽摇摇头，说："此言差矣！这世界上，从来就没有谁配不配得起谁，只是看有无缘分。我和你爸呢属于有缘无分，你不知道，我之前说的教我画画的美术老师，就是你爸！"汤敏成怀疑自己听错了，瞪大眼睛问："我爸是你的美术老师？我怎么不知道？他会画画？"

庄丽丽说："人与人之间，距离是那么近，又是那么远，哪怕是父子，他的事你又知道多少？他才华横溢，你又是否知道？"汤敏成一副似笑非笑的表情，说："是啊，他应当是个很有才华的人，要不，你怎么会和他交往呢？哈哈！"

庄丽丽脸色平静，说："听你的语气，对你父亲很不满，一定是为那十万元的事耿耿于怀吧？走吧，跟我上三楼去，我和你谈谈这事！"汤敏成被她说中心事，当下一言不发，跟她上了三楼。

三楼的楼层很高，估计得有五六米，四周都是玻璃，宽敞又明亮。楼层中间摆着一套实木沙发，足足有十个位置，茶几上放着一套茶具，庄丽丽靠着泡茶的位置坐下，问道："喝茶还是喝咖啡？"汤敏成说："我喝白开水。"

庄丽丽笑了笑，帮他倒了一杯开水，说："要是请你吃饭，你该不会吃素吧？"

汤敏成说："我不是吃素的！"刚说到这里，他的手机响了起来。

电话是张沧文打过来的，问他事情有何进展，汤敏成告诉他正在谈，挂电话前，他心存感激地说了句："谢谢你哈，张律师！"庄丽丽听到这句话，来了兴趣，问道："有律师找你办事？他姓张，叫什么名字呢？"

汤敏成想起那十万元的事，心情郁闷，冷冷地说："我还能办什么事？饭碗就快丢了！"庄丽丽笑着说："饭碗丢不了！要是真丢了，就到我这里打工吧，哈哈！前几天我的一位朋友跟我提起一位姓张的律师，说准备合作开家律师调解院。"汤敏成说："他叫张沧文。"庄丽丽笑了笑，说："真巧！你叫他过来，我有事请教！"

汤敏成虽有些不情愿，不过还是打了电话。张沧文想见识一下汤敏成的对家，便答应过来。

庄丽丽拿出一面小镜子，照了照，说："还好，还见得了人！"转头问汤敏成："脸色难看吗？"汤敏成说："好看！"庄丽丽说："不是奉承我吧？来吧，我们先谈谈你的事！其实，你的事也没什么好谈的，太简单了！"

汤敏成终于盼到她转入正题，听她说很简单，有些着急又有些激动，问："很简单吗？"庄丽丽说："本来不简单，你都找上我了，就变得简单了。再说，你还认得张沧文律师，那就更加简单了！"汤敏成忙问："什么意思？"

庄丽丽不慌不忙地泡了杯茶，悠然自得地喝了两口，说："我把钱转回你爸账户，让你爸把钱原路转回给别人，然后你爸去有关部门把事情讲清楚，必要的话，我可以去替你去作证，你看这样行吗？"汤敏成简直不相信自己的耳朵，他默默地注视着眼前漂亮的女人，那女人也注视着他。

过了好一会，汤敏成问："我爸会同意这么做吗？"庄丽丽淡淡地说："我决定的事，不由得他不同意。"

汤敏成眼睛闪烁着泪光，刹那间感觉前程一片光明，只是一切都来得太过突然，让他一时难以接受，本以为是个水性杨花的贪财女人，一下子升华为美丽的女神，反差不亚于冰火两重天。他选择了什么话都不说，只是感激地凝望着她。

庄丽丽反而显得有些慌乱，说："哎，你别这么看着我，我们还不是很熟！打个电话，看看张律师到了没有？"汤敏成应了一声，拨打了张沧文的电话，对庄丽丽说："他到门口了，我去接他上来吧！"

庄丽丽点点头，汤敏成三步并成两步下了楼，见到张沧文，一五一十把经过说了，张沧文倍感意外，说："真是这样的话，那你不是撞邪，而是撞到仙女了，哈哈！走吧，难得这仙女还提起我，我迫不及待地想见她了！"

俩人没乘电梯，因为走得太快，到了三楼已经气喘吁吁，庄丽丽边招呼他们坐下边说："另外一边有电梯呀，咋不节约点能量！"张沧文说："爬楼梯可以锻炼身体呀！"说完抬头看了她一眼，心跳霎时加快：那是一种让人痴迷又舒爽的美！

庄丽丽盯着他，说："张律师好面熟哦，是不是在哪里见过！"张沧文在脑海里迅速地搜寻了一遍，确认没见过她，笑着说："是吧？可能是我长得大众化，谁看了都觉得面熟，哈哈！"庄丽丽说："不是的呀，真的觉得面熟，应该是见过面的。"张沧文听了这话，心里觉得很舒服，不管见没见过，起码人家真把自己当熟人看待。只听庄丽丽又说："不管有没有见过，有件事我们是碰到一起了，文慧是我多年的朋友，她上回到我这，专门聊了开设律师调解院的事，少不了提到你，我就记住了！"

张沧文正感到口渴，就听到庄丽丽问："你喝咖啡还是喝茶？"张沧文说："喝茶。"庄丽丽笑着说："还好，不是要白开水的。"张沧文见汤敏成的杯里装着白开水，知道是怎么回事，当下笑了笑。

汤敏成把白开水喝完，放下杯子，说："给我也来杯茶，庄小姐，刚才我把事情说给张律师听了，张律师是我的朋友，他说该好好感谢您！"庄丽丽说："别叫我庄小姐，我不喜欢别人这样称呼我，叫我丽丽就行！"说完转头问张沧文："张律师，我说的方案能解决问题吗？以后我们的律师调解院，希望就是用简捷高效的方法解决社会问题。"

张沧文看得出她不算年轻，不好意思去问她年龄，心想以姓名称呼再好不过，便说："丽丽，我认为你的方案可以解决问题，替朋友谢谢你，讲真的，我很佩服你！"说完对她竖起了大拇指。

庄丽丽听了他的夸奖，笑了笑，似乎是有些得意，又似乎是不好意思，说："路遥知马力，日久见人心。今天我和两位正式认识了，希望我们可以成为好朋友！敏成是法律专家，但不是律师，以后有些事还得请教你，我和文律师、张律师他们想开间律师调解院，有些细节要谈，要不你先回？"说完侧过身看着他。汤敏成再三表示感谢，然后起身告辞。

庄丽丽把他送到电梯口，然后回到茶座，张沧文问："文律师怎么会找你谈这事？你又不是当律师的。"庄丽丽笑了笑，说："文律师知道我热衷于社会和法律事务，好多年前，我曾和她提起开设一间社会问题研究院，不局限于法律，心理的、社会生活的，物质方面的、精神方面的，所有的问题我们都可以进行探索、研究，进而找到解决的方法。"张沧文啧啧称奇，说："这是个好构想，只是如何维持，如何实现收益，会是一个难题。"庄丽丽说："是的，我们不追求经济效益，主要是公益性的，文律师考虑到人员和管理的问题，一直犹豫不决，最近提出了律师调解院的构思，主要还是依靠律师的专业，另外，文律师认为实操性强一些，我们可以不拘一格，思路放开阔些，可以摸着石头过河！现有的法院、仲裁院都是非常严谨、权威的，我们追求民间化、平民化，通俗地讲，就是更接地气！"

张沧文环顾了四周，说："你这里环境很好，文律师来过吗？"庄丽丽笑了笑，说："她经常找我喝茶的，她说我这里环境幽雅，空间敞亮，开律师调解院恰到好处，呵呵，张律师觉得怎么样？"张沧文说："你和文律师选定的，肯定错不了！只是这么大的空间，有些浪费了！"庄丽丽说："张律师是实在人，我这里四层楼，面积有五千多平方米，就一开始的业务量来讲，空间是太大了，可是，有些东西，不都是浪费的，你手机的功能用满了吗？你一天就吃那三餐，你的钱吃得完吗？我们最重要的，是把事情办好！"

张沧文第一次听到把浪费解释得如此理所当然，没错，好多人每天都在浪费，但他们有浪费的资本，创造的远比浪费的多，这不是一般人能够理解的，他忽然想起汤敏成的事，问道："那十万元是怎么回事？汤敏成不会有事吧？"庄丽丽说："没事的，他父亲叫汤凯，跟我很熟，是个死爱面子的人，之前让我画了一幅画，硬要付钱，自己手头又紧，居然打上儿子的主意，弄了十万元转给我，差点把人给坑了，真是胡作非为！"张沧文很是纳闷，问道："这事你原来不知道？"

庄丽丽坦然地笑了笑，说："我哪知道？你看我是缺那么点钱的人吗？他还是我的启蒙老师，我哪会跟他讲钱的事，他那是脑袋一根筋，不知道是怎么想的，哈哈！不瞒你说，张律师，咱们公司物业的租金，一天就不低于十万元。"张沧文赶紧撇清："庄总，是你的公司，不是咱们的公司！"说完笑了笑。

庄丽丽说："这事你放心，别说是你的朋友，就算是不认识的人，也要还别人清白的，汤敏成是无辜的，如果要接受惩罚，那也是他父亲。放心吧，我会把这事办好的，咱们做事要讲公平正义，要对得起良心！对了，文律师跟我提起一个人，叫李卫庄的，她说你也认识。"张沧文点点头，说："认识，就是多年没见了，怎么啦？"庄丽丽说："文律师说等律师调解院挂牌了，李卫庄要来咨询，充当我们的第一个客户。"

第十三章　律师调解

　　两个月后，律师调解院正式挂牌，庄丽丽和文慧组织了隆重的剪彩仪式，云港市的好多商会、企业送来了花篮。第二天，李卫庄如期而至，文慧、张沧文、李劲伟三位律师在调解室接待了他。调解室中间摆了一张会议桌，一边坐着三位律师，一边坐着李卫庄，庄丽丽在周边的旁听席上坐着。三位律师中文慧坐在中间，表示她是首席调解员兼主持人，文慧笑着说："这个场景跟我们上次很像，那一次我们分析了强奸案，最后的实际判决跟我们分析得一模一样，看来又印证了那句古话：三个臭皮匠，抵得一个诸葛亮！今天我们三个和李总面对面地来分析、解答他的问题。"说完她转头看着张沧文，示意他接着往下讲，张沧文说："我和文律师对李总是很熟悉的，李律师相对陌生些，李总以前也当过律师，对法律是相当之内行，后来改行做生意，碰到一些问题，愿意过来跟我们一起分享、探讨，也是我们的荣幸！"

　　李卫庄和十多年前相比，足足胖了一倍，如果不是在约好的特定场合，张沧文都未必认得出来，他扶了扶刚配的眼镜，说："文律师我前些年见过，沧文我可是十多年没见了，风采依旧啊，李律师今天第一次见，浑身上下透露着精明干练！倒是我，这些年好吃懒做，居然长了一大圈，发了福，我都快认不出我自己了！不瞒李律师，我以前执业出了问题，被吊证了，后来只能自己做些生意，风里来雨里去，坎坎坷坷的，后来定格在汽车配件贸易上，这些年少有成就，现在在行业内也算是风生水起的。树大招风，在竞争激烈的年代，自然有人挖墙脚，使阴招，而我为了生存发展，难免会和法律发生联系，今天特地来向诸位请教！"李劲伟欣赏他的坦率，笑着说："律师调解院最重视的是平等对话和自愿的原则，我们今天都坐在这里，我们讲得有道理你可以听，不认可我们的随时可以结束，你先把你的问题讲一讲！"

李卫庄扶了扶眼镜，说："我有一位好朋友被抓了，涉嫌走私汽车配件，这人是我的老乡，多年的好友，他叫凌古，在我读书的时候帮过我，在我创业艰难的时候帮过我，我们的父母是世交，他们私下里都当我们是异姓兄弟，听说他出事，我焦急万分，第一时间就赶到他家，规模还挺大的，第二天电视台、报纸都报道了，各种自媒体也都沸沸扬扬，说是偷逃了几千万元税，按照这样的金额，那可是要判十几年的！我跟家属商量了一下，赶紧让我公司的法律顾问林律师去会见他，到现在两个多月了，也没出现好转的迹象，我心急如焚，家属也是如此，我今天把家属也找来了，等会你们也跟她聊聊，了解多些情况，给她出出主意，或许她会好受一些！"张沧文说："好的，家属一会再聊，我想知道凌古出事的细节，比如他是在哪被抓的，当时现场还有什么人？"李卫庄说："凌古原来是和我一起做的，后来自己出去开设公司，做的还是一样的生意，有些外国的品牌和我是有竞争的，我们各自有进货渠道，他出问题的就是进货的渠道，被海关查获到他是通过'水客'走私入境的，缉私局是去他公司抓的人，他和几位员工在公司，都被抓了，后来几位员工放出来了，听说在别的地方还抓了几个替他走货的水客。"文慧问："偷逃的税额是怎么算出来的？有没有查获到走私的物品？"李卫庄答道："听说到公司抓人的时候，没有查获到物品，税额怎么算我不太清楚，不知会不会根据电脑里的数据计算。"李劲伟问道："在抓获水客的时候，有没有查获到走私物品？"李卫庄说："水客走私汽车配件，一般是通过货柜车携带进来的，既然抓了人，应当是人赃俱获的，也就是说，连人带车一起查到的。"张沧文问："那你现在对你兄弟的事情怎么看？你希望的结果是什么？"李卫庄说："触犯法律总是要受到惩罚的，凌古这次估计是要判刑的，我只是希望不要判得太重，毕竟孩子还小，需要爸爸照顾！"李劲伟说："我们没有经办案件，只能多了解情况，看看有没有对他有利的情节，提供一些思路给你，至于能不能达成你的愿望，现在还不好说。你把家属叫过来，我们先和她聊聊，你先和庄总去客厅喝喝茶，等会再一起讨论！"

庄丽丽带着李卫庄去客厅，不一会凌太带着一位中年男子进来，那男子穿着正规，估计是凌古的律师，果然，凌太介绍他是"郑律师"，李劲伟觉得纳闷，问："我刚才听李总说是请了'林律师'？"郑律师整了整领带，说："我向三位做个自我介绍，大家是同行，我叫郑泳，主要从事刑事辩护，刚才提到的林律师，是和我一起办理凌总的案件,因为一些特别的原因,现在主要是由我负责这个案件。"说完他望向凌太。凌太替他做了证实,说:"是的,原来的林律师是李总介绍的,郑律师是我自己找的,现在主要由他会见我老公!"

张沧文听到"郑泳"这个名字,觉得有些印象,想了一会,才想起李若寒在和他谈父亲的案件时,提到过有个叫郑泳的律师在看守所门口找过她,心想凌太估计也是在看守所门口碰到郑律师,并且聘请了他,看来在凌太的心目中,临时聘请的律师比李卫庄的法律顾问更可靠,这中间会不会隐藏着什么玄机?当下不动声色地问:"凌太今天到这里来,应该是受了李总的邀约,不知有没有具体的目标?"凌太抬头看了看对面的三位律师,说:"我很担心我丈夫,只要是可能有帮助的,我都会尝试的,李总说你们律师调解院的个个经验丰富,我自然是希望得到你们的帮助,需要支付什么费用,我也不会推托的!"张沧文见她精明干练、心直口快,心里增添了几分好感,问道:"林律师怎么没一起来?"

凌太答道:"李总本来是叫他一起来的,我说不用了,让郑律师来就行了,你们有什么要了解的,可以问郑律师,他见过我先生好几回了。"张沧文说:"那好,我想问下,凌古对自己的案子有什么看法?"郑泳先是低声问了凌太:"是不是有问必答?"凌太点了点头,说:"没必要隐瞒,知无不言!"

郑泳整了整领带,说:"凌总现在主要有两方面的看法,一是偷逃税款虚高,要关注海关的计税证明,二是不要什么事都和林律师商量,最好让他少来会见。"文慧听出了些什么,问道:"听起来,凌古对林律师不太信任?"郑泳点了点头。文慧又问:"林律师是李总介绍的,凌古是对林律师不信任,还是对李总不信任?"郑泳没有作答,望向了凌太。

凌太说:"是对李总不信任。"张沧文问:"郑律师,凌古明确跟你表达过这意思吗?"郑泳说:"表达过,我也告诉过凌太。"凌太说:"是的,而且我相信,我丈夫也向林律师表达过,因为我丈夫不是那种城府很深的人。"张沧文接着问:"既然向林律师表达过,那是不是意味着李总也接收到了信息?"凌太说:"我认为是这样的,林律师和李总合作了很多年,林律师不会瞒着他。"张沧文又问:"我们了解情况后,可能会叫李总一起来讨论的,你们介意吗?"凌太说:"不介意!我对李总有看法,他也是知道的,大家认识那么多年了,我也不想对他藏着掖着。"

李劲伟问道:"不信任的原因是什么?大家可能对什么事情存在分歧?"凌太反问道:"有必要细说吗?这跟案件有什么关系吗?"李劲伟说:"既然提到了,就把它说透吧!说不定这中间隐含着破解难题的方法呢!"凌太说:"那好,我就详细地说一说，凌古和李总是穿开裆裤就认识的，读书的时候，打架、考试，凌古都是帮着李总的，到李总创办汽车用品贸易公司的时候，凌古义无反顾地辞去公职来帮忙，一开始是占了股份的，生意越做越大了，李总就不认凌古的股份了，甚至连日常的工资都经常拖延克扣，目的就是将凌古驱逐出公司。凌古因为这些事和他吵过几次，后来看他变本加厉，无情无义，心凉了，也为了给他们的友谊保存点颜面，凌古主动离开了公司，因为好多年的心血都花在这一行，对业务也是轻车熟路，所以就成立了公司自己干。原来好多业务就是凌古在负责，好多客户也是他拉来的，所以凌古公司的业务蒸蒸日上，大有赶超李总的架势。在这期间，李总和凌古是很对立的，李总经常借故打击凌古，想方设法地刁难他，凌古基本上都是采取避让的方法，潜心做生意，尽量避免和李总发生冲突，商业上大家尽量保持着自己的核心秘密，几年来也算是相安无事。

有件事改变了俩人的平衡关系。李总因为在业界名声显赫，被同行举报走私，海关介入调查，李总那段时间怕人家抓他，东躲西藏，近乎走投无路，都想到要把公司关停，这时候凌古站出来挺他，不仅收留了他，还出面替他处理了公司上的事，完善了一些管理方法，让李总的公司不至于倒闭，两个人的关系得到了前所未有地改善，凌古还推心置腹地跟他交流了生意上的心得，一兴奋把自己公司涉及的灰色地带都透露给李总，还表示希望两家公司合作，做大做强。后来，李总的公司重新振兴了起来，慢慢地步入稳定期，而就在这时候，凌古的公司就出事了，人被抓了。我老公思前想后，认为被李总举报了，因为很多细节，只有李总一个人清楚。凌古在公司的时候，他都是坐在一旁泡茶的，根本看不出是老板，而那天去抓人，第一个就是冲着他，说明都是熟悉的人举报的。去到我家，不由我解释，第一时间就扣押家里的电脑，这些都是很精准的动作。家里的台式电脑都是凌古用的，我碰都没碰过，里面或许有海关需要搜查的材料。

事情发生后，最先来电安慰我的是李总，最先上门来商量的也是李总，这两个多月来，各种关注，各种打探，还有去找人说情，找关系开脱，李总都是鞠躬尽瘁，跑在最前面，说实在的，我都不好意思对李总有所怀疑。可是，我了解我丈夫，他不是那种无中生有、会冤枉别人的人！所以我也跟李总说了，当务之急是如何为凌古提供最优质的法律服务，能将凌古的罪责辩护到最低，至于谁是谁非，现在不是争论的时候！"

三个人聚精会神地听凌太把经过讲完，李劲伟接着问："归结起来，你们认为是李总因为商业竞争的原因，举报凌古走私对不对？"凌太点了点头。张沧文问："汽车配件贸易经常会涉嫌走私吗？"郑泳说："是的，这个问题我请教过凌总，他说进口的汽车配件征收的关税特别高，因为行内竞争很大，你不偷逃点关税，根本没办法和别人竞争，哪怕是正规渠道报关进来的，也难免要低报价格，而低报价格同样也是走私，所以说，除非你的市场占有率很高，而你又不在乎挣多挣少的时候，才可能不发生走私。"张沧文说："我从凌太的讲述中看到了一片曙光，如果真是李总举报，那就意味着偷逃税款没那么多，很多数据可能都是信口开河的。劲伟说得没错，很多有用的东西都隐藏在这些看似无关紧要的细节上！"

凌太双眼发光，激动地说："如果是这样就好了！我倒宁愿是李总在夸大其词！"文慧说："根据我对李总的了解，我倾向于认同张律师的说法，夸大其词是非常可能的，我们不去判断凌总涉嫌的金额有多大，但从证据上看，应该没有充足的证据支持几千万元的偷逃税款！"张沧文点点头，说："一开始大家都被媒体的报道给误导了，官方的，民间的，线上线下的，让我们以为偷逃几千万元是个事实，实际上，新闻报道可能采用的是估计、据有关人士透露等字眼，也就是说，此案到了现在，未必有证据证实偷逃了几千万元。"文慧说："那好，我们现在的焦点问题是讨论一下本案的税额，还有证明税额的证据。"

张沧文问凌太："去公司抓人的时候，有没有从公司搜到走私物品？"凌太摇了摇头。张沧文又问："后来有没有搜查到公司的仓库？"郑泳说："没有，我问过凌总关于库存的问题，凌总说刚好那段时间的生意好，公司的货物基本都清空了，仓库里剩下的那些货，都是真实报关进口的。"张沧文说："好的，海关没有查扣到凌总的货物，这点可以确定，剩下的证据，那就是电脑的资料和货柜车查获的货物。"李劲伟说："我们一项一项地来，货柜车的货物价值多少？"

郑泳说："折算之后，偷逃税款为四十多万元。"李劲伟问："确定是凌古的公司走的吗？"郑泳说："这点是确定的，水客和公司都确认了，还有相关的证据。"李劲伟说："那好，这几十万元基本坐实了，凌总不可能全身而退。"凌太说："我没想要全身而退，如果只是偷逃几十万元，那是天大的福分！"文慧说："犯罪了，就应当接受惩罚，如果电脑里的材料证实了偷逃几千万元，那也无话可说！"

李劲伟问郑泳："你没问过电脑硬盘里储存了什么资料吗？"郑泳说："现在还是侦查阶段，缉私局把硬盘拿去鉴定，但现在不会告诉我们结果，我问过凌总，他说那么多年的资料记不住了，里面的资料好多是公司的财务储存的，他也不太清楚。"李劲伟说："那样的话，只能等鉴定结果出来了再探讨了！"文慧说："那我们就请李总过来一起探讨探讨吧！"

庄丽丽有事情要处理，没跟着过来，李卫庄重新来到调解室，和凌太、郑泳隔着位子坐，面对着张沧文他们。文慧说："我们刚才和凌太、郑律师进行了真诚、坦率地交谈，情况比较明朗，咱们现在开诚布公地一起聊一聊，有些事不太清楚或者不想细说的，可以保留。凌古怀疑是你举报他，你怎么看？"李卫庄并没觉得意外，缓缓地说："其实，这件事林律师早就告诉过我，今天凌太也在场，我想说，如果从生意竞争的角度出发，我的确有理由这么做，要知道，凌古所走私的产品，好多都是我拿了代理权的，他那样做，受打击最大的是我！但市场上不只我在做生意，如果真的有人举报凌古，未必是我李卫庄，清者自清，浊者自浊，我今天到这里来，而且邀请凌太一起来，是来寻求帮助、解决问题的，不管从哪个角度出发，我都希望我的兄弟能大事化小，小事化了！"

文慧说："很遗憾地告诉你，化了是不可能的了，刚才我们几个分析过，人赃并获的货柜车走私，凌古是逃脱不了的，现在问题的关键，是其他的偷逃税款怎么确定。"李卫庄点点头，表示认可。张沧文说："这件事李总是介入比较早的，相信已经知道媒体的报道，想请教一下，你对媒体的报道怎么看？"李卫庄说："媒体的报道，好多都是预测性的，这点我是有亲身经历的，几年前我被人举报，媒体也预测我偷逃了几千万元税款，其实哪有这回事？"凌太侧过身看着他，问："李总，如果是你报了案，你会不会预先向媒体通风报信，说谁谁谁涉嫌走私几千万元？"

文慧等三人相互瞧了瞧，以为李卫庄会受到刺激，勃然大怒，没想到他竟和颜悦色地说："嫂子，你这问题问得好，不瞒你说，如果是我，我肯定会这么做，因为这样才能引起重视。当然啰，社会上很多人都会晓得这么做，比如我经历过的事，你也是清楚的。"文慧笑了笑，说："这么多年了，卫庄还是一点都没变，既坦率又机智！在你看来，如果要坐实凌古的走私金额，最重要的证据是什么？"

李卫庄晃动了几下肥大的脑袋，说："那自然是查扣到走私物品啰！"文慧接着问："那如果没查扣到物品，是不是意味着证据不足？"李卫庄不假思索地说："那当然！"张沧文听出了异常，问道："李总，你有没听到凌古的仓库被查封？"李卫庄说："这事是大家关注的焦点，说实在话，我也一直纳闷。据小道消息，海关是掌握了仓库消息的，只是一摸查，仓库里没有违规产品，这倒是让很多人出乎意料，我也由衷地佩服我这兄弟，明明都进来了，货跑哪去了呢？"

凌太听到这里，有些不爽，问道："李总，如果我告诉你，根本就没进什么货，或是货一进来就销完了，你喜欢听哪一个版本呢？"李卫庄不怒反笑，说："凌古出事之前呢，我不喜欢他一进货就销完了，因为那样我会很没面子，现在出了这种事，我还是希望他没进货，这样不致于被人抓住把柄！"张沧文听出这中间的名堂，说："从李总的言谈举止可以看出，你对凌古还是很讲兄弟情谊的，我猜你和他之间，肯定存在着不为别人所知的秘密，彰显你们非同一般的友谊！"李卫庄点点头，说："确实如此，我们之间的一些话题，别人是不会知晓的。"张沧文笑了笑，跟着他点了点头，又问："你估计凌古最后会怎么判？"

李卫庄说："半年至一年吧，人总要吸取教训的，但被关久了，就会跟社会脱节了！"凌太看了他一眼，说："蒙你贵言！要真是判个一年半载的，我给你烧炷香！"张沧文和文慧、李劲伟交流了一下，说："我们三人要去商议室商议一下，你们在这稍候！"

三人进了旁边的商议室，关上了门，李劲伟问："有结论了吗？不用再问了吗？"文慧说："我觉得不用问了，李卫庄对结果的判断是对的，不要忘了，他以前也是律师。"李劲伟说："我有一点不太放心，凭什么确定电脑材料形不成证据？"张沧文说："我刚才又试探了一下，说他们之间有秘密，他确定了，其实我们也可以确定了，电脑里没什么对凌古不利的，只是其他人不知道，包括凌太，李卫庄和凌古在几年前，应该就商定了逃避追查的办法，其中最重要的就是随时销毁电脑硬盘，不要留下证据，所以李卫庄确定了没有查获货物，就认定了凌古没啥大事，只是凌太不相信他，郑律师因为掌握的材料有限，也没办法提供什么有价值的意见。"李劲伟恍然大悟，说："这么看来，电脑材料只是个幌子，凌古和李卫庄都知道查扣不到货物，事情就大不了。凌古说不定还有什么秘密，只是不会告诉郑泳。"张沧文点了点头，文慧说："还有个问题我们要确定一下，凌古的走私案定性为单位犯罪成不成立？"李劲伟说："我认为是成立的，违法行为都是公司行为，凌古作为单位的主管人员承担责任。"张沧文说："我也认为成立，这样凌古的刑罚可以减轻些，我认为可以直接下结论，不用向李卫庄求证电脑材料的问题了！"文慧说："我同意两位的意见，商议完毕！"

三个人返回了调解室，文慧说："我们通过商议，达成了一致的看法，现在向各位阐述调解庭的意见，并对辩护的方向提供建议，案件查获的电脑没有材料证明凌古走私，请郑律师关注海关查获的货物的计税情况，辩护时提出单位犯罪的意见，综合各种情况，我们认为对凌古的量刑在九个月左右。"凌太简直不相信自己的耳朵，她抑制着内心的激动，侧身望着李卫庄，李卫庄神闲气定，凑近凌太低声说："有个秘密凌古可能没告诉你，从我上次那件事起，我们就约好了不在电脑里储存资料。"

郑泳大声问："你们有把握吗？要是断案这么精确，我请求加入你们的调解院，不要报酬，先向你们学习！"文慧笑着说："好啊，欢迎你，如果我们断得不准，调解院收取的费用全数退回。"凌太说："谢谢你们，我今天可以睡个好觉了！"

送走凌太等人，文慧对张沧文说："你上回说的两位律师，黄律师和储律师，你再好好跟他们谈谈，争取下个案件可以参加进来。"张沧文点点头，说："好的。"

张沧文找了储律师，跟他介绍了律师调解院的功能、设立的目的和工作方式，储律师很赞赏，认为这种形式既带有社会公益性，又能有效缓解司法资源的紧缺，他随时可以参与。张沧文又找到黄律师，刚把话讲完，黄律师就大声说："太好了，太好了！这样的机构太好了！我乐意加入，现在还有一件事，我请求先对我的婚姻家庭调解一下，不瞒你说，我们都快闹到法院去了，你说我一当律师的，真不想去法院办自己的案子！"张沧文猝不及防，说："没那么严重吧？能不能先说来听听？"黄律师紧紧握住他的手，说："兄弟，说来话长，咱们还是一起说吧，免得重复，这也是调解院的试金石呀！你不是想要我参与吗？把我的事处理好了，我一定鼎力支持！"张沧文问："嫂子愿意接受这种方式吗？"黄律师说："我跟她说，她会愿意的，毕竟，我们还是夫妻嘛！"

张沧文将情况跟庄丽丽和文慧一说，庄丽丽当即表示赞同，说："调解婚姻家庭关系，这可是切切实实的调解业务呀！之前你们试行的强奸案，后来正式试行的走私案，更大成分是在分析、判断、建议，这夫妻间的矛盾，更契合调解二字，我好期待！"文慧也说："既然求助于我们，事无巨细，案不分大小，咱们都要接待的。"张沧文说："好，那我马上安排！"

两天后，黄律师带着黄太来到调解院，和三位律师面对面坐着，为了保持一定的距离，黄律师和黄太隔开了两个位，庄丽丽兴致勃勃地来到现场，坐在旁听席上。文慧仍然充当主持人，说道："我们现在进入第一阶段，大家自由发言、发问，你们夫妻俩不愿意提及的事，可保持沉默哈，黄律师和黄太都是知情达理的人，在适当的时候请注意控制情绪，如果对我们三位律师不满，咱们可以随时结束调解活动！"

只听黄律师叹了口气，说："我们已经闹了近一年了，如果不是同行加朋友，我也不好意思公开家丑，哎，都是我态度不好，首先还得做个检讨，先向老婆公开道歉！"说完，向黄太鞠了个躬。黄太没想到他会这样，连忙说："你别这样，有事说事，你一个大男人的！"黄律师看她并没生气，情绪安定了许多，说："我先说一下最近的情况吧，几天前我们发生了争吵，因为一个短消息而起，短消息的内容大致为'几天前你过来的时候因生理期不方便，现在好了，有空你就过来吧'，我在洗澡，信息是姚苗先看到的，我后来才看的，因为是不雅信息，我看完就删除了，没想到这下闯祸了，她走过来问：看啥信息呀？我说就一垃圾信息，删掉了。她一下子扇了我一耳光，我还没反应过来，她又哇的一声哭了起来，双手掩面跑回了卧室。我大吼了一声干什么，随手抓起沙发上的枕头扔了过去。过了好一会，大家的情绪安定了一些，姚苗说我们坐下来，心平气和地谈一谈吧。"

张沧文向姚苗投去赞赏的眼光，说："嫂子不愧是法律专业的高才生，遇到事情都会冷静应对，有些误会说开了就没事了。"姚苗挤出一丝笑容应对，黄律师继续说："大家在沙发上坐下，她还替我倒了一杯水，第一句话就说，黄怀，我们离婚吧！我一下子蒙了，随即问：为什么？姚苗淡淡地说，还要问为什么，你都在外面找女人了，还有什么好说的？我说哪有找女人，不要冤枉人；她问我为什么删信息，我说都是无聊的信息不就删了嘛，她说我那是做贼心虚，销毁证据，不管怎样，这婚是离定了！"

文慧问："那是什么号码发的信息？是手机号码还是那种网络号码？"黄怀摇了摇头，姚苗也摇了摇头，说："看的时间太短，只顾着看内容，没注意那个号码，有什么不同吗？"文慧说："那还是有的，如果是电话号码的话，可以打过去了解情况，如果是网络号码的话虚假的成分比较高，一般都是商业广告，从你们表述的内容看，应该是色情广告。"李劲伟说："我的手机也收过类似的信息，乍看起来，好像是很熟的人发来的，其实都是编造出来的，不是我偏袒，我认为这信息是虚假的。"张沧文说："发信息的号码是可以查到的，黄律师，咱们先把那号码调出来，如果是手机号码的话，由我们来打电话核实信息，你看行不行？"

姚苗望着黄怀，黄怀说："没问题！"张沧文对姚苗说："嫂子，如果是手机号码，我们负责把事情问个水落石出，如果是网络电话的话，是没办法拨打的，诚如李律师所说，这种一般都是骚扰电话，你看这样行不行，如果是网络电话的话，我们就视为是广告信息，好吗？"姚苗说："好呀。"

黄怀查询了电话清单，调出了几天前的号码，发信息的是个网络号码。张沧文说："这种信息真是害死人，经常会引起夫妻间的误会，不过黄律师也没处理好，紧紧张张地删信息，容易让人产生误会，谈话的态度不够好，不晓得好好安慰嫂子的情绪，这也是我们做律师的通病，在感情沟通上粗枝大叶！"文慧说："夫妻间有互相保持忠诚的义务，如果一方违背了，的确是很严重的过错，另外一方请求离婚是合理的；在这件事上，我认为单凭一条来历不明的信息就判断黄律师不忠诚，可能对他是不公平的，也可能是违背客观事实的。黄太，我这么推断你认同吗？"

姚苗说："当初，听了他的解释，其实是该相信他的，这样的信息，极有可能是群发的信息，我也不会轻信这些内容。"黄怀有些迷惑，问："既然这样，那你为什么还一直争吵，一直坚持你要离婚？我说不同意协议，你还说要去法院离？"姚苗冷笑一声，说："那是因为你有太多秘密，一点都不坦荡，敢做不敢当，还在那里发脾气，我忍受不了！"黄怀的情绪又被激发出来，大声问："我到底有什么敢做不敢当的？"

李劲伟听出姚苗话中有话，估计是还有什么事没说出来，便问："黄太，你是不是还有什么委屈没说出来？大家都是同事、朋友，有什么事敞开来说，如果是老黄做得不对，我们不会替他说话的！"姚苗犹豫了好一会，淡淡地说："好吧，都闹了这么久了，话都说到这分上了，我不把话挑明，黄怀是不会认错的。"她从包里拿出一张小票，递给了张沧文，说："你们看看这张小票，是我洗衣服的时候从他裤袋里发现的，我一直都想给他点颜面，可他就是不珍惜。"

张沧文接过来一看，是一家便利店打出来的小票，上面显示购买避孕套的金额，还有购买的时间，看完了递给了文慧，文慧瞄了一眼又递给了李劲伟，购买的日期比发信息的日期早了一个多月，三个人的脸色变得凝重起来。李劲伟把它亮给黄怀看，心里面还存在一丝侥幸，问道："这是不是你落下的小票？"

黄怀瞄了一眼，恍然大悟，说："没错，这是我落下的！"然后忍不住开怀大笑，说："原来是这样！原来是这样！哈哈哈！太好了！没事了！"几个人被他弄得莫名其妙，张沧文问："老黄，你没事吧？能控制自己的情绪不？要不咱们先休息一下！"黄怀摆摆手，说："不用，我很开心，没事了我的婚姻有救了，我不知道姚苗拿了这张小票，然后和信息互相印证，来确定我的所作所为。"

文慧问道："难道，你有很好的解释？"黄怀说："这张小票，其实是当事人家属提供给我的一份证据。我最近办理一起强奸案，当事人游某涉嫌轮奸，案由是游某和两个朋友钱某和吴某去夜总会唱歌喝酒，女性王某经朋友介绍到包厢陪侍，后来几个人都喝高了，游某和王某到附近的宾馆开了房，钱某和吴某去附近的大排档吃烧烤。"说到这里的时候，黄怀停顿了一下，张沧文趁机拦截了话题，说："老黄，强奸案我们可以稍候再作探讨，现在的焦点问题是跟嫂子如何解释！"

黄怀说："好吧，我先解释自己的问题，然后再向大家请教案件，简单地说，那张小票是游某的家属去便利店打出来的，那是一个多月前，案发当晚王某去便利店买东西的小票，还有便利店的视频记录辅助，家属的目的是证明王某主动去买了避孕套，游某不构成强奸。"张沧文问："便利店的视频材料你有吗？"黄怀说："有的。"姚苗问："那你丢了不用找吗？这不是要作为证据提交的吗？不用交了？"

黄怀叹了口气，说："都是我疏忽了，我该问问老婆的，就怕这东西太过敏感，有时候说不清楚，人家是做贼心虚，我是没做贼也躲躲闪闪的，真是不应该！"张沧文说："别忙着检讨，证据丢了就不用交了吗？"黄怀说："我里里外外找遍了都没找着，于是我去找了便利店，那老板说小票不能重复打，但可以给我开张证明，于是我就交了视频和证明，来，大家看一下我的手机，我拍了照的，还有便利店的视频。"

张沧文等人看了黄怀的手机，的确有王某当天购买避孕套的视频，还有便利店开的关于王某购物的证明，三个人对视着点点头，表示认可黄怀的说法。李劲伟把手机递给姚苗，说："你也看看吧！"姚苗看也没看，把手机递给黄怀，说："可不要删哦，我随时要看的。"黄怀连忙说："不删，不删，都是我态度有问题，整天像做贼一样，呵呵，以后不会了。"

文慧和张沧文、李劲伟低声交谈了一会，对着黄怀和姚苗说："综合各种情况，我们认为黄怀没有发生对配偶不忠诚的情形，俗话说，清者自清，夫妻之间首要的是互相信任、互相尊重，我们建议黄律师在以后的婚姻生活中，更加坦然自信，和气大气，也建议黄太逢事开诚布公地和黄律师交流，避免造成不必要的误会，在我们看来，你俩感情基础还是比较深厚的，从今天的交谈和你们的神情中可以看出，你们还是很恩爱的，我们建议两位今晚订一场烛光晚餐，好好地交流一下，如果还有什么问题，我们下回再聚在一起探讨！"

庄丽丽一直坐着，没有出声，这时站了起来，说："诸位，刚才黄律师提到的案件，是不是也探讨一下？"黄怀说："对，对！那个案件，我认为还是有点争议的，要向各位请教！"然后侧过身对姚苗说："老婆，你先回去，我们晚上到外面吃饭？"姚苗说："我就不能听听吗？"转头问庄丽丽，"我可以吗？"

庄丽丽笑着说："可以呀。"姚苗面露笑容，往黄怀的方向挪了挪座椅。

文慧说："那好，请黄律师介绍案情，并提出该案的争议之处。"黄怀说，"好的，刚才讲到游某和王某开房，大概过了一个多钟，吴某打了电话，叫他一会过去吃烧烤，此时王某已然睡着，游某穿好衣服去找钱某、吴某吃烧烤，见了面，吴某伸出手向游某要东西，钱某在一边坏笑，游某问吴某要什么，吴某说：'别装蒜，房卡！'游某迟疑了一下，掏出房卡给了吴某，吴某和钱某一起去了宾馆，两个人趁着王某喝了酒，又在熟睡中，把她强奸了，现在公安局定性为三个人构成轮奸。我的问题是：游某构不构成强奸？有没有轮奸的情节？"

李劲伟问："游某和王某去开房，王某是自愿的还是被迫的？开房期间，王某是否清醒？两个人发生关系时游某有无强迫的行为？"黄怀答道："据游某供述，他和王某是有感情的，在包厢喝酒的时候，王某就一直找他聊天，两个人都想要处朋友了，喝酒的过程中，王某还主动拥抱过他，整个人坐在他大腿上，去开房的时候，王某也是清醒的，自己能够走路，偶尔搭一下肩膀而已，到了房间，王某也是清醒的，还主动去浴室洗澡，更重要的是避孕套是王某提前购买的，整个过程，用游某的话讲，他们像是男女朋友在谈恋爱那种感觉，双方都是自愿的、愉悦的。"李劲伟说："这么说来，游某不认为对王某构成强奸啰？"黄怀说："是的，他说他去开房之前，跟钱某和吴某说带女朋友去开房。"李劲伟又问："钱某和吴某轮奸王某没什么争议吧？"黄怀说："没争议，两个人先后跟王某发生关系，带有趁人醉酒或强迫的性质。"

张沧文问道："如果当王某女朋友，游某为什么把房卡给了另外两人？想要辩解成不知道他们有什么目的，这是不成立的，我认为不管游某单独的行为构不构成强奸，他给房卡的行为相当于放任另外两个人犯罪，定为共犯没什么问题。"姚苗说："我认为王某购买避孕套的行为对构成犯罪没有影响，王某当天购买了一盒避孕套，并不能证明她愿意跟别人发生关系。"庄丽丽在一边对她竖起大拇指，笑了笑。

文慧问道："游某对房卡的事怎么解释？"黄怀说："根据他的口供，房卡是被他们两个抢走的，但侦查机关不相信这一供述，他们认为，从三个人的关系看，游某并不处于弱势，另外两个人不会贸然抢夺房卡，另外，两个人直奔喝多了酒的女人的房间，目的是非常明确的，如果真是房卡被抢，游某想要避免不良后果的发生，他是有办法的，如通知宾馆，或是报警。我个人也认为游某的这一解释过于牵强，会见的时候我特意问了他，他说他是想阻止他们的，所以后来又返回了宾馆；问他返回宾馆做了什么，他说敲了敲房门，没听到什么动静就离开了。"文慧又问："三个人是怎么抓获的？"黄怀答道："说来奇怪，这三人都是当晚返回各自的住处睡觉，好像都没意识到发生了犯罪行为，第二天，王某报警后，警察很容易地就在住处抓获了他们。都是二十多岁的小伙子，以为是在闹着玩呢！"文慧说："没有认知并不能减轻罪责。"张沧文问道："钱某和吴某对房卡的事怎么解释？"黄怀说："两个人都闪烁其词，说是他们问起游某，游某就拿出来给他们，问他们是不是抢过来的，俩人都说没有抢。"

张沧文问道："王某报案有没有报游某强奸她？"黄怀说："有的，王某可没认为她和游某是男女朋友关系，据说王某报案前打电话找过当晚介绍她去喝酒的人，那人也跟王某聊过，可后来王某还是报了案。"李劲伟问："那你有没有了解他们聊了些啥？"黄怀说："没有，既然已经报案了，王某就否定了卖淫嫖娼的可能，也否定了两情相悦的说法，他们聊些什么对案件没什么影响了。"文慧说："基本案情已经搞清楚了，综合大家的意见，大致有几种结果，一是游某与王某的行为构成强奸，与钱某、吴某构成轮奸，二是游某与王某的行为不构成强奸，但与钱某、吴某构成轮奸，三是游某不构成强奸，另外两个人轮奸但与其无关，游某无罪。这几种情形我们分析、商议一下。黄律师是怎么看的？"

黄怀说："我是倾向于进行无罪辩护的，先是把游某和王某的行为辩解为你情我愿、两情相悦的男女行为，再把游某和钱某、吴某的行为隔断开来，采用游某的说法，就说卡被抢了，他还追随到宾馆试图阻止。只是，说实在的，信心不是很足。"姚苗说："太难了，在我看来，游某与另外两个人是有默契的，即使不是预先商量好，那也是彼此心照不宣的，他不是无辜的！"黄怀说："你说的可能是客观事实，但不是法律事实，从他们三个的口供上看，都没有预谋的痕迹，至于三个人的心态，也不好揣测。"

张沧文说："从辩护的角度讲，我是支持黄律师的，这可能是最大胆的辩护了，听起来也富有戏剧情节，但实际的效果可能不好，游某和王某是第一次认识，两个人谈不上有感情基础，喝酒过程中谈情说爱也好，互相挑逗也好，都是年轻人在酒精刺激下的自然反应，法院认定游某构成强奸的概率是很高的，因为女方明显地喝多了，已经走不稳了，这种情况下很难认定她是自愿的，从她与游某发生关系后到另外两个人到达前，一直处于昏睡状态，也可倒推她醉酒的程度，而反观游某，完事后还生龙活虎的，说明实际上他并没喝多，我敢断定，法院会判游某构成强奸的。至于是否与钱某、吴某构成轮奸，存在一定的争议。"李劲伟说："我同意张律师的意见，在是否构成轮奸的问题上，本来把房卡交给别人，并不一定会导致犯罪行为的发生，但鉴于当时已是深夜，房间里又是这么一个人，推定游某明确地知道两个人要去干什么，这是成立的，如果三个人事前或过程中有语言的交流，那会认定共谋，如果行为上达成默契，法官也会推定他们达成合意的，所以我的意见是游某构成轮奸，量刑在十年以上。"

黄怀脸色有点难看，他把希望的眼光投向文慧，文慧说："从案件的证据看，法官是不可能判游某无罪的，从客观事实看，三个人的关系又很密切，约好了去喝酒，后来又一起吃烧烤，我认为法官会倾向于认定交接房卡的行为，就是轮流发生关系的合意，所以，我同意李律师的意见，量刑在十年至十一年之间。黄律师的辩护思路也没错，纵观本案，实际上存在着证据有瑕疵的问题，不管怎样，律师为了当事人的权益，也要据理力争的。"黄怀说："感谢几位的指教，我再和当事人核实一些情况，然后再决定怎么辩护。"庄丽丽说："今天记得吃烛光晚餐哟，改天再过来喝茶！"

张沧文和李劲伟一起去取车，到了停车场，李劲伟说："我和小霞开始谈恋爱了，小霞说改天请你上酒楼。"张沧文虽然早就猜到会是这样，但心里面还是酸溜溜的，强挤了一丝笑容，说："好呀，是喝喜酒吗？"李劲伟说："什么喜酒，我俩请你吃饭！"张沧文说："必须的，不过我们在茶馆吃私房菜就好呀，下回拎条澳洲大龙虾去，呵呵！"

李劲伟开车先走了，张沧文发动了又熄火，觉得有些疲乏，这些年和韩小霞的点点滴滴，在脑海里不断翻转，和她虽然没什么轰轰烈烈的事，但也经常谈心、陪伴，一起经历了风风雨雨，如果没有余灵后来的出现，说不定和韩小霞谈恋爱的人就是我了，想到这些，不禁有些唏嘘，但觉人生之事，不尽如意的十之八九。刚想再次发动汽车，李彪打来了电话，说是有事找他。

张沧文懒得这会开车出去，发了定位给李彪，让他到律师调解院来。不一会李彪乘出租车到达，张沧文在三楼的茶座接待了他，李彪第一次见到这样的机构，让张沧文带着他从一楼参观到四楼，说："我也来咨询一回，给你们交点费用。"张沧文说："有需要的时候再说吧，今天找我，不至于要几个律师帮你开研讨会吧？"李彪说："那倒不用！上回在我家喝酒，我失态了，伍廷威酒后跟我说了一些话，我后来越想越不放心，我是还了钱才取保的，那笔钱应该是若寒从章之程那里拿的，章之程是市政协常委，我也不知道多大的官，听说各方面的人际关系都很好，我担心的是什么呢，若寒涉世未深，她未必清楚怎么回事，可要是那笔钱来历不明，万一曝光了，会不会牵涉到若寒，牵涉到我这案件？"

张沧文理了理思路，说："钱是李若寒还的，来源我不清楚，我当时也不好问，这些事情要和她沟通一下才知道，而且要找个好时机！"李彪说："那天你喝多了，有些话没听到，按照老伍的说法，章之程为了得到我女儿，让老伍有意接近我，给我下套，让我不能自拔，以此诱使我女儿屈从，你答应过让她们姐妹团聚的，先暗地里查一下李若寒的情况，我担心她会被人拉进泥潭！"张沧文说："事已至此，只好先了解情况再说。你认识章之程吗？有没有接触过？"李彪摇了摇头，说："只是听老伍提起过。"张沧文说："好吧，我理一理思路，我们保持联系！对了，最近忙吗？"李彪说："在里面的时候认识了位企业家，叫谷峰，我们很聊得来，最近他也出来了，我跟他合作，开房产中介公司，现在已经开了好几家，他的目标是开成全国连锁，让大家都享受房产中介的优质服务和优惠价格。"张沧文拍拍他的肩膀，说："不错！好好干！当今的房产服务市场，还是朝气蓬勃的！"

第十四章　聚散无常

就在李彪向张沧文表达他的忧虑时，李若寒正和章华在香港的红茶馆听歌。李若寒自从父亲取保之后，心情放松了许多，经常去香港约章华和文南喝茶，这一次，文南回云港去了，李若寒便约了章华一个人。章华这段时间与她见面，感觉很不错，每次都能体会到她的温柔，这次趁着文南不在，他买了一束玫瑰花，有十一朵，花语是"一生一世"。

章华先到的茶馆，心里一直忐忑不安，设想着各种被拒的情形，直到李若寒到来坐下之后，他从台下面捧出鲜花，递到李若寒面前，说："送给你的！"李若寒喜出望外，双手接了过来，说："好美的花！谢谢！"章华一颗悬着的心放了下来，说："你喜欢的话，我会经常送的！"李若寒低着头，泪水模糊了视线，轻轻地问："想听听我的故事吗？"

章华一直就觉得她有些神秘，这会听她问起，不禁点了点头。李若寒幽幽地说道："自从认识了你和文南，我是很开心的，说句心里话，我一直都把你们当好朋友看待。我这个人也没什么朋友。这个世界上，除了我爸爸，你们对我最好了。

"我爸爸很疼我，小时候有好吃的东西都留给我，从来不舍得骂我、打我，他告诉我妈妈出国了，所以我对妈妈的印象是模糊不清的，我上中学后，我爸爸的环境越来越差，还染上了赌瘾，我不清楚，是因为事业不顺利染上赌瘾，还是因为染上了赌瘾事业才不顺利，我们的生活开始颠沛流离，四处搬迁，甚至四处躲藏，为的是躲避那些债主。虽然这样，我爸爸仍然对我很好，告诉我要好好读书，他会把糟糕的状况扭转过来的，他会让我过上幸福生活的。

"我深知父亲的不易，也知道他对我的疼爱，不过，要说不受影响，那是不可能的，我整天想的是快点长大，赶紧去挣钱，帮我爸爸解脱困境。读完了中学，我没再听爸爸的话，他是希望我去念大学的，我说以后有机会再念大学吧，当务之急是让我们活下去。我不知道自己怎么那么懂事，真的，我都有点怜惜自己，懂事到恋爱都没谈，一分钱都没多花，我甚至把零花钱都攒起来买彩票，希望哪天买中了，拿一笔钱给父亲，让他不至于那么窘迫。

"我进厂打过工，可是收入太低，对家庭来讲那是杯水车薪，后来我去了酒吧，就是促销酒水那种，收入比以前高了许多，自己也是充满了信心，以为生活会因努力而越来越好，可现实是骨感的，父亲越赌越大，越欠越多，我们的生活比以前更窘迫了！"

说到这里，李若寒忍不住掉下了眼泪，停了下来，章华递了纸巾给她，又怜又爱，说："挺不容易的，还好都过去了，想必是你父亲事业有了转机吧？我想跟你说的是，我和文南喜欢你很久了，对了，从见到你的第一眼就喜欢上了，我们还因为你产生了一些困扰，不知道怎么处理两个人的关系，好在他最近找了我，说他在云港那边碰到一女孩，挺清纯挺阳光的，他想尝试着去追求。我知道他这也是在鼓励我追求你，我今天，不管多难说出口，都要鼓起勇气对你说：我爱你！我们一起来谈场浪漫动人的恋爱吧！"李若寒刚擦干了眼泪，听了他这席话，忍不住又轻声哭了起来。

章华有些手足无措，不知道她想些什么，只得默默地递上纸巾。过了一会，李若寒情绪安定了下来，露出了一丝笑容，缓缓地说："谢谢你的表白，我细想了一下，我还真没谈过恋爱，读书的时候，暗恋过我表哥，没想到他也喜欢我，还向我表白，让我跟他去同一座城市读书，我居然狠心地拒绝了，自己偷偷地哭了好几天；我知道自己家的状况，那样子跟他是不会有幸福的。我想了想，真是不容易，一个十几岁的女孩子，居然理智到连初恋都扼杀了，这是怎样的铁石心肠呀！"章华深情地注视着她，说："有些东西是勉强不了的，爱情也需要缘分，还好你当时拒绝了，不然我都没机会坐在你面前，听你讲这些美妙动人的故事！"

李若寒恢复了冰冷的表情，说："我的故事还没讲完呢，不知道你听完了，还会不会觉得是美妙的。早些年，我爸爸的事业并没有好转，反而是变本加厉地赌，而我呢，在酒吧里上班都不得安宁，不断有债主找我，后来，我连工作都辞了，给一个有钱的男人当情人，他帮我解决了很多经济问题，还让我到香港读书，我爸爸后来欠债入狱，也是他给钱还债，所以，我的朋友，请收起你的心，好好地去追求你的未来！"章华听了，如五雷轰顶，脑海里一片混乱，但很快冷静下来，说："我还是觉得故事很美妙！你的孝心令我感动，但这一切都该结束了，我知道你对他是没有爱情的，我们可以追求美好的未来，这一切都可以改变！"李若寒冷笑一声，说道："改变，哪有那么容易？我都这样了，改变得了吗？你对我什么看法，会改变吗？我跟你袒露了这一切，就是要断了你的念想，咱们做个普通的朋友。"

章华握住了李若寒的手，坚定地说："可以的，过去的事我无法改变，过去你是怎样的人，我无权计较，但我们可以改变现在，追求未来！多少个日日夜夜，我魂牵梦绕的都是你，我不管那么多了，就想和你谈一场真真切切的恋爱！你听我说，我爸妈还是有些能力的，我也快毕业了，可以去发展自己的事业，我们一起努力，可以过得很好的！"李若寒心里很感动，长时间的抑郁似乎减轻了许多，但她还是抽回了手，说："我想你还是不够冷静，再好好想想，不要被一时冲动蒙蔽了眼睛。咱们这段时间少些来往，我等会就先回云港了，你送的花很漂亮，我就收下了，不管怎样，茫茫人海中，相识本来就是一种缘分！"

章华舍不得她离开，又握紧她的手，说："不要走，今天别回去，好多话想对你说呢，好吗？"李若寒轻声说："傻瓜，今天回还是明天回，都是要回的，就算我不跟你讲这些故事，你对我表白，也得给点时间我消化消化，考虑考虑，是不是？听我一句，咱们就先维持眼前的朋友关系，有些事需要时间来淡化，你先做好自己的事，不要情绪化，好吗？"章华见她楚楚动人的样子，说话又特别温柔，心绪不禁安宁下来，说："好吧，我听你的，不过你要记住，有个人每时每刻都在想你！你就先回吧，过段时间我去云港找你。"

李若寒回到云港市，当天晚上就约了伍燕在院子里见面，伍燕在菜园里采摘了一篮西红柿，切了一盘，蘸着白砂糖，俩人边吃边聊。李若寒问："上回听你说伍叔叔替你介绍了个朋友，见面了没？"伍燕说："你还不知道我爸，能介绍什么人？我没去见，跟他说了，别再介绍了！"李若寒说："咋不介绍了？你不是想嫁进豪门吗，伍叔叔认识的人品位都很高的，说不定就有你要找的人。"

伍燕笑了笑，说："你有所不知，我现在已经不那么想了，什么嫁给有钱人，嫁入豪门，那都是孩童时候的天真，靠自己的努力，单纯一点，开心一点，不好吗？碰到喜欢的人，就谈谈恋爱，没碰到的话，我觉得一个人也挺好的呀！"李若寒说："好惊奇呀！才几个月没交流，你一下就突飞猛进，脱胎换骨了！告诉我，发生了什么事，该不会碰到你的白马王子了吧？"伍燕说："什么白马王子，差点遭遇黑天鹅是真！我两个月前咳嗽咳得厉害，感觉肺部隐隐作痛，就去医院检查，你猜怎么样？不得了啊，报告显示我得了肺癌，我一下就颓废了，躺了一日一夜，我的一位同学还不断开解我，说可能是平常抽烟、熬夜太厉害了，事已至此要接受现实，配合治疗，好像在她眼里我已经病入膏肓，无药可救了！我片刻清醒过来，可不能缴械投降，我要抗争，我要战胜癌症，于是我从床上一跃而起！"

李若寒听得花容失色，忙问："是乌龙吧？是噩梦吧？你别吓我哈！"伍燕哈哈大笑，说："瞧你紧张的，要真是患了癌症，我这会恐怕笑不出来了！的确是乌龙！当我暗自下定决心，要和病魔抗争到底，哪怕最后失败，我也要证明自己不是脆弱的，这时候，医院打了电话，让我把报告拿回去，说要复核一下，第二天医生告诉我，经过复核，我的检验报告出了点差错，其实我身体没什么大碍。我简直是从冰窖里又被拉了出来，为稳妥起见，我还跑到省医院复查了一遍，自己是幸运的，我的确无碍，感觉自己像从鬼门关捡回了一条命！经过这次磨难，我的很多观点发生了变化，在对待生活的态度上，我认为最重要的就是过好当下，不要去追求那些海市蜃楼！"

李若寒说："你这是虚惊一场，因祸得福呀，我也有事情要跟你聊一聊，你看我现在这种状况，如果要和章先生分开的话，要怎么样做呢？"伍燕问："为什么要分开？你过得不是很好吗？"李若寒说："别的人不知道，你还不知道？我是怎么跟章先生好上的，不还有你爸爸的一份功劳吗？我一直都想帮我爸爸，他现在是暂时解脱了，可我心里面不安宁呀，谁知道他是不是因为我，才遭受了更多的苦难！"伍燕说："这几年来，我看章先生对你挺不错的，你对他没感情？"

李若寒的脑海里闪过与章之程相处的种种景象，苦笑了一下，说："没有爱情！至于你说的感情，别说是人，动物相处久了，也会产生一些感情的，你看你养的仓鼠，现在不是不咬你，跟你玩得很好吗？"伍燕好奇地看着她，像是看着一个陌生人，说："我看到的都可能是表面，他给你钱，给你花园住着，还帮你解决你爸的问题，可是你对他怎么看的，我可从没问过你，其实这样的生活，也是很多人梦寐以求的，很多人追求了一生都未必能得到的。"李若寒说："你说得没错，我有时候也会产生一种满足感，自从我爸爸的事情发生后，自从那天你逼你爸爸说出真相后，我的观念开始发生变化，我做梦也没想到，为了得到我，他们可以设计着把我爸推向深渊。没错，他是得到了我的肉体，有一段时间我也很感恩，怀疑自己是不是对他产生了感情；可是，真相还是大白了，这是一种讽刺，我所做的一切，出发点都是为了我爸爸，为了让他早日摆脱困境，何曾想到，我的愿望是美好的，努力是白费的！现在的我，就算维持原有的生活，恐怕都很难说服自己了！"

伍燕专注地瞪着她，端详了好一会，说："虽然观念改变了，可没看出郁闷，反而是面带桃花，想必是碰到喜欢的人吧？"李若寒被她这么一说，脸上娇羞绯红，说："有点心跳，那都是遥不可及的事，现在都还在泥潭里呢！"伍燕说："心里有光就好，有些事总能解决的，依我对章先生的了解，他是有家室的人，但他对你是真心喜欢的，你可以找个合适的机会，跟他推心置腹地谈谈，看看什么情况再说呗！"李若寒说："谢谢你！除了你，我现在没有可以说这些事的朋友了，也只有你对我最好，找时间约上伍叔叔和我爸，咱们四人聚一聚！"伍燕说："好呀，不过最近我爸很忙，过阵子再说。"

李若寒忽然想起了一件事，说："对了，说起伍叔叔，上次跟他喝酒的时候，你说你妈妈的事，能不能告诉我，到底是怎么回事？"伍燕快言快语地说："你想知道我就告诉你呀，我妈妈患了癌症，我爸说他竭尽全力照顾她，让她接受最好的治疗，其实事实并非如此，那时候我年纪还小，但也能听懂大人的话，我爸常念叨患上癌症就没用了，如果住院治疗的话，只会越来越痛苦，到最后扩散了，人瘦得只剩皮包骨，要多难看有多难看，与其这样，还不如调整好心态，平平静静地过完剩下的日子；我妈妈本来还寄希望于医院的治疗，听他这么讲，也就没坚持自己的意见，每天只是听一些老乡的意见，喝些中草药。我爸爸那时候是很关心她，每天都给她煮好吃的，跟她聊天，陪她去散步，希望能够增强免疫力。可惜的是，我妈妈的病情很快恶化，才过了几个月就扩散了，那段时间，我晚上经常被她的呻吟声吵醒，又过了个把月，有一天我放学回家，就听我爸说妈妈跳海走了，我问他到底怎么回事，他说我妈妈疼痛难忍又绝望透顶，自己选择了这条路。我到现在也没搞清楚真相，我没因为妈妈最后的选择怪过我爸，因为我知道他也舍不得妈妈，我怪他的是，当时为什么不尝试一下另外一条路，去医院做化疗，虽然不一定能挽救性命，可万一呢？一家人，有时候要做的，不就是追求那万一的机会吗？"伍燕说着说着，忍不住掉下眼泪，李若寒也听得热泪盈眶，说："都是我，不该勾起这些伤感的事，那一次你提这事的时候，我看出伍叔叔也是很悲痛的，我想，他只是以自己的方式在表达对你母亲的爱，而方式正确与否，都是过往了才看得清楚。你也别怨恨他了，找时间和他好好聊聊，或许能解开这个心结！"

过了两天，章之程过院子来找李若寒，李若寒准备了丰盛的晚餐，还准备了一瓶法国红酒，章之程受宠若惊，说："没想到你还真是入得厨房，上得厅堂啊！你没告诉过我，你会做菜，我先尝一口再说！"夹起一块土豆，吹了吹，送进嘴里，不禁赞不绝口："这蒸排骨里面的土豆就是香，但是很烫，你做的都超过我了，嗯，不错，以前都是我做饭，今天大饱口福了，你是怎么做到的，刚学的吗？"李若寒不紧不慢地说："我是穷人家孩子，小时候就会做饭了，只是太久没动手了，有点生疏，调味品也怕放得太多或太少，煮之前特别上网查了一下资料，当是温习一下。对了，你的厨艺很好，也是小时候学会的吗？"章之程说："我年轻的时候干过酒楼，但厨艺进步快的是最近这些年，因为工作压力大，我就多下厨房用来消遣，缓解压力，每次当我进入厨房，闻到烟火味时，我就全心全意地投入煮饭做菜，所有的烦恼都抛到九霄云外。慢慢地，我觉得做菜已经不是一种工作，不是一种负担，而是一种兴趣爱好。"

　　李若寒勉强地挤出一丝笑容，说："你这境界真高，能把做饭当成乐趣的，没有太多人，这些年来，谢谢你为我煮了很多好吃的菜！"章之程倒了两杯红酒，说："只要你爱吃，我会一直煮的！"李若寒接过了红酒，晃了晃，跟他碰了杯，说："以后不用你煮了，我自己煮，好不好？"章之程感到意外，放下酒杯，问："什么意思？"李若寒说："我想跟你商量一下，我们分手吧！"

　　章之程脸色一沉，说："怎么了？我对你不好吗？"李若寒说："不是你对我不好，是我自己不好，你都知道，一直以来，我最在乎的就是我爸爸的事，我自己怎么样无所谓，就是想让我爸爸过得好些，原来我以为你帮了我，帮了我爸爸，可是，你知道的，你从一开始就没想让他好过，就想让他一直陷在泥潭里，好让我无计可施，最后投入你的怀抱。如果没有你的设计，我爸爸可能也好不了，可有了你的设计，我爸爸肯定越来越差！我没有帮到我爸爸，游戏也该结束了。"章之程厉声说："现在不是很好了吗？钱还给人家了，人也出来了，你还想怎么样，我最近哪里做得不对吗？"李若寒说："没有哪里做得不对的，是我最近想多了，我就想自己去工作，自食其力，自己动手做饭，你对我好也好，差也好，咱们以后各管各的，好吗？"

　　章之程换成缓和的语气，说："对不起，我知道是我不好，一直都没离婚，没给你名分，你知道的，我有多在乎你，如果你希望，我可以离掉的，我小孩已经成年了，不会影响我们的生活，我们永远在一起，永不分离，好不好？"李若寒也用缓和的语气说："其实你不用离婚的，你有个幸福的家庭，何不好好珍惜，咱们的交往，当是各取所需也好，当是有缘无分也好，总是要结束的，我希望我们好好地谈谈，好聚好散，你说呢？"

章之程见她心意坚决，摸不准发生了什么情况，心想还是先稳住她为好，便说："你看，你今天做了这么丰盛的晚餐，还有红酒，咱们是不是先不要辜负美食？我和你，这些年来也算恩爱，虽然有各种瑕疵，可我们相处还是愉悦的，你一下子提出分离，我也需要时间思考一下，消化一下，而你，要找什么工作，以后的生活怎么过，也要认真地考虑考虑，或许，咱们的缘分未尽也说不定。这样，咱们先搁置不同的见解，当是好朋友那样，好好地吃餐饭，好吗？"李若寒听他说得诚恳、在理，便说："好吧，吃完饭我还有些事要办。"章之程听出她的意思，今天晚上是不想跟他发生什么亲密关系了，识趣地说："好的，我晚上也要加班！"

两人草草地吃完晚餐，章之程给伍廷威打了电话，说有事找他，伍廷威约他去海田镇的大木船，一见面就说："这里景观好，空气好，又安静，喝茶谈事皆宜。"章之程说："今天可没心事跟你看风景，我问你，林明最近状况如何？"伍廷威说："他一直做他的资金生意，风生水起的，听说最近换了部豪车，风光得很！"章之程沉着脸，说："风不风光的我不关心，上次从他那里转出去给李若寒的四百万元，有没有什么问题？"伍廷威说："那有什么问题？那不是您存放在他那里的钱吗？只算了百分之一点五的月息，又不是高利贷，上回听他讲过，扣除了那一笔，您还有几百万元在他那，我说我不清楚这些事，让他直接跟您对账。"

章之程点了点头，对他的应对方式表示赞同，说："他们这些人倒是挺有本事的，也不知道做什么生意，一直都能用钱生钱。对了，你最近跟伍燕有联系吗？"伍廷威说："您知道我这女儿的，跟她爸都不亲的，最近跟我打了个电话，说过阵子来看看我，唉，都是她妈妈走得早，怎么了，您有事找她？"章之程说："没啥事，看来她也没跟你提起什么，最近李若寒情绪有些不稳定，跟我提出分离，我正头痛呢，这人精得很，上次趁我不备套我的话，我把他父亲的事都告诉她了，她现在又拿这个说事呢！"伍廷威拍了拍自己的脸，说："都怪我，我喝酒了，跟她说得太多！"章之程说："算了，你不用自责，我太大意了，在她面前没什么遮掩，我是用情太深了。"伍廷威说："哪个英雄不爱美人，都是人之常情，要说，这人也太不识好歹，就看不到别人的用心，别人的付出！"章之程说："有空的时候，你见见你女儿，顺便接触一下李若寒，看能不能打探到什么。唉，都怪我太用心！"伍廷威拍着胸脯说："您放心！不行的话给她施加点压力，怎么说都得让她听话！"章之程用鄙视的眼神瞄了他一眼，说："什么施加压力？都什么年代了？现在的做事方式，讲究的是晓之以理、动之以情。"伍廷威连连点头，说："明白的，明白的！"

章之程深深地呼吸了一口海边的清新空气，问："你跟李若寒究竟讲了什么？"伍廷威轻轻地扇了自己一耳光，说："都怪我，喝了酒失态，把你喜欢她并且想方设法地追求她的事泄露出来。"章之程说："你没把设计她父亲的事讲出来？"伍廷威说："那怎么会告诉她？这个底线我还是有的！"章之程觉得又气又好笑，说："你还有底线？几杯猫尿一下肚，自己是谁都搞不清楚了！你虽然没说，李若寒怕是猜出来了，还拿话套我，要不是因为了解你的脾性，我也不致于那么轻易就告诉她！"伍廷威连连道歉，一个劲地骂自己，章之程摆了摆手，说："算了，事已至此，骂你也没用，这事就算不讲，她迟早也会知道的，现在我面临的最大的困扰，不是出了什么问题，而是我舍不得她。你说怎么回事，我对她是着了迷吗？那么多的女孩我都没看上，唯有她，你说，我花了多少时间多少心思？你好好想想，看看还有什么办法可以挽回。"

伍廷威送走章之程后，不敢怠慢，马上打电话约李彪见面，他知道办法还得从他身上找，因为他是李若寒最看重的人。李彪在电话里答应见面，但要等他忙完这阵子。李彪因为房地产中介公司的事忙得不可开交，另外，他还惦记着李若寒，对伍廷威的约见，只当是朋友间吃吃喝喝的应酬，自然没那么上心。

和伍廷威通完电话，李彪把手头的工作处理了，又找到了张沧文，跟他提起李若寒俩姐妹相认的事，张沧文说："你的前妻董玉我见过了，你的另外一个女儿董芝我也见过了，她们人很好，生活得很好，根据我的了解，你前妻也没提起双胞胎姐妹的事，所以，想让她俩团聚很简单，难的是怎么解释你们夫妻的事，要怎么样才能让她们能够理解，能够接受。"李彪摸了摸所剩无几的头发，说："这也是一直困扰我的问题，如果是我一个人的事就好办了，偏偏还牵涉到那个女人，我跟她又没有来往，你说怎么办？"张沧文说："要解决问题，你和你前妻还是要谈一谈的，要不这样，我帮你约她见面？"

伍廷威想了好一阵，说："我和她单独见面谈不好，说不定还得吵架，不如这样，你们在律师调解院帮我开一次调解会，这样的场合她会去的，以前就经

186

常约我找几个人评评理。"张沧文沉思片刻,说:"好吧,我先跟董玉沟通一下。我听说要有遗传基因才生得了双胞胎,我有些好奇,你们是谁有双胞胎的基因?"伍廷威笑了笑,说:"我有两个叔叔就是双胞胎呀,我是有基因的!"张沧文突然想起余灵也说过两个叔叔是双胞胎,忙问:"你认不认识余灵?"李彪说:"我堂妹就叫余灵呀。"

踏破铁鞋无觅处,得来全不费工夫。张沧文早就觉得李若寒姐妹跟余灵有几分相似,原来余灵是她们的姑姑,只是不明白李彪和余灵怎么不是同一姓氏,便问:"堂兄妹不应该是同姓吗?"李彪解释道:"本来应该同姓的,我爷爷生的儿子多,经济又不好,她父亲从小就送给余姓人家,所以跟养父改成姓余,父亲去世前我见过余灵几次,那时候她还小,后来就没见面了,你知道的,这些年我都是坎坎坷坷,见不得人的,生下女儿的时候,感觉她们像余灵还比像妈妈多一些,你跟她有交往吗?她还好吧?"张沧文黯然神伤,低声说:"不好,她现在还躺在医院,没醒过来呢。"李彪拍打了一下脑袋,说:"你看我,连亲人病了都不知道!她在哪家医院,改天我去看她。"张沧文说:"现在是植物人,不用去看她,等她醒了再去吧,我一直在等她醒过来呢!"李彪说:"好吧,那你先去找一下董玉吧。"

张沧文找到董玉,讲了促成李若寒和董芝相认的意愿,问她同不同意开一个由他主持的讨论会,董玉欣然应允。几天后,因文慧不在云港,张沧文召集了李劲伟和黄怀,举行了调解会,张沧文担任主持人,庄丽丽听说董玉是汤凯的妻子,也饶有兴趣地来到调解室旁听。

张沧文等大家就座后,先朝李劲伟和黄怀点头问好,说:"李彪和董玉原来是夫妻,有对双胞胎女儿,孩子小的时候大人就离婚了,俩小孩互不知道有姐妹,我们这次调解会的主题是探讨如何让两姐妹好好地相认,不要因为父母间的关系造成隔阂。另外,李彪和董玉的感情纠纷,少不了会在今天展示,俩人离婚后没再见面,不排除存在误解,我们希望能够解开他们的心结,以后友好地相处,为俩姐妹相认营造良好的氛围。因为今天的谈话内容涉及个人隐私,在座的各位还请遵守保密原则!"接着,他又对坐在对面的李彪和董玉说,"我们今天致力于解决你们的问题,你们可以畅所欲言,为充分地了解情况和你们的状态,我们几位律师会问很多问题,如果你们不愿意回答也没关系,希望彼此间能够互相信任,充分沟通,求同存异,最大限度地达成大家的心愿!"李彪和董玉隔着两个座位,坐在张沧文他们对面,听张沧文这么说,不约而同地点了点头。

黄怀首先发问："李彪，请问你当初是如何与董女士走到一起的？"李彪答道："我们是初中的同学，读高中的时候是隔壁班，那时候青春年少，情窦初开，彼此间都有好感，但那时都很传统，大家又以学业为重，一直到了大学，我们都在省城就读，近水楼台先得月，我经常去她的学校找她，一来二往的，我们就好上了，毕业后都到了云港，后来就结婚了。"李劲伟见董玉静静地听着，便问她："请问你读的是什么专业？毕业后从事什么工作？"董玉说："我学的是设计，一开始进了一家玩具厂，后来因为自己设计了一款玩具，自己相当满意，便辞职单干，开了一家玩具厂，设计、生产、销售都自己负责，他学的是财会，在一家上市公司当财务，兼职给我当会计。一开始生意还算可以，后来我生小孩了，顾不上打理生意，慢慢地，客户都流失了，到后来就开始亏损了。"

　　张沧文说："按照你们的说法，你们是自由恋爱的，有扎实的感情基础，婚后还有共同的事业，本来是可以相亲相爱、白头偕老的，又怎么会走到不相往来的地步？"李彪连声叹气，说："两个女儿好可爱，生下来的时候我们连续笑了几天都合不拢嘴，唉，但凡有路好走，说什么我都不愿意妻离子散！"董玉瞪了他一眼，大声嚷道："哦，你还无路好走？说得好像全是我的错？你不想想，我怀孕的时候，我带娃的时候，你都干了什么？你借口工作忙，天天都跑去打牌，若寒和若芝，除了刚生下来的时候，你笑了几天，其余的时间，你抱过她们吗？换过尿裤、喂过牛奶吗？你煮过一餐饭，拖过一次地吗？一开始我还体谅你，认为你工作忙，追求进步，当知道你是争分夺秒、废寝忘食地打牌，我都快崩溃了，说也说过了，闹也闹过了，我还能怎么办？我能拿你怎么样？"说到这里，董玉忍不住低声哭了起来。

　　等到董玉恢复了平静，张沧文问李彪："知道你好赌，我想知道你是从什么时候开始的？"李彪叹了口气，说："读书期间，我是个很单纯的人，从来都没赌过，就算是毕业之后，我也没什么不良习惯，说来也怪，就是在她怀孕的期间，几个老同学走动频繁了起来，他们说我连麻将都不会打，太落后了，于是马上教了我，那段时间，大家一天除了上班，就是打麻将，打十块二十块的，也算不上赌博，可是问题来了，一打上瘾，连上班都没什么精神，就想着把时间拖过去，没心事工作，能早点溜的话就更好，几个人像吃了迷药似的，玩到半夜三更都还舍不得收场。一开始，我都是尽量瞒着董玉的，编造了各种借口，什么加班呀、应酬呀、业务洽谈呀，全都用上了，现在回想起来，董玉当时还是很理解我的，默默地无私地付出，直到谎言被拆穿。"董玉冷笑了一下，问："是我去拆穿你的谎言吗？"李彪看了她一眼，没有作答。

张沧文对李彪说："之前听你说过，你是因为离了婚，感情上受了伤才走上赌博道路的，现在看起来，其实你在妻子怀孕期间就已经开始了，是这样吗？"李彪答道："那段时间不知道怎么回事，莫名其妙地变得焦虑，学会打麻将后，跟我那些同学一起玩，本来也不算赌博，但是很明显地上瘾了，只觉得一坐上麻将桌，一切的烦恼就抛到九霄云外，就好比吸毒，吸食的时候什么都忘了。董玉是怎么发现我打麻将的呢？有一次，我还在上班，打电话约同学打麻将，说我今天可以提前下班，现在三缺一，电话那头传来董玉的声音，说你打错电话了！这几个同学董玉本来就认识，她一问，自然就知道我的事，知道我最近沉迷于麻将，还一直骗她。我们从此以后开始了不断地争吵，每次都是我低头认错，表示痛改前非，好好工作，可是过段时间又忍不住，又是沉浸于麻将，于是，反反复复，一次闹得比一次凶，吵到最后，大家都尽捡难听的话讲，彼此间的宽容已荡然无存，我的工作毫无起色，她的工厂也面临关闭。小孩快两岁时，她开始跟我提出离婚，我意识到自己做错了，恳请她原谅自己，同时主动承担了照顾娃儿的活，可是已经晚了，当我们的关系有所缓和的时候，我的工作丢了，而她的工厂也快办不下去了，我们的生存发生了困难，俩人因为情感上的纠纷争吵，却发现忽略了最实际的谋生问题。经济上的拮据反过来造成了更多的吵闹，董玉决意把工厂继续办下去，为了解决资金问题，她决定去抵押贷款，我坚决不同意。下来的情况，你们可以让她讲一讲！"

张沧文眼光转向董玉，董玉说："当时我要拿房产证去抵押，他死活都不肯，说留着资产，两个人去干流水线都饿不着，贷款投资万一亏了怎么办？孩子怎么办？难道睡街上吗？我很生气，心想要不是你那么不上进，我们也不至于如此，现在到了要拼搏一下的时候，你居然畏首畏尾！于是我没好气地告诉他，房子一人一半，要是不同意的话，咱们就离婚！我本来是逼他同意贷款，没想到他居然说受不了了，想离就离吧！箭在弦上，不得不发，我们当晚就把离婚协议书拟好了，那时我心高气傲，心想你不就是怕没个保障吗，索性把房子全都给你又如何？我就不怕自己无路可走。我把房子都给他，他当时有点蒙了！"张沧文问："你急着贷款办厂，却把房子给他，那你怎么办？"董玉答道："当时没想那么多，我一方面怨恨他阻拦我，另外一方面又有些后悔自己逼人太甚，心想就让他好过些吧，他好过了孩子也好过，我自己再想办法呗，难道天真有绝人之路？说实在话，我把房子给他的时候，我是茫然无措的，并不知道出路在哪。"李劲伟问："你都愿意把房子给他，说明你们之间的感情尚未完全破裂，对吗？"

董玉想了一会，说："是的，可以这么说，我不恨他，也希望他过得好，但我一定要和他离婚，那几年他一直忽悠我，欺骗我，忘记了夫妻间要诚信，他把我们之间的爱磨灭光了，只剩下熟悉和责任了。"张沧文问："当时大家的情绪都不好，你是想分离了先让大家冷静冷静吧？"董玉摇摇头，说："不是这样的，我就是想离了，离开这种自私自利的人，哪怕是痛，哪怕都是泪！他倒是以为我闹着玩的，还让我随时找他，几年内会为我守候，哼！还以为我离开他就不行，我就看不惯他的自以为是，离婚后一个月，我就重新登记结婚了！"

李劲伟和黄怀面面相觑，均觉得不可思议，只有张沧文知道事情的来龙去脉，所以没什么感触，平静地问道："是跟汤凯结的婚吧？"庄丽丽听到汤凯的名字，打起十分精神听着，董玉说："是的，汤凯是我高中的同学，李彪也认识的，我知道，这么多年来，李彪一直耿耿于怀，认为我和汤凯旧情复燃，然后抛弃了他。这不怪他，我当时就是要达到这种效果，还专门把和汤凯见面的信息传递给他，他知道的，汤凯是我们那一届的偶像，成绩好又长得帅，我读书的时候也暗恋过他，而且还和李彪提起过，李彪还问我牵过手没，接过吻没，我说那是不可能的事，当时也就是对学霸一种自然的崇拜，一种羞涩的情怀，哪里谈得上爱？李彪对我的话深信不疑，但是这一次，当他收到我散发的信息后，他忍不住了，答应跟我离婚。我也累了，就想跟他结束这段姻缘，太折磨人，让人喘不过气来！"张沧文问："你这么快就和汤凯登记，是不是可以判断你是爱他的？"董玉叹了口气，说："如果真是那样的话，那还好，汤凯那时离异不久，需要有人重新组织家庭，我和他一拍即合，俩人可以闪电结婚，也可以闪电离婚，谁都不限制谁，谁都不约束谁。我们就是各取所需，各自表达，不涉及爱情，也不涉及金钱。"

庄丽丽旁听时很少发言，此时忍不住问道："你确定汤凯不爱你？"董玉说："一开始不太确定，慢慢地就清楚了，他是一个极其自私极其精致的人，只爱自己，不会去爱别人。我和他，都信守当时的协定，不睡一张床，不干涉一件事，这些年来，挂着夫妻的名，没有夫妻的实，连一个邻居、一个朋友都比不上。当然，在李彪的眼里，我肯定是移情别恋了，肯定是喜新厌旧了，说句好笑的话，我好长一段时间没见过汤凯了，也不知道他在哪里。"庄丽丽说："他干了违法的事，被关起来了，恐怕得过阵子才能出来。"董玉"哦"了一声，问都没再问一句。

张沧文之前见过董玉，和她聊过汤凯的事，知道汤凯对她做的事都是很卑劣的，见她只是轻描淡写地提起，想必是在别人面前替汤凯和自己保留一些颜面，当下也不细问。

张沧文转头问李彪："你怎么看的，对当年的离婚后悔过吗？"李彪说："当年的离婚，最直接的感受是被抛弃，被侮辱，心里面满满的都是怨恨，还有郁闷！一开始想报复，后来就变成作践自己，现在听她说起，似乎我的一切感受都是单方面的，都是错误的，都是自寻烦恼！这话要是换成以前，我是打死都不会相信的，经过这些年的种种经历，我也想清楚了，是我自己犯了错，不可原谅，董玉选择了离开或许是唯一正确的做法，不然，我们也是没办法相处的，最后会彼此消耗，直至不可收拾！"张沧文问："这么多年，有没想过没在身边的女儿？"李彪说："怎能不想，可想又能怎样？对于一个男人，有什么比被女人抛弃更伤心的呢？我不断地喝酒，不断地赌博，就是想要忘却一切！心痛如绞、生不如死的感觉，不是轻易能体会得到的，还好，还活着，还有盼头，还能看到她们姐妹团聚！"张沧文问："在律师调解院，我们不仅讲法，我们也尝试着进行感情的剖析和调解，特别是处理婚姻、家庭的问题，我们想知道，现阶段你们彼此间的看法，如果可能的话，愿不愿意一起生活？"

董玉说："我从分家的那一天起，就下定决心不走回头路了，哪怕是错了，就当是为自己的错误买单，他李彪就算再优秀，就算是他变成圣人，也都回不去了，我以前爱的李彪，从离婚的那一刻开始就消失了。这些年来，夜深人静的时候，我也思念过不在身边的女儿，回忆起以前平凡生活的点点滴滴，以前的爱是实实在在的，痛也是真真实实的，爱有多深痛就有多深，这么多年了，我现在很平静，为了女儿，我可以做一些事情，只是我和汤凯的婚姻还存在，不可能跟别的人生活，哪怕是名义上的。"张沧文问："董芝和汤凯的父女感情如何？"董玉答道："很一般，这么多年来，汤凯对她不管不顾的，董芝知道汤凯不是亲生父亲，两个人见面的次数不多，别说是董芝，连亲生儿子汤敏成都和他不亲，他属于那种很自我很自私的人。"张沧文对坐在一旁的庄丽丽说："庄总，听说您认识汤凯，能不能介绍一下你对他的看法？"庄丽丽微笑着说："好呀，汤凯算是我的启蒙老师，指点过我画画，对他的印象是才华横溢但不谙世事，有些自以为是，总认为怀才不遇，有时候会做出不可思议的事，责任心不强，打个比方说，他拿主意做的事，如果顺风顺水有成绩了，他当仁不让居功自傲，如果遇到阻碍办不好，他不会承担责任，只会把锅甩给别人，而且对甩锅表现得理所当然，好像那事跟自己一点关系都没有。总体而言，我相信董玉所说的是真的。"

李劲伟问董玉："如果你们离婚的话，有什么障碍吗？"董玉答道："那倒没有，我和汤凯当初约定，如果谁不想维持现状，随时都可以离，我和他没有感情上的纠葛，没有财产上的纠葛，小孩都是成年人，随时都可以离婚的，只是，离不离婚对她们姐妹有什么影响吗？"李劲伟说："如果你和李彪能够重新组合的话，那对她们姐妹肯定是好的！"董玉说："那不行！跟汤凯离婚本来可以，但我不想离了，又去跟别人结婚。"

黄怀问李彪："李若寒问起妈妈的时候，你是怎么说的？"李彪说："她就是小的时候问过，我说妈妈去别的城市生活了，长大后懂事了，就没怎么问了。"黄怀又问："见到妈妈和妹妹她会诧异吗？"李彪说："诧异是肯定的，但更多的是高兴，激动，还有团聚的渴望。"董玉说："董芝会高兴坏了！之前没告诉她们，这下忽然降临了一个和自己一模一样的姐妹，这是多么令人兴奋的事呀！我一直都在牵挂这事，如果这次能够顺利解决，那我就谢天谢地了！"

张沧文说："综合整件事看，如果李彪和董玉能够重新组合家庭，对两姐妹的团聚和她们以后的生活是最有利的，但这种情形目前看来实现不了，退而求其次，如果李彪和董玉不能复婚，但还是能一起待在同一屋檐下，能够一起陪女儿吃饭聊天，对她们来讲也是极其幸福的，要达成这一目标，董玉最好是和汤凯离婚，根据刚才了解的情况，董玉是能做到的，至于有没有离婚的必要，我认为这事要由董玉决定，如果不对生活造成影响，我建议为了她们更好地团聚，母亲做这件事是值得的。会后董玉和李彪可以进行沟通，董玉也进一步思考处理家庭关系的问题，我们静候你们的消息，再安排时间讨论，在事情最后解决之前，各位先不要打扰两姐妹，先让她们继续平静地生活！"

第十五章　天上馅饼

　　董玉离开律师调解院回到家，没见到董芝，打了电话，董芝说她在学校的文山湖西餐厅和朋友聚会。

　　和董芝一起聚会的，是她的同学刘思思，还有杨之东和文南。文南自从见到了董芝，经过几番思索，决定退出与章华的竞争，转而频频地和董芝聚会。当然，杨之东和刘思思经常都参加，这一次，俩人挨着坐，显得很亲密。文南笑着说："看来你们两个发展得不错呀，思思比原来苗条了许多，貌美了许多，看来爱情的魅力真是巨大！"杨之东搂着刘思思的肩膀，还亲了亲头发，说："阿南，你本来在香港上学的，现在三天两头往这边跑，你这是司马昭之心路人皆知！你看你们，隔得那么远干吗？坐近一点！咱们四人，有缘的话，到时组成两队，婚礼一起办得啦！"

　　董芝和文南隔着一个位，本来想挪近一点，听杨之东那么一说，脸红了起来，刘思思看在眼里，笑着说："董同学，要不是我已经名花有主，说不定会跟你抢文南的，你可别矜持过度哈！不过，作为同学，肯定是会帮你的，我现在先帮你把把关！"她转头看着文南，说："董芝是我的闺蜜，我可是要帮她把关的，现在当着大家的面，请你讲讲你的恋爱史！"杨之东边鼓掌边说："太好了，文南可不许撒谎呀！"

　　文南笑了笑，说："我没什么好隐瞒的，以前没拍过拖，去年碰到一个女孩子，有些动心，只是我的好友也喜欢那个女孩，本来想和我朋友公平竞争的，直至碰到了董芝，我开始心猿意马，董芝的阳光、活泼深深吸引了我，我再也无法抗拒她的魅力，所以我放弃了和我那位朋友的竞争。"刘思思说："听起来挺坦诚的，那你说一下，董芝和那位女孩谁漂亮？"文南本来想说她们长得一模一样，犹豫了一下，改口说："她们长得很像，要说谁漂亮，还真不好说，但我更欣赏董芝的气质。"

董芝开心地笑了笑，漂亮的女孩更喜欢别人欣赏的不是她的外貌，刘思思看在眼里，说："董芝可是个单纯的女孩，我也是，第一次谈恋爱还是因为你们两个，现在我和之东已经确定了关系，我就想问问，你们的关系可以确定了吗？当然了，这个问题不用文南回答，董芝也不用回答，点头或者摇头就行！"文南紧张地望着董芝，只见她点了点头，然后害羞地低下头。文南忍不住往她身边挪了挪，搂着她的肩膀。杨之东说："这就对了，接下来我们要郑重声明，董芝已经名花有主了！"文南高兴地说："我们要另外找个地方去游玩，到时候把我朋友也叫上！"杨之东说："好啊，最好他也带上女朋友！"文南说："那我得问一问，他有没有我这么幸运！"

文南跟他们分开后，整个人像是一只快乐的麻雀，走起路都是又唱又跳的，整个世界仿佛都被阳光笼罩着。他想起了章华，便打了电话约他见面。

几个小时后，文南和章华在香港的太平山顶见面。夕阳照射在山下海面上，金黄色的光辉笼罩在山脚下，美得让人心醉。俩人还是在上次的凉亭坐着，文南见章华闷闷不乐，问道："怎么了，跟李若寒进展不顺利？"章华摇摇头，说："不算不顺利，想当初我们还在这里谈公平竞争，后来你说你有更心仪的对象，退出了竞争，让我感动了许久。不瞒你说，我是表白过了，她也不算拒绝，可是形势变得有些复杂！"文南说："不会吧？难道比我们两个要决斗还复杂？说说吧，兴许我能帮上你的忙！"

章华说："李若寒没有男朋友，但却因为她父亲碰到麻烦，给别人当情人，就是拿青春换钱的那种。"他把上回与李若寒见面的情形详细地描述了一番，说："这事我郁闷了许久，别的人不可能说的，只能跟你倾诉，你和若寒也算是朋友。"文南愣了好一会，说："红颜薄命，没想到李若寒的命这么不好，怪不得见面的时候，总觉得她带着神秘感和忧伤。我是这么看的，我们认识她的时候，她已经处于那种状况了，她也没欺骗我们，现在的问题是，你知道真相之后，是否仍然喜欢她，如果依然喜欢，那些都不是事，总是能解决的！"章华说："这些天我问过自己无数次，结果答案都一样，我还是像以前那么喜欢她，我看得出来，她对我也是动了情的，问题是怎么去面对现实，解决问题，这是最让人苦恼的！"文南拍了拍他的肩膀，说："你别急，这时候最重要的是冷静，冰冻三尺非一日之寒，事情已经这样了，别想着三五天就能解决问题，现在的关键是李若寒的态度，想必她会有所反应的，我们下来一是要看看她如何反应，二是多了解情况，包括他那个男人的情况。"

章华点点头，说："你说得对，关键时刻还是你最靠得住！我也想过了，不管多艰辛，我都不会放弃，为了爱，什么都是值得的！"文南说："好，你先调整一下情绪，过几天咱们一起回云港，把情况摸清楚。"

这时章华的电话响了起来，李若寒打来的，告诉他已经向对方提出分手，在等对方的答复，这段时间少联系，过阵子见面再聊。文南等他们结束通话，说："李若寒还是对你有情有义的，估计她已经跟对方表明了意思，在等着看如何处理钱物的问题，你就按照她的意思，不要去催促，静观其变！"章华点点头，紧紧地握住文南的手。

李若寒打电话给章华的时候，李彪正好跟她在佳成酒楼吃饭，因为隔得远，她又讲得小声，听不到讲什么，但看得到她全神贯注的表情，忍不住问："给谁打电话？"李若寒说："给香港的一位朋友。"李彪说："很久没见你和伍燕一起了，她最近很忙吗？"李若寒说："我上回约她们父女聚下，她说伍叔叔最近忙。"李彪说："他忙什么忙，前阵子还约我呢，择日不如撞日，我打电话给他，有空的话让他们父女过来聚聚！"

李彪打了电话，发了定位，没多久，伍廷威和伍燕先后到了佳成酒楼，伍廷威一见面就问："李兄生意不错吧？最近见你风风火火的，就快发财了吧！"李彪说："公司业务蒸蒸日上，现在已经开了几十家连锁店，老板谷峰现在名气可大了，昨晚为一座小学捐建教学楼，刚上了电视台，我就是帮他跑跑腿，发财谈不上，小康还是没问题的！"伍廷威问："你和谷峰什么关系呀？现在负责哪块业务？有机会的话介绍我发点小财！"李彪说："你是当官的，咋看得上这小打小闹的生意？谷峰在看守所的时候跟我同个监仓，我们互相关照，情同手足，出来后他没忘了兄弟情谊，我现在负责店铺的装修，店开得越多，我挣得越多！"

伍廷威一副酸溜溜的表情，说："士别三日刮目相看呀，或许你是因祸得福，走上好运了！我就不好了，最近好多烦心事，处理不好的话会惹一身骚！"伍燕瞪了他一眼，说："吃个饭别发那么多牢骚，有谁过得无忧无虑的？"李若寒笑着说："叔叔先吃点东西，有什么话慢慢说，要来瓶酒不？"伍廷威摆摆手说："喝是想喝，可今天不能喝，事情多，怕误事！"李彪说："天都黑了，还有很多事吗？咱们好久没喝几杯了。"李彪是真心想和伍廷威喝酒，一是他喝酒爽快，二是喝了酒能听些真心话。

伍廷威说："不瞒你说，林明约了我，我本来是去见他的，你的面子大，一来电话我就把那边推到晚些时候，叫上伍燕就往你这边跑了！"见几个人都一脸困惑，他补充道，"林明是我的一位好朋友，搞金融的，是个大老板。"李彪"哦"了一声，说："那你应该先去见人家的，我们都老朋友了，吃个饭啥时候都可以的！"伍廷威说："找你聊聊也很重要呀，上回约你，你没空，这次你约我，我再没空的话就不知道什么时候能见上了！"李彪说："有什么事你请说！"

伍廷威迟疑了一下，说："不急，咱们先吃点东西，美食不可辜负！"说完动起了筷子。李彪说："别急，你看这样好不好，要不咱们吃了饭，各走各的，下回再聊，要不你把林明那边推了，咱们喝点小酒，谈天说地，畅所欲言！"伍廷威想了想，说："好吧，我明天再和他见面，今天就陪你了，谁让你也是老板呢！"说完给林明打了电话，另外约了见面时间。

李彪叫服务员拿了两瓶酒，就要打开，伍廷威拦住他，说："两个娃就不喝了，吃了东西她们先走，我们再喝，我可是一喝酒就出丑的！"伍燕和李若寒对望了一眼，说："我们等会逛街去，不陪俩老头了！"

好不容易等到她们离开，伍廷威迫不及待地打开酒，倒满了两杯，说："郁闷死了！来，咱们先干了！"李彪陪他干了，问："什么事这么烦？"伍廷威说："我这个海田镇的副镇长是怎么当的，靠的是什么人，你都是知道的，平常吹牛是当官的，实际上就一跑腿的，你看我这头发都快掉光了！记得上回喝的是你珍藏的酒，后来还把你不舍得喝的海马酒干光了，这次的酒没那么好喝了吧？"李彪说："各有各好吧，这些酒硬朗些，上回喝了酒你告诉我很多事情，这次就不等喝多了，有什么事先说吧！"

伍威廷自己又喝了一杯，说："上次跟你讲的，我依稀记得，说了李若寒的事，你也知道她为了你和章之程好上了，我扮演了阴暗的角色，你都知道，我想问问，李若寒有没跟你沟通过这方面的事情？"李彪沉着脸，说："都是成年人，这些事情她不说，我也不会问，不过我可以告诉你，如果需要钱来解决问题，可以找我！我上次已经跟你讲过，虽然你花了很多心思让我陷入泥坑无法自拔，但我也是嗜赌成性不能怨天尤人，我出狱是多亏了我女儿，我女儿喜欢什么厌恶什么，我会尊重她的意愿，但你们千万不要欺负她，否则我不会坐视不理的！"伍廷威说："我怎么会欺负侄女，一向都是为了她好，咱们也算老朋友了，遇事要以诚相待，目前的情况是李若寒想离开章之程，不想和他有什么关联了，你都知道，章之程一向当我是跑腿的，他舍不下李若寒，想让我想想办法。"李彪问："那你怎么看？"

伍廷威一脸为难的表情，说："感情的事情勉强不了，如果李若寒决意离开，他能有什么办法，我的难题是好像我是万能的，啥事都能办，再这样下去，我也只能不侍候了，跟着李总去干装修好了！"李彪说："别开玩笑了，你不是当官的吗？想要平步青云，不还得靠着章之程吗？"伍廷威加满了酒，和李彪碰了杯，说："今时不比往日，现在越来越讲究廉洁了，不瞒你说，现在做事都是循规蹈矩，小心翼翼，不敢越雷池半步，今天林明约我，据说也是碰到麻烦了，他是搞金融的，不小心会害死一大片！在我看来，卿卿我我，情啊爱啊，当下都是小事，不要爆出什么雷才是大事！"李彪回敬了他一杯，问："伍镇长很不干净吗？"

伍廷威想了想，说："我咋能不干净？干净的！我就是跑腿的，啥事都没干，啥事都不问！"李彪又问："你看李若寒的事怎么解决为好？"伍廷威说："我是为你们着想的，眼前处事的原则是冷静，爱情呀，金钱呀，都是小事，能够和谐地分手，我认为是最重要的！"李彪竖起大拇指，说："难得，认识你这么久，这次说得最中听！"

伍廷威刚要回应，看见女儿和李若寒又走了进来，问道："你们怎么又回来了？闻到酒香味了吗？"李若寒说："怕你们喝大了，回来看看你们，再说了，难得聚一次，哪能不好好珍惜？"李彪说："要的，你们也喝点，我和若寒好久没喝酒了！"

李若寒望着父亲两鬓的白发，心里面涌起一种沧桑感，她举起了酒杯，说："是很久没陪爸爸喝一杯了，也好久没好好陪爸爸聊聊了，来，这杯敬您！"喝了酒，她接着说，"今天伍燕和她爸都在，好多事他们都清楚，正好趁这机会，我把我的事跟爸爸说说，爸爸这么些年生活不易，女儿都知道，为了父亲，女儿可以奉献一切，因为伍叔叔的牵线搭桥，我认识了章之程并和他好上了，原来对他还是有好感的，他也帮了我们不少忙，可是现在，我想离开了，不管别人怎么想，我是想要重新生活了，原来的就当作一场梦，欢喜的还是凄凉的，我都认了，快乐的还是痛苦的，我都承受了，当是为自己的过去买单！"李彪也喝了一杯酒，说："女儿受苦了，都是爸爸害了你，以后不会了，我现在收入挺不错的，就算是生意不好，也不会再赌了，我赌了半辈子了，彻底戒了！若寒，你想怎么过爸爸都支持你，以后的日子里，你是最重要的，为了你，爸爸可以不顾别人，不顾自己！"

伍燕听了父女俩的对话，很受感动，敬了伍廷威一杯酒，说："人家父女情深，感人至深，我们父女估计要修炼到下辈子，才有如此福分。李若寒是我姐妹，她已经表态，不管多艰辛，代价是什么，都要舍弃过去重新开始，你了解情况，看看怎样帮她的忙！"伍廷威说："你这丫头，啥时候才知道你爸爸对你的爱，不亚于世上的其他父亲？李若寒的事情，也是我们父女的事情，关键在于如何平复章之程的情绪，还有就是财产上的问题要如何解决。"李彪说："财产问题我明白，无非是算一下账，看看谁欠了谁的，该补回多少钱，情绪问题还请伍兄指点一下，具体是什么问题？"伍廷威说："据我所知，这些年来，章之程真的喜欢李若寒，都快到痴迷的地步了，李若寒跟他摊牌后，看得出他是很伤心，我的意思是他的情绪如果能够冷静下来，能够好好地商谈，那就好了！"伍燕笑了笑，说："情绪只能靠他自己调节，谁能管得了他？他有情绪是可以理解的，有这么个年轻漂亮的姑娘陪着，男人谁不开心？谁愿意让她离开？只是在这世上，你再有能力，控制得了别人的感情吗？"伍廷威说："理是这个理，但我做事也要顺势，这样吧，我这几天找时间和章之程谈谈，合适的话我也劝劝他，有话好说，好聚好散，不要伤了和气！"李彪说："这样最好！感谢的话先不说，来，我们喝酒！"伍廷威说："我也有事麻烦你，上次去你家喝酒的张律师，最近有没有联系。最近可能有事要咨询他。"李彪说："有的，他们开了一家律师调解院，很专业的，可以调解很多问题，怎么啦，你惹上官司了？"伍廷威说："我哪有什么官司，林明在电话里说要咨询律师，我明天见他，看看什么情况再说！我们今天就先到这里吧，改天去你家好好聚聚！"

平常喝酒，没到醉倒或是迷糊，伍廷威是不会停下来的，这次因为要和林明谈事，早早就结束了。

次日一早，伍廷威和林明见了面；中午时分，他打了电话给李彪，说林明请求召开一次律师调解会，让他转告张沧文。李彪跟张沧文一说，张沧文立即预约了其他律师，三天后举行了听证会。

文慧、张沧文和李劲伟组成律师团队，伍廷威陪着林明来到律师调解院，还没开始，伍廷威接到开会的通知，匆匆忙忙地走了。张沧文简单地介绍了律师的身份，然后请林明做情况说明，林明说："我是做金融的，开了家担保公司，但生意还是以我个人的名义做，简单地说，就是我向别人借钱，付一定的利息，然后把钱转借给别人，收取一定的利息，我赚利息差。"李劲伟笑了笑，说："你这生意好理解，就像银行一样做钱的生意，在古代叫作开钱庄！"林明说："银行是有牌照的，我是没牌照的，所以我只能向熟人借钱，后来生意做大了，才有一些生客。现在是什么问题呢，我碰到麻烦了，这两三年来，我筹到的钱大多都借给了一个叫何路的老板，总数有两个多亿，利息是两分，也就是每个月百分之二，原来付息还比较准时，大概三个月前，利息不付了，本金也不归还，而我呢，利息没付了，天天有人催钱，这些人，大多是同乡、朋友、朋友的朋友，这些人都是有社会地位的，我哪里承受得住？我现在每天都在火里熬着，整夜睡不着觉！"

文慧不是第一次碰到这种情况的当事人，先是安慰一下他："这么大的数额，换了谁都不好承受，你是做大生意的还好，自己碰到过这种事，三五十万元我就坐立不安，吃不了睡不着了，我想问问，你跟何路是什么关系，为何那么信任他？"林明大声说："何路是我几年前在银行认识的，那时我去做抵押贷款，他是银行的工作人员，大概是三年前，他来找我，说辞职了，现在做点资金生意，比如帮人家过桥，提供个短期借款之类的，让我有资金的话可以放他那，能挣点利息。我那会刚还清了银行的贷款，听他那么讲，就又跟银行贷了一笔款，借给了他，每个月还真能挣到一笔不菲的利息。何路出手还是很阔绰的，不管我借给他多少，时间长短，他都按月息两分计算，时间不足一月的按照一个月计息，因为尝到了甜头，我开始把能抵押的资产都抵押出去，用来贷款，又开始向亲戚朋友融资，答应付他们每月一分或一分半的利息，当我借给何路的规模达到一千万元时，我每个月的利息收入达到二十万元，除了付给亲戚、朋友一部分，自己每个月的利息收入近十万元，开始进入了高收入人群，我的野心也开始膨胀起来，如果把业务再扩大，借款规模达到亿元以上，收入不就翻个十倍以上，到时候年入千万元不是梦。我的全部心思开始放在这上面，生性谨慎的我开始关注何路的生意状况，看到他的生意蒸蒸日上，既跟上市公司做资金拆借，还跟国有企业合作运营商场，收入相当丰厚，完全支付得起两分的月息，而且，他的资金需求量比较大，跟我说尽可能多借一些，如果别人需要多一点的利息，他这边也可以适当提高。我找到了一条发财之路，自认为风险在可控范围内，于是我将精力放在如何吸收更多的资金上，首先，我将自己的车子从本田换成宝马，过了两个月觉得还不够气派，在二手车市场买了部劳斯莱斯，当然，购车款是按揭贷款的，另外，我又花了几万元，在云港市一个老乡组成的商会混了个副会长，回到老家，碰到县领导及乡镇的领导，我都找借口把劳斯莱斯借出去，让他们帮我宣扬宣扬，经过一番运作，我在老乡这个圈子开始出名，很多人都知道把钱放我这里，能够放心地拿到回报，单一个老乡，一下子就借了四千万元给我，不到一年时间，我筹借到的款项真超过一个亿了！我在兴奋的同时，也想法子降低自己的经营成本，我把挣来的钱用来买房子，然后再从银行尽量地多贷款，因为银行的利率比较低，我就能减轻资金的成本，能够挣到更多的钱，在我借给他超过一亿元的一年多里，利息都是准时到账的，然后短短的几个月，借款数额快速增加，后来何路又介绍了郑莲做珠宝生意，何路突破了两个亿，郑莲达到二点二亿，何路付多一个月利息，就开始毁约了，说是资金链断裂没钱付了，而在这个时候，郑莲的欠账也达到了最高峰，两边都开始赖账，于是一切都乱套了，我被压垮了！"林明说到这里，觉得唇焦口燥，停下来喝了几口水。

张沧文说："你说你是生性谨慎的人，到了后面越借越多、越借越快的时候，你没察觉到什么吗？没有慎重一些吗？"林明叹了口气，答道："到了那个时候，我是有点飘飘然了，觉得这世界上赚钱太容易了，我林明终于开始飞黄腾达了！当然，这只是一方面的原因，更重要的因素是他们变换了生意模式，而我因为贪婪陷了进去，还没觉醒过来，游戏已经结束了，那段时间何路引进了一个生意人，名叫郑莲，说是做香港的珠宝生意，何路第一次带她到我公司，就送了一个劳力士手表给我，那可是十多万元的价值呀，我看她出手大方，像是个做大生意的，便和她聊起珠宝生意是怎么做的，她说珠宝生意是用美金结算的，比如今天用美金在香港买进珠宝，第二天出货的话能挣百分之三的利润，我一听怦然心动，那可不得了，一个月都快翻倍了，我问她怎么才能够参与，她说她们一般都不缺资金的，偶尔缺的时候，我可以把美金打到她指定的香港账户，她第二天再兑换成人民币，把本金连同利润打给我，利润一人一半，即各占百分之一点五，我听了觉得不错，把最好的茶叶拿出来请她。过了没多久，她果然就碰到资金紧的时候，让我给打个一百万美金，我通过朋友的钱庄给她指定的香港账户打了钱，第二天她就把人民币打给我了，一笔就挣了近十万元人民币，我赶紧把钱打给我那开钱庄的朋友，付了些费用给他。后来时不时地有这样的生意，金额在一两百万美金上下浮动，每次都在第二天就结算，我本来还分些利润给何路，因为是他带来的客户和生意，一开始为了安全，我拉着他一起做，看着利润这么丰厚，我开始打起小算盘，想把他甩开，自己和郑莲做生意。我尝试请郑莲到公司喝茶，跟她说自己要分些利润给钱庄，又要分利润给何路，自己挣得太少，风险又大，不想做这生意了；她说，咱们做得好好的，有什么风险，要是嫌挣得少，可以不分给何路呀，他老婆陈茜本来就是股东，整个交易都不需要他。我听她这么说，心里暗喜，假装犹豫了一下，然后说，那咱们以后就直接做生意了，何路那边我就不跟他报备了，那啥，钱不能让他一家人全挣了。就这样持续了两三个月，她把额度提高到五六百万元，过几天跟我说最近业务猛增，问我最高能打多少美金，我说朋友钱庄的规模最高就到两千万元，她连声嫌弃，说实力还是太差了，然后又带点无奈地说，那就先做两千万元吧。我那时已经被温水煮青蛙，利令智昏，考虑都没考虑就打了两千万美金。"林明说到这里，呼吸变得粗重，似乎还没从当时的惶恐中解脱出来。

张沧文说："我听明白了，这债务就像雪球一样，越滚越大，前面的还没结清，后面的又累上了，按照你说的，两个人都欠了两个多亿，那你跟他们对过账没有？"林明说："对过账的！自从两千万美元打过去，噩梦就来了，第二天郑莲来到我公司，告诉我，今天资金回转不了，因为昨天的那批珠宝质量有瑕疵，得退回南非去更换，大约要半个月珠宝才能从南非返回香港，珠宝到了香港之后出售了就能将钱还回来；我一听心凉了半截，但仍然尝试着追回钱，我说要这么久的话，你可以将手头积压的珠宝出手，大家先运转起来，不让资金链断裂。郑莲沉默了好一会，考虑许久之后跟我说她们公司是一个姓李的大股东和她姓马的表哥在处理这些事，她是小股东，没办法决定珠宝的出售和资金的返还事项，我听了来火了，说我是和你做生意，我只认得你和陈茜，现在你不还钱，还搞出个李股东和马表哥，你这是在推卸责任！我不管你是大股东还是小股东，你把钱还回来就行。郑莲坚持说大事都是她姓马的表哥决定的，我说既然这样，那你把你的表哥叫过来，我当面跟他对质一下，再问问你们的珠宝生意是怎么做的，是不是真的在做生意。她一开始说好，后来又推说太晚了，我说太晚过不来没关系，那就打个电话，在电话里先聊一下，她拒绝不了，就拿出电话打，打了两个多小时的电话，都没找到她表哥。我就说那你把号码给我，我来打吧，她说陌生人的电话她表哥不会接听，怎么样都不肯提供号码。我说既然找不到你表哥，那就把你公司那个姓李的大股东，或者还有什么二股东的叫过来，或者打电话给他们，方便的话也带我们去香港看看你们的珠宝。郑莲说大股东、二股东经常在国外，电话打不通，也没有别的联系方式，我开始从怀疑到确定，郑莲一伙就是在骗我的钱，我们开始对谈话进行录音录像，我开始正式地对她说，今天过来有两件事，一是确认双方的资金往来，确定欠钱的金额，二是做个还款计划，看什么时候能把欠我的钱还上。我把平常记数的单据拿给她核对，郑莲看了一会，因为本来就是她和我往来的账，马上就确认了美金的往来情况和投资的利息，共欠我折合人民币二点二亿多元。当时，何路已经应我的邀请来到我公司，我还请了一位律师，叫黄荣，现场草拟了一份借据，经何路见证，郑莲在二点二亿元的借据上签了名，盖了手指模。我问她什么时候还钱，她说半个月内还一个亿，余款在一个月内结清，我问她今天能不能先还一部分，她朝我账上打了五十万元，说就这么多了，

201

已经尽力了，我差点当场晕倒，这么一点钱就已经到顶了，那还指望下来一个月能还两亿多。我说这样不行，今天晚上先不回去了，你表哥的电话或者大股东的电话要么打通，要么把电话号码给我，不然咱们今晚是睡不了觉的。郑莲假装答应，中间还和何路嘀咕了几句，不断地打电话，一开始都说没打通，打了几个钟头，说她打通了公司财务的电话，财务整理了一下清单，结果是我还倒欠她七千多万元人民币。我愤怒得说不出口来，知道是碰到大骗子了，我说今天的银行流水还打不出来，晚上就在办公室睡觉吧！"

文慧问："你的意思是说，其实你不确定郑莲在做珠宝生意？你和她谈生意的时候，没有派人去香港考证一下吗？"林明摇摇头，边叹气边说："当时她这么说，我都信了，唉，就是利令智昏，连最基本的事情都忽略了，就想着别人给的那点利息，忘记了别人设计的是我的本金！现在看来，她根本就不是个生意人，什么珠宝生意，那都是编造出来的，其实一开始听到这样的生意，我就应该实地去香港考证，有什么样的生意，能有这么高的利润？那天对账，我让她带我去香港看看珠宝，她只是在那里偷笑，估计就是在笑怎么有像我这么蠢的人！她拿捏到我的缺点，骗取我的信任，一步一步地，让我陷进万劫不复的坑，认真地想一想，有什么生意利润能有那么高的？我就一蠢驴！"文慧又问："你说郑莲的财务算出你还倒欠她七千万元，这如何解释？"林明说："我也是那天晚上才意识到她们的套路，财务算的是郑莲打给我的钱，那是打到我账户上的人民币，我的美元是按照她指定的账户打的，都是香港银行的账号，但户名不是她，她是如何耍赖的呢？她让我打的美金她不认，剩下她打给我的人民币，这不成了我欠她的吗？"文慧继续问："她让你打美金出去别人的账户，是怎么下的指令？是打电话呢还是发微信？"林明答道："当我回忆起细节时，我浑身直冒冷汗，很多指令都是分开发出的，比如说让我转一笔款出去，电话里跟我说了金额，而在微信上就跟我发了账户，现在明白了，就是为了留下缺漏，让我们不能自圆其说，比方说电话里说让我转五十万美金，微信上发了户名和账号，如果我说你让我往某人的某账户转了五十万美元，她就会否认，我拿出电话录音，她说只让转账五十万元，没说转给谁；我拿出微信记录，她说只是发了个账户给她，没说要干啥。这些人，处心积虑的，我是一点防备之心都没有啊！"

见文慧没紧接着发问，李劲伟咳了两声，暗示他要发问："你说这些人处心积虑骗你，具体指的是哪些人？何路和郑莲是一伙的吗？何路的老婆陈茜和郑莲是一伙的吗？"林明答道："你这问题问得好！一开始我以为天下无贼，个个都是好人，个个都是我的金主，等到意识到被骗了，我认为个个都是骗子，这些人都是串通一气的骗子，但我不确定我的看法是否正确，所以说出来请大家指点迷津，何路是问题的源头，他是最先设局的一个，利用我的贪婪，一步步地让我加大筹码，最后让我陷入深渊，而在这过程中引荐了郑莲，明显是有的放矢，瞄准的是我的外汇钱庄资源，不知道他们是怎么发现的，知道我有朋友开钱庄，能往境外汇出大笔美金，要知道，两三千万美金就是两亿多的人民币，我估计何路是嫌人民币的生意进展太慢，不惜用更大的利益来诱惑我，一开始还有股份，慢慢地故意全都让利给我，让我一个人做，实际上都是早就设计好的，只是碰到我这只贪婪的猪，还自以为是，以为捡到了便宜。我是深信他们是一伙的，可是我没有证据，何路说他也被郑莲骗了，结账那天郑莲也承认欠了何路两个多亿。何路的老婆陈茜，那就更不用说了，跟郑莲是一起做珠宝生意，后来跟我结算往来账，欠了我四千多万元，到现在都没还，她跟郑莲肯定是一伙的，可惜我找不到证据！"

李劲伟说："你的分析是很有道理的，换成是我，我也会这么分析，只是法律是讲证据的，所以我们目前只能保持合理的怀疑，但还不能下结论。你刚才讲到留下郑莲和何路在办公室对账，后来情况如何？"

林明答道："那天郑莲先是承认了欠账，签下了借条，后来不知是跟何路还是别的人沟通过，反咬一口说我欠她七千万元，我留下他们，就是要逼她回到实事求是解决问题的轨道，同时逼她提供担保人，他们俩在我办公室待了两日一夜，郑莲没再松口，咬死是我欠她的钱，我说那就想清楚了再说，她怕我一直留她在办公室，打电话报了警，说我们非法拘禁她。警察找我和公司的员工协助调查，做了笔录，我跟警察说明了来龙去脉，留下他们是因为账务没对清楚，我们也没限制他们的自由或是殴打他们，在办公室里他们都是自由走动的。郑莲跟警察说我们一班人看守他们，不让他们离开，还不断地威胁他们。警察逐个做了调查，后来对我们做了口头警告，让我们有事走法律程序解决，不要触犯法律，不得采取暴力或限制人身自由的方式。于是，何路和郑莲顺利地离开了我的办公室。"

李劲伟问："如果没有报案，你真想强行拘禁他们？"林明答道："当时急昏头了，没想那么多，就是想着如何把钱收回来，现在懂了，对这些骗子也只能采取法律手段。听说你们这个顾问团队很强悍，所以希望得到你们的帮助！"

张沧文问道："他们都承诺过还钱的期限，后来有没按期限履行过？你有没有向他们追讨过？"林明答道："何路的两亿元，其实是分成二三十张借条写的，是借款的过程中分批写的，他没有抵赖，只是说资金投出去了，通过公司投的，现在还没回收，他的投资公司我知道，以前我有些朋友借钱给我，钱是从公司账户转的，因为要借给何路，我就让他提供公司账户，他提供的就是这家公司账户，我朋友的资金好多就是打进这家公司的。我说既然公司投资，那总得有个说法，投到哪去了，现在怎么样，他说主要投了两处地方，一是借给一家上市公司收取利息，二是投到一个房地产项目，购买了五十个商铺。我说那就把股权转给我，我来回收这些资产就好了，他又说前阵子把股权转给别人了，现在他没办法操作。我心想这都是想方设法来逃避债务的，便朝他发了火，说这样子我就让那些债主直接来找你了，这样下去我们都会被逼死的，他为了安抚我，说上市公司那里有一千万元马上到期，他先挪出来还我，给我解燃眉之急，先付债主利息，给大家个缓冲期。我看他说得那么真切，信以为真，可是到了说定的时间，他又改口说上市公司不能如期还钱。之前有个朋友是何路的长辈，我托他跟何路好好谈谈，得到的答复是没有办法解决，不行就走法律程序；我不甘心，还找了江湖上专门催债的人找他，可是除了花掉几十万元的费用外，没有任何的作用，因为我找江湖上的人，他也一样会找，而那些人，大多是见利忘义的人，大家都忽悠些费用花花，事情也就不了了之，现在可是法治社会，这些人也玩不出什么新花样。就这样，到现在为止，我还是一点进展都没有，至于那个郑莲，那就是茅坑里的石头，又臭又硬，一直坚持她那晚上的说法，说我欠了她几千万元，叫我不要倒打一耙，而且不知道谁教的，底气从何而来，打死都不认欠我的钱，我是好话说尽，威胁恐吓的话也没少说，可她就是死猪不怕开水烫，一副不管不顾的姿态，我也是一点办法都没有！”张沧文又问：“你有没有去香港查过你转美金过去的那些账户？这些账户的流水能不能获取到？”

林明掏了纸巾擦了擦额头上的汗珠，无奈地摇摇头，说：“那天听郑莲说我欠她的钱，我就意识到这个问题了，想让香港银行业的朋友帮我查流水，他们告诉我，香港的金融是严格保密的，别说是个人，就算是内地的警察也查不到，因为他们在香港没有执法权，我一听就傻眼了，我面对的可不是一般的人，他们连这个漏洞都考虑到了，即使我报案，经侦部门也无法调取到银行流水，我让朋友打的美金，相当于不知道流到哪个国度，不知道被谁弄到哪里去，而我和郑莲的信息和电话，都是零星的、简单的，根本就形不成完整的链条，所以她颠倒黑白，一口咬定我欠她的钱，我连反驳的证据都没找到，她还神气了，说她的命也值不了这钱，眼下是要钱不要命了，我想怎么样只能由得我了！”文慧说：“你说的情况我遇到过，我的那个案件，为了在香港调取银行流水，我们通过公安部向国际刑警申请，经历了千辛万苦,等调到流水了,也没发挥什么作用,因为账户上的钱早就被转光了,而账户的开户者,用的都是境外人士,想要调查取证,简直比登天还难！这些人巧妙地利用了不同国家、地区间的法律制度差别,最大限度地逃避法律的制裁。根据你讲的情况,我认为郑莲后面或许还有一个专业的诈骗团队,不一定只是和何路合作这么简单,我想问问,你对何路的投资公司又了解多少？"

　　林明答道:"公司名叫海川投资,取海纳百川之意,成立了十多年,何路用这家公司收取了我好多朋友的转账,我一直关注着这家公司,特别是它的股权和经营状况,公司由何路控股,另外的股东也是他的亲戚,经营还算稳健,在银行界的信誉不错,有两家银行借过钱给它,但有一点我们没想到,在我找何路和郑莲对账的前一个月,何路把公司百分之九十的股权转让给了郭东湖,当我让他把股份转给我时,他说为时已晚,错过了时机,已经把股份转给别人了。我让人调查了一下,差点给气炸了,你们猜猜他以什么价格转让的？一块钱！他居然把价值几亿元的股权以一元的价格转让给别人！"文慧微微笑了下,说:"这是典型的坚壁清野,就是想让你无法追索,不过这一块钱转让显得太过低劣,估计是香港电影看多了,这样的操作转移财产的目的太过明显,很容易就能申请判定无效。有件事我觉得奇怪,你说海川投资公司还有一笔款借给上市公司,何路股权一转,别人不就马上可以去兑现这笔借款了吗？"

　　林明答道:"我也想到这一层,当时很困惑,郭东湖到底是何路的什么人,这么大的资产都交给了他？还有就是借给上市公司的钱怎么处理,找律师调查了,原来何路还有一通骚操作,他事先与一家小贷公司签了一份债权转让协议,把上市公司的债权转给了这家小贷公司,至于他与小贷公司是什么关系,他从小贷公司那里获得了多少利益,我就不得而知了,但上市公司的欠款就只会支付给小贷公司了,郭东湖问上市公司也拿不到钱。这个郭东湖呢,既不是何路的亲戚,也不是什么好友,只是他一个同学的远房亲戚,经他同学介绍认识后,两个人合作了一个房地产项目,郭东湖提供线索,何路筹集资金,以海川投资公司的名义购进了五十套商铺。郭东湖展示了高超的人格魅力,居然说动了何路,让他孤注一掷,不惜背着巨额的债务,把公司的股权连同资产都转给了郭东湖,做生意的时候我很信任何路,但远远不如何路那么信任郭东湖。不过,何路和我一样,很快尝到了恶果,郭东湖在接手了百分之九十的股权后,马上向另外股东提出要收购剩余百分之二十的股权,好在另外那个股东老实忠诚,又是何路的亲戚,马上把消息告诉了何路,何路才意识到郭东湖之前的一切都是伪装,实际的目的是想侵吞自己的资产，这真是螳螂捕蝉黄雀在后呀！何路马上采取了行动，找了些债权人起诉自己，主张何路转移财产，要求撤销原来的股权转让协议，到现在快三个月了，听说何路会赢下这场官司。"文慧点了点头，说："何路会赢这场官司，重新拿回百分之八十的股权的，只是不管如何，他这么做的目的很清晰，就是提前做好应对，等于告诉你走法律程序的话，最后可能执行不到他的财产。"林明说："是的，我现在明白了，他跟我对了账，坦然地承认借了我的钱，就是要洗脱诈骗的嫌疑，然后，把他名下的财产转走，还怂恿我起诉他，无非就是想把我的钱拖死在无穷无尽的诉讼中！"

张沧文问道："你现在的环境怎样？那些债主理解你的难处吗？"林明长叹了口气，说："以前有利可图的时候，债主们都快管我叫爹，现在利息没付，本金没得还，那些人都恨不得剥我的皮！我这几个月都活在噩梦中，每天除了追债，就是被追债，追债和被追债都快把我逼疯，债主们已经放出风声，事情再不解决，他们会把我送进牢房！我现在是后有追兵，前无去路，快到走投无路的境况！"张沧文又问："你认为你可能坐牢吗？如果真要坐牢，你情愿吗？"林明答道："我筹了这么多钱，如果还不起的话，坐牢是分分钟的事，先不说这些债主个个都不是省油的灯，就算换成别人惹上这种事，我也认为他应当去坐牢。我之前也咨询过，如果起诉何路，官司是肯定赢，但是会面临无法拿到钱的风险，如果去报案，估计只能报诈骗案，按照何路和郑莲眼下的情形，律师说未必立得了案。现在如果能把我那些朋友、老乡的账填上，让我怎么坐牢都可以！我担忧的是打赢官司输了钱，还天天被人追债，不打官司的话，人家还认为我跟这些人一伙！追不到钱，我迟早被送进监狱的！"张沧文又问："你的那些债主，有没有认识何路的？"林明答道："大部分都不认识，平常我和何路做生意，大多是约他来公司，我的职工、家属都认得他，那些客户呢，除了碰巧也到公司，见到了会做个介绍。等等，你让我想想！对了，我的好几个同学还是见过的，过年过节的时候在酒楼一起吃饭，何路也会借机推介一下他的公司和业务，让大家有资金放心地投给我，安全可靠。对账那天，一开始我那些债主去了几十号人，都见过何路，何路还替我安抚他们，说目前只是周转不灵，马上就会有一亿元到位，让大家不用紧张，那天乱哄哄的，也不知道有几个人记得何路！"张沧文又问："何路知不知道你的钱是哪来的？怎么来的？"林明答道："那肯定知道，我是通过朋友介绍认识他的，我有多少身家，多少斤两，他都是清楚的，因为我是商会的副会长，又是区里的政协委员，他每次都叫我'林会长'，讲得最多的就是让我利用自己社会地位、名望多筹集资金，发展项目，实现多赢。我借来的钱付多少利息，他好多也是知道的，有时候还鼓励我，资金紧张的时候哪怕多付点利息也不怕，他会补贴给我的，他就知道我的资金有限，跟别人拿了钱赚利息差。我到现在还百思不得其解，当他欠了两亿元后，每个月支付的利息要很多，而他已经很难再从我这借到更多的钱了，这时候他把郑莲介绍来了，而且很明显的，知道我能让朋友把美金先打出去，等于说我也没更多的钱了，只能先透支朋友的外币，本来何路自己可以做的，为什么还要介绍郑莲来，难道他也知不明郑莲底细？从挣钱的角度来讲，郑莲参与进来，肯定是要分一大份的，还不知道她身后是否有个团队，团队有多大，难道何路也是受郑莲蒙蔽？有时候真是把脑袋想坏了都没想清楚！"张沧文说："在这样的时间，这样的情况下，何路把郑莲引荐到你面前，嫌疑是难以摆脱的，不过，你现在要解决的问题不是解开谜团，而是如何处理追债和被追债的问题！"

林明忍不住打了两个哈欠，那是长时间没睡好所致，他自嘲性地笑了下，说："这事让我失眠了许久，我也问过很多行家，现在还没找到方法，时间拖得越久，一无所获的可能性就越大，现在最迫切的，就是希望你们能给我一个方案，拜托！"文慧说："我们三个需要评议一下，你自己在这先喝点水，歇息一下！"

三人到了旁边的评议室，文慧说："棘手得很，搞不好要断臂求生！"张沧文说："我不主张诉讼的方式，即使打赢对何路的官司，执行会遇到困难，不单是转移财产的问题，何路也可能有其他的债权人提起诉讼，到时候会参与分配的，所以何路的两亿元，打完官司能不能拿回三五千万元，都不好说。至于郑莲的两亿两千万元，那就更加玄乎了，根据郑莲的财务核算，林明和郑莲的往来账中，郑莲打给林明的钱，多过林明打给郑莲的钱，郑莲让林明打到境外的钱，连银行流水都调取不到，根本无法证明，所以林明起诉郑莲的话，胜算不大。林明如果报诈骗案，恐怕难以立案，因为何路可以振振有词地辩解，他那纯粹就是借贷，连借条都打了，还款计划都有了，还想咋地？郑莲可以更洒脱，不光是证据不足，就算足了，郑莲顶多就一替死鬼，其他的人，获益更大的站在后面的人，毫发无损！我支持文律师所说的断臂求生，我的理解就是林明向公安机关自首，然后指证何路为共犯！"李劲伟呵呵一笑，说："我明白了！两位支持的罪名，当是非法吸收公众存款罪吧！何路列为共犯问题不大，郑莲呢？怕是构不成共犯。"文慧说："是的，郑莲构不成非法吸收公众存款罪，只能考虑能否构成诈骗。我是这么想的，眼下何路公司名下还有资产，如果能以追赃的名义加以查封追讨，林明能最大限度地挽回债主的损失，实现自救，只是他必须接受法律的惩罚，坦然接受坐牢的现实，当然，坐多少年牢会影响到他的决定，如果能追回一部分钱，减轻受害人的损失，他可能获得较轻的刑罚。"张沧文接口说："至于郑莲的问题，从目前的形势看，从她那里追赃基本不可能，只能建议林明，想方设法让她受到法律的处罚。现实的状况是，即使林明不先去自首，他的债权人迟早都会去报案的，到那时，他就连轻判的条件都不具备了！"李劲伟说："完全同意两位的意见，眼下我们要解决一个问题，那就是林明刑期的预估问题，我认为他会关注的。"文慧说："案子的金额特别巨大，不过有了自首情节，加上提供线索挽回损失，如果能得到大部分债主谅解的话，刑期有可能降到五六年，林明的债主，好多是他的朋友、老乡，如果看到他主动承担责任，出具谅解书是有可能的。"张沧文说："好，我们就向他提供这样的方案！"

三人回到调解室，见到林明笔直地坐着，额头冒出小汗珠，像是在等待重大的宣判，张沧文叫了他两声，他才从绷紧的状态中恢复过来。文慧笑了笑，缓解了一下气氛，说："车到山前必有路，林总是见过大风浪的人，不必太过担忧，只需考虑什么是最优的方案就行！"林明点了点头，文慧接着说："我们评议了一下，眼前的最优方案是你去公安机关自首，涉嫌的罪名是非法吸收公众存款，这个罪名是最适合你的，坦率地讲，即使你不自首，你的债主们也可以去报案，自首的时候要注意两个要点，一是讲清何路是你的共犯，他帮你做宣传，鼓动你吸收存款，并且主动让你吸收更多的钱用于他的投资；二是要讲清楚款项的去处，现在是流入了何路的公司，具体的去处是上市公司的借款和购置了商业铺面，让受害人请求公安机关追回涉案款项，挽回损失。另外，你自首前要和债主们说清楚，你是为了挽回他们的损失自投罗网，让他们明白你的良苦用心。"

林明听到这里，茅塞顿开，说："我明白你们的意思了，真是高明！这是我万万想不到的方案，你们太厉害了！我会全部照做的，哪怕是粉身碎骨！"张沧文说："没到粉身碎骨的程度，只是坐牢是免不了的，奇怪，你不关心自己要坐几年吗？"林明露出一副无畏无惧的神情，说："这是我该承担的，只求能替父老乡亲追回些血汗钱，我是万万不能逃避，不能推卸责任的！刚才文律师说的话，我也听清楚了，一是要多追回钱，二是要争取债主们的谅解，我想我的刑期跟这两个有关吧。事到如今，对我来说，这是最好的方案了！谢谢你们！"李劲伟说："林总敢作敢当，是个负责的人，我还担心你会顾及自己的刑期呢！我们评估了一下，要是一切都顺利的话，可能减轻至五六年。"林明说："要是这样的话，那我就谢天谢地了！接下来有些具体的事项，还得请你们继续帮我！"

第十六章　难言之隐

　　张沧文刚把林明送出律师调解院，就接到了伍廷威的电话，说在李彪的公司喝茶，请他移步过去聊聊。张沧文按着李彪发的地图，来到了康帝大厦，坐电梯到了顶楼，找到了一间贴着"总工程师"牌子的办公室，走了进去，但觉金碧辉煌、宽敞高档，伍廷威和李彪正靠着窗台喝茶，张沧文对李彪说："失敬，原来你还是总工程师！"李彪说："你就别笑话我了，什么总工程师，我就一装饰工地主管！"伍廷威说："我也是第一次到李总公司，挺气派的，一整层都是，乍一看还以为是金融公司！"李彪说："你还说中了，这层楼原来是一家融资公司，装修得很高档，后来老板跑路了，我们租过来，不费一分钱装修费就启用了，呵呵！"

　　伍廷威给张沧文递了杯茶，说："跟林明谈得还可以吧？他也是快到了山穷水尽的地步了，实话说，我个人也有几十万元贷给他，这些年收的利息快抵上本金了，还好我不贪，他还不还我钱其实我不关心，麻烦的是章常委的钱，对了，以后还是称呼章总吧，避免不必要的误会，他还有好几百万元，搞不好要打水漂了！"张沧文说："我们给了他方案，核心就是怎么挽回受害者的损失，详情不好透露，只是我认为迟早会要回一部分的。"李彪说："伍镇长，你可要谨慎些了，我相信你几十万元都是血汗钱，可是有些人的钱是不是合法收入，这不好说吧，万一到时候打起官司，暴露在公众眼皮底下，就容易出事了，你可要保护好自己呀！"伍廷威瞟了李彪一眼，说："没想到李总现在境界这么高，今时不同往日呀，你放心，我虽然文化不如你们高，但是清白、谨慎做人，我虽然喜欢交际，但底线和原则还是有的。至于章总嘛，有些面上的事情我知道，比如和你女儿恋爱，比如放钱在林明那里赚利息，可是底子里的事，比如钱是怎么挣来的，有没有什么事情不太干净，我就不知道了。对了，李若寒这段时间跟章总不太融洽，我个人的观点是，感情一旦出现裂痕了，很难和好如初，我也提醒你一下，你得跟侄女提醒提醒，有些事情自己要小心点，特别是涉及钱财的事情。"

李彪等伍廷威说完，当着他的面，把李若寒和章之程之间发生的事情，包括伍廷威和他女儿在此间扮演的角色，一五一十地跟张沧文讲了。伍廷威沉着脸，一声不吭地听着，张沧文本来知道一些，经他这么一讲，原来有些疑问也就烟消云散了，说道："伍镇长说得有道理，现在摆在李若寒面前的有几个问题，一是分手的问题，二是金钱上有没有什么瓜葛，三是安全的问题，要防着章总涉及违法犯罪牵连到她。我跟李总提个建议，有些事情，要考虑和李若寒好好谈谈，不能全让她一个人去面对！"李彪点点头，说："我也想到了，所以今天才把事情经过讲给你听，就是想听听你的意见，下来怎么处理合适。我已经跟伍镇长讲过了，以后的问题，钱能够解决的，都不算什么问题，大人挣钱为了什么，不就为了替孩子解决问题吗？"伍廷威说："我先给两位提个意见，以后别叫我伍镇长了，改个称呼行吗？想不出来的话，也叫我伍总吧，我这职务，哪天不被撤了，也自己辞掉了，伍总好听，人在世上，个个都是总，哈哈！"

张沧文笑了笑，说："好吧，伍总，情况你都清楚，我不问你站在什么立场，我只想问下，你认为李若寒跟章总能和谐分手吗？"伍廷威说："我不持立场，客观地说，章总对李若寒是一往情深，可是俗话说，只结不了的婚，没有离不了的婚，况且他们还没结婚，还受到家庭、单位、风俗道德等各种约束，所以只要一方坚持，总是要分开的。至于钱财方面，我自己也不太清楚，可能有两笔账要理一理，一是李总还别人的那笔款，二是花园的购置款，数目都不小，不过对于李总今时今日来讲，怎么样处理应该都不是问题。"李彪问道："第三个问题呢？"

伍廷威想了好一会，才知道李彪问的是什么，深思熟虑后说："我不知道事情的真相，当时介绍了林明和章总认识，听他们说章总放了好几百万元在林明那里，至于钱的来源有没有问题，其实我也猜不准，但不能完全排除，好在李若寒比较单纯，章总就算有什么事，也不会跟她提起，不会牵连到她！"李彪瞧了瞧他，说："不错呀，以前以为伍镇长，不，伍总，只是个爱喝酒的人，现在看来，分析起来头头是道，环环相扣，逻辑性很强嘛！"伍廷威说："愧不敢当！行家在这呢，你多请教张律师吧，人家一开金口就命中要点了！"张沧文说："承蒙伍总夸奖！我建议李总对这事也不要太急，静观其变，待我好好思考一下，确定怎么行动！"李彪连连点头称好。

却说李若寒与父亲、伍廷威父女聚会之后，想着和章之程分手已是近期的事，首先要做的是搬离庄园，自己找个住处，于是花了几天找了新住处，然后开始去庄园打包自己的东西。恰好在张沧文去李彪公司的这一天，天气晴好，她在庄园的房间里整理了书籍，惦记着外面的花草，刚想去修剪一下，章华打了电话给她。

章华告诉她，自己刚到了云港，找到一家新的红茶馆，想约她一起去那听歌。李若寒想要给她的月季花浇水，然后修剪一下，便告诉他没那么快，要两三个小时才能到。章华说，那你发个地址给我，两个小时后我去接你。李若寒算着时间，两个小时足够把活干完，便答应了他，然后兴高采烈地开始打理花圃，她想，这或许是最后一次照料她的月季花了，以后，自己将永远离开这个地方。

章华按捺不住兴奋的心情，一个小时还没过去，就驱车前往李若寒发送的位置，走着走着，他发现这条路似乎走过，等到了庄园门口，又发现似曾相识，他努力地在脑海里搜索，自己是不是到过这个地方。为了唤起记忆，他把车子从另外的方向开过来，忽然想了起来，有一天晚上，他给父亲当司机，就是从一个方向开过来，从另外的方向开走的，因为白天和晚上的视线不一样，夜景和白天的景象也有所不同，所以没有立即想起来。

章华有些忐忑不安，不知道李若寒让自己来的地方，怎么会跟父亲让他送的地方重合。时间还没到，他不想那么快找李若寒，便在庄园的门口开过来，又开过去，绕了十多圈，看着时间差不多了，就拨打了李若寒的电话，告诉她已到了门口。

李若寒说："我在给月季花修枝，就快好了，你进来呗！"章华说："不进去了，你别急。我在外面车上等你！"李若寒说："熄了火进来一会呗！"章华说："不用了，你别急，慢慢来！"说完挂了电话。过了几分钟，小门打开了，李若寒拎了一袋书，往章华车上一扔，又走回去锁了门，返回坐上副驾，说："走吧！"章华小心翼翼地说："就你一个人修枝呀？"李若寒漫不经心地说："是呀，经常都是我一个人呀，偶尔有个叫伍燕的朋友帮忙。"章华又问："月季花是你种的吗？什么颜色？"李若寒说："种了两三年，粉红色居多，还有一些是深红色的。"章华深信不疑了，但仍不死心，问道："你一直在这里住？"李若寒一副天真无邪的神情，说："我在这里住两三年了，不过以后不住这里了，我跟章先生讲过了，我搬出去自己住了！"

章华扶着方向盘的手在颤抖，他确定李若寒背后的情人就是自己的父亲章之程，汽车开得飞快，要不是李若寒在旁边不断地提醒别开太快，章华会把油门踩到尽头，让车子飞起来。还好有导航，章华很快就找到了新茶馆，他极力控制着自己的情绪，让自己脸上一直堆砌着有些僵硬的笑容。李若寒心情不错，点了茶，听着歌，兴奋地说道："我把住处好好整理一下，下次你再来的时候，或许我能带你去看看。我很快就能处理好手上的事情，到时候大家多到这里喝喝茶，心情可以放轻松些，我也不用像以前那么郁闷！你还记得我们上次在香港的红茶馆，喝的也是一样的茶吗？"

　　章华哪里会不记得，上回就在那里，他表白了，此时心中有万般滋味，各种思绪轮番涌现，心想还是先冷静地陪李若寒喝完茶，然后好好整理思路，于是强装出笑容，说："怎么会不记得，那天我对你说的一言一语，我都记在心里，有缘相聚，当是福气！"李若寒手托着腮，柔情地望着他，说："上回你跟我说的话，我也记在心里，原来觉得那么遥远的事，仿佛来到了眼前，以前好多事情连想都没想过，付诸行动了，就看到了希望，以后咱们在一起的时候，你可别说我太天真啊！"

　　眼前的李若寒，笑得是那么天真无邪，章华想给她来个痛快的拥抱，但还是忍住了，说："我们还年轻，一切努力都会让人成长的，就算是有些事不尽如人意，我也无怨无悔！"李若寒说："你最近没休息好吧，今天看起来有些憔悴，是不是学业上压力大？自己要学会排解压力呵，不然很耗神的，以前烦闷的时候，我就到茶馆，喝上一杯喜欢的茶，听听经典的情歌，不知不觉中情绪就会好转些！"章华假装打了个哈欠，说："你说得没错，最近一直熬夜写论文，没休息好，好像都整出黑眼圈了！不过跟你一起喝了茶，听了歌，这回感觉轻松多了，我会记得劳逸结合的，你也是，太过烦闷了就放松一下，也可以找亲友聊一聊，倾诉倾诉！"李若寒说："我很小的时候母亲就和父亲离婚了，这些年来我就跟着父亲，你都知道，女孩子家的心事很多是不跟父亲讲的，你都知道，我父亲原来沉溺于赌博，没什么心情和我聊天，不过他现在可上进了，跟着一起在牢里待过的一个老板，生意做得有声有色，现在开始跟我有说有笑，谈天说地，像是脱胎换骨过了，可会替我着想了！对了，我从来没问过你家里人的情况，你也跟我讲讲呗！"

　　章华的心仿佛被刀刺了一下，默默地做了个深呼吸，说："本想着下回跟你说的，呵呵，我是独生子，父母亲都很普通，但都挺爱我的，父亲是公职人员，母亲在报社当编辑，他们平常工作都很忙的；对了，我妈妈可爱打麻将了，不知道你会不会，咱们以后凑齐人打一打！"李若寒摇摇头，说："我不会，以前看别人打过；不过你到时候教教我呀，打牌方面我是有基因的，你一教我就会了！"章华说："好呀，本来就不复杂的，我看了几遍就会了。我还会很多文体项目的，像钓鱼呀、打球呀、溜冰呀。到时候你喜欢什么，我统统教你哈！"李若寒拍着手说："好呀，我可是很好学的！等你忙完了，我的事情也办妥了，我带你去见一下我爸爸，他现在潮流得很，经常和年轻人来往。"

章华迟疑了一下，应道："好呀！我近期要完成论文，有段时间要忙，大概得两三个月吧，等忙完了，我就过来云港找你！"李若寒说："好的，你专心做事，我也要时间好好整理新家，为了美好前程，我们先暂时别离吧！"

章华打定主意在香港好好待上一段时间。他送别了李若寒，把车开回家，见到了姚倩，说："妈，我一会过香港，接下来有段时间要忙，先不回来了，你有空就跟我视频哈！"姚倩说："好啊，照顾好自己，晚上等你爸爸回来，一起吃了饭再走呗，他最近忙得很，你这次回来还没见到他呢！"章华摆摆手，说："不等了，下次再见他了，我急着赶回去，爸爸最近忙些啥呢？"姚倩说："儿子，你又不是不知道，妈妈从来都不管你爸的事，哪知道他在忙啥，上周还出差了几天呢。你小的时候，我每天都围着你转，等你大了，不用我管了，我除了上好自己的班，有空就和同事、朋友打打牌，听说打牌能预防老年痴呆症，妈妈年纪大了，要多预防一下，嘻嘻！"章华听了，鼻子一酸，眼泪快要涌出来，说："妈妈还年轻！这些年抚养、照顾我，真是不容易呀，等我忙过这阵子，我要好好陪陪妈妈，妈妈说干啥都行，旅游也行，打麻将也行，我都听你的！"姚倩摸了摸他的头发，说："好呀，那你该咋忙就去忙吧，有空也跟你爸爸打打电话，他没惦记我，但很惦记你！"章华说："我会的，妈妈放心，儿子长大了，你记住了，有什么事随时找我哈！"姚倩拍拍他的头，说："知道了，你是个男子汉了！"

章华出了家门，第一时间想到了文南，想找他吐吐苦水，一打电话，文南说他在外地，要两三天才回，问他有没有要紧事，章华说没事，以后见面再聊。他又想起给文慧或是张沧文打电话，纠结了许久，还是决定不打了，直接回了香港，到了公寓，把门一关，倒头大睡。

过了几天，伍廷威约了张沧文去李彪家吃饭，一见面就气急败坏地说："这下麻烦了，林明去自首了，我的钱恐怕要打水漂了！"李彪说："这么紧张干啥，你不是说只有一点钱吗？"伍廷威眼睛睁得圆圆的，说："什么一点钱？你真是大老板，几十万元呀，那是我十几年的积蓄呀！"李彪说："林明自首了，不等于钱就没了吧？你要问问张律师！"

张沧文说："林明咨询过我们，投案自首是我们的建议，没想到他还真有担当，这可是要坐牢的，钱嘛，我认为还是可以收回一部分的，有一点我倒是没想到，有些当官的，像伍镇长一样，投放在林明那里的钱会暴露出来！"伍廷威说："喊我伍总，我不是什么当官的，你说得没错，章总昨天急急忙忙地给我打电话，问林明是怎么回事，做生意给做到牢房里去了，问我下来是不是要去公安局登记债权。听他说话的语气，还是很担忧的，不像我，最多就心疼钱，没有其他担忧的。"李彪说："你要提醒一下，申报了债权，资产曝光了，要解释得清楚才行！如果解释不了，给整个财产来历不明，也是很麻烦的，是不是，张律师？"

张沧文想了一下，说："你们提醒了我，林明这一暴雷，公职人员如果借钱给他的，都会浮出水面，像伍总这样的，是能说得清楚，有些数额太大的，或者来源不明的，的确有点麻烦！"伍廷威对李彪说："李总，你该体会到我的良苦用心吧，这个时候，该是解决李若寒和章总之间纠纷的最佳时机，你要好好把握呵！"李彪说："我女儿的事情，一定会解决好的，时不时机的不重要，我们犯不着乘人之危，或者说，章总即使没出现什么状况，若寒的事也是要解决的。张律师，你和余灵是朋友，若寒也算是你侄女了，你跟她又熟悉，是时候谈谈了，我们不占别人便宜，把事情解决了就好！"张沧文点了点头，伍廷威问道："张律师，我请教一下，我把我十几年的积蓄几十万元借给林明，收取比银行高几倍的利息，这在法律上有没有问题？在其他方面有没有风险？"张沧文答道："十几年的积蓄几十万元，来源上没有问题，借钱给林明赚取利息属于民事行为，没有违背什么法律，我认为你除了会损失点金钱，其他的风险不存在！"

伍廷威捋了捋存量不多的头发，对李彪说："李总，我有个不情之请，如果我没有公职了，就到你公司打工，跟着你谋份差事，养家糊口，你可别拒之门外哈！"李彪笑了笑，说："伍总不要开我玩笑，我也是打工的！"张沧文说："大家是朋友，同舟共济吧，先把眼前的事情办好，碰到新的问题再解决吧！"

过了几天，张沧文约了李若寒见面，李若寒定了在云山红茶馆，一见面就说："不知道你喜不喜欢这种氛围？现在到处都是咖啡馆，茶馆是越来越少了！"张沧文说："我不喜欢咖啡厅，因为我爱喝茶。"顿了一下，问道："香港旺角有家红茶馆挺不错的，我去的时候好像碰过你，你是不是常去那里？"

李若寒说："是呀，我去过好多回，碰到了怎么没打招呼？"张沧文笑了笑，说："那时候跟你不熟呀。不过，我对你是特别留意的，知道为什么吗？因为你长得很像我的一位好朋友，我一直认为你和她有渊源，后来证明我是正确的，她是你的姑姑！"李若寒吃了一惊，说："我还有姑姑？我姑姑是你的好友？你即将成为我的长辈？张律师，你是在编童话故事吗？"

张沧文一本正经地说："你看我是在编故事吗？真编的话也不是这么编呀，都编成你的长辈，好像我喜欢倚老卖老似的,呵呵！"李若寒露出微笑，说："看来是真的，我姑姑在哪？能不能叫她一起喝喝茶？"张沧文听了心里一酸，眼泪夺眶而出，说："她要是能过来喝茶就好了！"李若寒见他情绪不好，没再接着问，只是静静地看着他。

情绪冷静下来后，张沧文接着说："她叫余灵，生了一场病，现在是植物人，还不知哪天能醒过来,等她醒了,我一定约她到这来喝茶！"李若寒眼睛也湿润了，说："你们也是不容易呀，两情相悦，现在却似处于两个世界。你经常去看她吗？陪她说话吗？啥时候也带我去看看她！"张沧文说："我很少去，因为不想让她看到悲伤的样子，等她醒了，我带她见你吧，这段时间让她好好地休息！"李若寒轻轻地点点头，说："好吧，到时候不管你们结没结婚，我都喊你姑丈，你当长辈的愿望就实现了！"

张沧文被她一逗，忍不住笑了笑，说："真羡慕你们年轻人，活力无限，前途无量，还有无限可能！不像我们，生命已过去了一半，好多思维方式、生活方式已经固化，能做的，也就是沿这条路再往前走一走，看得到的风景，也就很有限了！"李若寒说："别说得那么老气横秋的，你还年轻得很，跟我讲讲，你跟我姑姑动人浪漫的爱情故事！"张沧文说："回忆起来，也没有什么特别的，她昏迷之前那段日子，我们游山玩水，谈古论今，真正地感受到精神上的交汇，感情上的和谐，可真要我说动人浪漫的故事，真是想不起来！"李若寒笑了笑，说："看来你是个实在人，不是花言巧语的那种，我最近也是碰到好多伤脑筋的事，都不知道该怎么办，对了，你是长辈，你帮我出出主意呗！"

张沧文本来就是受李彪之托来和李若寒说事的，此时听她主动提起，正是求之不得，嘴上却说："你们年轻人的观念比较开放，跟我们可能会有些代沟，不过我还是能学习并接受新生事物的，你如果觉得我迂腐好笑，也不怕直说哈！"李若寒笑着说："我和你的代沟就是我说话坦率，直来直去，不像你要考虑周全，或是怕说错了什么，我和章之程的事，我爸爸有没跟你提过？"见张沧文点点头，接着说："我和他是特殊时期认识的，一是救父心切，二是我年幼无知，一切都过去了，我已决意告别过去，重新开始！"张沧文点了点头，说："这事我大致明白，你跟他有没有什么财产上的纠纷？"

李若寒想了一下，说："有座庄园原来说是送给我的，但并没有办手续，我已退还给他，另外就是替我爸还债的那笔钱，我还没想到怎么筹给他，其他就没什么了！"张沧文说："那笔钱你不用担心，你爸已经准备好了，他说既然跟他分手，就分个干干净净，不贪别人一点便宜，也不受别人一丝牵连！"李若寒说："除了庄园和这笔钱，我跟他没别的经济纠葛，平常哪怕是买菜、买大米，我用的都是自己的钱。"张沧文有些出乎意料，大声说："太好了！我一直担心，怕你受到牵连，章总有一笔钱贷给别人收利息的，现在借款的人暴雷了，已经去公安机关自首，估计接下来会追问到这笔钱，进而追查款项的来源，章总能不能说清来源，现在是个未知数，你只要没和他有别的纠葛，就不会有什么手尾！"

李若寒向他投去了感激的眼光，说："没想到你这么关心我，我是该谢谢你呢，还是等着谢谢我姑姑，哈哈！你认为章之程会有麻烦吗？"张沧文说："这要看他有没有做违法乱纪的事，现在是新时代，都是要在法治的轨道内做事的，不然，是会受到惩罚的！"李若寒说："每个人都要为自己的行为负责的，就像我，因为自己的年少无知，自己的固执，也是付出代价的，但不管怎样，我现在有了喜欢的人，我就要去努力，去改变，去追求美好的未来！"说到这，脑海里浮现出章华的模样。

张沧文见她脸上露出了对幸福生活无限向往的神情，猜到她是想起了喜欢的人，说道："看得出来，你抛弃了很多东西，去追求自己向往的爱情，向往的生活，你会得到幸福的！"李若寒说："谢谢，你越来越像长辈了，我的男朋友叫章华，也是学法律的，哪天聚一下，您这位长辈给指导指导！"

张沧文一听，吓了一跳，章华不就是文慧引荐的实习生，不就是章之程的儿子吗？他强作镇定，思考了好一会，说："好呀，你哪天约一下他，我指导他一下！"李若寒说："谢谢！他去香港了，这阵子比较忙，过阵子我约他哈。"

张沧文看着她天真无邪的样子，心里感慨万分，命运有时就是这么跟人开玩笑，如果她知道了自己喜欢的人就是旧人的儿子，会有什么想法呢？能坦然地面对吗？张沧文本来还犹豫着要不要谈董芝的事，突然间豁然开朗了，这女孩经历的事情很多，需要面对的事情也不少，对她不必再拘泥小节，有什么事都可以开门见山地讲。

李若寒见张沧文一副若有所思的样子，问道："想什么呢？有什么事情可以跟我讲讲呀，我可是一个好听众哟！"张沧文说："好呀，先告诉你一个好消息，你有一个孪生妹妹叫董芝，在你们很小的时候，你爸爸妈妈就分手了，你妈妈叫董玉，这么多年来，他们没有来往，所以没把这些事情好好地告诉你们，他们现在已经谈过了，准备让你姐妹团聚！"李若寒高兴得一下蹦了起来，嘴里不断地重复着"董芝，董玉"，生怕一不小心把名字给忘掉了，她过去拧了拧张沧文的耳朵，说："你是不是早就知道了，没有告诉我？"

张沧文笑了笑，说："我也刚知道不久，你爸妈想了很多，希望你们团聚，又怕带给你们困扰，也是因为太过疼惜你们吧！你妈妈是重新结过婚的，最近想把婚离了，一家四口团聚，但也没打算跟你爸复婚，在他们看来，你和你妹的感受，你们能不能幸福地生活，是他们首要考虑的问题。可怜天下父母心，永远都把儿女放在第一位！"李若寒回到座位上，眼里含着泪，脸上露着笑，说："是的，哪有那么复杂的事，有父母，有姐妹，这就是我最幸福的事，至于妈妈的感情生活，可不是女儿要过问的，他们也是为我们考虑得太多，哪有什么比亲人团聚更重要的？这些年可把我们姐妹瞒苦了！不过，现在知道也不晚，生活的一切，都是从今天开始的，我好高兴，我好激动，我真想现在就见到自己的亲人！"张沧文说："看到你兴奋的样子，我都激动起来了，这样吧，侄女，你听一下长辈的话，都这么多年了，你也不急于一时，让你爸爸和我来安排！"

张沧文拨打了李彪的电话，李彪很快就赶了过来，一坐下，就先向李若寒道歉："对不起，女儿，是爸爸做得不对！爸爸是个古董，好多事都画地为牢，活在自己的认知世界里，这些事，早就应该跟你说起的！"李若寒眼里闪着幸福的泪光，说："不怪你，爸！你已经是世界上最好的爸爸，你有你的看法，你的想法，我理解的，我们都不容易，最重要的是我们都可以重新开始，从现在开始！"

张沧文把和李若寒交流的情况低声和李彪说了，李彪点点头，对李若寒说："你不用担心那笔钱的事，爸爸最近的业务还可以，几百万元咱们还是还得起的，你妈妈和妹妹那边，我跟她们约个时间，为什么呢，因为我好多年没见过你妹妹，不知道你妈妈跟她沟通过了没，我确定之后，这几天我们就举行个仪式，一家团聚！"李若寒说："我听爸爸安排，有件事当着张叔叔的面跟您提一下，我不知道爸爸现在的具体业务，从我的角度来看，是很挣钱的业务，比您以前挣的要多得多，我关心的是，爸爸挣钱安不安全，有没有法律上的风险？少挣些无所谓，最重要的是安全，我可不想爸爸再碰到什么麻烦！"李彪用疼惜、柔和的眼光看着她，说："知道你最关心爸爸了，放心吧，当着张律师的面，我跟你通报一下工作吧，爸爸的老板是开房产中介连锁的，他的目标就是要成为房产中介的领头羊，而爸爸是负责装修工程的，每家店铺开张都是要装修的，我们挣的是辛苦钱，但是店铺开多了，收入还是不错的，现在已经开了一百多家店了，看来我是因祸得福了，在看守所里认识了谷峰，这家伙可有经济头脑了，看中了房产中介这一行业，还提出了共享的概念，就是让大家入股，入股的人买房卖房都可以通过这个平台进行，推行的概念就是肥水不流外人田，自己的业务费自己也能分到。谷峰本来也拉我入股的，按投入金额的大小分了几层的股东，投资额从几万元到百把万元，我考虑到一心不能两用，还是先干好我的店面装修业务，不要分心在中介业务的经营上，所以我就没投了，要是你们看好的话，我跟谷峰讲一声，现在的投资收益听说还可以，张律师要不要投一点？"

张沧文摇摇头，说："我对这种业务还不熟，下来有机会的话先了解一下，这个时候就不投了！"李若寒问他："你看我爸的业务，没什么法律上的风险吧？"张沧文说："这有什么风险？看起来公司的实力还是不错的，能按时支付装修款给你爸，你爸的钱就赚到手了，这相当于承包了铺面的装修工程。"李若寒说："你这么说我就放心了！对我来讲，现在最牵挂的就是我爸爸！"李彪眼泪忍不住涌上眼眶，说："还是若寒最疼爸爸，咱们把眼下的事情处理好了，以后就能过上幸福的日子了！对了，沧文，上回听庄丽丽说她跟汤凯还有些交情，我有个不情之请，你能不能陪我去找她聊聊，看能不能了解到一些情况？"

张沧文心想，李彪对前妻的丈夫还是挺好奇的，或者也是人之常情吧，便说："好呀，聊聊，说不定有帮助，择日不如撞日，我也好些天没见庄丽丽了，若寒先回去，我们这就去律师调解院吧！"

十几分钟的车程，张沧文和李彪就到了调解院，刚好庄丽丽也在，招呼他们在三楼的茶室喝茶。庄丽丽没找员工过来，自己找了上年份的普洱茶泡了起来，脸上露出招牌式的微笑，问道："李总上回开了协调会，效果还满意不？后来有没有约董玉聊聊呀？"李彪说："有庄总和张律师的帮忙，效果自然是不错的！我还没再约董玉，今天来不怕您笑话，也是想向你请教，接下来的路要怎么走，庄总不是个普通人，希望能够多多指点！"

庄丽丽给他们端上了清香扑鼻的普洱茶，说："李总抬举了，大家都是朋友，有啥问题都可以探讨，我和汤凯有些交情，上次的事情他被拘留了几天，最近没联系，不知道有没有在云港市。"张沧文问道："您说的是汤敏成那件事吗？汤敏成怎么样啦？"庄丽丽说："他被调离了审判庭，到办公室任职去了，工作相对清闲，但不再办理案件。"张沧文叹了叹气，说："那算是不幸中之大幸了，摊上这种事，敏感得很，又是自己的父亲惹出来的，有时候都说不清楚！好在还能说清楚，不然涉嫌犯罪就麻烦了。"庄丽丽微笑着说："是啊，这是他父亲惹的祸，当儿子的只能受着，呵呵，你们要不要见见汤凯？要见的话，我打电话约他。"

李彪和张沧文对望了一眼，说："好呀，我们是校友，好多年没见了，不知还能认出来不？见一见呗！"庄丽丽看了看张沧文，张沧文也点了点头，于是庄丽丽给汤凯打了电话，汤凯说人在本市，可以马上过来。张沧文见李彪稍有些紧张，打趣道："最近一段时间，在我们庄总的地盘，见了好多不寻常的人物呀！"庄丽丽笑了笑，说："哪有那么多不寻常的，芸芸众生，大家都是宇宙一尘埃！"

三个人说笑之间，汤凯一下就到了，看上去比李彪显得年轻些，头发乌黑茂密，特意留了一撮小胡子，艺术范十足。汤凯端详了一会李彪，伸出手握了握，说："幸会！还认得出来，就头发掉得厉害！"李彪笑了笑，说："要是在路上我就认不出你了，以前没小胡子的，还好，要是我留小胡子，估计变白了！"

庄丽丽介绍了张沧文，汤凯伸出手握了握，说："久仰，久仰！以后多指教！"庄丽丽说："张律师跟汤敏成是朋友，那一次就是他们俩来我这里的，要不是及时处理，你可把你儿子坑惨了！"汤凯连连点头称是，说："是我不好，我也受到惩罚了，被拘留了几天，那地方不好待，蚊子多得很。不过，也要怪投诉的那家伙，如果不是他老来纠缠，我也不致于让他先转十万元，其实当时也就想过渡一下，马上就会转还给他的！"庄丽丽瞪了他一眼，说："汤老师，你可不能推卸责任哟，就算你是周转一下，但你知道对汤敏成造成多大影响吗？再说，苍蝇不叮无缝的蛋，你的观念有偏差，才会发展成这样的！"

汤凯虽说是指导过庄丽丽画画，但看得出他对这位庄总还是很敬重的，没有怎么辩驳，只是抱怨了一句："唉，这不刚赶上那慈善会吗？"庄丽丽见李彪和张沧文有些迷惑，遂解释道："这是我主导的慈善会，每年举行一次，以画肖像为导索，发动大家捐款，用途是捐建贫困山区学校，今年轮到我画肖像，捐赠十万元以上的可以获得一幅，汤老师一向认为我的肖像画出神入化，今生不得一幅不甘心，刚好捐赠期间资金周转不灵，又碰到一个胡乱求助的人，所以演出了一出拆东墙补西墙的戏，差点把身为法官的儿子前程尽毁，也差点把自己送进去吃牢饭，幸亏有关部门明察秋毫，调查清楚来龙去脉，从轻处理，不然后果不堪设想！"

张沧文原先知道事件的部分经过，这会才算是彻底了解，说道："汤老师的出发点也是好的，是为了做善事，只是方式不对，情有可原，事情解决了就好！"庄丽丽微笑着说："做善事也要量力而行，不要去践踏道德和法律的底线，不然的话就变成作恶了！汤老师当过我的指导老师，是我敬重的人，但这件事我仍然要给差评，其实需要资金周转或是我的画像，跟我说一声就行了，犯不着去做违法的事，我们要弘扬的是真善美，可不能本末倒置了！"汤凯的脸色变得难看，为了岔开话题，他问李彪："你好像没去看过你女儿哟！"

李彪等了许久都没有进入自己的话题，此时听他问起，赶紧答道："是的，我不是怕影响你们的生活吗？你这么一问，我倒是想念得很！"汤凯说："想念就去呀！庄总说要弘扬真善美的，我已经为你们的家庭团聚铺平了道路！"张沧文问："此话怎讲？"汤凯说："我和董玉已经办理了离婚手续，这是我以前答应她的，只要她提出来，我就配合她！"

李彪喜出望外，但有些迷惑不解，问道："这是怎么回事？"张沧文说："同问！"汤凯说："这有什么奇怪的，我们结婚时就约好的，前阵子她说要离婚，我立马和她办了！"张沧文问："你和她没什么感情吗？就算是约好的，也未必说离就离呀。"汤凯用不可理喻的表情看着李彪，说："你是真不明白还是假不明白呀？我不否认董玉曾经喜欢过我，但那可能是年轻时候的幻觉，其实，她真正爱的人是你。她跟我结婚后，我们也曾努力要进一步培养感情，可还是无疾而终，要知道，我是搞艺术的，追求灵感和新鲜感，而董玉是那种严谨的、传统的女人，我们很难聊到一块去，而她对我的行为也很难理解，甚至经常曲解。这么说吧，好多时候我都认为你们应该破镜重圆的，甚至有些希望这种情况发生，可是，奇怪的是，这事没发生，一晃就那么多年过去了，这么多年来，我们的夫妻关系名存实亡！"

张沧文啧啧称奇，说："没想到还有这样的婚姻形式，看来你们也没什么财产纠纷了，早就约定好的吧？"汤凯说："那是当然，都是早就各用各的！"张沧文假装用抱怨的语气："要都像你们这样，律师都没事可做了，我们的律师调解院也要关停了，哈哈！"汤凯愣了一下，说："那倒不会，听说李总都在这里开过协调会了，像我和董玉这样既复杂又简单的关系不多！"李彪说："汤凯是个爽快人，心直口快，心眼又好，不瞒你说，我还有一个女儿，跟董芝是孪生姐妹，之所以开协调会，是讨论怎样让她们团聚会好些，董玉之所以跟你离婚，估计也是因为女儿的事情，谢谢你的成全！"庄丽丽微笑着说："汤老师人很好的，很乐意助人的！"转头对张沧文说，"记得那个走私案吧？郑泳律师说案件判了，很佩服你们，决定加入我们的律师团队，下回开会可以喊他来参加！"张沧文说："好的，我们这里是人越多越好呀，集思广益，以和为贵，现在法院的案子越来越多了，纠纷达成和解的多了，也能减少点法院的压力！"汤凯说："那你想多了，我是行外人，但相信法院有强制力，还是比较管用的！"庄丽丽和张沧文笑了笑，没有搭话。

张沧文和李彪离开了律师调解院，上了车，张沧文说："有个情况要跟你说一下，有些棘手，但又不得不面对，那就是李若寒新交的男朋友叫章华，是章总的儿子！章华是文慧律师推荐来跟我实习的，我知道他父母的名字，所以李若寒跟我一提，我就知道他们的关系了！"李彪听了，呆了好一阵子，饶是见多识广的老江湖，也没想到会碰到如此巧合的事，他长长地舒了一口气，说："这娃真是命苦，啥烦恼都让她碰到了，你看要不要先跟她说说，还是怎样才好？"

张沧文深深体会到李彪的无奈，安慰他说："事情可能也没我们想象得那么复杂，现在的年轻人跟以前的不一样了，以前读大学的时候都没拍拖，现在的学生读中学全拍拖了，根据这些年的经验，有些事在谈开之前，我们都容易想得太坏，等到摊开讲了，发现问题就迎刃而解了，比方说你的事，本来以为很复杂，不知如何让她们姐妹相认，现在看起来，只是水到渠成的事，根本就不算什么，或许把这事跟李若寒说开了，她也知道怎么去面对，没我们想象得那么难堪和复杂。还有，我有个想法，可能在她们姐妹相聚前沟通会好些，到时如果不愉快，还有姐妹相认的喜悦可以冲淡些！"李彪说："我这会有点乱，你比较清醒，你的说法应该是对的，你让我想想，让我想想！"

李彪把车停在路边，低下头手按着太阳穴，想了许久，抬起头说："我想这样，首先把章之程的事处理完毕，这是重中之重，也是我们原本要达成的目标，然后你帮我再和若寒谈谈章华的事，他们现在也没到谈婚论嫁的地步，能处就处，不能处就各自安好，也没什么大不了的！若寒的事都是因我而起，我现在能做的，就是让她不再受委屈。"张沧文听完点了点头，说："好吧，也只能这么处理了！"

第十七章　连锁反应

　　律师调解院每周的例会在周六上午召开，文慧、张沧文、李劲伟、黄怀和郑泳参加了例会，庄丽丽照例坐在一旁，时不时地走到外面打电话。

　　郑泳通报了凌古走私案的判决结果为有期徒刑八个月，代表凌太和李卫庄向大家表示感谢，然后对着几个人竖起大拇指，说："多亏了诸位的分析和指导，最后的结果都在各位的精准推理范围内，我佩服至极，决意加入律师调解院，谢谢各位的接纳！"几位律师持续鼓掌，既是对案件判断的赞赏，也表示对郑泳的欢迎，文慧说："我和张律师、李律师之前对罗奇等人的强奸案，也做了精准的推测，相差就一个月，这说明我们大家聚在一起，对事实和证据进行研究，对相关的细节进行推敲，还是挺有益处的，我们的主要目的，是寻找并确定辩护的要点，并分析辩护的成功率。从走私案的判决书内容看，我们的专业水平还是蛮高的，律师的角度和检察院、法院的不同，我们就是要最大限度地找出对当事人有利的地方，并在法律的框架内论证它、实现它！"张沧文补充说："我认为律师调解院的意义，一是为当事人提供优质的法律咨询、法律论证和其他法律服务，另外，我们希望在纷争无处不在的今天，尽我们的力量化解矛盾，促进社会和谐，探索现有的诉讼、调解方式之外的补充方式，体现律师的社会价值！"

　　大家兴高采烈地议论着，各抒己见，点评一些有趣的案子，探讨怎么样提高业务水平，一直没出声的庄丽丽电话响了，接了电话后，对着大家伙说："有人请求我们召开个咨询会，这人叫陈茜，何路的太太，大家都知道林明的事情了吧？既然来了，我们自然要接待的，因为我们是专业的、尽职的，今天是周末，麻烦大家加下班，咱们今天就把事办了！"

几个人喝了会茶，闲聊了一会，陈茜就来到了律师调解院。这是一个长着漂亮脸蛋又会打扮的女人，浑身透露出一股美丽高雅的气息，让在场的人眼前一亮。在调解室就座后，陈茜开始了她的陈述："何路是我的老公，他的公司是海川投资公司，何路是林明的生意搭档，林明筹集的钱借给何路，何路拿去投资，按照约好的利息支付给林明，后来何路的资金链断裂，没再支付利息和本金，林明去投案自首，被定为非法吸收公众存款罪，何路被列为共犯上网追逃，找地方躲起来了，他的海川投资公司名下的房产被冻结了，拆借给上市公司的资金转给了银格公司，银格公司账户上的资金也被查封了，何路现在的情况是人财两空，不仅被林明老家安德县通缉，还被郭东湖老家灵埠县通缉！安德县的大家可能知道了，就是林明的案子，灵埠县的是怎么回事呢？还得从何路和郭东湖的恩怨情仇讲起，我家何总不知是咋地，从与郭东湖认识开始就和他投缘，很信任他，把他当良师益友看待，海川公司的房地产项目，也是通过郭东湖介绍引进的，当时郭东湖的资金实力不足，希望借助何路的资金来做成这个项目，何路在这个项目上投入了很多资金，造成其他方面资金紧张，最终才引发了与林明的矛盾。在与林明进行对账，并预见到林明将会采取法律手段，郭东湖建议把股权转给他，何路可以轻松上阵去应对债务，等到项目最终完成，再拿出挣到的一部分钱把债务还清，谁都没想到，何路居然听从了他的建议，也不知是从哪部戏学来的，以一块钱的价格将自己百分之九十的股权转给了郭东湖。郭东湖获得股权后，首先考虑的是如何把公司和公司的财产占为己有，他想到的第一方案是将公司转让给儿子，可是因为公司还有另外一个占百分之十的股东，办理手续受到掣肘，于是郭东湖想要收购另外百分之十的股权，向另一股东开出了一千万元的价码，还好另外的股东是何路的发小，没有答应郭东明，还把郭东湖的计划告诉了何路，何路大梦初醒，意识到郭东湖的目的，遂请教了律师，采用打官司的方式将股权又夺了过来。郭东湖在接受公司股权后也投入了两千多万元，这下偷鸡不成蚀把米，自然心有不甘，于是利用以前的一笔融资业务，向灵埠县公安局报了诈骗案，金额达一千多万元！何路这下被缚住了手脚，就算是想出面解决林明的纠纷，也忌惮灵埠县的追逃，所以迫不得已，只能采取东躲西藏的做法，可是，我们都知道，全国都布满了监控系统，号称是天罗地网，总有一天还是会被抓的，而这两个罪可不是闹着玩的，要是按照这么高的金额定罪量刑，那都是小二十年的事呀！不管如何，作为孩子的妈妈，为了孩子，我也得为孩子父亲的事来操劳！"

陈茜一口气把事情的梗概讲完，歇下来喝了口茶，抬起头望着几位律师。张沧文率先问道："在你的讲述中，我注意到有律师向你们提供了帮助，如果需要的话，你能不能把他也叫到现场来？"陈茜说："可以的。"张沧文说："很好！如果已经有律师介入，我们又能跟律师沟通的话，有助于了解情况，你请他过来吧！"陈茜说："好的，他叫孙超，我打电话叫她过来！"

文慧问道："刚才你提到，何路把钱投进房地产项目，造成了他资金紧张没有支付林明的利息，导致矛盾的激化，但同时，我们能获得何路还有现金拆借给银格公司，而每个月支付利息的金额对于这笔现金来讲是微不足道的，所以，按照我的理解，何路是故意不还林明的利息，而不是没有资金支付，对吗？"陈茜愣了一下，点了点头。文慧说："那我们是忽略这一客观事实吗？"陈茜说："不用，何路就是因为欠了林明太多钱，想转移资产赖掉，可惜托错了人！"

黄怀问道："何路通过打官司夺回了股权，他打的什么官司你知道吗？"陈茜说："海川公司还有许多债权人，何路让其他债权人起诉公司，要求撤销股权转让行为，因为转让是为了逃避债务，转让行为无效。"黄怀又问："郭东湖投进去的两千万元，他没办法退回来吗？"陈茜说："郭东湖往开发商账户打了两千万元，签了一份三方的协议，除了官司和开发商，他个人也是合同一方，按照协议的约定，开发商要退钱需经三方确认，何路的公司不确认，他的钱就无法退回！"黄怀问："何路不配合郭东湖吗？"陈茜说："肯定不配合啦，一方面是两个人友谊之船翻了，另一方面，海川公司的资产被公安局列入查封的范围，款项原路退回海川公司的话，又是打水漂了，所以他们协商不了！"

李劲伟问道："你说何路现在背负两起刑事案，没考虑过投案自首吗？"陈茜说："他没胆量去自首，因为面临的刑罚太重了，他特别怕黑，就怕去到牢房里会经常面对漆黑一片。"李劲伟说："如你所说，灵埠县的诈骗案比另外一个还严重，你知道案件的详细情况吗？"陈茜说："我听何路讲过，郭东湖介绍过一个老乡叫郭坤，以二分的利息借给何路一千万元，何路不知道付了三个月还是几个月的利息，就没再付了，后来郭东湖帮他朋友问起借款的事，何路把他的一个私人会所抵给郭东湖，让他去了结这笔借款。郭东湖接手会所后，不知有没有跟他老乡结算，后来何路就没把这事放在心上了，郭东湖与何路闹翻后，指使他的老乡郭坤去报案，说是与何路签订了一个合同，投资一千万元用以发展一个什么项目，何路亲自去的灵埠县，在那里住了两三天才把合同敲定，郭坤还在灵埠县当场付了五十万元的前期款，协议签订后，郭坤把一千万元补足，打到何路的账户上，后来何路并没按照合同的约定使用资金，把资金投入约定的项目，而是把资金挪作他用，且拒绝归还。我也不知道他们具体有什么证据，但是这笔钱给了何路而且被何路用掉了，这是事实，灵埠县的公安正式立了案，因为何路没归案，已经上网通缉他。"

郑泳以前没参加林明的咨询会，好多背景信息都不知道，忍不住发问："按照你的说法，何路拿了林明和郭坤的钱，都是有意识不还的，对吗？撇开犯不犯罪不讲，何路的品行是极其低劣的，这点你怎么看？"陈茜微微点了点头，说："社会上出现这种事，这种人，我是持鄙视态度的，可何路是我丈夫，有些事我只能不做评论，我们是利益共同体，有着深厚的夫妻感情，再说了，在钱财面前，又有几个人能抵挡得住诱惑？人为财死，鸟为食亡，这不囊括了世人对金钱的追求吗？"郑泳说："我们做律师的，提供的是法律服务，本不该对人品多加议论，或者我换个角度问，何路对于自己的所作所为，主观上是怎么认识的，比如说，他认不认为自己构成犯罪？"陈茜说："坦率地说，做贼心虚，那是肯定的，何路认为自己如果被判刑的话，那是不冤的，只是有时间、有条件的话，肯定要寻求律师的帮助，用你们的专业知识帮帮我们，看看有没有免责的可能，有没有从轻的地方。何路一直也在研究法律，不知道看了多少本法律书籍，但我认为他毕竟是门外汉，再怎么努力也未必成为行家，专业的事交给专业的人来做，我是信奉这一点的！"

张沧文问道："海川公司被查封、冻结的资产价值多少？"陈茜说："被查封的房产，如果按照评估价计算，接近两个亿，再加上银格公司的资金，总共二点五亿左右。"张沧文说："这么说来，被扣押的资产已经超过了何路欠林明的钱？"陈茜说："本来是这样的，可这之间还有很多实操造成的问题，安德县为了安抚受害人，追回受害人的损失，把查封的房产进行拍卖，流拍了两次，最后以一亿两千万元的价格抵给了全体受害者，这就造成了另外一种结果，受害人总共从何路这里只拿回了一亿七千万元左右，何路在这里面吃了哑巴亏，本来是超过欠债的资产，处置之后还抵不完欠林明的两亿多元！"张沧文问："对于这些问题，何路没提异议吗？"陈茜淡然一笑，说："他都躲着不敢出来，只是委托了别人，用海川公司的名义提意见，那有什么用？人家看准了你何路不敢露面，还有什么理由理会你？本来也是，你有什么冤屈，你有什么不服，你倒是出来说清楚呀！"张沧文问："你支持他投案吗？跟他提起过吗？"陈茜说："那是肯定的！我一直跟他说，事已至此，是要面对现实的，哪怕是要坐牢，哪怕是掉一层皮！他一直畏畏缩缩，思前想后，今天觉得这样好，明天又觉得那样行，下不了决心。而我呢，也不能逼得太急，毕竟要面对的人是他，我又确定不了事情会如何发展，最好的结局是什么，最坏的结果将如何，孩子又小，有爸爸在外面一天算一天呗，但说实在的，事情到了今天，何路面临的结果可能是人财两空，害人害己！"

文慧清了清嗓门，说："何太对数据还是比较清楚的，刚才算了一下账，排除房产升值的因素，何路在林明身上所做的生意已然是亏本了，我想问问，郑莲和何路是什么关系？郑莲从林明那里挣到的钱，何路有没有分到？当然，如果你认为问题太过尖锐，可以不回答！"陈茜微笑了一下，说："没什么事不能说的，我来找你们帮忙，自然不能有所隐瞒。据我所知，何路在郑莲身上并没得到什么好处，他们的认识源于一单借款业务，何路刚出道时开的是担保公司，类似于小额贷款公司，当时有朋友介绍了郑莲这个客户，何路借了一笔三百万元的款给她，利息是每月两分，郑莲还了几个月的利息后，因公司经营不善，没再还钱，何路找了她好几回，都是徒劳无功，慢慢地也就把这事搁置了，用何路的话讲，要追回钱比挣回来还难，也正是因为这单生意，何路吸取了教训，变得小心谨慎，慢慢地也就把窟窿填平了，那个时候的何路，是认认真真地在做生意，是个很讲究信誉，把信用看得比什么都重要的人。过了好些年，何路因为联系不到郑莲，差不多都把她的事给忘了，这时候郑莲找上了他，一番叙旧寒暄之后，郑莲让何路拿出计算机，把本金和这几年的利息算清楚后，折扣都不谈，直接就把好几百万元转到何路账上！何路那叫一个感动，真没想到世上有如此讲信义的人，一个劲地喊郑姐到家里吃饭，后来她还真上了我家！"陈茜停顿了一下，张沧文笑着问："怎么样？郑大姐是不是长得天姿国色，人见人爱？"陈茜笑道："那是你想得美！郑大姐从女人的角度真是一无是处，又矮又胖又黑，脸蛋也是粗糙得很，一副女汉子的样子！不过，嘴甜得很，而且说话很贴心，不知不觉地我都当她是亲姐姐了，她说送我点泰国香米，那米不错，煮饭很香，叫司机去带过来，哪知道拉过来了一卡车，家里放不下，只好拉到公司的杂物间堆放。我问哪来这么多的香米，她说让一个客户送的，哪知道是送了一卡车？接着她跟我讲了奋斗的诸多不易，困难的时候都想要放弃，找个地方躲起来，好在常常积德，让她碰到了贵人，把她引上了发展的大道，成了美国玩具市场的最大供应商之一，她还特别安排了一个周末，带我们去她的加工厂参观了一番。那加工厂规模真大，厂房好几十栋，绵延千把米，要坐着观光车才能看完；工厂里的机器全都开动，看上去都是自动化水平很高的生产线；时不时还有几个外国人，带着他们的中文翻译，来向郑莲汇报和请示工作，郑莲说起来那是头头是道，俨然一个专业的高级管理人员，她笑着跟我们说，为了办好这个厂，她都进修了管理专业，自学了英语，因为谋生不易，发展更难，她不能辜负时光，辜负朋友的提携和帮忙！何路从业那么些年，见过很多借钱不还的，再出现时最多也就把本金还了，没见过按照每月两分的利息计算、一次还清的，不禁被她的大气打动，早已经对她深信不疑，加上郑莲展示出来的实力，规模宏大的加工体系加上巨大的国际市场份额，让何路坚决地把她当大客户看待。在之后的一段时间，何路和郑莲的合作进入了蜜月期，说来难以置信，一开始还是郑莲扶持何路的生意，郑莲知道他是做投资生意的，经常把厂里的闲散资金划给他，让他去周转或投资项目，每次的资金动辄几千万元，什么合同都不用，挣了钱何路会算些利息给她，她倒是不拒绝。慢慢地，郑莲碰上资金紧张的时候，也会先跟何路借一些周转一下，但她会严格地算利息给何路，用她的话讲，何路就是做这生意的，她不能坏了规矩，而她有闲钱的时候放着也是放着，借给何路也没损失。那时候我和何路对她可是当亲姐看的，资金往来都是既简单又大方，有时候一天转个几千万元，都是一个电话就搞定的事。我们的这位郑姐姐，对我们的关心那是无微不至的，有一次何路跟公司的一位靓妹玩得暧昧，我醋意大发与何路争吵了起来，郑莲得知后，当天自己去菜市场买了几十斤海鲜拎到我家，硬是把已经到香港的何路叫了回来，当晚给我们煮了一大桌子菜，陪着我们聊到了深夜，讲了一大通夫妻相处之道。真的，她的学识那真叫渊博，引经据典，谈古论今，大到世界潮流，小到同房之术，滔滔不绝，娓娓道来，真是叫人不得不信服！说来惭愧，我跟何路后来相处融洽，彼此宽容待人，还真是多亏了这位郑姐姐！可惜好景不长，在我们对前景信心满满，对人的善良无限感恩的时候，该来的还是来了，在两三天时间内借走了何路一个亿后，郑莲变脸了，犹如当年借了三百万元不还，这次连回避都不回避了，直接说是资金被套在国外，她周转不了，只能给她时间解决了。她说该写借条就写，该算利息就算，姐要不是想着解决问题，大可一走了之，从此消失！我和何路的人生观被这位郑姐姐彻底改变了，这笔钱不单有林明的，还有其他债权人的，就这样被她一句话就化没了的话，我们下辈子去当乞丐都不得安生！抱着一线希望，我们第一时间赶去她的工厂，希望看到一片热火朝天的生产场面，用以寄托最后的念想，可惜我们如愿不了，厂房还在，但已变得空旷，当年的机器也消失得无影无踪，好不容易找到了一个看大楼的保安，他告诉我们，这些年来，这一片的厂房与其叫厂房，不如叫片场，都是别人用来演戏的，机器是租的，人是临时雇的，他都当过受雇的工人，每天二百元，他们都挺高兴的，这么说吧，每次有人来考察工厂，大伙儿都是精神抖擞笑呵呵的，展示出来的精神面貌那是顶呱呱的！我跟何路听了，两腿不听使唤瘫倒在地，吓得那保安赶紧给我们端来两杯热开水。一切都是骗局，而郑莲却逍遥法外，我跟何路开始陷入了深深的焦虑中，这时候郑莲主动找上门来了，跟何路提了个方案，说是听说何路跟一个叫林明的人在做资金生意，只要把他介绍给她，做成了生意，就可以把何路的一亿元给挣回来了，何路有些动心，又有些担忧，说你这不是要把我拉下水吗？郑莲说不会牵涉到他，有什么事她自己兜着，如果生意没做成，何路也没有什么损失。说实在话，何路也没路好走，只好按照郑莲的意思去做，他本来是和林明友好合作，不想害林明的，可是他没有别的选择了。何路把郑莲介绍给林明后，郑莲打出了做珠宝生意的幌子，还真是把林明给坑了进来，我们当了帮凶，实现了经济目的，但牺牲也很大，何路整个人都变了，变得不可理喻，不仅不想支付林明的利息，还想把欠的钱给赖掉！在郑莲和林明的生意中，何路可以说得益了，也可以说损失了，如果算经济账，郑莲是最大的获益者。"

这么曲折离奇的经过，让在场的人都听呆了，文慧反应最快，说："都说到这分上，我想问下你，我听闻你在和郑莲的生意合作中获益几千万元，是真的吗？"陈茜说："是林明说的吧？表面上看是这样，其实这几千万元也是计入一亿元内的，何路和郑莲作了约定，何路只分一个亿，剩下的归郑莲。郑莲说她们是有团队的，团队有着细致的分工，人很多，所以分到她手上的钱并不多。"郑泳冷笑一声，说："还团队呢，分明就是诈骗团伙！"

陈茜说："我也是这么想的，可是说来也奇怪，安德县的公安把她给拘留了，居然查找不到她的资产，关了个把月就把人放了，定不下诈骗，据说是关键的证据没办法取得，按照现有的材料林明还倒欠郑莲的钱，而这个郑莲，可不是一般的会整事，估计也是经常进看守所的人，据说她进去的头一天，就把办案的民警快整哭了，民警每问一句话，她要思考十分钟才回答，说是怕答错了，好不容易把话问完，民警拿笔录给她核对，她一看就是十个小时，说是自己识字不多，得逐字逐句地看，防止弄错，民警被弄得又困又饿，还得耐着性子做她思想工作。我后来想明白了，这是一个很专业的诈骗团伙，后面有专业的金融人才、法律人才，林明吃了大亏，但还是没有办法，他是被碾压了，法律解决不了所有的问题！"张沧文说："法律讲究的是证据，但人在做天在看，人还是要从善的，我想问一下，郭东湖与何路争议的利益有多大？"陈茜说："后来的两千万元，加上之前合作经营的四千多万元纠纷，两个人的利益争夺大致是六千万元，郭东湖左右着诈骗案，就是想逼何路让步，何路跟他已经翻脸，又认为诈骗案纯属诬告，所以对郭东湖是不买账的，两个人各不相让，势成水火！"张沧文说："这么说郭东湖不会承认何路以会所抵债的事，除非何路对他作出让步。如果投案自首，何路会选择哪个地方？"

陈茜摇摇头，说："这个问题没考虑过！对于何路来讲，不管是去哪投案，对他来讲都是噩梦！我倒是想请教一下，如果选择投案，去哪里好？"李劲伟说："在哪里投案自首都一样，如果诈骗案真是子虚乌有的，那肯定不去灵埠县投案了，本来就觉得冤枉，难道还去自投罗网？"文慧说："李律师说得有道理，目前看来，何路是不会去灵埠县投案的，所以这个问题就没有必要探讨了！"

李劲伟和张沧文刚要继续发问，庄丽丽告知大家孙超律师已经到了，进了调解室，大家才发现是位女律师，中等身材，扎着一条马尾，瓜子脸大眼睛，面容俏丽，一副精明能干的形象。孙超坐到陈茜的身边，陈茜把咨询会的进程简单说了一下，让她把接手案子以来的情况跟大家介绍一下。

孙超接过庄丽丽递过的热茶，喝了几口，说："我是经过朋友的介绍认识何路和陈茜的，时间节点是何路把股权转让给郭东湖后，何路向我请教如何能够把股权挽回，我们通过诉讼撤销了转让协议和转让登记，因这场官司我担任海川投资公司的法律顾问，但是好多生意上的运作或者是具体的业务操作，何路都是以个人名义进行的，一般也不会和律师讨论，他被网上通缉后，不能以个人名义委托，我就以海川公司的名义，对海川公司的资产被查封提出异议，司法部门的答复是海川公司的资金是由何路注入的，何路的资金属于赃款，因而海川公司的资产属于追讨的范围，后来对处置的方式和价格也提出异议，但都没有效果，对于非法吸收公众存款和诈骗两起刑事案件，我跟何路曾经探讨过，尽可能多地去了解、收集信息，对于两起案件的态度，何路是截然不同的，前一起案件，除了认为实际金额没那么多，对定性基本认可，而对于诈骗案，何路认为是郭东湖为了经济利益而采用的卑鄙手段，捏造事实，无中生有，目的就是逼迫他就范，郭东湖曾经放话，如果何路能够好好地谈那六千万元的事，他可以帮忙撤案。因为嫌疑人没有到案，现在一切都僵在那里，我动员过何路，不管如何都要出来解决，事情搁置在这，永远都是悬而未决令人操心的事，他有时候答应，一副啥都不怕英雄好汉的样子，可惜都是在喝酒的时候；酒意一退，又说要三思而后行，唉！律师只有提建议的权利，听与不听，那是当事人的权利！"文慧微笑着点点头，说："你说得对，律师就一专业服务职业，我觉得你很尽心尽力，这就是我们行业的基本素养！你接触案件的时间早一些，我想问，从律师的角度，你对两起案件怎么看？"孙超说："好的，先说一下林明的案子，我认为定性为非法吸收公众存款是正确的，林明并没有将别人的财务据为己有的想法，他只是赚取利息差价，把它当生意在做了，如果他只限于亲戚朋友的小圈子做，未必构成犯罪，但他是扩散到不特定人群了，认识的不认识的，都是他吸收存款的对象，且事实上已经吸收了为数众多的人的款项，安德县是他的老家，老家的人受害者最多，安德县公安局首要的任务就是为受害人挽回损失，受害人在当地付款给林明，在当地报案，管辖是没有问题的，而把何路列为共犯，凭良心讲，也是合法合规的，何路曾经咨询过别人，别人认为何路跟林明是借贷关系，何路并没去吸收存款，不构成犯罪。何路拿这种观点来跟我探讨，我问了他几个问题，你是不是知道林明的钱是吸收来的，而且一再鼓动他多吸收些钱；你是不是也见过林明的一些客户，替林明做宣传，让大家放心地把钱放在林明那，说你们这里有好项目，既安全，收益又高；再有，你实际支付过利息给林明，也知道他是挣利息差价的，所有的这些，都让你很难摆脱共犯的嫌疑。何路听取了我的意见，不再坚持自己不构成共犯，转而把辩解的重点放在借款的数额上。"

李劲伟问："林明之前不是写过借条，确定数额是两亿元吗？"孙超说："借条是这样，林明说银行流水显示的没那么多，只有一个多亿，应该是把利息抵扣掉，就是把付利息的钱当成是还本金了。"李劲伟笑着说："这算是狡辩吧，有一定的道理，但是对案件没什么影响！"孙超说："是的，我认为本案的辩护重点是区分主从犯，确定林明为主犯，何路为从犯，何路对非法吸收存款的行为起到宣传、广告的作用，属辅助性、补充性作用，至于涉及的金额，何路公司被查封的资产，应该可以覆盖他使用的款项，司法机关已经让受害人作了登记，何路对处置财产的数额有异议，也只能在投案后提出，人没到案，说什么都没人听，说什么都没用！"张沧文问："郑莲已经释放了吗？"孙超说："早就释放了，拘留了一个多月，没有定罪的证据，只能给放了，这是我见过的最高明的手段，法律似乎为她开了个口子，明明是诈骗，而司法机关立不了诈骗案，只定非法吸收存款罪，根本就扯不到郑莲身上！"

郑泳愤愤不平地说："其实郑莲的骗术也不高明，那都是很好查证的事，林明怎么会上这样的当？"文慧笑着说；"你没听过利令智昏吗？林明本来不应该这么糊涂的，可是在利益面前，很多人都变短视了，或许他也知道有风险，但是认为值得去冒，等到风险真的来了，又觉得自己太过贪心，不该去贪图蝇头小利，不知道你想的是别人的利息，别人想的是你的本金，呵呵！"

张沧文问："案件的进展如何？有没有检察院量刑建议的信息？"孙超说："检察院正在审查起诉，听闻林明的量刑建议为五年。"李劲伟说："如果消息是准确的，那说明我们之前给林明的分析意见是精准的，他也算是很讲信义的人，明知道要坐牢，为了挽回些损失，还是去投案自首了，检察机关考虑他积极配合追回损失，对他从轻处理是可能的！"

黄怀问："如果何路近期去自首的话，检察机关会将两个人一起起诉吗？"孙超说："这个问题我咨询过检察院，如果投案的时间在起诉之前，可以一并起诉，而且有一点可以确定，如果近期投案，肯定是安德县办理，因为已经有起案件在办，灵埠县的诈骗案大概率也会移送安德县起诉，整体上应该对何路有利！"文慧说："你的分析我赞同，那我们把第二个案件也梳理一下，你认为诈骗案要从哪方面着手进行辩护？"

孙超说："现在还没看到案卷，我根据了解的情况做些分析，何路一开始向郭坤借钱，走的是向林明借钱的路子，即按照约定支付利息，从银行流水上可看出，何路付过几个月利息，至于借款的用途，何路的表述是投资，至于具体的项目，一般不会涉及，所以郭坤报案说是投资具体的项目不可信。本案构成诈骗的逻辑是何路和郭坤签订了合同，郭坤投资一千万元，和何路合作开酒店，然后何路将资金挪作他用，这是有计划有预谋的，以虚构的项目为由，骗得财物又拒绝归还，所以构成诈骗；不构成诈骗的逻辑是何路和郭坤之间是借贷关系，何路不仅没有赖账，还积极地想办法还款。据何路的陈述，因为他和郭东湖是合作伙伴，当时的关系相当融洽，郭坤一提归还借款，他不敢怠慢，积极地在解决问题，因为资金紧张，在征得郭东湖同意的情况下，把营业中的会所转给郭东湖，作价一千万元，让他负责与郭坤结算。从客观事实看，何路的确是把会所转给了郭东湖，郭东湖现在也在经营这间会所，但是，因为郭东湖与何路存在利益纠纷，他不会承认与何路之间的口头协定，而他与何路之间的资金往来错综复杂，大可把会所的转让说成别的原因，所以从事实上分析，我认为是借款，但问题是没有证据！"

文慧问道："何路和郭东湖就会所的转让没有签订书面合同吗？"孙超说："没有，

只有营业执照的变更材料，以前是何路的，后来是郭东湖的。"文慧又问："那郭坤告何路诈骗有什么证据？"

孙超喝了口茶，微笑着，露出两个小酒窝，说："郭坤主要提交了他和何路签订的合同，转账记录，何路在灵埠县的酒店入住记录，何路写的收条，收条专门备注了是在灵埠县书写，合同和收条都是复印件。我问过何路，他说有去过灵埠县，但不记得有没有签过字，有时候喝点酒，他们拿个什么东西签下名那是有可能的，但是对于内容，他真是没印象。"文慧说："何路的意思是合同的内容和收条的内容他都是不清楚的，但是有没有在纸张上签过字他不确定，对吧？"孙超点了点头。

文慧问陈茜："你怎么看？"陈茜说："从来没有听何路讲过跟郭坤合作投资的事，听到他们告诈骗之后问他，他也说没这回事，当时就是融资，借用郭坤的钱，但是他的确去过灵埠县，跟他们一起吃过饭，喝过酒，我就担心何路酒喝高兴了，是不是答应过什么事，签过什么名，他自己都不记得了！"文慧问："他在灵埠县住了几天？"孙超说："酒店的入住记录显示他在灵埠县住了两个晚上。"文慧说："如果连喝两三天酒的话，那的确不好讲，这中间的细节，恐怕得好好问下何路！"孙超说："何路现在被网上通缉，我们见不了面，他也是东躲西藏的，怕一个不小心被抓到，我们做律师的也要避嫌，怕担上包庇的责任，所以目前要沟通，恐怕还得看何太有没有办法！"

陈茜说道："我来想办法跟他沟通吧！"这时她的电话响了，走到外面接了电话，回来急匆匆地说："这下你们可以跟他正常沟通了，刚才公安机关通知我，何路到案，被拘留了！"众人都觉得太过凑巧，面面相觑，感叹天下无巧不成书，张沧文问："是自己投案还是被抓到的？"

陈茜虽然有些着急，但并不忙慌，似乎一切早在意料之中，镇定自若地说："还不确定，我等会去趟公安局问一下，其实，这样也好，免得一直因为这件事牵肠挂肚，却又什么都做不了。该来的要来，该面对的还是要面对！我想请在座的哪位律师到时陪同孙超律师去会见何路，有什么没有搞清楚的细节可以当面问他。"文慧说："好的，那就麻烦一下郑泳律师！两周后我们安排时间再集中探讨一下！"

郑泳点点头，表示同意去会见，文慧又说："有个细节要特别提出来，何路去灵埠县几天，跟什么人见面，一起吃过几餐饭，要让他回忆一下，越详细越好！还有，陈茜，你这几天把何路当时使用的手机号码找出来，有几个号码找几个号码，以你配偶的身份去把那几天的通讯记录调出来，我们到时候看一下那几天他跟什么人通过电话，或许能找到有用的线索，来验证他们当时发生了什么事情！"陈茜说："好的，我记得何路当时使用过两个号码，这几天我把通话记录弄出来！"

过了几天，李彪约了张沧文到公司，伍廷威比他早一步到了办公室，见到张沧文，伍廷威用力拍了一下他的肩膀，说："郑重地跟你说件事，我已经打了辞职报告，以后到李总这里给他当副总，也就是助理！"张沧文看了一眼李彪，见他没有否认的意思，便说："好呀，那就恭喜两位老总，一位喜得助手，如虎添翼，一位另有高就，平步青云！"李彪笑着说："伍总当惯了领导，就怕以后到了我这里，施展不开手脚！不过他说在镇政府恐怕待不下去了，能到我这，我是受宠若惊呀！"

张沧文问："伍总说的是真话吗？"伍廷威压低声音说："我跟你还会来虚的么？章总被叫去问话了，因为当时存钱在林明那里是我介绍的，所以我也去配合调查了，还好我没获取什么好处，事情是解释清楚了，可是常在河边走，别人会认为你是沾湿鞋子的，所以我不适合在原来的单位待下去了，主动辞职是最好的选择！"张沧文知道他所讲的章总指的是章之程，市政协的常委，低声问："章总出事了吗？李若寒的事跟他讲清楚了没？"

伍廷威看了看李彪，示意由他来讲，李彪说："我们前几天见了章总，那是在他被问话之后，他的态度很诚恳，说跟李若寒也就是正常的交友，从没有逼迫她做不喜欢的事，如果若寒碰到困难，他都会尽力帮忙，既然若寒现在有了新的生活环境，他当然全力支持。那天伍总也在场，章总还专门强调了他和伍总之间纯洁的友谊，说他跟伍总之间像兄弟一样，无话不谈，希望大家珍惜相识的缘分！"伍廷威抢过话说："这样说太含蓄了，张律师不一定听得明白！其实，章总就是在暗示我，以前和我走得近，大家都不设防，现在碰到事情了，希望我能讲的就讲，不能讲的就替他保密，语气虽然很柔和，但也是柔中带刚，我当时当着李总的面表了态，说因为章总和我是老朋友，通过我家姑娘伍燕认识了李若寒，大家有空的时候聚聚餐，聊聊天，章总也乐意助人，在李总遇到事的时候，他还主动联系李若寒，看需不需要帮忙，了解情况之后又主动借款给李若寒，以解燃眉之急，大家把这些事说清楚，把借款结算清楚，以后见了面还是朋友！"

张沧文鼓了鼓掌，说："伍总这番话，那是精致的社交语言，点到为止，深藏不露，各方各面都有台阶下，看来双方都会满意！"李彪笑了笑说："我是很满意的，在轻描淡写中化解矛盾，解决问题，伍总真是个谈判高手呀！据我观察，章总虽然迫于形势，情绪不高，不会有太多意见，但对伍总的陈述，他还是相当满意的，最大限度地顾及了他的面子。他干脆利落地给了我账户，又说杜鹃园因为手续不齐，到现在都办不了手续，没在那里住搬走就行了！"

张沧文这才知道李若寒以前住的庄园叫"杜鹃园"，料想是种的杜鹃花最多，所以起了这个称呼，于是笑着说："杜鹃园这名称好听！那五颜六色、四季盛开的杜鹃花，生命力是最顽强的。章总也是个实在人，不仅把庄园打理得井井有条，连产权方面都处理得恰到好处！"伍廷威说："张总说话更含蓄，知道你想说章总把感情、缘分挂在口上，实际随时都在权衡利弊、精打细算，这事我倒是跟李总商议过，李总需要的正是他这种风格，章总刚给了账户，李总就噼里啪啦转了几百万元过去章总先是目瞪口呆，后来紧紧握住李总的手，连声道谢！"

张沧文有些出乎意料，没想到李彪这么爽快，对着他竖起大拇指，问道："都说是向他借的，还道什么谢呀？"李彪双手一摊，表示自己也不理解，说："还是让伍总讲讲吧，他比较善解人意！"

伍廷威受到夸奖，脸上露出一丝得意的表情，朗声说："我是能读懂章总的意思，他本来也没料到能要回这笔钱，更没料到李总这么爽快，更难得的是，他因为林明的事被叫去问话，在李若寒的事上要能全身而退、不落下什么麻烦，他就应该知足了！"张沧文对伍廷威不禁刮目相看，看来以前对他的智慧是低估了，于是笑着说："你选的时机很好，这下事情一下子就解决了，大家都还能挤出一个笑脸道别！"

伍廷威的脸色一下又阴沉了下来，说："本来以为一切都过去了，昨天又接到关于章总的信息，他又被叫去问话了，这次是关于男女关系的，据说被处分是少不了的，有人举报，而且线索清晰，似乎是熟悉情况的人干的！"李彪看了伍廷威一眼，对他的表述不太满意，说："你说得不够明了，别人的举报直指章总和李若寒，换句话说，既然调查了章总，下来可能会找李若寒去询问，李律师你怎么看？"

张沧文对事情的走向有些出乎意料，他整理了一下思路，不慌不忙地说："既然事情已经发生，也没什么好回避的，李若寒借用的资金已经归还，曾经住过的庄园也已退回，照实把经过讲了，最多也就落个生活作风不正派的说法，没有牟利，也没有做过什么违法的事，不打紧的！"李彪想了想，觉得张沧文讲得在理，说："就担心若寒，不知道她能不能承受这样的压力，毕竟还小，未曾想会碰到这么复杂的局面，好无奈！我宁可自己去面对所有的一切，也不愿意我女儿去经受这样的难堪，出来混总是要还的，这可能就是我的报应吧！"

张沧文见他伤心自责，安慰他说："吃一堑长一智，年轻人不经过历练，成熟不了，李若寒是个孝顺、善良的女孩，她会成长的！"为了引开李彪的注意力，也为了解开自己的迷惑，问伍廷威："章总和李若寒的事很多人知道吗？是谁举报的呢？"

伍廷威露出一副茫然不知的神情，双手一摊，做出一副谁能知道的表情，说："实不相瞒，我私底下也揣摩了好久，真是奇了怪，这事就这么几个人知道，而这些人是不可能披露出去的,况且现在举报一般都是实名的,谁会去捅这些事？我甚至连我女儿都问过了，她说她还怀疑我呢！"说完，无助地看着张沧文，张沧文说："我就是好奇，其实是谁做的都无关紧要了，事情总是要发生的，晚来还不如早来呢，早来了没有什么坏事发生，一切都好处理！"

李彪赞同张沧文的看法，点头称是，问伍廷威："章总有没有表露出别的什么，或是对这事有没有什么新看法？"伍廷威细细地回忆了一会，说："按照章总的语气及所说的内容，我可以归纳出来，对于他和李若寒之间的事，不管调查的结果如何，他都是释然的，不会再纠缠了，另外，他也是纳闷，想不出谁举报他，说他好像没得罪人！"李彪听明白了章总的意思，拍了拍张沧文的肩膀，说："不管谁是谁非了，当下的目标是解决问题，我们有必要和若寒聊一聊，到时主要由你来说，我是父亲，有些话不好意思说得太多。"

张沧文领会他的意思，是要把章华的事也一起跟李若寒谈起，便说："这事宜早不宜迟，她喜欢红茶馆，我们先约好她，吃点东西就过去！"说完看着伍廷威，等他作出表示。伍廷威觉得还是不去合适，但还有事想说，欲言又止，李彪见状，关切地问："怎么啦？有话就直说！"伍廷威显得有些难为情，吞吞吐吐地说："我一会还有事要办，若寒那里，你们去就好了，我已经提出辞职，想到李总公司混口饭吃，不知能否帮帮忙？"李彪一听，不是啥难事，拍拍他的肩膀，说："小事一桩，万客家集团是谷峰创办的，从事房地产中介业务，本来就需要很多人手，我跟他说一声；另外，我干装修的，比较辛苦，你也可以帮帮忙！"

一个多小时后，张沧文和李彪在云山红茶馆见到了李若寒，李若寒脸色红润，面带笑容，看来近期心绪不错，或许心里充满了新的希望。李彪见她神色不错，整个人轻松了下来，说："事情已经接近尾声，爸爸已经把咱们欠别人的账结清了，另外买了套新房子，到时候我们一起搬过去住。今天，你张叔叔有些业务方面的问题跟你交流一下，所以我们才急匆匆地约了你见面！"李彪对"叔叔"的称谓一下子没反应过来，问了句："张叔叔？"李彪指着张沧文，说："他是你余灵姑姑的朋友，自然也是你的长辈，要是哪一天娶了你姑姑，就该改叫姑父了，呵呵！"

张沧文听他提起余灵，胸口一阵难受，努力地控制了一下情绪，挤出一丝笑容，说："叔叔还是当得起的！有件事要跟你提一下，毕竟你也不是小孩子了，风浪也见过不少，你和章总的事，不知道谁去实名举报了，因为章总的身份，他的生活作风和经济问题是被调查的范围，我认为调查机关也可能找你去问话，所以先跟你交流一下，让你有思想准备，好好地应对！"李若寒不认同他的看法，一副不以为然的语气，说："这有什么好准备的？我按照事实情况讲就是了，无非是我不该交这样的男朋友，其实我一开始也不知道他已经有家庭，我跟他们说了，我就是涉世未深，但没做过什么出格的事。"

李彪听出她话中隐含着新的情况，问道："你的意思是已经有人找你问话啦？"李若寒答道："没找我去，只是在电话里问过了，说是有什么需要核实的再找我，挺客气的，我想不会再来了，我说我没做过违法违纪的事呀，他们说就是核实一下，也没说我违法违纪，所以我断定，就到此为止了！"张沧文意识到自己大意了，没先问清楚情况，原来已经有人问过了，还想着要提醒她，赶紧圆场说："过去了就好，我们是过度担心了，若寒说得对，咱们就事论事，没有做错事，你们年轻人比我们有见识，有新想法，我还怕你有什么顾忌了，照实说了就好。"李彪不知道李若寒和章之程交往的事会不会给她留下阴影，影响到她以后的生活，觉得有必要给她提个醒，便说："过去了就好，以后碰到别的人，哪怕是新的男朋友，咱们也不提这些事了，毕竟不是什么光彩的事！"

李若寒不以为然，认为对人要真诚，特别是对待亲近的人，于是随即驳斥了父亲："爸，我不这么认为，如果这些事不提，我认为自己不坦诚，事情都已结束，没什么不见得光的，如果我的男朋友接受不了我的过往，那彼此也长久不了，还不如该结束就结束呢！"李彪原意是要维护女儿的声望，没想到她把诚实看得比什么都重要，现在的年轻人开放多了，以往发生的事，她们都认为没什么不能如实相告的，李彪纵然觉得有些事应当有所保留，也只能笑着说："诚实是种美德，你觉得好就行，爸爸都支持！"

张沧文听她不打算隐瞒，到时自然会跟章华提起，章华自然也会袒露他和章之程的父子关系，那还不如现在跟她打开天窗说亮话，免得到时候又落个事后诸葛亮，于是说道："你是和章华在谈朋友吧？有件事你可能还不知道，章华是章之程的儿子！"李若寒听了，大惊失色，身子颤抖了几下，问："是真的吗？是真的吗？"

张沧文没有作答，李若寒渐渐地冷静下来，用纸巾擦了擦眼睛，李彪怜爱地看着她，她转眼间破涕为笑，说："世界真小，啥都碰到一起了，我好久没见到章华了，你们很熟吗？他知道这些事吗？"张沧文缓了一口气，知道她已经坦然以对，最难提及的事很快就可以摆上台面讨论了，答道："我很久没见过他了，我是他法律方面的指导老师，听说最近在香港，你是想让我们跟他聊聊呢，还是你自己去应对？"

李若寒咬着嘴唇，想了好一会，说："麻烦您找时间和他谈一下吧，然后我再和他见面，我怕我直接跟他说这些事太过突然。"李彪对女儿又是怜惜，又是佩服，没料到现在的年轻人对待事物的态度这么宽容，于是他大胆地问："如果小伙子不能理解，你有什么打算？"

李若寒甩了一下头发，爽朗地说："爸，你不用担心我，现在都什么年代了，谁的一生还不谈过几次恋爱？我是一定要坦诚相对的，章华能够接受，大家就接着走下去，如果心有芥蒂，那我能怎么样？不管有多爱，不管有多痛，也只能断舍离了！"李彪听了放下心来，点了点头，说："你能想通最好，有些事需要时间消化，听爸爸的话，如果有些事把握不定，就交给时间去缓冲，时间能让人忘却忧愁和痛苦！这事就这么定，先让你张叔叔和章华聊一聊，主要是确定他知晓这回事，然后你另外再找时间跟他交流。"

第十八章　集思广益

张沧文在香港见到章华，已是十几天之后的事，两人约在了红茶馆。章华看上去瘦了一圈，脸上有些憔悴，他跟张沧文说是最近太忙了，忙得连回云港的时间都没有。张沧文觉得是因为李若寒的事，却也没道破，只是让他注意劳逸结合，多锻炼身体。

两个人寒暄了好一阵，张沧文见章华闭口不谈自己的事，只好率先切入话题："我跟你还是挺有缘分的，本来是互不相干的两个人，因为你妈妈跟文慧律师是好姐妹，而我跟文律师算是相识多年的好友，就这样当上你的实习导师。最近又碰到另外一个人，她是我女朋友的侄女，她爸爸原来是我的客户，现在也成了好朋友，而世界就是这么小，跟他们聊天的时候，居然提到了你！"张沧文这一次主动打电话说要见面，章华早就猜测到有什么事要谈，这时听他提起一女孩，自然地猜到应该是李若寒，只是不知道张沧文是如何认识她的，于是装作若无其事地问："以前没听您提起女朋友，我见过吗？"

张沧文不禁又想起余灵俏丽的面容，前阵子去看过她一回，不知哪来的信念，他觉得余灵就快醒过来了，他们很快就可以一起谈天说地、谈古论今、吟诗作对了！此时章华问起，已不似以前那么伤感，淡淡地说道："她叫余灵，是李若寒父亲的堂妹，李若寒的姑姑。"章华悬着的心落了地，好奇心油然而生，问："啥时候认的姑姑？姑姑不应当姓李吗？"

张沧文笑了笑，说："你问的跟我一样，我怎么样都想不到余灵会是李彪的堂妹，李彪就是李若寒的父亲，你认识吗？"章华摇摇头，说："若寒还没跟我提起。"张沧文乘势而入，问："你跟李若寒提起过你父亲吗？"

章华显得有些紧张，好像自己的心思被别人瞧了个通透，低声问："你啥都知道啦？"张沧文想引他往下说，当即点点头，嗯了一声。章华松了一口气，自己以为很隐秘的事情被人知道了，也算是一种解脱，可以开诚布公地跟别人聊聊了，于是缓缓地说道："其实，我犹豫了很久，毕竟他是我父亲，举报他需要很大的勇气，可是，这不只是个人的事，这也关乎公家，一个政协的常委，生活作风理当严谨、正规才是！"

　　张沧文脑袋转得飞快，那天听伍廷威说有人实名举报章之程，但不知是谁，听了章华没头没尾的这番话，实名举报的正是章华！张沧文还不敢完全确定，试探性地问："男女之间有了感情，正常的来往，似乎也无可厚非吧？"章华冷笑一声，似乎还没从怨恨中解脱出来，说："什么正常来往？章之程跟我妈妈的感情是很好的，都是共过患难的，可他还是出轨了，这是真的，他自己都承认了！"

　　张沧文想知道章华这么做是因为正义感还是因为李若寒，问道："如果不是李若寒，你会去举报吗？那对你父亲来说，可能意味着处分、撤职呀。"章华陷入沉思，这也是最近一直在拷问自己的，他到底是出于愤怒还是出于正义感。过了一会，他冷静地告诉张沧文："即使不是李若寒，我也会这么做的，在我看来，在什么样的位置，就应当遵守相应的规则，如果违反了，就当接受相应的后果，就像我们学法律的，对行为是否违反法律都有预判，预判之后你还去做，那就要有承担责任的准备。这是我信奉的法治理念！"

　　张沧文心里不断感慨，还是年轻人的信念强呀，如果换成自己，未必能这么坚守！他想知道章华怎么看待李若寒，便问："李若寒呢，她是无辜的吧？"章华把和李若寒结识的过程回忆了一遍，说："刚认识的时候，总觉得李若寒心里隐藏着淡淡的忧愁，淡淡的苦闷，总之是不快乐的那种，可能是家里出了状况吧。其实我不确定她是否明白整个状况，一个女孩子，喜欢上事业有成的大叔，不足为奇，但如果知道自己是小三，还为了享受安逸去处朋友，三观不正了！"

　　张沧文受李彪之托，觉得好多事情还是要和章华充分沟通，他想到了李彪的案子，说："我和李彪的第一次见面，是在看守所，他涉嫌诈骗，后来我们厘清了事实，开脱了诈骗罪，但前提是归还别人的借款；李若寒一直在为他父亲奔跑，后来走投无路了，才向你父亲借钱救人。我想，李若寒为了替他父亲还债，付出了很多。"章华瞬间明白了李若寒为什么忧愁，身为女儿，对父亲孝顺是应当的，只是李彪为什么总是负债他不明白，小心翼翼地问："李彪做的是什么生意？为什么长期负债？"

张沧文没做任何隐瞒或修饰，说："赌博害的！那个时候，李彪染上赌瘾，就是一个地地道道的赌徒！"章华没料到是这种情形，大声喊道："怎么能这样？太坑人了吧？"张沧文控制着情绪，微笑着说："站在你的立场，这的确是品行不端的行为，应当大声谴责，可是作为她的女儿，李若寒是大度的，表现出足够的理解和宽容，并且尽力去消除不利的后果，期间还不缺对父亲的尊敬和爱护，这是难能可贵的，我自问很难做到这样；或许是她的无私和大爱感动了上苍，经历了牢狱之灾的李彪已经痛改前非，脱胎换骨，发愤图强，现在已经成功创业，不仅把李若寒借的钱全部还清，还另外购置了房子，公司业务蒸蒸日上！人生总有不完美之处，父女俩的深情还是挺让人感动的！"

　　章华的情绪缓和下来，深有感触地说："若寒的确不容易！"张沧文趁机问道："你待在香港很久了吧？以后还和她来往吗？"章华不假思索地说："那肯定！她是我的毕生所求，我的愿望就是和她谈一场真真切切的恋爱！"张沧文决定泼他一盆冷水，说："过往的你都能释怀？你能忘掉她的过去吗？你不会介意她和你父亲曾经有过一段情缘？"

　　章华抬头望了望远方，然后面露微笑，神色自若地说："张老师，我没有那么狭隘，若寒的过去跟我有什么关系？在我看来，立足于现在，现在还爱着，那才是最重要的！如果我打着喜欢她的旗号追求她，而却因为过往嫌弃她，那我不是人格分裂吗？如果那样，我也不配去拥有她的爱！你放心，我已经调节好情绪，勇敢地面对人生！"张沧文产生了共鸣，想起自己，又何曾去计较过往，只要余灵醒转，他愿意坦诚地跟她表白，愿意和她及她的女儿一起幸福地生活。他不仅对章华刮目相看，以前只把他当公子哥，没想到他对人生对爱情感悟还挺深的，当下呵呵大笑，说："我该叫你一声章老师！"

　　章华看着他，一副调皮的神情，问："啥时候带我见见您女朋友？别弄得我到时连师娘都不认识！"张沧文正色地说："等过了这阵子，带你见见她！"

　　按照之前两周后择期开会的约定，张沧文和文慧等几位律师在第三周的周末召开何路案件的研讨会，何路的老婆到了会场，庄丽丽依然列席旁听。

　　郑泳律师和孙超律师在这段时间已经会见了何路几次，他们分别介绍了会见的情况，包括何路具体的供述，以及上次回忆提到的细节。文慧照例主持研讨会，她先是向陈茜发问："郑律师会见时，何路说他是自首的，这点和你了解的情况有没有出入？"陈茜摇了摇头，说："没有出入，我先生是去自首的，警察还告诉我，他去自首的时候浑身酒气，还要求警察给他做酒精测试。"陈茜一边说着一边笑了起来，又说，"警察告诉他，喝了酒不影响投案的效果。"

文慧见她表情轻松，看来对何路的案子已经有所预判，没有之前那么焦虑，当即放松了许多，问："上回让你调取的通讯记录，你都调到了吧？"陈茜难掩得意的表情，微笑着说："你们调解院的律师真是心思缜密，料事如神，我跟孙超律师提了意见，这个案子办完，也让她申请加入你们的团队！我还真从通讯录上找到了线索，顺藤摸瓜，发现了对何路有利的证据！"

张沧文见陈茜满面春光，不慌不忙，像是碰到什么喜事，心底也高兴，难得案件的当事人这么放松，他也开口打趣："看来何太今天是有喜悦分享，先说来听听，不吊我们胃口，呵呵！"陈茜拿出手机翻了翻图片，说："我哪敢吊大家的胃口，头绪太多，我先自己消化一下而已。何路的通话记录显示，他是去过灵埠县，但是当天就离开了，没在灵埠住宿，因为他当晚的手机信号就到了香港，而在香港的通话记录中，我找到了一个有价值的号码，并根据这一号码找到了一位姓胡名姿的美女，胡姿陪着何路在香港度过了三天三夜，足以证明何路并没像他们说的去灵埠县待过几天！"

几位律师用眼光交流了一下，都意识到胡姿与何路的关系非同一般，李劲伟心想还是由他来先充当揭发隐私的"恶人"吧，难不成还等文律师先开口？于是他抢先发问："你说他们在香港共度三天三夜，言下之意是指他们是亲密关系，对吗？"陈茜刚发现这事的时候，的确伤心了很久，后来想到何路还在牢中，凡事以大局为重，也就先把它放一边，此时听到李劲伟问起，多少还是有些气恼，调整了一下情绪，说："是的，要是何路这会在这，我先抽他几个耳光！可我还得忍着，这事还得明说，我多尴尬！不过，不要紧的，你们该咋问还咋问。我去找过胡姿了，她说那几天是特别的日子，是他们认识的纪念日，又恰逢香港的哪个歌星开演唱会，这个歌星恰好是他们共同的偶像，所以一切都是那么凑巧，郭东湖他们提供的住宿日期，就是何路在香港的日期。"李劲伟想象得出陈茜找到胡姿的时候又是生气又要忍气吞声的情景，不禁佩服起这个女人，毕竟是见过大世面的人，气度和思维都不同一般，估计手头还掌握了什么证据，于是接着问："胡姿给你提供了他们在香港的证据了吧？比方说酒店的住宿记录，或是餐厅的用餐记录？"

陈茜暗自佩服律师思路清晰，如果自己当律师，未必是他们的对手，她的确是在胡姿那里获取了有力的证据，当即扬眉吐气地说："比你说的还管用！胡姿把她的出入境记录调给我了，这是官方的证据；何路的出入境记录还没调，但是我翻了他的微信，那几天在香港是板上钉钉的事！"李劲伟连声称赞，文慧对她竖起大拇指，说："你比律师还能干，证据都调到了！何路的出入境记录，我们随时可申请调取，看来形势不错呀！"

黄怀想起上一次会议文慧特别提醒要问何路在灵埠县的行程，不知会见的律师有没有问起，便问郑泳："见何路时，他对去灵埠县的行程怎么描述？"郑泳见何路的时候，这个问题是着重提出的，对他的回答记忆清晰，说："他记得去过一次灵埠县，本来是开好客房的，但因为另外有约，没有在当地留宿。"黄怀认为说得不够详细，又问："何路去到灵埠县，是谁负责接待？具体聊了什么？吃了几餐饭？"

郑泳知晓黄怀是想验证胡姿所说的真不真实，在见何路的时候，他已经把这些重要的细节反复问过了，当即不厌其烦地答道："何路去到灵埠县，接待他的是郭东湖和郭坤，谈的是那笔借款的业务，郭东湖带着他去风景区转了转，中午就在风景区的酒楼吃饭，郭东湖说已经在酒店开了房间，但何路下午就走了，说是约了人谈事。"黄怀听完，断定胡姿所说属实，于是点了点头，没再发问。陈茜发现没提到胡姿，问道："何路没提到约了谁，或是要和谁去哪吗？"

郑泳想起何路说到这一段时，显得有点吞吞吐吐，但的确没提去香港的事，或许是有意隐瞒吧，便说："的确没提起去香港，也没提起胡姿，只是神色有些不自在。"陈茜知晓何路是在对自己隐瞒，生怕自己要找他算账，笑着说道："这符合他的性格，他想躲避的时候，神情就会不自如，像是做了什么亏心事。这事不会有错，那天下午他就约了胡姿去香港了！"

文慧也认定了何路没在灵埠县过夜，只是如何将这一事实和案子的证据比对，得出证据作假的结论，则还有好多事情要做，她决定再将诈骗案梳理一下，便问孙超："诈骗案中，证据里头是不是有份合同和收条，何路对这份证据有何说法？"孙超一直认真地听着大家的发言，这时被问到，赶紧抖擞抖擞精神，用她那稍带磁性的女中音回答："这份证据没有原件，我把复印件给何路看了，何路说他没签过合同和收条，但字迹像他的，怀疑是冒签或复制的。我向办案机关提出笔迹鉴定，办案机关让报案人提供原件，报案人称已遗失无法提供，所以该份证据名存实亡，我们可以忽略不计。"

文慧暗自赞许这位姑娘，获得信息之后马上反应，不单是确认了信息的真伪，还直接推翻了对方的证据，看来这个案子办完后，不等她申请，就得直接吸收她进入团队。想到何路的住宿问题，又问："卷宗里是不是有份何路在酒店住宿的证明？"孙超不敢怠慢，答道："有一份酒店的居住登记，证明何路在灵埠县居住了两个晚上。我和陈茜核对过了，证明上的日期，恰好是何路在香港看演出的日期。"

几位律师相视而笑，都明白这是伪造证据摆了乌龙，文慧说："大家看看还有什么补充。"张沧文想起何路以会所抵债的情节，这可是证明不构成诈骗的证据，遂问孙超："何路和郭东湖有没有签订转让会所的合同？有没有办理过户手续？"孙超正打算过一会讲这事，没想到立刻有人发问，不禁深深佩服这几位律师，案件还没办完，已迫切地想加入律师调解院团队，她神情愉悦，不慌不忙地答道："何路的会所是跟一家房产公司租的，自己重新装修过，主营餐饮，顶给郭东湖的时候并没签订合同，只是口头上说了一下价格，然后把营业执照变更了一下，由郭东湖向原业主直接交租。我问过何路，郭东湖有没有转过账用来支付，他说没有，早在转让会所前郭东湖就没转过账给他。结合之前合同、收条、住宿证明等虚假证据，以及郭东湖实际接手经营会所的事实，我认为郭坤向公安机关报的诈骗案事实不清，证据不足，根本不成立，鉴于灵埠县公安机关将该案移送安德县起诉，我们可以建议安德县检察机关不起诉！"

文慧忍不住鼓起掌来，毫不掩饰对孙超的赞赏，说道："孙律师，想邀请你即日起加入我们的团队，不知能否赏光？"孙超喜不自禁，满脸笑容，说："荣幸之至，我愿意！"

会场响起了热烈的掌声，庄丽丽站起身，说："我们调解院日益发展壮大了，这是值得庆祝的事，晚上大家聚聚餐，庆祝一下！"律师们齐声叫好，陈茜脸露微笑，没有作声，文慧看在眼里，知晓她还牵挂案子的事，便说："庆祝之前，咱们先把研讨会开完，陈茜，你还有什么情况要补充说明吗？"陈茜记不清上回有没有提到支付利息，但这是个不容忽略的情节，就说："借郭坤的钱，口头上约定了利息，何路付了三个月的利息，不知是资金紧张还是和郭东湖谈妥了，就没再付利息，但至少说明这笔钱是借款，而不是投资，何路借了钱虽然没有还本付息，但他以会所转给郭东湖还债，怎么说也不构成诈骗吧？"

文慧对着她点点头，表示赞同，她已经形成了自己的看法，是该对诈骗案做个总结了，于是她示意大家安静，说："我认为，何路的诈骗罪是不成立的，下来劳烦郑律师和孙律师做几件事，第一，向检察机关申请鉴定何路的签名是否属实，并附上法律意见，如报案人没有原件，该份证据予以排除。第二，提交胡姿的出入境记录及证言，申请调查何路在该时间段的出入境记录，附上事实说明，何路在该时间段不在灵埠县住宿，点出报案人提供的证据是虚假的，陈述的情况严重失实。第三，提交何路付息给郭坤的银行流水，证明该笔款项系借款。第四，提交何路租赁会所的合同、会所的照片、何路原有的营业执照及变更后的营业执照，附上会所转让的情况说明，强调何路将会所转给郭东湖，由郭东湖去结清郭坤的借款的意图和行动。第五，出具一份法律意见书给检察机关，建议对诈骗案不予起诉。"

郑泳和孙超都欣然应允，表示会尽快办理。陈茜激动得热泪盈眶，恨不得走过去紧紧拥抱文慧，困扰他们许久的诈骗案，要知道，量刑都在十年以上，就这么被他们轻描淡写地化解掉，这是做梦都不敢想的好事呀！对了，还有个吸收公众存款案，也得好好问问，于是，她清了清嗓门，说："你们真是我的福星！虽然我不是学法律的，但文律师的结案陈词已经打动了我，如果我是检察官，我也会被说服的！非法吸收公众存款案牵涉面大，波及的人多，我想听听各位律师的意见，看有没有突破口，谢谢！"孙超与陈茜认识的时间最久，介入何路的案件也最早，当即义不容辞先行发言："我倾向于做罪轻辩护，这个案子里面，林明是当然的主犯，他是不可能无罪的，何路是资金的使用者，林明非法吸收过来的钱，基本都是借给何路，他自己赚息差；林明非吸的受害人中，有好多人出来做证，证实何路经常出现在林明的饭局，替林明拉借款，信誓旦旦地保证资金是安全的，所投的项目是十分挣钱的。我认为在这样的大背景下，如果做无罪辩护，那是事倍功半！"

郑泳对孙超的思路十分认同，心想先不比照法律条文，这么个整法，把人家的资金都吸收了过去，最后连利息都不想支付了，这不是赤裸裸的犯罪吗？当然，他知晓不能在众人面前议论当事人的是非，于是深思熟虑地、一字一句地说："从法律层面讲，何路没有直接吸收存款的行为，但办案机关认定他有宣传、协助的行为，认定为共犯，我们也很难辩驳；再有，办案机关冻结、查封了何路那么多资产，那是要赔付给受害人的，不可能再返还的，从各个方面看，司法机关认定何路为共犯是不可逆转的，我同意孙律师做罪轻辩护的观点，做无罪辩护拿不出手，开不了口！"

郑泳四十几岁，头发稀少，但岁月的沧桑没在脸上留下太深的痕迹，虽然平常表情比较呆板，但说气话来还是挺幽默的，不紧不慢，就算是心里气得要炸裂，脸上也是不露声色，不愠不火，尽量保持一份儒雅的气质，这就是为什么很不认同何路的做法，但还是能站在他的立场发表意见。相对而言，三十几岁的李劲伟喜怒比较容易显露出来，这会听了孙超和郑泳的意见，他显得有些激动，扯大嗓门说："这样不行！你们这样不行！即使案情如此，但从辩护的角度，但凡有些疑点，但凡认为证据不能完全闭环，都要大胆地做无罪辩护，这虽然不像市场上的漫天要价，落地还钱，但必要的对抗性是必须的，这起案件，如果主犯量刑建议五年，从犯也就三年左右，所以要果敢地做无罪辩护！"张沧文见孙超脸涨得绯红，似乎马上要开始反驳，忙抢在前头说："孙律师和郑律师说的是案情的实际情况，个人认为是符合客观事实的，我同时认为，无罪辩护的成功率不到百分之一；从刑事辩护的技巧上讲，李律师说的不无道理，我也用过相同的技巧，明知道无罪辩护没什么效用，但坚决地采用，为法官提供了一种全新的思路。不过这是一把双刃剑，用得好的话，你能够自圆其说，还能让法官对检察机关的指控质疑，就算不做无罪判决，量刑也相对较轻，如果用得不好，法官会认为律师胡搅蛮缠，不仅起不到正面的作用，有时还适得其反。三位律师的意见都很专业，我们可以继续深入探讨！"

黄怀四十多岁，比张沧文年长几岁，和张沧文同事多年，看着他由一个棱角分明、脾气火爆的小伙子变成了和稀泥的模样，不禁感慨律师行业的不易，想想自己，何尝不是这样，当年意气风发、指点江山，自以为是仗义执言的侠客，经过岁月的沉淀和磨炼，也是成了逢事忍气吞声、遇事瞻前顾后的小老头？他笑了笑，说："既然两者有利有弊，我们能不能考虑把两者综合起来，两位律师辩护，一个做罪轻辩护，一个做无罪辩护，这样能够兼顾优点和缺点，各自发挥，扬长避短！"

作为主持人，不仅要管控整个会议的进展，最后还要做出总结性的陈述，文慧一直认真地听着，时不时点点头，这会到了主持人该发言的时候了，于是她摊开手掌按了按，示意大家安静下来，说："几位律师讲得都很专业，各自从自己的角度发表了看法，让我的思路也变得更加开阔。我们律师调解院的优势，就是群策群力，集思广益，集中优势，取长补短！以前办案，总是局限于自己的思维，忽略了借鉴别人的长处，现在好了，我们大家一起探讨，改变了以往单枪匹马作战的形态，我相信很多案件经过我们调解院的讨论、听证、研判，就已经解决了问题，不用等法院判决，相对公平的结果就已经出来了。希望有一天，那些出现纠纷的个人或企业，都能找我们直接调解，不用去打官司！好了，话归正传，我说说我对辩护思路的看法，到时候两位律师出庭，一位作罪轻辩护，一位作无罪辩护,可进可退,攻守兼备,当能取得最好的效果!"李劲伟一听,暗自赞赏,心想姜还是老的辣,站起身边鼓掌边说道:"主持人高明!这样,孙律师和郑律师哪位作无罪辩护的,我们可以交流一下,对于大部分的刑事案件,我都是作无罪辩护的,呵呵!"

郑泳看这情形,如果自己不做无罪辩护,恐怕就得换人了,心想那就挑战一下自我吧,于是表了态:"我来作无罪辩护吧!主持人的意见是中肯的,两位律师可以有两种辩护思路,我是属于比较保守的,极少作无罪辩护,下来要跟李律师讨教讨教!"张沧文见辩护意见和人员分工已定,心情愉悦,说:"没想到这么快就厘清了一个疑难案件,我看这样吧,也不要等以后了,李律师现在就把思路说一下,我们也学习学习!"黄怀附和叫好:"太妙了!正好我也缺经验呢,李律师不吝赐教!"

李劲伟对案件没有太多研究,冷不防被将了一军,不过律师的反应速度都是可以的,就着刚才听取的信息,他拓展了一下思路:"这个案件要作无罪辩护,那就要把何路和林明的关系辩成借款关系,我提些看法,希望起到抛砖引玉的作用:一是何路没有主观故意,也就是说他只是想借钱做生意,并没想去非法吸收存款,没有犯罪的念头;二是从客观行为上看,何路没有进行吸收公众存款,也没有参与林明的行动,也就是说他没干过违法犯罪的事;三是既然指控何路和林明构成共犯,必然会列举一些证据,我们要逐条反驳,如果只有证人证言,就要找出证人之间矛盾的说法,再找出个人前后矛盾的说法,证人证言的效力就显得微弱。一般来讲,每个证人的笔录都不只一份,总能找到互相矛盾的地方,这就考验我们律师的语言、文字分辨能力啰!如果中间能发现对我方有利的言辞,那就锦上添花了,即刻可以他人之矛,攻击他人之盾。四是在法律适用方面,我记得最高法的司法解释,认定非法吸收公众存款的条件之一是'通过媒体、推介会、传单、手机短信等途径向社会公开宣传',林明的亲戚、同学或职工即使认识何路,或是一起吃过饭、喝过茶,也属正常,证明不了他进行任何公开宣传活动。"郑泳听完这番分析,思路豁然开朗,不禁暗暗佩服李劲伟的专业素养,他把案件材料在大脑里重新整理了一回,说:"听李律师一席话,胜读十年书,我都觉得该作无罪辩护了,呵呵!我补充一些细节,供大家解读,何路是海川投资的老板,主要经营投资管理业务,客户群有银行、保险公司、房地产公司、担保公司等,业务发展良好,当然,资金需求巨大,经常处于捉襟见肘的状态,在这种情况下认识了林明,林明向何路展示了强大的经济实力,如在诸多城市拥有别墅,开着劳斯莱斯，甚至还有游艇、私人飞机，双方达成了合作，何路向林明借钱做生意，赚到了足够的利润，林明也赚取了利息差，这显然属于民事行为，不构成违法犯罪。从行为上看，林明除了向朋友、同乡借款，还到处去混声誉，像担任哪里的政协委员，担任什么商会的会长之类的，去针对社会上不确定的群体宣传，吸收存款，认定他构成非法吸收公众存款罪没有问题，但何路只是和林明对接，并没去吸收别人的存款，从朴素的行为观来看，他都没去干，怎么要承担责任？在两个人的交往过程中，何路是坦荡的，需要资金做什么生意，利息能给到多少，对林明都是直言相告的；但林明在自己的资金不够流转时，用的是借鸡生蛋的方式，从商业秘密的角度看，林明是不想让自己的客户接触何路的，那样可以避免客户直接找到何路，所以何路也没机会自己去吸收存款。到后来，林明发生资金断裂，何路难辞其咎，因为是他未按时支付利息，但大家不要忽略一个事实，郑莲才是罪魁祸首，是她既卷走了林明的钱，又卷走何路的钱，成为压垮林明的最后一根稻草，郑莲被公安机关拘留，但没被逮捕，关了一个月就被放走了，站在何路的角度，我们可以质问郑莲何以能够逍遥法外？还有一个事实，何路被冻结、查封的资产，从账面价值看，是高于他的负债的，我们可以通过何路和林明的往来账，进一步降低何路的欠款，因为他打给林明的钱，有一部分是利息，但是不会特别标注，所以本金和利息是区分不了的，比如说，林明转账给何路两个亿，何路转给林明一个亿，一个亿中本来有八千万是付息的，但何路如果坚称一个亿是还本的，这时证据是对他有利的，所以一方面强调资产的高价值，另外一方面强调何路没欠那么多款，对法官来讲是一种酌定从轻的情节，因为他们无法精准地确定金额，从而要慎重地考虑在资产的处置上是否对何路不公平。"

听了郑泳对案件细节的分析，大家均觉得案件的前景更加明朗，张沧文认为在证据上还应加强，问道："在证据方面，我们有没有可以针锋相对的地方？或者，我们也能收集或提交对己方有利的证据？"李劲伟露出招牌式的微笑，那微笑里带着些许不可一世的表情，还有藐视一切的自信，说："最好反驳的证据，当然是言词证据，包括证人证言、被害人陈述、被告人供述和辩解，一个人说了几次的话，总有说得不一样的地方，几个人说同一件事，总有互相冲突的地方，人家说我们律师咬文嚼字，我的理解就是对言词证据的反驳，言多必失，难道我们就不能找出破绽？"孙超本来也对一些证据不予认可，听李劲伟这么一点拨，触动了灵感，抑制不住心中的兴奋，说："李律师言之有理！案卷我接触得多，我来抛砖引玉！先是证人证言这一块，第一组证人共五人，其中林甲和林乙为林明的堂兄弟，刘某和陆某为林明的同学，余某为林明的干兄弟，他们的证词主要证明何路知晓林明吸收存款并进行宣传广告，但是证人与林明关系密切，存在着重大利害关系，涉嫌存在重大利益交换及利益输送，我们都知道，非法吸收公众存款针对的是不特定对象，这五个人与被告人林明关系密切，不属于受害人的范围，不能参与退赔，但是，侦查机关将他们列为受害人，并且让他们做证，这就将他们置于重大的利害关系面前，难免会做出违背良心、违背意愿的事。另外，他们先后做过三次笔录，前后均出现互相矛盾的情况，我举例说明，林甲先是说林明以做生意资金紧张向他借一百万元，后又说借款金额为一百八十万元，余某一开始说借给林明二十万元，后来又改口借出一百一十万元；诸如此类，漏洞百出，这都是我们反击的好节点！"

文慧暗自佩服眼前的这位小姑娘，虽然她一直持罪轻辩护的观点，但在对证据的质证方面，一点就通，的确很有天分，忍不住用赞赏的眼光看了她几眼，微笑着问："还有哪方面的证据有纰漏？"孙超甩了甩花了一个多钟头扎好的马尾，昂着头接着说："我看过案件的《司法会计鉴定意见书》，很有意思的情况出现了，何路付给林明的资金为两个亿，收到林明的资金亦为两个亿，不知道怎么会出现这样的银行流水，但从数据上看，何路不欠林明的钱。该份鉴定意见书对银行流水计算大量存在重复入账现象，计算数目不准确，鉴定意见表述含糊不清，没有明确的结论，没有因果关系的论述，的确是一份蹩脚的文书，我们可以集中精力攻击它的弱点！"张沧文没想到孙超对案子钻研得这么通透，不禁拍手叫好，说："除了被动地提质证意见，我们有什么证据可以主动出击的呢？"

孙超细想了一会，说："他山之石，可以攻玉，我们先用证人的证言来证明自己的结论，在本案的证人中，有许多人也证实何路未参与林明吸收公众存款活动的活动，如证人肖某、张某与林明均是同学，他们证实吸收资金是林明一人所为，与别人无关，具体怎么说呢？肖某说林明喜欢单独和人谈生意，不同意他人参与他的事；张某说只是他一个人操作，没有涉及其他人。另外，林明的妻弟黄某、堂弟林某，都证实林明一个人操控吸收公众存款，没有别人参与。这些人的证言充分证明何路没有参与吸收存款。"孙超说到这里，想起自己原来是主张作罪轻辩护的，这么说来像是作无罪辩护了，既然郑泳也是主张有罪的，不妨听听他的看法，便对着他说："郑律师补充一下，看咱们还有什么证据提交？"

郑泳干笑了两声，说："有些意见之前已经提及，我再重复一下，我们还将提交两份新证据：一是郑莲的借条，证实郑莲向何路借钱，何路和林明一样，都是郑莲的受害者，郑莲才是罪魁祸首；另外，何路和郑莲一样是林明非吸资金的使用方，如果何路涉嫌为林明的共犯，郑莲同样涉嫌为林明的共犯，只逮捕何路而不逮捕郑莲，这是歧视性执法呀！当然，这也是我们的一家之言，未必能够说服别人。另外的证据是交易流水汇总表，此证据材料由何路公司的财务根据网上银行的转账记录汇总而成，证明何路向林明出具借条后，双方还发生了大量的资金来往，因后来没有结算，可以确定何路和林明之间的借款金额发生变化，当然，因为利率多样化，我们也不能准确地计算出借款减少的具体金额，但足以证明原来的借款金额是不准确。根据这些证据，我们主张认定以下事实：认定何路的借款小于借条的金额；何路并不知道林明的资金系向社会公众非法吸收，一直以为是林明的自有资金，没有鼓动林明向他人吸收资金，在利润的驱动下，林明无须别人鼓动就积极吸筹资金，还有部分人主动地把钱投给他，所以何路没有伙同他人非法吸收公众存款，不构成非法吸收公众存款罪！"郑泳讲到这里，和李劲伟同时笑了起来，郑泳属自我嘲笑，笑自己不知不觉间做了无罪辩护，李劲伟则是开心地笑，笑自己的主张居然得到如此完美的论证。

还有一个人喜不自禁，那就是陈茜，她跟庄丽丽及律师调解院的律师团队逐一握手致谢，并诚挚地邀请他们共赴晚宴，盛大的庆功宴。陈茜深知，按照律师们的意见，何路的刑期会很短，甚至，往更好的方向祈望，开庭后就恢复自由了。

第十九章　有问必答

　　两个多月后，案子宣判，何路被判了一年三个月。律师调解院一片欢腾雀跃，律师们为付出得到回报、团队的专业服务确确实实地帮助到当事人而备受鼓舞。律师调解院为此举行了盛大的庆功大会。

　　李劲伟在庆功会结束后，单独邀请了张沧文聊天，张沧文心想，何路的案子他厥功至伟，要不是他提出思路，能不能达成这么好的效果还不好说呢，这家伙该是还要显摆吧？李劲伟提议去韩小霞的茶馆，张沧文爽快地答应了。

　　张沧文许久没见韩小霞了，她还是那么地热情、妩媚，只是这一次身体比以前圆润了，一看就知道是怀了身孕。张沧文掩盖着自己的醋意，笑容满面地盯着她，说："士别三日，当刮目相看呀！这下有点阔太的模样了！"韩小霞有些害羞，涨红着脸，说："你就贫嘴吧！"李劲伟过来把张沧文引进包房，没邀韩小霞一起，还掩上了房门，张沧文盯着他，说："你干什么，是有什么机密大事吗？"

　　李劲伟呵呵地笑，说："咱们之间有什么秘密？小霞怀孕了，我看你最近忙得很，今天才请你来。我和小霞登记结婚了，婚礼简简单单，没咋操办，连颗喜糖都没请你，我知道你和小霞是有过感情的，就怕你不自在，所以今天请你喝最珍贵的西湖龙井茶！"张沧文脑袋转得飞快，瞬间把状况理清楚了，指着他，笑了笑，说："我知道你什么意思了！你都知道，我不知道是不是上辈子欠了余灵的，她的一颦一笑我一直不能忘怀，而后来她又住进了医院，让我更是无法割舍，这些情况，小霞和你都是清楚的呀。小霞是和我认识了好久，但是她的有缘人是你，你们是多么地般配！"

　　李劲伟泡了一杯热茶递上，说："你真是好兄弟，说话都这么顾全我们，我一直都有顾虑，怕被你认为是横刀夺爱，这么久以来，其实我也一直默默地看着小霞，不敢冒昧地向她表示，直到有一回，我看她是向你表白了，而你却残忍地拒绝了，你不知道，那段日子，她是多么地心痛、绝望！说句你不爱听的，她连死的心都有了。我既怜惜，却也暗自庆幸，如果你接受了，那就没我什么事了，从那一回开始，我才鼓起勇气，勇敢地去追求她。今天跟你袒露这些，希望你能理解我，那时候的我，对你醋意大发，或者，可以的话，我都想用我的全部跟你交换小霞的爱！好在现在，我实现了，梦寐以求的愿望实现了，我是真的高兴，也是真希望你替我高兴，你会替我高兴的，不是吗？"张沧文听了百感交集，韩小霞曾经对自己用情那么深，而自己却熟视无睹，如果不是李劲伟的存在，说不定无意间酿成大错，细思极恐，当下诚恳地说："真心替你高兴，祝愿你们幸福快乐！现在的婚姻，更多的是考虑利益，考虑对价，变成了一种商业交换，我是不敢苟同的，你和小霞那是真爱，是的，婚姻就当以真爱为基础，看看咱们办过的离婚案，那些太过现实的，太讲究物质的，有多少能经受得住商业社会的洗礼？小霞是个重感情的人，她能够选择你，那是你们的缘分，所有的幸福都来之不易，你千万要好好珍惜呀！"

李劲伟假装不认识张沧文，把他从头到尾打量一番，说："你是律师呢，还是情感专家？听君一席话，胜读十年书，张律师的训诫又感性，又现实，让人佩服之至，是自己的感受呢，还是时下的段子呀？"张沧文拍了拍他的肩膀，说："眼下的小视频段子，大多是三观不正的低劣之作，你我哪有兴致去欣赏？你就庆幸且珍惜吧，能娶韩小霞为妻，是你前世修来的福分！"李劲伟开心地笑了笑，眼睛眯成了一条缝，说："真想和你喝上几杯，大醉一场！我不佩服你的专业，却佩服你的专情，你的纯情，你和余灵的故事，理当续写下去！余灵现在怎样？我相信好人总会有好报的！"张沧文掩饰着伤感，打起精神说："谢谢你，会好起来的！"

李劲伟和韩小霞留张沧文吃饭，他拒绝了，一想起余灵，他的胸口像被压了一块大石头，有时候难以喘气。张沧文一直在虔诚地祈祷，以前不信菩萨不信佛祖的人，现在去到哪座寺庙或道观，都要去烧上一炷香，祈求余灵康复；有时候甚至在想，如果可以的话，他愿意折寿换取余灵的醒转。

却说伍廷威辞职后，李彪将他引荐给谷峰，谷峰很赏识他，说官员退下来的，人才难得，一定要找个合适的岗位，就推荐他去给华南区总裁丁越当助理。伍廷威第一次去丁越的办公室，见到一个又矮又胖的光头男子，还没来得及解释，丁越就满脸堆笑，说："谷老板介绍过你，我正需要你这样的人才！咱们公司目前正是飞速发展的时期，你是来对地方了，公司不会埋没任何一个人才。"谈到具体工作，丁越告诉他，目前华南区正在不断开店，需要不断地吸收新的投资人，培训中介门店的新员工；至于薪酬，助理级的底薪一万，另外加业绩提成，公司还将视能力提供上升通道。

伍廷威眉开眼笑，对这份工作非常满意，工资跟他当副镇长时比不相上下，难得的是还有很多机会，在企业干毕竟还是新手，他谦逊地问："我该从何学起？新来乍到，对业务不熟悉，还希望丁总裁多多指导！"丁越习惯性地摸了摸油光滑亮的头，说："一会我给些业务资料你看看，最近的业务培训及投资推介会比较多，刚好晚上在顶云酒店就有一场，你也去参加一下。我们请的都是业界的高级讲师，我的目标是在我们区域内部培养一个属于集团自己的讲师，既懂业务又有领导能力的导师！你有这方面的才能，等到业务熟悉了，可以试着开讲，今晚到场的都是云港市的各界精英，如果我们把握好机会，集团明天可以开多几家门店，而我们，配得起这种荣耀！"

丁越说完这番话，利索地做了一个胜利的手势，这让伍廷威瞬间充满了力量和自豪感，毕竟，能够在一个上进的团体里面，和众多上进的人士一起做事，该是一件多么愉快的事呀！

第二天，伍廷威来到李彪办公室，给他带了一盒好茶，兴高采烈地说："谢谢你！看来我要开始第二春了，这份职业挺好的，干的不仅是工作，还是一份事业！对了，你有没有加入集团的代理人？"李彪被他的喜庆情绪感染，笑着问："什么代理人？房产中介的业务我不懂的，你看我干装修都忙不过来，没有闲暇去研究别的！"伍廷威像是个发现宝藏的人，急着与别人分享："奇怪，谷峰这么大的布局，你居然毫无所知，你知道吧，万客家这么发展下去，很快就成为著名品牌，很快就上市了！你呀，不该如此埋头苦干的，多关心一下业务，你跟谷峰关系这么好，他会关照你的！"李彪不以为然，说："人要知足，你不知道，多少人想做万客家的装修，要不是谷峰关照，我哪能有今天？我是希望他越做越大，店面越开越多，但做人不能太贪，他就算有更好的挣钱门路，我也不会去问他的。"伍廷威心想，李彪说得没错，就算一家门店的装修只赚两万元，几百家也有千把万元了，李彪的确应当专心干好本分工作，而自己不同，刚入门槛，更需要机会和资源，于是说："啥时候有空请谷峰吃饭吧！毕竟，人家是给了我就业的机会了，该好好感谢人家！"

李彪听他说得在理，说："感恩是我们处世的根本，其实我的想法跟你一样，约过他几次，他都说忙，有时间再说，我想人家老板，也不能老追着要请人家。你的意思我会转达，不过要有思想准备，不是马上就能约到的。还有，你在那边干得舒适就干，不舒适的话就到我这边来吧，我这边的工作不用动脑，人这辈子，脑子用得太多了容易老。"伍廷威听不进这些话，说："我现在还需要多动动脑筋，昨天听了任洋教授的讲座深受感触，我先研究一下集团的代理人模式，如果有什么心得，再去和丁越和任洋交流一下。"他想，要是能有新的见解或见识，不由得老板不见，研究得好，自己还能成为行家呢。

李彪明白他的想法，也不去说破，把他带来的茶叶拆开泡了一壶，天南地北地聊了好一会。

伍廷威处心积虑地想见谷峰，没想到机会来得这么快，没上几天班，丁越就边摸着光滑的大脑袋边告诉他，谷峰在集团会议室召开各大区总裁会议，各总裁助理和任洋参会。通知完开会的事，丁越不忘拍拍他的肩膀，笑呵呵地说："你刚来不久就能参加谷老板的大会，实属难得！别忘了，除了你推荐了十多位代理人，业绩突出之外，我的推荐也功不可没呀！我一直跟谷总讲，目前公司的讲师只有任洋，与公司发展不相匹配，应该多培养自己的讲师，我向公司首先推荐的就是你，你有这方面的潜质，加油哈，兄弟！哪一天飞黄腾达了，别忘了互相关照啊！"伍廷威听了，心花怒放，没想到还有人这么赏识自己，虽然知道丁建的话可能有水分，但还是十分受用，笑得眼睛都快眯成一条缝，说："互相帮助，互相提携，合作共赢，我们苟富贵勿相忘，呵呵呵！"

到了集团的会议室，伍廷威不禁感慨，自己以前的办公室像是麻雀的窝，这里像是老鹰的巢，会议室里摆了一张巨型的茶台，另一侧是个小型的高尔夫球练习场，会议室的中间摆放着长条形的会议桌，旁边整整齐齐地摆了二十张实木椅子，看来开会的规模局限在二十一位，如果人太多，就只能搬凳子坐在外围了。从会议桌的摆设来看，伍廷威认为谷峰应该是很讲究效率、雷厉风行的人，不然的话，不会连张舒适的皮座椅都没有。他刚坐了一会，会议就开始了，就十几个人的规模。

谷峰看上去四十多岁，中等身材，一副随和、亲切的神情，这和伍廷威心目中高大威猛的形象有些差距，不过讲起话来丹田气很足："元旦已悄然而至，新年即将来临，先祝各位生活愉快，事业进步！万客家集团在过去的一年时间，经过大家的辛勤耕耘，我们在祖国大地所有省级行政区域都插上了万客家的旗帜，全国好几百家门店投入运营，全国的代理人队伍不断增长，体现了'全民代理人'模式的优势，所到之处令同行刮目相看，让了解万客家的人拍手称赞。这是万客家商业模式的成功之处，也是万客家商业模式的优势所在，这一成绩离不开全国合作伙伴的信任和坚持，更离不开在座各位的辛劳付出！

"过去的时光是万客家不平凡的时光，是凤凰涅槃的时光，我们经历了高速发展的成就，但同时，不可避免地会夹杂一些发展中的问题，我们今天召开这个会议，就是要总结经验，继续前进，同时正视发展中的问题，商议对策，走得更稳，稳中求快！下面先请大家谈谈发展过程中碰到的问题。"

伍廷威留意了一下，会场上总共十三人，除了丁越、任洋和谷峰，其他人都不认识，料必是其他大区的总裁和助理。大家按着座位的次序发言，令伍廷威意想不到的是，几个大区总裁谈得最多的是代理人不够，每个店的代理人目标为五百人，但好多店连一百人都不够，影响了门店经营能力及业务来源。任洋自认讲座的效果不错，问道："我感觉每次开讲座招募到的代理人还是蛮多的，这些人没起到带动作用吗？"丁越就坐在任洋的对面，主动回答了他的问题："任教授的课讲得相当精彩，吸引来的代理人的确不少，但有个实际问题，公司要花上一两个月的时间才能蓄足一场动员会的客源，会场、餐饮的费用也很大，所以这样的动员会不可能开得很多，代理人推荐代理人，这是我们的主要途径，但也面临一个问题，好多代理人虽然有心推荐，但因为个人的知识面不足，专业性不足，表达能力不足，导致他们说服不了别人，造成带动作用有限。"

伍廷威的脑袋转得飞快，他想起了丁越说的要把他培养成讲师的话，想起了任洋在会上精彩的讲授，想起了以前在单位里经常负责印发宣传册，一个念头闯进他的脑海，让他激动不已。他想，如果把讲授的内容整理成册，当然，最好是以问答的方式体现，不仅可以让公司员工、公司代理人人手一册，辅之以电子版的形式，那宣传的效果将不可同日而语，宣传的成本也大大降低。伍廷威兴奋不已，趁着大家还在低声议论，他想在谷峰面前表现一番，便抢先发言："我有个建议，说出来供谷总和大家参考，我们可以根据任洋教授的课件，把万客家集团的商业模式以及行业优势等内容，以问答的方式整理成文稿，通过线上线下的方式向客户宣传，这样可以解决人传人的宣传问题，也可解决开动员会的成本问题。这么说吧，我们的文稿借助互联网的形式，可以快捷、全面地散发到客户手上！"伍廷威刚说完，谷峰就站起来，带头鼓起了掌，说："第一次和伍总开会，听到的就是一条价值连城的建议，李彪是替我引荐了人才呀！我获取的信息比大家全面，就不再征求大家的意见了，我全盘接受伍总的建议，我们万客家集团的宣传文稿，就叫《万客家集团百问百答》吧，由伍廷威、任洋、丁越负责编写，动作越快越好，需要加班的公司给三倍的加班费，其他部门、其他区域全力支持，这将是万客家集团的一个里程碑，我们将拥有自己的宣传利器，披荆斩棘，所向披靡！"

会桌上响起了热烈的掌声，大家纷纷叫好，笑着起哄，喊起"伍总威武""谷总英明"，如果能够提升业绩，给大家带来更好的收益，想必大家都想当场把人抛举到半空了。谷峰面带微笑，示意大家安静下来，说："我们很多门店都是公司先行投资的，租金、装修、人工、运营费用都是很大的开支，我们引进代理人模式，就是要实现轻资产，提高业务量，但是我们不可能等招够代理人才开店，传统中介行业的成本，我们也是要付出的，而且不能停步，我们必须不断地开店，这是特殊的发展时期，我们要经历重资产经营带来的阵痛，要经历从内到外的全面调整，在这段紧张、充满挑战及风险的岁月里，全国的万客家员工选择了同舟共济，选择了坚守，选择了相信和跟随，这是万客家集团的底气，万客家集团的动力，这终将换来万客家的重生和崛起！

"在座的十二位是万客家集团的核心，我今天不仅提出问题，也要提出光明的前景，让大家更有信心！目前的互联网产业发展迅速，方兴未艾，我们集团的发展要围绕两个互联网平台，一是房产中介的互联网交易平台，这个平台大家都已了然于胸，另外的是房产产权的交易平台，就像股票一样，房子的产权可以证券化，通俗地说，一套房子的价值是一百万元，可以分割成一万份，一份只需一百元，你可以在平台上购买万分之一的房产，等到价格涨了，你可以抛售。当然，这是个更远期的目标，我们以后还要专门开会研讨。

"万客家房产交易平台创立的初衷就是要做中国房地产行业的互联网龙头品牌，要做轻资产运营的大数据平台，我们旨在于创建一个伟大的互联网线上交易平台，在全国有效区域设立运营中心或交易中心，利用互联网平台把全国拥有大量的碎片时间的志同道合之士聚集到平台上，为此提供一个更便捷更安全的线上交易空间，结合万客家集团线下诸多门店，致力于把万客家打造成为全球最有价值的企业，真正体现轻资产运营和互联网大数据的平台魅力！

"不瞒大家说，万客家集团目前的财务状况还是不容乐观的，那是因为万客家前期的发展过速引发了一系列不可控因素的出现，我们要打造中国房地产行业轻资产运营的大数据平台，必须先切入房地产中介市场，必须先在传统的市场中建立根据地，扎下根来，那就意味着前期的发展一定出现了偏离，为迎合和满足市场需求，在没有代理人的首笔资金投入的情况下，投入、运营了几百家门店，门店的高额投入和代理人数不足带来的矛盾，必定增加公司财务压力，导致公司发展失衡。经过这半年以来的调整，万客家正逐步摆脱重资产深渊，向着我们的既定目标发展！

"眼下，全力发展代理人的商业模式是我们的重中之重，发展好了，我们的后续资金有了，业务量也有了，我们要努力补足单店的代理人人数，比如说原来一百个代理人的店，我们要力争扩展到五百人。今天会议的最大收获，就是伍总提出的宣传模式，我们要从这里再出发，向着既定的目标迈进！

"两个互联网平台，一个是房产中介平台，一个是房产产权交易平台，这是我们的中远期战略目标，大家对万客家集团要充满信心，让我们一起开拓伟大的事业，实现美好的生活！"

在大家的掌声和欢笑声中，谷峰宣布散会，果然是雷厉风行的风格，高超、生动的演讲之后，没有耗费过多的时间，临走前还不忘叮嘱伍廷威三人马上开始整理文稿。

伍廷威不敢怠慢，他知道这是自己在会上正式提出的，如果做不好，谷峰不会责怪任洋和丁越，但肯定会责怪他，所以即使他的职务、阅历不如他们二人，也只能打起精神来主导这件事。不过这事说来也不复杂，很多内容都可以引用任洋的课件，任洋不会对自己的讲授提什么意见，至于丁越，实质上也就起个监督的作用。会后伍廷威主动表示由他来拟定前十个问题，抛砖引玉，任洋和丁越都愉快地接受了。

伍廷威虽然学历不高，但逻辑思维还是相当出色的，加上长时间的宣传工作，他还是有把握完成的。吃过午饭，他就开始构思，这《万客家集团百问百答》的第一问该是什么呢？换个角度，如果是客户，他们最关心的问题是什么呢？两者结合起来，伍廷威豁然开朗，第一个问题非他莫属：1.万客家集团是做什么的？

找到了问题，答案就很好组织了，只需回忆任洋的讲课内容就行，还好，当天听任洋讲课，他是认真做了笔记的。因为刚学打字不久，他用乌龟爬行般的速度敲下了答案：万客家集团是一家从事房产买卖、租赁、房产信息咨询、二手房贷款、房权证代办等相关业务的全国性综合交易平台，总部坐落云港，足迹遍布上海、北京、深圳、三亚、广州、济南、青岛、西安等多座城市，公司首创"房产经纪全民代理人模式"，异军突起，以创新的经营模式和高效便捷的服务为客户提供综合性一站式服务平台。

搞好了第一问第一答，伍廷威瞬间觉得压力小了许多，他打了电话给任洋，向他请教妥当与否。任洋听了连声叫好，夸他领会深刻，功底扎实，并说不用每一个问题都征求意见。伍廷威当然知道，他的知识来源于任洋，任洋对伍廷威的肯定，实际上也是对自己的肯定。他当即在电话里表示，他对万客家的认识来自任教授，如果有领会不到的地方，请不吝赐教。

伍廷威觉得应当保持头脑清醒，遂决定午休一会，哪知道躺到床上，脑袋片刻安静不了，于是干脆继续思考第二个问题，他认为前面几个问题搞好了，后面的顺序就不是很重要了，只需把内容都编排上就好。伍廷威对万客家集团的根本需求还是知悉的，整个问答的根本立足点跟任洋讲课一样，为了吸引更多人投资，成为代理人！他自言自语起来："告知了万客家的业务，接下来该告知什么呢？对了，投资是为了挣钱，直截了当的，该把公司的盈利模式讲清楚！"

想到这一点，伍廷威喜上眉梢，看来自己离成功又近了一步，他在键盘上敲下了第二问和答案：2.万客家集团的收入来源在哪里，盈利点在哪？答：万客家集团是一家专业从事房产买卖、租赁、房产信息咨询、二手房贷款、房权证代办等相关业务的全国性综合交易平台，相关业务都是收入来源。集团实行统一化管理，轻资产运营，节省人力成本，分工明确，加上每家店五百名代理人背后强大的资源市场，成交率高，利润就更高。

伍廷威想要乘胜追击，把他定下来的十个问答搞完，不曾想脑袋转动了两个多小时，仍然没寻找出满意的第三个问题，忽然听到隔壁办公室丁越打电话的声音，才想起自己是不是太自大，忽略了资深的公司领导，说不定他对公司的经营模式有更深刻的领会，对公司的业务推广有更多的经验，想到这里，他好不容易等丁越多电话打完，便迫不及待地敲了办公室的门，也不管丁越有没有时间，直奔主题地说："没有领导的指导，我的事情还真办不好，都说程咬金有三斧头，我这才搞了两个问答，就停滞不前了，我不管哈，谷老板让大家要协助我的，您是我的直属领导，先指导指导，搞定下面的几个问答！"

丁越呵呵笑，知道他话说大了，这会是来求助的，操着大嗓门说："你就给我戴高帽！我提提意见可以，真让我捉笔弄墨的，我可不行，你先把前面两问两答说来听听！"伍廷威把前面的念了一下，丁越说："很好呀！这两个是根本性的问题，下来的就要直接切换到代理人的利益问题，要知道，我们的目的是招募代理人！"

伍廷威点了点头，说："你说的我清楚。你要知道，我刚接触业务，代理人的要点把握不准，你来指点指点！"丁越见他一副认真的样子，收敛了笑容，说："根据我的经验，代理人最关心的，经常会问到的无非是几个问题，如收益、分红什么时间发放，代理人的资格能不能转让，代理人能不能查看财务，怎么知道挣到多少钱等；说白了，代理人的核心利益就是他们投资的公司怎么挣钱，挣多少钱。"

伍廷威没想到丁越竟然这么专业，看来他接触的代理人不在少数，他对着丁越比了个"赞"的手势，然后回办公室敲字完成了三个问答：3.代理人每笔收益的发放时间？分红发放时间？答：推荐代理人收益，即人力资源奖，以周为单位发放，每周在周六前提交推荐关系，下周二即可获得人力资源奖收益。市场收益是以月为单位，每个月的中旬发放。单店收益是以年为单位，会在每年年底核算利润，年后发放。全国收益也是以年为单位，每年年底核算利润，年后发放。4.代理人资格能否转让？答：不建议！所有代理人权益跟随代理人终身，轻易转让会造成相关权益的变更，而且转让本身对代理人存在风险，公司不建议转让代理人资格。5.代理人可以查看财务报表吗？怎么知道挣的利润呢？答：公司代理人模式，人人皆可参与，财务也可是公司或门店的代理人，所有的财务都是非常严格的，公司走的是上市之路，都是向国家合法纳税的，非常透明。所有代理人都可以通过申请，符合公司要求就可以查看公司的盈利情况。

伍廷威把三至五的问答打印出来，第一时间送到丁越面前，说："这是根据您的意思拟定的，有些发放的时间我预先排上的，下来要和财务确定下，就劳烦你了，其他的内容你看看有什么问题？"丁越接过手，仔细地阅读了两遍，说："没问题！你是得到任洋的真传了，我听过他的课，你总结得不比他差！"伍廷威连连摆手，说："你别赞我，不然我会羞死的！我是大姑娘上轿头一回，没有一点实践经验，答案基本照抄，任教授那里才是原版。"

丁越扭了扭脖子，大光头随着转动了几下，这是他的招牌动作，见过他的人都会记得他的大光头，转完了头，微微一笑，说："在会上我听谷总提到百问百答的时候，暗自捏了一把汗，没错，要解答代理人的疑问，一百答不算多，可是要把一百问整理出来，别说你是新来的，就算是我，加上几个大区的总裁，也未必能轻易完成。那天你说先完成前面十个，我估摸着你也就差不多了，都是为了集团的生存发展，我又是你的直接领导，会帮着你干完这件事的！我提个建议，等你列出十问十答后，找任洋教授探讨一下，如果他也没办法列出那么多，那你就不能闭门造车了，而是要走出去，接触总裁、业务经理，甚至是诸多代理人，不和他们好好地聊聊，不了解整个公司的运作，你是完不成百问百答的！"伍廷威边听边冒冷汗，本以为凭着热情和自己的思考，就能完成问答的文稿，哪知道还涉及那么多的实操问题？想想也正常，如果不了解代理人的心理，不晓得在业务过程中遇到的形形色色的问题，又怎能提前设计好如何解答？

伍廷威真心感激丁越的实话实说，刚好赶上晚饭饭点，便问道："丁总有没时间一起吃个饭？有时间的话，我想请上任教授，一起把事情议一议。"丁越笑了笑说："我们这些跑业务的，哪能没有时间吃饭？何况还有事要谈！"

伍廷威打了电话给任洋，任洋欣然应允，伍廷威本来想叫上李彪，转念一想，他也就埋头干他的装修，不思进取，先不管他吧，自己先干出点成绩再谈。三个人的饭局上，伍廷威向任洋求助，说："丁总已经给了我意见，说要最大限度地了解业务，接触更多的员工及代理人，才能完成百问百答，任教授在这方面是行家，能否把你的课件直接整理成问答文稿？"任洋扶了扶眼镜，虽然涉及商界，骨子里还是一个学者的风范，他不紧不慢地说："丁总说的是对的，整个集团就我们华南区的业绩最好，开店最多，对业务的理解我们俩应该算最深的。我的讲授其实也是诸多问答，自问自答，加入了常识、数据，还有我自己的见解和心理学上的知识，目的就是要说服大家认同我们，投身代理人。你在会议上正式提出之后，我一直也在估量着，咱们能不能达到百问百答，我和丁总也电话交流过几次，这样吧，咱们先踏踏实实地干起来，我把我这一年多的课件整理一下，我们人手一份，先看看能够提炼出多少，然后，按照丁总的意见，我们一起去接触代理人，了解他们的关注点，了解他们在推荐代理人中碰到什么实际问题，我想，我们是能把事情办好的，不要忘了，就算最后还差一些，有个人还可以完美收尾的！"

伍廷威有些意外，问："还有人的资历、学识超过两位？"任洋朝丁越努努嘴，示意他接着说，丁越稍作犹豫，说："没错，还有个人比我们熟门熟路，那就是谷峰！"伍廷威"啊"地叫了一声，满脸诧异，问："谷老板还比你们懂行？"任洋见他表情夸张，笑了笑，说："这有什么奇怪的？他本来就是创始人，我们只是第一批学员而已。"伍廷威这下才平静下来，说："那就好，那就好！就按任教授说的办！"

接下来，伍廷威和任洋、丁越通力合作，不到一个月的时间，就整理出了万客家集团的问答文稿：

6.万客家商业模式有什么亮点？

答：商业模式的发展是伴随着消费者需求的变化而发展的，谁的商业模式更加贴近消费者的需求，谁就能吸引消费者的目光，谁占领市场份额多，谁就能成为赢家。

万客家集团未来要成为房产界的新秀，要想成为房产界的风向标，将取决于万客家的商业模式，如果万客家的商业模式能够紧贴消费者的需求，那它必将再次让消费者消费的方向发生根本性的转移，万客家商业模式具备以下四大亮点：一是代理人实现最大的利益，消费者不再仅仅只是消费者，他也可以参与利润的分配当中；二是经营者的利润让给消费者，万客家的消费者的消费视为投资；三是从店守盘，到人守盘，改变销售方式，提升服务质量，转变服务理念，打造公司、经纪人、代理人、客户多方共赢；信息源由被动房源到主动房源，分工更加明确，大大的提高了工作效率；四、由重资产转变为轻资产运营，真正做到了开源节流。

……

88.万客家的代理人除了九大收益之外，还有什么发展空间吗？

答：万客家集团提倡多劳多得、少劳少得，代理人取得自己收益的同时，帮助公司招聘一定量的代理人，可以成为公司的股东兼高管。

丁越把文稿认认真真、反反复复地读了几遍，对伍廷威和任洋说："编得很好，很全面，我都被打动了，辛苦了两位，我看总共有八十八问，可是让我再补充什么问题，我也补充不出来了！"任洋扶了扶眼镜，说："我也是江郎才尽了，不过也未必强求百问，八是吉利数字，我们就按这个上报，如果非要凑够一百问，就让谷老板来操笔了！"

伍廷威见任洋有些烦躁，连老板都想要数落了，知道他一个月来太过劳累，说实在话，能整理出这样的文稿，主要归功于他，如果老板不满，也轮到自己来承担后果了，便说："听任教授说过谷老板对万客家集团的商业模式理解最深，那就先由我来向他汇报，同时恳切地请求他给予指导，补齐问题至一百个，如果他要责怪，那就怪我好了！"丁越明白他的用意，笑着说："伍总是个勇于承担的人，不过既然是我们三个的事，谷峰要怪也不能只怪你一个人，呵呵！你们两位已经尽心尽力了，对公司的贡献也是超越性的，要知道，我们也就是工作而已。"伍廷威深以为然，说："没错，谷峰才是老板，你们等我一会，我去一下他办公室！"

伍廷威把文稿送到谷峰的办公室，返身准备回丁越的办公室，谷峰叫住了他，说："你稍等一下，我马上看文稿，有什么问题我们当面沟通。"谷峰阅读的速度很快，几分钟就看完了，伍廷威预着一顿狂风暴雨式的斥责，没想到谷峰面露笑容，竖起大拇指，说："完美！就按照这个下发给公司全体人员，我们的业绩即将突飞猛进！"伍廷威试探性地问："您不补充到一百问吗？按照你的指示，我们本来是要完成百问百答的，可是知识储存不足，未能如愿！"谷峰放慢了语速，说："八十八挺好的呀，吉利得很！文稿还是叫百问百答，我刚才看过了，就代理人这一商业模式来讲，内容已经够全面了，我最近在努力地思索，我们除了代理人，如果碰到实力好的投资人，是不是要让他们当发起人、筹建人，就是投更多的钱，占更多的股份，到那时候，我们再真正补足百问百答吧。"

伍廷威一头雾水，不清楚什么叫发起人、筹建人，跟谷峰再次确认了文稿，兴冲冲地赶回，说："谷总高度赞赏，就按这个文稿开展宣传，名称也不用改，还是叫百问百答，等他有新设想之后再不足。总而言之，我们的任务圆满结束！"丁越拍手称快，任洋也眉开眼笑，说："没有白费一番心血，以后要是还讲课，直接按着百问百答进行就好了！"

第二十章　事不如愿

　　《百问百答》很快被印成宣传册，又在网站、微信群里广为传播，几个月下来，万客家集团的代理人快速增长，门店也进入高速扩张期，伍廷威升职为副总裁。接到任职书当天，伍廷威掩饰不住内心的喜悦，找到李彪，硬是要和他喝几杯。

　　李彪看他春风得意的样子，虽然是中午，还是在办公室，也不忍心谢绝他的好意，从柜子里拿出了两包花生，说："这花生送酒可香了，我再让外卖送几个小菜过来，说好了，喝酒了就在办公楼待着，不准开车外出！"伍廷威晃动着手上的一瓶酒，坏笑着说："今天下午我是请了假，准备在你办公室扎根了，醉不醉都在这里窝着，你是老板，干不干活自己安排，酒还是要喝的！"

　　李彪接过他的酒，打开闻了闻，酱香扑鼻，高兴地说："你这么开心，而酒这么香，我和你开怀畅饮！只是开始之前，我先安排好工作，你呢，有什么要紧的事也赶在开喝前说，免得喝开了，我这脑子就迷糊了，口齿不清了，呵呵！"

　　伍廷威等他交代好工作，说："我没什么要紧事，就是难得高兴，还有，现在能说上知心话的越来越少了，我这也是找个理由找你喝几杯呀！"李彪倒了两杯酒，这时候外卖也送到了，打开包装，屋里的肉香味、酒香味弥漫，伍廷威剥了颗花生吃了起来，说："不管酒菜多香，我始终认为花生才是白酒的原配！"

　　两个人连碰三杯，伍廷威借着些许酒意，拍了拍自己的胸脯，说："我升任副总裁了，没给你丢脸，工资也涨了，下来加上提成、分红，虽然比不上你，但也离美好生活不远了，呵呵！"李彪举起酒杯，说："祝贺你！我们说过三杯之后随意喝的，就不干了哈！"伍廷威跟他碰了杯，还是一饮而尽，说："要我说呀，你也不要只做装修，加入代理人，然后再发展多些代理人，这可是很好的发展道路啊，以后老了，退休了，还有一笔投资收入，可以到处旅游！"

李彪不忍心泼他冷水，只是淡淡地说："老了都走不动了，还旅什么游？我还是干好我的一亩三分地，虽然利润不高，但挣得心安理得。"伍廷威听出他话中有话，问道："你不认可万客家集团的商业模式？百问百答的文稿你看过没有？那是我参加编写的，代理人招得多了，门店就会开得越多，你的装修生意就越好了。"李彪浅浅地喝了一口，思考了一会，说："我不是不认可哪种商业模式，只是想把自己的事认真做好，我做装修利润是很薄的，追求的是不要欠款，还好谷总这人比较仗义，对我也特别关照，上周还请我们几个监友吃饭呢。对了，你说过请他吃饭，本来想叫上你的，可是场合不对，就几个在看守所待过的聚餐。"

伍廷威一脸羡慕的表情，说："集团就你和谷老板吃过饭，你就告诉我，有没有提起公司的业务？"李彪瞟了他一眼，说："你对公司的业务着实关注，我不关心别人怎么说怎么看，但我也有我的分析判断，你想呀，一家房地产中介公司靠什么挣钱？最终还是要靠房产租赁、买卖的中介费，代理人所交的费用，即使足够开一家门店，那门店的后续经营靠什么维持？如果门店的业务稀少，门店能维持多久？特别是，那么多的门店能维持多久？老板开公司是为了挣钱，不是为了图个热闹。"伍廷威没想到他对公司业务还有如此一番见解，估计是从谷峰那里听到了什么，便不动声色地问："那依你的看法，公司能挣到钱么？"

李彪和伍廷威已经交往了一段时间，了解他的脾性，慢吞吞地吃了几口菜，喝了杯酒，用坚定的、不可辩驳的语气说："朋友一场，我知道你在想什么，你一定以为谷峰跟我说了什么，其实，好多事情我们是可以自己判断的，我以前干什么的你不知道吗，专门赌博的，什么赌局都见过了，你换位思考下，如果你是老板，一直亏钱，你会怎么办？如果有很多钱在自己手上，很多人都会选择据为己有，哪怕是触犯了法律，人性在这里常常是经不起考验的。我现在做装修，非常简单，把活干好挣点辛苦钱，万客家集团如果没有业务了，我们会另外去拓展业务，你哪一天不嫌辛苦，可以来我装修公司。"伍廷威听了这席话，感觉心凉了半截，自己心心念念的商业模式，是不是也是落不了地的东西，自己的观念，是不是错的呢？想到这些，心中郁闷，嗑了几颗花生，独自喝了三杯。李彪看在眼里，知道他心里烦闷，替他剥了几颗花生，说："廷威兄，把心放宽些，又没人动了你的奶酪，就算有，那也把心放宽些，咱们都到这岁数了，还有什么看不开的呢？"

伍廷威借着几分醉意，结结巴巴地说："你对人心看得挺透的，我听说了，万客家集团在招募什么发起人、筹建人了，说白了，每个代理人八千元收少了，发起人和筹建人是几万、几十万元地收，按照你的说法，钱收到一定程度了，戏就收场了？"李彪一边扳着手指头数着一边说："这些年的P2P、高息借款、买楼花等，哪个不是收到钱就跑路了？我现在的理念很简单，干踏实、合法的活，不要去忽悠人，但也别被忽悠，现在装修一家门店，我的利润也就一两万块钱，但我坚持一个原则，拖欠款达到十万元我就不干了，谷峰怎么说都没用，有一次他还问我，欠点钱就这么紧张，是不是怕他跑路？我跟他说这是理念的问题，跟跑不跑路没关系。"伍廷威拍了拍自己额头，说："真有点晕了！这样，李总，你跟我直说，你是不是认为万客家集团没有前途？"李彪没说什么，只是点了点头。

转眼几个月过去了，却说张沧文时不时地会去医院探望余灵，但每次都没进房间，只是隔着玻璃远远地看上一会。他相信总有一天她会醒的，而且这种感觉越来越强烈。突然间脑海里蹦出她两个侄女的形象，不禁有点思念，不知道她们现在怎样了？刚想联系李彪，他的电话就打过来了。

李彪跟他寒暄了一会，说好久不见了，约他到办公室，有事要和他商量。张沧文这次见到李彪，可能是因为余灵的血亲关系，对他产生了一种亲近的感觉。张沧文还没问起，李彪已经火急火燎地说了起来："最近是喜忧参半，先说家事，一切都还顺畅，若寒与章总之间的事，算是完全撇清了，她之前借的钱，我都还清了，就想找个好日子，约上董玉和她们姐妹一家团聚，但恐怕要等一阵子了，万客家集团碰上麻烦事，老板谷峰被公安抓起来了，涉嫌传销罪，我没完全搞明白，做房产中介的怎么牵涉到传销了？公司上下气氛很紧张，好多人被叫去问话，估计迟早也会找我，我正愁着呢，虽然没啥事，但还是要应对！你是我的福星，这中间的法律关系，还得你来理一理！"张沧文听了也是一头雾水，问道："谁了解谷峰的情况？"李彪说："听说他老婆请了律师，可能知道情况，我想先做好防备，虽然没做亏心事，但防人之心不可无，还是要请教专业人士，要不，咱们也讲究一下仪式感，你们的律师调解院不是高手如林吗？能不能为我召开一次研讨会！"

张沧文思索了一会，说："事关重大，你也不要掉以轻心，是有必要开个研讨会，问题是谷峰的律师愿不愿意到场，如果他不愿意，我们对情况就一无所知，对你没什么帮助呀！"李彪挠了挠头，说："没办法，我只好硬着头皮去找他们，如果对谷峰有帮助，他的律师也会去的，那么多同行的意见，比他单打独斗要强多了！"张沧文觉得他说得有理，提醒道："你可以跟他的律师提起调解院，让律师来就好，谷峰的家属跟你或许有冲突，我们不了解具体情况，家属先别来！"李彪不明白存在什么冲突，但他既然这么说，肯定是对自己有利的，点了点头，说："我现在就联系，如果律师答应了，你就尽快安排！"

李彪向谷峰的太太要了律师的电话，坦诚地说了自己的需求，没想到律师爽快地答应了。挂了电话，高兴地说："还是好人多呀，你这几天就安排时间！"这时有人敲门，李彪说："伍总来看你了，我跟他说了你要过来！"

门一开，伍廷威旋风般走了进来，紧紧地握住张沧文的手，说："你一定要帮帮李总哈，他是个好人，不会做坏事的！"张沧文还没反应过来，因为好久没和伍廷威联系，不了解他的状况。李彪说："伍总离开原来的岗位后，我介绍他进了万客家集团，当到了华南地区的副总裁，现在和我一起干装修，还老喊我老板，呵呵！"

伍廷威毕恭毕敬地说："老板就是老板！张律师是自己人，我是什么情况他还不知道吗？在我走投无路的时候，李总给我介绍了工作，现在又要失业了，他又收留我跟着他干装修！"张沧文不清楚事情的来龙去脉，向李彪投去询问的眼光，李彪明白他的意思，缓缓地说："自己人就不用掖着藏着了，之前的情况我向张律师介绍一下，章总被相关部门调查后，伍总也被叫去询问，虽然问题说清楚了，但职务不适宜再担任，于是伍总就到了万客家集团，万客家集团的《百问百答》就是他主编的，前两天打电话给我，说到我公司来，我本就缺人手，一直盼着伍总来，像他这样有见识又能吃苦耐劳的人，随时都欢迎！"张沧文点点头，轻声说："挺好的。"伍廷威苦笑了一下，说："还好有李老板，不然像我这样的人都不知道去哪混口饭吃。万客家集团的事我知道一些，不关李总的事！"

张沧文正想问起万客家集团的事，只听李彪问伍廷威："章总现在还好吧？"伍廷威哼了一声，似乎对章之程还有怨气，说："还被关着，继续接受调查，像他这样的人，怎么可能没一点问题？听说家庭关系也处理不好，乱得很，他老婆要跟他离婚，儿子想和他划清界限，搞不好就是妻离子散，赔了夫人又折兵！"李彪嘟了嘟嘴，说："出来混，总是要还的！"

张沧文听伍廷威提起章太，想起以前见姚倩的情景，说："章总的太太叫姚倩，我见过，挺贤惠的，知书达理，估计也是忍无可忍了，才会走离婚这条路。至于章华，我是这么看的，作为儿子，可以对父亲的行为作出评判，甚至对他的违法行为进行举报，但是千万不能提及断绝父子关系之类的话，儿子没有选择父母的权利。

可怜天下父母心，很多父母一辈子都在替儿女着想，并为之奋斗，有些人因为认知的问题，犯下了错误，但是对儿女的养育之恩、爱护之情，是子女们一辈子都要牢记在心的！"李彪连连点头，说："孝顺是最重要的，父母含辛茹苦把我养大，我一辈子都是记得的。对了，李若寒最近不知有没有和章华来往，最近太多麻烦事了，我得找个时间问问，跟年轻人好好交流一下！"

伍廷威听他说要和年轻人交流，马上流露出一副不以为然的表情，只是保持着平和的语调，说道："现在的年轻人，您就别去操心了，就像我女儿伍燕，哪有听进去大人一句话？有时候你说东，她偏要往西，眼里只有权利，不想承担一点责任！李若寒是乖巧许多，可是未必听你唠叨，你还是放宽心，随他们去吧！"张沧文怕他们争论不休，夹在中间打圆场，说："年轻人有自己的见解，毕竟车轮滚滚，世界终究是年轻人的，作为父亲，不是一定要干涉小孩，但起码应该保持对他们的关注，对他们的行为保持知情，能够友好地进行沟通，至于沟通的效果如何，只能看具体的人和事了，呵呵！"

伍廷威觉得在应对小孩的问题上，因为张沧文没有小孩，根本没有经验，于是当仁不让地摆出老资格的姿态，说："在和娃打交道这件事上，我比张律师更有发言权，中国的传统习俗是养儿防老，可是现在呢，已经没这回事了，你们看看周边的人，有靠小孩养老的吗？反而是一大把啃老族，都生儿育女了还在跟父母亲伸手！像我这样，从来都是在替女儿着想，从小到大，能力所及的都给了，超出能力的都在想办法给，什么时候想过靠她养老？而小孩呢，都不像以前的小孩那么听话、顺从了，啥事都追求自我，从没考虑过自己的义务，从没考虑大人的感受！我现在想开了，我们也就是尽社会责任，把娃养大，不必靠娃养老，精神层面上也不抱什么希望，她们也没把心事放在我们这些老头身上，不要把人气坏就算好了！"李彪不赞同他的观点，当即反驳："我认为小孩还是为大人带来很多的，比如说快乐、关爱，对伍燕的情况我不太清楚，就我女儿若寒来讲，那真是个懂事的女孩，六七岁起就能帮忙做饭，读书之后家务基本由她负责，说句实在话，这么多年来，不是我在照顾女儿，倒像是她在照顾我，不管我给她的生活环境有多恶劣，她都默默地承受，对我都是无限的宽容、孝顺，不知道是几辈子修来的福分，在我困苦时，在我落难时，是我女儿给了我帮助，给了我力量！从这个角度讲，我认为儿女养不养老都是其次的，重要的是儿女给了我们力量，给了我们底气，给了我们愉悦和信心！"

张沧文听明白了，他们为什么会有不同的感受，那是因为两个女儿给到他们的感受不同，伍廷威认为女儿只会索取，李彪认为女儿奉献了许多许多，伍廷威认为女儿不顾及大人的感受，而李彪认为女儿一直设身处地为大人着想，这中间的差异，可能取决于成长的不同，个体的不同，无可争议的是，几千年以来的生儿育女、多子多福的观念，在当下受到强烈的冲击。张沧文觉得此刻不宜去探讨如此复杂的社会问题，当下最要紧的是不再争论，回到李彪的法律问题上来。他稍作思索，说："我没体验过养儿育女的滋味，但我是这么想的，在某个阶段，可能小孩的成长经历不同，表现出来的个性也不同，但总体而言，父母都是越来越爱自己的小孩，而小孩也越来越理解父母，越来越孝顺父母的。这样，小孩的话题以后接着探讨，我们现在要为李总的事做些准备！"

李彪转过神来，说："对，对！小孩子的事以后再说，我们有更重要的事情要面对。"伍廷威不屑一顾地说："万客家集团的事我清楚，那不关李总的事，李总一直干的是装修，连我要拉他当代理人他都没答应。来，我给你展示一下公司的商业模式，你先看看这份《百问百答》。"说完，他从文件包里掏出一份文稿，正是他引以为荣的《百问百答》。

张沧文把文稿浏览了一遍，说："按照这样的模式，谷峰不至于构成传销罪呀，这无非就是拉投资人，没有那么多的层级，还不构成传销。"伍廷威自信地说："这份东西写的肯定不构成传销，基本的法律常识我还是有的，张律师也这么认为，我就彻底放心了，本来还有一点担忧的，怕他们拿这份东西说事。"李彪拿过文稿，也认真地看了看，说："这上面提的只是代理人，会不会在实际操作中还有别的层级呢？"

伍廷威眨了眨眼，似乎在努力调取大脑里的信息，然后说道："三四个月前我找过李总，那是我刚升任副总裁的时候，李总给了我一些意见，我开始留意万客家集团的商业运作，慢慢地，我发现公司的确在大规模地招募发起人和筹建人，那都是要缴纳几万元至几十万元的，这已经脱离了原来设想的商业模式，其实就是在募集资金了；刚好这几个月又是公司的快速发展期，据不完全统计，这段时间涌进了一两千位发起人和筹建人。"张沧文猛地拍了一下大腿，说："伍总这么一说，我就明白了！代理人、发起人、筹建人，这层级就上去了，投得多的人一看形势不对，就报警，谷峰就是这样被抓起来的。"李彪看着伍廷威，说："我说得没错吧，募集的钱多了，掌控公司的人就想占为己有，然后就出问题了！"

张沧文听了两个人的介绍，基本了解了事情的来龙去脉，他收敛了随和的表情，严肃地说："李总是否牵涉到传销案，焦点问题是知不知道公司在进行传销活动，是否参与了领导、组织工作，根据两位的陈述，我认为李总只是跟万客家集团进行合作，接手装修门店的工程，对其商业模式并不了解，更没有参与其中。我个人认为李总与传销案没有牵连，当然，稳妥起见，还是先召开一次研讨会吧！"

研讨会在几天后的周末举行，谷峰的律师杨颜依约到场，这是个高颜值的女律师，三十几岁，留着披肩的长发，却不失干练，配上清澈明亮的大眼睛，高挺的鼻梁，秀丽无比的脸容，让在场的人都以为这是个大明星，而忽略了她职业律师的身份。一向以美貌和优雅自居的庄丽丽，也不禁为之动容，虽不至于羡慕嫉妒，但也赞叹不已。伍廷威特地穿上西装，陪伴在李彪旁边，而李彪则穿着休闲装，配上一对白色的休闲鞋，显得心情放松，心态坦然。

研讨会依然由文慧主持，每次有新面孔进来，她都会郑重地介绍一下律师调解院：这是调解中心的升级版，以律师为主导召开会议，由若干位律师参与，对具体的案件或难题进行研讨、听证、释疑，提供专业法律服务，为当事人提供精准的研判或建议，尽可能地息争止诉，短平快地解决纠纷。然后，文慧介绍了今天到场的人员，特地注视着杨颜，说："网络上有种说法，能靠颜值吃饭的，就不要靠能力吃饭，杨律师无疑是这一说法的否定者，因为我能感觉得到，杨律师身上，能力比颜值更高！希望有一天，杨律师能够加入我们律师调解院的团队！"杨颜以微笑回应，很得体地说："谢谢！我很荣幸！"

张沧文暗自佩服文慧，须知这场会议杨颜就是主角，没有她的配合，会议很难顺利进行，先是给她足够的尊重和赞赏，就可能最大限度地获取她的支持。当然，杨颜的确值得赞赏。张沧文与文慧在会前已经做了沟通，当即又与她交换了一下眼色，说："今天的会议有别于往日，因为没有任何信息或资料事先给到大家，这是一场具有特别意义的研讨会，有点像法官事先没有看卷，对案件一无所知，对事实的了解完全依赖现场。首先，我们按照程序，先请李彪陈述一下情况，明确自己的请求！"

李彪整了整衣裳，清了清嗓子，正色说道："谷峰是我老板，我们是以前在看守所认识的，那次他涉嫌非法吸收公众存款罪，后来因为证据不足，我出来不久后他也出来了，在牢里的时候，我照顾过他，我们时常一起聊天，关系算是不错。出狱不久，谷峰收购了万客家房地产中介公司，把它增资扩大为万客家集团，专业从事房地产中介的连锁、加盟工作。有一天，他找了我，说因为业务开展需要不断装修新店，问我有没有兴趣干，如果有兴趣，可以成立一家装修公司，专门承接万客家集团的门店装修工程，万客家集团还可以提供办公场地，因为大家合并办公，显得更有规模。我当时正急于谋生，碰到这样的好项目，当然是求之不得，随即应了下来。

谷峰还真是照顾我，门店的装修工程基本都给了我，我对他挺感激的！如果没有他，我现在还是个负债累累的人。集团公司的业务发展得很快，这一两年就新开了近千家店，我的装修业务基本没停过，大家都感受到万客家集团的蓬勃发展、欣欣向荣，可是不知道怎么回事，大概在两周前，谷峰被公安机关带走了，陆续地有很多人被叫去问话，像总经理、财务总监、地区总裁等，有些人进去了好像还没出来。听说下来也会找我去，我虽然问心无愧，但免不了要去应对，所以求助在座各位，帮忙做个分析、研判，让我知道发生了什么，下来该怎么办！"

之前张沧文交代过李彪，要以平常的心态对待这件事，开研讨会的时候，多讲客观事实，少说主观判断的东西，因为陈述事实是当事人的责任，而作出法律分析和判断，则是律师的责任。看来李彪是听进去了，张沧文见他不慌不忙、不急不躁的表情，很是欣慰。因为伍廷威也算是万客家集团的高管，张沧文问他："伍总是华南区的副总裁，侦查机关有没有找你去问话？"伍廷威早就料到会这样问他，镇定自若地答道："没有，我进公司的时间短，干的主要是文字整理工作，对万客家集团的违规业务未曾介入。"

张沧文示意他坐下，接着说："我虽然事前听过部分介绍，但他们都是一知半解，所以，今天除了杨颜律师，其他人像是在等着开盲盒。这样，先请杨律师介绍一下谷峰涉案的情况！"杨颜微微一笑，露出两个可爱的酒窝，说："我很早之前就与谷峰的太太认识，但因为万客家集团有法务部，我从来没介入集团的法律事务，这次谷峰被抓，他太太找到了我，我去会见了三次，跟经侦的主办人员也沟通过，算是了解了一些情况。

据公安机关的侦查信息：谷峰在接手万客家公司后，重新购置了办公场地，增设了公司部门，打造成看起来具备非凡实力的集团公司，谷峰作为实际控制人，在全国范围内开设分店，发展传销活动，以开设房地产中介门店、经营房地产中介业务为名，以高额佣金、奖励提成为诱饵，诱骗投资者缴纳入门费用，取得发展其他人加入的资格，并以发展人员数量及发展人员缴纳金额为依据计算和给付报酬，形成发起人、筹建人、合伙人、代理人四层销售层级并逐层直接和间接获得提成奖励的模式，认定谷峰构成组织、领导传销活动罪！"

众人一听，均觉意外，房地产中介公司居然发展传销业务，这在之前是闻所未闻，连李彪和伍廷威都在暗自嘀咕：居然不清楚还有个"合伙人"的层级。按照会议的流程，就案件的事实在场的律师都可随时发表意见，李劲伟率先发问："杨律师的意思是，万客家集团的业务不是房地产中介，只是以开设房地产中介为名，骗取投资者的资金，然后让他们又去骗取其他人的资金？"杨颜微笑着说："这不是我的意思，侦查机关是这么认为的，传销的模式，李律师不会陌生吧？"

李劲伟对着一个和颜悦色的美女律师，说起话来也柔和了不少："三个层级以上可以定为传销，我办过这类案件，出乎意料的是，我本以为谷峰是搞非法吸收存款或是诈骗，没想到是传销，传销罪比诈骗那要轻多了！"李彪理不清这中间的头绪，问道："谷峰不就是联合别人开设房地产中介门店，然后开展房地产中介业务？房地产中介服务不是全国乃至全世界都在开展的吗？谷峰怎么就犯罪了呢？"庄丽丽坐在旁听席上，平常极少出声，这会也忍不住发言："房地产是个重要产业，房产的交易，大多通过中介来成交，大的房地产中介公司都已做到上市，市场上的大小中介，也都好好地存活着，难道谷峰的中介公司生意不好？"

杨颜知道她是律师调解院的投资人，冲她笑了笑，示意少安毋躁，回头会解答她的疑问，然后转过头来，对着李彪说："谷峰开始做生意时，理念是很好的，当时房地产中介行业蓬勃发展，他想在全国范围内开设几百甚至几千家门店，达到一定的规模效应，从业人员间还能有流动、上升的空间。这是很多家房地产中介选择的路，通过扩张经营，有些房地产公司上市，融资后继续扩张，这就造成竞争空前激烈，谷峰一开始的几十家店，是公司自有资金投的，后来因为门店生意不好，叠加扩张的资金不够，就开始招合伙人，即找人来投资占股，先是现成的门店，后来连未开设的门店都找人投资合作。

门店生意不好没有利润，对投资人没有吸引力，难以为继，于是开始采用传销的手法，设立几个层级，每个层级都能从吸收新人中获益，俗称'拉人头'，公司的业务已经不是开展房地产中介，而是变成拉人入伙，开办新店后也不会认真地经营，而是为了拉更多的人头。在层级的设计上，由低到高为代理人、合伙人、门店筹建人及发起人，共四个层级，代理人的入门条件为缴纳八千元，合伙人缴纳八万元，门店筹建人缴纳八十万元，发起人一般为公司员工或者老的筹建人，这两种人只要推荐一个客户成为门店筹建人，就可以升级为发起人。这四个层级中，任何层级可以推荐任意层级，如代理人可以推荐代理人，也可以推荐合伙人、筹建人。

在奖励提成的设置上，代理人只要推荐一个投资者缴纳八千元的代理费用成为新的代理人，便可获得两千元的提成，同个门店内的上一级合伙人可获得一千元提成，筹建人均可获得五百元的提成；通俗地讲，新增加一个投资人，同一条线上的人都可以分到猪肉，直接经手的每一单的提成会高些，上线会分得少一些，但是层级高的下线较多，因此他们获取的收益也多。至于公司的实控人谷峰，除了公司的各种运作成本，赚的钱都是他的。

万客家在短短的两三年内开设了一千多家门店，其中大部分的门店没有开展正规的房地产中介业务，即便有开展房地产中介业务，成交量也非常少，大部分门店以销售代理人合同，拉人交钱为主要业务。我一开始也有些不理解，好好的生意不做，干吗要做违法生意？了解的情况多了，我就明白了，正规的房地产中介业务竞争大，发展规模受限，哪比得上拉人头来钱快？

根据市场监督管理局的意见，万客家集团以开设房地产中介门店、经营发展房地产中介业务为名，以高额佣金、奖励提成为饵，诱骗投资者缴纳入门费用，取得发展其他人加入的资格，发展其他人加入后形成上下层级，其每发展一个投资者成为代理人以上级别都可获得直接或推荐奖励。万客家集团依据投资者发展的下线投资者所缴纳的费用为依据计算和给付报酬，导致谁先加入谁在上线，先加入者从后加入者中获取收益，投资者发展的下线人员数量越多，其提成奖励也就越多，将远远超过其加入时缴纳的金额，其行为明显符合传销的主要构成要件：第一，缴纳费用取得加入和发展其他人员加入的资格；第二，介绍、发展人员加入；第三，人员形成上下层级利益分配关系。所以，根据《禁止传销条例》的规定，主管部门认定万客家集团的经营行为为传销行为！"

律师擅长辩论，擅长演讲，李彪对他们是佩服之至的，听了杨颜这番深入浅出的解说，对传销已经了然于胸，只是不确定自己会否牵涉其中，问道："我只是负责门店的装修，也挣到钱了，但没有参与谷峰的经营管理，我会被牵扯到吗？"杨颜尚未回答，张沧文抢先问道："你了解公司的经营模式吗？"伍廷威听了杨颜的解析，才知道自己对万客家集团业务的了解只是冰山一角，好在当时李彪警示过他，他及时收手，才不至于陷入太深，此刻的自然反应便是替李彪辩解："李总肯定不了解，他连代理人都没加入，每次只是提醒我挣认知内的钱，劝我加入脚踏实地的装修行业！"

李彪把自己的业务在脑海里梳理了一遍，仍然认为跟谷峰的传销活动没什么牵扯，便理直气壮地说道："我知道万客家集团经营的是房地产中介业务，偶尔也有员工称呼我为工程部经理，其实我不是万客家集团的员工，装修业务都是万客家集团与我的装修公司签订的，装修款也是公对公转账。谷峰的赚钱模式我不清楚，只是知道公司不断地有投资人加入，而且，每扩张一家门店，公司还是组织了团队进行经营的，一家门店至少都要几个中介人员才能保持正常运转的，至于业务怎样，外人是不可能知道的，只是感觉热闹得很，业务蒸蒸日上！"杨颜微笑着点点头，说："这点我是认可的，每开一家门店，都会组织团队经营，不管是经营正规业务，还是为了吸引更多的投资者进入，都必须投入人力物力进行管理。"

张沧文对李彪的陈述表示认可，既符合他的认知，也符合客观事实。李劲伟觉得这中间还有些蹊跷，问："李总在万客家集团有没有领工资？"李彪摇摇头，说："没有的，我挣的是工程款，每次公司都会把价格压一压，但是从不拖欠工程款，因为就这问题我专门跟谷峰讲过，他也交代过集团的财务不要拖欠。"李劲伟也不拐弯抹角，直接问："你的利润用不用分给谷峰，或是别的人？"李彪不假思索地回答："没有，从来没有这些事！"

李劲伟见他回答得斩钉截铁，不似撒谎的样子，觉得有些不可思议，说："那你真是幸运，能碰到这样的朋友！不知道你是帮过他什么大忙，才换来如此的关照，根据我的理解，谷峰是坐过牢的人，可能意识到自己的行为构成犯罪，但有意地让你避开这个旋涡！"李彪被他这么一说，也觉得奇怪，是呀，这个业务放在集团里面，可算是最吃香的，谷峰为什么就给了自己，而且从来没要回报？

李彪把跟谷峰的来往情形回忆了一遍，说："李律师一席话让我清醒了许多，原本没想那么多，觉得装修也是辛苦活，我们加班加点干，钱挣得心安理得，未曾想到，这么多的业务，如果不是有人关照，哪能由我一人独吞？我刚才回想了一下，我和谷峰除了在看守所一起待过，其他的也没什么交情呀！

在看守所里，我是帮过他，但都是很小的事，不足挂齿。我记得谷峰有一次压不住火，与另外一个囚犯摔打起来，谷峰的个子比对方小许多，很快就被对方压在身下，我赶紧连劝带拉地把那人弄开，谷峰才得以解脱。他是属于文弱的那种，不像我还有点肌肉，但他看到不平的事就忍不住，想要拔刀相助，碰到身强力壮的也不退缩，有一次因为别人的事动了手，要不是我拼命把对手拦腰抱住，谷峰恐怕得挨一顿狠揍。那次以后他收敛了许多，没先前那么烦躁、焦虑！"

李劲伟听完呵呵大笑，说："李总是个有格局的人，很多事没放在心上，你认为很小的忙，别人可不这么认为，我说你怎能获得这么多工程，敢情谷峰把你当大恩人呢！这也不奇怪，在那种地方，你如果不护着他，被人打成咋样还不好说！"郑泳听到这里，忍不住点赞了李劲伟，说："李律师心思缜密！我个人认为，除了感恩报答，李总装修的价格和效果，放在市场上应该都是极具竞争力的，这也是他们能够长久合作的原因。"

文慧一直静静地听着，这会儿也兴致勃勃地说："隔行如隔山，没想到光鲜亮丽的房地产中介行业，居然也有剑走偏锋，不务正业的！在参加这个研讨会前，我是听说过不少房地产开发商资金断裂，出现了很多烂尾楼，公司濒临破产，可是房地产中介是轻资产行业，还没听说倒闭的。不管谷峰为人怎样，或是采用什么手法挣钱，李彪的所作所为都与违法犯罪沾不上边。当然，我们是根据李彪的陈述做出的判断，就算公安机关能找到李彪参与传销行动的证据，李彪也未必构成领导、组织传销罪，因为参与传销的人员众多，但构成犯罪的毕竟是极少数，大家可以就相关的问题进行提问或探讨！"伍廷威深以为然，说："支持文律师的观点！我是公司的员工，轻度参与了经营，公安局也没把我列为罪犯，更何况李总，他就是万客家集团的合作伙伴而已。"

张沧文也认为李彪不构成犯罪，他看了李彪一眼，说："像万客家集团这样的经营模式，外人很难察觉其涉嫌违法犯罪，哪怕像李总这样的角色，看到的也是不断地有投资者进入，有新的门店开张，门店的氛围也很好，一片朝气蓬勃的景象。李总主要负责门店的装修，且是独立结算，谷峰的经营账目不会向他公开，实际上万客家是盈利还是亏损，李总也不见得知道！如果连谷峰在进行传销活动都不知情，那是完全可以置身事外的！"

孙超新加入律师调解院，剪了个刘海，和杨颜的飘逸长发形成鲜明的对比，她一直在认真地做笔记，不经意发现了新疑点，问道："万客家集团开设了这么多门店，说明有很多投资人加入，而要寻找这么多的投资人，除了旧人拉新人，势必还要进行宣传、造势，我想问下万客家集团是怎么进行宣传的？通过什么样的渠道，在什么范围内进行宣传？而最后又是发生了什么，导致司法机关介入调查？"

庄丽丽发问之后，听了杨颜的详细解说，本来疑问已解，这时听孙超提问，出于对业务的好奇，也附和着问："是啊，虽说是不正规的生意，但我也很好奇，他们是怎么在短时间内把生意做得风生水起的？"

孙超连珠炮似的发问了，众人一下子没反应过来，伍廷威自告奋勇地说："我可以解答一部分问题，因为我亲身经历过，万客家集团的宣传主要是通过线上、线下，线下主要是召开推介会、派发《百问百答》宣传册，《百问百答》的文稿就是我参与编写的，线上也是采用这个文稿进行宣传，最后为什么会被公安局调查，那是因为万客家偏离了原来的轨道，急于求成，设置了太多的层级，变成了传销。"伍廷威说完，给大家分发了《百问百答》的文稿，又说："大家有空的时候看看，就知道万客家集团为什么那么火了！" 杨颜环顾了一下众人，微笑着说："有两个数据是侦查机关统计出来的，万客家集团涉及的传销人数两万多人，非法传销金额近四亿元，而最后公司的账户上只剩下几万元。"

郑泳一直在思考传销的方式及获利的数额，听到杨颜的数据，问伍廷威："传销金额近四亿元，你认为消耗在什么地方？"伍廷威苦笑了一下，说："这可难为我了，我不是财务，我想除了人员的工资和提成、门店的亏损，别的也没什么，应该还剩下许多的。"郑泳点点头，接着问："就是说很多资金还是被实控人转走了？"伍廷威想起之前李彪跟他讲过的话，说："很多人在掌控很多钱的时候，都想要占为己有。"

李彪听到这里，对谷峰的案情基本清楚，对自己的责任问题也了然于胸，问道："如果侦查机关找我调查，我还要注意什么问题？"文慧代表律师调解院正式答复："你只要实事求是地说就行了！"

第二十一章　棋逢对手

几天后，公安机关果然找了李彪去询问情况，李彪去了两个多钟头就回家了。律师调解院的论断没错，李彪跟谷峰的案件彻底撇清了关系，没有受到任何牵连。李彪心里的石头落了地，心情大好，也不再另行挑选日子，当天就在大酒楼订了房，让董玉带上董芝，他带着李若寒，举行团聚晚宴，当然，他还不忘邀请张沧文和伍廷威父女参加。

原定晚宴的开始时间是六点，大家不约而同地五点半就到齐了。董玉和两个女儿忍不住相拥而泣，董芝和李若寒虽然事先已经听说了事情的原委，相见时也不忍面面相觑、喜极而泣，谁曾想到这世上居然还有一个和自己长得一模一样的姐妹，二十年来才第一次见面？两姐妹一下子很难区分开来，张沧文是靠着气质区分的，李若寒带着些许的沧桑，而董芝还在上学，脸上带着阳光；伍燕则是因为认得李若寒今天穿的粉红色衣服，不然的话，两个人坐着不说话，伍燕也不见得分得清楚。李彪与董玉早年离婚，近期因为两姐妹团聚的事重新联系，虽然没有了年少时的激情，但沟通还算和谐，处成了亲人的模式，哪一天复婚了也不是奇怪的事。

六点钟宴席正式开始，李彪在张沧文和伍廷威的怂恿之下作了主题发言："真的很难得，我能有今天，要感谢家人和朋友，除了在座的，还有我的好朋友谷峰，因为他有事来不了，只能等以后再表示了！人生走过的每一步都算数，我不评论自己是成功还是失败，但我是幸运的，人到中年，一家团聚，还有什么比这开心的？我要特别感谢董玉，为我生了这么可爱的两个宝贝，还要郑重地向她道歉，为了我她吃了不少的苦，是我的过错，让最亲密的三个人吃苦受难，往事不堪回首，幸运的是我还能补偿，幸运的是家人没有抛弃我！过去的已经过去，从今天开始，我会倍加珍惜、爱护我的家人，努力追求美好的生活！"说到这里，李彪哽咽起来，董玉不断地擦眼泪，李若寒和董芝也已热泪盈眶。

张沧文就坐在李彪身旁，为了缓和一下气氛，他举杯说道："祝贺李彪！祝贺你们一家！干杯！"李彪调整了一下情绪，说："稍等一会，我还没说完呢，今天还要特别感谢张律师和伍总两位朋友！说来惭愧，因为我走了偏路，上半生没结交到好朋友，下半生很幸运，结识了两位，对我的帮助很大，替我排忧解难，还能一起促膝谈心，谢谢两位！我先敬你们！"伍廷威说："一起来，大家一起举杯吧！"

董芝和李若寒挨着坐，李彪对着两姐妹："你们现在管张律师叫叔叔，有层关系我没跟你们讲，你们有个姑姑叫余灵，她是我堂妹，张律师和她是好朋友。余灵现在昏迷中，等她醒了，你们或许要改叫'姑父'了！"董芝张口刚要问什么，李彪用手势拦住了她，说："我知道你们的疑问，一是我和余灵为什么不同姓，二是她为什么昏迷不醒。在我们小的时候，物质条件比较匮乏，那时候没有限制生育，穷人家的孩子如果生多了，会把他送给别人家养育，我就是被送给李姓人家的，所以跟着姓李，呵呵；至于余灵为什么昏迷，这个不重要，重要的是她何时醒过来，我有感觉，毕竟是血亲嘛，她就快醒过来了！"董芝听了很高兴，说："那就好，醒了就好！"

张沧文听了心跳加剧，激动不已，但随即想到这是李彪用来安慰人的话，无奈地笑了笑，说："太好了，我也盼着她早日康复！"伍廷威坐在他的右侧，伸过手拍拍他的肩膀，说："放心吧，相信李总的预感，很准的！"旁边的伍燕逮到了调侃他的机会，说："不愧是我亲爹，真会说话，既安慰了张叔叔，又恭维了李叔叔，哈哈！"伍廷威侧过头来，指着她说："你看你，就会说你亲爹的坏话！"

李若寒坐在伍燕的右侧，笑着对伍廷威说："伍叔叔，伍燕不是说您坏话，她在夸赞你呢，你应该高兴才对！要是不说你了，可能就是不理你了，呵呵！"伍廷威每次对着李若寒，就算是再不高兴都会笑脸相对，这次也不例外，笑嘻嘻地说："是，伍大小姐能够说我骂我，我都该烧高香呢，就是被我惯坏了！对了，你男朋友章华呢？咋没过来？"伍燕跟着说："对呀，章华为啥没来？"

李若寒苦笑了一下，轻声说："我和他就是普通朋友。"伍廷威父女同时"啊"了一声，大感惊奇，伍燕靠近李若寒问："怎么回事？你和章华不是热火朝天恋爱中吗？"李若寒低声说："一言难尽，单独聊！"伍燕点了点头。

两姐妹中李若寒是姐姐，她不确定董芝听到多少，趁着这会问她："你交男朋友了没？"董芝脸上泛起红晕，低声说："原来有位叫文南的男生追我，我和他处了几个月朋友，后来分手了。"李若寒一听，原来世界这么小，问道："是不是在香港读书的，长了副娃娃脸，很帅气的一位男生？"董芝有些诧异，说："原来姐姐也认识他，他原来在香港的大学，后来转到我们学校，据说还是为了追求爱情，我有个闺蜜叫刘思思，刘思思有个远房亲戚叫杨之东，文南就是通过杨之东这条线路约了我，后来我们经常聚会，一起打球、听音乐，后来正式确定了恋爱关系，在校园还引起一阵轰动，称我们为'金童玉女'般的一对。"

董芝正想往下讲，此时酒菜都已上齐，李彪停止和张沧文、伍廷威聊天，吆喝道："大家快点起筷，填填肚子，等会还要喝酒呢！"说完，他帮董玉夹了一块肉，又夹了一条鱼，董玉心里感动，嘴上却说："你吃你的，我自己夹！"李彪赔着笑，说："以前不懂得珍惜，希望以后能有机会补偿，哪怕是鞍前马后，做牛做马！"董玉瞪了他一眼，轻声骂道："越老越滑头，油嘴滑舌的，谁要你做牛做马？"李彪笑而不语。

眼见大家吃的吃，喝的喝，三个男人又在那里神聊，李若寒侧过身子低声问董芝："为什么金童玉女最后会各奔东西？"董芝红着脸说："姐姐也取笑我！我和文南分手，主要是两个人性格不合吧，他是属于那种无拘无束、放荡不羁的人，而我是那种保守、慎重的人，交往没多久他就提出同居，被我拒绝了，表面上他表示理解，信誓旦旦，说尊重我的意见，背地里却经不住别人的诱惑，跟我的闺蜜发生了暧昧关系，我无法接受，于是分手了。"李若寒没想到文南这么心猿意马，说："太不知好歹了，我妹妹对他这么好，居然还去拈花惹草！"

董芝微笑着说："一开始我很伤心，现在已经看淡了，没有缘分是走不到一起的。不过有件事不怪他，倒不是他有多坏，是我那闺蜜刻意地去引诱他。我闺蜜叫刘思思，文南是通过她找到的我，换句话说，他要是对她有好感的话，直接就追求她了。刘思思本来胖乎乎的，心无城府，整天笑呵呵的，可是自从文南来到我们学校，我就发现她开始瘦身、整容，还以为她是冲着杨之东，没想到她是早有预谋，瞄准了文南。有一天晚上，文南约我看电影，我有事没去，刘思思去了，看完电影还去了歌厅。刘思思发了朋友圈，俩人还挺亲密的，从那以后我就跟文南分手了。"李若寒好奇地问："你说刘思思去整容，她长得不好看吗？"董芝想了一下，说："人胖的时候，真没去注意她的容颜，只是觉得笑容可掬的，很可爱，其实她的五官还是标致的，等到减了肥，又去美容医院微整了鼻子和额

277

头，你还别说，整个人脱胎换骨似的，还真成大美女了。我还夸她是不折不扣的校花呢！"

李若寒还想说些什么，董玉叫着她俩的名字，笑哈哈地说："你们姐妹等会再好好聊，这会还不去敬一下两位叔叔！你们不知道，张叔叔对你爸爸，还有我，那都是有大恩情的，你们要替我敬上几杯哈！"俩姐妹斟了酒，董芝问："姐姐，我喝上两杯就脸红，怎么办？"李若寒说："我来喝就好，你意思一下就行。"

俩人一起走到饭桌的另一边，张沧文和伍廷威起身相迎，李若寒举杯说："敬两位叔叔！谢谢你们！"张沧文说："客气了，世界那么多人，有缘才能相见，哈哈。"伍廷威听出说话的是李若寒，问："章华呢？咋没过来？"张沧文也有些好奇，他不知道董芝有没有男朋友，但预估着今晚应该会见到章华的。

李若寒跟他们碰了杯后，一饮而尽，说："伍叔叔又问起，不多说几句就不礼貌了，我和章华已经分手了。当然，我们还有正常的来往，只是一般的朋友，我和他观念不同，待人处世的方式不同。"这时伍燕见饭桌上李彪靠近董玉聊天，也端着酒杯站起来靠近李若寒，说："伍总就是这么八卦，就不能谈点别的吗？若寒你别理他，我们喝酒！"李若寒微微一笑，说："伍叔叔是关心我。章华是个不错的男生，也很喜欢我，我本来已经下定决心与他相处，但是当我知道他告发了自己的父亲之后，我一直迈不过这个坎，他告诉我社会需要正义，需要正能量，甚至需要大义灭亲，我表示赞同，不敢辩驳；可是，我是个被父爱沐浴的人，没有崇高的理想，我只知道，哪怕是父亲做错了，我也愿意去理解他，爱护他。当然，两个人在一起，大家有不同的认知和理念是正常不过的事，我只是还没说服自己，所以选择了分开。"李若寒说完这番话，感觉心里轻松了许多，因为这件事，心里一直堵得慌。

伍燕跟她轻轻碰了一下杯，说："李若寒就是李若寒，要是我的话，我可不会因为这样而选择分手！"伍廷威白了她一眼，说："是，要是你父亲有事撞在你手上，你也会手起刀落，大义灭亲的！"伍燕瞪了她一眼，没有还嘴，李若寒平静地说："我不知道对错，或许是我错了，等时间来解决当前无法解决的问题吧，哪一天我能解开这个心结，他又还在乎我，我们就能够重新在一起了。"

张沧文深有感触，跟李若寒碰了一下杯，说："有些事情的确只能交付给时间，你们还年轻，日子会越来越好的！"董芝陪着喝了一口，说："张叔叔，我姑姑快醒了，祝你们早日团聚！"

张沧文跟他们一直喝到凌晨，第二天还没睡醒，文慧的电话就打了过来，约他见面。一见面，文慧就问："还记得李卫庄吗？"张沧文说："记得呀，老朋友了，之前不是有件走私案找到我们吗？"因为是在一家咖啡厅，文慧压低声音说："又有走私案了，这回被捕的是李卫庄，他老婆联系了我！"

张沧文很是意外，问道："他不是行家吗，怎么也落网了？"文慧微微一笑，说："行家就不会落网呀？法网恢恢，疏而不漏，落网的不是有很多行家吗？这次他老婆没说具体诉求，我也不太了解情况，不知道她有没有找律师去见李卫庄，我寻思暂时不适合开听证会，要不我们一起见见她，听听情况再说？"张沧文说："好呀，你问问她现在能不能过来，我们在这里等她。"

文慧一打电话，李太很快就赶了过来，没等介绍就说："我叫王素真，我知道你，张律师，常听卫庄提起您，他早就交代过我，有事找文律师和张律师！"张沧文看一眼就知道这是一个内在精明外在又不张扬的女人，似乎以前没见过，也不知道李卫庄何时娶了她，于是礼貌性地笑了笑，说："荣幸至极！看看我们能帮忙做点什么？"王素真开门见山地说："谢谢，卫庄也是学过法律的人，我不想浪费你们的宝贵时间，所以找了一个生活律师去会见，主要是看他有什么需求，日前我收到信息，他希望他弟弟李卫家去自首，主动承担责任。我猜测他是要解脱自己，但方案可不可行呢，还得请教二位！"张沧文以前没听李卫庄提到弟弟，便问："李卫家是他亲弟弟么？"王素真答道："是亲弟弟，长期在农村生活，后来他哥哥才把他带到城里来，你们应该没见过。"

文慧夸赞了她的冷静和聪慧，说："进去的人有时候思路模糊，因为他们太在乎自己的自由。你了解李卫庄他们公司的结构吗？李卫庄在公司担任什么职务？具体从事什么工作？"王素真看来对情况甚为熟悉，不假思索地说："现在确定的是公司犯走私罪，在这家公司里，法定代表人是李卫家，运营管理、财务都是他负责，李卫庄供述的缺陷，是他承认有一部分进口的汽车配件货主是他，而且他参与了运输、调配等工作，还有，公司的部门经理、员工好多指证他是公司的老板。这么说吧，李卫庄在抓捕的人中被认定是主犯，而李卫家还在逃，但已被上网通缉。"出于职业习惯，张沧文问道："抓捕是如何进行的？为什么抓到了李卫庄而没抓到李卫家？"

王素真摇摇头，说："不知道为什么，听说抓捕的当天李卫家刚好外出，这有什么问题？"张沧文也摇摇头，说："没什么，只是好奇而已。"文慧问道："李卫庄的意思是让他弟弟尽快归案，自认主犯，让自己有辩护的空间对不对？"王

279

素真说："文律师归纳得很中肯，其实这些年公司主要是李卫家在运作，李卫家是当然的主犯；而李卫庄呢，他在公司没有股份，也没有分过红利，他没要求要辩成无罪，只是想辩成从犯，这也符合他们兄弟俩的现实状态。"

文慧陷入沉思，张沧文说："从公司的运作来讲，如果李卫庄听从老板的指令，进行一些事务性的工作，只是起到辅助性、次要性的作用，说是从犯是成立的，但问题是李卫家要有担当，将组织、指使的责任都揽起来，否则不排除出现双主犯的情况。"王素真不禁紧张起来，说："那就麻烦了，如果定为双主犯，那还不如让李卫庄自己扛呢！他们的母亲年事已高，还盼着有儿子在身边送老呢！"文慧经过深思熟虑，总结了几个要点："李卫庄要实现目标，前提是李卫家归案，这不受律师控制，你们家属即使能通知到他，也得他本人愿意；归案后，李卫家的供述得对他哥有利，如果互相推诿或各行其是，李卫庄不见得能定为从犯；另外，还得看案子的其他证据，如公司其他人的证言、微信群的聊天记录等。要想帮到李卫庄，就要按部就班地推进，那么，你们先想办法跟李卫家联系上吧！"

王素真听了文慧的指点，连夜就找到了李卫家的媳妇罗莉，这是外貌和穿着都极其平淡无奇的女人，放在人群堆里都不会引起任何人的注意，听了王素真的来意后，淡淡地说："这是他们兄弟间的事，等卫家来电话时，我会告诉他的，让他自己定夺。"王素真看她不太乐意的样子，淡定地说："有些话我们不好对外讲，但我们都是清楚的，十年前卫庄把卫家带到城里，你们家开始过上了好日子，别人家该有的你们都不缺，卫家可是拍过胸脯保证过的，如果哪天有事，他二话不说就会站出来顶着，现在可真是碰到事了，我不知道卫家是什么想法？"

罗莉没有否定王素真的说法，顺着她的意思说："是的，我也经常提醒卫家，做人要懂得报恩，要时刻记得哥哥的好，我会跟他讲，他一定知道该怎么做的。哥哥有什么具体的想法，你跟我讲讲，我会告诉卫家的。"王素真直截了当地说："卫庄的意思是让卫家投案，主动承担责任，好让他有机会定为从犯。"罗莉点点头，一字一句地说："这是很好的选择，卫家临走前说过，他是当然的主犯，要是能为哥哥解脱，也算是不冤了。"萝莉刚说到这里，电话就响了起来。

电话是李卫家打过来的，罗莉没有避讳，当着王素真的面接了电话，除了讲下家里的情况，把李卫庄转达的意思也讲了，还把电话开了免提让王素真听，李卫家语气显得有些急躁，说："这都是八年十年的量刑，又不是两年三年，我是真不想出来面对，容我想想，不多说了，先这样！"说完匆忙挂了电话。罗莉有些无奈，说："每次都换了电话打，匆匆忙忙的，说是太久了会被追踪到，你还打不了他的电话，哎！现代的科技这么发达，你能躲多久，能躲到哪里去？我跟他说过，事情发生了，总是要出来面对的，就是不听！"

王素真叹了叹气，说："你也要理解他，在进去和逃避之间，很多人会选择逃避。最近暴发了疫情，听说很多投案自首的都可以取保，或许算是缓冲期，最后进去了，还是要判刑的。"罗莉问："那现在怎么办？要不你再去问问哥哥？"王素真有些懊恼，大声说："他们兄弟俩的事，爱咋办就咋办，咱们管不了的，就不管了！"

王素真发泄完情绪，过了一会就恢复了平静，说："我把李卫家的状况反馈给他哥，看看他什么意见，我们做女人的，也就传达个意见，事态怎么发展，我们只能见一步走一步了！"罗莉连连称是。王素真走后没一会，李卫家的电话又打了进来，说："我哥说的是有道理，所以我知道嫂子在场，我不能说我不想出来顶，只能说我害怕坐牢，不想投案。你回头去问一下你那当律师的表哥，我的事怎么处理比较妥当？"

夫妻俩早就约好了暗语，通话过程中有别的人在场，李卫家是能接受到信息的。罗莉体验到了王素真的绵里藏针，说："你嫂子说起来什么都无所谓，实际上是在挤对我们，毕竟我们是他们带上路的，没有你哥哥就没有我们的今天，你也不止说过一次有事你来担，现在人家拿这个来逼迫我们了，不做呢是我们不讲道义，做了呢你得把牢底坐穿，你说怎么办嘛？要是没有小孩，我倒是鼓励你挺身而出当英雄！"李卫家在外面躲藏的时间久了，本就心绪不宁，听了罗莉这番不冷不热的话，倍感气恼，说："好啊，当英雄也好，缩头乌龟也好，你看着办吧！"说完立刻挂断了电话。

过了几天，王素真又找到了罗莉，说："律师见过卫庄了，卫庄说如果卫家去投案，可认定为自首，再加上认罪认罚，虽然是主犯，判个五六年就差不多了，如果卫家不归案，卫庄作为主犯可能被判十年以上；卫庄让我转告你，卫家如果联系不上，或是他不去投案，也不要去说他什么，卫庄考虑改变一下供述，把事扛下来，看能不能帮到弟弟，毕竟是两兄弟嘛，总不能抱着一起死！"罗莉一听，惊慌失措，赶紧说道："那不行，卫家必须投案，不管怎样，他都是要面对的，哪能置兄长于不顾？等他打电话来，我会告诉他的，咱们不能做不仁不义的事！"王素真见她说得义无反顾，又试探着说："不要那么着急，我们家的小孩都大了，能自食其力了，你家的小孩还在读书，你也不要强迫卫家，真不行我们就让卫庄扛着，毕竟他已经在里面，先进去先扛比较符合常理！"

罗莉表情变得严肃，用不容置疑的语气说："这事不要再说了！你在这坐多一会，我去做饭，晚饭在这吃！"王素真忙拦住她，说："别忙乎了，咱们聊多一会，晚饭就不在这吃了，还有约。"罗莉知道她是等着看有没有电话，也不说破，两人聊着聊着，电话真的响了起来，罗莉说："我没别的电话，肯定是他打过来的！"

电话响了两声，罗莉刚要接听，却挂断了，过了一会又打过来，罗莉第一时间就按了免提接听，劈头盖脸地嚷他："李卫家，是个男人的赶紧投案，外面东躲西藏地干什么？我不管你怎么想，给孩子做个表率，出来面对，把责任担了，你是董事长，你哥只是个跑腿的，你不应该说清楚吗？"电话那头李卫家显得有些委屈，闷声说道："你那么吵干什么？生怕别人听不到吗？该怎么做我还是清楚的，我只不过是想多呼吸几天清新空气而已，我哥对我们怎样你不清楚么，做人不能忘本，我不会丢下他一个人去面对的！就算再怕，我也要投案的，你碰到嫂子的话跟她说一声，我再多享受几天清福，整理一下思路，很快就自首了！"说到这里，他断然挂了电话。

王素真脸上露出一丝不易察觉的笑容，李卫家话都说到这分上了，按理是不会反悔了，从家族的生意前景及经济利益来讲，李卫庄能早点出狱是有利的，为了给罗莉上个"紧箍咒"，她不动声色地说："我们家族也不算小，堂哥、表弟、姑姨婶婆的一大群，好多从家族生意得益，平常很少走动，卫庄出事了，大家还是很关心的，常常过来慰问我。我呢，不管如何，还是要撑着场面的，跟他们说卫庄早点出来还是晚点出来，咱们都还是有生意做的！"罗莉当然听得出来，这是在告诉她，李卫庄早出来大家能多挣些钱，他的商业价值比弟弟高，大家的舆论还是有偏向性的；她的高明之处就在于不跟人顶撞，而是顺着水流行船，于是淡定说道："大哥的能力比卫家强多了，我常跟亲戚朋友讲，咱家的生意，缺了谁都可以，唯独不能缺了大哥。"

多日的谋划算是有了收获，王素真带着愉悦的心情回去了，罗莉等了好一会，终于等来了李卫家的电话，没有外人在旁边，罗莉的语气温柔了许多："你在外面辛苦了，不过很快就可以回家了，几天前我就告诉过你，我们没得选择，从道义上，从家族的利益上考虑，你如果不投案自首，以后很难在社会立足。但你放心，投案后你该怎么说，我们能够怎么做，这是我们自己能把握的，我已经跟我的律师亲戚探讨过了，当务之急是你投案之后，我们要办理取保候审，现在刚好有契机，碰到疫情，好多看守所都加大了监管，不进新人，取保变得宽松了。放心吧，你很快可以回家了！"李卫家心花怒放，说："我是想回家了，看着你和孩子，吃什么都是香的；你别有太大的压力，既然我决定投案了，能不进去最好，就算不能我也做好思想准备了。后面的计划等我回家了再谈吧，不要让外人知道，电话里也不多说了，先这样吧！"说完，李卫家在电话一端发出响亮的亲吻声，把罗莉感动得流下幸福的眼泪。

　　过了十多天，李卫家投案，缉私局为他办理了取保候审，李卫家回到了无比温馨的家。王素真再次约见了文慧和张沧文，就案件的发展进行咨询，她首先介绍了李卫家的情况："他昨天去缉私局自首，做了一天的笔录，听说今天还要继续，该怎么供述，已经跟他老婆说过多次。李卫庄的案子起诉很久了，法院最近就会安排开庭，还好赶得及，李卫家再不投案，前面的案子一开庭，一切就都来不及了，按照卫庄现在的量刑建议，要判十一年！"张沧文也替李卫庄捏了一把汗，说："要是判十一年，就算顺利减刑，也得坐上八年牢，如果李卫家顶在前面，李卫庄的量刑幅度降为三到十年，我估计判个六年左右，那就好多了！对了，李卫家投案了，你要让他催促一下，让缉私局尽快把案件移送检察院。"

　　文慧投去了赞赏的眼光，说："不错呀，张律师，你还是很在乎老朋友的，虽说李卫庄好久没联系，我们这些老相识还是很牵挂他的，原来我们最关注的是李卫家肯不肯投案，如果不肯，一切皆为空谈，现在前提已经具备了，案子目前有两个节点最重要，一是李卫家的供述，二是案子的进度；供述方面既然有律师提供意见，问题应该不大，进展方面，除了张律师说的催促侦查机关，在检察院、法院方面要促成并案审理。"王素真全神贯注地听着，觉得有些深奥，便说："文律师，我的文化程度不高，我能不能这么理解，现在要做的，一方面是催缉私局快点上报李卫家的案件材料，一方面是请求法院延期，不要那么快开庭，等着跟后面的合并，这之间隔着检察院，需要它来承上启下，对不对？"文慧在她身上点了个赞，说："通俗易懂，总结得中肯，谁说你文化不高的？现在要做的，是让李卫庄的律师给这三个部门发函，如果并案成功，就等于成功了一半！"

　　王素真的脑袋转得很快，随即想到另外一个节点，问道："李卫家的供述，咱们什么时候能看得到？"张沧文对这些程序很熟悉，不假思索地说："按照程序，缉私局把案件移送检察院审查起诉了，律师才能阅卷，看到李卫家的供述。"王素真"哦"了一声，说："看起来，侦查、检察要快，法院要慢！"张沧文想起了一件事，问道："李卫庄的案件怎么起诉得那么快？没有退侦吗？"

文慧之前也问过这一问题，此时也说："退侦就是检察院把案件退回缉私局补充侦查，这么复杂的案件，按道理是会退侦的，律师怎么说？"王素真想起文慧问过这件事，说："你上回让我问，李卫庄的律师说案件从缉私局移送到检察院，不到一个月就起诉了，他也出乎意料，但是，起诉得快也说明检察院办事利索，程序上没什么问题，他也挑不出什么毛病！"张沧文说："这也是好事，按照检察官的办案风格，等李卫家的案子上到检察院，也会很快就起诉到法院的。"

　　一晃三个月过去了，王素真又找到了文慧和张沧文，说是李卫庄让她找的。文慧最近忙得晕头转向，没怎么去关注她家的事，以为事情已经办妥，哪知一见面，王素真脸色沉重，说："事态有些不对，缉私局到现在还没把案件移送上去，李卫庄的案件两个多月前排期了，还有十多天就开庭了，这下可怎么办？"张沧文简直不敢相信自己的耳朵，问："怎么可能？李卫家那个案件是很简单的，侦查工作已经完成，只需加上李卫家的供述就完结了！"文慧也问："上回见面你说李卫家还要录口供，去了没有？"

　　王素真一脸无奈，说："他第二天就去了，去之前我还跟他交代了一下，后来也不用去了，我催了缉私局好几次，也让李卫家去催了，人家都答复说会尽快，可是目前就是这个状况。"张沧文问："律师有没有关注这事？"王素真说："有啊，苗律师还是挺尽职的，他向法院提交了延期和并案申请，要不是这样的话，法院早开庭了；他还向检察院提交了合并起诉的事情，称事关司法的公平、公正，检察院也很重视他的意见；另外，缉私局这边他已经发了三封催促函，不能说不尽力了。我感觉好多力气像是打在了棉花上面，软绵绵的，一点用都没有！"

　　文慧也皱起了眉头，这种状况还是相当棘手的，案子不是自己操办，只是在背后参谋而已，对很多细节的确把握不准，只能尽量地向王素真了解："你最后一次催促缉私局，他们是怎么回应的？"王素真回忆了一会，说："他们说对取保的犯人，办案期限是一年，考虑到案件的实际情况，他们会尽快侦查、移送。"张沧文猛然醒转，说："我忽略这个问题了，李卫家是取保在外的，现在又是疫情期间，办事比较缓慢也是正常的。"

　　王素真猛地摆手，说："不是这样的，这中间肯定有猫腻！我一开始也以为是正常的，但看到李卫家夫妇一直不慌不忙，优哉游哉，我心里很不踏实，于是我想方设法地了解他们的动态，直到不久前我偷听到他们的对话，我才恍然大悟，如梦初醒！"她喘了几口粗气，仿佛刚从噩梦中逃脱，接着说："罗莉问李卫家的真实意图，李卫家说顾不了那么多，眼下最重要的是少坐牢，最好不坐牢。罗莉说想通了就好，我们的计划跟他们相反，他们是要并案，我们是要分案，就是让你哥先结案，你在后面就有机会了，到时候公司还可以做合规。我问了苗律师什么是合规，他说是对公司的一种整改制度，弄得好的话老板不用坐牢，我听了瞬间清醒了，看来我和卫庄是轻信别人了！"

文慧凭着多年的办案经验，一下子就猜出了事情的来龙去脉，李卫家投案只是迫于各种压力，但究其本意，他是为了开脱自己而投案的。文慧尽量选择比较缓和的词汇，说："缉私局办案有它的程序，不排除李卫家时不时地有新材料或新的口供补充，导致移交检察院的迟缓，但从本案的实际情况看，的确有必要并案处理，因为李卫家是当然的主犯，他的归案必然对其他人的作用或地位产生影响，另外，只有并案才能更好地查清事实；既然你们已经通告了三个部门，他们也会达成共识的，当下的难题是怎么打破僵局，让这两个案件一并审理。"张沧文也已意识到问题的所在，说："一味地催促缉私局不是上策，因为李卫家可以找到很多理由延缓侦查过程，现在要上升到整个案件的办理，让检察机关监督整个程序，既催促缉私局尽快终结侦查，又让法院延迟李卫庄案的开庭时间，让苗律师致函检察院，强调并案处理不只是李卫庄的请求，也是实现司法公正的需要。我想，检察院作为起诉机关，同时又监督侦查机关和法院，实现并案处理是没问题的！"王素真紧绷着的神经松弛下来，说："两位这么说我放心了许多，如果能够并案，我也算完成了卫庄的托付。听说你们的律师调解院很专业的，以前卫庄跟我讲过，要不你们也帮我召开个研讨会？"

文慧想起李卫庄介绍凌古来律师调解院的往事，当初是他的朋友凌古走私汽车配件被抓，这次是轮到他自己，看来李卫庄和凌古干的是同行，当时凌太怀疑是李卫庄举报凌古不无道理，只是这一次，至今为止还未成功并案，李卫家的供述也未看到，尚不具备开研讨会的条件，于是她先对王素真的信任表示感谢，然后平心静气地说："李卫庄的本意是让他弟弟投案，两个案件合并处理，希望李卫家能够多承担些罪责，但因为李卫家的案卷我们还阅取不了，所以现在召开研讨会为时尚早，等到李卫家的案子移送检察院起诉了我们再开吧！"张沧文也附和了一下，王素真说："那只好这样了，不过我现在对他不抱希望，包括他的口供，只有他亲哥哥还傻乎乎地在那里期待着！"

过了十多天，在苗律师发函给检察院后，检察院向法院提了建议，法院延期开庭；在检察院询问之后，缉私局很快将李卫家的案件移送审查，王素真终于获取了李卫家的供述，看完觉得跟自己预料的差不多，李卫家就是既要让他哥哥的案件先行办结，还希望他哥哥是以主犯的身份得以判决，为他自己得以从轻处理腾出空间。为了防止出现误判，她让苗律师进去看守所会见李卫庄，专门听取他对口供的意见，李卫庄看完大失所望，连呼失算，说当初应当自己扛下来，供认自己是公司实控人。

王素真将情况告诉了文慧和张沧文，文慧为此召开了研讨会，因为时间比较紧促，有些律师出差未回，这次会议只有文慧、张沧文和郑泳参加。当事人代表除了王素真，还有苗律师；苗律师名叫苗志，见过李卫庄好几次，最是了解案情。

郑泳对案情最是生疏，苗志把案件的情况详细地介绍了一遍，然后信心满满地说："目前检察院已经明确表示两个案件合并处理，届时起诉的顺序发生变化，李卫家将列在李卫庄的前面。"王素真补充了李卫庄的看法："卫庄认为他弟弟的供词对改变他主犯的地位没起什么帮助，甚至认为当初动员李卫家投案是错的，应当让他在外面服侍年迈的母亲。我能感受到李卫庄失望又无奈的心情！"文慧知道李卫庄作为被告人，又是法律方面的行家，对案件的判断基本是准确的，她不急于自己下结论，侧过头对郑泳说："我和张律师接触案情较早，怕有什么先入为主的观念，想请你先谈谈看法！"

郑泳的执业经验相当丰富，对每个案件都有着鲜明独特的看法，此时被文慧点到名，欣然说道："我已经把两个案件合二为一了，就李卫庄的犯罪地位问题提点看法，李卫庄是把责任都推给了弟弟，弟弟是董事长，也是站在前面的运营者，如果把所有的责任都承担起来，先不论是否符合事实，在证据上是可以确定李卫庄的从犯地位的。可是，李卫家并不这么干，哥哥干的，他不会承担责任，可以模糊不清的地方，他还非要说个明明白白，本来，弟弟的供词可以否决掉部分员工的证词，他却把它变成互相印证和补充说明，实现无缝对接，给我们律师基本不留空间。开个玩笑，要不是他们是亲兄弟，我还纳闷这后面的是不是跟前面的有仇呢！我们干的是律师，只能就证据说话，李卫庄会排在弟弟后面，呈现双主犯格局，其他公司的人员定为从犯。"张沧文回忆起第一次听到郑泳的名字，还是在办李彪涉嫌诈骗的时候，李若寒说起有个律师在看守所门口递了一张名片给她，这律师不修边幅的，还说一口方言，后来问起他来，他说是每次去看守所会见，等待的时间都给人派发名片，做些营销，至于形象嘛，他说一直都穿衬衫西装的呀。此刻听他分析到位，忍不住拍手称赞。

王素真显得有些急躁，问道："如果两个都是主犯，会怎么判刑？"郑泳不敢贸然预测刑期，说："有一个情节不可忽略，李卫家认定为自首，因为他是单位的董事长，根据以往的案例，单位的其他人均可视为自首，享受从轻处罚或减轻处罚。从这个角度来讲，弟弟投案还是对哥哥有所帮助的！"王素真不以为然，冷笑了一声，说："见过忘恩负义的人，没见过如此口是心非的人，我就不信，就算不并案，李卫家能躲一辈子？能不用判刑？真是的，还是亲兄弟呢！"

文慧怕她情绪失控，连忙说道："现在不是讲亲情的时候，法律是讲证据的。郑律师刚才讲到点子上了，李卫庄是第二主犯，但可以视为自首，刑期是要比他弟弟归案前轻很多，我们把意见综合一下，整理成辩护方案，然后再就刑期做个预判！"张沧文接着说："文律师言之有理！我看还是请苗律师归纳一下吧，毕竟他担任着李卫庄的辩护人。"苗志三十几岁，体格健壮，戴着一副咖啡色的近视眼镜，他原本读的是会计专业，后来才自修的法律。苗志扶了扶眼镜，调节了一下稍微紧张的情绪，说："好的，根据各位律师的意见，加上我几个月来对案情的了解，我概括一下辩护方案。虽然面对的是几位行家，我还是想把自己的一点见解提出来，李卫庄很难摆脱主犯的身份，但是他的供述跟李卫家的供述还是有冲突的，我认为应当抓住这一冲突，放大这一冲突，为他做从犯的辩护，未必成功，但我会努力，总结起来辩护意见有如下几点：1.公司由李卫家掌握、经营，李卫庄未参与经营管理。兄弟两个人的供述已经明确地、充分地证实了这一点。2.李卫家为公司唯一股东，李卫庄不占有股份，不参与分红，其没有获利的企图，也没有获利的事实。3.财务由李卫家一人掌管。员工工资的发放，公司资金的支配，所有涉及资金的公司事务，全都由李卫家一人决定并实施，公司所有的盈利全部由李卫家享有。4.公司的报关业务由李卫家控制，报关的价格由李卫家确定，公司的利润点在于收取客户的进口服务费用，而对利润影响最大的是报关的效率及报关的价格，李卫庄不具备这方面的经营能力，不经营这方面的业务。综上，李卫庄只能认定为作用较小、地位较弱的从犯。

另外，李卫庄可以视为自首，本案为单位犯罪案件，公司董事长、实际控制人李卫家认定为自首，可以扩大认定为单位自首，根据相关司法解释的规定，单位自首的，直接负责的主管人员和其他直接责任人员未自动投案，但如实交代自己知道的犯罪事实的，可以视为自首。本案中，李卫庄虽未主动投案，但到案后能够如实供述自己知道的犯罪事实，可以视为自首。"

苗志讲完，文慧等三人同时鼓掌，文慧说："我们调解院就是要通过各种研讨会、听证会、座谈会来为当事人提供优质、便捷的法律服务，期待着苗志律师接下来能正式加入我们的阵营！苗律师刚才的总结，非常精辟、专业，我原本预测的刑期区间为六至九年，听了苗律师的辩护，呵呵，我主动下调为五至八年！"郑泳连连点头表示同意文慧的预判，说："我认为文律师的判断是精准的，目前也只能预测刑期的区间，因为第二位的刑期会受第一位的影响，我个人判断，兄弟俩的刑期相距也就一两年，水涨船高，水落船低，李卫家因为自首和认罪认罚会减轻处罚，但是偷逃税款两千多万元，降个档在三到十年内量刑，刑期也会比较接近十年，如果弟弟能轻判，哥哥也就跟着降下来了。"张沧文也点头赞同，说："那李卫家的刑期，就是六至九年了。其实，就算是从犯，也是要判个几年的，李卫庄的刑期，应该还是能够接受的。"

王素真瞪了他一眼，气冲冲地说："你是能接受，站着说话不腰疼！我和孩子可接受不了，如果这样判，我肯定是要上诉的！"说完了发觉自己情绪有些失控，再怎么样也不能对帮自己的人发火，急忙道歉："不好意思，失态了！你们分析得都很专业，谢谢！我发的不知是哪门子的火，可能是冲着他们两兄弟发的吧，唉，可惜了，害人害己了！"几位律师猜不透她说谁"害人害己"，但都知道，当事人对判决不满那是常态。

第二十二章　律所纷争

送走了王素真和苗志，郑泳拦下了文慧和张沧文，说："想请两位喝会茶，有事请教！"文慧呵呵一笑，说："难得郑律师有事请教，这会还早，我们就聊聊呗！"刚好庄丽丽从外头回来，撞见了他们，说："走，到会客室泡茶！"

庄丽丽亲自为三位律师泡茶，她的手艺堪比茶艺师，高冲低斟，滴水不漏，微笑着将茶端送到各人面前。郑泳闻了一下，清香扑鼻，喝完甘香润喉，忍不住说道："老板娘真是厉害，这是哪里学来的手艺？"庄丽丽开心得呵呵笑，说："我还是第一次听到老板娘这一叫法，能叫我丽丽吗？我的手艺是一个潮汕朋友教的，他们那里管这种泡茶的手法叫功夫茶，意思是有空闲才能泡的，因为用的是小杯子，解渴是一方面，更重要的是一边品茶，一边聊天！"

文慧也被逗乐了，说："老板娘，郑律师今天就是找我们聊天的！"郑泳尴尬地笑了笑，说："不叫老板娘了，丽丽这么年轻，都被我叫老了，我为老不尊，自罚三杯！"张沧文笑着说："这是喝茶，你以为是喝酒呢？来吧，干杯！"

郑泳也被逗乐了，端起小茶杯，装模作样地和他碰了一下，说："我和律师所发生了冲突，确切地说是有些利益冲突，想让你们帮我参谋参谋，费用方面不可减免哈！"庄丽丽见他一本正经的样子，笑着说："别跟老板娘提什么费用的事，我对律师所的事特感兴趣，你赶紧开讲吧！"郑泳不敢怠慢，急忙喝了一杯功夫茶，说："我是宽澳律师所的合伙人，去年底的时候，律师所的公章和财务章发生了变更，但事先没有通知，等到变更完了才在微信群里发了通知，我很纳闷，心想这么大的事情不应该先开个会，通知一下合伙人吗？于是我萌发了开会讨论的念头，所里共有十五个合伙人，我拉了个九人的微信群，提议疫情消退后聚个餐喝个小酒。

"因为疫情期间大家都没聚过，所以我的提议得到大家的热烈反应，有七个人表示赞同，过了几天，我在群里发布了聚餐的时间，然后加了一句：顺便探讨一下合伙制度和财务制度。结果只有李栋、傅渔和廖流强响应。虽然人少，但饭局还是如常进行，我提前在办公室附近订了酒楼，拎了两瓶酒早早就到场等着。李栋打来了电话，说他中午去律师所办理转账，顺便也请主任麦定红等人吃了饭，还提到了晚上我们几个人聚餐的事。我说，中午吃饭跟我们没关系，我们吃的是晚饭；李栋说那我马上赶过来。

"以前我们很少谈论到律师所的制度问题，这次一聚会，我才知道大家对麦定红的管理有诸多不满。傅渔是前主任，他说宽澳所目前处于无主任状态，因为十年前麦定红当主任的时候，期限定了两年，之后也没再选举过；李栋直接开骂，说别人有什么资格审查他的合同，所里面谁的业务水平足以这么做？这都是麦定红和徐兆芳两个老女人在乱搞；廖流强说目前管理律师所的人都是没有实力的，如果出现什么问题，她们没有能力担责，还把宽澳所几年前的一单诉讼判决发给了我。

"案由是房地产合作经营合同纠纷，宽澳律师所是第二被告，成为被告的原因是律师所提供账号收取了开发方的三百万元，而开发方就是麦定红的法律顾问单位。因合作开发失败，土地出让方把开发方及宽澳律师所告上法庭，历经二审，律师所因为只是代收，后面把钱退了也就不用承担责任了，逃过了一劫，但是却暴露了两个问题，一是法律法规明文规定律师所只能从事法律服务业务，不得参与其他经营活动，这是外部的问题；二是内部的问题，反映了律所管理的混乱，都涉及诉讼了，好多合伙人一点都不知情，经营合同的签订，款项的进出，居然不用知会其他合伙人，而一旦出现风险，合伙人是要承担无限连带责任的！

"我非常纳闷，问：这么大的事件大家都是几年后才知道的？廖流强说可能是灯下黑吧，他也是最近才知道的。傅渔和李栋也表示不知道。我开始觉得问题很严重，以前不怎么在乎律所的经验管理，只管自己的一亩三分地，没想到律所被人告了自己还不知道，会不会什么时候要付钱赔款了都不知道？我就问他们：现在律所一年能挣多少钱？廖流强说，如果按照每年营收一千万元计算，一年应该有八十多万元挣。傅渔补充说，这些钱应该都被麦定红占了，她还有个女儿在所里实习，明年就可以当执业律师，估计是来接班的。

"我更加诧异了！律师所不是合伙制的吗？加上麦定红，总共有十五个合伙人，难不成她麦定红一个人是老板，最后还能让她女儿来继承？大家一起在网上搜索了一下，发现麦定红和她女儿还共同成立了一家投资公司，傅渔看了一下公司的经营范围，像发现了新大陆似的，说：这公司还有出国留学的咨询业务呢！

"大家都觉得问题很严重，开始讨论怎么样解决，傅渔说，以前也有人提过制度的问题，为什么没能解决呢，因为别的人都不是创始合伙人，而你是，当时就我们四个人签了合伙协议创立的律师所，另外两个人离开了，就剩咱俩了，你提出来应该可以解决问题的。李栋反驳他，说合伙人就是合伙人，哪有什么创不创始的，大家权利义务不都一样吗？还是廖流强比较沉稳，说要换掉麦定红也不是难事，问题是谁来当新主任？

"我说傅渔当过主任的，要不还是由他来当？傅渔摆摆手，连说使不得。我说那就李栋或者是廖流强吧，要真是谁都不想干，那我也可以顶上，人选不是问题。廖流强说是的，最重要的还是怎么样进行变革，咱们先拟一下议题，然后召开合伙人会议。

"于是以廖流强为主导，看来他是经过深思熟虑的，我们拟定了合伙人会议的议题：一是重申合伙律师所的概念，是由合伙人共担风险、共享利润的主体；律师所主任是受全体合伙人委托进行日常事务管理的，有一定任期，续任须经合伙人会议决议。二是如果麦定红投入了装修费，可就其投入的资金及回报作财务审计、核算，不能因此影响其他合伙人的权利。三是确定、完善合伙人制度，合伙人会议应制定律所相关的议事规则和管理制度。四是律师所财务公开，对律所的收支进行审计，完善律所的纳税及代扣制度。五是按照监管部门的要求，讨论和拟定律师收费标准。六是商讨如何改善律所办公环境，增强服务意识，改进硬件条件。七是讨论律所的发展规划，集思广益，开拓思路，拟订律所的初步发展计划。"

郑泳讲到这里停顿下来，庄丽丽为他泡上一杯热茶，文慧和张沧文默默地盯着他，郑泳不解地问："你们盯着我干吗？我说错什么了吗？"文慧摇了摇头，张沧文说："然后你们召开了合伙人会议，形成了决议，问题不就解决了吗？还找我们干吗？"郑泳恍然大悟，他们盯着自己的意思，是用动作代替了语言：这事还能有什么事？庄丽丽笑着说："我可没盯着你哈，我很用心地在听，你可以讲得再详细一些吗？事无巨细，面面俱到！最近有人让我收购一家律师事务所，所以我现在需要更多的关于律师所的信息，我想你讲得越多，我应该能提取的越多！"

郑泳喝了茶，说："丽丽吩咐的，我照办就是。文律师和张律师听了，可能都认为问题解决了，合伙人会议是合伙制律师所的决议机构，有什么事开个会，按照约定的表决方式，作出决议，哪怕这个决议未能达到我们的预期目标，也算是解决了问题。可是，宽澳所出现了匪夷所思的情况！

"我们拟定了议题的第二天，傅渔转发了管理部门颁布的《律师事务所合规管理指引》给我，我拟了个通告，先发给傅渔和廖流强过目，两个人均表示没问题，于是我在合伙人微信群发出了通告：各位合伙人，《律师事务所合规管理指引》已实施，本人提议召开合伙人会议，制定合规管理制度，执行上述管理指引；另外，本人要求查阅二〇一五年一月至今的财务账册，请尽快安排。通告发出之后，群里一片寂静，我一度怀疑这个微信群是否存在。

"好在洪来庆很快打来电话，打消了我的疑虑。他说麦定红让他打电话给我，问一下我是什么意思；我说麦定红干嘛不自己打给我，你们是什么意思；洪来庆说，她认为我们关系好呗，这样吧，你的诉求大家都看到了，要不你给她打个电话，我是认为律所是她在承包经营，有什么事好好沟通一下。我心想这些人还真会绕弯子，有什么事直接在群里讲，或是直接打电话来就行了，还要找个人进行火力侦察吗？

"我想了一下，还是给麦定红打了个电话，她一接听就说：郑泳你想干什么？宽澳所就只有我一个合伙人！我一听就蒙圈了，同时感到非常气愤，说：你要搞清楚，虽然你当着主任，但是我和你都是合伙人，在权利上是平等的。麦定红不屑地说：哪有什么平等的，宽澳所除了她是真正的合伙人，其他都是挂名合伙人！

"我真是长见识了！只知道合伙人是个法律概念，哪来的什么挂名合伙人真正合伙人，难道大家学的是不一样的法律？我一下子被气得挂了电话，最后说的一句话是：你就扯吧！随后我给傅渔、李栋打了电话，他们都认为麦定红信口雌黄，胡说八道。

"当晚我辗转反侧，彻夜不眠，一直在想麦定红怎么是这样一个人，简直是欺人太甚，这事一定要搞个水落石出，于是连夜起草了一个通告，强忍着不在半夜三更发，即使到了第二天，我也还是发给了他们几个看，傅渔和李栋没有回复，廖流强回了"我认为可以"，于是我选择在下午发出：

"各位同事，我和洪来庆律师、麦定红律师、李栋律师、傅渔律师等进行了友好、真诚的电话沟通，主要有几方面的观点，有认为宽澳所是由麦律师承包经营的，有认为现在处于无确定主任状态的，麦律师认为除了她其他都是挂名合伙人。我已向麦律师明确表态我是'出资合伙人''创始合伙人'，而绝非挂名合伙人，我要维护自己合伙人的权利，要求规范制度、查账、分红（如有的话）。

"鉴于个别沟通存在信息不对称及不公开状况，本人建议大家可充分在群里发表意见。首要的问题是大家的合伙人身份问题，鉴于大家都是登记在册的合伙人，法律层面要承担相应的责任，关乎个人的切身利益；另外，谁有表决权，谁没表决权，关乎本人个人要找谁维权、找谁议事的切身利益问题；特此希望大家就自己的合伙人身份发表相关意见。多谢！

"通告发了好一会，我见没人出声，怕又跟昨天一样沉寂，便发了微信给傅渔：你不带头说上一两句？傅渔回复了：正在写，个人诉求不同，我来个抛砖引玉。过了一个多小时，傅渔在群里做了响应：'郑泳同志在群里发声后，我和麦主任、树明同志都通了电话。

"作为一名即将退休的人士，本已对世间争论冷漠，打算下周先到律师所里个别聊聊是咋回事，但今日郑泳又直点我名将我一军，不得不提前说两句心里话。

"岁月不饶人，想想二十世纪九十年代中后期，我和宽澳律师事务所几位同人辞去公职，并将所里积累的一套房和账户上几万元钱与司法局交换，将宽澳所名字延续保留，后来完善改制时又出资十万元注册成现今的普通合伙所。当时就凭着年轻气盛的冲劲，也算是年轻，想在律师事业上做点事的初心吧！

"在后来我和大家的相处中，因能力有限无所作为，但基本秉承和保持了一种团结互助的氛围。麦主任女中豪杰有能力，这些年我虽做事甚少，去所里也不多，但也时有耳闻。

"所以我在想：合伙人之间有什么想法、意见应都可以沟通解决，只要有颗开诚布公的心。你们都年轻，思维活跃，意识超前，有什么将律师所壮大发展的金点子，没人会不接受。所以希望妥善管控分歧：不忘初心，尊重历史，着眼未来。

"这就是我的心愿：和睦共处，珍惜缘分。虽然我退休没啥追求，但唯愿宽澳所好！大家好！

"傅渔的这番话，看来是仔细推敲过的，既强调了自己的地位，又没有咄咄逼人，摆出一副劝和促谈的阵势，料必麦定红也不知如何回应。果然群里又安静了许久，廖流强才作了回应：我比郑律师进所晚，之前的合伙情况不了解。我在这个律师所没有出过资，没有行使过合伙人的权利，也没有承担过合伙人的义务。我之前跟所里提，需要签一份挂名合伙人的书面协议，但所里一直没有跟我签。我希望能将我跟律师所的关系通过书面形式明确下来。另外，我也赞同傅渔律师的意见，希望能摒除分歧，将律师所建设得更好。

　　"廖流强表态后，群里又是一片沉寂，不过水面上看起来风平浪静，底下已经是暗流涌动，不排除麦定红正在跟关系较近的几个人商量对策。到了晚上九点多，我决定给平静的水面扔块小石头，便艾特了廖流强：合伙人的义务您承担过，李栋律师的事你也签过名呀！

　　"我主动提起的事关李栋的文件，是指一年多前的一份委托转款协议书，这是李栋个人可提取的两百多万元律师费，因嫌弃所里提取太慢，要求由他签署委托书，律师所将该笔款项划转到他指定的公司账户。麦定红觉得事关重大，具有一定的风险，于是召开了一次合伙人专题会议，专门探讨这一方式可不可行。在那次会议上，我力挺了李栋，主张风险不大，就算真的出现问题，按十几个合伙人计算，每人也就承担十几万元，相信承担之后再向李栋律师索要，他也是会还给我们的；另外一个力挺的是郭理律师，他是李栋的徒弟，同时也是合伙人，说是可以在二十万元的范围内为李栋提供担保。后来合伙人做了表决，签了会议纪要，同意了李栋请求的操作方式。这样的操作方式对合伙人来讲是有一定风险的，所以我估计廖流强不会忘记这件事，既然他自己说没承担业务，我就点他一下，参与开会参与表决，那不就是行使合伙人的权利吗？

　　"廖流强没有回应，但令人惊讶的是开始有人退群，看来麦定红已经笼络了一些人，开始采取统一行动，但是，采取退群的方式太过怪异了吧？更加让我意想不到的是，傅渔也退群了！几分钟不到，群里只剩下我和廖流强、李栋、郭理、庞凡杰、龚昭丽、卓代兴七个人了。我忍不住骂起了傅渔，别的人退群都可以理解，你傅渔什么意思？什么立场？不过，我还是忍住了打电话痛骂一顿的冲动，只是发了微信问：怎么退群了？是麦定红叫你退的吗？

　　"傅渔没有作答。我心想明天再说吧，都已经这样了，难道还再拉他入群？那不可能。当天晚上，群里仅剩的几个人没有吭声，我因为晚上加班，到了凌晨一点半，廖流强在群里发了信息：我不记得我在事关李栋律师的什么文件上签过名。但我再次重申，如果律师所认为我是挂名的，请所里跟我签一份挂名合伙人的书面协议。如果所里还是态度模糊，不愿意签的话，我要考虑是退出合伙人还是主张成为实际合伙人。这时候还没睡觉，应该是应酬去了吧，我想。他的要求明确且合理，看来他是个实在的人。不争也是争。

　　"第二天刚到上班时间，李栋在群里发了一大篇文字：昨天酒喝多了，刚刚才醒，立即学习大家的指导意见。我回顾并汇报下我在咱们律师所的工作过程。

"我是一九九五年到咱们所的，当时有个宽澳所高校律师办公室，我当时做几位大学教授的助理，随后顺理成章地在所里做律师至今。我这人生性懒散，且蠢钝不堪，只要明天有个盒饭吃，就不影响今天喝到天亮。

"记得傅渔当主任的时候，我提议过一次，建议所有律师列一个表，列明每人的特长、资源，大家好好合作，之后这事不了了之。当时我年轻，才二十多岁，这个建议的出发点应该没错，但是头脑确实简单了些，没想到律师所的这个水是很深的，突然意识到自己头脑太简单了。之后我再不参与所里的任何事了，如没有人下命令，我连聚会都不参加。

"我回忆我是怎么成合伙人的，当时还是在丰收大厦办公的时候，大概二〇〇三还是二〇〇四年，好像说承担一部分装修费用还是什么的，具体真记不得了，反正在行政机关登记了个合伙人。之后听说律师所亏损了，被房东告了，案件主审法官碰巧在喝酒时跟我聊起，好像说是洪来庆律师去应诉。之后搬到了达众大厦B座，一直到现在，我基本上就没去所里了。

"这几年碰到鬼了，全是胜诉的案件，当事人为了省律师费投诉我，关寿忠投诉，我自己出了二百多万元摆平；古英英投诉，我余下二十多万元也不要了；周云娣投诉我，我一百六十万元的律师费也不要了（当然，这事还没完），我自认为我还是有点担当的，我没有让所里任何兄弟承担过一分钱损失，也坚决不给所里任何律师的执业带来任何不便。这点，我没有吹牛，这事大家都知道。

"至于你们上面说的什么挂名合伙人、出资合伙人、权益合伙人，我这蠢人也看不懂啊，我只知道是个登记的合伙人，我一直是个什么玩意我也不知道，就算是内定的，按常理也应该通知我一下嘛。如果说是要再出资，但凡有一个人提示过我一下，我肯定会担起责任来，毕竟是登记了嘛，这点责任都担不起来，登记个屁啊！

"我今年又更懒散了，基本没做几个案子，都快过年了，我也呼吁一下，该结的账能不能及时结一下？我问了财务，财务说要主任同意，我说那给我个数据，数据很搞笑，说我又倒欠所里的了。以前我从不记账，自己都稀里糊涂，从来都是以所里说法为准，直到前年，我才大概记个大数，自己心里有个数，所里能不能哪怕半年，或者一年主动给个数据？我不知道别人，对我来说，不催的话从来没有，催了也得过个几个月才给，关键还没有一次数据是对的。我这点真的不太明白，这种流水账很难吗？该结的账主动结下很难吗？再不行，我向老宋、老傅、老廖、老耿分别借点，凑个十万八万元的，好过个年啊，利息照付哈。

"我声明一下，我对郑律师、傅律师的看法不发表任何意见，我水平太差，看不懂你们那些专业术语，诸如挂名合伙人、利益合伙人什么的，所以我不赞成也不反对，你们就当我傻瓜一个。但有点意见和廖流强律师一致，就是我要退出那个登记的合伙人，理由是业务水平太差，为人处世也不行，算是所里的重大隐患。听说人贵在有自知之明，我这个懒散人可以自生自灭去，但我不能让其他合伙人整天提心吊胆、心神不宁，所以我自己自觉、主动提出来，请大家心照不宣，点个头同意一下！我自惭形秽，主动滚蛋，我个人认为这样做应是没有损害任何合伙人利益或者面子吧？

"以上种种，逻辑混乱，到现在还没醒酒，写到哪算哪吧，但也算是个书面退伙申请，以前的名片有个合伙人字样，我自己自觉、主动全部销毁。

"当否？请各位大佬审视一下哈。

"看完李栋的回应，我不禁暗自赞叹，这家伙嘴上说还没酒醒，事实上清醒得很，既主张了自己的权利，又批判了律师所财务管理上的混乱。之前一起吃饭的四个人，迄今为止都回应了，可惜的是傅渔早早就退群了，我想起廖流强凌晨还发了信息，应该跟他互动一下的，就私发了信息给他：廖律师好！麦律师可能打了电话让别人退群。我认为您的权益还是要摆上台面跟她争取，洪来庆和耿樟已经意识到纳税上存在问题，你可以跟他们多沟通。我歇一歇，思考一下如何继续，疫情期间多注意休息，少熬夜！

"廖流强没有及时回复，我把李栋的信息转发给傅渔，想看看他有没有意识到自己的懦弱，他也没及时回复，这时廖流强的信息到了：谢谢！你可以在群里再问一句，挂名合伙人是否合法，是否不需要承担义务？

"还没等我回复，他可能刚看到群里的状况，又发了条信息：都退群了啊？傅渔和洪来庆都退了。看起来十分无奈和沮丧，我忙发了信息安慰他：他们两个跟麦定红的渊源比较深，我问过傅渔了，麦定红给他打电话，他认为面子上的事还是要让她一下，哈哈。你说的挂名合伙人不是法律用语，肯定不合法啦，法律人都不讲法，不讲规则了吗？廖流强回复：是的，本来也是这么想，以讨论的方式提出来，现在没有意义了，基本上只剩退出一条路了。你看看麦定红的招数，她想承认就承认，不想承认就不承认。见他这么悲观，我忙给他打气：即使她认为你是挂名的，你对外也是要承担责任的，但是你如果退出合伙人，你就变成了聘用律师，对外承接业务就少了个头衔；我认为她也是心虚的，不敢讨论，知道这样讨论下去，她必败无疑。我认为你可以再思考思考，确定一个方向，跟她讲证据、讲规矩，我不信摆不上台面的、违规违法的事，她能继续干下去！

"过了一会，廖流强又发了信息过来：我不理解其他合伙律师的想法，难道他们不担心吗？我想了一下，复道：洪来庆律师和耿樟律师肯定担心，他们收入高，收入低的像徐兆芳、于湖、吴霖等人应该不担心，天塌下来有高个子顶着，他们就指望麦定红给些资源。这时候傅渔发了信息在问群里面还有几个人，我截图给廖流强，发了信息：这个善变的家伙，我还没回复他！

"廖流强没复信息，这时傅渔又问：李栋的意见其他人看得到吗？傅渔毕竟当了好多年的主任，我对他还是相当尊重的，考虑了一会还是回复了：还有七个人看得到。其实你不用那么迁就麦定红的，宽澳所不是你一手参与创办的吗？正是因为如此，你当主任的时候我没有计较什么东西，麦定红年龄不是比你还大吗？就算你认为受了委屈，想要拿回属于自己的东西，我也会全力支持的！傅渔很快回复：我真的是认真地过我的退休生活，但该有的原则也不会糊涂，麦定红大我半年，但我们斗志不一样，我自己人生规划就是五十岁开始就不在一线拼了。我给他复了信息：我认为一切都应该就事论事，整个律师所都搞得没有规矩、为所欲为，那是不行的；你当主任的时代我是认可的，但现在这种状况，我是认为有问题的！傅渔又回复：就事论事没错。那个群叫合伙人群，麦定红认为不是官方设立，让我退群，我觉得有一定道理，现在啥事都讲官方渠道，但无论合伙人召开线上还是线下会议，我都会忠于事实进行陈述，也希望依法依规，不会对大家禁言。但我确实也想清闲地过退休生活，没拼劲了。

"傅渔的态度很让我难堪，他一方面表示不满，一方面又表示要隐退，你鼓励也没用，刺激也没用，就像是金刚掌打在棉花团上，力气消失于无形。我带些冷嘲热讽的情绪，给他发了信息：合伙人都在微信群里，这个群就是合伙人群，哪有什么官方不官方的？傅渔复道：也是，但这些都不重要了，重要的是能听到不同的声音。

"我们聊到这里，就没往下聊了，看来，这些人在用小孩子的方式解决问题，一碰到不愉快，小孩子就会说：不跟你玩了，不和你来往了！"

说到这里，郑泳停顿下来，庄丽丽忙给他泡茶，郑泳喝完，庄丽丽即刻满上，赞叹道："西方人称律师为'无冕之王'，我看咱们的律师也不落下风，一群高智商的人，斗智斗勇，你来我往，好不热闹，更重要的是你讲的情节既引人入胜，又极具悬念，截至现在，我都不知道你们的问题会朝着哪个方向发展！"文慧笑着说："是挺有意思的，这应该是国有所改制成合伙所遗留下来的问题，郑律师是不是一直对律师所的经营管理都不过问，而律师所也从没分过红利，甚至连财务状况都没公开过？"郑泳不假思索地说："的确是这样。说句实在话，傅渔当主任的时候，律师所的营业额较低，大家都知道没什么盈余，所以合伙人也懒得去关心所里的财务，相当于盈亏都由他承包。直至麦定红当上主任，我也没去关心律师所的盈亏和财务，说来好笑，她怎么当上主任的我都不知道，知道她当上了之后也懒得去理她，如果不是上次吃饭时听廖流强提起，我都不知道律师所一年盈利好几十万元。"

张沧文若有所思，问道："宽澳所的情况的确有点意思，你是因为律师所挣了钱才主张权利的吗？"郑泳又喝了一杯庄丽丽递上的茶，借机思考了一会，说："其实也不是，我一直自认为律师所的合伙人，小老板，这是一贯的、朴素的观念，当我认为这种权利受到侵犯时，我才开始行动，最初就是召集几个人吃饭；如果我打电话给麦定红的时候，她能充分地尊重我的身份权利，经济利益方面我应该不会计较的。当然，我的想法现在已经有所变化，如果真要翻脸或是费力劳心的，也不排除会争取该得的利益！"张沧文表示赞同，说："律师这个职业，一向就在为别人维护权益，自己的利益当然也要争取，否则也愧对自己的职业！"

庄丽丽今天心情不错，一边乐呵呵地泡茶，一边说："那个傅渔怎么回事？一开始不是他鼓励你维权的吗？咋一下子就像小孩子过家家一样退群了？你待在微信群里不发言也没人理会你呀！你们这出戏好玩，像是谍战片！"没等郑泳开口，文慧先替他作答："傅渔这种类型我碰到过，我估测他是采取骑墙的方式，先是怂恿你出手，再适当向对方妥协，两边都支持，两边又都不支持，树立他不偏不倚、公正中立的人设，实际上另有所图！"郑泳向文慧投去敬佩的眼光，说："还是文律师看得明白！我这人耳根子轻，一直听他说要退休，还以为他无欲则刚呢，其实也不然。"

"在线上无法实现开会讨论，我想那就组织一次线下的会议来解决吧，恰好春节假期不远，律师所吃年饭，大家都认为是开会解决问题的时机。我那天去得比较晚，主桌十多个位已经坐满，我就在旁边一桌坐下，廖流强来得比我还晚，就在我身边坐下；这一桌除了我俩是合伙人，其他的都是些年轻的聘用律师。整个包房吵闹得很，人声鼎沸，却听不到大家在讲些什么，很快的麦定红就到这桌来敬酒了，十多个人都站了起来，互相说些身体健康、节日快乐的祝贺语，麦定红和其他人轮流碰杯，目光巡视着他们，唯独到了我这里，杯也不碰，目光也不正视，似乎我这个位置是个死角，霎时间我明白了，这餐饭不是用来开会讨论问题的，是麦定红用来向我示威的，她要营造大家都很支持她的氛围；其实几十个人一起吃饭，十五个合伙人分散在几桌，压根议不了事。麦定红坐在中间，同桌的人说些什么我也听不到，但敬酒这个环节我是体会到了，我又气又好笑，情绪也被调动起来，心想：那好吧，我就来挑战一下，看看你有多大的权威。

"我和廖流强都埋头吃喝，吃得差不多了，大家陆续离去，我在门口碰到了傅渔，也不知道他是否有意在等我，我就约他到停车场聊一聊。我这次一点都不模糊，跟他说宽澳所必须规范合伙人制度，让所有的合伙人权利义务统一；傅渔有些模棱两可，更像是来打探我的意思，还说不知道麦定红同不同意。我说我现在只问你的观点，他说他就准备退休。刹那间我也明白了，他不是无欲无求，而是在下一盘很大的棋，谋求重新掌控宽澳所，占有宽澳所的管理权和收益权。临走的时候，他显得有些慌张，一直在看旁边进进出出的汽车，说：麦定红的车停在附近，一会让他看到我们在一起不好！

"我觉得很好笑，文律师说得没错，这是个城府很深的人，擅长打太极借力打力，呵呵！我暗自想，不知道别人让不让你实现，不幸的是，你碰到了我，恐怕也很难实现！

"和谈的路暂时走不通，看来作为法律职业人，我得开始采取法律行动，把他们逼回合规合法的轨道上来。当晚我就开始研究类似的案例，借鉴了一些企业知情权方面案子的胜诉经验，形成了民事诉状。原告是我个人，被告为宽澳所，诉讼请求有两项：一是依法判令被告宽澳律师事务所提供自成立至今的包括会计账簿、内部账簿、全部银行流水、资产负债表、损益表、现金流量表、财务情况说明书、利润分配表等所有财务会计报告、资料供原告郑泳查询、复制；二是判令被告提供自成立以来的章程、合伙协议、合伙人会议记录供原告查询、复制。

"事实和理由：被告为经司法厅批准设立并执业的合伙律师所，合伙类型为普通合伙，原告郑泳为其合伙人。长期以来，被告未保障原告的知情权，今年1月初，原告在合伙人群发了《律师事务所合规管理指引》，提出召开合伙人会议及查阅财务账册的要求，第二天原告就律师所的制度提出看法，并再次要求规范制度及查阅账册，其他合伙人傅渔、廖流强等也在群里发表相关意见，但负责人麦定红采取退群及让别人退群的逃避方式，代表被告宽澳律师所用行为拒绝了原告的合理合法要求。原告认为，作为普通合伙律师事务所的合伙人，根据有关法律规定，原告有权查阅章程、合伙协议、会计账簿等资料；为维护自身权益，特向法院提起诉讼，望准予上述请求为盼！

"次日，我通过法院网上诉讼服务平台立了案。没过多久，麦定红就收到了法院送达的诉状及相关资料，但第一个打电话过来的是洪来庆，先是和我一起吐槽了以前傅渔管理和发展上的问题，然后问我怎么啦，何必要起诉呢，有什么诉求？我问他是代表自己呢，还是麦定红？他说麦定红是让他打打电话，但他也有自己的立场，让我拟个方案给他。

"我这人就是耳根轻，听不得人家那极具情绪价值的话，认为既然他有诚意我就拟一个呗，于是连夜加班，拟定了《宽澳所制度改革方案要点》：

为深入改革律所制度，增强律所竞争力，明确合伙人的权利义务，保障律师合法权益，加强律所的风险控制，特拟定本方案要点。

一、律师所清理现有的资产，造册登记，规范、完善协议、章程。

二、律师所增加注册资本三百万元，由原有合伙人实际认缴，按照十五人计算，每个合伙人可认缴二十万元的份额，可不认或少认，因放弃和余数多出的部分由别的合伙人认缴。

三、律所的红利及责任由合伙人按照认缴比例分配及承担，前两年不分配利润，视情况用于发展壮大。

四、全部放弃认缴的可退出合伙人。

五、合伙人会议为律师所的决策机构。设管理小组配合负责人进行日常管理。决策机制采取按照认缴份额过半数或三分之二（视决议事项而定）通过的原则。

六、增资后，主任任期三年，可连选连任。实行分工合作、互相监督、积极防控风险的管理模式。

七、郑泳认为可缴别人放弃的份额，成为律师所份额最高者之一；主任职务和公章的掌管分离。

八、律所充分保障、维护合伙人权利，尽量降低合伙人成本。合伙人因自己的过错或疏忽造成不良后果应自行承担。

"第二天上班时间，我把文件发给了洪来庆，没想到如石沉大海，他没作任何回应；我不禁有些恼火，这些人连基本礼数都没有，索要方案之后不予答复，都是来刺探情报的吗？我索性不去管了，谁爱咋地就咋地！

"意料不到的是，几天之后麦定红打电话约我见面谈谈，我把地点定在了办公楼下面的肯德基，那里的人群比较密集，噪声较大，不太方便录音。我不喜欢录音，但现在很多人都习惯于录音，打电话用的是自动录音软件，见面谈的时候还得带支录音笔；虽然干律师这一行，早已习惯了被录音录像，因为每次开庭也是录音录像的，但是在能够选择的情况下，我还是希望保留一点净土，这样交谈起来比较自如，不至于随时要约束自己的言谈。

"当然，我也做好了应对的准备，如果在这样吵闹的氛围中她都坚持要录音，那就尽管录吧。

"一见面麦定红就放低了姿态，声音柔和地向我道歉，说因为疫情期间大家身体都不太舒服，忽略了及时跟我沟通，这是她的疏忽。我想这人虽是女流，但也算能屈能伸哈，昔日对我不屑一顾、视而不见的演绎已经忘光了？那不可能，都是高智商的人，用丽丽的话来说，那是斗智斗勇；她的话语提醒了我，这是个容易口是心非、惺惺作态之人，我必须保持足够的清醒，耳根要硬起来。

"我们太久没单独见面了，以致于大家都要花点时间回忆一下以前互相认识的景象，麦定红是在我后面到宽澳所的，虽然我比她年轻得多，她还是称我为老律师。麦定红吐槽了傅渔当主任的期间是多么地不会替人着想，从来没有照顾过别人，连一个案子都没给过她，又讲到二〇一四年他因为涉及敏感案件，把一个烂摊子交给她，她有多难，等到事情平息了，傅渔又一直处心积虑想要夺回律师所的主任一职，已经发起过几次行动。我对这些事一无所知，不断反省对律师所的事也太不上心了，不过我告诉她，如果傅渔当时跟我提起这些事，哪怕是打个电话，我都会出面来参与律师所的事情，总体上是想让她知道，他们两个人私底下达成什么协议，没有告知我的，我都不予认可。

"麦定红喝的是咖啡，我喝的是可乐，店里人来人往，但没人关心我们聊些什么。麦定红聊了过去的不易，吐槽了好多人对她的不理解，最后话锋一转，说：那我们的事情可以了结了吧？

"我被震撼了，原来聊天还可以这样的，天南地北绕了一大圈，最后一句直奔主题，这玩的是情绪价值吗？先把你的对立情绪缓和下来，套套交情，最后说一句，咱们的恩怨就一笔勾销吧！可我接受不了，我说：我认为我们还是有冲突的，你损害到我的利益！结果我们不欢而散。

"接下来我们的战场转移到微信群，这次是在宽澳所的全体成员群里，麦定红的女儿影射我一个大老爷们欺负女人，我明显被一个陌生人激怒了，发了一个职务侵占罪的课件上去，效果立竿见影，她们领会到了我警示的意味，如果把我惹恼的话，我会告发她职务侵占，对这一点母女俩还是有所忌惮的，于是群里的含沙射影的攻击行动宣告结束。没想到过了几天，又有人约我，这一次是廖流强和洪来庆。一见面我就问他们，当时傅渔不当主任的时候，他们怎么没人出来当，而要落到麦定红手上？

"廖流强有些不好意思，他说傅渔是他的辅导老师，也就是通俗所说的师傅，当年傅渔出事的时候，的确问过他要不要当主任，他推辞了，因为当时大家都认为经营律师所没什么钱挣，都忙于去开拓自己的业务了。洪来庆的情况也差不多，说当时的确是没什么兴致，但是有个人倒是想当，那就是耿樟，但是大家都不同意，结果他没当上，傅渔就找了麦定红。

"我又问，为什么不同意耿樟当主任？廖流强看了看洪来庆，洪来庆说，耿樟的业务涉及风险投资，怕万一出事了连累到律师所。他说得不多，但我算听明白了，反对耿樟的主要是他，但他当年也不当主任。

"我又问，当年有没有开正式的会议？为什么我和李栋都不知道？当时要是知道，我肯定会来争这个主任当当。洪来庆说就是几个人议了一下，没召开合伙人会议，具体的可以问傅渔。我当即拨通了傅渔的电话。

"傅渔说当时你不是在外面忙，又和哪个律师闹矛盾不想到办公室来，所以就没告诉你啰；我说打个电话都舍不得呀，他没吱声。我把电话按到扬声器上，大声问：你当时是不是出什么事啦？他说：没有呀，我就是按规划要退休。

"挂了电话，我望着他俩，一副无奈的表情，说：听到了吧，我能听到真实的信息吗？后来呢，我听傅渔说麦定红的任期只是两年，没再选举过吗？洪来庆说：麦定红接手主任后，掏了点钱装修了办公室，大家也就没说什么，后来也没开会再选，就这么顺延下来了！我问：账目查过吗？会不会是用律师所的钱进行装修，说成是自己出的钱？洪来庆说：你的意思是用律师所的钱打了时间差？那这个就不知道了！

"三个人继续开诚布公地聊着，洪来庆提出了个新的方案，说要不由麦定红出笔钱来弥补我；廖流强说她哪有那么大方，再说了弥补之后还不是一样要查账，还是行不通。两个人都很坦率，说麦定红担心我告她职务侵占，希望他们帮她解决，并表露了不当主任的想法。我说最根本的还是解决制度的问题，不能因为谁当主任而忽视了整个管理体制的改革。到了最后，俩人要求我保持威慑力，但不要轻易地砸盘，他们从中斡旋，看有什么方案可以解决。洪来庆问起我麦定红那个案子是如何发现的，我说判决文书上就有呀，没提及是廖流强告诉我的，不过我心想，廖流强不愧是傅渔的徒弟，圆滑算是学到了，现在从麦定红的对立面摇身一变，成为她可以倾诉的对象了。

"这么说他也没冤枉他，廖流强一直希望在外面租办公室，改善环境，麦定红一直不同意，为什么需要同意呢？因为要律师所出面办手续，新场所才能打上律师所的标志。廖流强趁着麦定红这段时间急需拉拢人心，抓住一起出游的好机会，跟麦定红一提，她居然答应了。从这件事以后，我开始对廖流强有了新的认识，难道，他的志向也在于主任的职务？

"从我拟出方案时起，我认为方案是对多数人有利的，除了麦定红，不应该有人反对才是；可是为什么没人与我站在一边呢，这是我一直在思索的问题。我很想找时间单独问一下洪来庆的意思，在宽澳所，他和李栋、廖流强、耿樟的进账是比较多的，四个人的营收占了宽澳所的半壁江山。当然，我也是在这次维权活动开始之后才知道的，以前我都不知道，更懒得去了解。

"没想到洪来庆先约了我，我们在楼下的咖啡厅。洪来庆很坦诚，希望我跟他合作，说麦定红不想干了，他挺身出来当主任，我来配合他。我已经开始适应谁都想当主任这种状态，之前发给他的方案中，我提到了主任的职务跟公章的掌管分离，所以我问他，那公章呢？意思是公章是不是由我来管控。他说这两者还是不分离好，否则不利于管理。于是我只能保持沉默，因为我没听出来，他当主任跟麦定红当主任，对我有什么不同。

"宽澳律师所困扰我的问题，是我对财务及管理一无所知，别人也没有按规定定期向我通报，而我作为合伙人，承担着无限连带责任，这对一个律师来讲，是最大的不公平。既然已经提出了抗议，我就是想追求一种解决方式。就目前而言，找我谈的都不是跟我一条战线的，那我就先不寻求其他方式吧，打完官司再说；可就在昨天，麦定红又约我谈谈。

"这次约在她办公室，我是昨天下午三点多到的，话题主要是关于傅渔，她问我俩是什么关系。我说我俩是合作伙伴兼朋友，律师所成立之后，他当主任，负责管理，我们其他几个各干各的业务，那时候律师所收入少，大家基本都不关心律师所的盈亏问题，实际上是由傅渔一人承包经营；但在权利上，傅渔是承认大家合伙人的平等地位的，有事情会摆出来议一议，其他合伙人有什么诉求，他也会尽可能地满足。麦定红说宽澳所登记注册的时候有份验资报告，但不知道你们是否缴纳？

"我告诉她手续是傅渔办的，一开始是四个合伙人，共注资十万元，至于四个人的资金是怎么筹集的，是转账还是现金，不影响对四个人资金到位的认定。麦定红说让傅渔也过来，我们三个人一起聊聊，我爽快地答应了。麦定红走到外面打电话，进来的时候气呼呼地说：他没空！我想他肯定是碰壁了，作为一个专业人士，谁不懂得验资报告就是资金到位的法律证明文件，难道傅渔会说验资报告是虚假的？

"我郑重地告诉麦定红：我们设立宽澳所的时候，你还不是合伙人呢！麦定红恢复了笑容，问我要怎么解决问题，我说我已经给出了方案，你如果要获得更多的收益，你可以认购多一些额度，成为律师所的最大股东，以后还可以由你女儿继承；而我，就是要维护我合伙人的权益！

"大家一定想到了，我和麦定红的对话肯定是无疾而终！"

随着一声叹气，郑泳结束了他的讲述，庄丽丽笑着鼓掌，说："太精彩了！平凡无奇的争议，由律师演绎起来就是不一样，没想到主任这个职务，在你们那里显得如此重要！"文慧对律师所的纷争倒是见怪不怪，她一直都聚精会神地听着，没错过每一细节，这时已经了解整个争议的由来及焦点所在，微笑着说："丽丽听的是故事，我和张律师听的是案件，呵呵。这类纠纷以前不少，这些年都解决得差不多了，宽澳所的问题本来也很好解决，它是什么问题呢，宽澳所是由原来的国有所改制过来的，傅渔就是改制后的主任，由于一开始律师所人少、创收少，造成了财务及管理均由一人掌控，后来人数逐渐增多，但也沿袭了原来的做法；大家都知道，没有监督就会失衡，所以但凡有盈余的，大概率被傅渔占为己有，而且这种潜规则沿袭至后面的麦定红。郑律师的巧妙之处，就在于跟傅渔是同一批的合伙人，从法律上讲合伙企业没有分红，视为红利一直留在企业，郑律师随时可以维权；从主任个人角度出发，他们会认为律师所就是自己的，或是自己承包的，核心是收益归主任所有，而这一点既不符合法律规定，合伙人亦没有达成协议。所以，郑律师的请求，会得到法院的支持，郑律师将可以查阅律师所的账册及其他资料，问题是，诉讼之后路怎么走？"张沧文听了文慧的分析，频频点头，补充道："文律师分析得精辟，我认为解决问题首选是通过开会，可以边打官司边谈，如果打完官司，郑律师可以申请查账，然后进一步要求分红，但过程比较漫长，我估计现有利益获得者不会轻易让步，分红可能需要走诉讼程序；另外能走的路是引进第三方的调解和监管，律师所本来就受行政主管部门及律师协会的监管和约束，郑律师完全可以申请，相信也能取得主动权，缺点是会影响到律师所的声誉，还要付出相应的时间、精力，利害得失需由自己评估；还有一种比较快速的解决方式，在查完账册及相关的资料后，正常的话会发现个人管理的律师所存在诸多问题，如偷税漏税、做假账、介入其他商业活动等，只要实事求是、有理有据地进行举报，律师所大概率地会被调查、整顿，这时候进行分立、整合或是重新设立律师所都是好时机，也能一并解决合作及制度问题。"

　　庄丽丽给他们三位不断地泡茶，一直保持着微笑，说："文律师和张律师是来解决问题的，而我是来听故事的，不过我也有方案哦，郑律师可以帮我留意下，要是宽澳律师所能改制为特殊普通合伙，我是可以合作的，收购也行，到时候跟我们的律师调解院合并办公，这算是第四个方案，呵呵！"郑泳对他们三人表示感谢，说："经你们一剖析，我已经看到了事情的结果，高手就是高手！经你们指点，我明白了，当前我要做的是应对好诉讼，然后静观其变，其他的以后再向各位讨教！"庄丽丽正色说："别说讨教，随时跟我们分享，记得我有个要求，不要遗漏了故事的每一个细节！"

第二十三章 万物复苏

郑泳刚离开了律师调解院，就接到了李栋的电话，约他在律师所办公室见面。一见面李栋就说："你干的事，我早就想干了，要不是这两年一直有客户投诉我，我早就起诉了！"郑泳之前在群里听他说过被投诉的事，以为都已经处理好了，问："还有没处理完的吗？"李栋拿出一沓材料，说："还有一单没搞完，跟客户已经签和解协议了，宋国兵说还得看看具体情况才能确定怎么处置；我现在很少来办公室，本来约了宋国兵聊一聊的，他临时有事来不了，我就找你来了！"

宋国兵也是律师所合伙人，同时在市律协任职惩戒委员会副主任，专门处理客户对律师的投诉事项。郑泳素知他和宋国兵走得近，都称兄道弟了，好奇地问"这么一点小事，你让你兄弟搞定就好了，哪用你亲自跑来跑去的？"李栋望着他笑，问："你也知道我们的事？是，他在困难的时候跟我借过钱，那时口口声声都是兄弟，今非昔比，人家现在自诩是律协的官员了，一切都要跟我照章办事了！"郑泳嗤笑了一下，说："这律协惩戒委有啥好混的？难道整天想着处分同行？这混着只会得罪同行，也搞不来案源呀！你这不是已经跟你的客户和解了吗？还要处分呀？"

李栋面露忧色，说："宋国兵肯定是会帮我的，他一开始还替我担心，怕处分太重，我说砍头绝对不会，不至于要吊销执业证吧？他说那应该不会，警告处分恐怕逃不过！"郑泳对律师惩戒的规则不熟，出于仗义，他说："我有朋友在律协，我帮你问问！"

打完电话，郑泳当着李栋的面破口大骂："宋国兵是什么东西？他是你什么兄弟？律协的新规则，一般的工作人员都知晓，难道他一个副主任不知晓？"李栋忙赔着笑问："怎么啦？"郑泳还控制不住愤怒的情绪，气呼呼地说，"说实在话，我都替你可惜，你说宋国兵这样对你是什么用意？律协在几个月前就实行新规则，对被客户投诉的律师，只要是跟投诉人达成和解的，提供相应的材料，律协就不再作调查，直接结案。像你这事，我问过了，你现在就过去，把你手上的材料交了，这事就结了！"李栋喜出望外，但还有点怀疑幸福是不是来得太容易，说："你陪我走一趟吧，我跟那些人不熟，很久没接触过陌生人，怕应对不好！"

郑泳毫不犹豫地答应了，俩人去了律协办公室，几分钟就把事情办完了，工作人员告诉李栋："你这事完结了。"李栋好奇地问："不是说就算和解了，也还是要对违规行为作出处罚吗？"工作人员淡淡地回答："那是几个月以前的事了。"走出了办公楼，李栋难掩轻松、喜悦之情，看来这件事还是对他造成很大的困扰，他对郑泳表示谢意后，说："你说宋国兵的话是对的，在惩戒委混久了都没朋友了，在那有什么好混的？这人的确很没脑，他跟麦定红走得近，可能巴不得你我都走吧！你上回在群里发了信息，他还打电话让我退群，我说那是不尊重郑泳。听说他还是麦定红的'军师'，叫别人退群就是他出的主意！"

郑泳啼笑皆非，说："有些弱智，我还以为律师都是高智商的呢，逃避解决得了问题吗？我倒想看看，现在我起诉了，是不是连应诉都不去了？"李栋望着天空想了想，说："那不会。宋国兵认为你没实际出资，连合伙人的资格都没有，被我驳斥了一番，我说郑泳就像是天然的合伙人，你进来的时候人家就是合伙人了，你有什么资格评论人家的资格？他被我驳得哑口无言，但不排除他会跟麦定红一拍即合，用这种理由来答辩；你都知道，麦定红也好，宋国兵也好，业务水平差得要命，还不如我徒弟郭理！"郑泳之前听他评论过郭理定办案水平，知道他自视甚高，趁机赞扬他："你的业务水平在所里是数一数二的，岂是他们能比拟的！"

李栋听了很受用，他自己也是那么认为的，说："这个倒不是吹牛，他们还经常要审查我的合同，有什么资格？你的案子我看没什么问题，以前我也想干的，不过也要谨慎应付，这样，回头我们探讨一下！"郑泳知道他是感激自己支持他，不过有人可以讨论案件，那是再好不过，当即连声道谢。虽然文慧和张沧文都认为赢定了，但细节上还是需要特别注意的。

过了几天，麦定红指定徐兆芳和于湖为代理人，并在法院的诉讼平台上提交了证据，分别是五份《合伙人会议决议》、一份《运营方案》和一份《交接协议》。

五份决议上都签有"郑泳"的名字。郑泳一看，哭笑不得，所有的签名都是假冒的！他气愤不已，随即在律师所群发了信息："刚获悉有人假冒本人在有关文件上签名，请冒签的人主动告知；如未告知又经本人查实的，予以追究责任！"信息发出不久，傅渔率先打来电话，说："不好意思，之前你基本不到律师所来，有些文件就让人代签了。"郑泳早料到他会这么说，应了一声："我知道了！"没过一会麦定红也打来电话，说："有些不重要的文件，为了提高效率，有时没通知你，就让卓代兴替你签上了。"郑泳挖苦她说："你也是辛苦了，还替我培养了一个代签手。"心想，这些人就是被惯坏了，签名这么严肃的事情，随时都会设立、变更法律关系，作为执业律师，你们不懂得尊重同行么？郑泳听完他们的解释，正努力地调整情绪，李栋打了电话过来，笑嘻嘻地说："对方提交证据了吧？被气坏了吧？到我这边来，我陪你聊聊！"

李栋自己在外面租了办公室，离宽澳所有二十多公里，郑泳坐地铁不到半个小时就到了。李栋爱抽烟又爱喝酒，这是他不去律师所的一大原因，说是吸根烟还得到处找地方，很不方便；这会见着郑泳，茶也不泡了，直接拿了两罐啤酒，说是以酒代茶，不由分说就打开了。郑泳把麦定红提交的证据给李栋看了，指着其中一份选举麦定红为主任、任期两年的决议，说："怪不得傅渔总说麦定红的任期就两年，这份东西不知是怎么搞出来的，我的签名都是假的，你的呢？"李栋瞄了一眼，说："肯定是冒签的，我从来没见过这份东西，不过麦定红拿它当证据，来证明她们已经保障了你的知情权，说明她可能不知道好多些名字都是冒签的，这上面说我们开过合伙人会议，但实际并没有，应当是傅渔炮制出来的，有部分签名真实，也有部分冒签。"郑泳点了点头，喝了口啤酒，说："我也是这么估计，那这份决议就是无效的！"

李栋把那些签名仔细地再看了一遍，说："洪来庆和廖流强的签名应该也是假冒的，不过，先不管了，务实一点，先考虑对这些证据怎么质证！"郑泳觉察到自己的确有些舍本逐末，说："你提醒得对！我在路上想过，把五个《合伙人会议决议》列为一组证据，因为该组证据上的签名系假冒，对真实性和合法性不予确认；该组证据跟本案没有关联性，原告要求查阅、复制律师所的设立变更材料以及财务资料的权利不因几个《合伙人会议决议》而改变或丧失。

"第六份证据是一份《运营方案》，上面没有我的签名，只有八位律师的签名，对证据的真实性无法确认。该证据与原告的诉讼请求没有关联，只能证明几位律师就律师所的费用收支达成一致的意见，对原告不具备任何约束力。

第七份证据是《交接协议》，这是傅渔和麦定红两人之间的协议，只有两个人的签名，协议内容违法，对其他合伙人不构成约束力，两位律师的私下约定代替不了合伙人会议，决定不了律师所的经营与财务管理，与原告诉请的权利没有关联。"

李栋听完，露出了笑容，说："你的质证意见很中肯，比他们的水平高许多，但有两点我要提醒你，你今天在群里发了那个信息，麦定红确定了你的名字都不是你签的，那她提交的证据就对自己不利了，我猜开庭的时候他们会申请撤回的，你首先要申请笔迹鉴定，这很重要，你否认了签名，就必须提出鉴定；另外，对方要求撤回证据的时候，要明确表示不同意，这样法院就不会准许撤回。"郑泳虽然熟悉证据规则，但人在局中，有时难免迷糊，经李栋这么点拨，清醒了许多，说："好的，我马上拟稿，对五份决议上的签名申请笔迹鉴定，还要让对方承担鉴定的费用！"

突然，郑泳像发现了新大陆，说："在他们两人的交接协议里，提到了'独立账户仍继续使用，乙方（即麦定红）继续保持其独立性、与基本账户资金独立，仍由甲方（即傅渔）对相关事务负责、承担责任'。也就是说宽澳所还存在一个独立账户，这个账户用来干什么，有没有偷税漏税、非法经营，甚至洗钱，这些我们都不得而知，我们潜在的风险是未知、巨大的！"李栋重新阅读了那份协议，面色凝重，说："这些人还真的什么都敢干，连账户都能私开，单就这一点，被税务局发现了，被查是必然的，看来你请求查账很重要，这个官司一定要打赢！"

案件很快就开庭了，郑泳以为就麦定红一人到庭，没想到徐兆芳和于湖早早就到了，郑泳问道："你们不也是合伙人吗？我享有的权利你们也享有的，现在当律师所的代理人，是要放弃自己的权利吗？"于湖是个资深律师，老成持重，干笑了一下，说："合伙人之间如果谈不拢，通过诉讼的方式解决也是一种办法，既然起诉了，总得有人来应诉呀！"郑泳挤出一丝笑容，说："你们得让麦定红给点律师费。对了，她不来了吗？"

郑泳话音刚落，麦定红喘着气赶到了，自嘲又长胖了十多斤，此时离开庭还有几分钟时间。不出李栋所料，正式开庭后，还没进行法庭调查，麦定红就申请撤回提交的证据，法院询问郑泳的意见，郑泳回应：证据对原告有利，不同意撤回。麦定红私底下唠叨了一句，无可奈何，但三个人看来是做了充分准备的，提出了几点答辩意见：1.被告宽澳律师所长期以来实行主任承包经营模式，投资及盈亏由主任一人负责，其他合伙人不负出资义务，也不享有盈余分配权利。现任主任麦定红从二〇一四年底接任开始租赁并装修新的办公场所，所有费用都是由麦定红一人出资，其他合伙人包括原告均未出资。2.律师事务所的经营模式和其他合伙企业不同，律师的收入是根据自己开展业务收入缴纳税和管理费用之后的部分，业务来源也是律师自己去开发争取。从对律师负责的角度出发，对律师业务保密，保护个人隐私，保护商业秘密，防止不正当竞争，所里的账目不会向所有人公开。3.原告并未实际出资，不是真正意义上的合伙人。原告未承担出资义务，也不享有盈余分配的权利，更没有查询被告账目的权利。4.原告在诉状中提到"被告负责人采取退群及让别人退群的逃避方式，代表被告用行为拒绝了原告的合理要求"，实则不然。该群不是被告所建，不属于被告的官方群。退群是个人行为，退群都是自由的。退群与是否拒绝原告的要求不存在因果关系。

麦定红的答辩意见，并没有超出郑泳和李栋推演的范围，郑泳松了一口气，看来胜局已定，于是对被告的答辩意见做了简单地回应：1.原告从宽澳所设立至今都是合伙人。2.宽澳所系由国有所改制而来，郑泳为四个合伙人之一，当时麦定红不是合伙人。注册合伙所时采用的是实缴制，当时四个合伙人实缴了律师所的注册资本，会计师事务所出具了《验资报告》。3.没有证据证明宽澳所由傅渔或麦定红承包，麦定红承包经营的说法不成立。4.《中华人民共和国合伙企业法》第二十八条规定，合伙人为了了解合伙企业的经营状况和财务状态，有权查阅合伙企业会计账簿等财务资料。

在证据质证环节，郑泳占据了优势，把原有的意见申述了一遍，着重强调了已向法院提交了笔迹鉴定申请书，至于辩论阶段，郑泳轻车熟路，凭他多年的实战经验，只要把《中华人民共和国合伙企业法》第二十八条一念，辩论阶段也就可以结束了。

开完庭，李栋第一时间打来电话询问情况，郑泳说："对方没什么新意，一切尽在你的意料中！"

过了两天，李栋收到律师所聚会的通知，打电话给郑泳："麦定红通知我晚上在酒楼聚餐，边吃边聊，通知你了没？"郑泳让他等会，翻了一下信息，说："没有，既没电话也没信息，看来是跟你们商量怎么对付我的，哈哈！"挂了电话，郑泳想到了吴霖，最近刚好有个案子合作，常有联系，他比较低调，如果他也收到通知了，那就确定只是漏了自己，于是拨打了电话："晚上是不是有饭局呀？"

吴霖"喂"了几声，说："信号不好，我在香港呢！麦主任的确通知开会，可是我在香港有事，赶不过去了，强行请假了！"他没问郑泳去不去，郑泳就心领神会了，他知道要开什么会，但选择了回避，说明还是很看重两人间的友谊；郑泳很想知道开会的内容，左思右想，给洪来庆打了电话："晚上参加会议吗？"洪来庆简单地回答："参加！"郑泳意识到没有打探的必要了，知道的不会说，不知道的还是不知道，干脆就不去理会了，相信开完会就知道了。

第二天下午，李栋打电话叫郑泳过去，郑泳料到他要讲开会的经过，不敢怠慢，即刻就赶了过去。一见面李栋就拿出纸笔，在上面画了张圆台，旁边标注了十三个人的姓名，说："这是昨晚的座位图，十五个合伙人人就缺你和吴霖。麦定红坐主位，等大家吃些东西后，她开始主持会议：郑泳起诉宽澳所的案子，前两天已经开过庭，我和徐兆芳律师、于湖律师都去了，徐、于两位律师的专业水准很高，主要是他们进行唇枪舌剑。咱们今天先就案件发表意见，然后看看整体上怎么解决郑泳的问题，从于律师开始，我们按照逆时针的顺序发言，大家都畅所欲言！

"于湖就坐在麦定红的右手边，开始介绍了案件的基本情况，说关键的问题在于律师所的经营模式和你的合伙人身份的认定问题，希望今天能签署一份协议，确认宽澳所由麦主任投资，你是挂名的合伙人，大家不同意你查账；还指责你对老主任傅渔极不尊重，在庭上说他涉及违法犯罪、私相授受，把你说成是一个心胸狭窄的小人！"

郑泳苦笑了一下，说："于湖这老头也太上纲上线了吧，庭上是他们为了证明自己的合法性，非得搬出傅渔，意思是傅渔那么做了，麦定红跟着他做就是对的，我才把傅渔的事提了一下，怎么，于湖还认为官司能赢？"李栋嗤笑一声，说："他什么水平，法律关系还没搞懂呢，说是大家签一份决议提交到法院，这官司百分之九十五能赢，我当场就站起来打断他的发言了，我让他不要浪费大家的时间来误导大家，原话是这么说的：如果按照你的思路讲下去，不知道还要讲多久，我可以负责任地讲，你的判断都是错误的。按照目前的证据，郑泳就是合伙人，你否认不了这一点，合伙人就有查账的权利；别人的诉讼请求是查账，你要搞份决议不同意查账，这不是很滑稽吗？如果是合伙人决议，没有郑泳的参与，对他没有约束力，如果不是决议，只是一份证词，那好了，到时郑泳要求签名的人上庭作证，我可不想去，不想去法庭丢这个脸！到时候法官都纳闷，宽澳所这帮律师业务水平咋这么臭？"

李栋说完，一副得意扬扬的样子，又说："兄弟，我是替你在跟他们战斗！

于湖被我一番打断，又来一番说理，有理有据，他的脸色都变青了，不敢跟我硬刚。接下来轮到宋国兵，他的发言严重站在你的对立面：郑泳既没出过资，又没作过什么贡献，严格来说他不算合伙人，还有脸在那里主张权利？我上回动员大家退群是客气的，按我的意见，都该把他的合伙人资格给剥除掉！我坚决支持于湖律师的意见，为了打赢官司，我们要做一些事情，包括通过一些决议！

"我刚要反驳我这位昔日的兄弟，下一位发言的洪来庆开始杠他：谁说郑泳没有出资？他们四个人的验资报告不是证明了吗？谁又说一定要出资才能当合伙人？你该去好好学习《中华人民共和国合伙企业法》。你们当合伙人的时候出资了吗？纯粹是片面之词，我看你不是动员退群、解散群，等下整个律师所都让你搞散了！合伙人是个法律用语，不是由贡献多少来决定的，也不是你一句话就能剥夺的！

"洪来庆这番话很给力，说到我心坎上了，也算是跟我打了个照应，让我知道我的声音不是独立的声音，还是有人保持着头脑清醒的。下一个发言的是耿樟，他提出了一个折中的意见：我们能不能先把郑泳具不具备资格、有没有权利的事情搁置一下，先是达成一个共识，签署一份文件，确认傅渔前主任的承包制度，同时承认麦定红主任接手后投资了装修，律师所的盈亏也由她承担。

"这是麦定红的支持者，在法理上否定不了你的地位的情况下，退而求其次，想先把麦定红的隐患消除掉，把你要求分红的路子堵上，只不过没人出声响应，我也就当成是他个人的主张，没去反驳。坐在他右边的卓代兴接着发言：我相信法院会做出公正的判决！这是一句不偏不倚的话，他成功地隐藏了自己的立场，下一个就轮到我发言了。

"我就坐在麦定红的对面，之前已经接触过于湖，那次主要是讲法律，这次主要是讲事实：我想问一下麦主任，还有傅渔前主任，当你们要确定主任人选的时候，有通知过我吗？你们那份决议，我的签名不也是冒签的吗？说句实在话，郑泳现在干的事，要不是我被人投诉，我早就干了，而且比他干得更狠！办公室需要怎么装修，需要出多少钱，只要你们通知一声，我二话不说就掏钱了，你们尊重过我的知情权吗？换了主任，我也是等到去办公室开证明的时候，才知道墙头变换大王旗，已从傅渔变成了麦定红。

"我认为诉讼不是郑泳的目的，分红也不是他的目的，如果他一脚掉进钱坑里，我们都会看不起他的；我想他要的是制度的完善，权利义务的对等。当他以正常的方式提出问题，你们有人反应吗？那天宋国兵还打电话劝我退群，被我拒绝了，我说这是什么态度，这是对人的不尊重！现在走到这个地步，甚至有朝一日郑泳采取更激烈的手法，能怪谁呢？"

"说完我直视着麦定红，麦定红赶紧道歉并解释：对不起李律师！我不知道你不知情，当时的情况比较紧急，那份会议决议也是傅渔给我的，我并不知道你们的名字是冒签的。说完她转头望向傅渔，我也转头望向傅渔，只见他低着头，默不作声。

"我右边就是廖流强，他显得很镇定，娓娓道来：昨天麦主任让我起草文书，预着今天要签的，可是不好意思，一方面我没时间，另一方面我也认为不妥；如果律师所要通过什么决议，我建议通知郑泳参加，充分听取他的意见，这才是解决问题的方法，现在在背着他做什么结论，先不说有没有效力，也显得我们做事不够磊落。我认为作为一个律师所，规章制度是要公开透明，而且经过大家书面确认，我们之所以出现一些摩擦，就是很多事情都没形成书面协议，如果大家都凭口头约定，时间长了难免健忘；平常我们提供法律服务，不也是这么告诫当事人的吗？

"廖流强的整体意思还是支持改善管理的，下一个就到了傅渔，他稍微思考了一会，说：建议协商解决。言简意赅！下一个是龚昭丽，说得更为简洁：支持傅渔律师意见。

"我看了一下，依次还有庞凡杰、郭理、徐兆芳要发言，估计前面两个也是片言只语就结束，只有徐兆芳参加过庭审，说不定会来个长篇大论。

"果不其然，庞凡杰说了具体情况不太了解，建议协商解决，郭理说了支持李栋律师意见，就转到徐兆芳发言。令我大跌眼镜的是，徐兆芳的发言比郭理的更简短，她照着卓代兴说了句：'相信法院会做出公正的判决！'

"会开到这个时候，麦定红意识到无法形成什么决议了，她嘟囔了几句：看来郑泳不是一个人在搞事，他是有同伙的，大家吃菜喝酒吧，我们改天再找他谈谈！接下来的时间，大家都闭口不谈这些事了，只谈些有趣的往事或是开一些无伤大雅的玩笑。"

郑泳暗暗佩服李栋的记忆力，不光是记住了十三个人的座位次序，每个人发言的内容也记得清清楚楚，郑泳虽然没参加会议，但经他这么一讲述，跟亲临其境也没什么区别了。

这次轮到郑泳拉开两个易拉罐，说："喝一杯，提神醒脑，谢谢了！"李栋还沉浸在对每个人的分析、评判上，说："这里面有个人比较诡异，就是耿樟，他看起来像是支持麦定红，但又不想与其他人对立，看来也是有所谋划！"郑泳笑着说："这些人谁没有谋划？我也算一个，谁不想当主任？我看你倒是比较恬淡寡欲，一直想要退伙。"李栋哈哈大笑，说："我的时间精力都用在抽烟喝酒上了！这些人也有好多个恬淡的，比如郭理、龚昭丽、庞凡杰、吴霖，他们的确没把心事放这上面，哈哈，喝酒吧！"

法院很快就下达了判决书，判决书中，法院查明、认定如下案件事实：一是被告目前企业性质为普通合伙，负责人为麦定红；被告主张其为"登记意义上的合伙制"，实质上系主任承包负责盈亏，但未进行有效举证，应承担举证不能的法律后果，对其主张其为主任承包经营制，法院不予采信。原告提交的证据显示其为被告登记在册的合伙人。二是被告提交五份合伙人会议决议文件，涉及选举麦定红为被告负责人等内容，该五份决议文件下方合伙人签名处均由包括原告在内的合伙人签字确认；原告主张上述文件中其的签名系伪造并向法院申请笔迹鉴定，被告在原告提出司法鉴定后，申请撤回上述证据，原告不予同意。三是被告确认，其持有章程、合伙协议、合伙会议记录、会计账簿，无财务会计报告。

法院认为，根据被告的行政许可备案登记情况来看，被告符合《中华人民共和国律师法》第十五条规定的合伙律师事务所的特征，应适用《中华人民共和国合伙企业法》第二十八条的规定，原告依法享有我国合伙企业法所赋予的知情权及查阅财务资料权，故原告请求查阅、复制被告自成立以来的章程、合伙协议、合伙人会议记录合法有据，本院予以支持。关于会计账簿，合伙企业法赋予合伙人的查阅权，且《合伙律师事务所管理办法》第二条规定了合伙律师事务所由合伙人共享收益、共担风险，由此，根据权责相统一的原则，原告亦有权查阅会计账簿。但合伙企业法及相关法律法规未赋予合伙人的复制权，故对原告要求复制会计账簿的诉讼请求，本院不予支持。关于银行流水，虽属于会计凭证的范畴，但涉及其他律师的客户信息，可能会导致其他律师权益受损，法院不予支持。关于内部账簿、资产负债表、损益表、现金流量表、财务情况说明书、利润分配表、财务会计报告，被告否认存在上述资料，在案证据亦无法证实被告制作并持有上述资料，对原告该部分主张，不予支持。

综上，判决如下：一是被告宽澳律师事务所应于本判决书生效之日起十日内提供全部章程、合伙协议、合伙人会议记录给原告郑泳查阅、复制；二是被告宽澳律师事务所应于本判决书生效之日起十日内提供全部财务会计账簿供原告郑泳查阅；三是被告宽澳律师事务所向原告郑泳提供上述第一、二判项资料的查阅、复制时间应不少于十个工作日，在原告郑泳在场的情况下，原告郑泳可委托会计师、审计师等依法或者依据执业行为规范负有保密义务的中介机构执业人员辅助进行；四是驳回原告郑泳其他诉讼请求。

郑泳把起诉书第一时间发给李栋，还是放心不下，于是火速赶到李栋的办公室，询问他的意见。李栋跟他握了握手，操着他那浓厚的地方口音说："恭喜你，你胜诉了！"郑泳有些不快，说："银行流水是很关键的部分，法院没有支持，要知道，会计账册需要银行流水的辅助，才能精准地查清账务。"李栋笑了笑，说："你多虑了，会计账册本来就包含了银行凭证呀，到时候没查清你还可以向法院提执行异议呀；再说了，你的目的是非要把一分一毫都查个底朝天吗？差不多就得了，重要的是达成自己的目标！"郑泳想了想，也是，就算是到了请求分红的地步，不可能将真实的收支查得一清二楚，只能是按照正常的账册计算，否则就显得气度狭小、吹毛求疵了。想通了这点，郑泳心情舒畅了许多，说："那就到此为止，不上诉了。"

李栋摇摇头，郑重其事地说："那不行，还得上诉！我们都知道，如果对方上诉而你不上诉，那就只有被动挨打的分，因为没上诉代表你认可了，在二审中你不能主张权利；而我认定，对方一定会上诉，你想，这么个简单的案件，都要出动三个律师和你死搅蛮缠，就是想把你拖累，碰上这样的人怎么可能不上诉？我们作为专业人士，一定要针尖对麦芒，就以查银行流水作为主要的理由，提起上诉！"郑泳深以为然，说："那就上诉吧。你估计对方会如何上诉？"李栋不假思索地说："还能怎么上诉？把一审跟你诡辩的东西再来一遍呗！你到时简单答辩就行了，至于你的上诉，趁着这会还记着，跟你唠叨一下。你的上诉请求就是要求查询全部银行流水，理由可以增加一点，宽澳所设立了独立账户，该账户为秘密账户，需要通过银行流水才能查清；事实方面，你可以把二〇〇一年设立合伙所的几个人名列举出来，让法官进一步明确麦定红不是创始合伙人；证据方面，法院没对字迹进行鉴定，应认为几份文件签名系假冒，另外，申请调取证明你出资的《验资报告》；在法律适用方面，你可以着重提律师法第二十五条的规定，律师承办业务，由律师事务所统一接受委托，与委托人签订书面委托合同，按照国家规定统一收取费用并如实入账。银行流水和客户信息都是律师事务所的公开信息，不涉及律师权益受损的问题。你查的是律师所的账，而不是查律师个人的银行流水，查律师所的银行流水才能真正了解经营状况和财务状况，才能与无限连带责任相对应。

"另外，从诉讼的艺术性出发，你可以攻击一下麦定红的软肋，那就是以前提到的房地产开发经营合同纠纷。银行流水是会计账簿内容真实性得以验证的依据，如果会计账簿内容存在虚假内容，无疑会对合伙人的权益造成损害，宽澳所发生过房地产开发经营合同纠纷诉讼，宽澳所是被告，根据《中华人民共和国律师法》第二十七条的规定，律师事务所不得从事法律服务以外的活动，因而被告的经营活动违法，判决书显示当时有一笔三百万元的款项进入宽澳所的所谓独立账户并在短时间内被转走，如果只是查阅会计账簿，会有这笔资金的凭证吗？只有查阅银行流水，合伙人才能了解资金的去留的全面状况，才能排除风险。

"你在上诉状提起这一茬，就够麦定红吃一壶的了，可能减少对你其他方面的攻击；我们不谋求二审法院改判，支持你查询银行流水，只要是维持原判，你也胜诉了！"

郑泳办理的案件中，刑事案件比较多，他不得不佩服李栋在公司法、企业法方面的造诣，脱口而出，就已是佳作！郑泳连声赞叹之后，说："马上就按照你说的上诉！有你这么大牌的智囊，肯定会胜诉的！"

双方都上诉之后，安静了好一阵，大家都趁着结局不明朗的时候图个耳根清净。郑泳也不再去找谁聊天，找谁了解，生活回归到正常的状态，不再受维不维权的骚扰。直到两个多月后的某一天，傅渔打了电话给郑泳，说："我要退出合伙人，你到律师所一趟，有份文件帮忙签下名。"郑泳很诧异，这时候怎么想起退伙呢，便说："你退什么伙，律师所不是你一手操办起来的吗？这么多年都在，割舍得了吗？"傅渔用他那富有磁性的声音，不慌不忙地说："我到退休年龄了，按照规划，是该退了。"

郑泳感到很沮丧，就像仗还没打完，战友却坚决要逃跑一样，一时来了情绪，说："我不签名，这段时间别让我签任何东西，不然就像以前一样，你找个人冒签就行！"傅渔温雅地笑了笑，说："现在谁还敢签你的名啊？要不你在大群里说一下这事，我趁机约几个人，大家聚一聚！"郑泳心想这多少还有点意义，大家聚在一起聊一聊再说，便答应了下来。

郑泳在群里艾特了傅渔，发了信息："你今天打电话说要退伙，让我去签名，我现在回复你，我不签名。"傅渔回了信息："我退伙是因个人到了退休年龄，上个月已去办了手续，本月开始领退休金，工作这么久了，想放松放松自己，还希望你成全。"郑泳估计他是暗指麦定红已经退休了，便发了信息："退休未必要退伙。"傅渔艾特了律师所的内勤，发了信息："你问下合伙人，下周定个时间，我请大家吃个饭，大家聚聚，好合好散。希望合伙人给个面子，尤其是未在我退伙决议上签字的一定参加，我当面陈述退伙的个人理由。"内勤回复："好的，我问问他们。"

之后就没了信息，傅渔没打电话，内勤也没通知吃饭或是开会，郑泳慢慢地没把傅渔退伙的事放在心上，直到有一天，他在外面出差，麦定红打来了电话："今天中午大家聚餐呢，你不过来？"郑泳心想肯定是有事找他了，应道："我出差呢，看到通知了，就是去不了。"麦定红说："我还以为你一定会来呢！刚刚傅渔提出要退出合伙人，这事之前在微信群里提过，我没表态，想着等律师所的诉讼完结了再来处理，现在他又郑重其事地提出来了，你们有没有商量过？"

郑泳觉得很纳闷，安静了一阵子，没想到傅渔又忍耐不住，蹦了出来，他应着麦定红："我跟他有啥商量，好好的，老提什么退伙？"麦定红问："这次还挺较真的，那你是同不同意呀？"郑泳答道："你们不还在考究我合伙人的资格吗？这期间我不会签署任何文件，你们爱怎么处理就怎么处理吧！"麦定红说："好的，那就等你出差回来再说！"

郑泳本来以为这件事就这么应付过去了，哪知道晚上傅渔又打电话过来，问："你真不同意我退出合伙人吗？"郑泳有些反感，说："你退什么伙，之前说过了，我不会签的，你另外找途径退吧！"他心想，你要么去开会表决，要么通过诉讼，只要想退，总是能退成的。傅渔还是不急不躁的，说："那你会坏了我的事，我就是想转到别的律师所，朋友刚开的所，谈好的。"

郑泳本来还舍不得他退伙，这下又听到他另外讲了个理由，心里更不舒服，从不舍转化成厌恶了，大声说："你都要退休了，从这个律师所转到那个律师所有什么意义吗？今年转过去还是明年转过去有什么不一样吗？"傅渔也没生气，不紧不慢地说："你不懂，你会耽误我的事情的，我一直都把你当小兄弟，没想到举手之劳的事都不帮忙！"郑泳没有作答。

过了几天，郑泳收到内勤的微信："全体合伙人：定于明天上午十点半在本所召开合伙人会议，专题讨论傅渔申请退伙事宜。会议形式为现场会议与通讯微信表决相结合。会后根据表决结果由与会合伙人签署合伙人决议。特此通知。"过了一会，傅渔打来了电话，说："明天你一定要来哦！"郑泳应道："我会参加的。"李栋也打来了电话："明天参加吗？"郑泳说："肯定参加。讨论完傅渔的事宜，我想多提个话题，那就是案件的事，你觉得妥当不？"李栋说："没什么不妥的，明天去的人多，有什么问题都可以提；等你提完，我也准备提出退伙。"郑泳说：

"你退什么伙？我不同意！"

次日，郑泳提前到了办公室，跟廖流强、李栋等人聊天，郑泳说："我这几天一直在思考一个问题，独立账户是个隐患，不知道啥时候会爆发；要是官司耽搁的时间太久，能不能通过别的途径，快速地解决问题？比如说通过税务部门？"李栋和廖流强对望了一下，说："应该可以做到。有具体想法吗？"郑泳摇摇头，说："还没确定方案，我只是想，独立账户的运营可能存在漏税的问题，如果向税务局举报，是不是一定会把独立账户的情况查清？"廖流强显得有些担忧，说："还没听说律师投诉律师所的，这样可能会打击到一些无辜的人。"李栋在律师所的进账较多，税收问题也是他担忧的，他小心翼翼地说："合适的时候，把这些问题都摆上台来讲。"

好多人已经到了律师所，只有傅渔一直没到，到了十一点，廖流强打了他的电话："你怎么还没到？大伙都等着你呢！"傅渔说："啊？我看通知上说可以微信表决的，我想你们开会，我在线上表决就行了。"廖流强说："那怎么行？你是前任主任，又是主角，赶紧过来吧！快到中午了，我到对面酒楼订个包厢，一边吃饭一边开会吧。"洪来庆刚好在廖流强身边，拿过电话说："这么多年都没请我们吃过饭，现在你要退伙了，快点过来请我们吃饭！"傅渔笑了笑，说："我马上过去！"

上菜的时候，郑泳点了一下人数，也是十三个人，庞凡杰和龚昭丽没过来，要么是开庭去了，要么就是不想参加这种送别大会。麦定红让吴霖作会议记录，并先把《合伙人协议》及《章程》拿给大家传阅。很多人可能事先都看过了，郑泳没什么印象，第一时间要过去看；这次的签名是真的，日期是两年前，可是郑泳想不起是在什么场景下签的名，难道被移花接木了？郑泳心想，名既然已经签了，那就看看什么内容吧，什么内容都是要认的。

没想到文件还挺规范，合伙人协议上记载了十五个合伙人的出资及占有的份额，郑泳在心里暗骂：十五个人都签协议了，麦定红还在那里考究别人的合伙人资格，简直是胡扯！在合伙人的退伙条款上，约定要三分之二以上的合伙人同意。菜上齐后，傅渔率先发言："这么多年来，承蒙大家的信任和抬爱，我这么多年收获很大，现在想退伙，是因为我个人的规划，六十岁了，就该回归田园，不想在一线奋斗了；退了合伙人，我随时都会转到别的律师所，但大家还是在同一座城市，随时都会再聚的！"徐兆芳坐在他旁边，抢先说："要像你这么说，我也该退了，我还比你大几个月呢，总该让年轻人上位的。"麦定红坐在傅渔的另一边，轻声附和："是要退的，大家迟早都是要退的。"她也比傅渔大几个月，但没讲出来。

宋国兵干笑了两声，说："怎么，我们今天是来吃散伙饭的吗？老傅从没请过客，今天你买单！"郑泳坐在徐兆芳和耿樟中间，这时搭话了："下一餐我请，我先跟大家约好哈。大家都知道我是反对派，又是少数派，我就先说几句吧！傅渔主任是我尊重的人，虽然他不做主任很久，但我仍然尊称他为主任，他是个格局很大的人，从宽澳所创立到经营，他都倾注了很多心血，我们合作很愉快，他鼓励我们开拓业务，提供力所能及的帮助，承担着我可能给他带来的风险；用傅渔和他的家人的话讲，他还把我当小兄弟，但我不是这么看，出了事也没说一声，也没把我真的当兄弟。我不认可傅渔退伙的理由，所以我不支持，但是十五个人只要有十个人同意他就可以如愿了，所以我的决定不会影响他的事情。今天当着大家的面，我向你们两位主任提个问题，律师所的独立账户是怎么回事？现在还在运作吗？当然，因为今天的会议没列这个议题，你们不回答我也不勉强！"说完，他把目光投向傅渔和麦定红。

两个人都默不作声，表情也看不出有什么变化，郑泳等了一会，说："饭菜都上好了，你们吃吧，我先走了！"说完站起身开始挪凳子。右边的徐兆芳赶紧说："饭菜都上了，吃点东西再走嘛！"左边的耿樟也说："是啊，难得今天人这么齐，先吃东西吧！"郑泳见有人挽留，心想来都来了，那就等等看吧。

吃了一会，廖流强放下手中筷子，说："我讲几句吧，傅渔是我的实习老师，这么多年的感情，很舍不得；但是，虽然极力挽留，老师坚持要走，我也不敢强留。今天这餐饭，我替老师埋单！"洪来庆接着廖流强请吃饭的话题说："不行，你今天不能替老傅买单，这么多年来，老傅没请我们吃过一餐饭，今天他想走了，就给大家留个好印象呗。说实在话，相处这么多年，大家还是很有感情的，可我这人心软，听不得别人请求的话，而且是再三请求，所以我就签字了；其实，内心还是很舍不得的！"李栋刚把《合伙人协议》和《章程》翻看了一遍，说："之前以为要全票通过才能退伙，跟郑泳说过几次他都不肯签字，这下好了，我也请求在座的给我签名，同意我退伙；还有龚昭丽，她出差在外，委托我请求大家同意她退伙！"

廖流强显得有些着急，说："你退什么退？有些业务还要合作呢，以后有招投标项目叫上你一起干！"李栋笑着说："不了，实际上我是个人原因，我个人办公室楼下有家律师所，已经说好了去他们那，主要是方便，我现在有些业务都开始放到那边做了。"傅渔也说："是啊，我也一样，有些业务都放在新所那边了。"

郑泳不知道他们说的是真是假，只觉得今天的会开得很窝气，一个人要退伙变成三个人要退伙，不想再纠缠下去，站起来说："你们继续，我先走了！"

左边的耿樟用力拉了他一下，说："不急，还没吃饱呢，难得今天来了这么多人！"郑泳顺势坐了下来，感觉到耿樟拉他的手在发抖，明显的是紧张所致，想起他之前硬拉着自己坐在他和徐兆芳中间，似乎是有所预谋，再联想起自己会前说过的话，他一下明白了，今天的会不仅是退伙会，还有人等着他挑起事端，改选主任，而做好充分准备的无疑就是耿樟。郑泳边思考边认真地吃点东西，毕竟是饭点了，吃好最重要，这时听到李栋在奉承两位女士："两位靓女是我见过的最漂亮的女人，又有见识，我一向都很敬重的！"麦定红和徐兆芳眉开眼笑，甚是开心，虽然未必相信他的话，但他愿意在这种场合恭维，也是件乐事。

郑泳记得只告诉过李栋要在会上提起别的话题，想道：我那样说，李栋肯定认为我是要针对麦定红，那将这消息透露给耿樟的就是李栋了，如果是这样，李栋就不是完全站在自己一边的，还有别的谋划，只是没说而已，看样子他是要挺耿樟出来当主任。先不管了，走为上策！他吃得也差不多了，起身说去上个洗手间，重新回到饭桌的时候，他没入座，跟大伙告了个别，转身离开。

下午，郑泳特地去了洪来庆办公室，开门见山地说："我知道好多人想当主任，你也是其中一个，但你知不知道，中午饭桌上耿樟准备发起主任选举，我敢确定他能过半数！"洪来庆简直不敢相信自己的耳朵，说："没搞错吧？没有进行这一步呀！"郑泳虽然不能百分百确定，但还是以不容置疑的语气说道："耿樟就是在等我发难，挑起改选主任等话题，但很明显，他是事先有准备的，票都拉好了。"洪来庆如梦初醒，点赞他说："还好你英明，没进他们的圈套，主任万万不能被耿樟当上，那样风险太大！中午如果投票的话，我和廖流强应该会投弃权票，对了，主任需要三分之二以上票数通过，你说他票数够吗？"

郑泳掰着手指头准备数数，说："你先点名，我来数！"洪来庆想了一会，说："好，那就从可能性大的开始，耿樟一票，卓代兴两票，这一票不用怀疑，他们是一个团队的，宋国兵一票应该会给他，因为宋国兵比较好谈，如果我先跟他谈，估计他的一票也会给我，那就三票；于湖跟他是老乡，算上，四票；其他的都有摇摆性，像傅渔、李栋虽说是要退，但退之前未必挺他，好像票数不足呀！"郑泳冷笑一声，说："你认为耿樟会打无准备之战，就带着四票来投票？"洪来庆摇摇头，说："不会，他以前就失败过，这次不会轻易出手的。"

郑泳认同他的这个观点，说："只要投票，他是志在必得的，所以我们是不是要打开思路？我认为这一谋划是取得麦定红同意的，那么，麦定红、徐兆芳、吴霖三票都会投他；再打开些思路，李栋可能也被他说服了，李栋一支持，郭理、龚昭丽都会支持，算上这三票，总共十票，达到三分之二了；还有傅渔、庞凡杰这些摇摆票，分分钟都是可以投给耿樟的！"洪来庆听得额头直冒冷汗，说："还好，还好！你直接先退席了，细思极恐，你等我一下，我去下洗手间！"

去完洗手间，洪来庆对郑泳的话已确信不疑，说："刚才打了电话，你说的是真的，现在最重要的是，千万别让耿樟当上主任；我一向都很少与同事走动，看来我也得活动活动，必要的话也要参加选举，你参选的话我会挺你，但你也需要塑造好人设，多跟别人沟通；我争取一下，或许廖流强、宋国兵、庞凡杰、吴霖、李栋等人也能支持我！"郑泳听他说得坦诚，也知道支持自己的不多，便说："那你去拉票吧，我也可以支持你！"

离开洪来庆办公室，郑泳拨打了李栋的电话，还没说话，李栋就抢先说："中午你要走的时候，我还跟你拥抱告别，你都没理我，干吗走那么急？我们三个的决议都弄好了，就等走个流程就退了！"郑泳本来想劝劝他的，听他说表决通过，不禁心烦气躁，说："都不知道你们咋想的，去别的律所就好吗？干脆我也退伙算了！"说完就挂断了电话。

当晚郑泳失眠了，翻来覆去一直在想傅渔三人为什么退伙，自己有没有损害到他们的利益，还有没有挽留的余地，直到太阳上山，才迷迷糊糊睡了过去。睡醒起来已是下午，他在群里艾特了几个合伙人，发了信息："不必所有的事情都在大群里讲，请拉一个合伙人群！"

合伙人群很快建立，十五个人都进了群，郑泳试图以自己的方式挽回即将退出的合伙人，他艾特了所有人，发布了信息："我以宽澳所第二老资格的身份作个自我声明：一是倡议大家团结合作、同舟共济、共谋发展。如有共同意愿，本人愿意通过私聊及开会等方式穿针引线，达成让每个人都可接受的方案。二是如第一条不是众人意愿，本人自备斧头、凿子，凿沉这艘破船。打扰、得罪勿怪！"信息发出之后，群里鸦雀无声，没人回应，郑泳也没再发言。

过了几天，洪来庆打电话给郑泳，约他到李栋那边，说几个人想和他谈谈。郑泳踩着时间点到达，李栋、洪来庆、廖流强和耿樟四个人已候在那里，这是宽澳所业务最好的四个人，具有一定的代表性；一见面，李栋就沉着脸问："郑泳，你家住哪里？改天我们上门去找你！"郑泳一下子没反应过来，说："我不就住你家附近吗，咋啦？"李栋没正面回答他的问题，拿出纸笔说："我们转入正题，你对律师所有什么诉求，我们正式谈谈，逐个表态，形成记录，麦定红对我们四人形成的共识，会足够重视的！"

郑泳也不绕圈子，说："好吧，相关问题我们已经明了，大家都是同事，实事求是地谈，第一个问题：律师所现行的承包制未经我同意，作为合伙人之一要求查询所里的历年盈余，主张十五分之一的分红权。"李栋做了记录，对另外三人说："为了节约时间，我把我们四个人的共识整理一下，你们看有没意见或补充如何？"另外三人均表示同意，李栋接着说："好的，对第一个问题达成如下共识：认为郑泳主张十五分之一的分红权具有合理性，如果麦定红支持，我们均支持；如麦定红不同意分红，可由郑泳提出一个合理数额，由有意愿补偿的合伙人共同对其补偿。你们看有没有意见？"另外三个人均表示没有意见。

郑泳接着说第二个问题："将合伙人会议制度落到实处，保障选举权和被选举权，尽快改选主任。"李栋熟练地进行整理："我们达成如下共识：首先应当征求麦定红的个人意见，同时认可郑泳的主张具有合理性、合法性；其次，如麦定红同意选举或按照合伙人协议召开全体合伙人会议，由合伙人共同推举主任，明确各合伙人的投资份额及具体管理细节。你们三位看有没有意见？"另外三个人均表示没有意见。

郑泳接着说第三个问题："将宽澳所基本账户外的一个独立账户的历史进出账目进行明示，确定是否存在风险。"李栋快速整理了共识："我们认为该账户明细应予公开，如果收支平衡没有风险，应将该账户予以注销；如果有风险，要书面明确责任主体。三位看有没有补充？"另外三人均表示没有补充。

郑泳对他们四人达成的共识也表示赞同，说："暂时没别的问题了！"李栋把整理好的文稿打印出来，经大家核对后，签上了名，他如释重负，说："咱们算是完成了个大工程，可能改变整个宽澳所的命运！"廖流强也兴高采烈地说："这是一次胜利的大会，团结的大会，我们第一时间把它发到小群里去！"李栋说："合伙人群也要发，不要有什么顾忌，让大家都知道！"

开完了大会，几个人都在寻机开小会，洪来庆逮到了与郑泳独处的机会，问："麦定红这时候肯定不会同意分红的，你看如果我负责你补偿款的话，你要多少？几万元够么？多了我一个人也给不起。"郑泳呵呵笑，说："我也不缺几万元啊。"洪来庆有些尴尬，又问："你看麦定红会主动退出职务吗？"郑泳反问道："吃到嘴里的肉，你愿意吐出来吗？"

郑泳反问完了去上洗手间，在洗手间碰到了耿樟，耿樟搭着他的肩膀，亲热地说："咱们说两句兄弟间的话，我觉得要能办成这件事，得有几个人达成一致，统一意见，统一行动，这么说吧，麦定红没什么坏心眼，可是人在利益面前，很难做到真正的公平公正，团结可以团结的人，这是组织上的保障！"郑泳听了觉得很有道理，像这样各自为战，大家都想当主任，哪能办成什么事？他诚挚地对耿樟说："你这主意真高明，回头我们详细探讨！"

最让郑泳疑惑的是他们还有个小群，等到其他三人都走了，他特地留下来与李栋交谈，当问起小群，李栋说："还没来得及跟你说，昨晚十多个人拉了个群，开了个会，专门讨论你的问题，因为我跟他们放风，你要去税务局举报律师所的税务问题。他们相当地紧张，连夜开会，你看我这脚肿的，就是昨晚开完会回家路上撞的！"说完他挽起裤脚，果然红肿了一大块。郑泳嗤笑着说："你这可以去申请工伤，可是，虽然以前提及过，我也没放话说要付诸行动啊！怪不得今天他们一开始的表情都怪怪的，那是把我怪上了！"

李栋坏笑了一声，说："把他们吓的！我不还装模作样地问你家地址，像是在恐吓你吗？演给他们看的，咱们兄弟这不合作得很好吗？有了这份共识，她麦定红还能不退让？我们四个业务好的加上你一个挑事的，分量够了吧？"郑泳啼笑皆非，说："既然能变好，你为什么还要走呢？"李栋说："你这人就是不懂得什么叫以退为进，跟你说呀，别去争主任的职务，你只要把麦定红逼退了，就是最大的成功！"

郑泳没再应答，心想主任也不是我想争就能争得到的，就似你李栋城府这么深，谁知道是不是也想抢主任的职位呢！

没过一会儿，廖流强就把《会议纪要》发到了合伙人群里，还在群里另外发了信息："鉴于郑泳律师提出了诉求且已起诉宽澳所，为调和矛盾，维护宽澳所整体利益，促进宽澳所良性发展，我和洪来庆律师、耿樟律师、李栋律师于今天下午在李栋律师办公室与郑泳律师进行了友好、深入的交流，坦率地交换了意见，达成了部分共识，现将双方各自确认的内容发布如下，请各位了解。上述意见仅代表我们四个人的想法，不代表其他任何人；我们希望争议能早日得到解决，并欢迎提出任何有助于解决问题的方案。最后祝愿宽澳所越办越好，各位律师财源广进！"李栋很快跟进了一条信息："我都快离开宽澳所了，但我真心希望这个矛盾尽早解决，也真心希望宽澳所越来越好！"洪来庆和耿樟在群里点赞，宋国兵发了信息："祝愿宽澳所越办越好！"

间隔了半个钟，麦定红发了信息："我已经表达过不想再做主任，既然大家希望尽快解决矛盾纠纷，那么把主任这个位置交给郑泳应该是一劳永逸的解决办法。"廖流强过了一会又发了信息："我说一下想法：麦主任为宽澳所的平稳发展作出了很大贡献。矛盾的解决需要各方通力合作，互相理解，主任的推选需要以合伙人协议和章程为依据，充分尊重麦主任的意见和各位合伙人的意愿。希望大家相向而行，共同努力，尽快解决纷争，将精力投入到发展上。"

过了一个多钟头，于湖也发了信息："我关于独立账户的说明：1. 某公司法务早已办毕，银行账户销户也达 5 年以上，超过诉讼时效，法律风险为零；2. 若有法律风险，由承办律师本人承担，律所和合伙人不承担法律风险责任；3. 律所仅为代管关系，未经公司许可无权披露其信息。"接着，麦定红、吴霖、耿樟、洪来庆、徐兆芳等人跟在后面点赞。

郑泳一下看明白了，这《会议纪要》是白弄了，不仅其他人，连参与的人都不同意纪要里的共识，于湖的发言，则是直接反对公开独立账户。这些人个个都讲得冠冕堂皇，私底下只是算计着一己私利，郑泳思虑许久，还是发布了一条信息："私开账户办理业务，本就置其他合伙人于风险境地，更是违法违规之做法，其他合伙人连知情权都没有？不喜欢太绕，有观点直接表达就行，比如说反对合议制，反对公开账户。"

群里一下又沉寂了下来，过了两天，李栋又在群里发了信息："虽然蒙各位兄弟姐妹抬爱，同意我离所，但我仍然觉得太可惜了。讲真话，耿樟兄、流强兄、国兵兄、来庆兄，你们得尽快组织双方，摆事实讲道理，也讲道义，最后谈法律，又不是不共戴天之仇，为什么谈不了？若双方仅是面子问题，你们就不再沉默了，至少各方都是资深律师，均有能力预判最终结果，都主动摆开谈吧，我们这里衙门不大，忌讳不少，大家都不讲话，个个讳莫如深，这样如何能解决问题？我觉得这事完全可以谈好，争取郑泳在二审中撤回诉讼。否则这类法律文书公开，对宽澳所的声誉影响非常恶劣，也会在同行中沦为笑料。摒弃一己之见，维护宽澳所平台才是当务之急，以上兄弟们该有所行动了！"廖流强跟着发了信息："以和为贵，大家都是为所里好，殊途同归，最好摒弃争端，携手共进。最不济好合好散，一别两宽！"洪来庆发了信息："这段时间忙，过十来天吧！"宋国兵发了信息："李栋兄，你就别离开了！"

郑泳开始觉得好笑，他不知道李栋是书生意气还是别有用心，到现在还没看清事物的本质：主任的职务只有一个，想要的人太多。说不定，好多人都在等着他李栋先离开呢！他甚至认为李栋的见识还不如耿樟，耿樟提出的一致行动人是可以平衡利益的，他没有理会李栋的信息，却想到要和耿樟好好谈一谈。

过了几天，恰好是在郑泳找耿樟聊天的时候，李栋在群里发了信息："退伙的流程已经走完，本人已不是合伙人，现退出本群。"发完信息就退群了。郑泳没有理会，就一致行动人协议与耿樟进行磋商，达成了如下条款：一是一致行动人暂定为廖流强、洪来庆、耿樟、郑泳；二是宽澳所进行增资，具体的方案由一致行动人随后商议制定，一致行动人负责推动、实施该方案；三是制定、完善宽澳所各种管理制度；四是一致行为人为宽澳所的核心，兼顾其他合伙人、律师的切身利益；五是负责人即主任实行轮换制；六是第一任主任确定之后，形成多数合伙人签名的选举决议，召开合伙人会议，通过会议解决宽澳所的问题；七是本协议非必要时不向外出示或披露。

耿樟跟郑泳聊完条款，说："这份协议咱们俩确定没有意见，不要泄露出去，你可以当面去问问洪来庆和廖流强的意见！"郑泳心想择日不如撞日，马上去他们俩的办公室询问意见，没想到两个人都拒绝签署，理由也一样：律师本是自由行业，不想搞得不自由。郑泳第一时间把信息反馈给耿樟，耿樟笑了笑，好像早就预测到这样的结果；郑泳却笑不出来，说："那就不再谈什么了，先把官司打完吧。"

没多久二审就开庭了，郑泳没提交新证据，麦定红把《合伙人协议书》和《章程》作为证据提交了。庭审过程跟一审没太多差别，法院查明宽澳所系普通合伙制律师事务所；宽澳所召开过全体合伙人会议，经合伙人认真研究，一致表决通过修改后的《合伙人协议书》和《章程》。根据《合伙人协议书》和《章程》记载，宽澳所合伙人律师由十五名组成，设立资产十万元，由设立人共同出资，郑泳名下的分配比例为百分之零点六七。

法院逐一分析评判如下争议焦点。

关于一审判决宽澳所向郑泳提供合伙章程、合伙协议、合伙人会议记录查阅、复制是否不当的问题。郑泳系宽澳所的合伙人律师，查阅、复制章程、合伙协议、合伙人会议记录是其与身份有关的权利。一审对此予以支持，并无不当。

关于一审判决宽澳所向郑泳提供会计账簿查阅是否不当的问题。经查，《中华人民共和国合伙企业法》第二十八条规定，合伙人有权查阅合伙企业会计账簿。一审判决宽澳所向郑泳提供会计账簿查阅，于法有据。《合伙人协议书》和《章程》均记载郑泳是宽澳所的合伙人，设立宽澳所的资产由合伙人共同出资，宽澳所以郑泳系挂名合伙人、没有实际出资为由否认郑泳享有查阅会计账簿的权利，依据不足，本院不予采纳。

关于一审判决不予支持郑泳请求查阅、复制银行流水等材料是否不当的问题。经查，郑泳请求查阅、复制的上述材料在《中华人民共和国合伙企业法》第二十八条并没有特别明确规定。郑泳该项诉讼请求，依据不足，一审对此不予支持，并无不当。

综上所述，判决如下：驳回上诉，维持原判。

郑泳收到判决书的第二天，就打了电话给麦定红要求履行，又在合伙人群里艾特了十二个合伙人，发了信息："关于宽澳所的制度及合伙人相关权利义务，在群里、线下已探讨许久，其中有很多共识之处；现本人的诉讼已判决生效，合伙人亦有督促执行的权利和义务。"麦定红在群里发了信息："郑泳打电话说要查看判决项下内容材料，因我们会计账簿是外聘专业人员制作，已通知尽快整理出来，最晚下周内让郑泳实现判决权利。各合伙人可以监督履行。"

周末，郑泳约了庄丽丽、文慧和张沧文在律师调解院见面。事情终于有了进展，郑泳心情十分舒畅，他要将故事完完整整地讲给他们听，还要向他们请教接下来的路要怎么走。庄丽丽照例笑呵呵地给大家泡茶，刚喝了第一巡，张沧文电话响了，李彪打过来的，急促地说："你赶紧到医院来，余灵醒了！"张沧文心跳加快，生怕听错了话，匆匆忙忙地只说了一个字："好！"他回过头，语无伦次地对他们三个人说："你们先喝茶，我去趟医院！"

张沧文不敢开车，怕自己握不稳方向盘；打车到了医院门口，李彪一家四口已经等在医院门口。见张沧文慌里慌张地往医院里闯，李彪拉住了他，说："你别急，站着，跟你说几句话。余灵醒了，奇迹般地醒了！"张沧文依次望着董玉、董芝、李若寒，三个人眼里都含着泪水，向他不停点头；他确定不是做梦，没人骗他，说："那我去看看她。"说完就甩开李彪要走，李彪又拉住了他，说："不急，余灵刚醒，医生说要三个月调理才能恢复正常，亲人正帮她洗漱呢，你先回去吧！"

张沧文发了一会呆，说："哦，这样呀，好的，那我先去办事，刚才我和文律师、郑律师正要议事呢。律师调解院离这不远，我走路过去就好了，散散步！"说完挣开李彪的手，径自往前走去，没走几步，忽然身体往后一仰，摔在了地上。

张沧文醒来的时候，已经昏迷了一个多小时，发现自己躺在医院的病床上，赶紧坐了起来，李彪一家四口就坐在旁边看着他。张沧文摸了摸脑勺，似乎没啥事，问道："我怎么了？"李若寒笑了笑，说："你太激动了，晕倒过去；休息一下，一会去查查大脑！"